丛书主编：陈平原

"十二五"国家重点图书出版规划项目

· 文学史研究丛书 ·

屈原及楚辞学论考

常森 著

北京大学出版社
PEKING UNIVERSITY PRESS

图书在版编目(CIP)数据

屈原及楚辞学论考/常森著. —北京：北京大学出版社，2016.6
（文学史研究丛书）
ISBN 978-7-301-26477-5

Ⅰ.①屈… Ⅱ.①常… Ⅲ.①屈原（约前340～约前278）—楚辞研究 Ⅳ.①I207.223

中国版本图书馆 CIP 数据核字（2015）第 259682 号

书　　　名	屈原及楚辞学论考 QU YUAN JI CHUCIXUE LUNKAO
著作责任者	常　森　著
责任编辑	徐　迈
标准书号	ISBN 978-7-301-26477-5
出版发行	北京大学出版社
地　　　址	北京市海淀区成府路 205 号　100871
网　　　址	http://www.pup.cn　新浪微博：@北京大学出版社
电子信箱	pkuwsz@126.com
电　　　话	邮购部 62752015　发行部 62750672　编辑部 62756467
印　刷　者	北京大学印刷厂
经　销　者	新华书店
	880 毫米×1230 毫米　A5　20.125 印张　523 千字 2016 年 6 月第 1 版　2016 年 6 月第 1 次印刷
定　　　价	76.00 元

未经许可，不得以任何方式复制或抄袭本书之部分或全部内容。
版权所有，侵权必究
举报电话：010-62752024　电子信箱：fd@pup.pku.edu.cn
图书如有印装质量问题，请与出版部联系，电话：010-62756370

"文学史研究丛书"总序

陈平原

中国学界之选择"文学史"而不是"文苑传"或"诗文评",作为文学研究的主要体式,明显得益于西学东渐大潮。从文学观念的转变、文类位置的偏移,到教育体制的改革与课程设置的更新,"文学史"逐渐成为中国人耳熟能详的知识体系。作为一种兼及教育与研究的著述形式,"文学史"在20世纪的中国,产量之高,传播之广,蔚为奇观。

从晚清学制改革到"五四"新文化运动展开,提倡新知与整理国故终于齐头并进,文学史研究也因而得到迅速发展。在此过程中,北大课堂曾走出不少名著:林传甲的《中国文学史》(1904)还只是首开记录,接踵而来者更见精彩,如姚永朴的《文学研究法》、刘师培的《中国中古文学史》和《汉魏六朝专家文研究》、黄侃的《文心雕龙札记》、吴梅的《词余讲义》(后改为《曲学通论》)、鲁迅的《中国小说史略》、胡适的《五十年来中国之文学》和《白话文学史》、周作人的《欧洲文学史》和《中国新文学的源流》,以及俞平伯的《红楼梦辨》、游国恩的《楚辞概论》等。这些著作,思路不一,体式各异,却共同支撑起创立期的文学史大厦。

强调早年北大学人的贡献,并无"惟我独尊"的妄想,更不会将眼下这套丛书的作者局限在区区燕园;作为一种开放且持久的学术探求,本丛书希望容纳国内外学者各具特色的著述。就像北大学者有责任继续先贤遗志,不断冲击新的学术高度一样,北大出版社也有义务在文学史研究等诸领域,为北大向世界一流大学迈进呐喊助阵。

在很长时间里,人们习惯于将"文学史研究"理解为配合课堂讲授而编撰教材(或教材式的"文学通史"),其实,"海阔凭鱼跃,天高任鸟飞",此乃学者挥洒学识与才情的大好舞台,尽可不必画地为牢。上述草创期的文学史著,虽多与课堂讲授有关,也都各具面目,并无日后千人一腔的通病。

那是一个"开天辟地"的时代,固然也有其盲点与失误,但生气淋漓,至今令人神往。鲁迅撰《〈中国小说史略〉序言》,劈头就是:"中国之小说自来无史。"后世学者恰如其分地添上一句:"有之,自鲁迅先生始。"当初的处女地,如今已"人满为患",可是否真的没有继续拓展的可能性?胡适撰《〈国学季刊〉发刊宣言》,以历史眼光、系统整理、比较研究作为整理国故的方法论,希望兼及材料的发现与理论的更新。今日中国学界,理论框架与研究方法,早就超越胡适的"三原则",又焉知不能开辟出新天地?

当初鲁迅、胡适等新文化人"整理国故"时之所以慷慨激昂,乃意识到新的学术时代来临。今日中国,能否有此迹象,不敢过于自信,但"新世纪"的诱惑依然存在。单看近年学界之热心于总结百年学术兴衰,不难明白其抱负与期待。

在本世纪的最后一年推出这套丛书,与其说是为了总结过去,不如说是为了面向未来。在20世纪中国,相对于传统文论,"文学史"曾经代表着新的学术范式。面对即将来临的新世纪,文学史研究究竟该向何处去,如何洗心革面、奋发有为,值得认真反省。

反省之后呢?当然是必不可少的重建——我们期待着学界同人的积极参与。

1999年2月8日于西三旗

目　次

引　言　1

第一章　生平与时代：屈原作品的现实触媒　1
　第一节　从"王甚任之"到被疏　8
　第二节　从第一次被放到重获起用及此期作品考　30
　第三节　第二次被放及此期作品考　58
　第四节　屈原之大时代　118
　余　论　133

第二章　屈原之人生追求模式　138
　第一节　屈原人生追求之三层面　138
　第二节　屈原人生模式之双向性　150
　余　论　163

第三章　屈作之历史视野　165
　第一节　屈作历史视野中的楚史要素　165
　第二节　"三后"或"三五"：人君之楷式　181
　第三节　"吉故"：明君贤臣之遇合　204
　第四节　人君的反面教材　217
　第五节　屈子同类及同命运者　246
　第六节　其他要素　284
　余　论　313

第四章　屈原天命观及其解构　328
  第一节　"皇天无私阿兮,览民德焉错辅"　333
  第二节　"天命反侧"　337
  第三节　"皇天之不纯命"　348
  余　论　356

第五章　屈原:观照儒学传播与影响的重要个案　358
  第一节　屈作与传世儒典之关联　365
  第二节　屈作与《五行》学说　394
  余　论　402

第六章　《招魂》:屈原而非宋玉营构的奇诡世界　408
  第一节　宋玉代言说之空洞及迂曲　421
  第二节　《招魂》结局与下招目的之背离　425
  第三节　"为招之术":《大招》作为关键参证　430
  第四节　序乱辞难点考释:以主体行为及特征为核心　437
  第五节　既有研究之问题以及《招魂》本意　445
  余　论　455

第七章　论《远游》非屈原所作及其创作时期、历史渊源与实质
　　　　——以仙观念、道学背景、文学史及思想
　　　　文化史线索为核心　457
  第一节　《远游》仙观念及其与核心比照系统的
　　　　　根本歧异　463
  第二节　《远游》道学根基及其对屈作核心
　　　　　比照系统的背离　473
  第三节　《远游》创作时期:基于文学史线索的论析　486
  第四节　《远游》创作时期:基于思想文化史
　　　　　线索的论析　566

余　论　583

结　语　585
附　录　论《离骚》篇题之义　594
书名篇名人物索引　603
主要参考文献　619

后　记　625

引 言

2012年3月,拙著《屈原及其诗歌研究》(以下简称《研究》)由北京大学出版社出版。所有了解该书的细心的朋友都会意识到,关于屈原和楚辞,笔者另外有很多话并未在书中呈现,这暗示了其他相关著论的存在。事实正是如此。笔者另外有一个安排,即以本书研讨屈原及楚辞学的一系列奥秘。因此,以《屈原及其诗歌研究》与本书合观,笔者对屈原与楚辞学的阶段性探讨才算完整——当然也还只是阶段性的。说实话,有点儿对不住《研究》一书的读者朋友。因为对该书而言,本书对一系列问题的处理乃是前提性的。

《研究》一书的引言中有不少话放在这里交代其实更合适,只因它先于本书出版,所以勉强放到了那里。重复也没有太大的必要,本书之引言更想说点儿"题外话"。

不管大家承认与否,这都是一个浅阅读盛行的时代,甚至学者著书立说都难免此弊。很多人翻翻一本书的引言或绪论,顶多再翻翻结语(后记一般会浏览一下,因为那里往往有一些跟学术无关却有趣的信息),就觉得已经做了完整意义上的阅读了。我们不能说这个时代学风多么浮躁或者多么急功近利,因为同时有一大批并不浮躁,并不急功近利,踏实、严谨、创新的学者在。然而的的确确,这个时代热衷于制造"大师",真学问则相当匮乏。多数人推动和追逐的都只是浅阅读(与物质利益或市场不无关系吧),叫人安安稳稳坐下来认认真真读一本书,还是相当困难的事情。更糟糕的是,狭隘的功利性算计已瓦解了很多人对真学问的尊重。浅阅读当然有其好处,即可以在有限的时间内"读"很多,可以在张口或下笔时掉书袋卖弄渊博;其坏处则是"读"了很多,却跟未读没有太大差别,往往只是断章破句、敛聚了不少谈资而已。古人好言半部《论语》治天下。这样说至少有一个前提,即非同一般的深度阅读。对半部《论语》的深度阅读,其价值可能超过对几百本故典的浅阅读。

张潮《幽梦影》云:"少年读书,如隙中窥月;中年读书,如庭中望月;老年读书,如台上玩月。皆以阅历之浅深为所得之浅深耳。"①不少人觉得这话深知读书痛痒。然而实际上,阅读之所得何尝只关乎阅历呢?就读书言,阅历这东西,没有固然不行,有了也不一定行。多少人曾经沧海,饱谙世事,去正经读书却了无所获。读书,有了阅历,最起码还要有会心。大浪淘沙千百年,历史给我们留下为数不多真正具有原创性的响当当的经典。它们都需要深度阅读,都需要别有会心。《庄子》和屈原辞均是极杰出的例子。它们都很难读。《庄子》难读,是因为它不像《论》《孟》《老》《韩》那样正襟危坐谈学问,它是奇诡谬悠的诗化的哲理。作为诗人兼学者的闻一多就把《庄子》当诗读。他说:"庄子的文学价值还不只在文辞上。……他的思想的本身便是一首绝妙的诗。"②屈原辞难读,是因为它们是非同一般的诗,而且并非《诗三百》那种"极质正的现实文学"③。就是说,庄子——连同他缔造与影响的后学——和屈原都异想天开,都喜欢"藉外论之",指东打西,言在此而意在彼,都善于营

---

① 张潮《幽梦影》,江苏古籍出版社2001年版,第39页。
② 闻一多《庄子》,孙党伯、袁謇正主编《闻一多全集》第九卷,湖北人民出版社1993年版,第8页。
③ 参阅梁启超《要籍解题及其读法》,《饮冰室合集》专集之七十二,中华书局1989年版(据上海中华书局1936年版影印),第81页。

构迷宫般繁复奇谲的形式，同时其思维都富于开创性、跳跃性和暗示性，我曾因此称屈原为极深刻的"形式主义"者①。读他们的文与诗，见山不是山，听风须知雨，无沉潜，乏会心，只能掉进他们营构的"陷阱"，买其椟而还其珠。古今学人落此弊者不知凡几。举一例来说，若无会心，何以发现《九章·哀郢》与《天问》《招魂》的内在关联呢？而不把握这种内在关联，又何以有效诠释相关文本呢？

做学问还有方法问题，通常称为"路数"。路数不对，只会益行益远、益远益偏。一如练武功，路子歪了，用功越深，后果越重。笔者做学术，一直强调对方法的关怀，自己在提出和解决问题时，也往往伴随方法上的反思。

吕思勉先生评今古治国学者云："昔人读书之弊，在于不甚讲门径，今人则又失之太讲门径，而不甚下切实功夫：二者皆弊也。"②钱穆先生说："当知做学问本来是要工夫的，没有不花工夫的学问。诸位每做学问，好问方法，做学问最大第一个方法就是肯花工夫。"③吕先生说得相当中肯，钱先生说得也极透彻，不过肯下功夫之后，仍有一个方法问题。对方法的关怀其实是做学术的题中应有之义。笔者在著论中谈方法，务求立足于具体和切实的研究，水到渠成，绝不放空。

2005年11月，我在台湾辅仁大学召开的"第四届先秦两汉学术国际研讨会"上发表论文，探讨屈作"女求男""男求女"模式及两者间的同义转换，认为它们在屈作中是等值的艺术符

---

① 参见拙著《屈原及其诗歌研究》第三章"'寄情寓言'以及屈原的'形式主义'"，北京大学出版社2012年版。
② 吕思勉《经子解题》自序，上海文艺出版社1999年版，第7页。
③ 钱穆《中国史学名著》，生活·读书·新知三联书店2000年版，第5页。

号①。当时引发了一个基于女权主义的追问。男权女权的理论视域当然十分重要,可具体到屈原研究,仍要看怎么运用。屈作"女求男""男求女"模式的转换有极深刻的现实基础。被追求者指涉国君;追求者为屈原之化身,而时为女性,时为男性。屈原艺术化为男女关系模式中的男性角色显得合情合理,极其自然。一方面,屈原本身是男性;另一方面,高辛以玄鸟凤凰为媒理求美女简狄,是他极深刻的文化记忆,曾以不同姿态和形式出现在《九章·思美人》《离骚》《天问》等辞作中,对他铺采摛文的形式意图发挥着塑型作用。可是当屈原用男女关系模式来表现自己被疏遭弃时,他只能取女性角色,因为那一时代大概没有被女性抛弃的男性,看看《诗三百》中《卫风·氓》《邶风·谷风》等一批弃妇诗就很清楚了。在这一表达模式的现实规定性上,男权女权问题无疑存在,而且非常关键。但这显然不妨碍"女求男""男求女"在屈作中充当等值的艺术符号。

从男权女权立场上追问屈作"女求男""男求女"之模式,显示了极好的问题意识,促使我进一步思考,也进一步收获。需要防备的,是那些超出学术层面的过度敏感。曾几何时,有学者认定在《论语》一书中,"'人'与'民'……是不可混同的两个阶级;他们在生产关系中是剥削与被剥削的关系,在政治领域中有统治与被统治的区别,因而其物质生活及精神生活的内容与形式,亦复互不相同";坚称"《论语》所说的'人'与'民',相当于一般奴隶制社会的两大阶级:'民'是奴隶阶级,'人'是奴隶主阶级"②。这种罔顾事实的"一刀切"隐藏着超出学术界

---

① 拙著《屈原及其诗歌研究》对这一问题有更充分的论述,参见该书第二章第二节"屈作'男女关系'模式"。
② 赵纪彬《释人民》,见所著《论语新探》,人民出版社1962年版,第7、26页。

域的过度敏感,后来有不少学者予以廓清①。屈原研究领域也有类似的敏感。比如,有学者看《离骚》"长太息以掩涕兮,哀民生之多艰""怨灵修之浩荡兮,终不察夫民心"等句,见有"民生""民心"诸字眼,便坚称屈原为"民本思想者"②。屈原确有民本思想,但拿这样的诗句来支持自己的判断却并不准确。单就《离骚》而言,"民"字凡五六见,实均取常见义——"人";而"哀民生之多艰""终不察夫民心"之"民"字,又是取"人"之义而指言自己。人、己本来相对,以"民(人)"指己,此二语正是其例③。

拙著《屈原及其诗歌研究》给屈原作品以极高的评价。但屈原只是笔者的研究对象而非信仰,笔者不会给予他违背学理的评骘,不会因为自己研究屈原就捧屈原,说他好说他坏,都是因为不得不说。真实、恰如其分地呈现屈原的特质和价值,是笔者更重要的追求,也是屈原研究应有的更重要的关怀。

近几年,笔者受命参加袁行霈先生主持的一个古籍整理项目,承担的任务是《墨子》新校新注。曾有朋友善意地提醒,注释《墨子》一定要注意墨子及其后学的立场,他们是儒家的对立面,总跟儒家唱对台戏。这一点的确非常重要。但可能还有另外一种做法,即不预设立场,不预先抱定一种固化已久的认知,不管这种立场和认知多么符合大家的常识。历史上的很多成见都有欺骗性。比如,可能从《荀子》产生之日起,它就被放到

---

① 孙钦善曾予以详细的反驳,见所著《论语本解》附论"《论语》和孔子的思想内涵及其历史影响、现实意义",生活·读书·新知三联书店2009年版,第306—311页。

② 郭沫若《历史人物·屈原研究》,《郭沫若全集》历史编第四卷,人民出版社1982年版,第91页。

③ 具体请参阅本书第一章第三节"第二次被放及此期作品考"。

子思、孟子的对立面,因为《非十二子》篇对思、孟五行学说有极尖锐的批评。所幸湖南长沙马王堆之帛书《五行》与湖北荆门郭店之简书《五行》相继出土,拿来与《荀子》比对,可以发现《荀子》有很多重要思想深刻地承继了《五行》学说①。以一种开放的心态和思维审视对象,我们会得到更多的发现,会发现历史的真面目。面对屈原也是一样的道理。一开始就抱定那些固化已久的认知,比如"在楚言楚"等,对我们的研究不会有任何益处。

依传统做法,同时也为了节省篇幅,本书引用故籍一般只随文注出书篇名;在不产生歧义的情况下,"王逸章句""洪补""蒋骥注""毛传""郑笺"等所关联之《楚辞》《诗经》注本之类,则径直省略。除正文特别说明者以外,各书所用版本均列为参考文献,读者朋友可以循察。

以上就算是引言吧。其实,引言之为"体",最大的好处就是允许有较自由的空间,让作者说些不甚相干的话。

---

① 具体论证,请参阅拙作《〈五行〉学说与〈荀子〉》,刊载于《北京大学学报》2013年第1期;以及《从〈五行〉学说到〈荀子〉:一段被湮没的重要学术思想史》,收入《出土文献与中国文学研究》,齐鲁书社2013年版。

第一章　生平与时代：屈原作品的现实触媒

屈子去后,千百年时光已经过去,但其生平与创作仍有很多事项未弄清楚。他究竟创作了哪些作品,学界向有争议;他在哪些历史阶段、因何种现实触媒完成自己的创作,更是一派蒙昧。有学者期望新出土的文化遗存能照亮历史的巨大黑洞。我们确实有很多重要的出土发现,可要说哪些跟屈原有切实的关系,需作极仔细的论证。比方说,1993年湖北省荆门市郭店一号楚墓出土了一批重要典籍及其他文化遗存,有学者据墓中之物漆耳杯铭文、鸠杖等,论定墓主就是屈原。这不过是想当然而已,已有专家作了驳正[①]。屈原的人生结局有其特殊性,要找这样的文化遗存,希望显然不大。

在现有条件下,要梳理屈原生平及创作的基本事实,屈作本身是十分重要的依据。汪瑗注《九章·思美人》"开春发岁兮,白日出之悠悠"一章,尝云:"屈原之大节,虽见于《史记》,而中心之委曲,行事之始终,兴趣之幽眇,人品之佚宕,其详则不可得而闻矣,尚赖《楚辞》诸篇考见其一二……"当代楚辞学家金开诚说:"屈原

[①] 关于郭店一号墓出土的情况,参阅湖北省荆门市博物馆《荆门郭店一号楚墓》一文(刊载于《文物》1997年第7期)。高正主张该墓墓主为屈原,参见所著《郭店竹书在中国思想史上的定位:兼论屈原与郭店楚墓竹书的关系》(刊载于《中国哲学史》2000年第2期)。周建忠予以反驳,参见所著《荆门郭店一号楚墓墓主考论:兼论屈原生平研究》(刊载于《历史研究》2000年第5期)。

的辞作,里面有不少材料,可以说明屈原的经历。"① 除屈作本身堪作依据外,战国至汉代的相关著述是不可忽视的。这包括以下三个方面:一为历史记述,如汉初史家司马迁所撰《史记·屈原贾生列传》《楚世家》等。二为文学作品,如传世《楚辞》之《卜居》《渔父》,汉初贾谊之《吊屈原赋》、东方朔之《七谏》等。三为叙记传注,如汉初刘安之《离骚传》、西汉末刘向之《新序·节士》、东汉初班固之《离骚序》以及东汉中叶王逸之《楚辞章句》等。

这些材料中,《史记·屈原列传》对了解屈子生平尤其重要,然该传自身内容有含混、龃龉处,后人对其解读又存在很多问题,以至于产生了一些对屈原和楚辞研究极为致命的结论,这里不能不给出简单的回应。

谢无量《楚词新论》提道:"我十年前在成都的时候,见着廖季平。他拿出他新著的一部《楚词新解》给我看,说'屈原并没有这人'。他第一件说《史记·屈原贾生列传》是不对的,细看他全篇文义都不连属,他那传中的事实前后矛盾,既不能拿来证明屈原出处的事迹,也不能拿来证明屈原作《离骚》的时代。"②《楚词新论》著于1922年至1923年间,"十年前"则当是1912年前,那时廖平

---

① 金开诚《屈原辞研究》,江苏古籍出版社1992年版,第45页。
② 参阅谢无量《楚词新论》,上海商务印书馆1923年版,第12页。案:后来很多学者比如郭沫若等人即据此认定廖平《楚辞新解》为屈原否定论的滥觞,但也有学者予以驳斥,力证《楚辞新解》既未否定屈原的存在,又未否定《屈原列传》的真实性(参见黄中模《与日本学者讨论屈原问题》,华中理工大学出版社1990年版,第117—118页)。其实问题恐怕有更复杂的一面。郭沫若等人固然有误,但仅据《楚辞新解》来判断谢无量之说同样是一种误会。的确,《新解》不否认屈原的存在,惟认定传世楚辞多非屈原所作而已。该书之叙,劈头就说"《离骚》者,屈子之所传也"(该书凡例谓:"《离骚》篇名不可解,盖如古纬,为屈子所传,并非其自作。《离骚》为经作,亦如诸纬为弟子所传"),其指责太史公,也只是在"误以所传为自作,指为离忧,沉渊而死"等数事。但谢无量所记本非廖平书中之意,而是其口头陈述。廖平学术喜变,好自攻评,其本人有四变五变之说,矜为合兴覆于一身,故其口头陈说亦未必奉持书中之意。就此而论,不管谢无量是否将廖氏其他书误记为《楚词新解》,这条记述都有重要价值。

便根据他对《屈原列传》的指摘提出了屈原否定论。

1922年,胡适发表《读〈楚辞〉》一文,提出:"屈原是谁?这个问题是没有人发问过的。我现在不但要问屈原是什么人,并且要问屈原这个人究竟有没有。"胡适质疑屈原的第一个根据是,"《史记》本来不很可靠,而《屈原贾生列传》尤其不可靠";比如此传结末有云,"及孝文崩,孝武皇帝立,举贾生之孙二人至郡守,而贾嘉最好学,世其家,与余通书,至孝昭时,列为九卿",其间叙及司马迁之后的事情,"司马迁何能知孝昭的谥法"?而且,其中史实有误,即孝文、孝武皇帝之间漏掉了景帝①。胡适又说:

> 《屈原传》叙事不明。先说,"王怒而疏屈平"。次说,"屈平既疏,不复在位,使于齐,顾反,谏怀王曰:'何不杀张仪?'王悔,追张仪不及"。又说,"怀王欲行,屈平曰:'秦,虎狼之国,不可信,不如无行'"。又说,"顷襄王立,以子兰为令尹。楚人既咎子兰以劝怀王入秦而不反也,屈平既嫉之,虽放流,眷顾楚国,系心怀王,不忘欲反"。又说,"令尹子兰闻之大怒,卒使上官大夫短屈原于顷襄王。王怒而迁之。屈原至于江滨,被发行吟泽畔"。既"疏"了,既"不复在位"了,又"使于齐",又"谏"重大的事,一大可疑。前面并不曾说"放流",出使于齐的人,又能谏大事的人,自然不曾被"放流",而下面忽说"虽放流",忽说"迁之",二大可疑。"秦虎狼之国,不可信"二句,依《楚世家》,是昭睢谏的话。"何不杀张仪"一段,《张仪传》无此语,亦无"怀王悔,追张仪不及"等事,三大可疑。怀王拿来换张仪的地,此传说是"秦割汉中地",《张仪传》说是"秦欲得黔中地",《楚世家》说是"秦分汉中之半"。究竟是汉中是黔中呢?四大可疑。前称"屈平",而后半忽称

---

① 胡适《读〈楚辞〉》,《胡适文集》第三册《胡适文存二集》,北京大学出版社1998年版,第73页。

"屈原",五大可疑。①

胡适认为"传说的屈原,若真有其人,必不会生在秦汉以前",且:

> 屈原是一种复合物,是一种"箭垛式"的人物,与黄帝、周公同类,与希腊的荷马同类。怎样叫做"箭垛式"的人物呢?古代有许多东西是一班无名的小百姓发明的,但后人感恩图报,或是为便利起见,往往把许多发明都记到一两个有名的人物的功德簿上去。最古的,都说是黄帝发明的。中古的,都说是周公发明的。怪不得周公要一饭三吐哺,一沐三握发了!那一小部分的南方文学,也就归到屈原、宋玉(宋玉也是一个假名)几个人身上去。(佛教的无数"佛说"的经也是这样的,不过印度人是有意造假的,与这些例略有不同。)譬如诸葛亮借箭时用的草人,可以收到无数箭,故我叫他们做"箭垛"。②

廖平说屈原这人不存在,胡适说屈原即便存在,也不在先秦,且只是一个"箭垛"。

这些观点曾在国内外产生重大影响,但明显失于偏颇和极端。1923 年,谢无量出版《楚词新论》,反驳廖平、胡适之说,我们不厌其长,录其部分要点于下:

> ……怀疑《史记》是一事,屈原的有无又是一事,就是《史记》都不对,也不能说屈原这个人完全没有,况其中恐怕还不无研究的余地吗……
> 假令我们要批评《史记》这部书,第一,先要晓得这书编集的时候是怎么样,第二,先要晓得这书流传的时候是怎么

---

① 胡适《读〈楚辞〉》,《胡适文集》第三册《胡适文存二集》,第 73—74 页。
② 同上书,第 74 页。

样。如果《史记》这书靠不住,与《史记》同时代的那些书也都靠不住,因为他们编集时的情形,和流传时情形,应该同《史记》差不多的。我们不能单单责备《史记》了。

讲到编集的情形,无非先要搜罗一种材料。若论史料的征集,在春秋时候,那种为难的情形,就是"所见异词,所闻异词,所传闻异词"了。这虽是古今通义,然在太史公的时候,书禁不过才开,古书尚未全出,对于所传闻世的人物,考证尤不很容易。他同时并存异词,也是有的。所以《史记》书中往往有自相矛盾的地方。

讲到流传的情形,那时候的书都不免有为人所杂乱或增补的。这是一部份关于心理,一部份关于事实。关于心理的,是古人立言,所以为公,并不大有据为己有的心理。所以著书的人,不妨公然抄袭前人的成文。至于流传的人,他有时可以随便增补或杂乱古人的文字,他们在那个时代,视这等为很寻常的事。就是偶有异同,也不拿他十分顶真。这是由心理方面所酿成的流传的错误。至关于事实的,就是那时候各种书籍的传本,全凭写录,懒惰的人或者便要删书,好事的人不免随手多写几句。一书既有多本,传之既久,那文句较多的,或且被人认作善本,从此就讹以传讹了。这是由事实方面所酿成的流传的错误。

……所以在这种立言为公的风气未尽亡的时代,在这种古书借抄写流传可以随便增补的时代,我们要对于一个人的事迹,处处寻出确凿的证据,是很难的。①

谢无量所说颇有道理,其后的相关论调,也可拿此说去做回应。总之,事实十分简单和清楚:就《屈原列传》存在某些问题而质疑其基本史实,乃至质疑屈子的存在,实在是太过孟浪了。

---

① 谢无量《楚词新论》,第15—18页。

何况屈原及《屈原列传》可以得到很多证明呢。1942年,郭沫若著成《屈原研究》,一一驳斥廖平、胡适的观点,再次确认,"能够得到多数地底的证据,那是再好也没有的。但在目前仍然是只好信凭着和屈原相去不远的人们的著述"①;又说,汉初贾谊作《吊屈原赋》,刘安作《离骚传》,《楚辞》当中又有《卜居》《渔父》两文"寄托于屈原"(二者"一定是屈原的后辈宋玉、唐勒、景差之徒所作"),有贾谊、刘安以及作《卜居》《渔父》的楚人在前,"《屈原传》在细节上纵使有疏失和为后人所窜改的地方,而在大体上是不能推倒的"②。这是面对历史文献的正确态度。

---

① 参阅郭沫若《历史人物·屈原研究》,《郭沫若全集》历史编第四卷,第14页。
② 参阅郭沫若《历史人物·屈原研究》,《郭沫若全集》历史编第四卷,第14—15页。案:"景差",《汉书·古今人表》作"景瑳"。又,古人对刘安所作说法不一,或谓刘安所作为《离骚传》。如《汉书》淮南王本传谓,初,安入朝,武帝"使为《离骚传》"(师古注:"传,谓解说之,若《毛诗》传")。王逸《楚辞章句叙》《隋书·经籍志》均谓武帝使淮南王为《离骚》章句,当即为传之事。班固《离骚序》云:"昔在孝武,博览古文。淮南王安叙《离骚传》,以'《国风》好色而不淫,《小雅》怨诽而不乱……'斯论似过其真。又说五子以失家巷,谓五子胥也。及至羿、浇、少康、二姚、有娀佚女,皆合以所识,有所增损,然犹未得其正也。"班固殆谓刘安《离骚传》又有叙。或谓刘安所作乃《离骚赋》。荀悦《汉纪·孝武帝纪》卷三第十二云:"初,安朝,上使作《离骚赋》。且受诏,食时毕。"高诱《淮南子叙》亦云:"初,安为辨达,善属文。皇帝为从父,数上书,召见。孝文皇帝甚重之,诏使为《离骚赋》,自旦受诏,日早食已。上爱而秘之。"高诱系此事于文帝时,误,当为"孝武帝";高诱谓皇帝爱秘《离骚赋》,亦误,据《汉书》淮南王本传,皇帝所爱秘者为《淮南子》之《内篇》。清王念孙以为,《汉书·淮南衡山济北王传》谓,"初,安入朝,献所作《内篇》,新出,上爱秘之。使为《离骚传》,且受诏,日食时上",其中"离骚传"当为"离骚傅"之误,而"傅""赋"古字通,武帝"使为《离骚傅》"者,使约其大旨而为之赋也"(参见《读书杂志·汉书第九》)。后人多从此说。余嘉锡论目录书之体制,有云:"刘安奉诏所作之《离骚传》,据班固言有解五子、羿、浇、少康、贰姚、有娀佚女之语,颜师古谓解说之如《毛诗》传,其说确不可易。以其创通大义,章解句释,故王逸及《隋志》均谓之章句,非'列传'之'传'也。其'《国风》好色而不淫'云云,为太史公所采者,当是《离骚传》之叙。班固明云'淮南王安叙《离骚传》',此'叙'字即'书叙'之'叙',不得作叙次解。"(见所著《目录学发微》,与《古书通例》[转下页]

总之,《史记·屈原列传》等文献的价值不容抹杀(屈原的存在也无可置疑)。1954 年,林庚撰《〈史记·屈原列传〉论辩》一文,肯定该传是研究屈原生平最重要的依据,而《史记·楚世家》《离骚》《天问》《招魂》《哀郢》《怀沙》等都是最宝贵的资料,贾谊《吊屈原赋》、淮南小山《招隐士》、东方朔《七谏》等也都是相当可贵的参考①。金开诚也指出:"一个伟大的历史家为一个近代史上众所周知的人物作传,若说记事不免粗疏以至失误,那是可能的;至于说他全无所据,凭空造出一个人物,放到特定的历史背景中去,说得煞有介事,那就是不可思议的了。"②不过汉人的材料虽不可不信,却也不能全信,其中存在错位、残缺甚至强附等一系列问题,必须结合其他材料来审慎地抉择③。

本章考察屈子生平、时代及创作,重点在于论析屈子因哪些历史触媒完成了相关作品。为使表述更为清楚,笔者将分时段进行剖释和梳理,且随时对现有误说做必要的辨正(这种工作相当困难,却不可回避)。书阙有间,文献不足征。为屈原编制创作年表是一项危险的工作,不必勉强从事④。笔者主要是找出诗人现实

[接上页]合刊,中华书局 2007 年版,第 44 页)此说是。金开诚以为,汉人荀悦、高诱之说,总不如亲见《离骚传》并对它做了批评的班固所说为确。又说:"《离骚》在刘安心目中是'经',所以他给《离骚》作个简单注释就称为'传',这正合乎'经''传'相配的定例。"(参见所著《屈原辞研究》第 23—24 页)

① 林庚《〈史记·屈原列传〉论辩》,收入《诗人屈原及其作品研究》,见《林庚楚辞研究两种》,清华大学出版社 2006 年版,第 40—42 页。

② 金开诚《屈原辞研究》,第 26 页。

③ 关于《史记·屈原列传》的"混乱"以及后代学者试图"复原"此文的努力,笔者下文将联系《离骚》创作时间作详细辨析。

④ 陆侃如为他所认定的屈原 11 首诗作了编年,如谓《离骚》作于怀王十四年等,往往不可靠;陆侃如复谓《离骚》一年完成,《天问》则作于顷襄三年至九年,历七年之久,更不知何所依据(参阅陆氏《屈原·屈原评传》所附屈原年表,上海亚东图书馆 1923 年版,第 157—160 页)。此外陆氏以为《招魂》《九歌》均非屈原所作,亦不可取。

经历与其作品的契合点,时间判定上虽力求确定,但有些问题恐怕只能保持一定程度的模糊,求之太过,反倒会偏离实际。

第一节 从"王甚任之"到被疏

屈原(约前353—约前278)①,名平,字原②,战国时期楚国人,

---

① 关于屈原之生年,前人多有考证,主要根据即《离骚》"摄提贞于孟陬兮,惟庚寅吾以降"一语(案本书引用屈原辞,一般据洪兴祖《楚辞补注》,中华书局1983年版,采用其异文时则加注说明)。但古今学者对此语理解不一,所以据此推算的结果亦往往不同。郭沫若承王逸、洪兴祖等人之说,解"摄提"为标示寅年的摄提格(《尔雅》谓"太岁在寅曰摄提格"),并推算屈原生于前340年,卒于前278年(参阅其《屈原研究》,作于1942年,收入《郭沫若全集》历史编第四卷之《历史人物》部分)。王观国、朱熹等人均主张"摄提"为星名而非岁名。林庚承继这种说法,坚持"摄提"只说明一年里的季节,而不说明年份。他推算屈原生于前335年,卒于前296年(参阅其《屈原生卒年考》一文,作于1951年;又可参阅其《摄提与孟陬》,作于1979年。二文均收入《诗人屈原及其作品研究》)。汪瑗在《楚辞蒙引》"摄提"一条中,引《历书》及司马贞《史记索隐》所补《三皇纪》,指出:"古人之用岁名也,亦有去'格'字而言之者矣。"顾炎武也反对把"摄提"解为星名,谓:"岂有自述其世系生辰,乃不言年而止言月日者哉。"(参见所著《日知录》卷二十"古人必以日月系年"条)浦江清解"摄提"为岁星纪年的"摄提格",推算屈原生于前339年,大约卒于前280年(参阅其《屈原》一文,收入《祖国十二诗人》,中华书局1954年版,第6—7页;案该书初版于1953年)。胡念贻推算屈原生于前353年(参阅其《屈原生年新考》一文,写于1973年,1978年发表于《文史》第五辑,后增写附记收入《先秦文学论集》,中国社会科学出版社1981年版)。金开诚认为:"迄今为止,关于屈原生年的考证虽还有多种说法,但比较而言都不如胡氏之说为近是。"他还指出:"从系统的观点来看,屈原的生年问题是不能孤立地加以考察的,必须与屈原生平的其它事情联系起来进行分析和验证;而采用胡氏之说,则屈原的各种事迹才能形成一个较为优化的有序结构。"(参阅所著《屈原辞研究》第45页)而张闻玉反对胡氏之说,推算屈原当生于前343年(参阅其《屈原生年新考〉志疑》一文,刊载于《重庆师范大学学报》1985年第2期)。另外值得注意的是,古今不少学者在屈子降生的时间上大做文章。比如林云铭《楚辞灯》谓:"又值寅日。人生于寅,得人道之正。"这种理解大有问题。朱冀《离骚辩》驳斥说:"此不过自叙其生时日月耳,人道之正岂系乎此?"

② 《史记·屈原列传》谓屈原名平,后人多从之。梁萧统编《文选》则(转下页)

中国历史上第一位伟大的爱国诗人。

屈原与楚王同姓芈（屈为氏）。其远祖为贵族，可他本人大概只是一介贫贱之士。章太炎尝云："屈氏虽楚公族，据《春秋传》，桓十一年屈瑕已为莫敖，至赧王十六年楚怀入秦，相距四百年，原之于楚公室亦甚疏矣。"（《菿汉昌言·区言一》）因此，屈原《九章·惜诵》篇尝谓"思君其莫我忠兮，忽忘身之贱贫"；其弟子宋玉作《九辩》替他申冤，曾说"坎廪兮贫士失职而志不平，廓落兮羁旅而无友生"①。屈原饱读诗书，学识宏博，很多儒家典籍都在他研

（接上页）以为屈原字平、名原（由其在屈原作品之上标"屈平"可知），洪补于《离骚》"名余曰正则兮，字余曰灵均"句下明斥其误，然后人颇有沿用其说者。汪瑗《楚辞蒙引》"正则、灵均"条谓："古人质直，恒自称名，非独君父师长之前，虽对平交亦然也。屈子去人未远，且自谓重仁袭义、谨厚以为丰者也。然《渔父》《卜居》二篇，皆自称'屈原'，则'原'者名也。太史公作《屈原传》乃曰名平字原，未知其何所据而云也。"类似意思又可见于汪氏注解《离骚》的相关文字中。殊不知《卜居》《渔父》本非屈原所作，不能以自称称名、他人称字之说律之。又，《离骚》云："皇览揆余初度兮，肇锡余以嘉名。名余曰正则兮，字余曰灵均。"此处诗人自述名字，又何以不说名"平"字"原"呢？前人或以为"正则"含有"平"义，"灵均"含有"原"义，如王逸章句、洪兴祖补注、朱熹集注等，具体解释则或不同。又有学者以"正则""灵均"为小字小名，如马永卿《嬾真子》卷四以及蒋骥《山带阁注楚辞》，四库馆臣谓此说"虽无所考，亦足以备一解"（《四库全书总目》卷一百二十一子部杂家类五《嬾真子》）。复有学者以之为化名或笔名，如郭沫若《历史人物·屈原研究》（《郭沫若全集》历史编第四卷，第 17 页），以及孙作云《屈原的生平及作品编年》（《孙作云文集》所收《〈楚辞〉研究》上册，河南大学出版社 2003 年版，第 1 页）。明儒黄文焕《楚辞听直》之说颇值得玩味："'正则'起下从咸'遗则'，'灵均'起下呼君'灵修'。创造称呼之中，意有寄托，语各映带：以'灵'匹'灵'，暗寓宗臣之一体也，以'正则'映'遗则'，苟不从彭咸而苟免焉，失则矣，比于邪矣！乌乎正？"清儒朱冀持类似见解，曰："'正则'起后'遗则'，'灵均'对后'灵修'，非泛泛然取以为美称也。"又曰："'遗则'与篇首'正则'遥应，惟能依死谏之遗则，乃为不失宗臣之正则也。"我们的确应考虑到，屈子使用"正则""灵均"之称，殆有关乎《离骚》全篇创作意图的考虑，全诗对"则"的凸显就体现在"正则"之"名"中。

① 孙作云称屈原是"一位地主阶级的'贫士'"，见所著《屈原的生平及作品编年》一文，《孙作云文集》所收《〈楚辞〉研究》上册，第1—2 页。

读之列,而且,他不仅掌握了大量后代历史叙述中已经丢失的历史文献或史料,而且全面熟知中国上古的神话传说。后人或感慨:"屈原当战国时,《坟》《典》未灰,史乘毕凑,兼以博识宏材,蹈扬千古,后之学者,谁睊其藩?"(陆时雍《楚辞疏·楚辞条例》)这一评价毫不过分。屈原的政治理想简单地说就是施行"美政",其具体方法则有修明法度、举贤授能等等。这些由其诗歌较然可知。比如《九章·惜往日》尝提及"明法度之嫌疑""国富强而法立",《离骚》曾颂扬禹、汤、文、武"举贤而授能兮,循绳墨而不颇",该诗结尾表示绝望与决绝,则说"既莫足与为美政兮,吾将从彭咸之所居"。军事外交方面,屈原的主要主张是联合齐国抗击欲吞并崤山以东诸侯各国的秦。

屈原的具体仕历堪称茫昧。《楚辞·渔父》云,屈原被放逐后,至于江滨,被发行吟泽畔,颜色憔悴,形容枯槁,一渔父见而问之曰:"子非三闾大夫与?何故至于斯?"这是传世文献中最早提及屈原曾任"三闾大夫"的材料。《史记·屈原列传》先说屈原为楚怀王(前328—前299年在位)左徒,后又将《渔父》所叙系于顷襄(前298—前263年在位)时期,说顷襄迁放屈原,屈原至江滨,被发行吟于泽畔,颜色憔悴,形容枯槁,一渔父见而问之曰:"子非三闾大夫欤?"或者太史公另有依据。而后汉校书郎王逸在《离骚经章句序》中说,屈原仕于怀王,为三闾大夫。诸说并异,揆度其情形,屈原殆先任三闾大夫,后任左徒,其事均在怀王时期。

关于三闾大夫一职,现存资料不多。该职殆战国时楚国所设,掌载录昭、屈、景三氏王族成员谱系,并教育其子弟。王逸《离骚经章句序》云:"三闾之职,掌王族三姓,曰昭、屈、景。屈原序其谱属,率其贤良,以厉国士。"但清儒周拱辰以为三闾大夫之职殆在"享神"①。当代亦有学者指出:

---

① 周拱辰《离骚草木史》之《九歌》解题云:"《九歌》之作也,夫曷为乎?以享神也。享神奈何?民俗仍焉尔。或亦未放时三闾大夫者职也。"

屈原曾任楚国三闾大夫,掌管王朝的宗族事务,类似于宗伯、宗正之类,而主管祭祀又正是这类官员的专职。《周礼·春官宗伯》说"大宗伯之职,掌建邦之天神、人鬼、地示(祇)之礼",说明大宗伯要制定各种祭祀礼典;以下又具体讲了祭祀昊天上帝、日月星辰、司中、司命、风师、雨师等等。虽然楚制未必同于周官,三闾大夫的地位也未必能与大宗伯相提并论,但既然肯定这是一个管理宗族事务的职位,那就必然与礼乐祭祀发生密切的关系,……屈原在三闾大夫这个职位上肯定是熟悉祭礼的,甚至在安排典礼仪式方面要发挥某种提调作用;而如果要对传统的乐神之歌进行修改加工的话,那么以屈原之富有才华,这也是非他莫属的。①

实际上,认定三闾大夫"是一个管理宗族事务的职位"缺乏依据,至少亦夸大其词,忽视了其本职。由《屈原列传》及王逸所记,看不出它有如此广泛的职能。"序其谱属"跟宗族事务确有关系,却不能泛化为宗族事务,更不能进一步与宗伯、宗正所职比附。后汉张纮《为孙会稽责袁术僭号书》有云:"幼主岐嶷,若除其偪,去其鲠,必成中兴之业。夫致主于周成之盛,自受旦、奭之美,此诚所望于尊明也。纵使幼主有他改异,犹望推宗室之谱属,论近亲之贤良,以绍刘统,以固汉宗。皆所以书功金石,图形丹青,流庆无穷,垂声管弦。舍而不为,为其难者,想明明之素,必所不忍……"(严可均辑《全后汉文》卷八十六)此处张纮亦提及"宗室之谱属",意指相当明白。王逸说屈原任三闾大夫,有"序其谱属"之责,显然是指编次王族族谱之类。屈原于《离骚》开篇云,"帝高阳之苗裔兮,朕皇考曰伯庸",归本于颛顼高阳氏,而尤致敬于其皇考伯

---

① 金开诚《屈原辞研究》,第 168 页。

庸①,很可能就与他所执掌、编次的楚王族族谱有关,凸显了他担任此职的惯性思维。三闾大夫的另一职责"率其贤良,以厉国士",则显然是指教育后进。《九章·橘颂》推伯夷为师长,《离骚》叙滋兰树蕙等,便关涉这一方面的史实。要之怀王时期,屈原先任三闾大夫,基本职责是为王族序谱属、育后进。鉴于屈原的学识和修养,说他熟悉祭礼肯定不错,但其所任三闾大夫一职不必"与礼乐祭祀发生密切的关系",亦不必"在安排典礼仪式方面……发挥某种提调作用"。

传世《九章》组诗中的《橘颂》当即作于三闾大夫任上②。该

---

① 学界一般认为"伯庸"乃屈原之父,比如王逸之章句,而或以为系屈子远祖,比如刘向之《九叹》。闻一多分析刘向之意,云:"《九叹·逢纷》篇曰:'伊伯庸之末胄兮,谅皇直之屈原。'是刘向谓伯庸为屈原之远祖,与王逸以为原父者迥异。同上《离世》篇曰:'兆出名曰正则兮,卦发字曰灵均。'云原之名字得于卦兆,则是卜于皇考之庙,皇考之灵因赐以此名此字也。向意不以伯庸为屈原之父,于此益明。同上《愍命》篇又曰:'昔皇考之嘉志兮,喜登能而亮贤……'据此,则原之皇考,又似楚先王之显赫者。夫原为楚同姓,楚之先王即原之远祖,固宜。此向不以伯庸为原父之又一证也。"闻一多谓:"间尝蓄疑累岁,反复寻绎,终疑刘是而王非也。"且论证说:"'皇考'之称,稽之经典,本不专属父庙。《诗·周颂·雝》篇,鲁韩毛三家皆以为禘太祖之乐章,而诗曰'假哉皇考',此古称太祖为皇考之明征。以彼例此,则《离骚》之'皇考'当即楚之太祖。《汉书·韦玄成传》曰'礼,王者始受命、诸侯始封者为太祖',是《离骚》之'皇考'又即楚始受命之君,故其人如《九叹·愍命》篇所述,乃似楚之先王。且《礼记·祭义》篇曰:'王者禘其祖之自出,以其祖配之。'楚人之祖出自高阳,楚人禘高阳,当以其先祖配之。然则屈子自述其世系,以高阳与先祖之名异举,乃依庙制之成法,而非出自偶然,抑又可知。要之,刘向非浅学之侪,其持此说,必有所受。"(参阅所著《离骚解诂甲》,《闻一多全集》第五卷,湖北人民出版社 1993 年版,第 258—259 页)究其实际,《离骚》"皇考"之意不必远求。以"考"字指死去之父在屈作中有确凿无疑的例子,《天问》"纂就前绪,遂成考功"即用以指禹父鲧,故王逸《离骚》章句谓"皇,美也。父死称考",还是更可取的解释,《离骚》"伯庸"当指屈原之父。

② "九章"之名为后人所加。《史记·屈原列传》赞曰:"余读《离骚》《天问》《招魂》《哀郢》,悲其志。适长沙,观屈原所自沉渊,未尝不垂涕,想见其为人。"今收入《九章》的《哀郢》与《离骚》等诗并列,可见司马迁时"九章"尚未裒辑。王逸《九章章句序》认为《九章》作于屈原被顷襄放逐江南时期,连《橘颂》也不(转下页)

诗情绪乐观昂扬,蕴含积极进取之气象,精神则雍容淡定,不急不迫,凡此均屈子被怀王疏远后所无。而其文思显得窘狭,表达显得抽象,句式显得拘谨,表明它远不及屈子他作成熟,必为早期之产①。其内容则是赞美"橘树—伯夷"式的人格,树以为道德之楷模,明显有自励、励人之意,这跟三闾大夫的职责直接相关,暗示了任三闾大夫乃屈子创作此诗的现实触媒。另一方面,该诗写作上堪称屈子最有标志性的比体艺术的滥觞,并且初步表现了他一生的基本品格,比如对世俗社会具有超越性、独立不迁、秉德无私、自慎好修等等。汪瑗解其中"深固难徙,廓其无求兮。苏世独立,横而不流兮"数语,云:

洪氏曰:"凡与世迁徙者,皆有求也。吾之志举世莫得而

(接上页)例外。后世颇有承其说者。如周拱辰《离骚草木史》于《九章》题下曰:"《九章》,屈原再被楚襄之放而作也。"孙作云认为《橘颂》大约作于屈原"流浪在江南时",确切年代则不可知(参阅所著《〈楚辞〉:考古工作者如何利用这部书》,《孙作云文集》所收《〈楚辞〉研究》上册,第159页)。这类说法对《九章》诸篇的不同创作时期缺乏辨析,显然不够准确。从创作时间上看,《九章》组诗实涵盖了屈子一生各个时期,即包括任职于怀王时期、被怀王放逐时期、被顷襄放逐时期等。又,或以为《橘颂》作于屈子怀王时被逸之后。比如姚鼐云:"鼐疑此篇尚在怀王朝初被逸时所作,故首言'后皇',末言'年岁虽少',与《涉江》'年既老'之时异矣。而'闭心自慎'之语,又若以辨释上官所云'每一令出,平伐其功'之为诬也。"(《古文辞类纂》卷六十二)此说也值得商榷。而汪瑗《集解》于《橘颂》解题部分说:"此篇乃平日所作,未必放逐之后之所作者也。"其说得之,但仍嫌笼统浮泛。

① 陆侃如认为《橘颂》有两个重要缺点,一是"诗思的窘狭",二是"抽象话太多",还作了具体申说(见所著《屈原·屈原评传》,第11—17页),可资参考。笔者在东京大学大学院任教时,荒木达雄博士曾在课堂讨论中提出,《橘颂》使用比较规整拘谨的句式,可能跟用于教育后学的功能有关,不一定是不成熟。这种想法显示了很好的学术敏感。的确,用于教育后学的诗歌需要庄重,阅读上的拘谨感或即根于这种需要;同时又需要整齐,以便于记诵,这又会从一定程度上造成句式的拘谨。显然从这个角度仍可确定《橘颂》作于屈原早期任三闾大夫时。更关键的问题还是,《橘颂》在陶钧文思、遣用意象方面明显未达到得心应手的境界。

倾之者,无求于彼故也。"瑗谓惟其无求,故难徙;惟其独立,故不流。《诗》曰:"不忮不求,何用不臧。"《易》曰:"君子以独立不惧,遁世无闷。"又曰:"旁行而不流。"《记》曰:"君子和而不流,强哉矫。"橘树似之矣,屈子有之矣。呜呼!当战国之世,环天下皆横政之所出,横民之所止,虽有聪明智巧之士,鲜不靡靡诡随而垂涎乎富贵者。屈子之生于其时,独廓然无求,不迁不流,确乎其不可拔而独立乎万物之上,岂非中流之砥柱也哉?泰山岩岩之气象,孟子不得擅于其时矣。

这种"廓其无求"的心态,恐怕也只能是屈原被国君疏远放逐前才有的。被国君疏远放逐时期,屈原不得不事人求人,以期调和跟国君的关系,争取重回楚国政治决策之核心,尽管不是私己之求,但心态毕竟大异。这也是笔者断定《橘颂》系诗人早期作品的重要缘由。

《橘颂》通体都跟屈原有深刻联系,否定它出于屈子之手是毫无根据的,不过它确然非屈子遭受沉重打击、诗艺日臻成熟时期的产物。林庚指出:"《橘颂》……就是后来《离骚》的源泉,如果《离骚》像长江大河的雄伟奔放,《橘颂》就正像山泉般的清新纯净。"①金开诚则分析说:"屈原在三闾大夫时期写过什么辞作?现在不可确考。但从内容上看,《九章·橘颂》是一篇励志劝学之辞,很可能是屈原在当三闾大夫时所作,既以自勉,亦以励人;全篇以橘为比,要求自己及三闾子弟们应当像橘那样,既有才华,又有内美,可负重任,出类拔萃。又因屈原本人及其所督率之士皆为楚之宗族,所以篇中特别强调'受命不迁,生南国兮。深固难徙,更壹志兮'。全篇表现的情绪从容镇定,恰与《离骚》成为对比,令人想见他身为三闾大夫时弦歌讽咏、化育多士的风范。这种情绪和

---

① 林庚《诗人屈原及其作品研究·民族诗人屈原传》,见《林庚楚辞研究两种》,第6页。

风范在屈原后来的辞作中再也不可得见,因此显然说明,屈原从事培养人才的工作只可能是在尚未遭受被疏、政治上未遭任何打击之前。"①

鉴于屈子的人生结局,此外尚有一点值得注意,即作为屈原现存最早的一首诗歌,《橘颂》已奏响了诗人为持守人生选择宁愿死亡的主题。该诗所歌咏的伯夷就是持守志节、最终饿死在山野之中的;《史记·伯夷列传》记其事,且谓姜太公称之为"义人",《太史公自序》又以"末世争利,维彼奔义"称许之。总而言之,伯夷乃中国文化中守义殉身者的典型代表。王逸解《橘颂》"行比伯夷,置以为像兮",云:"屈原亦自以修饰洁白之行,不容于世,将饿馁而终,故曰以伯夷为法也。"这种解释有合理的一面,即认识到屈原高唱以伯夷为楷模,实蕴含以死自誓之意。就是说,屈原投身创作伊始就表现了儒家式"杀身成仁""舍生取义"的取向,他最终自沉乃是这一取向的合理发展。这看起来有点儿奇怪,但确乎一开始就注定了。

屈原后来做了楚怀王的左徒。此职亦为战国时楚国所设,具体地位和职责殊难确定。清儒钱大昕据考烈王(前262—前238年在位)时黄歇由左徒升为令尹,判断"左徒亦楚之贵臣矣"(《廿二史考异》卷五《屈原贾生列传》部分)。后人或更进一步提出左徒仅次于令尹。比如,游国恩说:"左徒比楚国宰相令尹仅次一级。"②又说:"据《史记·楚世家》'考烈王以左徒为令尹,封以吴,号春申君'的记载来看,则左徒之职似乎仅次于地位最高的令尹,也许就是令尹的副职。"③究竟哪一种说法更有道理呢?还是先看看《楚世家》的记载:

---

① 金开诚《屈原辞研究》,第49页。
② 游国恩《屈原》(1953年版),《游国恩楚辞论著集》第四卷,中华书局2008年版,第274页。
③ 游国恩《屈原》(1963年版),《游国恩楚辞论著集》第四卷,第330页。

(顷襄)二十二年,秦复拔我巫、黔中郡。二十三年,襄王乃收东地兵,得十余万,复西取秦所拔我江旁十五邑以为郡,距秦。二十七年,使三万人助三晋伐燕。复与秦平,而入太子为质于秦。楚使左徒侍太子于秦。三十六年,顷襄王病,太子亡归。秋,顷襄王卒,太子熊元代立,是为考烈王。考烈王以左徒为令尹,封以吴,号春申君。

黄歇以左徒之职侍从太子,在秦国待了十个年头,此职断不能高到仅次于最高行政长官令尹,"因为太子到外国去当人质,没有必要派遣本国的二、三号人物作为侍从"①,且又如此之久。不过左徒虽不必是楚国二、三号人物,却绝对属于贵臣,否则即便怀王特别看重做左徒的屈原,也很难委以《史记·屈原列传》中所说的那些重任(参见下文),而黄歇也很难由左徒遽升至令尹。对于理解"左徒"一职,黄歇这一个案还有另外一些启发。据《史记》黄歇本传,黄歇"游学博闻,事楚顷襄王",与屈原"博闻强志,明于治乱"类;"顷襄王以歇为辩,使于秦",与屈原"娴于辞令"类;黄歇使秦,成功谏阻秦昭王攻楚,归而任左徒一职,屈原亦尝使齐,亦尝任左徒,又相类。而黄歇复以左徒事奉前往秦国作人质的太子。盖楚国左徒一职,或担负一部分出使、应对异国之责,亦因此需要博闻和善辩。

　　屈原任左徒当是在被怀王疏远以前。林云铭《楚辞灯》附《楚怀襄二王在位事迹考》一文,认为屈原任左徒是在怀王十一年(前318)。此年,山东诸国的一个重要事件是,怀王为纵长,合六国之兵而攻秦。陆侃如稍将时间提前,认为:"十六年以前,齐楚亲善的唯一的事迹便是十一年的纵约。屈原能与这回纵约有关系,可

---

① 魏炯若《楚辞发微》,与《杜庵说诗》合刊本,中国社会科学出版社、华龄出版社2006年版,第21页。

见他这时已在左徒之位了。由此可知他任左徒必在怀王十年左右。"①揆度形势,陆说更近事实。依《楚世家》,怀王即位之初并无合纵之心。威王(前339—前329年在位)卒年,魏闻楚丧,伐楚,取陉山(在今河南漯河以东),故怀王六年(前323)使柱国昭阳将兵而攻魏,破之于襄陵(今河南睢县),得八邑,又移兵而欲攻齐,陈轸以画蛇添足之寓言为齐游说,使昭阳退兵;此后秦国还派张仪与楚、齐、魏相会,在齧桑(今江苏沛县西南)订立盟约。这一时期,楚国跟山东国家结盟摈斥秦国的形势还不明朗。而怀王十一年,形势有了明显的变化。《楚世家》记载:"十一年,苏秦约从山东六国共攻秦,楚怀王为从长。至函谷关,秦出兵击六国,六国兵皆引而归,齐独后。十二年,齐湣王伐败赵、魏军,秦亦伐败韩,与齐争长。"②此处"齐湣王"为"齐宣王"之误(前者于前301—前284年在位,后者于前320—前302年在位)。怀王联合山东诸国抗秦,博学多能、擅长辞令并主张合纵的屈原正是其最得力的辅佐。《史记·屈原列传》记:"屈原者,名平,楚之同姓也。为楚怀王左徒。博闻强志,明于治乱,娴于辞令。入则与王图议国事,以出号令;出则接遇宾客,应对诸侯。王甚任之。"出如何如何,入如何如何,应该是屈原在左徒任上最风光的事件(太史公之意也是如此)。一言以蔽之,六国合纵,屈原与有功焉。惜乎怀王太不济事,作为合纵六国之长,率六国军队攻秦,可秦兵一出,他逃得却比齐国还快,就气势言大不如齐宣王。

然而很多学者都认为屈原先任左徒,后任三闾大夫。比如,游国恩判断,怀王十一年屈原任左徒,二十四年(前305)被放汉北,

---

① 陆侃如《屈原·屈原评传》,第8页。
② 据《诅楚文》,怀王十一年六国攻秦,取秦边城而归;参阅郭沫若《石鼓文研究 诅楚文考释》,《郭沫若全集》考古编第九卷,科学出版社1982年版,第290、297页。

二十九年(前300)被召回任三闾大夫①。林庚说,屈原先为左徒,后为三闾大夫,都是在怀王时②。詹安泰的看法大致相同,复谓屈子做三闾大夫,"平时不参与政事,有必要时才召他回来"③。张正明则认为,屈原先于怀王时任左徒,"顷襄王即位后,屈原曾任三闾大夫,掌公族子弟的教育。不久又受谗见斥"④。赵沛霖总结道:"当代一些学者如游国恩、林庚、詹安泰、马茂元等……多肯定屈原先作左徒,被谗见疏之后才任三闾大夫。三闾之职管教楚王同姓宗亲子弟,虽亦显贵,但不能预闻政事,只是一个闲官。这与屈原见疏之后的处境是相吻合的,或许正是由于这一点,那些学者才作出左徒去职之后任三闾的论断。"⑤视三闾为闲官确实影响了很多学者的判断。比如陆侃如也称,屈原任此职在使齐回楚、谏怀王追张仪之后的几年,"三闾大夫……与当时的政治无甚关系;故自任此职以后,数年中相安无事,未曾招人的妒忌"⑥。此外论者认定屈原先做左徒,有以下理由:其一,《渔父》篇写屈原被放以后事,渔父称之为"三闾大夫"。陆侃如指出:"……他任三闾大夫之在任左徒以后是可断言的;因为若在其前,则渔父必不会以前任官名相称。"⑦其二,屈辞《离骚》先叙述:"荃不察余之中情兮,反信谗而齑怒。余固知謇謇之为患兮,忍而不能舍也。指九天以为正兮,夫唯灵修之故也!曰黄昏以为期兮,羌中道而改路。初既与余成言兮,后悔遁而有他。余既不难夫离别兮,伤灵修之数化。"紧接着说:"余既滋兰之九畹兮,又树蕙之百亩。畦留夷与揭车兮,杂杜

---

① 参见游国恩《屈原年表》,收入所著《楚辞概论》,北新书局1926年版,第122、124页。
② 参见林庚《诗人屈原及其作品研究·民族诗人屈原传》,《林庚楚辞研究两种》,第6、12页。
③ 詹安泰《屈原》,上海人民出版社1957年版,第51页。
④ 张正明《楚史》,湖北教育出版社1995年版,第337页。
⑤ 赵沛霖《屈赋研究论衡》,天津教育出版社1993年版,第21页。
⑥ 陆侃如《屈原·屈原评传》,第51页。
⑦ 同上。

衡与芳芷。冀枝叶之峻茂兮,愿俟时乎吾将刈。虽萎绝其亦何伤兮,哀众芳之芜秽。"前一段被认为是反映屈原被罢左徒,后一段被认为是反映屈原被罢左徒后任三闾大夫,大力培养人才①。

以上诸说看似合理,细考之则不然。首先,三闾大夫一职其实非常重要。屈子政治理想为美政,其具体落实在导君先路、修明法度、举贤授能三大方面;举贤授能最重要的制度保障,恰在三闾大夫一职的培育国士。《离骚》叙主人公栽培兰蕙众芳,"冀枝叶之峻茂兮,愿俟时乎吾将刈",正言屈子任三闾大夫时基于用士之目的汲汲养士。而后来任司马之子椒、任令尹之子兰等人,莫不曾受三闾大夫屈子之教养(参见下文)。由《离骚》相关内容看,屈子对此职的重要性极为清楚,楚朝廷稍有政治头脑者亦不会漠然视之。故谓屈子被黜左徒、被疏远后任三闾大夫,并不合理。其次,贾谊先后为博士、太中大夫、长沙王太傅、梁怀王太傅,而通常也被后人称为"贾长沙";董仲舒对天人三策,既毕,武帝以为江都易王相,中废为中大夫,复任胶西王相等等,虽然有人称他"董胶西",但称之"董江都"者似乎更多。可见以官职称人,不必用最后的官职。再次,上引《离骚》两段文字,前一段反映屈原被罢左徒,当无疑问,后一段之重点实在于眼下"众芳之芜秽",根本就不在滋兰树蕙上。由滋兰树蕙到众芳芜秽,有一个相当的现实过程,并有导致此巨变发生的现实触媒。就是说,眼下众芳芜秽时,滋兰树蕙之举早已成为过去("余既滋兰之九畹兮"之"既"字,含义甚深,大可玩味);由滋兰树蕙到众芳芜秽,关键当即屈子被罢左徒,被怀王疏远和放逐。因此这两节文字正可确证屈原任三闾大夫在前,任左徒在后。他在三闾大夫任上滋兰树蕙(暗比培育后进),后升任左徒,遭罢黜后,以前培植的众芳尽为芜秽(暗比过去培养之后进纷

---

① 2008年上半年,笔者在北京大学开设庄骚研究选修课,李臻颖君坚持如此解读这两个片段。

纷变节)①。这样解读才合乎文本内含的时序。单就情理言,尽管屈原甚有才德,但说他一开始即任贵臣左徒,进入了国家政治决策的核心,始终显得突兀。屈原跟怀王必有一个互相认知并建立互信的过程。他起初被任为三闾大夫,表明王室对其学识才德有初步的认可(我们无法想象怀王用一个不学无术、德行不端、才能平庸的人来教育宗族子弟),担当此职进一步加深了怀王对他的认知和信任,由此才得重用,被擢升为左徒。这样方合情理。此外,屈原被罢左徒、被疏远后,也不可能再被任命为三闾大夫,去负责编排王族谱属、教育贵族子弟。其号召力已大打折扣,对王族子弟不复有往日的影响,勉强任为三闾大夫,又如何可能出现滋兰树蕙那一番盛况呢?一如金开诚所说,"一个受到朝廷冷落、被贵族们群起而攻的人,……决不可能得到贵族子弟的尊重并接受他的督导"②。

确认了屈原先任三闾大夫、后任左徒之后,接下来可以看看他做左徒的经历。《史记·屈原列传》说,屈原为左徒而深得怀王信任,为政治决策的核心成员③,因此怀王密令他起草宪令。上官大夫与屈原同列,争宠而心害其能,屈原撰宪令草稿时,为上官撞见。上官欲夺草稿,屈原坚决不予,遂向怀王诬告:"王使屈平为令,众

---

① 《离骚》所谓"芜秽"指德行肮脏污浊。主人公呼告国君曰:"不抚壮而弃秽兮,何不改乎此度。"朱熹集注云:"草荒曰秽,以比恶行。"钱杲之《离骚集传》云:"秽,秽德也。"这些都是可取的。而朱冀《离骚辩》反对将"秽"解释为"恶行",以为"若解作恶行,则以臣谤君矣",这其实是将迂腐的君臣观念硬塞到屈作中。

② 金开诚《屈原辞研究》,第49—50页。

③ 魏炯若根据《离骚》"屯余车其千乘兮,齐玉轪而并驰。驾八龙之婉婉兮,载云旗之委蛇"两句,断定"屈原出行时的随从车辆,总不会少于百乘";又认为,《离骚》"路修远以多艰兮,腾众车使径待"一句,说明屈原出行诸侯时,有"先遣人员",而"奏《九歌》而舞《韶》"一句,则说明他出行时携带着乐队(参阅所著《楚辞发微》,与《杜庵说诗》合刊本,第20、22页)。屈原之诗不能这样以迹象凿求,但《离骚》这些想象,大概从一定程度上折射了屈原做官时(尤其是亨通得意时)的声威和气势。

莫不知,每一令出,平伐其功,以为'非我莫能为'也。"我们又一次面临文献的解读问题。此事看起来简单,实则大有学问,于不同文献见其同(或见其相关性),于同一文献见其异(即有别解),都不是一般的功夫。历代学者解上官大夫之谗告,往往着眼于其指屈原夸功自傲之意。明儒黄文焕《楚辞听直》笺《离骚》求宓妃诸事,云:"'骄傲''淫游'(按指诗中'保厥美以骄傲兮,日康娱以淫游'),原之自道也。宓妃不我许,吾自保吾之内美而已。虽哀无女,岂肯丧志,未尝不高自命也,未尝不静自乐也。……上官之诋原'非我莫能为',在于骄傲,众女之'谣诼',在于善淫(按指诗中'众女嫉余之蛾眉兮,谣诼谓余以善淫')。至此而皆不复自辨矣,任为'骄傲'、为康淫,以实彼之言,不必喋喋于不傲、不淫矣。盖自坚之中,深寄自嘲焉。"究其实际,骄傲夸功根本不是要害所在。林庚指出,上官大夫说"王使屈平为令,众莫不知"一语,乃"谓屈原扬言于众,谗其不守机密也"①。此说甚是,亦足见林先生用心之细密。可惜的是林先生限于注释体例,未从相关文献尤其是屈作中提出证据。《韩非子·说难》云:"夫事以密成,语以泄败。"政治运作往往需要相当程度的隐秘性,古代尤其如此。上官大夫之谗告意在显明屈原犯了这一大忌。屈子后来作《惜往日》,忆及怀王尝给自己以重任,云:"惜往日之曾信兮,受命诏以昭时。奉先功以照下兮,明法度之嫌疑。国富强而法立兮,属贞臣而日娭。秘密事之载心兮,虽过失犹弗治。"明确说到怀王让自己起草宪令是"秘密事",其中"明法度"以及"国富强而法立",则无疑指涉草宪。清儒钱澄之《楚辞屈诂》解此章,谓"'秘密'二字是招妒致谗之根",甚是。实际上,《屈原列传》说,"怀王使屈原造为宪令,屈平属草稿未定,上官大夫见而欲夺之,屈平不与","见"乃偶见,见

---

① 林庚《诗人屈原及其作品研究·〈史记·屈原列传〉简注》,《林庚楚辞研究两种》,第54页。

者欲"夺"而观之,而被见者不"与",都可见出一个"密"字①。因此泄密才是大忌。屈原在怀王十六年(前313)被放逐后尚辩白说,"心纯厖而不泄兮,遭谗人而嫉之"(《九章·惜往日》),辩称自己不曾泄密,惟谗人嫉妒故罗织此罪名。此乃上官诬告之关键是说屈原泄密的铁证。要之,上官之诋毁主要在两个方面:一是说他不守机密,一是说他轻狂夸功,而前者尤为关键。最终上官大夫达到了目的,怀王不考事实真相而勃然大怒,罢屈原左徒之职且疏远之。

以上业已辨明上官大夫诬告屈子之本然,而如何认知此事,仍是十分麻烦的问题。

论者好以变法与反变法视之,其说难以备举,仅以金开诚《屈原辞研究》为例。金开诚认为,屈原"制宪"是一次"有一定规模的""以新法替代或补充旧法"的"变法活动",上官夺稿是"一场重大而激烈的政治斗争在历史上留下的影子","'制宪'与'夺稿'是一场变法与反变法的深刻斗争"②。他还说,在屈原出生近二百年前,"楚国确立了封建制的生产关系","在承认地主阶级土地私有的基础上,根据他们在各类地亩上的实际收入来征收赋税";"经济基础的变化必然引起上层建筑的变革"。楚悼王十九年(前383)前后,变革终于发生了:悼王任用吴起实行变法。这比公元前359年秦国之商鞅变法早了二十多年。"屈原与旧贵族的激烈斗争","其矛盾性质既与约七十年前吴起同旧贵族的冲突基本一致,而斗争的激化又与怀王使屈原'造为宪令'密切相关"③。金开诚强调,"把'制宪夺稿'说成屈原与上官大夫个人之间的斗

---

① 有人谓"夺"有强迫修改之义,如"匹夫不可夺志"之"夺","与"则有亲附顺从之义,司马迁之意是说,"上官大夫想强使屈原修改宪令的内容,而屈原不肯顺从,不能同意"。这种解释未免深文周纳,金开诚曾予以批评(见所著《屈原辞研究》第53页)。方尚强仍因袭其误,见所著《"上官大夫见而欲夺之,屈平不与"解》一文,刊载于《现代语文》(教学研究版)2007年第5期。

② 参阅金开诚《屈原辞研究》第52、53页。

③ 金开诚《屈原辞研究》,第54—55页。

争是不正确的"。屈原在"制宪"失败后所作的辞中,"总是表现出政治上极端孤立,……他的怨愤也一直指向楚国的整个旧贵族势力。假如像司马迁所说,仅仅是上官大夫一个人嫉妒屈原而加以诬害,那么何至于有那么多人都来反对屈原呢?这必定是因为屈原的全部作为、特别是他所制订的'宪令',严重损害了整个旧贵族势力的利益,所以他们才群起而攻,就像七十年前楚国旧贵族势力对待吴起那样"①。屈原的理想与主张,"概括起来说就是通过修明法度与举贤授能来实现楚国的富强";"修明法度与举贤授能在战国时代都有明确的针对性,前者是反对旧贵族违法乱纪、为所欲为,后者则是反对权贵世袭与任人唯亲,二者都触及了旧贵族的根本利益,是旧的上层建筑改革中最为重要而尖锐的内容"②。

这里有一些说法是毫无疑问的,比如对屈原修明法度、举贤授能主张的概括和分析,但有两个基本问题需要澄清:其一,不能拿屈原与吴起、商鞅比较;其二,不能把屈原草拟宪令等同于战国一般的"变法"。

从历史上看,魏文侯(前446—前397年在位)任用李悝,楚悼王(前401—前381年在位)任用吴起,田齐威王(前356—前321年在位)任用邹忌,韩昭侯(前362—前333年在位)任用申不害,秦孝公(前361—前338年在位)任用商鞅,各自开展了相当有成效的变法革新运动。至少楚国那场变法,娴于治乱、博闻强志的屈原一定熟知。《史记·孙子吴起列传》记载:

> 楚悼王素闻起贤,至则相楚。明法审令,捐不急之官,废公族疏远者,以抚养战斗之士。要在强兵,破驰说之言从横者。于是南平百越;北并陈、蔡,却三晋;西伐秦。诸侯患楚之强。故楚之贵戚尽欲害吴起。及悼王死,宗室大臣作乱而攻

---

① 金开诚《屈原辞研究》,第55—56页。
② 同上书,第57页。

吴起,吴起走之王尸而伏之。击起之徒因射刺吴起,并中悼王。悼王既葬,太子立,乃使令尹尽诛射吴起而并中王尸者。坐射起而夷宗死者七十余家。

吴起所为才是真正意义上的变法运动。他制定了一系列法条,在现实中推行,因为危及公族权贵的利益,引发了激烈的社会矛盾。屈原有举贤授能、修明法度的政治诉求,若落实为法令且付诸实施,也会危及一干达官贵人的利益。然《史记·屈原列传》及屈子辞作说得十分清楚,屈原起草宪令本为秘事,其事未成即遭上官谗毁,被国君削职疏远,举贤授能等主张殆未形成决策,更未付诸实施,甚至连宪令具体内容时人都不知晓(诬告他的上官也未必知情),因此不可能由此引发尖锐的现实矛盾,如何谈得上"一场重大而激烈的政治斗争"呢? 当时屈原跟楚国上层间的冲突不能从变法与反变法的层面上来理解,此其一也。

更重要的是,屈原所作所为实亦不可泛泛称为"变法"。他主张的举贤授能和修明法度,根本点都在"法先王"。《离骚》谓"汤禹严①而祗敬兮,周论道而莫差。举贤而授能兮,循绳墨而不颇",又谓"彼尧舜之耿介兮,既遵道而得路"②,《九章·抽思》谓"何独乐斯之謇謇兮?愿荪美之可完。望三五以为像兮,指彭咸以为仪"③,都明白说明屈子所谓明法度及举贤授能,乃是以尧、舜、禹、汤等先王为圭臬的④。这跟基于现实需求确立法治、术治和势治

---

① "严"本作"俨",从一本。
② 除《离骚》此语外,宋玉《九辩》有"独耿介而不随兮,愿慕先圣之遗教",以及"既骄美而伐武兮,负左右之耿介"。刘永济考释说,《离骚》此语及《九辩》"独耿介而不随"语,"耿介"用其胜义"专一而有节度";"负左右之耿介"语,"耿介"用其劣义"很戾刚愎",全句就丹阳、蓝田两次战败而言,指怀王"凭仗左右一般很戾刚愎之人而用兵"(参阅刘永济《释屈赋三"耿介"义》,《屈赋通笺 笺屈余义》,中华书局2007年版,第290—291页)。其说颇可参考。
③ "何独乐斯之謇謇兮"本作"何毒药之謇謇兮",从一本。
④ 详细论证,请参阅本书第三章"屈作之历史视野"。

的法家不同,跟儒家"祖述尧舜,宪章文武"的政教伦理诉求却若合符契。此事关乎屈子进退出处之大节,不能不细细说来。

孔子谓"唯天为大,唯尧则之",谓"巍巍乎,舜禹之有天下也而不与焉"(《论语·泰伯》)。凡此云云,人们耳熟能详,毋庸备举。《礼记·中庸》篇概称:"仲尼祖述尧舜,宪章文武,上律天时,下袭水土。"此孔子为儒家立基,其后学未尝改弦易辙,虽子思、孟子重视内求,亦未背此道。

帛书《五行》之说第二十四章云:"舜有仁,我亦有仁,而不如舜之仁,不責(积)也。舜有义,而我亦有义,而不如舜之义,不責也。辟比之而知吾所以不如舜,进耳。"其二十三章则说:"文王源耳目之生(性)而知亓好声色也,源鼻口之生而知亓好犨(臭)味也,源手足之生而知亓好劳余(逸豫)也,源心之生则巍然知亓好仁义也。故执之而弗失,亲之而弗离,故卓然见于天,箸(著)于天下。"

荀子斥责孟子道性善,以为此说将导致"去圣王、息礼义"之恶果(《荀子·性恶》),其实是冤枉了孟子(而后人太半被他蒙蔽),因为张扬性善并未妨碍孟子张扬圣王之道,故《孟子·滕文公上》篇记载,"孟子道性善,言必称尧、舜"。孟子尝曰:"尧舜之道,孝弟而已矣。子服尧之服,诵尧之言,行尧之行,是尧而已矣。子服桀之服,诵桀之言,行桀之行,是桀而已矣。"(《孟子·告子下》)又曰:"规矩,方员之至也;圣人,人伦之至也。欲为君尽君道,欲为臣尽臣道,二者皆法尧、舜而已矣。不以舜之所以事尧事君,不敬其君者也;不以尧之所以治民治民,贼其民者也。"(《孟子·离娄上》)又曰:"我非尧舜之道不敢以陈于王前。故齐人莫如我敬王也。"(《孟子·公孙丑下》)又曰:"今有仁心仁闻而民不被其泽,不可法于后世者,不行先王之道也。故曰,徒善不足以为政,徒法不能以自行。《诗》云:'不愆不忘,率由旧章。'遵先王之法而过者,未之有也。……故曰,为高必因丘陵,为下必因川泽。

为政不因先王之道,可谓智乎?"(《孟子·离娄上》)可见,孟子政教伦理体系实亦基于对圣王之道的弘扬。

稍晚于屈原、作为先秦最后一位儒学大师的荀子满口都是"法后王",听起来跟孟子之"法先王"针锋相对,而其本质则是一致的。冯友兰指出:

> 孟荀皆尊崇孔子,自其一方面言,亦皆拥护周制。荀子言法后王,孟子言法先王,其实一也。荀子所以以"周道"为后王之法者,……当春秋、战国之时,旧制度日即崩坏。当时贤哲有拥护旧制度者,有批评或反对旧制度者,有欲另立新制度,以替代旧制度者。此诸贤哲于发表其主张之时,一方面言之有故,持之成理,一方面又各托为古贤圣之言以自重,庄子所谓重言是也。孔子拥护周制,故常言及文王、周公。墨子继起,自以为法夏而不法周,特抬出一较古之禹以压文王、周公。孟子继起,又抬出更古之尧舜以压禹。老庄之徒继起,则又抬出传说中尧舜以前之人物,以压尧舜。在孟子时,文王、周公尚可谓为先王,"周道"尚可谓为"先王之法"。至荀子时,则文王、周公只可谓后王,"周道"只可谓后王之法矣。①

这样说大的道理不错,然孟荀张扬的圣王均不止于文、武、周公。孟子之说略见上引,《荀子》中的材料,今仅录《正论》篇所说:"世俗之为说者曰:'尧、舜不能教化。'是何也?曰:'朱、象不化。'是不然也。尧、舜,至天下之善教化者也,南面而听天下,生民之属莫不振动从服以化顺之;然而朱、象独不化,是非尧、舜之过,朱、象之罪也。尧、舜者,天下之英也;朱、象者,天下之嵬,一时之琐也。今世俗之为说者不怪朱、象而非尧、舜,岂不过甚矣哉!"由此可见其一斑。

总之如《汉书·艺文志》所说,"儒家者流,……助人君顺阴阳明

---

① 冯友兰《中国哲学史》上册,华东师范大学出版社2000年版,第214—215页。

教化者也。游文于六经之中,留意于仁义之际,祖述尧舜,宪章文武,宗师仲尼,以重其言,于道最为高"。而"祖述尧舜、宪章文武",不正是屈原的政教伦理追求吗?屈原这种法先王的立场,跟一般法家学者强调"不期修古,不法常可,论世之事,因为之备"(《韩非子·五蠹》),大异其趋,岂可将他归到法家当中,将他起草宪令之举、修明法度之期等同于吴起商鞅之变法呢?①

屈原在《惜往日》中提及自己尝受怀王之命"明法度之嫌疑",又提及"国富强而法立"的理想,且谓:"乘骐骥而驰骋兮,无辔衔而自载。乘泛泭以下流兮,无舟楫而自备。背法度而心治兮,辟与此其无异。"这里虽频繁出现"法""法度"等字眼,却不能据此就把屈原归为法家。荀子也喜欢论"法",如谓:"礼者,所以正身也;师者,所以正礼也。无礼何以正身?无师,吾安知礼之为是也?礼然而然,则是情安礼也;师云而云,则是知若师也。情安礼,知若师,则是圣人也。故非礼,是无法也;非师,是无师也。不是师法而好自用,譬之是犹以盲辨色、以聋辨声也,舍乱妄无为也。故学也者,礼法也。夫师,以身为正仪而贵自安者也。"(《荀子·修身》)然荀子之法跟典型法家学者如其弟子韩非之法有天壤之别,它本质上是"礼"的落实,故荀子尝谓:"礼者,法之大分(案,即有关大局的道理),类之纲纪也,故学至乎礼而止矣。"(《荀子·劝学》)这种意义上的"法"与"礼"具有高度的同一性,"非礼,是无法也"一语说得尤其简洁明确。在屈原的体系中,"法"和"礼"的关系不像在荀子体系中那样明确②,但肯定是以规模尧、舜、禹、汤、文、武等圣

---

① 屈原取法尧、舜、禹、汤等先王的政教伦理取向,当亦有《墨子》学说的影响,然而鉴于屈原与儒家有全局性、多层面的关联,他在这一方面当主要是秉承儒家。

② 诗在表达思想方面受到限制是必然的。此外,令人遗憾的是,屈原在楚国面临激烈的政治纷争,却无人跟他作学术思想上的切磋,就连在学术思想上提出质疑的人都没有。屈原能问(有《天问》等作),其问无人能答;屈原之外,楚亦无人能问矣。孔子弟子三千,一生面临无穷的疑问甚或质问,比如有颜渊诸弟子问仁,有宰予质疑三年丧等等。在不断因应中,孔子思想愈加显明、精深和周备。(转下页)

王为基础的。要之,屈原谈"法"论"法"不意味着他就是法家。

以上是不能将屈原草拟宪令一事等同于变法的又一根本原因。

钱澄之在《离骚》总诂中说,怀王命屈原作为宪令,"原生平致主泽民之术,得以一意展布,其所作必取法二帝三王之道,尽革楚之弊政,而楚国可以大治。不意为上官所谗,王怒而疏之,原疏而宪令亦废不行矣";谓屈原草宪基于"二帝三王之道"(案,"二帝"指唐尧虞舜,"三王"指夏禹商汤周文王或周武王),是十分精确的判断。明乎此,便不会率尔将此事等同于变法了。

换一个角度来看,屈原任左徒时,与怀王尚隔着最高行政长官令尹,甚至还隔着别的官员,不太可能由他来实施通常意义上的变法却丝毫不见令尹之作为。屈原政治上遭受孤立的缘由其作品说得十分清楚,就是价值取向、政教伦理追求跟楚国上层社会尖锐对立①,这远非一般意义上的变法与反变法。更何况,屈原跟上层集团的矛盾有一个日益深化的过程。草拟宪令时,其对立面主要是与他职位相当的上官大夫(靳尚或与上官狼狈为奸)。后来其政敌才日益增加,以至于后妃和令尹都成了他的对立面。

王逸认为,屈原此次被疏也就是被放。其《离骚经章句序》云:"屈原……谋行职修,王甚珍之。同列大夫上官、靳尚妒害其能,共谮毁之。王乃疏屈原(洪兴祖补注:疏,一作逐)。屈原执履

(接上页)亚圣孟子亦然。《论语·先进》篇尝载子曰:"回也非助我者也,于吾言无所不说。"有人尝问王阳明:"……圣人果以相助望门弟子否?"王阳明答道:"亦是实话。此道本无穷尽,问难愈多,则精微愈显。圣人之言,本自周遍,但有问难的人胸中窒碍,圣人被他一难,发挥得越加精神。若颜子闻一知十,胸中了然,如何得问难?故圣人亦寂然不动,无所发挥,故曰'非助'。"(王守仁《传习录》下,《王阳明全集》卷三,上海古籍出版社1992年版,第125页)这道理说得不错,不过颜回不问难非因"闻一知十、胸中了然","于吾言无所不说"才是更根本原因。惜乎,若楚国有人跟屈子在学术思想上质疑问难交流切磋,其所成将不可限量。

① 参阅本书第二章"屈原之人生追求模式"。

忠贞而被谗邪,忧心烦乱,不知所愬,乃作《离骚经》。离,别也。骚,愁也。经,径也。言己放逐离别,中心愁思,犹依道径,以风谏君也。"①王说不够确当。郭沫若指出:"其实上官大夫在怀王面前所诋毁屈原的罪状,仅仅是夸功,并不就是该受流刑的大罪。"②上官之诋,首先是指斥屈原泄密,其次才是夸功轻傲的问题,可郭氏断言屈原不至于一下子就被流放,还是合乎情理的。这一时期,屈原跟楚国贵臣的核心矛盾并未凸显。屈原在《惜往日》开篇叙自己特蒙信任,承草宪之秘事,即有过失亦蒙宽大,之后云:

  心纯庞而不泄兮,遭谗人而嫉之。
  君含怒而待臣兮,不清澂③其然否。
  蔽晦君之聪明兮,虚惑误又以欺。
  弗参验以考实兮,远迁臣而弗思。

屈原被放远迁看起来就是上官诬陷的结果,其实则不然。诗歌的

---

① 朱熹《楚辞辩证上》"离骚经"部分云:"王逸曰:'同列大夫上官靳尚妒害其能',似以为同列之大夫姓'上官'而名'靳尚'者。洪氏曰:'《史记》云:上官大夫与之同列。又云:用事臣靳尚。'则是两人明甚,逸以《骚》名家者,不应缪误如此。然词不别白,亦足以误后人矣。"王逸确实没有混二为一,不过其词也并非都"不别白"。"同列大夫上官靳尚妒害其能"一句,上官、靳尚为两人,以"同列大夫"四字贯之,指二者皆与屈子同列。《九章·惜往日》云:"心纯庞而不泄兮,遭谗人而嫉之。"王逸章句:"遭遇靳尚及上官也。"这是王逸区别靳尚与上官的力证。王逸《离骚章句序》谓"同列大夫上官靳尚妒害其能,共谮毁之",一个"共"字也已表明上官、靳尚为两人。又,洪兴祖注王逸《离骚章句序》,云:"古人引《离骚》未有言'经'者,盖后世之士祖述其词,尊之为经耳,非屈原意也。逸说非是。"林云铭《楚辞灯·凡例》说:"屈子本传,太史公止云作《离骚》,后人添出'经'字,且将《九歌》以下诸作皆添一'传'字,不知何意。……绝世奇文,添一'经'字未必增光,去一'经'字岂遂灭价?余惟以太史公之言为主,将'经''传'二字,及晦庵每篇加'离骚'二字,一概删去,以还其初而已。"其说可从。
② 郭沫若《历史人物·屈原研究》,《郭沫若全集》历史编第四卷,第24页。
③ "澂"原作"澈",从一本。

语言往往高度浓缩,寥寥数语常含巨大的时间跨度。在上引片段中,首二句先说自己遭谗被诬,接下来两句说怀王罢黜和疏远自己,后四句才是说谗人蒙骗君上,终使自己遭受放流。换言之,"君含怒而待臣"指的是疏,"远迁臣而弗思"指的是放,两者非指一事。屈子被放殆在怀王十六年(前313),被疏则在此前。不数年间波谲云诡,屈子很快走向悲剧的深渊。

第二节　从第一次被放到重获起用及此期作品考

屈原任左徒期间有一重大事变,即秦在巴蜀一带开疆拓土,使楚国有了后顾之忧,秦则如虎添翼。

屈原究竟在何时、因何事遭怀王放逐呢？

据《楚世家》记载,怀王十六年,秦欲伐齐,而楚齐合纵相亲。秦惠王(前337—前311年在位)患之,乃宣言张仪免相,使南见怀王,极力离间楚齐两国。张仪向怀王许诺,楚若绝齐,秦便归还原来从楚国掠取的商於(今河南淅川一带)六百里土地①。怀王大喜,置相玺于张仪,日与置酒,宣言"吾复得吾商於之地",群臣皆贺,陈轸偏偏表示伤痛。怀王询问原委,陈轸道:"秦之所为重王者,以王之有齐也。今地未可得而齐交先绝,是楚孤也。夫秦又何重孤国哉,必轻楚矣。且先出地而后绝齐,则秦计不为。先绝齐而后责地,则必见欺于张仪。见欺于张仪,则王必怨之。怨之,是西起秦患,北绝齐交。西起秦患,北绝齐交,则两国之兵必至。臣故吊。"怀王不听。《史记·张仪列传》记张仪说怀王曰:"大王诚能听臣,闭关绝约于齐,臣请献商於之地六百里,使秦女得为大王箕帚之妾,秦楚娶妇嫁女,长为兄弟之国。此北弱齐而西益秦也,计

---

① 杨宽说:"商原称商密,即春秋时代楚的商县,在今河南淅川西南,於又称於中,在今河南西峡东,两地相邻,合称为'商於之地'。"(参见所著《战国史》,上海人民出版社1998年版,第359页)

无便此者。"又记:"楚王大说而许之。……乃以相印授张仪,厚赂之。于是遂闭关绝约于齐,使一将军随张仪。"

此事关乎国命,故引发了朝廷亲齐、亲秦派的激烈斗争,屈原跟上层集团的核心矛盾骤然爆发。由群臣皆贺而陈轸独吊,可知屈原面临着巨大阻力,何况此时他已经被怀王疏远。然而屈原秉持忠君爱国之诚心、逞耿直倔强之性格,不畏艰险,据理抗争。洪注《九章·哀郢》"忽若去不信兮,至今九年而不复"一语①,说:"《楚世家》《屈原传》《六国世表》、刘向《新序》云:秦欲吞灭诸侯,屈原为楚东使于齐,以结强党。秦国患之,使张仪之楚,赂贵臣上官大夫、靳尚之属,及令尹子兰、司马子椒,内赂夫人郑袖,共谮屈原。屈原遂放于外,乃作《离骚》。当怀王之十六年,张仪相楚。"说屈子于怀王十六年被放逐,基本上合乎事实,后世继承者颇多,朱熹集注、陆时雍疏等均在解释"至今九年而不复"时,提及屈子于是年被放逐一事。然洪说在子兰子椒、《离骚》作年等方面需要修正或确证的问题甚多,需着力澄清。

按《屈原列传》,顷襄即位,子兰始为令尹。洪兴祖说张仪离间楚齐时子兰就是令尹,大误。洪兴祖以子兰、子椒为屈子此时的主要对立面,古今不少学者却否定实有兰、椒其人,如何去取又需论证。

洪说殆本于刘向《新序·节士》:"屈原者名平,楚之同姓大夫,有博通之知,清洁之行,怀王用之。秦欲吞灭诸侯,并兼天下,屈原为楚东使于齐,以结强党。秦国患之,乃使张仪之楚,货楚贵臣上官大夫、靳尚之属,上及令尹子兰、司马子椒,内赂夫人郑袖,共谮屈原。屈原遂放于外,乃作《离骚》。"汉儒主张实有兰椒其人者颇多,刘向之前有东方朔、司马迁,刘向之后有扬雄、班固、王逸等等。司马迁于《屈原列传》中谓子兰为怀王稚子,怀王入武关被扣,"长子顷襄王立,以其弟子兰为令尹"。略早于司马迁的东方

---

① "忽若去不信兮"一语原无"去"字,从一本。

朔在《七谏·哀命》中说:"哀形体之离解兮,神罔两而无舍。惟椒兰之不反兮(王逸章句云:言子椒、子兰不肯反己),魂迷惑而不知路。"略晚于刘向的扬雄著《反离骚》,说:"灵修既信椒兰之唼佞兮,吾累忽焉而不蚤睹?"班固《离骚序》称:"今若屈原,露才扬己,竞乎危国群小之间,以离谗贼。然责数怀王,怨恶椒、兰,愁神苦思,强非其人,忿怼不容,沉江而死,亦贬絜狂狷景行之士。"王逸值东汉安帝、顺帝时期(二帝分别于106至125年、126至144年在位),其注《离骚》"余以兰为可恃兮",谓"兰,怀王少弟,司马子兰也"(洪注据《史记》指其误,谓子兰乃怀王少子而非少弟);其注《离骚》"椒专佞以慢慆兮",则说,"椒,楚大夫子椒也"(洪注进一步坐实为《汉书·古今人表》之令尹子椒)。上揭诸家对兰、椒其人之官职及子兰与怀王之关系存在异说,可都认为确有其人。

朱熹围绕着解读"余以兰为可恃""椒专佞以慢慆"等语,反驳上述观点云:

> 此辞之例,以香草比君子,王逸之言是矣。然屈子以世乱俗衰,人多变节,故自前章兰芷不芳之后,乃更叹其化为恶物。至于此章,遂深责椒、兰之不可恃,以为诛首,而揭车、江离亦以次而书罪焉,盖其所感益以深矣。初非以为实有是人而以椒、兰为名字者也。而史迁作《屈原传》,乃有令尹子兰之说,班氏《古今人表》又有令尹子椒之名,既因此章之语而失之,使此词首尾横断,意思不活。王逸因之,又讹以为司马子兰、大夫子椒,而不复记其香草、臭物之论。流误千载,遂无一人觉其非者,甚可叹也。使其果然,则又当有"子车""子离""子楸"之俦,盖不知其几人矣!(《楚辞集注·楚辞辩证上》)

钱穆认同朱说,但做了部分修正,一方面指出"《史记》子兰,未见其必据《离骚》椒兰之文而误",一方面指出此误乃始于刘向"误谓《离骚》'余以兰为可恃'句即指'令尹子兰',而妄增'司马子椒'

之名","王逸又误为'司马子兰''大夫子椒'也。至《人表》又为令尹子椒子兰……"①其实朱熹的反驳,恰恰显示了上举汉儒之说有不可轻疑之处。屈原《离骚》诸诗所指责草木甚多,诸如兰、芷、荃、蕙、椒、樧、揭车、江离等等,不一而足,却唯独"兰""椒"被汉代诸家指为实有其人,必别有所据,非只由诗歌文本推求而得也。尤其需要考虑到,司马迁、班固是严谨求实的史家,若仅据楚辞之文本,他们无法掌握这么多的信息。朱熹仅据文本推求,反见其狭陋。郭沫若以为,王逸、洪兴祖注"余以兰为可恃兮"等语,以"兰"为子兰,"椒"为子椒,"由前后文意来看,这些解说是正确的。屈原的确是在用隐喻来指责当时的权贵。因为兰和椒是《离骚》中通体所赞美着的东西,在这儿突然变了,我们很可以揣察到他的用意之所在"②。兰椒二人,尤其是前者,殆为屈原任三闾大夫时所教育的贵族子弟,曾被屈子寄予厚望(故《离骚》谓"冀枝叶之峻茂兮,愿俟时乎吾将刈"),后来全部蜕变,使屈子愿望落空(故《离骚》前有"哀众芳之芜秽",后有"余以兰为可恃兮,羌无实而容长。委厥美以从俗兮,苟得列乎众芳。椒专佞以慢慆兮,樧又欲充夫佩帏")。林云铭注《离骚》滋兰树蕙章,曰:"……己之见疏不足惜,但正士皆丧气,无有与君为美政者,所非非小耳。"笔者这里只是确认兰椒实有其人,在张仪离间楚齐关系所引发的两派斗争中,他们站在了屈原的对立面。至于屈原写《离骚》痛斥兰椒之徒,则是后来的事情。

张仪至楚离间楚齐,当在屈原使得齐楚结为与国之后,其时屈原已经罢黜了左徒一职。张仪一方面以口头上的商於六百里土地诱惑怀王,一方面贿赂上官、靳尚、子兰、子椒以及怀王夫人郑袖等一批对楚国政治有重大影响的人物,使他们一同谮毁屈原。屈原

---

① 参阅钱穆《先秦诸子系年》"屈原于怀王十六年前被谗见绌十八年使齐非即放逐辨",商务印书馆2001年版,第429页。
② 郭沫若《历史人物·屈原研究》,《郭沫若全集》历史编第四卷,第23页。

最终被怀王放逐到汉北。这是他平生第一次遭受流放。林云铭《楚辞灯》考《抽思》"有鸟自南兮,来集汉北"语,说:"汉北与上庸接壤。汉水出嶓冢山,在汉中府宁羌县。上庸即石泉县,怀王十七年为秦所取,而汉北犹属楚。嗣秦会楚黄棘,复与楚上庸。至襄王九年,楚为秦败,割上庸、汉北与秦。"蒋骥《山带阁注楚辞》云:"汉北,今陨、襄之地。原自郢都而迁于此,犹鸟自南而集北也。"汉北当即楚汉中郡汉水以北地区,紧接被秦国占领的商於(参见下图)①。这意味着力主抗秦的屈原被放逐到了抗秦的最前线,似是有意安排。当初被罢左徒,谮毁屈原者主要是忌害其贤能的上官和靳尚,这一次,上官、靳尚、子兰、子椒、郑袖等人因对付他结成朋党,其势更加可怕,所谓"众口铄金,积毁销骨"也。东方朔在《七谏·初放》篇中说,"群众成朋兮,上浸以惑。巧佞在前兮,贤者灭息",正是感慨屈原此番遭际。

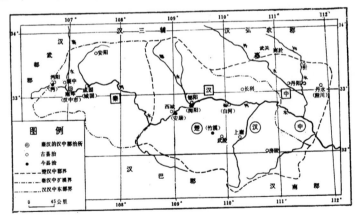

楚汉中郡、秦汉中郡和汉汉中郡图

在流放汉北期间,屈原诗歌创作上产生了一个小高潮,留传至今的作品尚有《惜诵》《抽思》《思美人》以及《惜往日》,均被收入

---

① 该图引自史念海《河山集》六集,陕西师范大学出版社1997年版,第478页。

《九章》组诗。

提及屈原此期作品,首选要面对的一个问题是,《思美人》《惜往日》以及屈原后一时期创作的《悲回风》,此三篇常被怀疑为非屈子之作。刘永济称洪兴祖已怀疑这三篇和《橘颂》,谓:"《九章》九篇,叔师皆以为屈子之所作。洪兴祖已疑《思美人》以下四篇非屈子作,而不能定,但以'扬雄作《畔牢愁》,亦旁《惜诵》至《怀沙》'一语,著之《渔父》篇末注中以见意。"①案,洪兴祖在《渔父》篇结末注曰:"《艺文志》云:屈原赋二十五篇。然则自《骚经》至《渔父》,皆赋也。……而梁萧统作《文选》,自《骚经》《卜居》《渔父》之外,《九歌》去其五,《九章》去其八。然司马相如《大人赋》率用《远游》之语,《史记·屈原传》独载《怀沙》之赋,扬雄作《畔牢愁》,亦旁《惜诵》至《怀沙》。统所去取,未必当也。"刘永济之说本乎此。但细按此注,洪兴祖的怀疑并不明确。游国恩认为,对《九章》之疑,盖倡始于晚清曾国藩之谬疑《惜往日》②。曾氏曾说:"余读屈原《九章·惜往日》,亦疑其赝作。何以辨之?曰:不类。"(《求阙斋读书录》卷六"楚辞"条)金开诚则说,最早对《惜往日》提出怀疑的,是宋人魏了翁的《经外杂钞》。③ 以上诸说均误。魏了翁不过是引用李壁的观点。李壁注王安石《闻望之解舟》"修门归有期,京水非汨罗"语,引录自己的题诗,称《惜往日》《悲回风》乃"后人哀原而吊之之作","文类玉与差"(玉者宋玉,差指景差)。李壁的主要根据有:其一,《惜往日》谓"吴信谗而弗味兮,子胥死而后忧",吴之忧为楚之喜,屈原不会置先王之积怨深怒,而忧仇敌之忧;其二,《惜往日》又谓"临沅湘之玄渊兮,遂自忍而沉

---

① 刘永济《屈赋通笺》卷五《九章》解题,《屈赋通笺 笺屈余义》,第168页。
② 参阅游国恩《论屈原之放死及楚辞地理·余论·九章辩疑》,见《游国恩楚辞论著集》第三卷,中华书局2008年版,第333页。
③ 参见金开诚《屈原辞研究》,第60页。

流","遂"为已然之词,屈原不可能先沉流后为此诗①。李壁才是史上较早明确怀疑《惜往日》诸篇的学者,其根据则相当薄弱。伍子胥从楚国出逃,助吴王阖闾破郢,甚乃掘楚平王之墓而鞭其尸。但屈原咏叹子胥,却是就其忠而受谮、被逼自杀,吴国因此衰亡而言的;并非赞同他视故国为仇雠的取向。至于《惜往日》中临渊自沉云云,虽用了一个"遂"字,却只是心口相商,并不意味着已付诸实践,结末谓"宁溘死而流亡兮,恐祸殃之有再。不毕辞而赴渊兮,惜壅君之不识",就是确证——当时诗人虽有死志,却未放弃使君王觉悟的努力。

最值得注意的应该是,闻一多尝有详考,力证《思美人》《惜往日》《悲回风》以及《橘颂》均不在古本《九章》之内。闻氏主要观点和论证可撮录于下:

(一)传世《楚辞·九章》,《橘颂》内容形式独异,自为一类;《惜诵》《涉江》《哀郢》《抽思》《怀沙》五篇题名皆两字(且其中仅《惜诵》一诗题目摘自篇首),篇末皆有乱辞;《思美人》《惜往日》《悲回风》三篇题名皆为三字,且篇末皆无乱辞。乱辞之有无,可以觇其距离音乐之远近,由距离音乐之远近可推其时代之早晚,即有乱辞的五篇当早于无乱辞的三篇②。先秦著述本无篇名,有之亦大都为二字,汉人撰著纬书,始皆三字名篇。《庄子》内七篇,篇名殆汉人所造;外、杂篇之纂辑本来可疑,其篇名或许皆出汉人,故亦间有三字者。其他如《墨子》之《备城门》《备高门》《备蛾附》

---

① 参阅李壁注、李之亮补笺《王荆公诗注补笺》,巴蜀书社2002年版,第30—31页。

② 闻一多《论九章》,见孙党伯、袁謇正主编《闻一多全集》第五卷,第637页。案:今《惜诵》并无乱辞。闻一多以为,传世《涉江》"被明月兮珮宝璐。世溷浊而莫余知兮,吾方高驰而不顾。驾青虬兮骖白螭,吾与重华游兮瑶之圃。登昆仑兮食玉英,与天地兮同寿,与日月兮同光"一段,中间尚有脱落,当"移在《惜诵》篇末","驾青虬"之上,又当有"乱曰"开启乱辞(参见所著《楚辞校补》,孙党伯、袁謇正主编《闻一多全集》第五卷,第182—184页)。

《迎敌祠》及《韩非子·初见秦》等,其时代亦皆在可疑之列。要之,三字名篇之风至汉始盛。《九章》中《思美人》《惜往日》《悲回风》三篇,"疑至汉初始编入《楚辞》";其篇名,与《招隐士》《哀时命》诸汉人作品之题名同风,盖亦汉人所沾①。

（二）《汉书·扬雄传》说扬雄"旁《惜诵》以下至《怀沙》一卷,名曰《畔牢愁》",可知直至扬雄,《九章》之《惜诵》《涉江》《哀郢》《抽思》《怀沙》五篇尚独自为一个单元,不与《思美人》等篇相混。而汉儒司马迁等均以《怀沙》为屈原之绝笔,《史记》本传载《怀沙》文毕,曰:"于是怀石,遂自投汨罗以死。"《七谏·沉江》曰:"怀沙砾而自沉兮……"则当时所传《楚辞》最合理的编次,当以《九章》为屈原作品之殿,又以《怀沙》为《九章》之殿。"扬雄所拟止于《怀沙》者,盖彼所欲拟者屈子,而当时所传《楚辞》,其编次实以《怀沙》为一大限,《怀沙》以前,屈子所作,过此以往,即与屈子无关也。"刘向《九叹·忧苦》:"叹《离骚》以扬意兮,犹未殚于《九章》。"刘向所谓《九章》殆即《惜诵》《涉江》《哀郢》《抽思》《怀沙》五篇而言,亦即扬雄所拟之五篇,刘向、扬雄同时,所见宜同,惟彼已把《九章》之"九"误会为实数,"而不了于文只五篇而名曰《九章》之故,故以为'未殚'之作也"②。

（三）复考三诗内容:《惜往日》"不毕辞而赴渊兮""临沅湘之玄渊兮,遂自忍而沉流",不类屈原自己语气,自称"贞臣",称君为"壅君",以及通篇语气之激愤,"若以为屈子自作,亦不近事情已甚。若以为后人追怀屈子之作,则怡然理顺矣"。《悲回风》"骤谏君而不听兮,任重石之何益"③,亦不类屈原本人语气。总之,二篇"预言自沉,既与事理不合,而论文章技巧,又一嫌太好,一嫌太

---

① 闻一多《论九章》,见孙党伯、袁謇正主编《闻一多全集》第五卷,第637—638页。
② 同上书,第638—639页。
③ 原作"重任石",从一本。

坏,吾人今将二篇自屈子作品中剔出,不为无据"。《思美人》一篇未发现有《惜往日》《悲回风》之疑窦,因其不为扬雄所拟、以三字名篇、无乱辞等皆与《惜往日》《悲回风》同类,"而暂亦认其非屈原所作"①。

(四)"我们在读后世的诗文集得到一个经验,无名的小家的作品,有被有名的大家吸收的趋势。愈是大家的集子,历时愈久,分量变得愈大,被吸收来的作品,往往是发现在全书或每卷的尾上。因此在有问题的大家集子里,愈是靠近全书或每尾梢的作品,愈靠不住。这个原则曾经屡试不爽。同样的原则应用到先秦的书籍上,想来也是有效的";《楚辞》中号称为屈原的作品,依今本次第(《释文》本同)倒数上去,为《渔父》《卜居》《远游》《九章》……《渔父》《卜居》《远游》均非屈原作品,再往前数,便到《九章》了;《九章》中"最有问题的《悲回风》《惜往日》"排列在最末,再次便是《思美人》,"他不能援引他上面的近邻《怀沙》以自洗刷,因为他比不上《怀沙》有太史公载之列传、扬雄加以摹仿的双重保险。为《思美人》辩护的人实在可以息喙了。《思美人》将永远是嫌疑犯"②。

闻氏之结论是:最初之《九章》或只有五篇,今之《九章》疑由后人不明"九"字本非实数(如《九辩》本不分篇,《九歌》有十一篇等),妄取《思美人》《惜往日》《悲回风》三篇并《橘颂》混入之,以求合"九"之实数③。《思美人》等三篇及《橘颂》阑入《九章》,"或

---

① 闻一多《论九章》,见孙党伯、袁謇正主编《闻一多全集》第五卷,第639—640页。案:持类似看法的学者颇多。如孙作云称:"旧题为屈原所作、今知为汉初人所作的《思美人》《惜往日》《悲回风》……这三篇小赋,被刘向辑入于《九章》以内,事实上不是屈原作的,因为里面有谈到屈原之死的事,又文词卑弱,与屈原的作风不类,所以以前就有人怀疑。"(见所著《〈楚辞〉与上古史研究》,《孙作云文集》所收《〈楚辞〉研究》上册,第143页)。凡此之类,不一一罗列。

② 闻一多《论九章》,见孙党伯、袁謇正主编《闻一多全集》第五卷,第640—641页。

③ 同上书,第638页。

始于王逸,或更在其前,皆不可知"①。而"三篇既不在古本《九章》之内,至少……已失其必为屈原作品之保障";"五篇之古本《九章》,虽无法证明其必为屈子所作,然亦无法证其必非屈子所作,……凡古代相传之事实,在无人提出反证、或所提之反证并不充足时,吾人只得暂时承认传说为不误,或至少为'事出有因'。对于五篇之《九章》,吾人今即本此态度,而承认其为屈原所作"②。三篇之作,"时代较晚于前五篇,但恐怕晚也晚不到汉朝","虽非屈原所作,却也离屈原的时代不远"③。

闻一多是一位观念颇具冲击力的学者,他研究《楚辞》、研究《诗经》等等,莫不如此。不过,他对《思美人》等三诗非屈原所作、古本《九章》只有五篇的考证看似言之凿凿,实则充满了浅薄的想象乃至矛盾。笔者接下来将一一检讨他的论证。

屈子作品,乱辞有无并无定规,《天问》及《九歌》十首便无乱辞,所以有无乱辞绝非判断作品是否为屈原所作的可靠标准。闻一多以无乱辞排摒《思美人》等诗,绝不适当。依这种论证方式,则不惟《天问》及《九歌》应被排除,《抽思》亦然。因为该诗在"乱曰"之前尚有"倡曰""少歌曰"两部分,与屈原所有传世作品迥异,洪注在"少歌曰"之下特加说明,云:"此章有少歌,有倡,有乱。少歌之不足,则又发其意而为倡,独倡而无与和也,则总理一赋之终,以为乱辞云尔。"一言以蔽之,闻一多这种论证并无太大的意义。而从先秦诗歌的整体视野看,其说尤不足取。《诗三百》无疑与音乐有极密切的关系。其《魏风·园有桃》云:"心之忧矣,我歌且谣。"《小雅·四月》说:"山有蕨薇,隰有杞桋。君子作歌,维以告哀。"这是三百篇原本可歌的明证。《墨子·公孟》篇载墨子质疑公孟丧礼之说,有云:"丧礼,君与父母、妻、后子死(毕沅注:后子,

---

① 闻一多《论九章》,见孙党伯、袁謇正主编《闻一多全集》第五卷,第639页。
② 同上。
③ 同上书,第641—642页。

嗣子也),三年丧服,伯父、叔父、兄弟期,族人五月,姑、姊、舅、甥皆有数月之丧。或以不丧之间诵诗三百,弦诗三百,歌诗三百,舞诗三百。若用子之言,则君子何日以听治?庶人何日以从事?""弦诗""歌诗""舞诗"又是《诗》跟音乐有密切关联的明证。然三百篇殆无一首有乱辞。可见某诗无乱辞不一定是它跟音乐距离远,依乱辞之有无推定诗篇产生之早晚绝不可靠——参以《诗三百》,甚至可说诗之有乱辞者当为晚出。

至于诗文命名问题,的确,先秦典籍以二字名篇者居多,而少有以三字名篇者,汉代纬书则盛行以三字名篇。《易纬》有《乾凿度》《乾坤凿度》《稽览图》《辨终备》《通卦验》《乾元序制记》《是类谋》《坤灵图》《中孚传》《天人应》《通统图》《运期》《内传》《萌气枢》《太初篇》《九厄谶》《礼观书》《通卦验玄图》《河图数》等;《尚书纬》有《考灵曜》《帝命验》《璇玑钤》《刑德放》《运期授》《帝验期》等;《尚书中候》有《雒师谋》《摘雒戒》《赤雀命》等;《诗纬》有《含神雾》《推度灾》《泛历枢》等;《礼纬》有《含文嘉》《稽命征》《斗威仪》等;《乐纬》有《动声仪》《稽曜嘉》《叶图征》等;《春秋纬》有《演孔图》《元命苞》《文曜钩》《运斗枢》《感精符》《合诚图》《考异邮》《保乾图》《汉含孳》《佐助期》《握诚图》《潜潭巴》《命历序》等;《孝经纬》有《援神契》《钩命决》《中契》《左契》《右契》《中黄谶》等①。凡此之类,以三字名篇者确实占绝对多数。

可不应忽视的是,从篇名产生之方式看,篇名取自开首数字的诗文,其产生往往较早,比如《论语》各篇(其开头为"子曰"者取后面二字)。传世《九章》中,《思美人》《惜往日》《悲回风》三篇题目虽是三字,却均取自篇首,其余六篇惟《惜诵》采取这种命名方式。闻一多不据此认定《思美人》《惜往日》《悲回风》产生时间较早,反因诸篇题目有三字而断定它们写作时间较晚,又非通达合理之论也。考辨问题,只抓对自己有利的材料或方面,而浑然不顾相反

---

① 参阅〔日〕安居香山、中村璋八辑《纬书集成》,河北人民出版社 1994 年版。

的事实,不可能得出科学的结论。不过屈作命名方式也无一定之规,总体上看也不能只据此点确定各篇产生之先后。在篇题命名方式上,闻一多拿《庄子》内七篇来跟《思美人》三诗并论显然也是错误的,因为"逍遥游""齐物论""养生主""人间世""德充符""大宗师""应帝王"诸题无一取自篇首;纬书之篇名当亦类是。

闻一多据《汉书·扬雄传》所谓"又旁《惜诵》以下至《怀沙》一卷,名曰《畔牢愁》",断定《九章》古本只有从《惜诵》至《怀沙》五篇。案:传世《九章》包括《惜诵》《涉江》《哀郢》《抽思》《怀沙》,以及《思美人》《惜往日》《橘颂》《悲回风》九诗。细揆《汉书》之叙述方式,若《九章》只有《惜诵》至《怀沙》五篇,实无须点明自某至某,径言"旁《九章》"足矣,之所以要点明"从《惜诵》至《怀沙》五篇",必是《九章》尚有他篇存在。故扬雄本传的说法适足以说明扬雄所仿、班固所见之《九章》非只五篇,闻氏之论证又不正确。闻一多复谓刘向所谓《九章》亦只五篇,即"五篇之古本《九章》",依据之一是其《九叹·忧苦》篇有"叹《离骚》以扬意兮,犹未殚于《九章》"一语。其实,刘向之意是说,屈原作《离骚》,复作《九章》,而志意犹然"未殚"(古人多认定《离骚》之作在前,《九章》之作在后);闻一多解此语,谓刘向误认《九章》有九篇,而所见唯五篇,故叹为"未殚"之作,显为误会。且刘向拟《九章》《九辩》诸作撰《九叹》①,恰含九个组成单位,即《逢纷》《离世》《怨思》《远逝》《惜贤》《忧苦》《愍命》《思古》和《远游》,已可证其所见所拟之《九章》亦由九篇组成。闻氏断言《九章》原为五篇、刘向误"九"为实数,全然不通。闻一多以扬雄、刘向、班固三人为据,断定古本《九章》仅五首,在扬雄和刘向之后、王逸其时或之前,阑入

---

① 王逸《九辩章句序》云:"屈原怀忠贞之性,而被谗邪,伤君暗蔽,国将危亡,乃援天地之数,列人形之要,而作《九歌》《九章》之颂,以讽谏怀王。明己所言,与天地合度,可履而行也。宋玉者,屈原弟子也。闵惜其师忠而放逐,故作《九辩》以述其志。至于汉兴,刘向、王褒之徒,咸悲其文,依而作词,故号为'楚词'。亦采其九以立义焉。"

《橘颂》《思美人》等四诗而成九篇,是不能成立的论断。

闻一多"凡古代相传之事实"云云,听起来通脱审慎,然而将《思美人》等四诗从屈原《九章》中一一剔除,实乃胆大妄为,令人叹诧。《九章》有九篇,《思美人》《惜往日》《悲回风》等诗均系屈作,这才是"古代相传之事实",闻氏之论证看起来吓人,实则不足取。他对《橘颂》的质疑也是如此,已无须再做详细的辨正了。

屈原两次放逐时期的作品强烈凸显了跟现实的关联,这主要集中在事实、情感状态以及空间特性等各个层面;换言之,这些作品关联着特定的事实,呈现特定的情感状态和空间特性。基于屈原对现实打击的强烈反应,这种关联具有高度的必然性。把握这种关联堪称解读屈子及其作品的钥匙,一方面可借作品来了解屈子生平遭际,一方面可借屈子生平遭际来研判作品产生的现实触媒、时期及情感内涵。

笔者判定《惜诵》《抽思》《思美人》《惜往日》诸诗作于被怀王流放汉北期间,从作品内部便可找到依据。

《惜诵》云:

> 吾谊先君而后身兮,羌众人之所仇。
> 专惟君而无他兮,又众兆之所雠。
> 壹心而不豫兮,羌不可保也。
> 疾亲君而无他兮,有招祸之道也。
>
> 思君其莫我忠兮,忽忘身之贱贫。
> 事君而不贰兮,迷不知宠之门。
> 忠何罪以遇罚兮,亦非余心之所志。
> 行不群以巅越兮,又众兆之所咍。
> 纷逢尤以离谤兮,謇不可释。
> 情沉抑而不达兮,又蔽而莫之白。……
>
> 晋申生之孝子兮,父信谗而不好。

行婞直而不豫兮,鲧功用而不就。

这些文字直接与屈原遭群臣谮毁而失信于怀王、被怀王放逐有关。该诗核心关系——诗人与楚国上层集团的矛盾——以及由此导致的与国君关系的断裂,都是屈子现实经历的映现。且从中可知,当时楚国贵近之臣均专意邀宠,无一人像屈子一样致其身以事君事国①。汪瑗《惜诵》解题曾说:"大抵此篇作于谗人交构,楚王造怒之际,故多危惧之词。然尚未遭放逐也,故末二章又有隐遁远去之志。"陆侃如也认为,该诗云"欲儃佪以干傺兮,恐重患而离尤;欲高飞而远集兮,君罔谓汝何之","这是叙他进退两难的情景。由此可知这篇的时代并不在流放期内,否则决不会有这种疑虑。……《惜诵》所说的是未流放时因谏诤而受罚的事"②。究其实际,《惜诵》与《抽思》《思美人》《惜往日》等诗一样,核心内容是主体"疾王听之不聪也,谗谄之蔽明也,邪曲之害公也,方正之不容也",而发抒"信而见疑,忠而被谤"的怨愤③。这种情感状态只能产生于诗人被放逐时期。而所谓"遭罚""巅越""私处"("矫兹媚以私处兮,愿曾思而远身")等等,均指涉诗人被放逐的事件。"私处"即独居。它与诗中所谓"退静默而莫余知兮,进号呼又莫吾闻"等语所显示的空间特性,也只能表征被放逐遭遇绝的情状。

---

① 屈子在《惜诵》中引孝子申生见弃于其父晋献公一事,乃凸显自己忠信受谮、见弃于君的遭遇,其间"父"字指申生之父,即听骊姬之谗而逼死申生的晋献公。周拱辰《离骚草木史·九章叙》曰:"宗臣眷国,不得于其父而于其子,其如苏与荪之同辙乎哉。良药苦口利于病,然厭父之所吐,而强其子食之,知其不能也已,故曰'父信谗而不好',又曰'君可思而不可恃'……"此殆以怀王、顷襄父子来解《惜诵》"父信谗而不好"之含义,以为指被弃于怀王,必不能得于怀王之子顷襄,大误。周氏"苏与荪之同辙"语,殆有一"苏"字为"茞"字之误。
② 陆侃如《屈原·屈原评传》,第52—54页。
③ 引语见《史记·屈原列传》。又,陆侃如曾因《九章》"说来说去只是'王听不聪,谗谄蔽明'一句话",批评其"表情之单调"(见所著《屈原·屈原评传》,第82页)。跟屈原其他作品比较,这一批评有一定道理。

《抽思》云:"昔君与我成①言兮,曰黄昏以为期。羌中道而回畔兮,反既有此他志。"屈子这样说,明显是感慨怀王对自己的信任有始无终②。汪瑗《集解》以为"成言"乃是就顷襄言,其释下文"憍吾以其美好兮,览余以其修姱。与余言而不信兮,盖为余而造怒"数语,曾就顷襄和屈子之关系发挥道:"当是时,怀王已客死于外,而己(指顷襄)又失郢都,正当卧薪尝胆,延揽英雄,相与共治以图报雠之举,顾乃听信奸佞,怒逐忠良,方且箕踞自恣,回畔成言,是诚何心也。"此说不符合屈原和顷襄王的实际关系。陆侃如曾指出:"屈原与怀王曾经共事好几年,而与顷襄王却一点政治上的关系也没有,故语句上很容易辨别出。……顷襄王并没有任用过屈原,并没有什么成言,故可决定是指怀王。"③说屈原与顷襄"一点政治上的关系也没有",显属过当,其余意思则基本上合乎事实。胡文英《屈骚指掌》解释说:"回畔,不至也。他志,斥原(案指怀王斥逐屈子)而与秦约好也。盖怀王本与原密谋图秦,今不图秦,已可怪矣,乃更与秦约好,不亦异哉!旧说不言黄昏为期者何事,但曰疏之。夫忠臣之于国,必有所不得已者,而后惓惓愤愤三致意焉。若徒执一身之进退得失,以为之忧喜,乃鄙夫患得患失之态耳,岂屈子之志哉!"此说有可资参考之处,但需要作一定的修正。至怀王十六年,屈子跟国君乃至整个上层集团的矛盾才明显集中到亲齐与亲秦的争拗上,"昔君与我成言"二语,当是他被怀王放逐后忆想起初受谮毁被疏远一事。其下文"憍吾以其美好兮,览余以其修姱"二语,是说自己遭谮毁之后,怀王不复施以信任而傲然待之。胡文英注云:"览,视也。憍,美好。览修姱,王怒于'非我莫能'之谮,若曰我亦能之如此也。昔汉文言久不见贾

---

① "成"原作"诚",从一本。
② 值得注意的是,参与屈子现实语境的郭店竹书《城之闻之》亦推重"成言"云:"士城(成)言不行,名弗得悛(矣)。"屈子与郭店楚墓所出儒典有深刻关联,其详参阅本书第五章"屈原:观照儒学传播与影响的重要个案"。
③ 陆侃如《屈原·屈原评传》,第42—43页。

生,自以为过之,今不及也。则安知绛灌非即用上官之策乎?夫文帝,三代以下圣王,犹复不忘情于所长,况怀王乎?史公合而传之,盖有以也。"此说过于坐实,却有值得参考之处。太史公以屈贾合传,殆有意使二子之遭际互相映照,使群臣之蔽害二子互相映照,且使君王对待二子互相映照也。

该诗"愿承间而自察兮,心震悼而不敢。悲夷犹而冀进兮,心怛伤之憺憺。兹历情以陈辞兮,荪详聋而不闻。固切人之不媚兮,众果以我为患"①,以及其少歌中"与美人抽怨兮,并日夜而无正。憍吾以其美好兮,敖朕辞而不听"等,都是回顾被疏后、被放前的处境。而倡曰、乱曰全部内容,所谓"有鸟自南兮,来集汉北。好姱佳丽兮,牉独处此异域。既惸独而不群兮,又无良媒在其侧。道卓远而日忘兮,愿自申而不得"云云,则显然是叙述被怀王放逐后的情状。其间"来集汉北""牉独处此异域""惸独而不群""道卓远"等语,凸显了诗人被放逐时期的空间特性。所谓"日忘"乃指被国君忘记,而非指忘记国君,仍指涉被放逐的事实。倡曰"惟郢路之辽远兮,魂一夕而九逝"一语,彰显了诗人被迫离郢(今湖北江陵纪南城)的事实及其情感状态。精魂每夜均多次回郢而身不能归,只能是指遭受流放。古今学者或谓屈子至汉北乃主动自疏②,岂非大不可解之事?而黄文焕《楚辞听直》笺曰:"道卓远而日

---

① "愿承间"本作"愿承閒",王逸解释为"待清宴",是以"閒"为"闲",故洪补谓"'閒'音'闲'。《庄子》曰:今日宴闲"。东方朔《七谏·谬谏》有"愿承閒而效志兮,恐犯忌而干讳",王逸注谓"言己愿承君闲暇之时,竭效忠言,恐犯上忌,触众人讳,而见刑诛也",洪补亦谓"'閒',音'闲'。"刘向《九叹·逢纷》有"愿承閒而自恃兮,径淫曀而道瘗",王逸仍注"承閒"为"承君闲暇",洪补则谓"閒,一音'谏',据注音'闲'"。王注增字为释,似不可取,而后人往往从之。"承閒"当即"承间",指趁机会、找机会。

② 自疏之说古已有之。王夫之《通释》于《离骚》解题部分谓"原初去位,隐居汉北";又谓《离骚》之作"在怀王之世","原虽被谗见疏,而犹未窜斥。原引身自退于汉北,避群小之愠,以观时待变,而冀君之悟"。其说殊不可取。一者屈子无自疏之事,二者《离骚》撰著缘由全非如此。王夫之本人亦首施两端。他一(转下页)

忘,繇家而出仕之路也。家乡之路以久而忘也,怀土非君子之心也。郢路之遥远,繇国而被放之路也。思君之路即放而不忘也,忘君非人臣之义也。"此说前半亦甚荒谬。屈子怎会在叙述被放逐的上下文中硬生生插入离乡一句呢?所谓道卓远、郢路辽,均系指言被放逐之空间特性。除此之外,诗中"愁叹苦神,灵遥思兮。路远处幽,又无行媒兮"数句①,也显示了被逐在外的空间特性与无以沟通国君的情感状态。

汪瑗于《抽思》题解部分说,该诗跟《哀郢》《怀沙》作于同年,《哀郢》作于春,《怀沙》作于夏,该诗则作于秋,均在秦人拔郢之后。其解"惟郢都之辽远兮,魂一夕而九逝",云:"此时郢都已为秦所拔矣,夷陵已为秦所烧矣,顷襄王已东走于陈城矣,而屈子犹惓惓不忘郢者,岂特不忘故乡之情而已哉?盖将欲顷襄王之恢复旧物,报秦仇雠而后已,此屈子思郢之微意也。"由以上论析可知,汪瑗此判断大谬,《抽思》之核心是群臣谗毁致使屈子与怀王暌违,跟郢都陷落毫无关涉。

《思美人》一诗明显也是为被放在外、无法与国君沟通而发的。该诗云:"迁逡次而勿驱兮,聊假日以须时。指嶓冢之西隈兮,与纁黄以为期。"林云铭考"指嶓冢"句意,曰:"以身在汉北,举

(接上页)方面说作《离骚》时屈原只是见疏于怀王,引身自退于汉北。另一方面,则解该诗"曰黄昏以为期兮,羌中道而改路。初既与余成言兮,后悔遁而有他"数语,云:"此上序怀王始信己说,继而内惑郑袖,外听上官、靳尚、张仪之邪说,己力争而不胜,为被放之由。"解"忽驰骛以追逐兮,非余心之所急"数语,云:"余非不能与众正竭力以争胜,而固非所欲,是以屈而见放。"解"朝饮木兰之坠露兮,夕餐秋菊之落英"数语,云:"……虽见放废,饮坠露,餐落英,食贫不饱,且恬然安之。"总之,王夫之解《离骚》,时主"自退""隐居"之说,时持"被放""见放废"之论,例子甚多,不烦列举。东方朔《七谏·自悲》有"隐三年而无决兮,岁忽忽其若颓。怜余身不足以卒意兮,冀一见而复归",然《七谏》第一章便是《初放》,所谓"隐三年"是在被放的基础上说的,故不同于一般的归隐说。

① 汪瑗《集解》云:"良媒,喻其常存好贤之心;行媒,喻其不惮举贤之劳也。"录此备参。

现前汉水所自出,喻置之高耳。若别举高山,便无来历。以此推之,则原之迁此何疑?"这应该是合理的解释。该诗又云:"吾将荡志而愉乐兮,遵江夏以娱忧。"虽为将然之辞,却说明了诗人此时不在江南(即非第二次被放)。其结尾"独茕茕而南行兮,思彭咸之故也",当指诗人循汉水南下,向夏水入汉水处行游,以实施"遵江夏以娱忧"的盘算。这里虽并言"江夏",其实偏指"夏"字一面。类似情况屈作中颇多。比如《离骚》云:"济沅湘以南征兮,就重华而陈词。"传说舜葬九嶷,就重华陈词只需济湘,济沅则益行益远矣,诗人必言"济沅湘"者,殆为连类而及。《哀郢》云:"去故乡而就远兮,遵江夏以流亡。"据诗中"过夏首而西浮"一语(姜亮夫《楚辞通故》:"夏首","夏水分江处之口也,在江陵东南")①,可知此次东迁实为沿江而下,若沿夏水,则过夏首之后当是东行,无所谓"西浮",诗人必言"遵江夏"者,亦连类而及也。屈子后来作《悲回风》,有谓"浮江淮而入海兮,从子胥而自适",其"江淮"也是偏指"江"。夏水过沔阳入汉水,汉水自此之下亦称为夏水,"遵江夏以娱忧"之"夏"当即指此。蒋骥《注楚辞》云:"江夏,在汉北之南,去郢为近。"屈子遭放而不得归郢,故接近郢都而行游,以疏泄忧思怀想,所谓假日须时,又暗示心有所期。综上所述,无论是"指嶓冢之西隈",还是"遵江夏以娱忧",诗人行止全是以汉北为中心,循汉水而上下。凡此已彰明《思美人》的空间特性。至于"媒绝路阻""遂萎绝而离异"等说法,皆指言被弃置迁放在外,欲借他人调和跟国君的关系而不得其人。空间的阻隔再一次成为诗人被放逐的确证。《思美人》又云:"欲变节以从俗兮,愧易初而屈志。独历年而离愍兮,羌凭心犹未化。宁隐闵而寿考兮,何变易之可为。"此数语似乎透露了该诗殆非作于此次初放之际。然"离愍"一词虽指涉被放,却不必单指被放,当初遭谗被疏也是"离愍"的

---

① 姜亮夫《楚辞通故·地部第二》,《姜亮夫全集》第一册,云南人民出版社2002年版,第350页。

一部分，故即便值此次被放逐之初，仍可谓之"历年"。

汪瑷《集解》于《思美人》解题部分云："篇内曰'遵江夏以娱忧'，曰'独茕茕而南行'，与《哀郢》《抽思》《怀沙》诸篇内一二语旨意相类。《哀郢》乃作于楚顷襄王二十一年，况《哀郢》曰'至今九年而不复'，又曰'冀壹反之何时'，盖年犹可纪，而尚望其还也。此则云'独历年而离愍'，曰'宁隐闵而寿考'，曰'命则处幽，吾将罢兮'，盖历年永久，非复可纪，安于优游卒岁，而无复望还之心矣。是此篇作于《哀郢》之后无疑也。虽不可考其所作之年，要之在襄王之时，而非怀王之时则可必也。"汪氏之论堪称谬以千里。关于《哀郢》等诗此处不论（见下文）。"宁隐闵而寿考"云云乃明主体之抉择，即宁肯隐忍忧伤以终老，也不变节从俗，绝非指言已经寿考。"命则处幽，吾将罢兮"乃将然之词，岂能执以为实际？

陆侃如也认为《思美人》作于屈子被顷襄放逐时期。他论证道，将该诗"开春发岁兮，白日出之悠悠。吾将荡志而愉乐兮，遵江夏以娱忧"一段，跟《哀郢》"民离散而相失兮，方仲春而东迁。去故乡而就远兮，遵江夏以流亡"一段对看，"所述时地的相符，便可证明《思美人》确是作于再放东行时。他既到了现在的湖北东部，大约又寓居了好几年，却终等不到召回的消息。正在这等的不耐烦的时候，《哀郢》便产生出来了"[①]。陆氏这种链接和分析太过

[①] 陆侃如《屈原·屈原评传》，第65—66页。陆侃如列举屈作及《诗经》的例子，证明《哀郢》"至今九年而不复"之"九"乃"表无定数的静字（Indefinite Numeral Adjective）"，"并不指什么确定的数目，是一个夸张过甚的静字"；以为，屈原不是说他确实被放了九年，"一来呢，他处于这种境地，未必能把年数记的很清楚；二来呢，他是一个好动的人，未必能忍耐这种生涯到八九年。至于他在那边究竟居了几年，我们无从考知，大约至多也不过四五年罢了"（参阅所著《屈原·屈原评传》，第67—69页）。此说不当。古籍中"九"字固有形容多而非实指数量九者，却也有大量表示定数九的例子。其他不必论，单看屈作中的材料就可以了。《离骚》谓"思九州之博大兮，岂唯是其有女"，《河伯》谓"与女游兮九河，冲风起兮横波"，《天问》谓"九天之际，安放安属"，诸"九"字都表示定数。先看看"九州"。古人分中国为九州。《尚书·禹贡》作冀、兖、青、徐、扬、荆、豫、梁、雍；《尔雅·释地》（转下页）

表面化了，可以说是十足的皮傅。不论诗歌所涉放流是第一次（怀王时）还是第二次（顷襄时），《思美人》所述开春发岁之荡志愉乐显非在被放离郢之时，而是更在此后，《哀郢》所述仲春东迁则是在被放离郢之时。且虽同样是春，《思美人》之"开春发岁"在一年时节中当早于《哀郢》之"仲春"。《初学记》卷三引南朝梁元帝《纂要》云："正月孟春，亦曰……献春、首春……初岁、开岁、发岁、献岁、肇岁、芳岁、华岁。二月仲春，亦曰仲阳。"由这两项已可见《思美人》与《哀郢》之时间并不相符。退一步说，即便不论这些细节，大化移易，周而复始，日又一日，年又一年，岁岁都有春天，何以《思美人》之春便是《哀郢》之春呢？与此同时，《思美人》与《哀郢》在地域上的相合殆只有字面上的"江夏"，其他则可谓风马牛。而如上文所揭，《思美人》之"江夏"实偏指"夏"，《哀郢》之"江夏"实偏指"江"，其实也不相同。总之，陆侃如以《思美人》与《哀郢》在时间地域表面上的关联，断言《哀郢》之创作时期就是《思美人》之创作时期，太半是望文生义，论证并不充分。《哀郢》自是顷襄时屈原被放江南之作，《思美人》则是怀王时屈原被放汉北之作，两诗所指根本不是一事。

(接上页)有州、营，而无青、梁；《周礼·夏官·职方氏》有幽、并，而无徐、梁。说各不同，但"九州"之"九"字为实数则无可置疑。再看看"九河"。《尚书·禹贡》谓"九河既道"，陆德明《释文》引《尔雅》曰："九河：徒骇一，太史二，马颊三，覆釜四，胡苏五，简六，絜七，钩盘八，鬲津九"。再看看"九天"。"九天"指传说中的九重天。《天问》谓"圜则九重，孰营度之"，与"九天之际，安放安属"一样，是质疑九重天的神话，足见其义。王逸以四方、四隅及中央之天来解释"九天"，并不可取，不过以"九"为实数还是正确的。古籍中，"九"字的情形跟"三"字颇类。"三"亦可形容多，比如《左氏春秋》定公十三年（前497）"三折肱知为良医"，跟《惜诵》"九折臂而成医"是一样的意思；而《史记·屈原列传》有谓"其存君兴国而欲反覆之，一篇之中三致志焉"。此二例均属虚指。然以"三"为实数之例同样不缺乏，比如《诗经·豳风·东山》谓"自我不见，于今三年"，《离骚》谓"昔三后之纯粹兮，固众芳之所在"，《抽思》谓"望三五以为像兮，指彭咸以为仪"等。陆侃如的取证有片面偏颇之嫌，《哀郢》"至今九年而不复"之"九年"理解为实指，于义方安。

笔者断定《抽思》《思美人》作于被怀王放逐汉北时期,尚有其他重要原因,即此二诗表明诗人在观念上十分看重调和君臣关系的中间人物——"媒理"。《抽思》云:"何灵魂之信直兮,人之心不与吾心同!理弱而媒不通兮,尚不知余之从容。"又云:"愁叹苦神,灵遥思兮。路远处幽,又无行媒兮。道思作颂,聊以自救兮。忧心不遂,斯言谁告兮。"《思美人》云:"思美人兮,揽涕而伫眙。媒绝路阻兮,言不可结而诒。"又云:"愿寄言于浮云兮,遇丰隆而不将。因归鸟而致辞兮,羌迅高而难寓。高辛之灵盛兮,遭玄鸟而致诒……"①又云:"令薜荔以为理兮,惮举趾而缘木。因芙蓉而为媒兮,惮褰裳而濡足。"这是十分自然的,屈子初遭放逐之重大挫折时,把调和跟怀王关系的希望寄托了他人身上。而从顷襄初年屈子被第二次放逐之际,直到生命终结,他清醒地认识到"媒理"并不重要,君臣遇合之关键在于彼此双方②。这种情感状态的不同,也是屈原两次被放的分水岭。

在《惜往日》中,屈原感慨自己原本深得信任,遭小人谗毁而被放迁,这一事实也只能是指诗人与怀王的关系。篇中对国君偏听偏信、不能深察实情有很多批评,如谓"君含怒而待臣兮,不清澂其然否","弗参验以考实兮,远迁臣而弗思。信谗谀之溷浊兮,盛气志而过之"等等,显示了诗人遭怀王放逐期间的特有情感状态(说国君"远迁臣",最能说明诗人至汉北并非主动自疏)。跟《惜诵》《抽思》《思美人》一样,《惜往日》之核心乃屈子跟怀王关系的断裂,该诗亦必作于他被怀王放逐时期。

研判屈作各篇之创作时期,当细细把握诗歌所展示的主体现实遭际、情感状态及其所处空间之特性,各篇之现实触媒往往因此凸显。而鉴于屈原整个人生轨迹,他流放汉北时期的作品又有两点值得注意:

---

① "羌迅高而难寓"本作"羌宿高而难当",从一本。
② 参阅拙著《屈原及其诗歌研究》第二章第二节"屈作'男女关系'模式"。

首先，这一时期，屈原产生了投水自杀的念头。《惜往日》云："临沅湘之玄渊兮，遂自忍而沉流。卒没身而绝名兮，惜壅君之不昭。"看似诗人已由汉北，经夏水江水之域，漂泊到了江南的沅湘一带。揆度其语气，这些都只是他心中的盘算，故前二语提出一个想法，后二语便予以否定，意思是说徒然自沉沅湘，一死了之，于己于君皆为无益。因此这些诗句并不意味着诗人实际到达了沅湘，且实施了自沉之念(诗中虽然使用了表示已然的"遂"字，却只是"将来完成时"，只是一种预设的追想与合计)①。屈子念及沉沅湘而非沉江汉，殆因在其文化视野中，沅湘有更高的地位——诗人熟知的舜葬九嶷、舜妃客死江湘的传说可能发挥了重要影响。要之，屈原第一次遭放期间就产生了自杀的念头，且对自杀方式和地点有一定的盘算。此后这念头伴随他几十年，常被他自我否定，最终万不得已，才付诸实施。若屈子一生此念便马上实行，则不过是逞一时之愤引决自裁之匹夫。盖屈子深知死并不难，难的是死得其所。

其次，在此次遭放中，甚或更在此次遭放前，屈子已萌生了离楚求合明君的念头。《惜诵》云："欲高飞而远集兮，君罔谓汝何之。"《抽思》云："数惟荪之多怒兮，伤余心之懮懮。愿摇起而横奔兮，览民尤以自镇。"所谓"高飞而远集""摇起而横奔"——特别是前者，明显有去国求君之意。屈子后来创作《离骚》，仍将远逝求君想象为高飞远集，结撰成该诗辉煌璀璨的后半篇②。这是对《惜诵》诸诗之艺术思维和观念的双层承继。"君罔谓汝何之"本身是极强烈的暗示，从楚国版图内理解国君这一发问显然不够切当。总之屈子早就有了去楚求合明君之念，唯古人执着于同姓无去国

---

① 东方朔《七谏》为代言体辞作。其《哀命》部分云："我决死而不生兮，虽重追吾何及。戏疾濑之素水兮，望高山之蹇产。哀高丘之赤岸兮，遂没身而不反。"其中也用了"遂"字，同样是"将来完成时"。

② 参阅拙著《屈原及其诗歌研究》第二章第二节"屈作'男女关系'模式"。

之义，对此熟视无睹，或不肯承认。王逸注《离骚》"回朕车以复路兮，及行迷之未远"，云："言乃旋我之车，以反故道，及己迷误欲去之路尚未甚远也。同姓无相去之义，故屈原遵道行义，欲还归也。"注《九歌·湘君》"恩不甚兮轻绝"一语，云："言人交接初浅，恩不甚笃，则轻相与离绝。言己与君同姓共祖，无离绝之义也。"其《七谏章句序》又说："古者人臣三谏不从，退而待放。屈原与楚同姓，无相去之义。"洪兴祖在《离骚章句叙》之补注中说得更多："或问：古人有言，杀其身有益于君则为之。屈原虽死，何益于怀、襄？曰：忠臣之用心，自尽其爱君之诚耳，死生、毁誉，所不顾也。故比干以谏见戮，屈原以放自沉。比干，纣诸父也。屈原，楚同姓也。为人臣者，三谏不从则去之，同姓无可去之义，有死而已。《离骚》曰：'阽余身而危死兮，览余初其犹未悔。'则原之自处审矣。"①事实上，作为楚君同姓的屈原也有去国之念（在那个时代，不产生这种念头倒是咄咄怪事），只不过他更希望怀、襄觉悟，使自己重返政治决策之中心而已。

---

① 儒典常张扬此说。《孟子·万章下》记："齐宣王问卿。孟子曰：'王何卿之问也？'王曰：'卿不同乎？'曰：'不同。有贵戚之卿，有异姓之卿。'王曰：'请问贵戚之卿。'曰：'君有大过则谏，反覆之而不听，则易位。'王勃然变乎色。曰：'王勿异也。王问臣，臣不敢不以正对。'王色定，然后请问异姓之卿。曰：'君有过则谏；反覆之而不听，则去。'"孟子所谓"贵戚之卿"既与"异姓之卿"相对，当是指同姓之卿。《晏子春秋·内篇谏上第一》云："庄公奋乎勇力，不顾于行义。勇力之士无忌于国，贵戚不荐善，逼迩不引过，故晏子见公。"吴则虞注："贵戚者，同姓之卿也。"此可证孟子"贵戚之卿"之意。孟子对齐宣王之语含有同姓无去国之意，对比异姓之卿反覆谏君而不听则去，断然可知。朱熹集注云："大过，谓足以亡其国者。易位，易君之位，更立亲戚之贤者。盖与君有亲亲之恩，无可去之义。以宗庙为重，不忍坐视其亡，故不得已而至于此也。"《春秋》鲁庄公九年（前685）："夏，公伐齐，纳纠。"《公羊传》云："纳者何？入辞也。其言伐之何？伐而言纳者，犹不能纳也。纠者何？公子纠也。何以不称公子？君前臣名也。"何休解诂："礼，公子无去国道……"疏："然则礼有三谏不从待放去者，其异姓之臣乎？公子者，同姓之臣，本无去国之义矣。"又《春秋公羊传》鲁襄公二十九年（前544）："季子……去之延陵，终身不入吴国。"何休解诂："延陵，吴下邑。礼，公子无去国之义，故不越竟。"

除屈原被放逐及其创作外，我们还应了解此次楚国亲齐亲秦两派斗争的其他结果，以及楚秦两国形势的后续发展。

据《楚世家》等文献，怀王为亲秦势力裹胁，被口头上的商於六百里土地蛊惑，一方面和齐国绝交，并放逐了亲齐派的代表人物屈原，一方面派将军逢侯丑到秦国受地①。张仪回秦后则佯醉坠车，称病不出达三月之久，楚地不可得。怀王以为张仪嫌楚国不够绝情，又派勇士宋遗前去侮辱齐宣。宣王大怒，折楚符而合于秦。张仪见目的达到，乃见楚将军曰："子何不受地？从某至某，广袤六里。"楚将军曰："臣之所以见命者六百里，不闻六里。"无奈而反报。怀王大怒，十七年（前312）春与秦战于丹阳（今陕西、湖北两省间丹江以北），结果惨败，甲士八万被斩，大将屈匄、偏将军逢侯丑等七十多人被俘，位于汉水中游的汉中郡被占领。秋，怀王发动全国军队袭秦，又大败于蓝田（在今陕西），韩、魏趁机南袭至邓（今湖北襄樊西北），楚国回救，韩、魏亦退兵②。此时楚齐联合已破，齐不救楚，楚国大困。秦国则达到了目的，一个孤立无援的楚国根本不为秦国所惧。陈轸所作秦患西起、齐交北绝的预判完全应验了。回想当初，怀王为纵约长，合六国兵力叩关攻秦，秦兵一出，他率先引兵而退；而今，怀王先是因张仪口头上的六百里商於之地毁掉了跟齐国的联盟，放逐了力主合齐的屈原，又因受欺，倾国力深入击秦，置国家百姓于死地而全然不顾，以至于丧地损兵，元气大伤，韩、魏来袭，他又狼狈退兵。就这样一位在政治军事上成事不足败事有余的国君，却曾寄托着屈原全部的人生追求和政治梦想。

---

① 郭沫若尝谓："楚怀王实是混蛋，贪得商於之地，便妄与盟邦绝交……"（见所著《石鼓文研究　诅楚文考释》，《郭沫若全集》考古编第九卷，第294页）。

② 据作于此年下半年的《诅楚文》，当时情势极为严重：一方面楚国"悉兴其众，张矜意怒，饰甲底兵，奋士盛师"，以逼秦境；一方面"唯是秦邦之嬴众敝赋，輶輮栈舆，礼傻介老，将之以自救殹"，而且秦国连鬼神都动员了（参阅郭沫若《石鼓文研究　诅楚文考释》，《郭沫若全集》考古编第九卷，第290、297页）。

怀王陷入困境,后悔不用屈原之策,遂起用他来修复跟齐国的关系。怀王十八年(前311),秦伐楚,取召陵,屈原则直接从汉北北上使齐①。秦忌惮楚齐修好,复利诱楚国以离间之。《楚世家》记秦复派使臣至楚,约定亲善,许诺将汉中一半(即武关外商於之地)给楚,以求和解②。怀王曰:"愿得张仪,不愿得地。"张仪闻之,请之楚。秦惠王问:"楚且甘心于子,奈何?"张仪对曰:"臣善其左右靳尚,靳尚又能得事于楚王幸姬郑袖,袖所言无不从者。且仪以前使负楚以商於之约,今秦楚大战,有恶,臣非面自谢楚不解。且大王在,楚不宜敢取仪。诚杀仪以便国,臣之愿也。"张仪再次使楚。怀王不见,因之,欲杀之。张仪暗赂靳尚,靳尚为请怀王曰:"拘张仪,秦王必怒。天下见楚无秦,必轻王矣。"张仪又谓怀王夫人郑袖曰:"秦王甚爱张仪,而王欲杀之,今将以上庸之地六县赂楚,以美人聘楚王,以宫中善歌者为之媵。楚王重地,秦女必贵,而夫人必斥矣。夫人不若言而出之。"郑袖也为张仪说情。怀王释之而善加优待。张仪趁机威逼利诱,劝怀王背叛合纵之盟,与秦联合亲善,约为婚姻。《战国策·楚策一》更记怀王对张仪曰:"楚国僻陋,托东海之上。寡人年幼,不习国家之长计。今上客幸教以明制,寡人闻之,敬以国从。"遣使车百乘入秦,献骇鸡之犀、夜光之璧于秦惠文王。张仪离楚,屈原使齐回,劝怀王说:"何不诛张仪?"怀王悔,使人追之而弗及(《史记·楚世家》)。此年,秦惠王赢驷卒,子嬴荡登位,即秦武王(前310—前307年在位)。

---

① 洪兴祖判断屈原于此年重获起用。其注《哀郢》"忽若去不信兮,至今九年不复"一语,曰:"十八年楚囚张仪,复释去之。是时屈平既疏,不复在位,怀王悔不用屈原之策,于是复用屈原。屈原谏怀王曰:何不杀张仪? 怀王使人追之不及。"林庚认为,此年怀王要屈原到齐国重修旧好,"屈原本已在半路上,得了这个任务便到了齐国,果然重建起'从约'的联合战线"(参见其《诗人屈原及其作品研究·民族诗人屈原传》,《林庚楚辞研究两种》,第12页)。林先生之说颇有启发意义,不过屈原在汉北并非林先生说的自疏,而是遭怀王流放。

② 林庚谓"此屈原使秦结果"(参见所著《诗人屈原及其作品研究·〈史记·屈原列传〉简注》,《林庚楚辞研究两种》,第55页),良是。

屈原虽获起用,可在国家决策上的地位和影响大不如前,怀王对他的信任也大打折扣,而亲秦势力则进一步膨胀,张仪穿梭于楚国贵臣和国君间游刃有余。所以屈原使齐时,怀王已生合秦之意。《史记·秦本纪》载:"惠王卒,子武王立。韩、魏、齐、楚、越皆宾从。"又据《楚世家》,怀王二十年(前309),"齐(湣)〔宣〕王欲为从长,恶楚之与秦合,乃使使遗楚王书曰:'寡人患楚之不察于尊名也。今秦惠王死,武王立,张仪走魏,樗里疾、公孙衍用,而楚事秦。夫樗里疾善乎韩,而公孙衍善乎魏;楚必事秦,韩、魏恐,必因二人求合于秦,则燕、赵亦宜事秦。四国争事秦,则楚为郡县矣。王何不与寡人并力收韩、魏、燕、赵,与为从而尊周室,以案兵息民,令于天下?莫敢不乐听,则王名成矣。王率诸侯并伐,破秦必矣。王取武关、蜀、汉之地,私吴、越之富而擅江海之利,韩、魏割上党,西薄函谷,则楚之强百万也。且王欺于张仪,亡地汉中,兵锉蓝田,天下莫不代王怀怒。今乃欲先事秦!原大王孰计之。'"怀王见齐王书,犹豫不决,后听昭雎之议,"竟不合秦,而合齐以善韩"①。

怀王二十二年(前307),秦武王死,嬴稷继位,为秦昭襄王(前306—前251年在位)。武王无子,昭王以异母弟承兄统,地位不稳,国内常闹政变。《秦本纪》记其二年之事云:"彗星见。庶长壮与大臣、诸侯、公子为逆,皆诛,及惠文后皆不得良死。悼武王后出归魏。"昭王母宣太后为楚人,故厚结母党以固王位。怀王二十四年(前305),"秦昭王……厚赂于楚,楚往迎妇",楚再次叛齐。次年,怀王入秦,与昭王会盟,于黄棘(今河南南阳市南)订约。秦将上庸还给楚国(上庸之治所在今湖北北部竹山县西南,堪称楚国

---

① "昭雎"一名多被写作"昭睢",《楚世家》司马贞索隐标音为"七余反",则字当为"雎"。又,《楚世家》原作"齐湣王"事,误,此时宣王尚在,参阅钱穆《先秦诸子系年》"张仪卒乃魏哀王九年非十年辨",以及"齐湣王在位十八年非四十年其元年为周赧王十五年非周显王四十六年辨",分别见该书第443、459页。

北部重要门户),两国关系发展至顶点①。

怀王二十六年(前303),齐、韩、魏因楚国叛合纵相亲之约,一同伐楚。楚以太子为人质向秦求救,秦派兵救楚,三国挥兵而退。看起来秦国援助了楚国,但楚与其他山东诸侯的对立进一步加深了。

怀王二十七年(前302),楚太子与秦大夫斗殴,杀之而潜回。二十八年(前301),秦连同齐、韩、魏攻楚,杀楚将唐眛,占领了重丘(今河南泌阳北)。此时秦可以利用齐、韩、魏等山东诸侯,楚则完全孤立。怀王二十九年(前300),秦再次攻楚,大败楚军,杀楚兵两万,俘其大将景缺。怀王恐,送太子于齐为质,以求和好。

怀王三十年(前299),秦复伐楚,占其八城。秦昭致信怀王,表示要在秦地武关(今陕西丹凤东南)相会结盟:

> 始寡人与王约为弟兄,盟于黄棘,太子为质,至驩也。太子陵杀寡人之重臣,不谢而亡去,寡人诚不胜怒,使兵侵君王之边。今闻君王乃令太子质于齐以求平。寡人与楚接境壤界,故为婚姻,所从相亲久矣。而今秦楚不驩,则无以令诸侯。寡人愿与君王会武关,面相约,结盟而去,寡人之愿也。敢以闻下执事。

怀王见信大忧,往则恐见欺,不往则恐秦怒。而围绕怀王是否前往,亲秦反秦两派再次展开了激烈斗争。亲秦派包括怀王夫人郑袖、怀王幼子子兰以及接受秦国贿赂的其他官员,反秦派则以屈原和昭雎为代表。屈原云:"秦虎狼之国,不可信,不如毋行。"(《史记·屈原贾生列传》)昭雎曰:"王毋行,而发兵自守耳。秦虎狼,

---

① 当然,楚秦两国的友好仍然是有限的,由怀王二十六年求救于秦,以子横入质可知。林云铭曰:"诸侯连兵伐楚,本是意中之事,但请救于秦而又质子,则前此之迎妇、结盟,何为乎?"(参见《楚辞灯》所附《楚怀襄二王在位事迹考》)

不可信,有并诸侯之心。"(《史记·楚世家》)①然子兰力劝怀王前往,曰:"奈何绝秦之驩心!"(《史记·楚世家》)②亲秦派复肆意构陷屈原。怀王最终往秦,结果一进武关就被扣留,被劫持到咸阳,且被要挟割让巫郡和黔中郡。怀王怒而不从。楚国陷入了国君囚于秦而太子质于齐的困境。昭雎力排众议,亲自将太子接回。太子即位,为顷襄王(前298—前263年在位),任其弟子兰为令尹。楚告于秦曰:"赖社稷神灵,国有王矣。"③

---

① 因屈原、昭雎之语大旨相近,颇有学者怀疑《史记·屈原列传》中的内容乃司马迁张冠李戴。胡适《读〈楚辞〉》质疑《屈原列传》,进而质疑屈原之存在,理由之一便是这个"矛盾"。林庚更提出三方面的理由,证明《屈原列传》之误:(一)关于楚国政治事件,《楚世家》是完整仔细的记载,《屈原列传》是比较简略的叙述,如果引起错误,当然是简略的容易引起错误。(二)《楚世家》是客观的记载,对于昭(雎)〔雎〕、屈原无偏爱,不容易发生错误,《屈原列传》是以屈原为主的叙述,屈原的话决不会错成昭(雎)〔雎〕的,昭(雎)〔雎〕的话则难免会错成屈原的。(三)《楚世家》上文是"昭(雎)〔雎〕曰",下文是楚怀王"悔不用昭子言",言之凿凿,岂能两处都错。(参阅所著《诗人屈原及其作品研究·民族诗人屈原传》,注解四《说"谏入秦"》,《林庚楚辞研究两种》,第18页)然而如郭沫若所说,那几句"本来是很平常的话,昭(雎)〔雎〕可以说,屈原也可以说,……那是毫不足怪的",昭(雎)〔雎〕"与屈原同时而且大约是同志,所以他们说话相同"(见所著《历史人物·屈原研究》,《郭沫若全集》历史编第四卷,第12—13页)。郭说较为通达。

② 《史记·屈原列传》也有类似记载。

③ 孙作云以为,此次在怀王赴武关问题上的分歧,导致"楚国国内亲秦派与反秦派在政治上的一次大搏斗","亲秦派的首领,就是楚怀王夫人郑袖和他的小儿子子兰,以及一些受秦国贿赂的贵族。他们对屈原肆意构陷,为了讨好秦国,便驱逐屈原出都,不许参与国事。这就是屈原第一次被放的原因与经过";《离骚》《惜诵》《天问》《抽思》均为此次流放之后的作品(参见所著《屈原的生平及作品编年》,《孙作云文集》所收《〈楚辞〉研究》上册,第6—7页)。案:《惜诵》《抽思》确为屈原第一次流放时所作,却不可能作于怀王入武关之时以及入武关后,因为这两首诗都强烈期求怀王认同自己的忠诚。《惜诵》所谓"待明君其知之""忠何罪以遇罚兮,亦非余心之所志""固烦言不可结诒兮,愿陈志而无路",《抽思》所谓"结微情以陈辞兮,矫以遗夫美人""与美人抽怨兮,并日夜而无正。憍吾以其美好兮,敖朕辞而不听",以及"道卓远而日忘兮,愿自申而不得"等,均有此意。怀王入秦被扣,楚国进入事实上的国君空缺期。《楚世家》载:"楚大臣患之,乃相与谋曰:'吾王在秦不得还,要以割地,而太子为质于齐,齐、秦合谋,则楚无国矣。'旋即太子(转下页)

第三节　第二次被放及此期作品考

本节所涉内容,不管是屈原的经历、创作,还是相关传世文献,都有很多问题需要认真考辨。为使眉目清楚,将分为三个阶段来处理。

一、反击和失败

顷襄元年(前298),秦昭王因为要挟怀王而未达目的,大怒,发兵出武关攻楚,大败楚军,杀楚兵五万,夺取析(今河南内乡以西)等十五座城池。顷襄二年(前297),怀王出逃,秦人发觉后,控制了前往楚国的道路。怀王由小道至赵,赵不敢纳,复往魏,途中为秦兵追及。楚为天下之大国,怀王竟无容身之地,遂发病。顷襄三年(前296),被扣留三四个年头的怀王客死于秦①,"秦归其丧于楚。楚人皆怜之,如悲亲戚。诸侯由是不直秦。秦楚绝"(《史记·楚世家》)。

笔者认为,屈原于此时完成了长诗《离骚》。他在诗中完整地反思了自己的追求和遭遇,批评上层集团误君误国、贪求私利,指责兰椒等人不副所望。关于这一极重要的时间节点,需要先看看

(接上页)回国即位,为顷襄王。屈原此时向怀王表白上述内容已毫无意义。由此可知,屈原第一次被放必不在此年,孙说误。又,《战国策·楚策一》记:"张仪相秦,谓昭(雎)〔雎〕曰:'楚无鄢、郢、汉中,有所更得乎?'曰:'无有。'曰:'无昭(雎)〔雎〕、陈轸,有所更得乎?'曰:'无所更得。'"张正明据此认定:"当时秦国所看重的楚国大臣是昭雎和陈轸,对屈原则全不在意。后来到齐国去迎太子横回楚国的,也是昭雎。"(参见所著《楚史》,第315页)可供参考。

① 孙作云认为怀王客死于秦在其三十年(参阅所著《〈楚辞〉:考古工作者如何利用这部书》,《孙作云文集》所收《〈楚辞〉研究》上册,第158页),大误。《楚世家》《六国年表》明确记此事在顷襄三年。且怀王三十年入武关,秦国本意不在置之于死地,而在要挟他割让土地。怀王客死前,双方除了这一方面的争执外,还发生过怀王逃跑未成功等事件,这一页正不可能很快便翻过去。

《史记·屈原列传》。此传为人诟病,原因之一便是它对《离骚》创作时间的记述充满了混乱。

该传云,怀王听信上官之谮,"怒而疏屈平","屈平疾王听之不聪也,谗谄之蔽明也,邪曲之害公也,方正之不容也,故忧愁幽思而作《离骚》"。这是第一种说法:《离骚》作于屈原遭谗而被怀王疏远之后。

该传又云:"屈平……虽放流,眷顾楚国,系心怀王,不忘欲反,冀幸君之一悟,俗之一改也。其存君兴国而欲反覆之,一篇之中三致志焉。然终无可奈何,故不可以反,卒以此见怀王之终不悟也。"所谓"一篇之中三致志焉"明显是指《离骚》,其上文亦仅仅提及此诗。然则这里提供了又一种说法,即《离骚》作于被怀王放逐后。《史记·太史公自序》谓"屈原放逐,著《离骚》",太史公《报任安书》谓"屈原放逐,乃赋《离骚》"(《汉书·司马迁传》),均符同此意。

该传复云:

> 怀王卒行,入武关,秦伏兵绝其后,因留怀王,以求割地。怀王怒,不听。亡走赵,赵不内。复之秦,竟死于秦而归葬。
>
> 长子顷襄王立,以其弟子兰为令尹。楚人既咎子兰以劝怀王入秦而不反也。
>
> 屈平既嫉之,虽放流,眷顾楚国,系心怀王,不忘欲反,冀幸君之一悟,俗之一改也。其存君兴国而欲反覆之,一篇之中三致志焉。然终无可奈何,故不可以反,卒以此见怀王之终不悟也。人君无愚智贤不肖,莫不欲求忠以自为,举贤以自佐,然亡国破家相随属,而圣君治国累世而不见者,其所谓忠者不忠,而所谓贤者不贤也。怀王以不知忠臣之分,故内惑于郑袖,外欺于张仪,疏屈平而信上官大夫、令尹子兰。兵挫地削,亡其六郡,身客死于秦,为天下笑。此不知人之祸也。《易》曰:"井泄不食,为我心恻,可以汲。王明,并受其福。"王之不明,岂足福哉!

> 令尹子兰闻之大怒,卒使上官大夫短屈原于顷襄王,顷襄王怒而迁之。

暂且不论这段文字中的混乱,只看令尹子兰"闻之大怒"一事。此"之"字显然是指上文所说的"一篇"亦即《离骚》。据此,则《离骚》之作是在顷襄即位、怀王客死以后。而且依这一片段,《离骚》之作跟屈原批评子兰劝怀王入秦有关,由此导致他被顷襄迁放。这是《离骚》创作时间的第三种说法。

关于《离骚》的创作时间,短短一篇传记竟含三种不同说法,着实令人惊异。古今学者尝提出各种方案来解决这一问题,今略举其要者,加以必要的辨析。

王逸《离骚经章句序》以为被疏就是被放,故在"王乃疏屈原"之后,紧接着就说,"屈原执履忠贞而被谗邪,忧心烦乱,不知所愬,乃作《离骚经》。……言己放逐离别,中心愁思,犹依道径,以风谏君也"。若"疏"就是"放",司马迁前两种说法便可合二为一,其矛盾也就化解了。可是上官之诬不至于使屈原被放,前文已经辨析,王逸这一说法并不可靠。更重要的是,王逸在《序》中说怀王疏(或放)屈原,而屈原作《离骚》,可在注解诗中"世溷浊而嫉贤兮,好蔽美而称恶"一语时,又说,"再言'世溷浊'者,怀、襄二世不明,故群下好蔽忠正之士,而举邪恶之人"。① 既然此语指言怀襄二世,则《离骚》只能是作于顷襄时期。洪兴祖看破了王逸的矛盾,在补注中特予纠正,说:"再言'世溷浊'者,甚之也。屈原作此,在怀王之世耳。"由此看来,王逸不仅没有解决司马迁的矛盾,而且又自生了矛盾。

清方廷珪提出:"龙门传大夫,以《离骚》上追《三百篇》,推其

---

① 其所谓"再言'世溷浊'者",是指《离骚》叙述主人公求见天帝,而受阻于阍者,谓"世溷浊而不分兮,好蔽美而嫉妒",至求宓妃、简狄、二姚而无果,又谓"世溷浊而嫉贤兮,好蔽美而称恶"。

志与日月争光,可谓深知大夫矣。……至传中'既嫉之'以下,遽接'虽放流',则由后人误脱落二十八字于'岂足福哉'之下,……予生平喜读是篇,每到脱误处,辄掩卷不下,后分章分句于各截求之,豁然有悟,因为移易前后,顿觉文随字顺。此则千百年来前人所未议及者,因沉潜反覆而有以得之。"①方氏认为《屈原列传》中"令尹子兰闻之大怒,卒使上官大夫短屈原于顷襄王,顷襄王怒而迁之"二十八字,原在"屈原既嫉之"一语之下、"虽流放"一语之前,则《屈原列传》这段文字被"复原"为:

> 屈平既嫉之,〔令尹子兰闻之大怒,卒使上官大夫短屈原于顷襄王,顷襄王怒而迁之,〕虽放流,眷顾楚国,系心怀王,不忘欲反,冀幸君之一悟,俗之一改也。其存君兴国而欲反覆之,一篇之中三致志焉。……王之不明,岂足福哉!(令尹子兰闻之大怒,卒使上官大夫短屈原于顷襄王,顷襄王怒而迁之。)

尽管方廷珪自诩说发千百年来前人之所未发,其说实存在不可解决的矛盾,殆仍未得司马迁之意。此时怀王已死(传文前已明言),顷襄听谗而怒迁屈原,屈原反"系心怀王",于文情事理扞格难通。方廷珪解释说:"放是顷襄王事,终归罪于怀王者,始既不悟大夫之忠,不用其身,致兵挫地削,终又不悟大夫之忠,不听其言,致深陷虎穴。且怀王若悟,则必专属嗣君委任大夫,或得归国,尚未可知。'三'字中包许多情事。"(《昭明文选集成》卷之一《离骚上》所附司马迁《屈原列传》)这种解释牵强之甚,即便接受了,也还是不能解释太史公为何仍责备怀王终不一悟而返屈子(所谓"故不可以反,卒以此见怀王之终不悟也")——怀王既已客死,太史公尚要他返屈子乎?

方廷珪的观点堪称"错简说"之滥觞,迄今为不少学者承继和

---

① 方廷珪评点《昭明文选集成》卷之一《离骚上》所附司马迁《屈原列传》。

发展①。比如颜新宇将姜亮夫所指《屈原列传》文理不顺的地方指认为"错简",提出"屈平疾王听之不聪也"至"推此志也,虽与日月争光可也"一段,原在"冀幸君之一悟,俗之一改也"之下、"其存君兴国而欲反覆之"之前,以为《史记》流布时,此272字发生了错置。基于这种新的排列,颜新宇断定,"司马迁认为《离骚》是在怀王死于秦后,屈原尚未流放到江南以前的作品"(具体推定,则是在顷襄三年至十一年间)②。这种观点无法解决的关键问题,与上揭方廷珪之说相似:怀王于三十年入秦被扣,次年为顷襄元年,顷襄三年怀王客死,而该传如何还说,"其(屈原)存君兴国,而欲反覆之,一篇之中,三致志焉。然终无可奈何,故不可以反,卒以此见怀王之终不悟也"?即便就将《离骚》之作成归到顷襄三年,怀王去国已数年且已客死,顷襄在位三年矣,屈原岂会冀望怀王召回自己呢?太史公岂会讥讽怀王不能返屈原呢?

汤炳正认为《屈原列传》被后人窜乱,文中从"离骚者,犹离忧

---

① 《屈原列传》文势之乱,前人早有觉察。于慎行说:"《史记·屈原传》为文章家所称,顾其辞旨错综,非叙事之正体,中间疑有衍文。如论怀王事,引《易》断之曰,'王之不明,岂足福哉',即继之曰,'令尹子兰闻之大怒',何文义不相蒙如此!世之好奇者求其故而不得,则以为文章之妙变化不测,何其迂乎?"黄恩彤在评论中提出了不同意见:"……'令尹子兰闻之大怒'一段,正承上文'楚人既咎子兰以劝怀王入秦而不反''屈平既嫉之'数语说下,文义极为连属,非不相蒙。"(见于慎行著,黄恩彤参订《读史漫录》第二卷《战国至秦楚之际》)黄说近乎狡辩,既然跳过一大段文字才可承接上文,不正说明现有叙事序列存在错乱吗?顾炎武《日知录》卷二十六《史记》部分云:"《屈原传》:'虽放流,眷顾楚国,系心怀王,不忘欲反,卒以此见怀王之终不悟也。'似屈原放流于怀王之时。又云:'令尹子兰闻之,大怒。卒使上官大夫短屈原于顷襄王,顷襄王怒而迁之。'则实在顷襄之时矣。'放流'一节当在此文之下,太史公信笔书之,失其次序尔。"梁玉绳倾向其说,提出自"虽放流"至"岂足福哉","似疑在'顷襄王怒而迁之'后",但梁氏又说,"细玩文势,终不甚顺"(见梁玉绳《史记志疑》卷三十一)。若非将这些状况归结于太史公本人的话,这些已经是错简说了。

② 颜新宇《〈离骚〉写作时间初探:兼谈〈史记·屈原列传〉的有关问题》,刊载于《湖南师院学报》(哲学社会科学版)1983年第3期。

也"至"推此志也,虽与日月争光可也",从"虽放流,眷顾楚国"至"王之不明,岂足福哉"两大段文字,均系由刘安《离骚传》窜入,司马迁本人实未见《离骚传》①。这样一来,一切矛盾看似都解决了,《屈原列传》之意是说,怀王疏屈原,屈原作《离骚》,屈原嫉子兰,子兰使上官进谗,顷襄将屈原迁放。看来文从字顺,明白顺畅。然此说也有几个重要问题不能解决:

其一,认定这两大段文字都出于刘安,缺乏确凿有力的证据。依班固《离骚序》、刘勰《文心雕龙·辨骚》,属于刘安的文字只是:"《国风》好色而不淫,《小雅》怨悱而不乱,若《离骚》者,可谓兼之。蝉蜕浊秽之中,浮游尘埃之外,皭然泥而不滓,推此志,与日月争光可也。"②

其二,判定司马迁未见《离骚传》有很大的风险。淮南王因谋反事发,于武帝元狩元年(前122)自刭③。司马迁于武帝元封三年(前108)继父职任太史令,掌记史事、编史书、修天文历法等,太初元年(前104)与唐都落下闳等人改革历法,制定了太初历,同年开始撰写《太史公书》即《史记》。据《汉书·淮南衡山济北王传》,"初,安入朝,献所作《内篇》,新出,上爱秘之。使为《离骚传》,且受诏,日食时上"。此事为一时之盛。武帝虽爱秘刘安所上之《内篇》(汤炳正云:"所谓'爱秘',当谓置之手边,秘不示人,或置于刘向《七略》所谓'秘室之府';并不是付之'太常、太史、博士之藏',供史官披阅")④,但《离骚传》殆即播扬天下,为士人乐知乐见矣。以司马迁之博闻多识,且尝游历天下、绁史记石室金匮之书,说他未见《离骚传》,殊难让人信服,尽管他在刘安本传中确

---

① 参阅汤炳正《楚辞讲座》第五讲《〈史记·屈原列传〉的问题》,广西师范大学出版社2006年版,第85页;并参阅汤炳正《屈赋新探·〈屈原列传〉理惑》,齐鲁书社1984年版,第7—10页。
② 刘勰殆未见《离骚传》原篇,而抄录了班文。
③ 参阅《史记·淮南衡山列传》本文及《史记集解》所引徐广语。
④ 参见汤炳正《屈赋新探·〈屈原列传〉理惑》,第6页。

实未提及《离骚传》等书。即便不考虑这一背景,而单看《史记》屈原本传之文本,指其论《离骚》兼《风》《雅》、齐日月一段为后人窜入的刘安之文,远不如解之为太史公引刘安文合理切当;司马迁既已引之,说他未见《离骚传》,又如何能够成立呢?

其三,也是最重要的一点,此说不能解决《太史公自序》《报任安书》所说屈原放逐而作《离骚》的问题。汤炳正拿班固《离骚序》、王逸《离骚经章句序》二文,跟屈原本传中"离骚者,犹离忧也。……推此志也,虽与日月争光可也"一段文字比照,以其"结构层次基本上一致",断定《屈原列传》这一段原为刘安《离骚传》总叙的前半(进而又以此段与"虽放流,眷顾楚国,……王之不明,岂足福哉"一段比照,以其"文笔风格完全一致,而且结构层次也脉络相通",断定"虽放流"一段文字原为刘安《离骚传》总叙的后半);复以剔除这两大段文字的《屈原列传》,比照刘向《新序·节士》篇相关内容,以其基本梗概互相吻合来证成己说①。被砍削太半的屈原本传确实显示了"屈原赋《骚》,不是在襄王放原之后,而是在怀王疏原之时"②,但从论证方法上看,暂不谈汤氏如此大胆骇人地砍削《史记》原文,其无视司马迁本人之《太史公自序》以及《报任安书》,也并不科学(上揭各说亦未能兼顾这两个重要文献,其弊与汤说同)。

其四,《离骚》这么重要的作品,若司马迁在《屈原列传》中只提一句,即"屈平疾王听之不聪也,谗谄之蔽明也,邪曲之害公也,方正之不容也,故忧愁幽思而作《离骚》",于《怀沙》一诗则全文载录,且又大量化用了《渔父》篇,凡此亦殊不可解。

因此汤说也不能成立。

我们应该十分清醒地意识到,当古文献存在矛盾混乱时,最容易使之恢复秩序的做法,便是将其矛盾、混乱因素归结为他人之窜乱或者抄刻之错简,故下此等结论最要审慎。以上各说均立足于

---

① 参阅汤炳正《屈赋新探·〈屈原列传〉理惑》,第8—10页。
② 同上书,第11页。

弥合《屈原列传》之矛盾,亦均不成立。即使强制性地恢复了《屈原列传》的秩序,也无以回应《太史公自序》和《报任安书》的挑战,正所谓摁下葫芦浮起瓢。事实应该是,司马迁对《离骚》创作时间的认知本来就充满矛盾,或者说,他掌握的本来就是充满矛盾的信息,他在不同信息间游移,导致了叙述的混乱。

　　足可证明这一点的是,汉代另一位著名史家班固,以及现存最早的《楚辞》注本之作者王逸,也都存在类似情况。王逸之说前文已及,这里毋庸重复。班固《离骚赞序》云:"《离骚》者,屈原之所作也。屈原初事怀王,甚见信任。同列上官大夫妒害其宠,谗之王,王怒而疏屈原。屈原以忠信见疑,忧愁幽思而作《离骚》。离,犹遭也;骚,忧也。明己遭忧作辞也。是时周室已灭,七国并争。屈原痛君不明,信用群小,国将危亡,忠诚之情怀不能已,故作《离骚》。上陈尧、舜、禹、汤、文王之法,下言羿、浇、桀、纣之失,以风。怀王终不觉寤,信反间之说,西朝于秦。秦人拘之,客死不还。"(严可均辑《全后汉文》卷二十五)这是认定《离骚》作于屈子遭谗被怀王疏远以后,怀王入秦被拘之前,大抵与上举《屈原列传》第一种说法相同,殆即本于《史记》。班固《汉书·地理志下》云:"始楚贤臣屈原被谗放流,作《离骚》诸赋以自伤悼。"这显然接近上举《屈原列传》第二种说法。可《汉书·贾谊传》云:"屈原,楚贤臣也,被谗放逐,作《离骚赋》,其终篇曰:'已矣!国亡人,莫我知也。'遂自投江而死。"这是说《离骚》作于屈原自杀以前,则当是顷襄时期了,故接近上举《屈原列传》第三种说法而更晚①。硬说《史

----

　　① 汤炳正说:"今按屈原赋《骚》,不是在襄王放原之后,而是在怀王疏原之时。两汉以来古说,本无歧异。刘向的《新序》、班固的《离骚赞序》、王逸的《离骚经章句序》等书,都是一致的。由近古到现代,才有人提出《离骚》作于襄王之世的说法。这个说法的产生,当然不只一个原因,但今本《屈原列传》被后人窜入的'虽放流,……岂足福哉'一大段文字,却是引起问题的重要原因。"(参见所著《屈赋新探·〈屈原列传〉理惑》,第11页)实际上,汉代不止一二人有《离骚》作于襄王之世的说法,《史记·屈原列传》已含此说,唯不被汤先生承认而已,班固、王逸也有这种说法,则被他直接无视了。

记·屈原列传》的矛盾产生于后世流传中错简,或被后人窜乱等等,又如何面对汉代另一重要史著《汉书》及《楚辞》重要注家王逸的类似情况呢?历代学者即便真的解决了《史记·屈原列传》的问题,亦不足以解决全部司马迁著作的问题,更无以解决汉代各家文献的问题。

笔者认为,屈原其人,有一二十年被疏远,一二十年被流放,且以自沉结束流放生涯,后代史家或学者掌握其信息充满困难,本是意料之中的事情,出现矛盾和游移不足为怪,学者们又何必强作解人呢?

《离骚》究竟作于何时,前文已经提及当成于顷襄初年、怀王客死之后。我们可根据《离骚》自身内容,参稽当时情势,来确认它作成的时间。

需要注意的是,《离骚》跟屈原其他作品有一个重要差别:它不是书写诗人某一较短时期的心志和经历,而是书写诗人创作此诗前的"一生"。这意味着其中很多片段所关涉的特定时间并非就是该诗写成的时间。比如,女媭"詈予"一事,便不能作为判断《离骚》创作时间的依据。金开诚曾分析:

> 女媭这番话是屈原想象出来的,但这种想象也说明屈原认识到只要他肯退让妥协,还是可以免遭毁灭性的打击,安安稳稳做个无足轻重的官员。这种情况也说明了当时他是在一种什么样的处境之中;倘若已被放逐,那么即使他愿意妥协,也无济于事了。《哀郢》《涉江》等篇作于放逐之后,其中即无进退出处的考虑,因为在那种情况下,他的进退出处已经无可选择了。把《离骚》与《哀郢》《涉江》作对比,在有无选择性方面的差别是极为明显的。①

---

① 金开诚《屈原辞研究》,第 101 页。

金开诚据此断定《离骚》作于屈原被怀王放逐以前。其实,他对女媭"詈予"一段的内容和屈子出处的理解,以及他判断《离骚》创作时间的方法,都值得商榷。从根本上说,女媭"詈予"一事凸显的问题是:当备受打击时,是坚持博謇(多方直谏)好修呢,还是变心从俗?诗人毫不犹豫地选择了前者——坚守政教伦理之追求。屈原被放以后,这种问题和选择也一直存在,不过其时当面"博謇"已无可能,遂演变而为以诗"博謇"。《思美人》作于被怀王放逐汉北时期,其中云:"欲变节以从俗兮,愧易初而屈志。独历年而离愍兮,羌凭心犹未化。宁隐闵而寿考兮,何变易之可为!"这里思考的问题以及诗人的抉择,跟女媭"詈予"以及主人公的回复,本质上是一致的(就文本功能而言,向重华陈词一段是对女媭的回应,当然,这说到底只是诗人的自我反思和自我确认)。作于被顷襄流放时期、晚于《离骚》的《涉江》则云,"世溷浊而莫余知兮,吾方高驰而不顾","吾不能变心而从俗兮,固将愁苦而终穷","余将董道而不豫兮,固将重昏而终身"。其中包含的问题和抉择,也都跟女媭"詈予"及主人公的回应一致。这就是屈子的"进退出处"问题,其关键不在于做官或不做官。谓《哀郢》《涉江》等诗"无进退出处的考虑",乃是一大误解。这一误解关涉是否准确理解了屈子全部诗歌,也关涉是否准确把握了他的人格模式。对这里正在讨论的问题来说,这种误解还不是最关键的。最关键的是,即便金开诚对女媭"詈予"的分析准确无误,也不能依此断定《离骚》之创作时间。因为此类片段对应的是屈子人生中已然过去的某个时期,而非《离骚》撰著之时。

类似例子还有很多。《离骚》主人公自叙年龄情况,谓"老冉冉其将至兮,恐修名之不立",又谓"及年岁之未晏兮,时亦犹其未央"。金开诚分析说:"一个人若是年纪很轻,他当然不至于说'老冉冉其将至';……同时,一个人如果年纪已经老了,他当然也就不会说'及年岁之未晏兮,时亦犹其未央'";他由此断定屈原写

《离骚》时,"年纪已经不轻,但也不是'既老'",当是四五十岁①。究其实际,"老冉冉其将至"的心情,对应着屈原欲辅怀王奋发有为的时期,据笔者判断是在怀王十六年(前313)前,也就是诗人第一次被放以前,当时他大约四十岁;"及年岁之未晏"的心情,则对应着屈原对顷襄失望而生去国之意时,据笔者判断是在顷襄元年(前298)至三年(前296)间,其时诗人五十颇有余,六十则不足。两种表述有一二十年的距离,怎可合之为一,来断屈原一时的年龄阶段以及《离骚》的创作时间呢?——只后一种年龄状态庶几近之。

一言以蔽之,《离骚》蕴含着一个漫长的时间序列,尽管该序列的某些部分存在"过去"和"现在"的杂糅,可无可置疑的是,只有最晚近的那些点,才接近它创作和完成的时间。至此,我们接触了屈作中各式各样的时间,短时或长时,已然或将然,一般将然或"将来完成时"等等,错解其特性,例如无视其巨大跨度,变长时为短时,错误地楔入远时距的事件,变短时为长时,偏离其将然特性,误把"将来完成时"当成"现在完成时",都会偏离诗人及其作品的真相。

屈原作《离骚》的现实触媒,前人有两种常见的判断:一是说上官大夫因嫉妒而向怀王诬告屈原,屈原被怀王疏远,作《离骚》以发其愤;一是说在张仪贿赂下,上官、子兰、子椒、郑袖等人一同谮毁屈原,屈原遭怀王放逐,作《离骚》以抒其情。此二说均不正确。《离骚》很多内容都映射着屈原在顷襄时期的状态和作为。对判断该诗创作及完成的时间来说,这一点至关重要。简单言之,《离骚》显示出顷襄即位后,屈原为提升自己跟国君的关系做了不少努力,但均告失败(对应着主人公求简狄、求二姚),故决计离楚远求志同道合之君(对应着灵氛占卜、巫咸降神,以及主人公远逝求女),最终则因故国情深,未能实行(对应着主人公升天欲行,因

---

① 金开诚《屈原辞研究》,第105页。

恋故国而作罢)①。这种种情形只能发生在顷襄初期——这是《离骚》所含的最后时期,亦即它创作和完成的时间点。

这一判断,需结合现实情势作进一步的申释。

对屈原来说,怀王被扣在秦是一大政治悲剧,新王即位则使他萌生了一线新的希望。他肯定很清楚,此时若不能提升跟国君的关系,嗣后将更加无望。然而他面对着一个相当棘手的问题——子兰取得了令尹大位。此职为楚国所设,相当于相,地位仅次于国君。大约二十年前,子兰还是屈原培育的贵族子弟之一。当时,屈原任三闾大夫,对自己和国家的将来,对自己精心培育的那班贵族子弟,都怀着很高的期待(对子兰尤其如此,《离骚》述培植众芳,首举"滋兰",良有以也)。其后屈原升任左徒,大受信用,一展宏图的愿望因怀王授命他起草宪令而发展至顶峰。孰料先由上官之潜被罢左徒(怀王十六年前),不久跟亲秦派斗争而落败,备受谗毁,被流放汉北(怀王十六年)。虽在怀王十八年重获起用,他在上层政治集团中已完全被边缘化了。恰恰就在屈原人生蹭蹬的时期,子兰一步步成长为跟他对立的强大政治力量,当初谮毁他的上官则成了子兰的同党和干将。怀王十六年屈原被放,跟子兰大有关系。怀王三十年,秦昭约怀王会武关,子兰又是他最主要的对立面。……随着政治决策层面上屈子力量消,子兰力量长,党人嚣张,世俗贪饕,对外附和强敌,对内抑逐贤士,君国被引入了幽昧险隘之途,国脉不绝如缕。顷襄即位后,子兰升至令尹,成了国力提振的绊脚石,也成了屈原提升跟国君关系的最大阻碍。屈原已彻底认识到子兰不副所望(《离骚》谓"余以兰为可恃兮,羌无实而容长。委厥美以从俗兮,苟得列乎众芳",以子兰为诛首)。他要想改变国运,提升跟新君的关系,就不能不出手反击子兰。屈原要为

---

① 其详请参阅拙作《论共时性理解对〈诗经〉〈楚辞〉研究的意义》,刊载于《社会科学战线》1999 年第 2 期,中国人民大学《中国古代、近代文学研究》1999 年第 7 期全文转载。

国家及个人命运放手一搏了,他在等待机会。顷襄三年,怀王客死,天下诸侯皆不直秦,国人如丧考妣,纷纷指责子兰当初劝怀王入秦,子兰在道义上陷入极为不利的局面。屈原的机会看似来到了①。

屈原性格上耿直倔强,又一直唯恐皇舆败绩,于外主张合纵抗秦,于内谋求修明法度、举贤授能以使国家富强,当初他坚决反对怀王前往秦国,怀王客死给他的痛伤和激愤是可想而知的。他在这个关头完成了《离骚》,系统展示自己的人格、人生追求、政治理想和不幸遭遇,揭示君国之危,启示正确方向,批判黑暗政治及其诛首子兰之弃善扬恶,并公之于世,这正是情理中的事情②。《离骚》使用了障眼法,在痛斥兰草堕落时,又责骂众芳变为恶草或不再芳香,却丝毫掩不住它强烈的"指槐骂槐"的效果。因此就有了《史记·屈原列传》记述的那件事情:"令尹子兰闻之大怒,卒使上官大夫短屈原于顷襄王,顷襄王怒而迁之。"孙作云分析其意,说:"就传文的上下脉络观之,此'闻之大怒',即闻《离骚》中有骂子兰的话,所以他闻之大怒。这说法是有一定程度的根据的,因为《离骚》中'余以兰为可恃兮,羌无实而容长。委厥美以从俗兮,苟得列乎众芳',这些话确实是骂子兰。"③此说有理(惜乎孙氏固执旧

---

① 怀王客死秦国给楚人带来的创痛深刻而持久,以至于秦末范增尚以此事游说项梁。《史记·项羽本纪》载:"居鄠人范增,年七十,素居家,好奇计,往说项梁曰:'陈胜败固当。夫秦灭六国,楚最无罪。自怀王入秦不反,楚人怜之至今,故楚南公曰"楚虽三户,亡秦必楚也"。今陈胜首事,不立楚后而自立,其势不长。今君起江东,楚蜂午之将皆争附君者,以君世世楚将,为能复立楚之后也。'于是项梁然其言,乃求楚怀王孙心民间,为人牧羊,立以为楚怀王,从民所望也。"项梁立怀王孙心,且以"楚怀王"之名号为号召,激发楚人对秦的痛恨,足可推想当初怀王客死给子兰等人造成的严重不利局面。
② 孙作云《屈原的放逐问题》,《孙作云文集》所收《〈楚辞〉研究》上册,第26页。
③ 谢无量判断:"屈原在怀王的时候先被流放,到襄王的时候,又第二次被放,这《离骚》决定是第二次被放以前所作的。"(见所著《楚词新论》,第56页)这是正确的,不过还应明确《离骚》完成于顷襄三年怀王客死之后。

说,坚认《离骚》作于怀王时期),"余以兰为可恃兮"云云,说白了就是骂子兰外表光鲜,其实草莽。

古今很多学者反对将《离骚》所斥之"兰"理解为现实中的子兰,可从屈作的隐喻体系来看,"兰"指人差不多是必然的①。宋玉《九辩》叹屈子之遭际,有云:"窃悲夫蕙华之曾敷兮,纷旖旎乎都房。何曾华之无实兮,从风雨而飞扬?以为君独服此蕙兮,羌无以异于众芳。"此段内容和形式,均由《离骚》斥兰"羌无实而容长"演化而来,其中华而无实之"蕙"隐指当时国君所偏听偏信者。若"兰"实无其人,且《离骚》之责"兰"非即责其人,以《九辩》之写法,完全没有必要改"兰"为"蕙"。就是说,宋玉改《离骚》之责"兰"为《九辩》之责"蕙",乃是有意回避。联系《史记·屈原列传》所说,"屈原既死之后,楚有宋玉、唐勒、景差(瑳)之徒者,皆好辞而以赋见称;然皆祖屈原之从容辞令,终莫敢直谏",则此论更可确定。《九辩》微妙的改换可说是欲盖弥彰,反倒证明了《离骚》之责"兰"就是责骂子兰。

在《离骚》中,屈原对长期存在的去国求同道之君的念头做了了断:不是不想去,而是故国情深,想去而不能去。故其结尾云:"陟升皇之赫戏兮,忽临睨夫旧乡。仆夫悲余马怀兮,蜷局顾而不行。"

屈原之不去国,在历史上同样是备受争议的话题,古人多据"同姓无相去之义"来作解释。章太炎曾说:"汉人多怪屈原不去楚。宋吕与叔(案即吕大临)说以同姓之臣,近代多宗之。按屈氏虽楚公族,据《春秋传》,桓十一年屈瑕已为莫敖,至赧王十六年楚怀入秦,相距四百年,原之于楚公室亦甚疏矣。本有可去之道,徒以初见信任,不忍决绝,非为同姓也。三仁于纣皆至亲,而去留尚异,此亦各行其志而已。"(《菿汉昌言·区言一》)此说不完全对。

---

① 参阅拙著《屈原及其诗歌研究》第二章"屈原诗歌的艺术符号"第三节"《离骚》'香草'模式"。

首先，王逸章句早就用"同姓无相去之义"或者"无离绝之义"来作解释了，吕与叔"说以同姓之臣"，不过是承旧说而已。其次，屈原固有深得怀王信任之时，但怀王在世时已遭疏被放，后虽获起用却不为重视，至顷襄时所受排挤日重，怀王且又客死，故屈原之不去国，根本就不能拿遥远的见知于怀王来作解释。魏炯若认为："统观《离骚》全文，屈原不行之故有三点：一、屈原导楚王的先路，实系楚国生存的唯一道路；二、飘风云霓必将加速楚国的危亡；三、高丘无女，没有能够制止飘风云霓的人。屈原留下，总还有万分之一的希望：'君之一悟，俗之一改。'"①此说亦不确当。《离骚》乱辞云："已矣哉，国无人莫我知兮，又何怀乎故都？既莫足与为美政兮，吾将从彭咸之所居。"这里说得非常清楚，屈原此时对得到上层理解、对跟国君遇合，已不抱任何希望，他已认识到"美政"理想再好也是惘然的。他之所以不去国远求，只因"怀乎故都"。《离骚》乱辞之意明明是说，"国无人莫我知兮"，不必"怀乎故都"了，然而却万万不能不怀，跟前文"忽临睨夫旧乡"一段紧密缩结；自己所能做的只有像彭咸那样持守，大不了投水自沉，以身殉道。十分明显，《离骚》延续了屈作一以贯之的死亡主题，只是仍未付诸实践而已。陆时雍曰："彭咸之思自始已然，然而犹有待者，祸未极也；不容更待，而后死。谓原之悁狭，非矣。"(《楚辞疏·读楚辞语》)

怀王客死给屈原带来了难得的出手机会，但结局却一如既往，他得到的还是失败。当然由于《离骚》等作品存在，也可以说他是永远的胜利者。这位失意的政治人物的诗意的挣扎根本未改变楚国的政治格局，未改变自身和国家的命运。由于子兰指派上官变

---

① 魏炯若《楚辞发微》，与《杜庵说诗》合刊本，第93页。魏炯若把"飘风"解为"党人"，把"云霓"解为"恶势力"，把"高丘无女"之"女"解为"能了解屈原政策的贤人"(见前书第69、71页)，故有此说。

本加厉地谗害,屈原被顷襄迁放到江南,从此流落于长江、庐江、洞庭、湘水、沅水一带,直到离世。《史记·屈原列传》说"顷襄王怒而迁之",王逸《离骚经章句序》谓襄王"复用谗言,迁屈原于江南","迁"字即指流放、放逐。《尚书·皋陶谟》有"能哲而惠,何忧乎驩兜,何迁乎有苗,何畏乎巧言令色孔壬"①,此"迁"字用意相同。

洪兴祖注《哀郢》"忽若去不信兮,至今九年而不复"一语,云:"当顷襄王之三年,怀王卒于秦。顷襄听谗,复放屈原。以此考之,屈平在怀王之世,被绌复用。至顷襄即位,遂放于江南耳。其云'既放三年'(案见《卜居》,实非屈原所作),谓被放之初;又云'九年而不复',盖作此时放已九年矣。"屈原此次被放历时甚长,几近二十年。其直接原因已非亲齐亲秦之争,因为顷襄初立之数年,怀王被囚于秦,而怀王死后之三年间,楚跟秦更是断绝了关系,直到顷襄六年(前293)秦昭致信,示意与楚决战,楚国才再次跟秦国讲和。然而毫无疑问,屈原这次跟子兰、上官等人的斗争,依旧是楚国上层亲秦、亲齐斗争的延续。

作为贤臣兼诗人,屈原赢得和缔造了中国历史上多个第一。怀王时,他不幸第一个遭受流放。顷襄初年,他不幸第一个再遭流放,自然又成为第一个两遭流放者。楚国它屡屡用错误使自己深陷亡国之途,使这位诗人、贤臣在创作上飙升,最终又造就了第一个流芳千古的伟大诗人。

二、第二次被放:陵阳时期

屈原第二次遭放可分为两个时期,即陵阳时期和沅湘时期。笔者将分别予以考论。

---

① 本书所引《尚书》文字,主要据孙星衍《尚书今古文注疏》,中华书局2004年版;晚《书》诸篇则据《尚书正义》,北京大学出版社2000年版。《尚书》一书有其特殊性,特作说明。

在集中考论屈子陵阳时期的经历与作品前,我们先简单看看他第二次被放时期的某些总体情况,包括情感状态、艺术造诣、观念意识等,这些彰显了他这一时期的总体特征。

笔者认为,第二次被放期间,屈原创作了《哀郢》《悲回风》《怀沙》《涉江》(以上均收入《九章》),以及《天问》《招魂》《九歌》(含十篇)等①。可以说在《离骚》问世之后,他又推出了一系列惊天动地的杰作。这些作品表明屈子的情感状态发生了微妙变化,或说有了新的特征。他不再纠缠跟怀王的关系,这与他第一次遭放期间以及第二次遭放前,反复吟唱始得信用,终因众人谗毁被国君弃逐,可谓大异其趣。其情感逐渐走向沉潜和蕴藉,幻灭感日益增强,艺术造诣随之达到了巅峰。到了最后的《九歌》组诗,作品主人公和诗人有相当的疏离,主人公的际遇和情感虽投射着诗人的影子,但要索解诗人本意,愈加不可"以迹象求之"②。这些跟此前《九章》诸诗、《离骚》(尤其是其前半),也有巨大差异。

当然,长期遭逐的放子愁怀仍时时盈溢在字里行间。《悲回风》云:"宁逝死以流亡兮,不忍为此之常愁。孤子唫而抆泪兮,放子出而不还。"③《哀郢》云:"心不怡之长久兮,忧与愁其相接。惟郢路之遥远兮,江与夏之不可涉。忽若去不信兮,至今九年而不复。……曼余目以流观兮,冀壹反之何时?鸟飞反故乡兮,狐死必首丘。信非吾罪而弃逐兮,何日夜而忘之?"陆时雍评价说:"'信非吾罪而弃逐兮,何日夜而忘之',可谓一叫肠断。"(《楚辞疏·读楚辞语》)而《怀沙》云:"滔滔孟夏兮,草木莽莽。伤怀永哀兮,汨

---

① 《九歌》中《国殇》之后的"礼魂"并非独立的一篇,而相当于《国殇》的乱辞,参阅拙著《屈原及其诗歌研究》第215—218页。
② 参阅拙著《屈原及其诗歌研究》第二章"屈原诗歌的艺术符号",以及第三章"'寄情寓言'以及屈原的'形式主义'"。
③ "宁逝死以流亡",一本作"宁溘死而流亡",其意亦见于《离骚》"宁溘死以流亡兮,余不忍为此态也"。"流亡"殆指魂魄随水流逝,屈子历史视野中的伍子胥就落得这样一个下场,故诗人在《悲回风》中说"浮江淮而入海兮,从子胥而自适"。

徂南土。眴兮杳杳,孔静幽默。郁结纡轸兮,离愍而长鞠。"黄文焕《楚辞听直》笺曰:"'滔滔''莽莽',当孟夏之时,万物无不畅盛也。'杳杳''幽默'者,入伤徂之怀,万景无不荒寂也。'眴兮杳杳'者,目数视而不得所可见之处也。失意失神之中,见日月而皆若无光,顾河山而尽成冥途也。'孔静幽默'者,因眴而及听也。杳杳则幽,幽则默矣。无象可觊之谓幽,无声可闻之谓默,声象交废之谓孔静。目既不见,耳亦不闻,如此景况,如此心情,竟入于鬼界矣,岂复知有人世喧动之乐哉!永哀之思益增长鞠矣,不能不永,不能不长矣……"其总品则说:"入手'眴兮杳杳,孔静幽默'八字,写得眼前三光万象尽归消灭,以奥为惨,深渺至此,千百句不能敌也。"作《离骚》时,诗人自认老境将至而实未至。到沅湘时期,《涉江》云:"余幼好此奇服兮,年既老而不衰。"《九歌·大司命》云:"老冉冉兮既极,不浸近兮愈疏。"此时,诗人自认老境已至且将尽矣。汪瑗《集解》曰:"既极者,深叹其衰老之词也。"

屈原这一时期的诗歌对天人之际有更多关注和思考,既勾连着屈子对自身及国家命运的反思,又带有鲜明的普遍意义,可以说是延续《离骚》而有了本质变化。《离骚》谓:"皇天无私阿兮,览民德焉错辅。夫维圣哲以茂行兮,苟得用此下土。瞻前而顾后兮,相观民之计极。夫孰非义而可用兮,孰非善而可服?"诗人在天人关系的架构中,着眼于拥有下土和民之计极两面,由上文夏、商、周三代兴衰中的道德主题,映带楚国的命运,又由下文主体的抉择,凸显践履"义"和"善"的必然性,对普遍价值的关怀表现得极为鲜明。第二次遭放后,诗人对天人之际的追问和思考,除在王朝更替层面坚持道德、民意外,更凸显了基于个体遭遇的怀疑和否定。比如《天问》云:"天命反侧,何罚何佑?齐桓九会,卒然身杀!"《涉江》云:"接舆髡首兮,桑扈臝行。忠不必用兮,贤不必以。伍子逢殃兮,比干菹醢。与前世而皆然兮,吾又何怨乎今之人!"在这些终极性的追问和思考中,齐桓、桑扈、伍子、比干乃至诗人自身都代表着一端,且其视野混同了前世和今世。由《离骚》中以道德关怀和辅佑为核心的天命的绝对,变而为此时天命的有限、不确定乃至廓落,意味着屈子精神情感和观念意识上发生了一次革命。

接下来集中考论屈子陵阳时期的行程与作品。

《哀郢》无疑是了解屈子生平行历的重要文献,然该诗作于何时、为何事而作,以及所述行程为何等等,古往今来误解丛生。

《哀郢》开篇云:"皇天之不纯命兮,何百姓之震愆?民离散而相失兮,方仲春而东迁。"这是全诗最难解处之一。很多学者从中看到了郢都的陷落,并以此为主要依据来判定《哀郢》之作年。汪瑗《楚辞集解》在《哀郢》题解部分云:

> 此郢乃指江陵之郢,顷襄王时事也。……按《秦世家》(当为《秦本纪》之误),秦昭王时,比年攻伐列国,赦罪人而迁之。二十七八年间,连三攻楚,拔黔中,取鄢邓,赦楚罪人,迁之南阳。二十九年,当顷襄王之二十一年,又攻楚而拔之,遂取郢。更东至竟陵,以为南郡。烧墓夷陵。襄王兵散败走,遂不复战,东北退保于陈城,而江陵之郢不复为楚所有矣。秦又赦楚罪人而迁之东方,屈原亦在罪人赦迁之中。悲故都之云亡,伤主上之败辱,而感己去终古之所居,遭逸妒之永废,此《哀郢》之所由作也。其曰"方仲春而东迁",曰"今逍遥而来东",其迁于东方无疑。但过夏浦,上洞庭,渡大江,不知其实为东方之何郡邑也。旧注谓屈原被楚王迁己于江南所作,非也。朱子又谓原被放时,适会凶荒,人民离散,而原亦在行中。夫所谓"何百姓之震愆,民离散而相失"者,乃指国亡君败,百姓被秦迁徙,即《史记》之所谓襄王兵散,遂不复战而东走,是也,朱子谓离散为凶荒,绝无所据,失其旨矣。

顷襄二十一年(前278),秦将白起率兵攻陷郢都,楚被迫迁都于陈。汪瑗认为,屈原即此时被秦赦迁者之一,且为此而作《哀郢》。

王夫之则说,《哀郢》作于郢都陷落九年之后。其《通释》注"方仲春而东迁"数语,曰:"东迁,顷襄畏秦,弃故都而迁于陈。百姓或迁或否,兄弟婚姻,离散相失。仲春,纪时,且言方东作时。旧说谓东迁为原迁逐者,谬。原迁沅湘,乃西迁,何云东迁?"复解诗中"至今九年而不复"一语,云:"当始迁时,且谓秦难稍平,仍复归郢,至此作赋之时,九年不复,终不可复矣。赋作于九年之后,则前云'仲春''甲之朝'者,皆追忆始迁而言之。"①王说与汪瑗《集解》不同,可同样将《哀郢》开篇数句解释为白起拔郢,将篇中"东迁"置于这一背景之上。

汪、王二说后代多有承袭者,采前说者尤夥,郭沫若、游国恩、金开诚等现代楚辞学大家均是②。游国恩云:"《哀郢》者,屈子再放九年,于道路之间,闻秦人入郢之所作也。"又云:"呜呼!故都城阙,草莱荒芜,屈子既闻其事矣;此其所以于追叙再放之余,痛数党人蔽贤误国之罪,而命之曰'哀郢'也欤?"③游说与汪瑗《集解》之异,在于不把屈原当做被赦迁者。金开诚认为,游先生对《哀郢》作年的这一判断,"是比较近于事理的,因而也是比较可信的";《哀郢》开篇皇天百姓如何如何,"显然是写一场大灾难中人民播迁流离的情景","《哀郢》全篇大部分是写屈原个人的行止与心情(篇中反映整个王朝东迁的仅仅是开头四句)。……从通篇的内容来看,只有把白起破郢、顷襄王迁陈视为《哀郢》的创作背景,把篇中直接抒写的主要内容视为屈原因有感于故都的破灭而

---

① 郭沫若云:"《哀郢》的一篇,应该从王船山说,是顷襄王二十一年楚为秦兵所败,郢都为秦白起所据,'东北保于陈城'时做的。"(见所著《历史人物·屈原研究》,《郭沫若全集》历史编第四卷,第 34 页)这一说法误解了王夫之,但有不少学者承之。

② 郭沫若宣称采王船山之说,实则误解了王船山,参见前注。

③ 游国恩《读骚论微初集·论屈原之放死及楚辞地理》,《游国恩楚辞论著集》第三卷,第341、345 页;又可参考《楚辞论文集·屈原作品介绍》《屈原·屈原的文学》等,《游国恩楚辞论著集》第四卷第 101 页、第三卷第 520 页。

触发了个人对离郢久放的追思,这才比较符合《哀郢》全篇的实际情况"①。不过金开诚虽取游先生之说,对《哀郢》开篇数句的理解却大不相同。游先生不认为那与"王朝东迁"有关(参见下文)。

那么依《哀郢》作于顷襄二十一年之说,结合诗歌内容,所推出的屈原被顷襄流放的时间是否适当呢?其答案将是评判《哀郢》作于顷襄二十一年之说的重要依据。

《哀郢》谓"忽若去不信兮,至今九年而不复",对认知屈原生平行历来说,这一时间表述十分重要,堪与《离骚》"摄提贞于孟陬兮,惟庚寅吾以降"相提并论。然而如何正确利用这一表述,需要仔细琢磨。汪瑗、游国恩等学者认定《哀郢》作于顷襄二十一年,故结合这一表述,断定屈原被顷襄放逐在其十三年(前286)。汪瑗注云:"按秦拔郢,在顷襄二十一年。今日九年不复,则见废当在顷襄十三年矣,但无所考其因何事而废耳。"《楚世家》于顷襄十三年未有任何记载,于此年前后则载录了以下事项:顷襄七年(前292),楚迎妇于秦,秦楚复平;十四年(前285),顷襄与秦昭好会于宛(今河南南阳),结和亲;十五年(前284),楚王与秦、三晋、燕共伐齐,取淮北;十六年(前283),与秦昭好会于鄢(今湖北宜城南),复会穰(今河南邓州)。这一时期,楚国走的是稳定的联秦路线,与秦日见密迩,却不见联齐派的任何蛛丝马迹。这意味着屈原在顷襄七年前就远离了楚国政治决策,否则,史料中会留下他抗争的痕迹。以屈原宁死不屈之个性,假如顷襄十三年他尚在朝中,不管是否受国君信用,此前他都会尽力抗争。有鉴于此,断定屈原在这个时期被顷襄放逐,缺乏坚强的理据。《哀郢》作于顷襄二十一年之说遂丧失了一定的合理性。

接下来,再看看此说是否符合《哀郢》本身提供的事实。

看起来,该诗开篇四句确可理解为书写郢都陷落、民众离散等巨大事变。然而其一,由于语言的多义性,这里"百姓震愆""民离

---

① 金开诚《屈原辞研究》,第86、83、84页。

散而相失"诸语,完全可以理解为指诗人自己跟亲戚故旧受惊遭罪,不得不别离。事实也正是这样。我们先看看"民"字。《离骚》云:"长太息以掩涕兮,哀民生之多艰。余虽好修姱以鞿羁兮,謇朝谇而夕替。既替余以蕙纕兮,又申之以揽茝。亦余心之所善兮,虽九死其犹未悔。怨灵修之浩荡兮,终不察夫民心。众女嫉余之蛾眉兮,谣诼谓余以善淫。"这里"民生""民心",从训诂学上可释为"人生"和"人心",其实则都指向诗人自己,即可理解为"我生""我心";以"替余"申言"民生之多艰",以"民心"承继"余心",都是极有力的内证。周拱辰《离骚草木史》注"不察夫民心"一语,称"此'民'字乃屈原自谓",得之。《哀郢》"民离散"语可作类似的解释,即诗人自谓与亲故离散。下文紧接着就说,"去故乡而就远兮,遵江夏以流亡。出国门而轸怀兮,甲之鼌吾以行",点明所言主体为"吾",亦堪称铁证。再看看"百姓"。显然这是主人公之自居,与上句"皇天之不纯命兮"中的"皇天"对言(即相对于"皇天",人人皆可谓"百姓")。如此说来,《哀郢》起首四句包含着作者自述,甚至完全就是作者自述行历,偏执字面而强释之为郢都残破和百姓播迁,实属误会。

黄文焕笺曰:"此原之自悼,而曰'百姓'震愆、'民'离散者,对'天'言之也。"陆时雍疏曰:"称'百姓'、称'民'者,皆哀呼于天而自呼之词。"胡文英《指掌》曰:"百姓、民,皆原自指。……离散相失,即以'东迁'言,犹《离骚》之言'离别',而此益甚耳。"游国恩也说:"民散相失,乃屈子之自指,非泛指楚之人民也。东迁者,即《惜往日》'迁臣'之谓,亦即《史记》本传'顷襄王怒而迁之'之谓,非东迁于陈之谓也。"[1]以上说法都十分精当,而以《离骚》"余既不难夫离别"之"离别",来佐证"离散相失",以《惜往日》"远迁臣而弗思"之"远迁",来佐证"东迁",尤为卓识。《史记·屈原列

---

[1] 游国恩《读骚论微初集·论屈原之放死及楚辞地理》,《游国恩楚辞论著集》第三卷,第344页。

传》云:"夫天者,人之始也;父母者,人之本也。人穷则反本,故劳苦倦极,未尝不呼天也;疾痛惨怛,未尝不呼父母也。"屈子信而见疑,忠而遭谤,以至于再被放流,埋怨天命也是情理中的事情——非如此又何以见其心中巨痛呢?

总之,《哀郢》开篇只是屈子对自身遭遇的痛慨,是他劳苦倦极中的"呼天"之辞。

其二,将《哀郢》"东迁"理解为顷襄"迁陈",从地理位置上看有些牵强。陈地在今河南淮阳一带。游国恩说:"以郢都言,陈虽可云在东,实则偏于郢北。"①《史记·楚世家》称顷襄"东北保于陈城",是严格的历史叙述。古书或称顷襄迁陈为"东迁",比如《史记·春申君列传》有"楚顷襄王东徙治于陈县",《战国策·中山策》"昭王既息民缮兵"章有"楚人震恐,东徙而不敢西向"等,均非细求其实者。那么《哀郢》之"东迁"是否也是笼而统之的说法呢?显然不是。由下文可以确知,"东迁"指的是离郢都,顺江水而行,过夏浦向东,复又"南渡"。这条路线与"迁陈"扞格不合②。

其三,尤为重要的是,该诗接下来完全是讲述诗人自己的行历和情怀,跟郢都陷落、百姓播迁绝无关系。这样的文本构成说明,将开篇理解为指百姓因郢都陷落而迁陈,违背了文本自身的连贯性和整一性。就连主张把首四句解为民众之事,把"去故乡而就远"以下解为屈原个人之事的金开诚也不得不承认:"把前四句与

---

① 游国恩《读骚论微初集·论屈原之放死及楚辞地理》,《游国恩楚辞论著集》第三卷,第344页。
② 王夫之将《哀郢》所述行程解释为顷襄迁陈。其于"去故乡而就远兮"一章下,注云:"旧郢一曰丹阳,今枝江也。楚自熊通迁于江陵,亦谓之郢。至是东迁,泛江而下,迳江夏、陵阳,由江入淮,以达于陈。江夏者,江汉合流也。汉水方夏,水涨于石首,东溢,合于江,故汉有夏名。其经流至汉阳,乃与江合,而汉口亦名夏口。则汉谓之夏,相沿久矣。"其注"当陵阳之焉至兮,淼南渡之焉如"则说:"陵阳,今宣城。南渡,舟东南行也。"顷襄迁陈而取道陵阳(宣城),"由江入淮,以达于陈",如斯周折,实在不合情理。

第五句以下分为两截,总是于心未安,……不免牵强。直到现在,笔者也未找出确切无疑的说法,只能将问题提出,以待读者指教。"①

综上所论,据开篇数句,断定《哀郢》乃因顷襄二十一年郢都残破而作,完全失据。而由于开篇数句并不关涉郢都陷落,王夫之等人称此诗为郢都陷落后九年所作,也不能得到支持②。

朱熹《集注》认为,《哀郢》作于郢都陷落之前,惟不知早多少年而已。其注该诗"曾不知夏之为丘兮,孰两东门之可芜",谓:"言楚王曾不知都邑宫殿之夏屋当为丘墟,又不知两东门亦先王所设以守国者,岂可使之至于芜废耶? 怀王二十一年,秦遂拔郢,而楚徙陈,不知在此后几年也。"此处"怀王二十一年"显系"顷襄王二十一年"之误记,可不予细论。汪瑗集解批评此说,云:"夫夏之丘、门之芜,即为秦将白起拔郢烧陵之事无疑矣。又曰'不知在此后几年',惟其不以此篇为拔郢之时所作,故不知所废之年,是皆未之深思也。"实际上,未之深思的是汪瑗本人。朱熹论《哀郢》之作年,大方向是正确、可取的,惜乎一乏具体的判断,二缺详细考论和辨析。《哀郢》是屈原被顷襄放逐第九个年头的抒怀之作,据笔者推断,当作于顷襄十一年(前288)。该诗明确追述了诗人这次遭放的行程和心迹,笔者将对其核心内容加以分析。

首先值得注意的,是一系列强烈凸显被放逐状态的元素。《哀郢》云:

> 去故乡而就远兮,遵江夏以流亡。
> 出国门而轸怀兮,甲之鼌吾以行。

---

① 金开诚《屈原辞研究》,第88页。
② 此外还有其他说法,如姜亮夫认为《哀郢》所哀是怀王末年,楚庄王之后庄蹻叛乱,郢都残破,民众流离失所(参阅所著《楚辞今绎讲录》,《姜亮夫全集》第七册,云南人民出版社2002年版,第101页)。凡此更不可靠。

> 发郢都而去闾兮,怊①荒忽其焉极?
> 楫齐扬以容与兮,哀见君而不再得。

夏为水名,其发源于江谓之夏首,蒋骥注下文"过夏首"语,云:"夏首,夏水发源于江之处。"夏水汇合汉水,复入江,其地谓之夏浦,即今汉口一带。诗人"遵江夏"而行(此"江夏"实际上偏指"江"),其行程为东向,出发地为"故乡""国门""郢都"和"闾",而让他难以接受的是此行意味着"见君而不再得",可见必是他遭放迁被迫离开故都。

该诗又云:

> 羌灵魂之欲归兮,何须臾而忘反。
> 背夏浦而西思兮,哀故都之日远。

灵魂和躯体处于尖锐矛盾的状态。灵魂不忘欲返,可从遥远的夏浦向西飞往郢都,但躯体和故都的睽隔则日益遥远。这又是被放逐中极经典的情感和空间状态。则离郢都,过夏首,沿江舟行,……复过夏浦,只能是诗人被放逐的行程。

该诗又云:

> 当陵阳之焉至兮,淼南渡之焉如?
> 曾不知夏之为丘兮,孰两东门之可芜?
> 心不怡之长久兮,忧与愁其相接。
> 惟郢路之辽远兮,江与夏之不可涉。
> 忽若去不信兮,至今九年而不复。

游国恩云,"陵阳者,其地在今安徽东南部青阳石埭之间,居大江

---

① "怊"字原无,从一本。

之南约百里"①,殆接近黄山(参见下文)。主人公行程所向是陵阳,则陵阳当即此次被放之迁所。陵阳在江南,赴陵阳自须"南渡"。"惟郢路"句是痛伤被放迁之远,"忽若去"句是痛伤被斥逐之久,由此不能不忧愁相接,不怡久之。

该诗又云:

> 外承欢之汋约兮,谌荏弱而难持。
> 忠湛湛而愿进兮,妒被离而鄣之。
> 尧舜之抗行兮,瞭杳杳而薄天。
> 众谗人之嫉妒兮,被以不慈之伪名。
> 憎愠惀之修美兮,好夫人之忼慨。
> 众踥蹀而日进兮,美超远而逾迈。

"外承欢"句往往被诠释为批评党人迎合国君以邀其欢心。如王逸章句云:"言佞人承君欢颜,好其谄言,令之汋约然,小人诚难扶持之也。"笔者认为,此句当是斥子兰之流平素喜邀秦人之欢心,秦人攻楚时,则实怯弱而不堪依赖。怀王三十年子兰劝怀王入武关,所言正是"奈何绝秦之驩心"。由此互证,可知《哀郢》所言不虚,而史迁所记有以也。"忠""美"云云泛言忠臣贤士,具体则是指诗人自己。尧舜被嫉妒遭诬蔑,正是诗人自比。总之一方面是自己,一方面是"众谗人"和国君;自己"忠湛湛而愿进","众谗人""妒被离而鄣之",国君"憎愠惀之修美"且"好夫人之忼慨",其结果就只能是自己遭受放逐了,"美超远而逾迈"明显是指被放逐一事。

此外,该诗"冀壹反""信非吾罪而弃逐"数语,尤凸显诗人此次离郢都、离故乡乃是无罪遭放,"鸟飞反故乡""狐死必首丘"等

---

① 参见游国恩《读骚论微初集·论屈原之放死及楚辞地理》,《游国恩楚辞论著集》第三卷,第343页。

句,则凸显了诗人时刻盼归、至死盼归的故国情怀。此前《离骚》叙主人公陟升皇天之赫戏,将远逝求女,不正因怀乎故都而止步吗?屈子现存最早的作品《橘颂》反复咏赞橘树"受命不迁,生南国兮""深固难徙,更壹志兮",也蕴含着浓烈的故国情。这种故国情怀始终就是屈子作为一个独特存在的重要表征。

这就是《哀郢》的主体内容,其中不仅包含跟迁陈不合的诗人被弃逐的具体行程,而且处处显明诗人所哀乃是忠而被谗,最终至于被放,被迫离郢,而不得再见国君。屈子甫一开篇即点出因离郢"哀见君而不再得",定下了全诗基调,下文反复表达返郢之志,则国君必在郢都,否则即便返郢,依然是"哀见君而不再得"。因此屈子通篇说欲返郢,即是通篇说国君在郢,惜乎古今几无知此道理者。所有的一切都证明《哀郢》与郢都残破、顷襄东北保于陈城无关,其所言完全是诗人多年被迁放一事。诗中"忠湛湛而愿进兮,妒被离而鄣之。……众踥蹀而日进兮,美超远而逾迈"等句,揭示彼此双方之政争,不正道破了作者离郢东迁、本诗所由产生的根本原因吗?再拿"冀壹反""信非吾罪而弃逐"等语合观,这一点更无可疑。若因敌国破郢而离去,根本扯不上是否为"吾罪"的问题。王逸诠释《哀郢》之意云:"此章言己虽被放,心在楚国,徘徊而不忍去,蔽于谗谄,思见君而不得。故太史公读《哀郢》而悲其志也。"其说虽然粗疏,基本上还是可取的。

有效的阐释不会背离文本情感内涵上的整一性。汪瑗集解在"发郢都"一章之下云:"'何百姓之震愆','民离散而相失','楫齐扬以容与',则可以知东迁者,非只屈原一人也。而篇内之所谓'去故乡而就远','发郢都而去闾','望长楸而叹息','哀州土之平乐',其所叙流离等语,非述一己之怀也,盖将以众人之忧而为忧也。至于'哀见君而不再得','曾不知夏之为丘','孰两东门之可芜','至今九年而不复',则其愁思之所在,微意之所存,众人有不得而知者矣。"如此硬将"去故乡而就远"等句切出,视之为"非述一己之怀",只能使该诗整体上轴解瓦裂,绝非善解诗者。屈子被放行程中即便诚非一人,其所述之怀说到底仍属于他自己。王夫之释"惨郁郁而不通兮,蹇侘傺而含戚"数语,云:"前皆叙迁者之情,此以下,原自道其忧国忧谗之意。"《哀郢》本一线贯穿,圆满如璧,如此横裁之为两截,分付给百姓之迁者和屈原两面,亦非善读诗者也。

篇题"哀郢"乃基于上述文本内涵的整体架构而确立的,前人因为误解,好拿来大做文章,以作"《哀郢》为郢破而作说"的根本依据。例如金开诚说:"本篇题为《哀郢》,也必然是郢都遭了巨大的劫难,才需要为之哀悼。"①其所谓"巨大的劫难"又看似很合理地指向白起拔郢。如此解释不过是想当然。必须将"哀郢"纳入屈子的行历中,把握它和文本内涵的密切联系,方可获得切当的理解。其实不必远求,"哀郢"就是诗中"哀故都之日远""哀见君而不再得"之意("故都"者"郢"也,"君"在"故都",故此二语意思相通一贯),该诗之"哀"、其命篇之据全然在此。这是诗人给出的规定,读者不可横生枝节,别作比附。且白起拔郢,顷襄东北保于陈城,固为楚史上一大变故,但是最惨烈者恐怕还是其时楚先王之墓夷陵被一把火焚毁。古人对此十分重视。《楚世家》载:"二十一年,秦将白起遂拔我郢,烧先王墓夷陵。楚襄王兵散,遂不复战,东北保于陈城。"《六国年表》切切不忘此事,云:"二十一。秦拔我郢,烧夷陵,王亡走陈。"烧夷陵屡屡被视为秦兵拔郢一事中特著尤要者,从楚国的叙事立场上看更是如此。后来秦昭使应侯责武安君白起,尝云:"楚地方五千里,持戟百万,君前率数万之众入楚,拔鄢、郢,焚其庙,东至竟陵,楚人震恐,东徙而不敢西向。"(《战国策·中山策》"昭王既息民缮兵"章)其间论白起拔鄢、郢之功,念念不忘以"焚其庙"相提并论(吴师道《校注补正》云"焚其庙,即所谓烧夷陵先王之墓也")。秦围邯郸,毛遂游说楚考烈王与赵合纵,有曰:"白起,小竖子耳,率数万之众,兴师以与楚战,

---

① 金开诚《屈原辞研究》,第83页。

一战而举鄢、郢,再战而烧夷陵,三战而辱王之先人(案,三战所指当亦为烧夷陵之事)。此百世之怨而赵之所羞,而王弗知恶焉。"(《史记·平原君虞卿列传》)由上揭史料来看,烧夷陵给楚人之羞,并不在拔鄢郢之下,甚至更有过之。若《哀郢》果为郢都陷落而作,屈原只顾吟诵被国君弃逐的伤痛,无一语道及楚国被烧了祖坟的悲哀,也是荒唐不可解之事。

《哀郢》篇中云:"曾不知夏之为丘兮,孰两东门之可芜?"看起来,将这两句解释为指白起攻陷郢都有更强的理由。汪瑗注曰:"秦将拔郢之时,而城郭宫殿其毁者多矣。"游国恩断定《哀郢》为屈原被放间闻郢亡而作,这也是最主要的依据。有的学者虽不拘于秦拔郢,却依旧拿秦楚之事立说。比如周拱辰《草木史》曰:"百姓震愆,两东门之芜,是时秦楚日寻于兵,人民仳离,城闉荒圮,往往而是,不必拘其必拔郢、徙陈之年也。"凡此均为误解,其蔽在读其书却不知其人。《哀郢》这两句,仍要基于该诗情感内涵的整一性来作解释。

屈原自郢都经夏浦等地至迁所陵阳,左侧大片土地乃楚吴交战的古战场,他怎会无动于衷呢?两国战事集中于楚昭与阖庐时期(分别于前515—前489年、前514—前496年在位)。阖庐立三年(前512),兴师与伍胥伯嚭伐楚,拔舒(今安徽庐江西南);四年(前511),伐楚,取六与灊(分别在今安徽六安北及安徽霍山潜山间);六年(前509),楚昭使公子囊瓦将兵伐吴,吴使子胥迎击,大破楚军于豫章,取居巢(今安徽合肥北);九年(前506),吴兵五战至郢,楚兵五败,昭王出奔,吴王入郢,伍子胥鞭平王尸以报父兄之雠,此年当楚昭王十年①。《左氏春秋》鲁定公四年(前506)记吴人入郢之事,云:"楚自昭王即位,无岁不有吴师,蔡侯因之,以其子乾与其大夫之子为质于吴。冬,蔡侯、吴子、唐侯伐楚。舍舟于淮汭,自豫章与楚夹汉。……十一月,庚午,二师陈于柏举(在今

---

① 以上参阅《史记·伍子胥列传》,并参阅《吴太伯世家》及《楚世家》。

湖北麻城境）。……五战，及郢。己卯，楚子取其妹季芈、畀我以出，涉雎。……庚辰，吴入郢，以班处宫（杜预注：以尊卑班次处楚王宫室）。"舒、六、灊、豫章、居巢、柏举等均在屈子行程之左，与陵阳隔江相望。屈原抚今思昔乃是自然而然的事情。所谓"夏之为丘""两东门之……芜"，当即感慨当年吴人入郢、郢都残破荒凉之象，警醒君国永记此类惨剧，勿重蹈覆辙，使都城宫室丘墟、城门芜没；"曾不知"强烈地唤醒历史记忆，"孰……可"强烈地警醒当下的主体①。放迁至陵阳的屈子回顾历史上吴国的侵凌，思考现实中秦国之逼迫，对君国前途充满担忧，故自然发为此语。其后不到十年，白起便率军攻陷郢都，屈子之担忧很快就成了现实②。

综上所述，《哀郢》每一个环节，都可以从屈子行历与情感的整体架构中，得到确定的解释。

---

① 楚都屡迁，张正明认为昭王时的郢都本在汉水之阴，因吴人残破，昭王将都城迁至江陵纪南城（参阅所著《楚史》，第247页）。诚如此，则吴人所入之郢便非屈子所去之郢。然《楚世家》载，吴人入郢，"昭王亡也至云梦。云梦不知其王也，射伤王。王走郧。郧公之弟怀曰：'平王杀吾父，今我杀其子，不亦可乎？'郧公止之，然恐其弑昭王，乃与王出奔随"。若昭王之都确在汉水之阴，逃亡时大可不必南下入云梦，复东去，复北上至郢，直接东去便可；唯因昭王所都本在纪南城，故逃亡时入云梦是一个合理的选择。张正明叙述昭王逃命经过似有意回避了进入云梦一事，又把他为强盗所伤之事放到郧县，凡此都值得商榷。李学勤说："东周时代楚多次迁都。大体说来，春秋初年自丹阳迁到郢（今湖北江陵北）。公元前504年，楚昭王畏吴国之势，迁都于鄀（今湖北宜城东南），不久重回在今江陵的郢。公元前278年，秦军攻占郢都，楚顷襄王东迁于陈（今河南淮阳）。公元前253年，楚考烈王迁于巨阳（今安徽太和东南）；公元前241年，又迁都寿春（今安徽寿县）。"（参见所著《东周与秦代文明》，上海人民出版社2007年版，第101页）楚昭虽曾迁都，但吴人入郢时殆已回迁。又，郢都南、东两面均有二门。顾祖禹曰："《楚记》：楚郢都南面旧有二门，一曰修门，一曰龙门。东面亦有二门。屈原《哀郢》曰：顾龙门而不见，孰两东门之可芜？《招魂》篇曰：归来兮修门。是也。"（参见所著《读史方舆纪要》卷七十八）

② 《天问》结尾部分对楚吴历史的反思可证成此处对"夏之为丘"诸语的剖释，参见下文对《天问》的论析，特别是本书第三章论屈作历史视野之楚史元素部分。

而跟情感内涵的整一性相关,《哀郢》所述,在空间上的完整性和时间上的连贯性也是十分明显的。时间上,是从"仲春东迁",向下延伸九年而至撰成此诗之时;空间上,是以郢都为起点,而以陵阳为终点。这一切以主体为核心构成了完满的整体。关于《哀郢》作年、作因的传统说法几乎都破坏了这种时空特性。

汪瑗谓屈子于顷襄十三年见废,二十一年郢都遭白起残破,屈子被赦迁而作《哀郢》。嗣后学者常承此说,以开篇所叙东迁之时为郢都陷落之年,复向上推,为诗中"至今九年而不复"之"九年"另寻时间上的起点。这样无视文本内容在时间层面上的连贯性的延展,将"东迁"之年等同于"今",凭空牵入另外一个时间点来解决"至今九年"的问题,是楚辞学领域常见的错误。《哀郢》实规定了这"九年"只能从"方仲春而东迁"的那个"仲春"算起,那是诗歌的重要时间坐标,也是屈子政治生涯和人生道路的重要坐标。黄文焕品曰:"去郢曰'方仲春',望郢曰'九年',是作盖在既迁九年之后,追溯九年前之仲春也。……当时出门之甲子,入舟之回望,从九年后记忆如昨日,此情何堪!"这种说法准确把握了《哀郢》的内在时序。王夫之将开篇与郢破关联起来,严重错置了时间上的起点,却也是下推九年以得出作诗之时间,就其内在时序而言也有一定的合理性。

《哀郢》所叙屈子遭放东迁的行程是,顷襄三年"仲春"离郢("去故乡""出国门""发郢都而去闾"等语,都是以郢都为出发点的明证;最终目的地在东方,故谓"方仲春而东迁"),经夏首,随江水弯曲南行(其间有数段行程为西南向,故有"过夏首而西浮"之说),之后顺风从流,经洞庭,逆水入湖中盘桓流连,再顺江东下("上洞庭而下江"),复过夏浦("背夏浦而西思"),随江水转南,曲折东行,最终到达陵阳("当陵阳之焉至兮,淼南渡之焉如";陵阳在江南,必向南横江上岸方可至,故谓"南渡";亦或如《招魂》乱辞所说之"南征"——逆水而上,贯庐江而至陵阳)。这是一个相当完整和连贯的空间。汪瑗解此诗虽多错谬,但在注"当陵阳之焉至"四句时,曾说:"大抵此上所言经由之道,自郢至东皆系水路,其大势虽不过沿江、夏二水之间,然或东或西或南,或上或下,其水势之曲折萦回,叙述最详,非尝远游经历者不知此意。"这基本上是合理的评判。陆侃如截取这一行程中间的夏浦,来衔接《涉江》所述诗人在沅湘一带的行历①,显然不当。

对这一行程的终点——屈子之迁所"陵阳",还应作一番考辨。洪补称:"前汉丹阳郡,有陵阳仙人。陵阳,子明所居也。"将"陵阳"解为前汉丹阳郡之陵阳,十分精确。后人议论纷纷,而往往偏离事实。王夫之解之为"今宣城",即其一例(且王夫之误认为是"楚之迁陈"所经,不认为是屈子放迁之地)。蒋骥《山带阁注楚辞》考订此地,颇可参考。其注《哀郢》,谓陵阳"在大江之南""宁国池州之界",即今安徽青阳县境之陵阳。其《楚辞余论》卷下又说:"《哀郢》,从郢至陵阳也。……其地南据庐江,北距大江,且在郢之直东。窃意原迁江南,应在于此";"《涉江》《哀郢》,皆序迁逐所经之地。《涉江》始鄂渚,终辰溆。《哀郢》始郢都,终陵阳。旧注皆梦梦置之"。蒋骥判断庐江发源处、入江处等固不精确,整体上看却较旧说接近事实,其对陵阳的定位尤为可取,游国恩大致承继其说②。

陆侃如却说:"这恐怕是错的。这句里的'陵阳'二字并非地名。一来呢,战国时并无名'陵阳'的地方,至西汉时始有,为丹阳郡十七县之一,在今安徽南部。这是铁证。二来呢,若'陵阳'确系地名,则下文不当有'南渡'字样;因为在陵阳附近的长江的方向是自西南向东北的。这也是一个很重要的证据。戴震以为这里'陵'是动词,'阳'为'阳侯'之省文,是以水神而借指大波浪的。

---

① 参阅陆侃如《屈原·屈原评传》,第61—62页。
② 参见游国恩《论屈原之放死及楚辞地理》,《读骚论微初集》,商务印书馆1937年版,第134页;今见《游国恩楚辞论著集》第三卷,第343页。

故这与屈原的路程并无关系。"①陆说究竟是否确当呢？晋司马彪《续汉书》于丹阳郡记载：

> 宛陵　溧阳　丹阳　故鄣　於潜　泾　歙
> 黝　陵阳……

梁刘昭注云："陵阳子明得仙于此县山，故以为名。"(《后汉书·志》第二十二) 古有陵阳子明成仙之说，《江南通志》卷一百七十五以为晋人，而刘昭殆以为汉人，因为汉代"陵阳"之地明见于史籍(除上引《续汉书》外，《汉书·地理志上》有"庐江出陵阳东南。北入江")，刘昭不会以晋人"陵阳子明"成仙于此，来解释汉代"陵阳"之地所得名之因缘。陆侃如说"陵阳"至西汉始有，殆即据刘昭之意，然而刘说却是错误的。传说中成仙的陵阳子明，其名为窦子明。《大明一统志》卷十六池州府部分载录名宦汉窦子明，"陵阳令，无欲而民自化"。《大清一统志》卷一百十九《池州府二》亦载名宦汉窦子明，"铚人，元封中陵阳令，专务渊默化民，清静凝壹，县务自理"。卷一百十八《池州府一》山川部分载陵阳山云："在石埭县北五里，广二十五里，高三百五十丈，三峰卓立。东一峰属宁国府太平县，中一峰曰陵峰，有陵岩泉，下入黄鹤池。西峰之西，曰洪子岭。《水经注》：旋溪水出陵阳山下。昔县人陵阳子明钓得白龙处。《元和志》：陵阳山，在石埭县北三十里，窦子明于此得仙。《寰宇记》：在石埭县北三里。《府志》：汉陵阳县，以山名。"卷一百十七《宁国府三》仙释部分记汉陵阳子明云："姓窦，丹阳人，尝获白鱼，剖之得丹书，论服饵之术，遂仙去，喜止陵阳山。"《太平御览》卷六十七载录更为详细："《郡国志》……又曰：陵阳山在石碑县北三里，按《舆地志》，陵阳令窦子明于溪侧钓鱼，一日钓得白龙，子明怜而放之，后数年又钓得一白鱼，割其腹，中乃有书，

---

① 陆侃如《屈原·屈原评传》，第62页。案：陆氏所云戴震之说可参见《屈原赋注》。

教子明烧炼食饵之术,三年后白龙来迎子明,遂得上升。其溪环绕山足,今有仙坛,醮祭不绝。"很明显,是汉人窦子明依陵阳山而得"陵阳子明"之称,而非陵阳因窦子明而得名"陵阳",故陵阳子明之事,根本就不能证明到西汉才有"陵阳"之地,反倒可以证明此地在窦子明之前早已有之。

《大清一统志》记窦子明元封中为陵阳令,事实可能是他成仙之说盛行于元封年间,起源则当更早。其密不可分的背景是,武帝即位,"尤重鬼神子祀",而元鼎(前116—前111)、元封(前110—前105)时方士极盛,"齐人之上疏言神怪奇方者以万数"(《史记·封禅书》),而方士又不只出于齐,故陈槃谓,"盖方士之众,此为其最高峰矣"①。司马相如《大人赋》谓:"悉征灵圉而选之兮,部署众神于摇光。使五帝先导兮,反大壹而从陵阳。左玄冥而右黔雷兮,前长离而后矞皇。厮征伯侨而役羡门兮,诏岐伯使尚方。祝融警而跸御兮,清气氛而后行。屯余车而万乘兮,绰云盖而树华旗。使句芒其将行兮,吾欲往乎南嬉。"(《汉书·司马相如传》)赋中五帝、大壹等皆为神明,陵阳、伯侨等则皆为仙人,颜注引张揖解"陵阳"为"仙人陵阳子明",甚是。有学者考证说,汉武"尤敬鬼神之祀",其求神活动从元光二年(前133)起一直没有停止过,《大人赋》初稿作于元光年间(前134—前129),定稿很可能完成于齐人李少翁被杀的那一年即元狩四年(前119)前后②。窦子明于陵阳成仙之说应当在此前就颇有流传了。《医心方》卷二十八房内部《至理》第一录《子都经》佚文,谓汉驸马都尉巫子都年百卅八,对武帝言自己年六十五岁跟陵阳子明学阴阳之术,行此术七十二

---

① 陈槃《战国秦汉间方士考论》,《历史语言所集刊》第17本,商务印书馆1948年版,第42页。
② 参阅刘南平、班秀萍《司马相如考释》,天津古籍出版社2007年版,第50—53页。

年①。其说荒诞不经,但亦可证窦子明为宦、成仙之说不迟于汉武时期。

陵阳在长江南。屈原此次被放,先是沿江而下,到达陵阳则有一段陆行,需向南横渡江水而登岸,故曰"南渡"。《招魂》乱辞所说贯穿庐江至陵阳,也是一种走法,而称之为"南征",与"南渡"可以互证(《汉志》谓"庐江出陵阳东南。北入江",则逆庐江而上,不正是"南渡"吗)。诗人面向迁所陵阳,将渡江登岸或贯穿庐江时,满怀茫然无措之感②。

《悲回风》有些行程不必实际发生。比如,"上高岩之峭岸兮,处雌蜺之标颠。据青冥而摅虹兮,遂儵忽而扪天。……冯昆仑以瞰雾兮,隐岷山以清江"等,与《离骚》朝发苍梧、夕至县圃、陟升皇之赫戏相类,明显都是虚写。然该诗中之行程又非全为幻设。古人或评论道:"'求介子','见伯夷','从子胥','悲申徒',于孤行无人中,突出许多古人,文心幻绝。"(黄文焕《楚辞听直》)其实此处所举倒未必尽是文心之幻。从总体上看,屈作所叙行程或发生于现实空间,或完全出于人心之营构,可不管是其现实空间,还是幻设空间,均有鲜明特色,而幻设空间尤其凸显了屈作之奇谲。屈作在现实空间和幻设空间的关联和互渗上大有学问。《离骚》结末"陟升皇之赫戏兮,忽临睨夫旧乡","旧乡"便是忽然楔入幻设空间的现实处所。因此究竟何者为写实,何者为摹虚,必须仔细分辨。

《悲回风》"求介子之所存兮,见伯夷之放迹"一语当为虚写,与《离骚》"就重华而陈词"相类,主旨在于凸显同类之互证互明,

---

① 〔日〕丹波康赖《医心方》,华夏出版社1996年版,第579—580页;并参阅李零《中国方术正考》,中华书局2006年版,第278页。
② 《哀郢》谓"当陵阳之焉至兮,淼南渡之焉如",后来《涉江》谓"入溆浦余儃佪兮,迷不知吾所如",正叙相同的情感状态。

而不必为实行。介子曾随晋公子重耳过楚,重耳归国即位后,便隐居绵上之山(即介山,今山西介休东南),至死。伯夷逃君位,隐居首阳山下(一般认为在今山西永济南),采薇而食,最终饿死。两山均为屈原行踪所不至。而"望大河之洲渚兮,悲申徒之抗迹"一语,只是连类而及。申徒投河,见于《庄子·杂篇·盗跖》所记:"申徒狄谏而不听,负石自投于河,为鱼鳖所食。"又见于高诱注《淮南子·说山》"申徒狄负石自沉于渊"一语:"申徒狄,殷末人也,不忍见纣乱,故自沉于渊。"申徒、伯夷、介子,都是孤直耿介宁死不屈的人物,屈子跟他们固有同声气处,但其行迹屈子不必亲至。

可该诗"浮江淮而入海兮,从子胥而自适"一语,殆实写诗人泛舟江上凭吊吴国忠臣伍子胥。伍子本楚人,因太子少傅费无忌陷害,其父伍奢、兄伍尚均为平王杀害,他逃往吴国,发誓必亡楚以报家仇,后为吴王阖闾信用,挟吴败楚,几墟其国。古人或断定屈原不会颂赞伍子胥,进而怀疑《悲回风》非屈子所作。事实上,屈原认同的是伍子胥对国家(吴)之忠,而非对国家(楚)之叛,同情的是伍子胥忠于国家,却遭伯嚭谗害,不为夫差信从,最后被赐剑自杀①。伍子胥在吴,与屈原在楚有十分相似的命运,屈原对他惺惺相惜,非无以也。从郢都至迁所陵阳,鉴于吴楚交争的历史,鉴于屈子自身遭际,鉴于伍子对吴国命运的影响,鉴于屈子对楚国命运的影响,恐怕屈原都不能不时时想起这位传奇的历史人物。屈原汉北时期的《惜往日》曾说:"吴信谗而弗味兮,子胥死而后忧。"这当中已经蕴含着历史和现实、个人和国家的多种相通性(历史者,吴伍子胥;现实者,楚屈原;个人者,伍子胥与屈原;国家者,吴与楚)。而今浮江入海,近距离凭吊,屈子的体味应当大不相同。

陆侃如说:"屈原作品中说及淮与河的,只有这次。我们知道他初放的地点是在汉北,恰在淮水发源处,而与黄河距离也近。因

---

① 参阅本书第三章"屈子之历史视野"相关内容。

此我以为《悲回风》一定是在汉北的。"①殊不知此篇申徒狄投河只是连类而及，"浮江淮"而吊子胥之"淮"字也只是连类而及，"江"才是诗人真正着意处，因此不能拿黄河和淮水来说事。并提只是一种语言表达的策略（前文已有举证），不必多怪。

总之，此次被放期间，屈原殆曾沿江入海。据《史记·六国年表》，怀王十年（前319）"城广陵"，其地在今扬州一带（位于江北约二十公里处），几至海上。怀王于二十三年（前306）或稍前，趁越人内乱灭越，设江东郡②，统辖今江苏南部、浙江北部、安徽东南部一带，正在陵阳、庐江之东。胡文英《屈骚指掌》称："子胥之潮神在浙江，故须由江淮入海，由海入浙，而后能从子胥以自安也。"这样说亦未必适当。屈原"浮江淮而入海"之说虽非虚言，但不必由海再入浙（即钱塘江），《悲回风》此类叙述殆多意到身不到之辞。汪瑗《集解》云："子胥谏夫差，夫差不听，赐剑而死。乘以鸱夷之皮，而浮之江，则必归于海，故曰'浮江淮而入海'。"汪说较为合理。屈子从子胥而自适，之所以浮江入海，殆以大海为伍子之归宿。屈原由伍子串联起介子等先贤，有一个重要原因，即诸人均为忠义而不得善终者，他最终竟也加入了这一阵营。故古人读《悲回风》，感慨系之，曰："为西山饥死，为介山焚死，为生而自投水，为死而君投诸水。呜呼！何君德不明之多，忠臣含冤之众也！"（黄文焕《楚辞听直》）

《悲回风》所谓"骤谏君而不听兮，任重石之何益"等语，与其像闻一多那样理解为后人追叙批评语气，不如说是诗人自我思量忖度、心口相商。屈原怀自杀之念多年，最终才付诸实行，其间有多少思量。若一遭挫折便想到死，一想到死便去实行，只不过匹夫之勇耳。陆时雍曰："尝观古之善处死者，慷忾自命，一瞑不顾。

---

① 陆侃如《屈原·屈原评传》，第44页。
② 参阅杨宽《楚怀王灭越设郡江东考》，《杨宽古史论文选集》，上海人民出版社2003年版，第278—284页。

而原之缠绵凄恻,一何甚焉! 非其身之谓也,生有余虑,死有余忧,衷怀不可语人,而静默无以自诱,惟付之狂吟累叹,以毕其所志而已。"(《楚辞疏·读楚辞语》)切不可因这种缠绵凄恻之语,认定相关作品非屈子所作。

屈原居留陵阳一带是否只有九年,现在不能确定,可确定的是最少为九年,即顷襄三年至十一年(前296—前288)。假如《悲回风》《招魂》等作品产生于《哀郢》之后,这个时期当在九年以上。金开诚仅据《哀郢》断定屈原居陵阳九年①,不够精密。

笔者认为,奇诗《天问》是屈原这个时期的重要创获。它是在何种情况下创作的,是学术史上又一个重要而艰难的问题。

王逸《天问章句序》云:"《天问》者,屈原之所作也。何不言'问天'? 天尊不可问,故曰'天问'也。屈原放逐,忧心愁悴。彷徨山泽,经历陵陆。嗟号昊旻,仰天叹息。见楚有先王之庙及公卿祠堂,图画天地山川神灵,琦玮僪佹,及古贤圣怪物行事。周流罢倦,休息其下,仰见图画,因书其壁,何而问之,以渫愤懑,舒泻愁思。楚人哀惜屈原,因共论述,故其文义不次序云尔。"②这里没有交代屈原创作此诗值哪一次放逐,置身何处山泽陵陆及先王之庙、公卿祠堂,却得到古今多数学者的认同。笔者称之为"呵问壁画说"。

林庚赞同此说,且进一步将它具体化。他认为,屈原去汉北时,从郢都一直北行,经宜城,在春秋战国时期即所谓鄢都,楚昭曾建都于此。当时那一带,"正有无数楚国往日的宫殿庙堂可资留连凭吊,屈原既是楚的宗人,以流亡者的心情,瞻仰着先人的遗迹,当然有无限的感慨;他思想上的苦闷,感情上的矛盾,渗入到邈远

---

① 参阅金开诚《屈原辞研究》第89页。
② 王逸所谓楚人哀屈原而"论述"《天问》之说不妥。陈深谓:"章句长短,声势诘崛,皆有法度,似作也,非辑也。"(引语见林兆珂《楚辞述注》)

的往日去。在这种宫殿庙堂里,画着天地山川的神灵,以及古代传说上的人物故事,屈原徘徊在下面,把人间的不平,要向历史发出一连串从来没有过的疑问,于是另一篇空前绝后的作品出现了,那便是《天问》"①。鄢郢一带确可能有楚国往日的宫殿庙堂。钱穆称:"宜城有西山,楚先王冢墓所在,……楚都屡徙,而要不出此鄢、郢、卢、罗之区,则可断言也。"②然而谓此地"有无数楚国往日的宫殿庙堂"是夸大其词,至少有待各方面特别是考古学上的证明,而且屈原两次被放,大概均未至此地流连。

东汉以降,"呵问壁画说"几乎成了学界关于《天问》的常识,然此说只是想象之辞。金开诚曾列举四方面理由予以反驳:"第一,像《天问》所涉及的那样庞大而复杂的内容,决不是任何壁画所能包容的;其中有许多内容也不是绘画所能表现的。第二,《天问》一开始就提出的许多问题,涉及宇宙的本始、天地的构成以及日月星辰的运行安置等等,显然不是任何宗庙祠堂所需要装饰或礼祀的内容;庙堂的主持人或壁画作者也绝无必要去探究或表现这一类事物。第三,屈原作为一个被流放的罪犯,绝无可能随便闯到'先王之庙'及'公卿祠堂'中去,在那庄严的壁画上,任意写下许多具有反天命和反传统观念意义的疑问。第四,《天问》开头有一个'曰'字,这是很值得注意的,因为这个字总缆了全篇所有的问题。这就无可争辩地证明了,王逸所谓的屈原是把所有的问题写在了各个宗庙祠堂的墙壁之上、后经不止一个楚人共同凑集而成全篇的说法,是完全靠不住的。"③这一反驳相当完备,其中第一、第三两条说的是不可能,第二、第四两条说的是没必要。孙作

---

① 林庚《诗人屈原及其作品研究·民族诗人屈原传》,《林庚楚辞研究两种》,第10—11页。案:虽然均主"呵问壁画说",林庚的观点跟王逸有很大差异,王逸说屈原呵壁是在被流放期间,林庚则说屈原到汉北去是出于自疏。

② 钱穆《先秦诸子系年》"墨子止楚攻宋考",第162页。"鄢、郢、卢、罗之区"指今湖北襄樊、宜城及其南部一带。

③ 金开诚《屈原辞研究》,第209页。

云坚信"呵问壁画说",他曾如此回应相关质疑:"……先秦壁画的最可靠、最丰富的材料,……来自《天问》。有人说,《天问》的文章太长,怕没有那么多的壁画;但秦始皇统一六国以后,嫌故宫狭窄,作朝宫(大礼堂)于渭南,其前殿阿房宫,'上可以坐万人,下可以建(立)五丈旗'(《史记·秦始皇本纪》),有这样大的建筑物,画这么多的壁画有何不能!因此,《天问》所说的那些壁画是可信的,它充分地反映了战国时代劳动人民的高度建筑技巧与丰富的艺术天才。"①这种回应看上去颇有道理,可我国从未发现如此规模的壁画,也难以想象屈原时代存在如此复杂的壁画,其中很多内容简直用连环画都无法表达;而尤为重要的是,如胡文英《屈骚指掌》所说:"各国之事与无关治乱、于楚不相涉者亦在,不已烦乎?"总之,金开诚的质疑是有道理的。

关于屈原创作《天问》的现实触媒,传统的说法并不准确。笔者认为,《天问》当是屈原从郢都迁放陵阳途中基于吴楚争斗史的自然联想,这几乎是前所未知的隐秘,但由该诗结尾部分完全可以确认。这一部分解释起来相当困难,古今学者说各不同,莫有定谳。笔者暂时只作一个简单的梳理,详细的剖释留到本书第二章论屈作视野之楚史要素部分。

《天问》结尾云:"薄暮雷电,归何忧?厥严不奉,帝何求?"这是针对楚灵王因众叛亲离,王位被篡,无家可归一事。"伏匿穴处,爰何云?"这是针对平王之子昭王因吴师入郢,逃亡伏匿于云中之事。"荆勋作师,夫何长先?"②这是感慨楚国自庄王(前613—前591年在位)以来国势一直强大,然平王无道,而昭王更至于破国逃亡。"悟过改更,我又何言?"这是肯定楚昭一变灵王及乃父平王之昏乱,正道直行,复兴国家于危亡之中。"吴光争国,

---

① 孙作云《〈楚辞〉与上古史研究》,《孙作云文集》所收《〈楚辞〉研究》上册,第154页。

② "夫何长先"原作"夫何长",从一本。

久余是胜。"这是感慨吴王阖庐大胜楚国之事,光乃阖庐之名。楚灵(前540—前529年在位)、楚平(前528—前516年在位)、楚昭(前515—前489年在位)三王时期,国势板荡,几于覆灭,其核心原因便是吴国之攻伐。屈原由郢都放迁至陵阳,不得不面对吴楚争战的一系列古战场,那些历史在时间上并不遥远。而当屈子时,秦国之压迫楚国,与史上吴国压迫楚国又是相同的情形,其危殆则有过之而无不及。屈原鉴古观今,进一步思考如何面对这一种历史的命运。《天问》最后的问题耐人寻味:"何环闾穿社以及丘陵,是淫是荡,爰出子文?(吾)〔语〕告堵敖以不长,何诚上自予(纾),忠名弥彰?"①这是就楚国贤大夫令尹子文发问,寄寓着屈子对当时楚无贤臣、君国危殆的感慨。子文以兴衰告诫楚成(前671—前626年在位),自毁其家以舒解国难。成王在位四十余年,得子文辅佐,国势日强,十几年后,其孙庄王遂为五霸之一。彼时楚国兴衰转折,关键正在子文。屈原《天问》归结于此,其意良深,其志极明,其心甚苦。

自任左徒以来,屈原先被怀王疏远、放逐、起用,而今又被顷襄流放。他对历史和现实有无穷的问题和思考,对社会和人生有无穷的愤懑和不平,对君主和国家有无穷的担忧和积郁。当他面对吴楚争战中楚国的历史沉浮时,联系当下国运,思前想后,追根究底,由楚史而及夏商周三代之史,进而更及邃古之初,由人类产生之后而及人类产生之前,由天地产生之后而及天地产生之前……其内心深处对于天地人、对于往来古今的无数疑问,一下子被洞穿了。《天问》就是这样产生的。

---

① "何环闾穿社以及丘陵,是淫是荡,爰出子文",原作"何环穿自闾社丘陵,爰出子文",从一本。闻一多《楚辞校补》谓:"今本云云,必后人恶其猥亵而改之如此。王注与一本文意全合,是此文之窜改尚在王后。"(见孙党伯、袁謇正主编《闻一多全集》第五卷,第174页)"何诚上自予"原作"何试上自予",从一本。"吾"乃"语"之字误,参见《楚辞校补》,《闻一多全集》第五卷,第175页。

如果说《天问》是屈原此期第一篇重要作品的话,《招魂》可说是第二篇①。该诗乱辞云:"献岁发春兮汩吾南征,菉蘋齐叶兮白芷生。路贯庐江兮左长薄,倚沼畦瀛兮遥望博。"庐江即今青弋江,在屈原之迁所陵阳附近,今安徽南部。《汉志》云:"庐江出陵阳东南,北入江。""南征"跟"路贯庐江"相关联而互相界定(这层关系,古今少有知者),指的是沿庐江逆流而上。李陈玉《楚词笺注》谓"南征"为归郢,殊不可解。"长薄",古人或以为地名,或以为指绵延不断的草木丛。由乱辞这几句可知,屈原在流放陵阳期间,尝在庐江注入长江的附近地域游历,其所叙正是由海上逆江水西行,复入庐江西南行,以回陵阳迁所。东方朔《七谏·自悲》云:"闻南藩乐而欲往兮,至会稽而且止。"会稽郡为秦汉所置,其地与怀王所置江东郡相合,因此《七谏》"代言"所述行程与《招魂》乱辞所说屈子之行迹,是一致的。

三、第二次被放:沅湘时期

《涉江》叙诗人行程相当清楚:先由湘水顺流北上,复沿江至鄂渚(今湖北武汉)②,登鄂渚而陆行回转,至沅水,所谓"哀南夷之莫吾知兮,旦余济乎江湘。乘鄂渚而反顾兮,欸秋冬之绪风。步余马兮山皋,邸余车兮方林"③。之后,复乘舟沿沅水逆行至枉渚(今湖南常德附近),进一步逆沅水而上至辰阳(今湖南辰溪县西、沅

---

① 郭沫若认为《招魂》作于怀王被拘秦国时(见所著《屈原赋今译》,人民文学出版社1953年版,第207页),陈子展《〈招魂〉解题》承之,谓《招魂》"作在怀王入秦,顷襄王初立的时候"(见所著《楚辞直解》,复旦大学出版社1996年版,第721页)。还是稍嫌早了点,与时事以及《招魂》内容不符,殆因迁就招怀王之说,而不得不找出这样一个节点。

② 学界或谓以"鄂渚"为名自隋始。如洪补云:"鄂州,武昌县地是也。隋以鄂渚为名。"汪瑗集解赞同此说,又谓:"以鄂渚为名者,后世也。"亦或谓《涉江》之"鄂渚"即为地名,如王逸章句。

③ 王逸章句谓"方林"为地名。汪瑗集解云:"方林,犹言广林也,旧解为地名,非是。以上'山皋'照之,可见也。"汪说得之。

水北岸),所谓"乘舲船余上沅兮,齐吴榜以击汰。……朝发枉陼兮,夕宿辰阳"。再后上行入溆水,至溆浦(今湖南溆浦县),所谓"入溆浦余儃佪兮,迷不知吾所如"。此诗当作于顷襄十一年后,因为屈子最早在这一年结束陵阳一带的放流。

蒋骥《山带阁注楚辞·涉江路图》以及《涉江》注文,说该诗途程所起处在陵阳,揆之诗意有种种不合。例言之,蒋骥解"哀南夷之莫吾知兮,旦余将济乎江湘",云:"济江湘者,原自陵阳至辰、溆,必济大江而历洞庭也。按湘水为洞庭正流,故《水经》以洞庭为湘水,济洞庭即济湘也。"以为"济湘"指渡越洞庭,确当与否姑置之不论,更应注意的是,蒋骥明显是把"济江湘"解为南行。上文既有嫌弃"南夷"之意(所谓"哀南夷之莫吾知兮"),则承接"北上"方文从字顺,嫌弃"南夷"而复南行,从文理上说扞格胶戾,殊不可通。至于屈子后来从鄂渚折返,沿沅水而南行入溆浦,则当别论。嫌弃"南夷",经偌多周折最终仍归于"南夷",显示了他在受限状态下进退失据的窘况。陆侃如说,"不料到后来越走越南,竟走到峻高蔽日的山中,又是幽晦多雨,又是霰雪无垠"①。一个"不料",用得十分确当。蒋骥注"乘鄂渚而反顾兮,欸秋冬之绪风",云:"鄂渚,今武昌府。济江而西,道经武昌,其自陵阳可知。"如此解释,《涉江》虽先叙"济江湘",后叙"乘鄂渚",而"乘鄂渚"反倒在"济江湘"之前了,行程颠倒,亦甚不合理。何况这样解释,"旦余济乎江湘"之"旦"字亦断难晓解。陵阳之远且不说,即便从鄂渚说起,诗人必车马劳顿、星夜兼程,而争此一"旦"渡越长江洞庭乎?于情于理均颇乖剌。蒋骥忽视了《涉江》所述行程跟陵阳时期《哀郢》诸诗所叙行程存在间隔,硬要以前者衔接后者,故产生一系列的错谬。

陆侃如称:"司马迁说他这回放逐是在江南。屈原作品中有一篇《涉江》,所记的路程是在江南的,大约便是这次放逐后的作

---

① 陆侃如《屈原·屈原评传》,第73页。

品了。可是他记事却从鄂渚起,便要引起我们的怀疑。试问他从郢都出发至溆浦,何须走到鄂渚呢?这个疑惑还得请《哀郢》来解释。这篇所记的路程是从郢都起,至夏浦为止。这夏浦与鄂渚是很相近的,都在现在的武昌附近。这一点便明明白白地告诉我们说,《涉江》所记的是接着《哀郢》而来的。由此可知,《哀郢》一定也是再放后的作品,而且一定在《涉江》之前。"他还说,夏浦是《哀郢》"所记的最东的地名了",至于屈原是否再向东去,"我们无从考知,但《涉江》里的叙事既是从此继续下去的,可见他大约没有再向东走"①。陆说也有很多问题:其一,《哀郢》所记行程,终点不是今湖北武汉一带的夏浦,而是今安徽黄山附近的陵阳(与《招魂》乱辞所叙"庐江"相邻,二者可以互相定位、互相证明)。其二,《涉江》的起点并非鄂渚,因为此前已有"济乎江湘"的行程。其三,《涉江》所叙行程更非直承《哀郢》。陆侃如无理截去"乘鄂渚"之前"哀南夷之莫吾知兮,且余济乎江湘"一语,来论《涉江》的行程,令人惊愕②。

《涉江》所述行程一开始便在湘水流域,然则此前,屈子必有从长江南下此地的行程,却无明确相关的作品传世。值得注意的是《怀沙》。该诗云:"滔滔孟夏兮,草木莽莽。伤怀永哀兮,汩徂南土。"又云:"进路北次兮,日昧昧其将暮。"复云:"浩浩沅湘,分流汩兮。修路幽蔽,道远忽兮。"这一先南下继而北上的行程发生在沅湘分流之域,正好弥补了《哀郢》《悲回风》《招魂》所述行程跟《涉江》所述行程的空白。"怀沙"之"沙"为地名,即指长沙,又恰恰在湘水之畔。屈原作此诗时,殆正流连于长沙一带,故名之曰"怀沙"。汪瑗《集解》于该诗解题云:"此云怀沙者,盖原迁至长沙,因土地之沮洳,草木之幽蔽,有感于怀,而作此篇,故题之曰

---

① 陆侃如《屈原·屈原评传》,第59—62页。
② 这种做法又见于陆侃如对《涉江》的具体分析,参见所著《屈原·屈原评传》,第70—72页。

《怀沙》。'怀'者感也,'沙'指长沙。题'怀沙'云者,犹'哀郢'之类也。"将"怀沙"和"哀郢"二篇诗题联系起来考虑,堪称卓识,很有启发意义。而有此《怀沙》,更可知《哀郢》非关乎郢都之陷落,只跟屈子被放的行历有关。《怀沙》叙诗人先沿湘水南下(汪瑗集解谓"南土,指长沙也",不确),复北上至长沙,进而继续北上,正与《涉江》前半所说济湘、江而至鄂渚的行程相连。看来《怀沙》当作于《涉江》之前,当然也必定是在顷襄十一年之后①。《屈原列

---

① 金开诚认为,屈原于顷襄二十一年仲春二月作《哀郢》,之后不久即走上了《涉江》之路,循原路西还,重到武汉地区,然后穿洞庭,入沅江,至辰阳、溆浦;顷襄二十二年,秦兵攻陷楚国的黔中郡,迫近了屈原的放地,为避免成为俘虏,他几乎立即就走上了《怀沙》之路:重入沅江,横渡洞庭,至于湘江流域,最后走到长沙东北的汨罗江而投水自尽,其时为顷襄二十二或二十三年农历五月初(参阅所著《屈原辞研究》第89—91、93页)。此说殆不切实际。依此说,仅一年多或两年多的时间里,屈原由陵阳一带入长江西行,至鄂渚,再至洞庭,复入沅水,至辰阳、溆浦一带(《涉江》的行程),其间全为逆水行舟,间或陆行,以如此短的时间走完这一辽远的路途,已够匆忙劳顿了,何况还要完成《怀沙》的行程,即顺沅水而下回到洞庭,再逆行入湘水,复入汨罗。行程既遥远艰辛,时间又紧张匆促,屈原必须天天都拼命赶路;金开诚即说:"屈原从《哀郢》的终点重向西南流放至沅湘地区这一过程,简直是来去匆匆,疲于奔命,基本上没有停顿,便已投江殉国……"(参见所著《屈原辞研究》第164页)。这可能完全不是屈子被放陵阳及沅湘时期的状态。揆度事实情理,屈子在流放途中应不会如此奔命。既然是被流放,如此遑遑然奔波又何苦呢? 夷考其诗,《涉江》谓"步余马兮山皋,邸余车兮方林"(是陆行不必急赶,故曰"步",且或流连于林莽之间也),又谓"船容与而不进"(是舟行亦不必赶),且谓"淹回水而凝滞"(是想赶也快不起来;"凝滞"原作"疑滞",从一本),复谓"入溆浦余儃佪兮,迷不知吾所如"(是行程中多徘徊、犹豫和茫然),复谓"霰雪纷其无垠兮,云霏霏而承宇。哀吾生之无乐兮,幽独处乎山中"(是行程中往往居留、独处)。且《卜居》说屈原既放三年,请卜于太卜郑詹尹,尝问:"宁诛锄草茅以力耕乎? 将游大人以成名乎?"似可见屈子于流放间还要耕作。唐沈亚之《屈原外传》谓屈原"事怀、襄间,蒙谗负讥,遂放而耕",当不全是想象之辞。所以尽管屈子偶尔行色匆匆,却绝对没有必要也没有可能赶着去流放、赶着去投水(即便他真的要躲避被俘的命运,也只会影响一小部分行程)。除此之外,说《怀沙》之路是入沅江,渡洞庭,至湘江、汨罗,则其中自洞庭以上行程遥远,基本为北行,与诗歌所谓"汨徂南土"不合;自洞庭至汨罗为南行,路途较短,看似与"汨徂南土"之说相合,但诗歌下文却是说"进路北次",又明显不合。总而言之,金开诚所说《哀郢》等诗歌创作时期以及屈原被放期间的行程和状态,都值得商榷。

传》先录《怀沙》,接着说,"于是怀石遂自(投)〔沉〕汨罗以死",以该篇为屈子绝命辞,且将"怀沙"附会为"怀石"(后世如周拱辰等又附会为"抱石沉沙"),后人纷纷承袭,其谬已无须置辩。

当然,这样衔接各篇作品有一定的危险。屈子第二次被放时间甚长,不必只一次至某地,也不必在一次连贯的行程中创作全部作品,因此将传世各诗所叙行程衔接起来,有可能打乱实际行程而发生错位。如此处理只是在寻找相对更有效的一种可能。

《九歌》组诗是否为屈原所作呢? 如果是,究竟作于哪一时期呢? 这是接下来将探讨的重要问题。

在内涵和艺术上,《九歌》跟屈原其他作品有深刻的同一性和连贯性,且这种同一性和连贯性不可能合理地存在于两个不同的创作主体之间,所以,这一组诗必为屈子所作。对此笔者已有专论,不再赘述①。至于其作成时期,郭沫若曾提出:"据我的看法,《九歌》应该还是屈原的作品,当作于他早年得志的时分,而不是在被放逐之后。"②日本学者藤野岩友附和其说,云:"平心静气地阅读《九歌》就会看出是郭沫若所谓屈原早年得志时分的愉快的小品。"③而孙作云以为:"《九歌》的写作年代在公元前312年楚、秦(蓝田)大战之前,是屈原秉承楚怀王之命,为祈祷这次战争的胜利而写作的。"④以上各家均未把握《九歌》的本质,对其创作时期的论断不可能正确可靠⑤。笔者认为,《九歌》作于屈原流放沅

---

① 参阅拙著《屈原及其诗歌研究》第二章"屈原诗歌的艺术符号"。
② 郭沫若《历史人物·屈原研究》,《郭沫若全集》历史编第四卷,第28页。
③ 〔日〕藤野岩友《巫系文学论:以〈楚辞〉为中心》,重庆出版社2005年版,第98页。
④ 孙作云《〈楚辞〉:考古工作者如何利用这部书》,《孙作云文集》所收《〈楚辞〉研究》上册,第158页;又可参阅孙作云《屈原的生平及作品编年》,同上书第4页。
⑤ 孙说尤为怪异。祈祷战争胜利,如何撰作一篇歌咏战败将士的《国殇》呢?《秦诅楚文》是秦国祈求胜利的文献,以之比照《九歌》尤其是《国殇》,更可知它们与祈祷战争胜利,可谓风马牛不相及。关于《九歌》组诗的本质,请参阅拙著《屈原及其诗歌研究》第二章"屈原诗歌的艺术符号"。

湘时期,在他全部传世作品中殿后,堪称其生命最后的结晶;如果一定要找屈原的绝命之作,《九歌》庶几近之。

《九歌》组诗凡十篇①,篇题则为"九歌",古今多有不解者。为合"九"字之数,有些学者妄意拼合。比如胡文英《屈骚指掌》云:"湘君、湘夫人合庙分献,各歌其辞,大司命、少司命亦然,祭之所有九,故谓之《九歌》。"②又有学者轻率去取,斥《河伯》《山鬼》者有之,斥《国殇》《礼魂》者亦有之。比如陆时雍曰:"《国殇》《礼魂》不属于《九歌》,想当时所作亦不止此,而后遂以此二者附之《九歌》末耳。"(《楚辞疏·读楚辞语》)钱澄之于《礼魂》诂曰:"楚祀不经,如河,非楚所及,山鬼涉于妖邪,皆不宜祀。屈原仍其名,改为之词,而黜其祀,故无赞神之语、歌舞之事,则祀神之歌,正得九章。"凡此之类,均有削足适履之弊。金开诚指出:"《楚辞》中的'九歌'之名本源于神话传说,是一种乐歌的专名;而《楚辞》中《九歌》歌词的篇数则完全取决于祭祀的神鬼有多少个。祭祀的神鬼如有十个,则歌词必有十篇;如祭祀的神鬼只有八个,则歌词必有八篇。但不论十篇或八篇,它们作为乐歌的名称却仍然是叫《九歌》。所以,《九歌》之'九'和祭祀神鬼的歌词篇数是并无必然联系的。"③严格说来,屈原《九歌》不是祭神祭鬼之作,可"九歌"一名跟《九歌》中诗篇的数量确实没有根本联系,这一命名主要是基于传统的惰性和因袭。故郭沫若说:"知道'九'并不是数名,便可以知道凡旧时的人对于这十一篇的分合,以及求合于

---

① 通常被当作一篇的"礼魂"其实是《国殇》的一部分,具体考释,参见拙著《屈原及其诗歌研究》第215—218页。

② 胡文英的解释颇有混乱之处。他于《湘君》篇解湘君为湘山之神,又解"令沅湘兮无波"语,谓"沅江、湘江,俱入洞庭湖,皆湘君所治也",既然治水,则当为水神,谓之山神,何也?既谓之湘山之神,又说他治沅、湘,沅、湘不当另有其神乎?胡文英一方面说"湘君、湘夫人合庙分祭",另一方面又于《湘夫人》解题部分,谓"以余观之,有山即有神,有神即不能无配;而分为二者,土俗于二处致祭也",如此说来,湘君、湘夫人又似分庙祭祀,何其乖剌若是乎?

③ 金开诚《屈原辞研究》,第155页。

《汉书·艺文志》的二十五篇的牵就,都是一笔糊涂帐,都是没有一顾的价值的。"①原始"九歌"一词的具体内涵难以窥知,可毫无疑问,作为古乐歌,其传统性实在是太强了,这由《离骚》"启《九辩》与《九歌》兮,夏康娱以自纵""奏《九歌》而舞韶兮,聊假日以媮乐",以及《天问》"启棘宾(商)〔帝〕,《九辩》《九歌》"等语②,较然可知。

屈原放浪于沅湘一带,此间传说、风俗以及地理,是促使他创作这一组诗的现实触媒。王逸《九歌章句序》云:"《九歌》者,屈原之所作也。昔楚国南郢之邑,沅、湘之间,其俗信鬼而好祠,其祠必作歌乐鼓舞以乐诸神。屈原放逐,窜伏其域,怀忧苦毒,愁思沸郁。出见俗人祭祀之礼,歌舞之乐,其词鄙陋。因为作《九歌》之曲,上陈事神之敬,下见己之冤结,托之以风谏。故其词意周章杂错,而广异义焉。"③说屈原为了事神作《九歌》,并寓托讽谏之意,这值得商榷,可以沅湘祠鬼乐神之俗为《九歌》产生的现实触媒,有一定的合理性。不过必须认识到,沅湘间人们信鬼好祠,可能触发了屈原对楚国国家祭祀乃至齐人宗教礼俗的经验和记忆。对于这些,屈原毫不陌生,他做过三闾大夫、左徒等官,曾数次出使齐国,以博闻强识见称。因此,作为《九歌》经验背景的神话—宗教礼俗不必限定在沅湘流域,不必限定在民间层次,也不必限定在楚国;只以楚国民间宗教礼俗为背景,或者只以楚国朝廷宗教礼俗为背景,又或者只以楚国宗教礼俗为背景,来解释《九歌》,均不适当。若弄清楚《九歌》祭鬼事神只是一种"有意味的形式",就更明白阐释《九歌》不应迁就宗教礼俗。

闻一多认为,《九歌》中间九篇即《汉书·礼乐志》所谓赵代秦楚之讴。他说:"今《楚辞》所载《九歌》中作为祀东皇太一乐章中

---

① 郭沫若《历史人物·屈原研究》,《郭沫若全集》历史编第四卷,第26页。
② "宾帝"原误为"宾商",据朱骏声《说文通训定声》壮部第十八"商"字条改正。
③ "故其词意周章杂错",原作"故其文意不同,章句杂错",从一本。

的插曲的九章之歌,与夫汉《郊祀歌》所谓'合好效欢虞太一,……《九歌》毕奏斐然殊'的《九歌》,与夫《礼乐志》所谓因祠太一而创立的乐府中所'夜诵'的'赵、代、秦、楚之讴',都是一回事。"①今综括其具体申释如下:

(一)"云中君"之"云中"即"云中郡"之"云中",《九歌》云中君即赵地云中郡之神(笔者案:云中于战国时本为赵地,秦时置县,治所在今内蒙古自治区托克托东北,汉代辖境较小)。

(二)"依照以东方殷民族为中心的汉族本位思想,日神羲和是女性,……但《九歌》的日神东君是男性(《九歌》诸神凡称君的皆男性)。……似乎以日为阳性的男神,本是代俗",而《史记·封禅书》谓"晋巫祠五帝、东君、云中君",《史记索隐》所引《归藏》亦以云中君与东君连称,"这种排列,大概是依农业社会观念,象征着两个对立的重要自然现象——晴与雨的。云中君在赵,东君的地望想必与他相近,不然是不会和他排在一起的"。

(三)"《穆天子传》一'天子西征,骛行至阳纡之山,河伯无冯夷之所都'(笔者案:当作'河伯无夷之所都',无夷即冯夷),据《尔雅·释地》与《淮南子·地形》篇,阳纡是秦的泽薮(笔者案:《尔雅·释地》云,秦有杨陓),可见河伯本是秦地的神,所以祭河为秦国的常祀。《史记·六国年表》'秦灵公八年(笔者案:前417),初以君主妻河',《封禅书》'及秦并天下,令祠官所常奉天地名山大川鬼神,……水曰河,祠临晋'是其证。《封禅书》又曰'昔秦文公出猎,获黑龙(案即水神玄冥),此其水德之瑞,于是秦更命河曰德水',这是秦祀河的理论根据。"

(四)《国殇》歌曰"带长剑兮挟秦弓",故国殇为秦人所祀。

(五)(六)湘君、湘夫人"还是南楚湘水的神","即令如钱宾四先生所说,湘水即汉水,那还是在楚境"。

---

① 参阅闻一多《什么是九歌》,见孙党伯、袁謇正主编《闻一多全集》第五卷,第349页。

(七)(八)"大司命见于金文《洹子(即田桓子)孟姜壶》,而《风俗通·礼典》篇也说'司命……齐地大尊重之',似乎司命本是齐地的神。但这时似乎已落籍在楚国了。歌中'空桑''九坑'皆楚地名可证。……《封禅书》且明说'荆巫祠司命'"。

(九)"顾天成《九歌解》主张山鬼即巫山神女,也是《九歌》研究中的一大创获"①。

闻一多的论证言之凿凿,实则存在很多问题:

其一,如果《九歌》之"云中君"确为"云中郡之神",则此神乃基于地理上的联系而称云中君,便跟自然的云没有必然联系了。然而《云中君》中"灵皇皇兮既降,猋远举兮云中。览冀州兮有余,横四海兮焉穷"等句,均凸显了"云中君"和自然之"云"的关涉(吕远济注后二句云:"言神所居高绝,下览冀州,横望四海,皆有余而无极")。"云中君"之所以为"云中君",原因在此,绝非因为他在"云中(郡)"之地。篇题"云中君"与"灵……猋远举兮云中"一句,关系尤其密迩,透显了屈子自己对"云中君"的认知。

类似情况《九歌》中并不少见。比如,《东君》凸显了东君上天与日出的同一性。其开篇即谓"暾将出兮东方,照吾槛兮扶桑。抚余马兮安驱,夜皎皎兮既明",意思十分显豁。而"东君"之"东"

---

① 以上参阅闻一多《什么是九歌》,孙党伯、袁謇正主编《闻一多全集》第五卷,第347—350页。"顾天成"当作"顾成天"。《四库全书总目提要》卷一百四十八《集部》一楚辞类存目,录《楚辞九歌解》一卷,谓:"国朝顾成天撰。其说以《湘君》《湘夫人》为一篇,《大司命》《少司命》为一篇,并十一篇为九,以合《九歌》之数,说尚可通。至于每篇所解,大抵以林云铭《楚辞灯》为蓝本,而加以穿凿附会。如《河伯》篇云,九河属韩、魏之境,而昆仑在秦之墟。韩、魏不能蔽秦,而东诸侯始无宁日。'与女游兮九河',武关之要盟也。'冲风起兮横波',伏兵之劫盱也。'登昆仑兮四望',留秦而不返也。'灵何为兮水中',朝章台如藩臣,不与抗礼也。'与女游兮河渚,流澌纷兮来下',冬卒而春归其丧也。则全归之于怀王。又《山鬼》篇云,楚襄王游云梦,梦一妇人,名曰瑶姬。通篇辞意,似指此事。则又归之于巫山神女。屈原本旨,岂其然乎?"顾氏《楚词九歌解》今见《四库全书存目丛书·集部二》,齐鲁书社1997年版。

与"东方"贯通,"扶桑"作为神话意象跟太阳密不可分(神话说太阳息止于扶桑),使东君之身份昭然若揭。《少司命》凸显了少司命和人类子嗣的密切关系,有誉之"竦长剑兮拥幼艾,荪独宜兮为民正"等语。《大司命》凸显了大司命和人类寿命的密切关系,有自述语"何寿夭兮在予"等。《湘君》之主人公"令沅湘兮无波,使江水兮安流","望涔阳兮极浦,横大江兮扬灵",又"捐余玦兮江中,遗余佩兮醴浦"。《湘夫人》之主人公"筑室兮水中",又"捐余袂兮江中,遗余褋兮醴浦"。《河伯》中,河伯作为主人公所求之对象,"鱼鳞屋兮龙堂,紫贝阙兮珠宫"(林云铭注:"以水之宝物所造")①,主人公问之曰"灵何为乎水中"(林云铭注:"讶其久居此而不出,非谓其不当在水中也")。《山鬼》主人公居山之阿,处幽篁里,以薜荔为衣,以女萝为带,以辛夷为车,以桂木为旗,饮石泉,荫松柏,其四望为磊磊之石、蔓蔓之葛。凡此之类,均瞩目于众神之异能及其所关涉的独特天文、地理和风物,均可见出对各个相关神格的明确界定,屈子艺术之匠心由此亦可知矣。这些足以确证《云中君》凸显"云中君"和"云"的关联,是诗人给出的确切无疑的描述,题中之"云中"是就这层关系而言的,跟赵地云中郡毫不相干②。宋玉《九辩》之末章云:"愿赐不肖之躯而别离兮,放游志乎云中。桨精气之抟抟兮,骛诸神之湛湛……"王逸注"放游志乎云中"一句,谓:"上从丰隆而观望也。"亦可证《云中君》之"云中"不可附会以云中郡。闻一多不过是望文生义而已,岂能矜为创获?

---

① "珠宫"原作"朱宫"。《文选》卷五十六收陆佐公《石阙铭》,有"海岳黄金,河庭紫贝"语,李善注引《楚辞》曰"鱼鳞屋兮龙堂,紫贝阙兮珠宫",《太平御览》卷一百七十三等所引亦作"珠宫",今从。

② 古人或以屈子《九歌》之云中君为楚地水神。如陈培寿云:"云、梦皆楚之大泽,云中君当为水神,与湘君湘夫人河伯同为一例,故楚人祀之。不得以东君为日,而云中君为丰隆也。"(《楚辞大义述》)类似说法同样忽视了屈子本人的描述。《云中君》谓"灵皇皇兮既降,猋远举兮云中。览冀州兮有余,横四海兮焉穷",关联的显然是天上之云中,而非地上之云中。

另外，湖北江陵天星观一号战国楚墓，西距楚国故都纪南城约三十公里。1978年，荆州地区博物馆对该墓进行发掘，出土了一批重要竹简①。简中有一组祭祷记录，记载了为墓主邸阳君番勑生病等事进行卜筮祭祷的活动，所祭对象除其先祖悼公、惠公外，还有神祇司命、司祸、地宇、大水、云君、东城夫人等等②。墓主下葬年代在公元前361至公元前340年间③，值屈原十几岁以前。看来云君早就是楚人传统上礼祀的对象了。《九歌》之"云中君"当即"云君"（楚墓"云君"与"司命"之关联，一犹《九歌》中"云中君"与"大司命"或"小司命"之关联）。这一出土材料显示了《九歌·云中君》所承接的传统，再次说明"云中君"根本扯不上"云中（郡）"之地。闻一多拿云中郡来附会，实属无谓。

《九歌》之"云中君"跟云有重要关系，一般认为即云神，但也有学者认为是雷神。张正明说："屈原在《九歌·云中君》中，绘声绘影地描写了雷神，其辞曰：'灵连蜷兮既留，烂昭昭兮未央。蹇将憺兮寿宫，与日月兮齐光。'这四句，写的是电火。'连蜷'状闪电之形，'烂昭昭'为闪电之色。天地之间，只有电火可与日月齐光。'龙驾兮帝服，聊翱游兮周章。'这两句，写的是雷电周流于太空，忽而在此，忽而在彼。'灵皇皇兮既降，猋远举兮云中。'这两句，写的是雷电倏然降于地，倏然升于天。'览冀州兮有余，横四海兮焉穷。'这两句，写的是雷电的高远和广大，不知其所极。"④这种看法虽可给人启发，却有很大的商榷空间。雷神作为人格神有其形象，《山海经·海内东经》谓"雷泽中有雷神，龙身而人头，鼓其腹"，是也。雷神的形象不等于雷或雷电的形象。《云中君》之"灵连蜷"则明显是说人格神的形象，指其体长而屈曲。《远游》

---

① 参阅湖北荆州地区博物馆《江陵天星观1号楚墓》一文，刊载于《考古学报》1982年第1期。
② 参阅李学勤《东周与秦代文明》，第263页。
③ 参阅郭德维《楚系墓葬研究》，湖北教育出版社1995年版，第117页。
④ 参见张正明《楚史》第13、14页。

"服偃蹇以低昂兮,骖连蜷以骄骜",以"连蜷"形容骖马之体态;《招隐士》"桂树丛生兮山之幽,偃蹇连蜷兮枝相缭",以"连蜷"形容桂枝之体态;《九怀·陶壅》"驾八龙兮连蜷,建虹旌兮威夷",以"连蜷"形容飞龙之体态。凡此均与《云中君》以"连蜷"形容神之体态相近。张正明以闪电解之,未必然也。而"龙驾兮帝服"句、"灵皇皇兮既降"句,亦明显叙说人格神("灵"字指人格神,更无疑义),张正明实之以雷电,又未必然也,其实雷电无所谓龙驾帝服。而"览冀州兮有余"一句,理解为形容云神也完全适当。"览冀州"云云形容其所至高故所视远。王逸章句云:"言云神所在高邈,乃望于冀州,尚复见他方也。"王氏所言甚是,惟其释"冀州"为"两河之间"则误,实当解为大九州之中土冀州①。"横四海"云云叙动

---

① 《九歌·云中君》所说"冀州"当非《禹贡》九州之冀州。驺衍有大九州之说:"以为儒者所谓中国者,于天下乃八十一分居其一分耳。中国名曰赤县神州。赤县神州内自有九州,禹之序九州是也,不得为州数。中国外如赤县神州者九,乃所谓九州也。于是有裨海环之,人民禽兽莫能相通者,如一区中者,乃为一州。如此者九,乃有大瀛海环其外,天地之际焉。"(《史记·孟子荀卿列传》)其说殆部分因袭古老的神话。《淮南子·地形》篇云:"何谓九州? 东南神州曰农土,正南次州曰沃土,西南戎州曰滔土,正西弇州曰并土,正中冀州曰中土,西北台州曰肥土,正北泲州曰成土,东北薄州曰隐土,正东阳州曰申土……"杨树达以为:"所举九州,自正中冀州与《禹贡》九州之冀州偶同外,余皆名号差异。其称东南神州,与邹衍所称中国名曰赤县神州者相合。而高诱注曰:'东南辰为农祥,后稷之所经纬也,故曰农土。'亦以神州为中土,与史公之说相合。按淮南王本杂采诸子之说成书,《地形》一篇,颇与《吕氏春秋·有始览》之文相类。然《吕氏》举九州之名,略同《禹贡》九州之说(《禹贡》有梁州,《吕氏》无梁州,有幽州,余八州同)。而《淮南》之文则大异。窃疑此篇乃取自邹衍之书,此九州之名即邹衍所称之九州。其首举神州为说者,衍本赤县神州之人,故首举之以为言也。"(见所著《积微居小学述林全编·邹衍九州考》,上海古籍出版社2007年版,第378页)录此备参。《云中君》谓"览冀州兮有余,横四海兮焉穷",王逸章句称"两河之间曰冀州",古今学者大同小异。然以两河间之"冀州"安能见云神之气象? 且与下句"横四海"殊不匹配。笔者认为,屈子此处之"冀州"当指大九州之"正中冀州曰中土"者,唯如此才可见云神之气象以及屈子为文之格局。廖平说楚辞谬误颇多,然解此"冀州"为《淮南·地形篇》大九州中之冀州(见所著《楚词新解》),则是。

态,指云神无所不至,当然理解为彤云满天之类的景象,亦未为不可。总之,张正明将云中君这一人格神解为雷神,仍乏有力的证明。至其谓楚始祖祝融由火神升格为雷神,更脱离了《九歌》之实际。

其二,既然云中君不在赵,则闻一多据文献中"东君"与"云中君"相连并称,以云中君在赵而确定东君也在赵,就同样靠不住了。东君当即日神(诗歌本文凸显了他与日的关联乃至同一性),世界上祭祀日神的地方极多,岂能都拉到赵国去?

其三,秦地虽祭祀河神,但先秦祭祀河神的不只是秦地。即以战国而论,魏秦并有为河神娶妇之俗。魏文侯(前446—前397年在位)时,邺人为河伯娶妇,见载于《史记·滑稽列传》。此等风习往往相沿久远,而不会一日间突然发生。秦灵公(前424—前415年在位)八年,"城堑河濒,初以君主妻河",见载于《史记·六国年表》。司马贞《史记索隐》云:"谓初以此年取他女为'君主','君主'犹公主也,'妻河'谓嫁之河伯,故魏俗犹为河伯取妇,盖其遗风。殊异其事,故云'初'。"魏俗未必就是秦俗的流播。而既然魏国也崇事河伯,只将《九歌·河伯》关联到秦国祀河之俗便大不妥当,楚辞《九歌》也就更难说就是"赵、代、秦、楚之讴"了。

楚国似无崇事河神之俗。《左氏春秋》哀公六年(前489)载楚昭王之事,曰:

> 是岁也,有云如众赤鸟,夹日以飞三日。楚子使问诸周大史。周大史曰:"其当王身乎!若禜之,可移于令尹、司马。"王曰:"除腹心之疾,而置诸股肱,何益?不穀不有大过,天其夭诸?有罪受罚,又焉移之?"遂弗禜。初,昭王有疾。卜曰:"河为祟。"王弗祭。大夫请祭诸郊。王曰:"三代命祀,祭不越望。江、汉、雎、章,楚之望也。祸福之至,不是过也。不穀虽不德,河非所获罪也。"遂弗祭。孔子曰:"楚昭王知大道矣,其不失国也,宜哉……"

望为古祭之一,遥祭山川、日月、星辰之谓也。《国语·晋语八》"宋之盟"章载叔向云:"昔成王盟诸侯于岐阳,楚为荆蛮,置茅蕝,设望表,与鲜卑守燎,故不与盟。"韦昭注:"望表,谓望祭山川;立木以为表,表其位也。"《周礼·春官宗伯》"男巫"谓:"男巫掌望祀望衍授号,旁招以茅。"郑玄注:"杜子春云:'望衍,谓衍祭也。授号,以所祭之名号授之。旁招以茅,招四方之所望祭者。'玄谓'衍'读为'延',声之误也。望祀,谓有牲粢盛者。延,进也,谓但用币致其神。二者诅祝所授类造攻说禬祭之神号,男巫为之招。"疏称:"云'望祀'者,类造禬禜,遥望而祝之。"由此略可见古代望祀制度。张正明认为:"楚人的望祀只祀大川,不祀名山。《左传·哀公四年》记楚昭王说:'江、汉、雎、漳,楚之望也。'"①这显然是误读了《左氏春秋》之原文。昭王就事论事,由祀河之事谈及望祀江、汉、雎、漳诸大川是自然而然的,不必扯上楚国望祀之名山。尤需留意的是,楚昭不祀河,不见得其他楚国国君就不祀河,大夫请昭王祭河于郊,正说明在很多楚人的观念中,河伯在某种情况下可以是崇事的对象。《左氏春秋》宣公十二年(前597)记晋楚邲之战,楚国大胜,楚庄"祀于河,作先君宫,告成事而还",尽管属于特例,却说明楚人尊事河神乃古已有之。况且由于疆土扩张,中原祀河礼俗可能已对楚国产生了切实影响。胡文英《屈骚指掌》于《河伯》题解部分云:"楚自威王灭越之后,掠地至鲁,皆属楚境,故滨河土俗祀之。"不管屈原之世楚国有无崇事河伯之风,博闻强识的屈原数次使齐,对河伯神话以及各国崇事河伯的礼俗必有相当的了解。由此更可知,闻一多将《河伯》所涉崇事河伯之俗局限于秦,缺乏实据。

其四,闻一多依据《国殇》"带长剑兮挟秦弓"一语,断定国殇为秦人所祀,然《国殇》开篇即云"操吴戈兮被犀甲,车错毂兮短兵接",依他的论证方式,国殇岂不又为吴人所祀吗?这种为达成先

---

① 参见张正明《楚史》第 305 页。

入之见的太过功利性的论证没有多少实际意义,反会损伤论证的有效性。

其五,说湘君湘夫人为"南楚湘水的神",大致不错,说"似乎司命本是齐地的神。但这时似乎已经落籍在楚国了",则失于简单化,且未明实际影响屈子的文化语境。

司命跟齐国礼俗的关系,可由出土及传世文献来确证。春秋晚期《洹子孟姜壶》云:"齐侯拜嘉命,于上天子用璧玉备一嗣。于大无(巫)嗣折(誓),于大嗣命用璧、两壶、八鼎。于南宫子用璧二备、玉二嗣、鼓钟一肆。"①应劭《风俗通义·祀典》篇"司命"条载:"《周礼》'以槱燎祀司中司命。'司命,文昌也。……今民间独祀司命耳,刻木长尺二寸为人像,行者檐箧中,居者别作小屋,齐地大尊重之,汝南余郡亦多有,皆祠以猪,率以春秋之月。"②这里所说汝南诸郡为楚之故地。司命极受齐人崇奉,且其风源远流长,或许其正源便在齐而后来传播至楚,然而不能排除其他的可能性。甘肃天水放马滩一号秦墓所出第1、2、3、4、5、7简记载秦昭三十八年(前269)邸丞赤向御史报告,提及魏将犀武为舍人丹"告司命史公孙强"(案,司命史当为司命属下之史),使丹死而复生③。犀武被杀于伊阙之役,时当魏昭三年(前293,见《战国策·魏策一》"秦败东周与魏战于伊阙"章)。则屈子在世时,魏国亦有崇事司命的古老风俗。因此,即便此风确实源于齐国,亦不可率尔将《九歌》与此齐俗作单线的关联。

更值得关注的,还是屈子现实文化语境中的宗教礼俗。湖北

---

① 郭沫若《周代金文图录及释文》(三),台北,大通书局1971年版,第212页。

② 以屈原《九歌》之司命为文昌星之说,殆不可信。王夫之《通释》于《大司命》解题部分云:"旧说谓文昌第四星为司命,出郑康成《周礼》注,乃谶纬家之言也。篇内'乘清气''御阴阳',以造化生物之神化言之,岂一星之谓乎?"

③ 参阅李学勤《简帛佚籍与学术史》,江西教育出版社2001年版,第167—174页。

江陵天星观一号战国楚墓竹简所记祭祷对象已有司命,见上文所揭。1965 年 10 月下旬至 1966 年 1 月上旬,江陵望山一至四号楚墓、沙冢一至四号楚墓得到发掘清理,其中望山一号墓出土了一批竹简,性质同样是祭祷活动的记录。该墓墓主悼固当系楚悼王之后,其父称东宅公。其卒当在楚宣、威间,墓葬年代在公元前 340 年前后①。悼氏患病期间进行贞卜,并向先王先君、上下神祇祷祝,历时大约三个月,所祷对象有柬(简)太王(前 431—前 408 年在位)、圣(声)王(前 407—前 402 年在位)、悼王(前 401—前 381 年在位)等楚先王,以及先君东宅公,此外还有栽陵君、王孙巢、后土、司命、大水、北子、宫行、公宇等;祷后继以祭赛,所用牺牲多为牛羊,或以"备(服)玉一环"作为献祭②。1986 年年底至 1987 年年初所发掘的包山二号战国楚墓,在南距楚故都纪南城十六公里的荆门十里铺镇王场村包山岗地,墓主为左尹邵𰽛,其下葬时间为公元前 316 年楚历六月二十五日③。该墓出土竹简 444 枚,其中有文字者 282 枚,共约 15000 字,内容有卜筮祭祷记录、司法文书和遣策等;其卜筮祭祷记录载邵𰽛贞问吉凶祸福、祭神祷告、求福禳祸之类活动,祭祷对象有楚先祖老僮、祝融、媸酓、武王(前 740—前 690 年在位)、邵(昭)王(前 515—前 489 年在位),复有神祇后土、司命、大水、宫、门、行等。④ 可见当屈子之世,楚国正风行祭祀司命的礼俗,屈子化用此类礼俗结撰至思,殆不必舍近求远。

其六,闻一多承顾成天之说,以《九歌》山鬼为巫山之神,郭沫若等学者均认同这一主张。《山鬼》诗云:"采三秀兮於山间,石磊

---

① 参阅李学勤《东周与秦代文明》第 100 页。
② 同上书,第 262 页。
③ 参见湖北省荆沙铁路考古队《包山楚简》序言,文物出版社 1991 年版。案:有学者以为该墓年代约在前 292 年之前不久,参阅李学勤《东周与秦代文明》第 304 页。
④ 参阅包山墓地竹简整理小组《包山二号墓竹简概述》一文,刊载于《文物》1988 年第 5 期。

磊兮葛蔓蔓。"郭沫若说"於山"即"巫山"①。然屈原两次流放,一次在郢都以北之汉北,一次先由郢都沿江而下至陵阳,复由陵阳上溯长江,至洞庭湖而入沅湘流域,行迹均未至郢都以西今四川、湖北两省边境地区的巫山,所以"於山间"的意思更有可能是"在山间",而非"巫山间"。即便屈原了解巫山神女的传说,也不见得就以这一特定的传说为经验背景来创作《山鬼》。依古人之见,凡名山大川均有神灵,屈原所写山神不必就是巫山之神。

此外,有学者认为东皇太一跟齐国宗教礼俗有关。如藤野岩友说:"太一可能是齐系之神。战国末期,楚之疆域亦扩大,东北方在山东、安徽与齐接壤,故在宗教上亦有交流,开始盛祀齐之尊神。这从称'东皇太一'、祠在楚东亦可明白。太一是齐国尊神,《汉书·郊祀志上》记载:汉武时,'海上燕、齐怪迂之方士,多更来言神事矣。亳人谬忌(注:'齐阴薄县人也。'阴薄县,今安徽省亳县之地)奏祠泰一方'。"②汉武时候的材料显然晚了一些,由此仍不能确定谬忌代表的就是先秦齐国旧俗。即便屈子所生之时楚地并未广泛崇事太一,他对崇事太一的风俗也应该相当了解。

综合以上所述,闻一多试图将《九歌》所涉神祇及礼俗等同于《汉书·礼乐志》所记作为国家祀典的赵、代、秦、楚之讴,以证明它为楚国国家祀典,主祭者为楚王,其努力显得有一点儿徒劳。《九歌》所涉神祇及礼俗实不必限于赵,不必限于代,不必限于秦,不必限于楚,甚至不必限于楚之沅湘。大致可以肯定的是,沅湘一带盛事鬼神的风习,使放流此地的屈原对事鬼神或鬼神故事类的题材产生了浓厚兴趣。《九歌》中二《湘》之基础,就是苍梧、沅湘一带广为流传的舜帝与舜妃的传说。舜在屈子信念中有极高之地位。《离骚》主人公遭受挫折时,为证明自己,曾前往苍梧向重华陈词;《涉江》中有与重华同游瑶圃的想象;二《湘》所叙尽管也是

---

① 郭沫若《屈原赋今译》,第32页。
② 〔日〕藤野岩友《巫系文学论:以〈楚辞〉为中心》,第99页。

想象之辞,却不出沅、湘、澧水、洞庭、长江等河川交汇分流之域,与诗人之行迹相同。《九歌》组诗不必产生于一时,最先产生的很可能就是二《湘》,之后连类而及,逐步推演,又产生了其他作品。这种情形,与长江沿岸吴楚争战之影响促成了《哀郢》《天问》等作品一样。

在流放沅湘期间,屈原痛心于楚国遭受暴秦踩蹦,痛心于国君不明、邪臣当道、政治黑暗、君国陷入幽昧险隘之途,一心想返回朝廷、回到政治决策核心,却毫无可能。顷襄三年以后,楚国政治集团几乎完全忘记了他的存在,想到他的恐怕也只有记恨。屈原对国家与自身命运的双重绝望逐渐臻于极点。顷襄二十一年,郢都沦陷,楚被迫迁都于陈,屈原大概就在这一年自沉于滚滚汨罗,成了中国历史上第一个自杀的诗人①。屈原从产生自杀念头到最终

---

① 屈原投江之说,古今颇有疑者。陈振孙著录南宋林应辰《龙冈楚辞说》五卷,谓林氏"推屈子不死于汨罗,比诸浮海居夷之意"(见所著《直斋书录解题》卷十五,上海古籍出版社1987年版,第436页)。汪瑗《楚辞蒙引》"往观四荒"条也说:"孰谓屈子之果投江而死乎?"之后,持类似观点者不乏其人。陈振孙质疑林氏之说,云:"沉湘之事,传自司马迁,贾谊、扬雄皆未尝有异说,汉去战国未远,决非虚语也。"扬雄(前53—18)《反离骚》谓屈原"临汨罗而自陨","违灵氛而不从兮,反湛身于江皋";其《校猎赋》又有"鞭洛水之虙妃,饷屈原与彭胥",以屈原与彭咸、伍子胥为水死者。刘向(前77—前6)《九叹·离世》篇谓:"九年之中不吾反兮,思彭咸之水游。惜师延之浮渚兮,赴汨罗之长流。"司马迁(前145—前86)《史记·屈原列传》谓屈子怀石自沉汨罗。东方朔(前154—前93)《七谏·沉江》说,"赴湘沅之流澌兮,恐逐波而复东。怀沙砾而自沉兮,不忍见君之蔽壅"。严(庄)忌(前188?—前105?)《哀时命》谓,"子胥死而成义兮,屈原沉于汨罗"。贾谊(前200—前168)《吊屈》,又谓"侧闻屈原兮,自沉汨罗"。这些足以证明屈子自沉说是可信的,惟"怀石"云云则错会了《怀沙》篇题之义。除上揭材料之外,最值得注意的是传世辞作《渔父》。该篇被多数学者视为屈作,事实当非如此,因为它持守的立场跟屈子对立(可资参考的是,《庄子·杂篇·渔父》持守的立场也在渔父一边,而不在被渔父批评的孔子一边,与楚辞《渔父》相类)。楚辞《渔父》中,渔父讥屈原不能与世推移。屈原曰:"吾闻之,新沐者必弹冠,新浴者必振衣。安能以身之察察,受物之汶汶者乎?宁赴湘流,葬于江鱼之腹中。安能以皓皓之白,而蒙世俗(转下页)

付诸实行,前后殆有三十余年。洪兴祖注《离骚》"愿依彭咸之遗则"一语,云:"盖其志先定,非一时忿怼而自沉也。《反离骚》曰'弃由聃之所珍兮,摭彭咸之所遗',岂知屈子之心哉!"来圣源评屈原,谓《离骚》此句"是其一生结果"(来钦之述注,陈洪绶绘《楚辞》五卷《九歌图》一卷)。故都陨落,夷陵先王之墓被焚,国将亡矣,无法承受的绝望使屈原选择了自杀。就其当时处境来说,"非死之难,而处死者为难也"。

　　自杀升华了屈原的人格。钱澄之诠释《涉江》"与天地兮同寿,与日月兮齐光",云:"原之所以比寿、齐光,惟在汨罗一死。"世间之大不幸将屈原铸就成为一个伟大的诗人,世间之大不幸因此成了后人的大幸。梁启超说:"屈原这个人真呆极了,楚怀王不信你的话,有什么要紧? 就气成那个样子,自己去寻死。——须知,世界上不是这种呆子,再不会创作出《离骚》《九歌》《九章》这等好文学来。"①郭沫若也感慨:"时代对于他真是特别厚待,他既禀赋有充分的诗人气质,而使他处到了国将破、家将亡的境遇,玉成了他成为一个空前而且恐怕绝后的伟大诗人。"②的确,除了早期

————

(接上页)之尘埃乎?"渔父笑歌"沧浪之水清兮,可以濯吾缨。沧浪之水浊兮,可以濯吾足",去而不复与之言。沧浪歌较早见于《孟子·离娄上》篇,被记为孺子所歌,孔子听后谓弟子曰:"小子听之! 清斯濯缨,浊斯濯足矣,自取之也。"楚辞《渔父》不唯用其歌词,且借用其意,殆谓屈子被放亦为"自取之",与贾谊《吊屈》"般纷纷其离此尤兮,亦夫子之辜也",大旨相同。综合这些信息,可知楚辞《渔父》殆用屈子之事,而取孔孟之意以为褒贬(从这种意义上说,其产生受屈原辞影响,其背景则超越了楚文化。尽管不能完全肯定它产生于楚以外某地,这种可能性还是相当之大的。考察屈原辞的传播与影响,这一点实不可忽视)。此前学者过于强调楚辞《渔父》的道家立场,殆因忽视了沧浪歌的儒家来历和指向。而篇中"宁赴湘流,葬于江鱼之腹中"一语,明显是据后来成事逆推屈子生前情志(东方朔《七谏·怨世》曰:"愿自沉于江流兮,绝横流而径逝。宁为江海之泥涂兮,安能久见此浊世。"同样是逆推,可为参证)。故楚辞《渔父》应该是支持屈子自沉说的最早重要文献。

①　梁启超《评非宗教同盟》,《饮冰室合集》文集之三十八,第22页。
②　郭沫若《历史人物·屈原研究》,《郭沫若全集》历史编第四卷,第73页。

的《橘颂》,屈原其他传世作品,都是他品味着自己的人生悲剧和国家的政治悲剧创作的。没有这两大悲剧,便不会有《离骚》《天问》《招魂》《九歌》《九章》等伟大诗作了。

第四节　屈原之大时代

以上三节结合楚国时势,考辨了屈子生平尤其是他两遭放逐的情况,并着力论析了屈作之撰著时期与现实触媒。其间涉及楚辞学史上一系列重大而艰深的问题,比如,屈子究竟是先为三闾大夫呢,还是先为左徒?屈子草拟宪令是否为"变法",其政教伦理取向又有何本质呢?当时楚国究竟有无子兰、子椒其人?《思美人》《惜往日》《悲回风》等篇是否真非屈子所作?古本《九章》是否真为五章?《史记·屈原列传》究竟是否存在错简、是否被窜乱呢?应如何理解《屈原列传》对《离骚》创作时期"自相矛盾"的表述?历代学者如何误读《哀郢》开篇四句,如何误读篇中"夏之为丘""东门之……芜"两句以及该诗之篇题,三者之所指究竟为何?由此又延伸出一系列话题,比如,《哀郢》是否关涉郢都之陷落,究竟作于哪一时期?《九歌》组诗是否只有楚民间或国家宗教礼俗之背景,其主体部分是否即《汉书·礼乐志》所记作为国家祀典构成部分的赵、代、秦、楚之讴呢?……对于这些问题,笔者已尽量作出切实有力的论析。

然而,为了更深刻更准确地理解屈原,还应不限于楚国,观照他所处的那个大的时代。——无须从完整的史学意义上来展开讨论,我们需要关注的主要是那些有助于理解屈原的要素。比方说,有哪些人活跃于各国之间或各国之内,并影响各国之命运?这些人追求什么,又以何种方式实现自己的追求?人和人基于何种基础来建构或解构其社会关系?国家或个人层面上的道德关怀是否能得到认同?国家及个人行为最主要的内在驱动力又是什么?

不能不说,战国是中国历史上极混乱又极伟大的时代。彼时,政治、经济、道德、文化都趋向失范或无序,可是一系列新的秩序和范式又在形成之中,各方面之"版图"都萌生新的排列和组合。失范或失序释放了巨大的创造力,激发了丰富的多元性、开放性和创造性,因此造就了百花齐放、百家争鸣的盛况,真的是一切皆有可能。学术思想则传播得更快,交流得更深。单以楚国言,这种更快和更深表现在两方面:一方面是以人为载体的传播和交流。如生于楚国的陈良"悦周公、仲尼之道,北学于中国",而且超越侪辈;宋人陈相、陈辛兄弟又"事之数十年"(《孟子·滕文公上》)。一方面则是以书为载体的传播和交流。比如,大约就在屈子之世,多种版本的道家典籍《老子》与《五行》等一批重要儒典已传到了楚国的政治核心①。屈原就是在这种历史语境中成长和生活的。这个方面,本节不拟作详细分析,因为本书第二至第五章将全方位地剖释思想学术传播及交流给屈原的实际影响。而在各国之间与各国内部,在靠近政治决策集团的核心领域,最活跃且最具影响力的,是要弄计谋的策士,如纵横家苏秦、张仪之流,以及聚集于权贵门下的舍人或食客,如孟尝君有食客三千等等。以他们为中心,透过他们所勾连起的社会关系,可以窥见那个独特时代。

苏秦本是东周洛阳农家子弟,主要活动在赵肃侯(前349—前326年在位)、燕昭王(前311—前279年在位)、齐湣王(前301—前284年在位)时期。《战国策》记苏秦起初以连横之说游说秦惠文王之经历②,云:"苏秦……说秦王书十上而说不行,黑貂之裘弊,黄金百斤尽,资用乏绝,去秦而归。羸縢履蹻,负书担橐,形容枯槁,面目犁黑,状有归(愧)色。归至家,妻不下纴,嫂不为炊,父母不与言。苏秦喟叹曰:'妻不以我为夫,嫂不以我为叔,父母不

---

① 所举这些尚且只是已经出土的文献(参阅本书第五章"屈原:观照儒学传播与影响的重要个案"),其未出土者,尚可期待。

② 秦惠文君正式称王在其十三年,亦即楚怀四年(前325),本书不详细区分,而概称之为秦惠文王。

以我为子,是皆秦之罪也!'乃夜发书,陈箧数十,得《太公阴符》之谋,伏而诵之,简练以为揣摩。读书欲睡,引锥自刺其股,血流至(足)〔踵〕,曰:'安有说人主不能出其金玉锦绣,取卿相之尊者乎?'"苏秦学成,以合纵之术游说赵肃侯,大获成功:

> 赵王大悦,封为武安君。受相印,革车百乘,绵绣千纯,白璧百双,黄金万溢,以随其后,约从散横,以抑强秦。故苏秦相于赵而关不通。当此之时,天下之大,万民之众,王侯之威,谋臣之权,皆欲决苏秦之策。不费斗粮,未烦一兵,未战一士,未绝一弦,未折一矢,诸侯相亲,贤于兄弟。夫贤人在而天下服,一人用而天下从。故曰:式于政,不式于勇,式于廊庙之内,不式于四境之外。当秦之隆,黄金万溢为用,转毂连骑,炫熿于道,山东之国,从风而服,使赵大重。

此时,苏秦前去游说楚王,过洛阳故乡,家人之反应亦有天壤之别:

> 父母闻之,清宫除道,张乐设饮,郊迎三十里。妻侧目而视,倾耳而听。嫂蛇行匍伏,四拜自跪而谢。苏秦曰:"嫂何前倨而后卑也?"嫂曰:"以季子之位尊而多金。"苏秦曰:"嗟乎!贫穷则父母不子,富贵则亲戚畏惧,人生世上,势位富贵盖(盍)可忽乎哉!"(以上均见于《战国策·秦策一》"苏秦始将连横说秦"章)

《战国策》所记不见得完全真实,但整体而言,它可以反映那个时代的精神。苏秦及其家人之行事透露了很多信息。比如,人们的核心追求是一己之私利——地位、财富等等;社会关系之建立基于自我利益的考量,虽父子、夫妻、兄弟亦常"怀利以相接"(《孟子·告子下》);而成功的策士有一种智慧,可通过满足各国统治者的利益,把他们转化为实现自身欲求的力量。

张仪是魏人。《史记·张仪列传》记载,苏秦与张仪俱事鬼谷先生,学"术"秦自以不及仪。张仪学成后游诸侯,曾经到楚国谋求发展:

> 张仪之楚贫,舍人怒而欲归。张仪曰:"子必以衣冠之敝,故欲归。子待我为子见楚王。"当是之时,南后、郑袖贵于楚。张子见楚王,楚王不说。张子曰:"王无所用臣,臣请北见晋君。"楚王曰:"诺。"张子曰:"王无求于晋国乎?"王曰:"黄金珠玑犀象出于楚,寡人无求于晋国。"张子曰:"王徒不好色耳!"王曰:"何也?"张子曰:"彼郑、周之女,粉白(墨)〔黛〕黑,立于衢闾,非知而见之者以为神。"楚王曰:"楚僻陋之国也,未尝见中国之女如此其美也。寡人之独何为不好色也!"乃资之以珠玉。
>
> 南后、郑袖闻之大恐。令人谓张子曰:"妾闻将军之晋国,偶有金千斤,进之左右,以供刍秣。"郑袖亦以金五百斤。
>
> 张子辞楚王曰:"天下关闭不通,未知见日也,愿王赐之觞。"王曰:"诺。"乃觞之。张子中饮,再拜而请曰:"非有他人于此也,愿王召所便习而觞之。"王曰:"诺。"乃召南后、郑袖而觞之。张子再拜而请曰:"仪有死罪于大王!"王曰:"何也?"曰:"仪行天下遍矣,未尝见人如此其美也。而仪言得美人,是欺王也。"王曰:"子释之。吾固以为天下莫若是两人也。"(《战国策·楚策三》"张仪之楚贫"章)

张仪略施手段,就使怀王、南后及郑袖乖乖送上大批财物,他如此轻松地将怀王郑袖等人玩弄于股掌之上,可跟史书中的其他材料互相参证。此外,根据《史记·张仪列传》等文,张仪在楚威王(前339—前329年在位)晚年游楚,跟楚相饮酒,被楚相门下诬以窃璧,遭掠笞数百,张仪不服,而自幸其舌尚存。苏秦在赵得势,张仪前往投奔。为激其志,苏秦诫门下人不为之通,又使不得去者数日,已而见之,坐之堂下,赐仆妾之食,因数让之。张仪大怒,念诸侯莫可事,独秦能苦赵,乃遂入秦,见秦惠王,惠王以为客卿(其事在惠王五年,前333),与谋伐诸侯。惠王十年(前328)任之为相。张仪既相秦,为文檄告楚相曰:"始吾从若饮,我不盗而璧,若笞我。若善守汝国,我顾且盗而城!"这些虽不见得都是事实,可战国时期真实的历史的确可能充满了个人利益冲突。

由张仪以上行事作为,又可了解和确认很多信息。个人私利往往是社会各层成员最核心的考量,策士、食客、国君、后妃殆莫不如此,满足或维护自己的私利被置于第一位,人际关系基于此而构建,根基受损便有崩盘坍塌之忧;人们不再背负沉重的道德,可以运用欺骗性的手段。

这种社会关系是带有全局性的。我们还可看看与屈原大约同时而稍后的权贵及其食客或舍人的情况。齐孟尝君田文(活动于齐湣王齐襄王时期)、魏信陵君魏无忌(?—前243)、赵平原君赵胜(?—前251)、楚春申君黄歇(?—前238),称"战国四公子",均以养士著称,食客各数千人①。孟尝君为齐相,受诬被免,诸客皆去。后召而复之,冯驩迎接。孟尝君痛恨诸客背弃,称客若复见,"必唾其面而大辱之"。冯驩劝曰:"夫物有必至,事有固然……生者必有死,物之必至也;富贵多士,贫贱寡友,事之固然也。君独不见夫(朝)趣市〔朝〕者乎?明旦,侧肩争门而入;日暮之后,过市朝者掉臂而不顾。非好朝而恶暮,所期物忘(无)其中。今君失位,宾客皆去,不足以怨士而徒绝宾客之路。愿君遇客如故。"(《史记·孟尝君列传》)秦赵长平(今山西高平西北)相抗,赵将廉颇(前327—前243)被罢,故客尽去,后复职,客亦复来。廉颇曰:"客退矣!"客曰:"吁!君何见之晚也?夫天下以市道交,君有势我则从君,君无势则去,此固其理也,有何怨乎?"(《史记·廉颇蔺相如列传》)人与人以市道即商贾逐利之道

---

① 参阅《史记》之《平原君虞卿列传》《孟尝君列传》《魏公子列传》《春申君列传》。

相交,是那个时代的真实写照。

　　策士活跃于诸侯之间,舍人或食客寄身于权贵门下,他们都是政治化的商贾,挖空心思将自我利益最大化。政客吕不韦(？—前235)本来就是阳翟(今河南禹县)大贾,尝贾于邯郸。子楚(异人)为秦诸庶孽孙,为质于诸侯,困顿不得意。吕不韦见之,曰:"此奇货可居。"(《史记·吕不韦列传》)归而问其父曰:"耕田之利几倍?"曰:"十倍。""珠玉之赢几倍?"曰:"百倍。""立国家之主赢几倍?"曰:"无数。"乃曰:"今力田疾作,不得暖衣余食;今建国立君,泽可以遗世,愿往事之。"(《战国策·秦策五》"濮阳人吕不韦"章)吕不韦固不得善终,但他经营的建国立君的大买卖却获得了很大成功。战国末,齐人鲁仲连曾说:"所贵于天下之士者,为人排患、释难、解纷乱而无所取也;即有所取者,是商贾之人也,仲连不忍为也。"(《战国策·赵策三》"秦围赵之邯郸"章)然而战国之世,像鲁仲连这样的士极为罕见,商贾型的士却遍地都是。以合理手段争取利益、将利益最大化或者维护利益,都不可怕,可怕的是为了一己之私,不择手段,甚至不惜牺牲他人。春申君黄歇(？—前238)就是一个典型的牺牲品。赵人李园及其女弟利用他和楚考烈王(前262—前238年在位)攫得了地位财富,之后便把他置于死地①。当然,他跟李园之流是一丘之貉,并不比他们高尚。

　　失序或失范使这些策士、食客或舍人获得了更大空间,他们如鱼得水。蔡邕《释诲》曾说:"智者骋诈,辩者驰说,武夫奋勇,战士讲锐,电骇风驰,雾散云披,变诈乖诡,以合时宜。或画一策而绾万金,或谈崇朝而锡瑞珪。连衡者六印磊落,合纵者骈组流离。"(《全后汉文》卷七十三)苏张等人之所以横行世上,根本原因,是他们关注各国统治者攻伐进取的功利目的,亦即主动适应国家的功利主义,与此同时,他们也轻松地通过追求国家的功利主义来达

---

① 参阅《战国策·楚策四》"楚考烈王无子"章,以及《史记·春申君列传》。

成个人的功利主义。为此,纵横家往往弃常道而一切从权。至少是在治国层面上,他们完全背弃了道德的价值。有人对燕昭王说苏秦是不信之人,苏秦向燕昭解释说:

> 且夫孝如曾参,义不离亲一夕宿于外,足下安得使之之齐?廉如伯夷,不取素餐,污武王之义而不臣焉,辞孤竹之君,饿而死于首阳之山。廉如此者,何肯步行千里而事弱燕之危主乎?信如尾生,期而不来,抱梁柱而死。信至如此,何肯扬燕、秦之威于齐而取大功哉?且夫信行者,所以自为也,非所以为人也。皆自覆(案指庇护自己)之术,非进取之道也。且夫三王代兴,五霸迭盛,皆不自覆也。君以自覆为可乎?则齐不(益)〔出〕于营丘,足下不逾楚境,不窥于边城之外。且臣有老母于周,离老母而事足下,去自覆之术而谋进取之道,臣之趣固不与足下合者。足下(皆)〔者〕自覆之君也,仆者进取之臣也,所谓以忠信得罪于君者也。(《战国策·燕策一》"人有恶苏秦于燕昭王"章)

苏秦跟燕昭王还有一番类似的对话:

> 苏(代)〔秦〕谓燕昭王曰:"今有人于此,孝如曾参、孝己,信如尾生高,廉如鲍焦、史䲡,兼此三行以事王,奚如?"王曰:"如是足矣。"对曰:"足下以为足,则臣不事足下矣。臣且处无为之事,归耕乎周之上地,耕而食之,织而衣之。"王曰:"何故也?"对曰:"孝如曾参、孝己,则不过养其亲(其)〔耳〕。信如尾生高,则不过不欺人耳。廉如鲍焦、史䲡,则不过不窃人之财耳。今臣为进取者也。臣以为廉不与身俱达,义不与生俱立,仁义者,自完之道也,非进取之术也。"(《战国策·燕策

一》"苏(代)〔秦〕谓燕昭王"章)①

孝、信、廉、仁、义等等,主要是儒家所张扬的政教伦理常道,其价值并不局限于"自覆"或"自完",也并不排斥纵横家所偏执的权变。远在春秋末期,孔子在中原开创了儒家,其弟子三千,而身通六艺者七十余位。孔子死后,"儒分为八","有子张之儒,有子思之儒,有颜氏之儒,有孟氏之儒,有漆雕氏之儒,有仲良氏之儒,有孙氏之儒,有乐正氏之儒"(《韩非子·显学》);儒家之学壮大为私学中的显学。早于屈原的孔子、子思、孟子等儒家大师,其思想学说主要汇聚于《春秋》《论语》《诗论》(上海博物馆藏)、《五行》(马王堆帛书、郭店简书)和《孟子》等文献中。此外,包括这些大师在内的数代儒者又依托诠释《易》《诗》《书》《礼》等故典,建构了一套经

---

① 缪文远以为,此章与前面"人有恶苏秦于燕昭王"章大同,当为一事两传,"苏代"为"苏秦"之讹(参见所著《战国策新校注》修订版,巴蜀书社1998年版,第924页)。为帮助读者理解,笔者对这两章中的部分人物稍作解释。曾参(约前505—前435)字子舆,曾点之子,春秋末鲁人,孔子晚年重要弟子,约比孔子小46岁,史上以孝著称。《孔子家语·六本》篇记:"曾子耘瓜,误斩其根。曾皙怒,建大杖以击其背。曾子仆地而不知人,久之。有顷,乃苏,欣然而起,进于曾皙曰:'向也,参得罪于大人,大人用力教参,得无疾乎?'退而就房,援琴而歌,欲令曾皙而闻之,知其体康也。"此为曾参孝行之一事。孝己为殷高宗武丁之子,以孝行著称。据传他侍奉父母,一夜起五次,视衣之厚薄枕之高下。《战国策·秦策一》"张仪又恶陈轸于秦王"章载,陈轸对秦惠文王曰:"孝己爱其亲,天下欲以为子。"其母早死,高宗惑于后妻之言,使遭放而终。尾生高为鲁人。《庄子·杂篇·盗跖》谓:"尾生与女子期于梁下,女子不来,水至不去,抱梁柱而死。"鲍焦为战国初人,隐洛阳,以刚直廉洁称。《韩诗外传》卷一记其传说云:"鲍焦衣弊肤见,挈畚持蔬,遇子贡于道。子贡曰:'吾子何以至于此也?'鲍焦曰:'天下之遗德教者众矣,吾何以不至于此也?吾闻之,世不己知而行之不已者,是爽行也;上不己用而干之不止者,是毁廉也。行爽毁廉,然且弗舍,惑于利者也。'子贡曰:'吾闻之,非其世者不生(享)其利,污其君者不履其土。今吾子污其君而履其土,非其世而捋其蔬,其可乎?……'鲍焦曰:'於戏!吾闻贤者重进而轻退(即慎重于做官,于辞职却轻易),廉者易愧而轻死。'于是弃其蔬而立槁于洛水之上。"史䲣字子鱼,卫大夫,与孔子同时而略早,以信直著称。《论语·卫灵公》载子曰:"直哉史鱼!邦有道,如矢;邦无道,如矢。"

世济民的学说。凡此种种,均致力于宣扬仁、义、礼、智、信、孝等价值。儒家四处干君游说,"求人主之必及仲尼,而以世之凡民皆如列徒"(《韩非子·五蠹》),其说未被奉行,对社会的影响却不容小觑。当时最得势的纵横家、法家都极力排摈儒学,便与儒学影响大有关。儒学既讲常道,又讲权变。孔子说:"可与共学,未可与适道;可与适道,未可与立;可与立,未可与权。"(《论语·子罕》)权被树为常人难及的高标。孟子与淳于髡辩,则说"男女授受不亲"为礼,"嫂溺援之以手"为权,"嫂溺不援,是豺狼也"(《孟子·离娄上》)。可见儒家对权极为重视。然而,他们绝不像策士那样讲权变而弃常道。刘向《战国策书录》云:"战国之时,君德浅薄,为之谋策者,不得不因势而为资,据时而为。故其谋,扶急持倾,为一切之权,虽不可以临国教化,兵革救急之势也。皆高才秀士,度时君之所能行,出奇策异智,转危为安,运亡为存,亦可喜,皆可观。"刘向谓策士"为一切之权",颇能揭明其立身行事之实质。上引苏秦谓燕昭王,明显排摈常道,有意思的是,他试图将排摈常道界定为"进取"之常道,所谓"且夫三王代兴,五霸迭盛,皆不自覆也",说得十分明确。这掩盖不了他以功利主义之偏执排斥道德的实质。

而各国统治者往往也是如此。秦国最为强大,其弃捐礼义诚信,一如鲁仲连所说:"彼秦者,弃礼义而上首功之国也,权使其士,虏使其民。"(《战国策·赵策三》"秦围赵之邯郸"章)屈原劝阻怀王与秦昭会武关,亦说"秦,虎狼之国,不可信"。天下诸侯如此作为者,实又不止一秦。看看怀王对齐的表现,又有何信义呢?

战国是国家功利主义和个人功利主义趋于泛滥的时代,社会普遍遗弃道德的担当,正所谓"天下熙熙,皆为利来;天下壤壤,皆为利往"(《史记·货殖列传》)。屈子在《离骚》等诗中痛斥楚国世俗"忽驰骛以追逐""凭不猒乎求索",盖当时鲜不如此者。屈原以道德自命、认定了"伏清白以死直",与这个时代对立;致力于推动道德贤明政治,与这个时代对立;坚持合纵,与楚国上层集团中的亲秦派(连横者)对立。苏张合纵连横既关乎楚之国运,也关乎屈原的命运,他本人也曾经是其中的参与者。怀王十一年,约山东六国攻秦的活动家是苏秦,而楚国国内积极推动合纵的政治家便是屈原,怀王当时为从约长(见《楚世家》)。而屡屡瓦解楚、齐等山东诸国之联合,为秦国连横,使之逐步扩张的活动家则是张仪。他最终助秦破六国之纵,使山东诸国风靡从秦,使楚国兵败地削,走向沦亡。屈原在这个过程里完全被边缘化。策士代表并鼓动的功利主义大肆泛滥,制造了不少孤独落寞的思想家、学者,北有孟轲,南有屈原,他们都属于这一阵列。

  屈原与这个时代格格不入,他不仅不见容于楚国,亦且不见容于天下。屈原曾经想过离楚求合明君,终因眷顾旧乡而未能实施。自汉以降,贾谊等学者纷纷责备他不能相察、选择九州之君。可问题是,即便屈原去实行这种追求,《离骚》所说的"求矩彠之所同"的愿望也必定会落空。这是一种必然:历史在急功近利的进取中遗弃了道德。回顾春秋末,孔子高唱"不义而富且贵,于我如浮云"(《论语·述而》),张扬"见利思义"(《论语·宪问》)、"见得思义"(《论语·季氏》)等价值观,倡言"为政以德""道之以德,齐之以礼"(《论语·为政》)。然而他席不暇暖,周游列国十四年,干七十余君,终莫能用。亚圣孟子之世,法、兵、纵横家备受器重。史迁谓:"秦用商君,富国强兵;楚、魏用吴起,战胜弱敌;齐威王、宣王用孙子田忌之徒,而诸侯东面朝齐。天下方务于合从连衡,以攻伐为贤,而孟轲乃述唐、虞、三代之德,是以所如者不合。"(《史记·孟子荀卿列传》)景春尝谓孟子:"公孙衍、张仪岂不诚大丈夫哉?一怒而诸侯惧,安居而天下熄。"(《孟子·滕文公下》)孟子不赞同此说,但张仪之徒影响力灼然可见。孟子于这种环境和时势间弘扬孔子之术,大倡义利之辨,以仁政之说四处游说,却"见以为迂远而阔于事情"(《史记·孟子荀卿列传》)。明人蔡清论曰:"以今之道德一时而观孟子,犹未甚见孟子之高处。惟自当时言之,则满天下是治功利之学者:君非此不以求于下,臣非此不以献于上,士非此则全不见数于人;内而父兄之所以教其子弟,外而朋友之所以相传授付嘱者,无非是功利。独有孟子一人汲汲焉,皇皇焉,力以尧舜之道、孔子之教为说,必欲一扫功利之芜秽,以还先王之大道。此是何等用心,何等气力!真有大功于天下万世也!故曰孟子之功不在禹下。"(《四书蒙引》卷十)孟子的思想确有扫除芜秽的价值,可他不仅未能改变那个时代,而且被那个时代摒弃了。屈子若真的离楚求合明君,其见弃于天下,亦将与天下弃孟子、孔子相类。

接下来我们具体看看当时天下合纵连横之大势。

合纵即齐、楚、燕、赵、韩、魏等崤山以东的诸侯联合抗秦,连横即秦国联合山东某些诸侯来进攻或消灭其他诸侯。当时秦、楚为左右天下形势的核心力量。郭沫若称:"春秋、战国时代,尤其是战国末年,中国实在已经到了'车同轨,书同文'的地步,只等有一个国家来收获这政治上的大一统的功绩。当时的列国中最有资格的便是秦、楚两国,……秦国最占形势,居高临下,俯瞰中原,而它的刑政修明,人民善战,故最有资格。楚国则地大物博,奄有长江流域、淮水流域的一大片膏腴之地,而其南方更是无敌地带,足以供其尽量发展,只要刑政能够修明,也是很有资格。楚国还有一项资格是它的武器的资源不缺乏。金锡的名产地吴越为其所有,而它又是铁器的开始使用者,《荀子·议兵》篇言'楚人宛巨铁铊,惨如蜂虿',秦昭王也曾说过,楚用铁剑故其卒强(见《史记·范雎传》)。"①楚国之重,其实时人早有认识。苏秦为赵肃侯游说楚威王,说楚国"地方五千里,带甲百万(案,带甲指步兵,因披带甲胄而得名),车千乘,骑万匹,粟支十年",为成就霸业之本。又说,"秦之所害于天下莫如楚,楚强则秦弱,楚弱则秦强,此其势不两立";至于谁能一统天下,取决于所行之策略,"从合则楚王,横成则秦帝"(参阅《战国策·楚策一》"苏秦为赵合从说楚威王"章)②。苏秦所说有耸人听闻的成分,可大抵揭示了天下大势。就

---

① 郭沫若《历史人物·屈原研究》,《郭沫若全集》历史编第四卷,第92—93页。
② 郭沫若《历史人物·屈原研究》引刘向《战国策叙录》"横则秦帝,纵则楚王",似不知战国时候已有类似说法。

连刻意破坏楚国合纵政策的张仪都说:"凡天下强国,非秦而楚,非楚而秦。两国敌侔交争,其势不两立。"(《战国策·楚策一》"张仪为秦破从连横说楚王"章)①

秦、楚以外,力量最强的诸侯是东部沿海的齐。如果秦、齐连横,天下诸侯将无奈秦何;如果楚、赵、魏等国跟齐结成牢固的纵约,其力量亦足以抗衡秦国,至少是拖慢秦国前行的脚步。公元前260年(当楚考烈王三年),秦取得长平大捷,齐大夫国子说:"天下之势不得不事齐也。故秦得齐则权重于中国,赵、魏、楚得齐则足以敌秦。故秦赵魏〔楚〕得齐者重,失齐者轻……"(《战国策·齐策三》"国子曰秦破马服君之师"章)

鉴于这种形势,楚国跟山东诸国建立联盟,对它自身乃至天下诸侯之命运至关重要。多赢得一年时间就多赢得一年机会。在楚国上层,屈原力主联齐,子兰等人力主亲秦,亲秦者屡屡占据上风。故即便楚国一时跟齐国等山东诸侯结成纵约,也无法善始善终。"合弱而不能如一"是各国很快被消灭的关键原因。有人尝献书燕昭王说:

> 比目之鱼,不相得则不能行,故古之人称之,以其合两而如一也。今山东合弱而不能如一,是山东之知不如鱼也。又譬如车士之引车也,三人不能行,索二人,五人而车因行矣。今山东三国弱而不能敌秦,索二国,因能胜秦矣。然而山东不知相索〔者〕,智固不如车士矣。胡与越人,言语不相知,志意不相通,同舟而凌波,至其相救助如一也。今山东之相与也,如同舟而济,秦之兵至,不能相救助如一,智又不如胡、越之人矣。(《战国策·燕策二》"或献书燕王"章)

---

① 姚鼐《古文辞类纂》卷二十六。缪文远《战国策新校注》修订本疑此语为衍文(第434页),似乏坚证。

这是十分浅显生动的分析。不过,山东诸国"合弱而不能如一"不只是智慧的问题。各国内部常陷入不同政治路线的争拗,相关各国及其内部各方利害不同,秦国擅长制造利害纷争来瓦解其联合,这些才是更主要的。《战国策》有一个耐人寻味的故事:

> 天下之士合从相聚于赵,而欲攻秦。秦相应侯曰:"王勿忧也,请(令)〔今〕废之。秦于天下之士非有怨也,相聚而攻秦者,以己欲富贵耳。王见大王之狗,卧者卧,起者起,行者行,止者止,毋相与斗者;投之一骨,轻起相牙者,何则?有争意也。"于是〔使〕唐雎载音乐,予之五(十)〔千〕金,居武安,高会相与饮,谓:"邯郸人谁来取者?"于是其谋者固未可得予也,其可得与者,与之昆弟矣。
> "公与秦计功者(案句意为您是为秦国谋事的),不问金之所之,金尽者功多矣。今令人复载五(十)〔千〕金随公。"唐雎行,行至武安,散不能三千金,天下之士大相与斗矣。(《战国策·秦策三》"天下之士合从相聚于赵"章)

应侯即秦昭之相范雎,他进言昭王离散天下将欲攻秦的合纵之士,命唐雎居邯郸附近之赵邑武安,以金笼络天下。唐雎第一次去,虽未能给在邯郸首谋攻秦的士以赠金,但是得到赠金的士都转而与秦国交好;第二次去,天下之士大相与斗,不复能合力攻秦矣。由于君王后妃、公卿、策士等活跃在政治舞台上的人物每每贪图眼前利益,且个人功利主义优先,所以秦国对付山东诸侯的"狗骨头政策"总能奏效。秦以财物、土地、美女贿赂楚国君臣、后妃,使之成为连横政策的支持者、排斥合纵路线的执行者,正是极典型的例子;张仪甚至仅凭口头上许下商於六百里,就使怀王放弃了跟齐国的联合。

作为联齐抗秦路线的关键执行者,屈原被排挤出政治决策集团,加速了楚国及其他诸侯被吞并的进程。陆贽尝云:"昔龙逢诛而夏亡,比干剖而殷灭,宫奇去而虞败,屈原放而楚衰……"①韩愈云:"楚,大国也。其亡也,以屈原鸣。"②汪瑗注《惜往日》"乘骐骥而驰骋"章,则感慨:"呜呼! 昔者明法度而国治君安,今者背法度而国乱君危,是屈子之去留,系国家之治乱、人君之安危,岂可听谗而远迁,遂弗思以还之也耶? 不数十年而国遂灭于秦,其背法度弃贤人故也。……使怀王信任屈原,委之始终,急诛张仪之欺,不赴武关之会,修明法度,进用贤人,则国虽至今存可也。秦虽虎狼,安能噬予哉?"汪瑗《楚辞蒙引》"屈原投水辨"条之附说又称:"屈原在位而楚存,屈原去位而楚亡。"蒋骥《山带阁注楚辞》之《〈楚世家〉节略》序断言:"楚之治乱存亡,系于屈子一人。"洵非虚言也。

屈原被顷襄放逐以后,楚国发生的主要历史事件有:

顷襄六年(前293),当秦昭襄王十四年,秦左更白起率军伐韩于伊阙(今洛阳市南),大胜韩、魏、周之联军,斩首二十四万。秦昭致信楚王曰:"楚倍秦,秦且率诸侯伐楚,争一旦之命。愿王之饬士卒,得一乐战!"顷襄患之,乃谋跟秦国讲和。

七年(前292),顷襄迎娶秦女,与秦讲和。

十四年(前285),顷襄与秦昭好会于宛(在今河南南阳,本楚地,为秦所拔),结和亲。

十五年(前284),楚王与秦、三晋、燕共伐齐,取淮北。

十六年(前283),与秦昭好会于鄢(楚地,今湖北宜城)。其秋,复与秦王会穰(今河南邓州,本韩地,为秦所拔)。

十八年(前281),顷襄遣使于诸侯,复合纵,欲以伐秦。秦闻之,出兵伐楚。

十九年(前280),秦攻楚,楚割让上庸(今湖北房县西)及

---

① 《陆贽集》卷十三《奉天请数对群臣兼许令论事状》。
② 《韩愈文集汇校笺注》卷九《送孟东野序》。

汉北之地,秦受地而不与楚和。

二十年(前279),当秦昭襄王二十八年,秦大良造白起率兵伐楚,攻克邓、鄢、西陵(今湖北宜昌)。

二十一年(前278),当秦昭襄王二十九年,白起引兵伐楚,攻克郢都,烧夷陵(今湖北宜昌东)楚国先王墓。顷襄兵散,遂不复战,东北保于陈城。①

后来,白起谈及自己"率数万之众入楚,拔鄢、郢,焚其庙,东至竟陵",使"楚人震恐,东徙而不敢西向",曾说:"是时楚王恃其国大,不恤其政,而群臣相妒以功,谄谀用事,良臣斥疏,百姓心离,城池不修,既无良臣,又无守备,故起所以得引兵深入,多倍城邑,发梁焚舟以专民(以)〔心〕,掠于郊野以足军食。当此之时,秦中士卒以军中为家,将帅为父母,不约而亲,不谋而信,一心同功,死不旋踵。楚人自战其地,咸顾其家,各有散心,莫有斗志。是以能有功也。"②白起对楚国政治积弊十分清楚,楚顷襄王和那帮谄谀大臣却是一派懵懂;白起所谓"良臣斥逐",或即为屈原所发。总之,好端端一个楚国,被怀、襄两代国君加一帮无道小人弄得如此不堪。屈原一心欲辅佐国君修明法度、举贤授能、富国强兵,却只能无奈地品味着人生与国家政治的悲剧,除去自杀,竟别无选择。

《史记·屈原列传》感慨:"人君无愚智贤不肖,莫不欲求忠以自为,举贤以自佐,然亡国破家相随属,而圣君治国累世而不见者,其所谓忠者不忠,而所谓贤者不贤也。怀王以不知忠臣之分,故内惑于郑袖,外欺于张仪,疏屈平而信上官大夫、令尹子兰。兵挫地削,亡其六郡,身客死于秦,为天下笑。此不知人之祸也。"或说屈原是失败的政治家,可历史业已证明,政治上真正的失败者其实是怀、襄、子兰以及他们主导的楚国政治集团。

---

① 以上参阅《史记·楚世家》及《史记·白起王翦列传》。
② 《战国策·中山策》"昭王既息民缮兵"章。

余 论

在这一章最后,我们概括一下屈原的作品。《汉志》著录"屈原赋二十五篇",依现代学术理念,这些作品可称为"诗";依中国文学发展的特殊历史,它们在体式上应该与"赋"有所区隔,可称为"辞"。屈辞传世者殆仅有二十二篇,而散佚者当亦不止三篇。这二十二篇包括以下几部分:

一是《离骚》。殆成于顷襄三年,其现实触媒是怀王客死于秦。该诗之表现形式奇诡、繁复,其内容则包括三大方面:一是作者的人生追求,二是作者人生追求跟楚国世俗社会的尖锐矛盾,三是作者对人生追求的悲剧性的执着。该诗既申明了正确的治国道路,又屡揭现实政治之弊,对子兰集团误国害君作了严厉声讨。结果诗人遭子兰集团反扑,被顷襄流放到江南。《离骚》充分展示了屈子的人格、艺术特色以及成就。在漫漫数千年历史中,若论一诗能让其作者永垂不朽,《离骚》是无与伦比的。

二是《天问》。殆作于顷襄三年屈原第二次遭流放之后,具体地说是这次流放的陵阳时期。孙作云称:"作为史料来用,《天问》也十分有价值。因为它问了 172 个问题,就今本所残存的篇章而论,共有 374 句,从天地开辟一直问到春秋末年,其中包括天地产生以前,天地开辟以后,以及人类的起源、尧舜的故事、洪水的传说,下至夏代、商代、西周、春秋的历史大事。用今天的话来说就是他从宇宙的起源、人类的产生问起,下及原始社会末期、奴隶制时代、封建制初期的种种传说和史事,可谓洋洋大观。"①《天问》最能代表屈原睿智深刻的思考。在漫漫数千年历史上,若论诗歌之思想深度,《天问》亦是无与伦比的。

---

① 孙作云《〈楚辞〉与上古史研究》,《孙作云文集》所收《〈楚辞〉研究》上册,第 145—146 页。

三是《招魂》。亦作于屈子被顷襄流放的陵阳时期。在屈子传世作品中,这首表达主体抉择的诗构思十分奇幻,结构最为严整。

四是《九章》组诗,凡九篇。其中《橘颂》是现存屈原最早的作品,作于怀王时担任左徒期间;《惜诵》《抽思》《思美人》《惜往日》作于被怀王放逐到汉北时期;《哀郢》《悲回风》作于被顷襄流放陵阳时期(前者作于被顷襄放逐之第九年,殆在顷襄十一年);《怀沙》《涉江》作于被顷襄流放沅湘其间。《九章》组诗以发愤抒情、袒露胸臆见长,因多数作品与两次被放贴近,不平之气尤浓。

五是《九歌》组诗,凡十篇(通常被视为一篇的"礼魂"相当于《国殇》乱辞,并不独立)。殆作于屈子被顷襄流放沅湘时期,是其现存最晚的作品。这组诗表达幻灭情思,标志着屈子艺术创造的巅峰,也标志着中国诗歌象征艺术的巅峰。其中多数作品情思含蓄、悠长、柔美,《国殇》则不乏雄健刚毅之气。

以上二十二首诗歌,充满或激荡或平和的深情,充满对信念与追求的不屈或幻灭,充满对社会恶浊势力绝不调和的斗争精神以及对国家无比深挚的爱,总体上看,表现了一位不顾个人安危利害,执着追求国家富强有道、人民明理向善的诗人政治家曲折悲壮的一生,几乎篇篇都是不可多遘的千古大文。就体式论,这些作品丰富多样,有非凡的创造性。汪瑗《楚辞蒙引》"乱"字条云:"洪氏曰:《离骚》有乱有重。是矣。瑗按:有乱者,《离骚》也,《九章·涉江》也,《哀郢》也,《抽思》也,《怀沙》也,凡五篇。有重者,后《远游》一篇而已。然又有歌词,有倡词,《抽思》篇是也。又有问答之词,《离骚》篇、《惜诵》篇、《卜居》篇、《渔父》篇是也。以文体论之,《离骚》《远游》二篇相类也,《九歌》十一篇相类也,《九章·橘颂》自当别论,余八篇相类也,《卜居》《渔父》二篇相类也,《天问》一篇自为一体,其句法又模拟乎《三百篇》而少变者也。此其大略也。"汪瑗误将《远游》《卜居》《渔父》作为屈辞,且又不知传世《招魂》亦出屈子之手,而《九歌》实只十篇,但其论列屈子诗歌体式之异同,足资参考。

屈原宋玉等人的辞作,原本单篇流传,刘向时集为《楚辞》。《四库全书总目》卷一百四十八集部楚辞类叙云:"裒屈、宋诸赋,定名《楚辞》,自刘向始也。后人或谓之骚,故刘勰品论《楚辞》,以《辨骚》标目。考史迁称'屈原放逐,乃著《离骚》',盖举其最著一篇。《九歌》以下,均袭《骚》名,则非事实矣。《隋志》集部以《楚辞》别为一门,历代因之。盖汉魏以下,赋体既变,无全集皆作此体者。他集不与《楚辞》类,《楚辞》亦不与他集类,体例既异,理不得不分著也。"习见"楚辞"之称(亦或写作"楚词"),既指以屈作为核心的一组作品,又指这些作品所表征的一种诗歌体式。何以谓之"楚辞"呢?人们常引宋黄伯思之语,曰:"盖屈宋诸骚,皆书楚语,作楚声,记楚地,名楚物,故可谓之'楚词'。"(《校定楚词序》)其实此说大有偏颇。就语言文字而言,屈作用语跟中原语的差异性绝对不及其同一性,这是极显白的事实。南国楚辞与中原诸作之歧异主要在声。《隋书·音乐志》谓"唐山夫人能楚声,又造房中之乐"者,即为此类。惜乎后世能为楚声者不多,使之渐趋湮灭。陆时雍云:"《诗》之江汉,收载《周南》,而楚无闻焉。自屈原感愤陈情,而沅湘之音创为特体,其人楚,其情楚,而其音复楚,谓之'楚辞',雅称也。"(《楚辞疏·楚辞条例》)此说很少有人注意,却简明扼要,更得其实(惟后人承袭仿效之作不限于此例而已)。

在艺术创造方面,屈原开辟了一个时代,又终结了这个时代。后代因袭仿效屈原辞者虽多,却无人能及他所缔造的高峰。所以那是属于屈原自己的时代,跟之前属于《诗三百》的时代一起,堪称双峰并峙,由此,一颗耀眼的巨星和众多闪闪烁烁的小星汇成了先秦诗歌迷人的夜空。在那个时代,屈原的诗是如此孤独的歌唱,间或有几声寥落的回响。可他的歌唱如同鹤鸣于九皋,声闻于野,声闻于天。他辉煌地开幕,又辉煌地谢幕。他以诗为生命,又以生命为诗。他的自杀并非普通的自杀。他在诗中不断地咏唱死亡,对他来说,死只是诗歌变幻了一种书写方式。屈原是难以企及的巅峰,"空前而且恐怕绝后"。苏轼作《归朝欢》词,尝说:"灵均去后楚山空,澧阳兰芷无颜色。"屈原死后,空的何止是楚山,整个神州大地再未产生《离骚》那样的洪钟巨响。陆时雍云:"浑沦如天,旁薄如海,凝重如山,流注如川,变化如鬼神,驰骤如风雨,奇丽如品物,文章至此可谓尽神。自古能文,屈子亦其中之一矣,余则支流余派已矣!"(《楚辞疏·读楚辞语》)古人或并论《离骚》《庄子》与《史记》,曰:"余尝谓古书无所因袭,独由创造者有三:《庄子》《离骚》《史记》也。"(明焦竑《楚辞集解序》)又或并论《诗》《春秋》及《骚》,云:"《诗》亡矣,《春秋》不作矣,《骚》亦不可再矣。"(汪瑗《楚辞集解》自序)洵非虚言也。

梁启超在20世纪20年代说:"我国最古之文学作品,《三百篇》外,即数《楚辞》。《三百篇》为中原遗声,《楚辞》则南方新兴民族所创之新体。《三百篇》虽亦有激越语,而大端皆主于温柔敦厚;《楚辞》虽亦有含蓄语,而大端在将情感尽情发泄。《三百篇》为极质正的现实文学;《楚辞》则富于想象力之纯文学。此其大较也。其技术之应用亦不同道。而《楚辞》表情极回荡之致,体物尽描写之妙,则亦一进步也。吾以为凡为中国人者,须获有欣赏《楚辞》之能力,乃为不虚生此国!"①梁启超还说:"中国文学家的老祖宗,必推屈原。从前并不是没有文学,但没有文学的专家。如《三百篇》及其他古籍所传诗歌之类,好的固不少,但大半不得作者主名,而且篇幅也很短。我们读这类作品,顶多不过可以看出时代背景或时代思潮的一部分。欲求表现个性的作品,头一位就要研究屈原。"②的的确确,"获有欣赏《楚辞》之能力"至关重要,古人尝感慨,"夫骚存而不善读之,犹之无骚也……"(陆时雍《楚辞疏》之周拱辰《楚辞叙》)

屈原的影响贯穿了此后所有的时代。晋人王恭说:"名士不

---

① 梁启超《要籍解题及其读法》,《饮冰室合集》专集之七十二,第81页。
② 梁启超《屈原研究》,《饮冰室合集》文集之三十九,第49页。

必须奇才,但使常得无事,痛饮酒,熟读《离骚》,便可称名士。"(《世说新语·任诞》)辛弃疾《生查子·独游西岩》词写自己常到山中溪边读《离骚》,云:"山头明月来,本在高高处。夜夜入青溪,听读《离骚》去。"明代雪庵和尚,名暨,不知其姓,好观《楚词》,"时时以《楚词》袖之登小舟,急棹滩中流,朗读一叶,辄投一叶于水,投已辄哭,哭已又读,读终卷乃已"①。屈原之诗必将永存。

---

① 凌迪知《氏族博考》卷四《雪庵和尚》。

第二章　屈原之人生追求模式

人生追求模式是人生追求中最稳定、最根本的要素,可以见出人的精神和灵魂。以前学界对屈原人生追求模式的认识存在严重偏差,或不到位,以至于迟迟未能揭破相关的事实真相。

第一节　屈原人生追求之三层面

屈原的人生追求明显包含以下三个层面:

第一是"修身",即修养和完善个人的道德品行。这是《离骚》诸诗的根本主题之一。在表达这一主题时,屈原运用了一种极具个人标志性的事象,即拿香草美玉作衣服、佩饰或者食品。比如,《离骚》写主人公制芰荷以为衣,集芙蓉以为裳,扈江离与辟芷,纫秋兰以为佩,饮木兰之坠露,餐秋菊之落英,精琼爢以为粻等等,实际上是指诗人践履和持守所认同的政教伦理准则,简言之,就是实行善的价值或理念①。

从儒家立场上说,修身的根本途径是以贤者为楷模而身体力行。孟子谓万章曰:"一乡之善士,斯友一乡之善士;一国之善士,斯友一国之善士;天下之善士,斯友天下之善士。以友天下之善士为未足,又尚论古之人。……是尚友也。"(《孟子·万章下》)《荀子·修身》云:"凡治气养心之术,莫径由礼,莫要得师,莫神一

---

① 详细考证,请参阅拙著《屈原及其诗歌研究》第二章第三节"《离骚》'香草'模式"。

好。"《劝学》篇又说:"学之经莫速乎好其人,隆礼次之。上不能好其人,下不能隆礼,安特将学杂识志,顺《诗》《书》而已耳,则末世穷年,不免为陋儒而已。""尚友"是"好其人"的一面,屈原之修身不存在现世的楷模,因而只有这一条途径。他树起了"前修""前圣""君子"等道德范式,在实践中追随效法他们,至死不曾改变。故《离骚》谓"謇吾法夫前修兮,非世俗之所服",又谓"依前圣以节中兮,喟凭心而历兹"。《怀沙》谓"离慜而不迁兮,愿志之有像",又谓"明告君子,吾将以为类兮"。对世俗的拒斥、跟世俗的异趋,明显强化了屈子尚友古人的取向。

在屈原树立的"前修"等道德人格中,有一系列具体榜样,如伯夷、彭咸等等。《橘颂》谓橘"行比伯夷",表示要置之以为像;《离骚》谓"虽不周于今之人兮,愿依彭咸之遗则",又谓"既莫足与为美政兮,吾将从彭咸之所居";《抽思》复谓"指彭咸以为仪"。屈作中类似表白反反复复出现,其尚友古人所凸显的与世俗取向的睽违亦因此反反复复被强调。至于屈原要规模彭咸等前修的哪些质素或事迹,他自己心中清楚,作品中并未一一叙列。这为认知屈原带来了很多困难。尤其是彭咸等人,其事迹在其他文献中亦或阙如。相对具体的应该是伯夷。《橘颂》咏橘,实即咏伯夷,推重橘树,实即推重伯夷式的人格,其核心关注则在"独立不迁""秉德无私""深固难徙,廓其无求""苏世独立,横而不流""闭心自慎,终不失过"等方面①。很明显,那是一种超越世俗、具有强劲道德持守以及高度独立性的人格。屈原效法这类前贤不见得只着眼于修身,可修身是重要的基点。

修身的实际是持守和奉行自己认同的一系列价值或政教伦理规范,屈原明确提及的有"礼""仁""义""廉""直"等等。在《离骚》的想象中,追求美女的主人公最终放弃了宓妃,因为她"虽信美而无礼"。由此可见诗人对礼的重视,亦可见他虽然汲汲追求

---

① "终不失过",原作"不终失过",从一本。

与君上遇合,却是"遇不苟遇,求不妄求"(陆时雍《楚辞疏》),绝不枉道从君①。其下文说灵氛占卜、巫咸降神时强调"两美其必合""求矩矱之所同",指意亦均在此。《离骚》"夫孰非义而可用兮,孰非善而可服"一节,如王子宣所说,乃"推原殷汤夏商周之所以克当天心,而天心之所以眷助也"(见来钦之述注、陈洪绶绘《楚辞》五卷《九歌图》一卷),从终极关怀层面上彰显了"义"和"善"的价值。《招魂》开篇谓:"朕幼清以廉洁兮,身服义而未沫。"表示自己始终实践着"义"。可见"义"对于屈子也是一种极为重要的价值。而"仁"跟"义"可以说是并驾齐驱的。故《怀沙》云:"重仁袭义兮,谨厚以为丰。"除此之外,"直"也是屈子十分重视的一种价值。他在《离骚》中说,"伏清白以死直兮,固前圣之所厚",认为古圣先贤早就有这种取向。他对禹父鲧有高度的认同感,将他遭遇不幸的原因归结为"婞直",故《离骚》说"鲧婞直以亡身兮,终然夭乎羽之野"②。儒家学者往往对"直"加以某种限制,比如孔子谓"直而无礼则绞"(《论语·泰伯》),又谓"好直不好学,其蔽也绞"(《论语·阳货》)。屈子看起来没有这种限制意识,至少表现得不鲜明不强烈。自然,诗的体式特点,决定了屈作不能像《论》《孟》《荀》那样,明晰界定或富有逻辑性地展开相关价值观念与政教伦理范畴,可屈子对"礼""仁""义"等价值或规范的高度重视与不屈不挠的践履,凸显了鲜明的儒家特色。

屈原人生追求的第二个层面,是实现《抽思》所说的"愿荪美之可完"的愿望,换言之即使国君具备完美的德行,使国君遵循正确的价值和政教伦理规范,可简称为"致君"。这一层面,不仅意味着屈原之政教伦理取向从自我实现,变而为在较大范围内成为现实,而且是他推之于更大范围的关键。

---

① 关于屈作"求女"之本意,参阅拙著《屈原及其诗歌研究》第二章第二节"屈作'男女关系'模式"。
② "夭"原作"殀",从一本。

致君是《离骚》这首长诗的又一个核心。围绕这一主旨,诗人为国君确立了一系列正面榜样和反面教材。

其正面榜样主要是尧、舜、商汤、夏禹、周文王(及武王)等"前王"。《离骚》称:"忽奔走以先后兮,及前王之踵武。"王逸章句谓:"言己急欲奔走先后,以辅翼君者,冀及先王之德,继续其迹而广其基也。"诗人不辞辛劳,奔走先后,目的在使国君遵循政教伦理规范而不出偏差,成就美好德行,达到往古圣王贤君的境界,也就是说,使之像尧、舜那样"遵道而得路",像禹、汤、文、武那样"循绳墨而不颇"。

致力于提升君上之道德,并以此建构理想政治的根基,这原本是儒家的根本追求,其目标也同样是使现世君王成为尧、舜、禹、汤、文、武那样的圣君。《中庸》谓"仲尼祖述尧、舜,宪章文、武",主要是指孔子以尧舜文武为现世人君之楷模。孔子说:"大哉尧之为君也!巍巍乎!唯天为大,唯尧则之。荡荡乎,民无能名焉。巍巍乎,其有成功也。焕乎,其有文章。"又说:"巍巍乎,舜禹之有天下也而不与焉。"(《论语·泰伯》)孔子高扬尧、舜、禹在"为君""有天下"方面的模范意义,蕴含着他将这些模范现实化的政教伦理追求。意欲使现世人君践履尧、舜、禹等圣王所表征之法式,就是致君。孟子尝转述伊尹之话说:"与我处畎亩之中,由是以乐尧、舜之道,吾岂若使是君为尧、舜之君哉?"(《孟子·万章上》)这恐怕更是孟子自己的理想。我处畎亩之中乐尧舜之道,只是修身;我使君为尧舜之君,才是更高一层的致君。当然,二者从根本上说是贯通的。《韩非子·五蠹》曾批评儒家之徒,说:"今学者之说人主也,不乘必胜之势,而务行仁义则可以王,是求人主之必及仲尼,而以世之凡民皆如列徒,此必不得之数也。"韩非说儒家力图提升君王的政教伦理境界,是十分切当的,至于他断定儒家不能达到这一目的,则不在此处讨论范围内。后来《汉志》界定儒家之特质,有谓"祖述尧、舜,宪章文、武,宗师仲尼",相当精辟有力。在这一点上,屈原跟儒家又完全一致。

《离骚》云："汤禹严而祗敬兮(王逸章句：祗，敬也)，周论道而莫差。举贤而授能兮，循绳墨而不颇。"屈子所张扬的汤禹诸圣王的模范意义，主要在修己和用人两个方面。

修己方面主要是重敬德和遵法度。

先看看重敬德。《诗经·大雅·文王》述文王之德便着眼于敬，有谓"穆穆文王，於缉熙敬止"。朱熹《诗集传》云："此诗之首章言文王之昭于天，而不言其所以昭；次章言其令闻不已，而不言其所以闻。至于四章然后所以昭明而不已者，乃可得而见焉。然亦多咏叹之言，而语其所以为德之实，则不越乎'敬'之一字而已。然则后章所谓修厥德而仪刑之者，岂可以他求哉？亦勉于此而已矣。"《左氏春秋》僖公三十三年(前627)记曰季(胥臣)对晋文公曰："敬，德之聚也。能敬必有德，德以治民，君请用之！臣闻之，出门如宾，承事如祭，仁之则也。"《周易·坤·文言》谓："直，其正也；方，其义也。君子敬以直内，义以方外，敬义立而德不孤。"可见《诗经》《左氏春秋》等儒典均十分重视敬。《论语·颜渊》篇载仲弓即冉雍问仁，孔子答曰："出门如见大宾，使民如承大祭。己所不欲，勿施于人。在邦无怨，在家无怨。""出门""使民"二句跟臼季所说相通，讲的是"敬"，最终界定的则是"仁"；"己所不欲"句讲的是"恕"，为"仁"的实践准则。朱熹集注说："敬以持己，恕以及物，则私意无所容而心德全矣。"《论语·学而》又载子曰："道千乘之国：敬事而信，节用而爱人，使民以时。"朱熹集注引杨时之言，曰："上不敬则下慢，不信则下疑，下慢而疑，事不立矣。敬事而信，以身先之也。"《学而》篇复载有子曰："礼之用，和为贵。先王之道，斯为美。小大由之。"朱熹集注引范祖禹曰："凡礼之体主于敬，而其用则以和为贵。敬者，礼之所以立也；和者，乐之所由生也。"总而言之，孔子理想人格之核心"仁"、孔子思想之核心"礼"及其治国使民的诸多理念，均以"敬"为根基。"敬"自然是对全体社会成员的普遍要求，然君王勉行敬德乃是最高的关注。这无论是在屈原那里，还是在儒家那里，都是一样的。屈原树禹、汤、文、武为君王之楷模而特重其敬德,只有从上述儒学背景上才能得到准确和深入的认识①。

再看看遵法度。屈原咏赞禹、汤、文、武循绳墨而不颇,当是基于个人修德的普遍要求而言的。《离骚》一诗中,弃宓妃一例说明"礼"是个人修为的法度,"汤禹严而祗敬""汤禹严而求合"一例说明"敬"是个人修为的法度,这些都须奉行不替。不过咏圣王遵循绳墨,也有褒扬他们为政治民不违法度之意。易言之,这是基于修身而通达治国。屈原反对人君凭私意为政,其《惜往日》以乘马无缰、乘船无桨,来比喻治国"背法度而心治",表明了对法度的重视。《韩非子·用人》云:"释法术而任心治,尧不能正一国。"这句话看起来与《惜往日》颇为一致,其实则未必。其一,"法"或"法度"并非法家专有范畴,单凭此类字眼判定屈原属于法家是错误的②。其二,在为政治民层面上,屈原所谓法度凸显为尧、舜、禹、汤、文、武等先王的范式意义,与儒家符同。孟子曰:"离娄之明,公输子之巧,不以规矩不能成方员;师旷之聪,不以六律不能正五音;尧、舜之道,不以仁政不能平治天下。今有仁心仁闻而民不被其泽,不可法于后世者,不行先王之道也。故曰,徒善不足以为政,徒法不能以自行。《诗》云:'不愆不忘,率由旧章。'遵先王之法而过者,未之有也。"(《孟子·离娄上》)孟子所谓"徒善",言只有"仁心仁闻""仁政",而无"尧、舜之道"或"先王之道",所谓"徒法",言只有"尧、舜之道"或者"先王之道",而无"仁心仁闻""仁

---

① 子思《五行》篇对屈子也有重要影响,参阅本书第五章"屈原:观照儒学传播与影响的重要个案"。

② 汤炳正云:"强调'法度',反对'心治',乃春秋战国时期一切法家的共同点。如《管子·版法解》:'若倍法弃令而行喜怒,祸乱乃生,上位乃殆。'《慎子·君人》:'君舍法而以心裁轻重,则同功殊赏,同罪殊罚矣。'《韩非子·用人》:'释法术而任心治,尧不正一国;去规矩而妄意度,奚仲不能成一轮……'这一系列强调法制的论点,皆跟屈原的法家思想是一致的。应当肯定这一历史事实。"(见所著《屈赋新探·论〈史记〉屈、贾合传》,第148页)这只是牵合字面意思,未能就屈子思想整体深究其所谓"法度"之本旨。

政","法"与"尧、舜之道"或"先王之道"的同一性十分明确。屈原张扬的乃是这种取向,跟竭力反对法先王的典型法家大异其趣。这一本质,此前差不多完全被人们忽视了。比如金开诚说,《惜往日》"表现了更为明确的法治思想以及法治与富强的关系"①。这明显是混淆了屈子与法家。要之,儒家张扬的法度以修身为出发点(就进或兼善的取向而言),也以修身为归宿(就退或独善的取向而言);合乎其要求的实践既是人格成立的根本,又是实施德治的基础。屈原在这一点上同样跟儒家一致②。

重敬德和遵法度两个方面,主要是体现屈子在修己层面上对尧舜等人君楷模的关切。在用人方面,屈子所看重的前王的模范价值主要是"举贤而授能"——自然,这意味着斥逐谗佞之徒或德才不良者。这种诉求有直接的陈述。比如,《离骚》歌咏汤、禹、文、武"举贤而授能",视之为核心的治国之道;而作为理想范式,汤举伊尹、皋陶遇合大禹之类,又屡屡出现在《离骚》《天问》《怀沙》等诗作中。此外,这种诉求也有蕴藉婉曲的表达。《离骚》谓"昔三后之纯粹兮,固众芳之所在",以汇聚众芳暗示三后广泛罗致贤才,是相当生动的映射(其中"三后"指三代明天子禹、汤、文、武,参见下文论屈子历史视野部分)。刘向《九叹·愍命》演绎屈子之意,云:

> 昔皇考之嘉志兮,喜登能而亮贤。
> 情纯洁而罔薉兮,姿盛质而无愆。
> 放佞人与谄谀兮,斥谗夫与便嬖。
> 亲忠正之悃诚兮,招贞良与明智。

---

① 金开诚《屈原辞研究》,第58页。
② 要把握屈原所谓"法度"之本意,必须先把握他以何者为法度,参阅本书第三章"屈作之历史视野"相关内容;又可参阅本书第一章第一节论屈原草宪与被诬非通常所谓变法与反变法部分。

> 心溶溶其不可量兮,情澹澹其若渊。
> 回邪辟而不能入兮,诚愿藏而不可迁。
> 逐下袟于后堂兮,迎宓妃于伊雒。
> 刺谗贼于中廇兮,选吕管于榛薄。
> 丛林之下无怨士兮,江河之畔无隐夫。
> 三苗之徒以放逐兮,伊皋之伦以充庐。①

王逸《九思》之乱辞亦云:

> 天庭明兮云霓藏,三光朗兮镜万方。
> 斥蜥蜴兮进龟龙,策谋从兮翼机衡。
> 配稷契兮恢唐功,嗟英俊兮未为双。

在用人层面上,这些演绎深得屈子本心,可见举贤授能为古代士子极普遍的政教伦理憧憬。屈原强调,君王当以庄敬为求合贤能之前提。《离骚》谓"汤禹严而求合兮,挚咎繇而能调","严"字绝非泛泛而设②。《抽思》斥国君"憍吾以其美好兮,览余以其修姱",当不只是为一己遭遇而发,其中饱含政教理想破灭的哀痛。

先秦儒、墨诸家均张扬举用贤才。仲弓做季氏总管而请教为政。孔子曰:"先有司,赦小过,举贤才。"(《论语·子路》)孔子又倡言:"为政以德,譬如北辰,居其所而众星共之。"(《论语·为

---

① 值得注意的是,这里也暗含着刘向对屈作的一系列误解。比如,学界一般解"皇考"为屈子之先父(王逸章句即其中一例),刘向则解之为屈之远祖,不甚切当,前文已有论析。刘向又谓屈子之"皇考"曾如尧舜等圣王在位当政,更完全得不到屈作支持。此外刘向认为《离骚》求宓妃等乃指言求贤后,实际上屈作中之求女与妃嫔事无涉,其本旨在于求合于君上(参阅拙著《屈原及其诗歌研究》第二章第二节"屈作'男女关系'模式")。

② 郭店简文《语丛二》谓"严"为"豊(礼)"之积,《五行》谓"严"为敬之积,参阅本书第五章"屈原:观照儒学传播与影响的重要个案"。

政》)德治说白了就是仁贤之治。郭店楚墓所出儒典《穹(穷)达以时》(题目为整理者所加)历言尧举舜、舜举皋繇(皋繇)、武丁举傅说、周文王举邵室(吕望)、齐桓举完寺虐(管夷吾)、楚庄举孙叴(叔)、秦穆举白(百)里①。孟子更一言以蔽之,曰:"不信仁贤,则国空虚。"(《孟子·尽心下》)墨家举贤诉求之强烈不亚于儒家。墨子尝言:"古者圣王之为政,列德而尚贤……官无常贵,而民无终贱,有能则举之,无能则下之……"(《墨子·尚贤上》)同时值得注意的是,在儒墨两家的思想建构中,举用贤才正是尧、舜、禹、汤作为人君模范的核心价值。《论语·颜渊》载:

> 樊迟问仁。子曰:"爱人。"问知。子曰:"知人。"樊迟未达。子曰:"举直错诸枉,能使枉者直。"樊迟退,见子夏,曰:"乡也吾见于夫子而问知,子曰'举直错诸枉,能使枉者直',何谓也?"子夏曰:"富哉言乎!舜有天下,选于众,举皋陶,不仁者远矣。汤有天下,选于众,举伊尹,不仁者远矣。"

墨子则说:"尚欲祖述尧舜禹汤之道,将不可以不尚贤。夫尚贤者,政之本也。"(《墨子·尚贤上》)在这一点上,屈原的取向与儒墨两家亦无二致。当然从全局上看,屈原所关联的首先是儒家,这一点随着笔者展开下文之论析,将越来越清楚。

综上所论,屈原基于致君之诉求所张扬的尧、舜、禹、汤等前王的模范价值,无论是修己层面,还是用人层面,都与儒家有高度的一致性。汪瑗在这一点上给屈原以极高的评价。他在解释"汤禹

---

① 皋繇一项,有其名而脱其事;傅说一项,有其事而脱其名,以意补。又,本书引用郭店简书《穹达以时》《五行》《汤吴(唐虞)之道》《城(成)之馽(闻)之》《奢(尊)德义》《语丛》等篇,主要依据荆门市博物馆编《郭店楚墓竹简》(文物出版社1998年版);并参阅李零《郭店楚简校读记》增订本(北京大学出版社2002年版)、魏启鹏《简帛文献〈五行〉笺证》之简本(中华书局2005年版),以及陈伟等著《楚地出土战国简册[十四种]》(经济科学出版社2009年版)等。

严而祗敬"四句时,这样说:"严敬德、遵法度,修之于己者也。论治道,举贤才,推之于人者也。天德之纯,王道之普,于此乎可概见矣,孰谓战国之士可及之也哉？当时孟子之外,一人而已。其文章德行,皆可以并驾而齐驱,不当以优劣论也。"他几乎要把屈原吸纳到儒学的道统中。

为达致君之目的,屈原不仅树立了正面的模范,还提出了一系列反面教材,主要有夏启、太康、后羿、浇、夏桀、殷纣等。屈原认为,他们之所以使王朝衰落甚至丧失天下、不得善终,根本原因或是安乐放纵,不能居安思危,不能深远谋划,或是荒淫游乐、沉溺于田猎诸事而不知节,或是仗恃强暴有力而放纵私欲,或是恣意残杀臣民、排抵忠贤、为妃后邪臣所惑乱,总之是违背常道而不循法度,故其《离骚》《天问》诸诗深揭其害,以讽谏国君。班固称《离骚》"上陈尧、舜、禹、汤、文王之法,下言羿、浇、桀、纣之失,以风"(《离骚赞序》)。王逸说《离骚》"上述唐、虞、三后之制,下序桀、纣、羿、浇之败,冀君觉悟,反于正道而还己也"(《离骚经章句序》)。与正面诱导一样,反面戒敕的目的也在致君。

子贡曾说:"纣之不善,不如是之甚也。是以君子恶居下流,天下之恶皆归焉。"(《论语·子张》)历史中的纣和被符号化的纣可能有很大不同——为了突出某种功利性的目的和功能,对于后者的一些政教伦理的评判会被强化甚或极端化。这跟尧舜作为肯定性的文化符号是一样的道理。在屈原和儒家的体系中,桀纣等暴君的意义又是相同的,他们均以其表征负面价值,来"格君心之非"。孟子曰:"惟大人为能格君心之非。君仁莫不仁,君义莫不义,君正莫不正。一正君而国定矣。"(《孟子·离娄上》)齐宣王尝问孟子曰:"汤放桀,武王伐纣,有诸？"孟子对曰:"于传有之。"宣王曰:"臣弑其君,可乎？"孟子曰:"贼仁者谓之贼,贼义者谓之残。残贼之人谓之一夫。闻诛一夫纣矣,未闻弑君也。"(《孟子·梁惠王下》)以桀纣针砭君上、格君心之非的意图十分明显。古人曾评论说:"'臣弑其君,可乎'一句,锋铓甚锐,令人难以开口,须看孟子下文转身法,说得何等奇创,又极正大。仁义是君道,'贼仁''贼义'是无君道。先将'其君'二字驳倒,则'弑'字易破矣。"(方宗诚《论文章本原》三)

屈原人生追求的第三个层面是"美政",即以修身和致君为基础,通过有美好德行、遵循正道的君王举贤使能,建立完整有效的政治—道德精英体系,并经由他们,把自己持守的价值及政教伦理理想推行于全国。

《离骚》主人公滋兰树蕙,培植众芳,且谓"冀枝叶之峻茂兮,愿俟时乎吾将刈";胡文英注曰:"此喻己平日培植人材之多,将以为国家之用也。"培植众芳乃比喻培植具有美好道德素质、堪当治国重任的精英,简言之即育贤①。育贤是举贤的前提。汉武帝时,董仲舒鉴于天子求贤而不得,曾在对策中说:"陛下亲耕藉田以为农先,夙寤晨兴,忧劳万民,思惟往古,而务以求贤,此亦尧舜之用心也。然而未云获者,士素不厉也。夫不素养士而欲求贤,譬犹不(瑑)〔琢〕玉而求文采也。故养士之大者,莫大(虖)〔摩〕太学;太学者,贤士之所关也,教化之本原也。今以一郡一国之众,对亡应书者,是王道往往而绝也。臣愿陛下兴太学,置明师,以养天下之士,数考问以尽其材,则英俊宜可得矣。"(《汉书·董仲舒传》)屈原一方面主张举贤,一方面已着手养士,尽管不具备太学的形式,而且主要是基于他做三闾大夫的职责,受教对象也限于屈景昭王族三姓子弟,但说他有一个比较圆满的通盘考虑和措置并不过分,与后世制度化的养士已经有相通之处了。以养士为基本保障之一,国君英明并举贤授能(屈子所谓举贤绝对不限于三闾大夫所培养的王族三姓子弟,武丁举傅说、周文举吕望、齐桓举宁戚等为他津津乐道,足可明证这一点),如此便建立了一个道德优良的政治精英体系,德治的核心架构也就完成了。在这一架构中,每一位成员均以修身为基,但国君完善德行又需有臣子从正反两面加以

---

① 参阅拙著《屈原及其诗歌研究》第二章第三节"《离骚》'香草'模式"。

引导和匡正,这些都应该体制化,力图行使该功能的屈原就是体制的构成元素之一;其他大部分成员亦当来自体制的自觉有序的培养(履行三闾大夫的职责仅是其中一途)。更重要的是,举贤使能的措施应该得到体制的保证,以更好地实现核心架构的纯化。

不过,以上这些并非屈原美政追求的最终目的。屈原的最终目的,是基于以明君为核心的政治——道德精英体系的有效运作,改变不分是非善恶美丑的世俗,换言之即把自己持守的价值和政教伦理追求推及全国,使大众普遍崇尚并生成美善。刘向《九叹·惜贤》篇谓,"拨谄谀而匡邪兮,切激刭之流俗。荡渨涹之奸咎兮,夷蠢蠢之溷浊",道破了屈子这一最高目标。如此,体制的运作才会获得广大社会的支持①。

屈原人生追求有了美政这一层面后,才完整地体现了儒家为政以德的理念。孟子云:"与我处畎亩之中,由是以乐尧、舜之道,吾岂若使是君为尧、舜之君哉!吾岂若使是民为尧、舜之民哉?"(《孟子·万章上》)此语堪为屈原修身、致君、美政三层人生追求的完美注脚,"使是民为尧、舜之民"作为孟子的最高理想,也是屈原的最高追求。

屈原三层次的人生追求,与儒家"修身→齐家→治国→平天下"的模式有完全一致的取向②,可以说更具体而微。这种以修身为基点渐行渐远、渐次升高的人生追求模式,在先秦墨、道、法诸学派中都不凸显,而唯独强有力地表现于儒家和屈子身上,这已经说明了问题。而且如上文所论,屈子这一追求模式的每个环节都跟儒家深刻地联系着。这说明屈子骨子里洋溢的乃是"儒家的精神"。

---

① 屈子"美政"、儒家"治国"及由此向更高层级的推进,都不拘于道德层面。屈子作品中并未展现其全局性的设计,笔者认为由《大招》后半可以窥见一二,参阅本书第六章第三节"'为招之术':《大招》作为关键参证"。

② 《礼记·大学》说"格物、致知、诚意、正心、修身、齐家、治国、平天下",道理甚备,可以参阅。

表 2-1　先秦儒家和屈原人生追求模式比照表

儒家模式	……修身→	齐家→	治国→	平天下
屈原模式	……修身→	→	致君→	美政……

第二节　屈原人生模式之双向性

屈原人生模式有明显的双向性。

跟孔孟等儒家学者类似,屈原的人生追求在现实中未能充分实现,其人格未能完全展开。其原因是,在修身、致君、美政的每个层面上,他都跟楚国世俗格格不入,其多数诗篇都极清晰地说明了这一点。具体说来,值得注意的有以下几个方面:

其一,由于价值取向和政教伦理观念的差异,在修身层面上,屈原跟世俗社会有尖锐的矛盾。《离骚》云:"众皆竞进以贪婪兮,凭不厌乎求索。羌内恕己以量人兮,各兴心而嫉妒。忽驰骛以追逐兮,非余心之所急。老冉冉其将至兮,恐修名之不立。"众人贪得无厌,不择手段地追逐私利,屈原则致力于完善德行以成就美名①。《离骚》又云:"固时俗之工巧兮,偭规矩而改错。背绳墨以追曲兮,竞周容以为度。忳郁邑余侘傺兮,吾独穷困乎此时也。宁溘死以流亡兮,余不忍为此态也。"时俗投机取巧,违背法度而苟合取容,而屈原宁肯死亡,宁肯让魂灵漂泊异乡,也决不放弃持守,追随流俗。就《离骚》的隐喻符号而言,主人公坚持用香草美玉为服饰或饮食,世俗大众却热衷于用恶草或粪土来作服饰,是这种矛

---

① 林云铭《楚辞灯》注"忽驰骛"句,云:"方妄思竞进,而转念且缓之。"朱冀《离骚辩》反驳道:"此成何语? 盖驰骛追逐者,党人引君捷径,惟日不足,大夫引君当道,亦惟日不足,若竞进而相逐者然也。非所急者,言志不在乎进用耳。可见林子始终不识三闾人格。"林说固然荒谬,朱说也不切当。《离骚》此处数句意在揭明主人公与众人之异趣,"忽驰骛以追逐"紧承上文之"众皆竞进以贪婪兮,凭不厌乎求索",语意相贯,跟"引君当道"或"进用"等等了无关联。

盾的生动表现。一个急功近利而不择手段的社会必会背离道德，屈原无以改变被众人遗弃的命运。

其二，由于价值取向和政教伦理观念的差异，在致君层面上，屈原跟国君也有尖锐矛盾。

《离骚》《天问》等诗都有强烈的讽谏意味。其批评夏启、太康、后羿、浇、桀、纣等昏君无道失国，乃是婉转批评和告诫国君；其赞颂尧、舜、禹、汤、文、武等明君遵道得路、持守法度、举贤授能，既是讽言国君偏离了正道，又是对国君的诱掖；其强调"皇天无私阿兮，览民德焉错辅。夫维圣哲以茂行兮，苟得用此下土"，是从终极关怀高度上警示国君。怀王一度信任屈原，委以起草宪令之重任，但毕竟与屈子异心，最终将他弃用，使他被彻底边缘化；顷襄王就更不必说了。屈原在《离骚》中感慨"何离心之可同"，示意将离国远求矩矱相同者，在晚年的《湘君》中感慨"心不同兮媒劳，恩不甚兮轻绝"，都凸显了他跟国君的巨大疏离。

屈原不能跟国君建立有效的关系，谗人离间、权臣遏抑固是重要原因，可根源却在国君昏庸，且与诗人在规矩法度方面存在严重龃龉。《离骚》主人公在故都屡遭蹭蹬，拟去国"求矩矱之所同"，即强烈暗示了诗人与怀、襄之"道不同"。屈原屡屡在诗中批评国君没头脑，不辨是非善恶，对谗人偏听偏信。作于汉北时期的《惜往日》云：

> 心纯厖而不泄兮，遭谗人而嫉之。
> 君含怒而待臣兮，不清澂其然否。
>
> 弗参验以考实兮，远迁臣而弗思。
> 信谗谀之溷浊兮，盛气志而过之。
>
> 或忠信而死节兮，或訑谩而不疑。
> 弗省察而按实兮，听谗人之虚辞。
>
> 君无度而弗察兮，使芳草为薮幽。

一切都在凸显国君的昏庸和失职。《离骚》斥言菉葹等恶草盈室,斥言苏粪壤以充帏,当即影射国君任小人、"信谗谀之溷浊"。《离骚》又说"荃不察余之中情兮,反信谗而齌怒","怨灵修之浩荡兮,终不察夫民心",与《惜往日》指言国君之不察是同样的意思。《离骚》咏赞三后汇集众芳,是屈子对国君用人方面的提点。他一直渴望国君醒悟、弃邪秽、归正途,至死未能如愿。《惜诵》云:"竭忠诚以事君兮,反离群而赘疣。忘儇媚以背众兮,待明君其知之。"《离骚》云:"闺中既以邃远兮,哲王又不寤。怀朕情而不发兮,余焉能忍与此终古。"都蕴含着极沉痛的感慨。诗人称国君为"哲王"或"明君",不过是春秋笔法而已,是应然之辞而非实然之辞,是期望国君如此而非国君实已如此。《史记·屈原列传》引《易》所谓"王明,并受其福",感慨"王之不明,岂足福哉"。"王之不明"才是屈原面对的艰难现实。屈原跟楚国社会的一切矛盾都根源于他与国君的矛盾,这一点他越到后来认识就越清楚。国君的昏庸葬送了屈原,最终也葬送了楚国。

君王是古代士人实现政教伦理抱负的关键,是决定士人能否由修身、齐家走向治国、平天下的核心环节。史载孔子"明王道,干七十余君"(《史记·十二诸侯年表序》),墨子与孔子相似,故前人有"圣哲之治,栖栖皇皇,孔席不暖,墨突不黔"之说(班固《答宾戏》),其下孟子等人无不四处求君,原因就在这里。修齐治平的人生追求模式本来就是将希望寄托在他人身上,而且是一个高高在上、操生杀予夺大权的他人。屈原也只能是如此,差别只在于他不事远求而已(因为眷恋故都,《离骚》后半提出的离国求合命君的设想并未实施);"或者有人要怪他眼光太狭,只知道有国君。其实在君主时代,若没有国君的信任,便什么事都不行;国君之于屈原,不过是一种必要的工具,故我们不能以此责他"①。

这种现实,注定了不能跟国君建立有效联系是屈原一生最惨

---

① 陆侃如《屈原·屈原评传》,第23页。

痛的挫折。《橘颂》以外,他所有传世之作都眷眷于此,都凸显了这种关怀。亦惟其如此,他对夏禹和咎繇、商汤和伊尹、傅说和武丁、吕望和周文、宁戚和齐桓、百里奚和秦穆等明君贤臣传奇般的遇合,总是梦寐以求、津津乐道。《离骚》之核心在此,《天问》诸诗亦屡及此意。《惜往日》尝感慨伊尹、吕望、宁戚、百里奚诸贤,说:"不逢汤武与桓缪兮,世孰云而知之。"这何尝不是诗人感慨自己生不逢举贤授能之世,生不逢求合贤臣之君。李陈玉《楚词笺注》云:"此老自负处。天生我才必有用,尚等个知己来。"其实,这与其说是自负,不如说是绝望。伊尹有商汤矣,吕望有周文、周武矣,宁戚有齐桓矣,百里有秦穆矣,屈子所有者,乃不分是非善恶的怀王与襄王,有何可以自负的呢?《离骚》云:"曾歔欷余郁邑兮,哀朕时之不当。揽茹蕙以掩涕兮,霑余襟之浪浪。"王夫之解释说:"朕时不当,言不得逢舜、禹、汤、武之时。"《怀沙》尝感慨"重华不可遌兮","古固有不并兮","汤禹久远兮,邈而不可慕",诗人已认清自己没有那种运气,虽夹杂自我开导和排解,但如果不绝望,又何须这样做呢?故诗人一方面表示生不逢时,自己仍将从容不迫、践行仁义,可对于怀瑾握瑜而不逢知音,仍然不胜感慨之至:"伯乐既没,骥焉程兮?"①求合国君的愿望反复出现在屈作之中,对"吉故"的歆慕、对现实的失望以及由此而发的生不逢时的感喟,则一直与此相伴。

其三,在美政这一最高层面上,屈原跟整个上层集团都有尖锐矛盾。

诗人在《惜诵》中,说自己"先君而后身"、"专惟君而无他"、"疾亲君而无他",却为众兆所仇,徒然受祸;说"思君其莫我忠",

---

① 王逸章句云:"程,量也。言骐骥不遇伯乐,则无所程量其才力也。以言贤臣不遇明君,则无所施其智能也。"此语上句曰"怀质抱情,独无匹兮",则其意当是就质性而言的,非单指"智能"。又,宋玉《九辩》"无伯乐之善相兮,今谁使乎誉之",可以发明其意。

"事君而不贰",却逢尤遭谤,被逐流离,为众人嗤笑,跟国君的沟通因此中断,悃诚无从告白。这是屈原跟楚国上层集团发生尖锐矛盾的集中显现。国君昏庸,却仍要忠君,这是屈原的一大悲哀,舍此别无选择。忠君却被以君为核心的上层集团抛弃,这是屈原的又一大悲哀。黄文焕品此诗"思君其莫我忠兮,忽忘身之贱贫"至"申侘傺之烦惑兮,中闷瞀之忳忳"一章,云:"曰'忽忘',曰'迷不知',曰'亦非余',曰又众咍,曰'又蔽',曰'又莫察',曰固不可,曰'又莫余闻',一句一转,叠号不休。……迷不知门,自供尤妙,将自己一腔忠爱写得绝痴。……既曰宠不知门,又曰'愿陈志而无路',门者我所从入,路者我所从出,门路两断,出入交穷。先曰'迷'('迷不知宠之门'),后曰'瞀'('中闷瞀之忳忳'),因迷致瞀,瞀而益迷,始终长困,说得可叹。"诗人描述自己跟上层的隔绝,力透纸背。陆时雍疏解"吾谊先君而后身兮,羌众人之所仇也"至"疾亲君而无他兮,有招祸之道也"一章,曰:"人臣得罪于君,犹可言也,得罪于左右,不可逭也。左右能移君心而用君之意者也。百亲君,未必见忠,而一得罪于左右,则祸立至。此《离骚》所以嫉党人也。"君之左右横加蔽害,且君上不明,屈子只能是"得罪过之不意"(《惜往日》)了。陆时雍疏"思君其莫我忠兮,忽忘身之贱贫"至"情沉抑而不达兮,又蔽而莫之白"一章,云:"作忠造罪,违众取咍,此千载一大不平事故,《九章》细绎此意以明《骚》也。"言《九章》明《骚》失于简单化。《九章》诸作或在《骚》前,或在《骚》后,在其前者固无以"明"之,在其后者则又有新的问题新的关注了。但谓屈子之不平在"作忠造罪,违众取咍",甚是。从古代数千年历史上看,何止屈原一人有这种悲哀呢? 远的不说,那位造托湘流凭吊屈原的贾谊不也一样吗?

《离骚》谓"众女嫉余之蛾眉兮,谣诼谓余以善淫",又谓"何方圜之能周兮,夫孰异道而相安",又谓"世溷浊而不分兮,好蔽美而嫉妒",又谓"世溷浊而嫉贤兮,好蔽美而称恶";又谓百草不芳;又谓众芳芜秽。《涉江》云:"鸾鸟凤皇,日以远兮。燕雀乌鹊,巢堂坛兮。露申辛夷,死林薄兮。腥臊并御,芳不得薄兮。阴阳易位,时不当兮。怀信侘傺,忽乎吾将行兮!"要实现美政理想,必须建立一个以贤君为核心的政治—道德精英集团,可楚国现实却与此背道而驰。《涉江》又云:"忠不必用兮,贤不必以。……与前世而皆然兮,吾又何怨乎今之人!"总之,由于价值取向不同,屈原跟楚国上层格格不入("众女"即指言群臣),与普天下格格不入,甚至这种格格不入具有形而上的意义,或者是一种超越古今的先验。他们愈行愈暌违了,所谓致君、美政,杳然远矣。朱冀在《离骚辩·管窥总论》中说:"向日所修之美政次第皆变,而己所扶奖之善类欲与之共为美政者一时丧气,是可哀耳!"

屈原这种由近及远、由低至高的人生追求,在基点上主要是靠自己,越到后来越依赖于自己无法左右甚至无法干预的对象,具体地说即依赖该对象在政教伦理取向上依从自己,所以在实践中必会遭遇严重问题。对自己与楚国社会的对立,屈原认识得越来越清。《离骚》说"民生各有所乐兮,余独好修以为常""民好恶其不同兮,惟此党人其独异",《怀沙》说"万民之生,各有所错兮"……这些诗句表白的看似是"不可以己律人的达观性"①,究其实际,越是把自己跟俗世在取向上的差异提升为先验,就越可见出屈原透骨的绝望②。人们常说,世上最伟大的人就是最孤独的人。屈原就是那位最孤独的人。他在作品中常常自比为温婉的女性,其实他是天地间孤独抗争的极刚烈的战士。从当初被怀王疏远,到最后遭顷襄流放,屈原的政敌由少变多,其权势和力量越来越大,开始只有跟他同列的上官,后来加进了后妃、国君、令尹等等。上官始终与他为敌,曾给他信任的怀王很快走向了他的对立面,他精心

---

① 此说见〔日〕藤野岩友《巫系文学论》第243页注释3。
② 黄文焕品曰:"'各有所错','各'字尤惨,错小人于朝堂之上,错君子于波流之中,乱世应尔,天之布置久矣。"其笺曰:"天实错吾躯于波流,禀命久矣,今日之事非我之愤愤也,天也。"此解殊不妥当。"万民之生,各有所错兮",只是说人之取向不同,各有所置。

培育的后进改变了操守和立场(尤其是,他原本寄予厚望、顷襄时做了令尹的子兰,变成了他主要的对手)。屈原茕独地与楚国上层集团抗争,除了想象中的女媭①,关心支持他的人殆只有沉在江中或埋在地下的古贤,这是他全部的慰藉。汪瑗注《悲回风》"凭昆仑以澂雾"章,曰:"夫屈子独怀之情,常愁之苦,世既无知之者矣,然而求其同志,惟彭咸一人而已……"这是屈原之悲,更是楚国之悲;这是屈原当世之悲,也是往古数千年历史之悲。然《离骚》谓:"伏清白以死直兮,固前圣之所厚。"有前圣支持,屈子一往无前,生死不渝。先贤或云:"自反而缩,虽千万人,吾往矣。"(《孟子·公孙丑上》)其屈子之谓乎。《离骚》又谓:"亦余心之所善兮,虽九死其犹未悔。"朱冀《离骚辩》注曰:"极失意之中偏寻出极得意之处,自怜自慰,烈士殉名,死且不悔,而况见替乎?"屈子很清楚生命当如何措置,在激烈的抗争与不懈的坚持中,他高远的人格得到了耀眼的表现。

由于整个上层的打压和阻遏,屈原无以致君,更无以美政,修身遂由前进的出发点变成了退守的落脚点。《离骚》云:

> 悔相道之不察兮,延伫乎吾将反。
> 回朕车以复路兮,及行迷之未远。
> 步余马于兰皋兮,驰椒丘且焉止息。
> 进不入以离尤兮,退将复修吾初服。
> 制芰荷以为衣兮,集芙蓉以为裳。
> 不吾知其亦已兮,苟余情其信芳。
> 高余冠之岌岌兮,长余佩之陆离。

---

① 汪瑗释《离骚》中的女媭为党人,不合诗意。女媭识见虽不高,却是唯一关心屈原的人。洪注"女媭之婵媛兮,申申其詈予",云:"观女媭之意,盖欲原为宁武子之愚,不欲为史鱼之直耳,非责其不能为上官、椒、兰也。而王逸谓女媭骂屈原以不与众合,不承君意,误矣。"

芳与泽其杂糅兮,唯昭质其犹未亏。

研究屈原诗的一大难题是到处都是易产生误读的雷区,时刻需要排雷。上引片段本是《离骚》一诗及其所表现的屈子人格的重要关节,可前人对其本旨却颇为茫然,很多重要学者的诠释不在点子上,无论其观点还是其方法都堪称乱打乱撞。面对文学作品,特别是诗歌,也许我们不需要追求最后那个唯一正确的解释,可绝对需要追求更有效的解释。所以,我们对楚辞这种类型的诗歌,不能不仔细加以辨析。

或以为上引片断意思是说,主人公悔恨自己"相视事君之道不明审",尝欲离去,故回复"同姓事君之道";而君仍不纳,故将重修其初始清洁之服。比如王逸章句说:

言己自悔恨相视事君之道不明审,当若比干伏节死义,故长立而望,将欲还反,终己之志也。

言乃旋我之车,以反故道,及己迷误欲去之路尚未甚远也。同姓无相去之义,故屈原遵道行义,欲还归也。

言己欲还,则徐步我之马于芳泽之中,以观听怀王。遂驰高丘而止息,以须君命也。

言己诚欲遂进,竭其忠诚,君不肯纳,恐重遇祸,故将复去修吾初始清洁之服也。

言己进不见纳,犹复裁制芰荷,集合芙蓉,以为衣裳,被服愈洁,修善益明。

言己怀德不用,复高我之冠,长我之佩,尊其威仪,整其服饰,以异于众也。

言我外有芬芳之德,内有玉泽之质,二美杂会,兼在于己,而不得施用,故独保明其身,无有亏歇而已。所谓道行则兼善天下,不用则独善其身。

洪补亦谓："异姓事君，不合则去；同姓事君，有死而已。屈原去之，则是不察于同姓事君之道，故悔而欲反也。"这是基于面向群体的政教伦理规范同姓事君之道来作诠解，从整体上说不符合屈子、屈作之实情。一方面，屈子本人并无此种观念①。另一方面，诗歌前后两个相承而有同样意指的隐喻——回车复路和复修初服，被从兼善与独善两种方向上解释，截断了意脉，阻塞了文气。唯所谓"道行则兼善天下，不用则独善其身"云云，有一定可取之处。

又或立足于一般的个体事君方式来作解释。比如朱冀曰：

"死直"之志大夫已决，忽复自念，我本宗臣，谊均休戚，非草草一死便可塞责，因而追悔前此相视进言道路尚未明审，不觉引领翘足而望曰：我庶几得反于王所乎？自兹以往，当回我伉直之故辙，以复于巽顺从容之路，及吾君所行迷路犹未甚远，徼幸觉悟于万一也。水穷云起，绝世奇文。

所谓"我本宗臣，谊均休戚"，仍指涉同姓事君之道（王、洪说同姓事君不去，有死而已，此则谓同姓事君不可草草就死），然其中"伉直之故辙""巽顺从容之路"等主要意思，还是在个体事君的层面上。这种解释以伉直、巽顺为两路，谓诗人欲由伉直回复巽顺，于诗意更觉疏离扞格；将诗中紧密联系、互相说明的几个意象硬分到诗人和国君两面，尤为支离。不过朱冀释制芰荷、集芙蓉诸事，曰："进而得入，我之芳尚望致之于君，退祗自修，则芳在身，并不求知于世，制之集之，穷则独善其身之所为也。《考槃》寤歌，永矢弗告，遑问人知乎？"则有可取之处。

又或据退隐之意来作解释。如汪瑗注"悔相道之不察"四句，云：

---

① 参阅本书第一章第二节"从第一次被放到重获起用及此期作品考"。

此章以行路为譬,实悔其初轻出仕,而欲将隐去耳,非设言也。下文"制芰荷""集芙蓉",盖欲辞绂冕之荣,而为隐者之服矣。王、洪二注,皆以同姓之义言之,以为屈原初欲隐去,既而悔其不当隐去,故复回返以终事君之道。不亦大谬其旨而牵强之甚乎?殊不知,虽隐而去之,固无害于屈子之忠也。何为回护之若是,而反使屈子之心事千载之不明也?故杨、班之流,往往讥之者,皆未知屈子实有去志也。且以同姓言之,则殷之三仁,固有不去者,亦有去者;固有死者,亦有不死者。岂可谓同姓之臣,自古皆不去而尽死也哉?其事君之忠,同姓之义,要亦顾时势事体及个人之自处何如耳,固不必于去不去、死不死以为然否也。

汪瑗注"退将复修吾初服"一语,则云:"退,谓隐也。复修,重整也。初服,士服也,下文所言衣裳冠佩之类是也。屈原恐进而遇祸,故退修初服也。"汪瑗《楚辞蒙引》"'悔相道'章"一条,亦谓"悔相道""复修初服"二句,"皆谓隐也"。这种解释完全违背了屈原其人其诗的本意。屈原一生都无归隐之念想。他两度被放名山大川间,若想归隐,岂不正是方便?岂不正可化解被放逐的痛楚和积郁?事实上,离开故都和国君,他万分悲痛,始终盼望着被召回,就连第二次被放期间都不例外,《哀郢》谓"忽若去不信兮,至今九年而不复",又谓"曼余目以流观兮,冀壹反之何时?鸟飞反故乡兮,狐死必首丘。信非吾罪而弃逐兮,何日夜而忘之",这不是说得非常明白吗?

　　更有甚者,则率意穿凿附会。比如,谢无量以为"悔相道"二语,殆指"怀王忽然悔悟,召回屈原,伫待其归,屈原亦欣然回车,以为行迷未远,尚可补救";又说"步余马于兰皋"二句,"恐是召回以后,中间又生别种障碍,所以屈原仍愿退隐,不与政事"①。这简

---

① 谢无量《楚词新论》,第49页。

直就是猜谜。文学诠释虽有接受者的创造性的空间,可这样瞎猜或皮傅,岂不可怕?

实际上,回车复路、复修初服、制芰荷集芙蓉诸事为等值的艺术符号,蕴含相同的指向——即诗人被迫从人生追求之美政、致君层面,退回到最基本的修身。黄仪甫评曰:"'进不入以离尤兮,退将复修吾初服',下一'将'字,见其犹有属望之意。"(见来钦之述注、陈洪绶绘《楚辞》五卷《九歌图》一卷)其说体察甚细。诗人之所以有属望之意,是因为并不情愿,"退"字紧承"进不入以离尤",因果关系极明。而"退"字与前文"反(返)""复"一意相承,形成内在跃动的主线,均是从主人公方面说的。"退"作为这一部分的主要意思,跟"进"相反,故其意由"进不入以离尤"可以得到准确的界定;"进不入以离尤"毫无疑问是指致君、美政之追求被夭阏,自己遭受罪尤,则与"进"对立的"退"不可能是指退隐之类。从诗歌上下文来说,"不吾知其亦已兮,苟余情其信芳"一句,明确显示了这一退守的立足点;所谓"余情……信芳",乃指言内德美好。之后叙主人公高余冠、长余佩,紧接着又说:

> 芳与泽其杂糅兮,唯昭质其犹未亏。
> 忽反顾以游目兮,将往观乎四荒。
> 佩缤纷其繁饰兮,芳菲菲其弥彰。
> 民生各有所乐兮,余独好修以为常。
> 虽体解吾犹未变兮,岂余心之可惩。

"唯昭质其犹未亏"①,"余独好修以为常"二语,也都说明这次退

---

① 姜亮夫释"昭质"云:"'昭质'一词,《楚辞》有两义,一则指人之美德言,一则指射侯所画之地言";又谓此处之"'昭质'指光明美好之本质言"(见所著《楚辞通故·意识部第五》,《姜亮夫全集》第二册,云南人民出版社 2002 年版,第 374 页)。

守是回到个人善德的修持①。仔细观照上下文,便可以知道诗人其实原本给出了规定,这是解读作品最强有力的依据。罔顾文本规定而高唱接受者的自由,终究还是一偏。总之好修本是屈子进取的基点,进取不成,此自修犹堪自足、自慰、自立、自豪;黄文焕笺曰:"愁惨之中所乐自在,可以悔而不肯以惩,盖于自咎之余,又津津自负矣。"

至此已十分清楚,屈原人生追求模式,进则由修身至致君,再至美政,退则由美政至致君,再至修身;修身是进取的根本,也是退守的归宿。而在这一点上,屈原和儒家再一次显示了深刻的一致性。孟子云:"古之人,得志,泽加于民;不得志,修身见于世。穷则独善其身,达则兼善天下。"(《孟子·尽心上》)这是对儒家双向人格模式的精辟概括。屈原的人生追求也正是如此。因此,上文所列先秦儒家和屈子人生追求模式之比照,还应补上另一种取向(参见下表)。

表 2-2　先秦儒家和屈原人生追求模式比照表

儒家模式	……修身	齐家	治国	平天下
屈原模式	……修身		致君	美政……

当然,所谓退守,只是说屈子在前进绝无现实可能的情况下,回归修身这一根本点以安身立命,并不意味着放弃前进的努力;换句话说,这主要是一种理论或思维的模式。上文曾引屈子表示将退守到修身的文字,其间他似乎不经意中提道:"忽反顾以游目兮,将往观乎四荒。"这其实就是新的前进和上升的努力。

汪瑗《楚辞蒙引》之"往观四荒"条评此章主旨,说:"屈原实因君信谗而齎怒,其道不行,其祸将及,欲隐去而避此世也。……孔子亦尝数去乎鲁矣,苟吾道之果是,固不在乎去不去也;苟吾道之

---

① 谢无量解此段云:"怀王召回屈原,仍不能行其志,所以退处漫游,自谓如不能行他政策,虽死亦不愿在位。"(见所著《楚词新论》,第 49 页)他仍然是在猜谜。

当去,固不在乎同姓不同姓也。屈子去楚之意,实欲隐遁耳。……孰谓屈子之未尝去楚乎?孰谓屈子之果投江而死乎?"陆时雍疏也说:"将往观乎四荒,其夫子居夷浮海之思乎?"单看此句,似乎确可作类似的解读,然而据整体语境,观上下文,断然可知其意只是说努力寻求遇合国君、实行美政的机会。接下来一系列瑰丽的想象便由此意翻出。主人公叩帝阍,求宓妃、简狄、二姚,作为"往观四荒"之落实,全都归于失败。其结语云:"闺中既以邃远兮,哲王又不寤。怀朕情而不发兮,余焉能忍与此终古。"此前一系列追求失败只能是映射求合国君之失败,否则不会有哲王不寤之说。因此,这些文字艺术化地表现了诗人追求致君、美政的执着的努力。汪瑗等人将原本的进取诠解为隐遁,显得极为荒谬。朱熹集注云:"言虽已回车反服,而犹未能顿忘此世,故复反顾而将往观乎四方绝远之国,庶几一遇贤君,以行其道。"此说比较妥帖,但亦不尽然。所谓"往观四荒"并非直指"往观乎四方绝远之国"。叩帝阍、求宓妃、求简狄、求二姚阶段,主人公尚未有去国之思,新的努力仍然是在楚国,遭遇一连串失败后,才有灵氛占卜、巫咸降神、主人公"勉远逝"而"求女",这里映射的方是去国求君。这次行程开启前先是灵氛占卜,说是"思九州之博大兮,岂唯其有女",又说"何所独无芳草兮,尔何怀乎故宇"。多少张皇之后,这一行程被眷恋旧乡的主人公终止:"陟升皇之赫戏兮,忽临睨夫旧乡。仆夫悲余马怀兮,蜷局顾而不行。"其间"是""故宇""旧乡"均与"九州"对言,均指楚国。可见灵氛占卜以上,所言还是在楚国之求,此后才映射去国求合明君,只是因为诗人的故国深情,这一想法没有真正落实。《离骚》乱辞云:"已矣哉,国无人莫我知兮,又何怀乎故都?既莫足与为美政兮,吾将从彭咸之所居。"诗人既不能去,则只有面对楚国;然而"国无人莫我知",楚"莫足与为美政",不得不以从彭咸收束,且以自誓。有文本自身规定,则"往观四荒"以下均指言求"足与为美政"者,尚何疑哉。总而言之,屈子人生追求模式虽可退守修身,但他事实上一直未满足于修身,一直未放弃其致君、美政之向往和努力。此外,朱注还有一点值得商榷。对于此世,诗人无所谓"顿忘"可言,他始终不能忘怀。朱冀《离骚辩》云:"盖'四荒',谓楚之四境。言反顾己身,芳洁如此,浏览举朝,昏浊如彼,岂堂堂楚国四境之远,竟无其人能知我之中情而助我之康济者乎?所以欲往而观之也。……君子以同德相孚,总是要境内高贤共知其举体芳洁,表里莹彻,庶几声应气求,不我遐弃云耳。……要知大夫所以欲往观者,壮志未灰,终冀国有其人相与格君心而为美政也。"这种解释亦不准确。由《离骚》本文可确知,主人公往观四荒乃是求合于君,是在"进不入以离尤"的情况下,再做"进"的努力①。事实上,屈子求合国君的努力一直保持到他生命的最后阶段,在第二次长期遭受放逐期间也未放弃。

在受命起草宪令时期,屈原曾十分接近致君和美政的理想,嗣后仕途蹭蹬,两遭放逐,但他始终未放弃基于修身的进取的努力,确认前进不得时,便自觉回归修身,持守自身美善,由此可见屈原人生模式的双向性。《离骚》主人公上叩帝阍而遇阻,曰:"时暧暧其将罢兮,结幽兰而延伫。"众芳蜕变后,主人公说:"惟兹佩之可贵兮,委厥美而历兹。"又说:"芳菲菲而难亏兮,芬至今犹未沬。"在以香草、佩饰构成的隐喻体系中,这些都是屈子遭夭遏时退而修养美善的生动表述。在这一层面上,屈子与儒家学者孔、孟等人并无差异。此外他们还有这样一个共同点:在道不行的现实处境中,转而以著述表达政教伦理追求,并试图影响自己无法参与的体制。

余 论

郭沫若说:"其实屈原的思想,简单的说,可以分而为:一、唯

---

① 具体考辨,参阅拙著《屈原及其诗歌研究》第二章第二节"屈作'男女关系'模式"。

美的艺术,二、儒家的精神。"①这是对屈原思想与艺术最精炼的概括,显示了非凡的洞察力。然而郭沫若只是就屈子"极端的忠君爱国的伦常思想"简单地论定他"儒家的精神",既不深入,又欠细致和全面。须知,惟着眼于屈子的人生追求模式,才可见其"儒家的精神"有难以想象的深度,才可见儒家人生追求模式对他有极深刻的范型作用。这才是问题的根本②。屈子以儒家型的人生追求模式凸显了他"儒家的精神",对古今中外强调其南方楚文化特性的主流观点来说,这是一个重大挑战。很多学者在阐释屈原屈作时以"在楚言楚"为圭臬,由此已经显出偏蔽③。

---

① 郭沫若《屈原的艺术与思想》,《郭沫若古典文学论文集》,上海古籍出版社1985年版,第279页。
② 传世屈作,最能凸显屈子儒家精神的是《离骚》《天问》及《九章》部分篇什,最能凸显其唯美艺术的是《离骚》后半、《招魂》及《九歌》;若论单篇而兼备"儒家的精神"和"唯美的艺术"两面,则非《离骚》莫属。
③ 毫无疑问,"在楚言楚"的说法有十分有限的合理性,比如多言楚地、楚物等。

第三章　屈作之历史视野

屈作之历史视野一向为学界冷落和忽视。尽管王国维等学者确曾拿屈作来跟出土文献互证,对古史颇有发明,可他们的旨趣往往在于重建古史,因此,对屈子历史视野的系统探究一直显得匮乏。人们已经习惯于想象屈原,而非研究屈原。毫无疑问,屈作历史视野之研究是极为重要的,它关涉解读屈原的整体方向,可提供对屈原的新认知,并且可以解决学术史上一些模糊不清、备受争议甚或误解丛生的问题。

第一节　屈作历史视野中的楚史要素

也许有人说,屈作历史视野中的楚史要素首推高阳。屈原在《离骚》开篇自述身世,说"帝高阳之苗裔兮,朕皇考曰伯庸",认祖归宗,抬出了古帝高阳。但是对于他这次自认,学界还有质疑者。张正明认为,《离骚》这一说法只是附会,高阳乃炎帝古称,屈原作《离骚》,"叙事求其古,用典求其雅,所以不称炎帝而称高阳";"《离骚》说'帝高阳之苗裔兮',是楚人把自家名声很大的始祖祝融摆进名声更大的炎帝谱系中去,借以表明自身是诸夏的一员,而实为附会","屈原把炎帝与祝融的主从关系说成祖孙关系……是攀龙附凤的心态的流露。自从周代形成了正统观念,利用神话和传说来攀龙附凤是人情之常,三闾大夫也未能免俗",因此"楚人的族谱"不能"从别称高阳的颛顼写起"①。所谓"屈原把炎帝与

---

① 张正明《楚史》,第3—4、6、4、3页。

祝融的主从关系说成祖孙关系",即指他自居高阳苗裔一事,依张说,屈原所谓高阳实为炎帝;而楚人之始祖,"假如只追溯到祝融,那是众口一辞,绝无疑义的"①。这一论述有一个严重问题,即从屈原作品中看不出他以高阳指炎帝。

屈原认高阳为始祖,当是依从周代以来的正统观念,即以高阳为颛顼有天下之号②。《大戴礼记·五帝德》载孔子曰:"颛顼,黄帝之孙,昌意之子也,曰高阳。"《史记·楚世家》云:

> 楚之先祖出自帝颛顼高阳。高阳者,黄帝之孙,昌意之子也。高阳生称,称生卷章,卷章生重黎。重黎为帝喾高辛居火正,甚有功,能光融天下,帝喾命曰祝融。共工氏作乱,帝喾使重黎诛之而不尽。帝乃以庚寅日诛重黎,而以其弟吴回为重黎后,复居火正,为祝融。
>
> 吴回生陆终。陆终生子六人,坼剖而产焉。其长一曰昆吾;二曰参胡;三曰彭祖;四曰会人;五曰曹姓;六曰季连,芈姓,楚其后也。昆吾氏,夏之时尝为侯伯,桀之时汤灭之。彭祖氏,殷之时尝为侯伯,殷之末世灭彭祖氏。季连生附沮,附沮生穴熊。其后中微,或在中国,或在蛮夷,弗能纪其世。
>
> 周文王之时,季连之苗裔曰鬻熊。鬻熊子事文王,蚤卒。其子曰熊丽。熊丽生熊狂,熊狂生熊绎。
>
> 熊绎当周成王之时,举文、武勤劳之后嗣,而封熊绎于楚蛮,封以子男之田,姓芈氏,居丹阳。

这里讲楚人的渊源十分清楚。屈原尊奉的先祖高阳应该就是黄帝

---

① 张正明《楚史》,第2页。
② 《远游》前云:"高阳邈以远兮,余将焉所程?"后云:"轶迅风于清源兮,从颛顼乎增冰。"似乎确以高阳、颛顼为二人。但《远游》并非屈原所作,不足为凭。参见本书第七章"论《远游》非屈原所作及其创作时期、历史渊源与实质"。

之孙颛顼。在屈原认祖归宗跟史书记载明显一致时,勉强作别的解释实面临双重的挑战,除非握有铁证,否则大不妥当。而据《史记·五帝本纪》,炎帝神农氏在位尚早于黄帝。

  颛顼在屈原之历史视野中并不重要,故只是在交代身家时简单提及,所谓屈原借高阳来抬高身价是莫须有的事。金开诚说,"最使人难以理解的,《天问》中竟不说及颛顼之事",这是"屈原心目中的古史系统"的"明显的缺漏"①。殊不知,屈子在作品中营构历史视野有超出历史叙述的考虑,旨意不在单纯讲史,故无须讲述历史的全部,或者说无须展现其全部的历史视野。《天问》不提颛顼,只是因为颛顼对屈作历史视野来说并不重要。而且,颛顼还不具备浓厚的楚史的独特性,比较严格的楚史应从周成王封熊绎于楚蛮、楚正式跻身诸侯开始,那是在成王中世(前1010年前后)②。

  颛顼既不算数,屈作历史视野中的楚国元素又少了一些。《惜往日》提及当初受诏一事,云:"奉先功以照下兮,明法度之嫌疑。"王逸注"先功"为祖业,谢无量以"先"为楚威王③。这只是模糊的楚史痕迹。

  最值得注意的乃是《天问》结尾:

> 薄暮雷电,归何忧?
> 厥严不奉,帝何求?
> 伏匿穴处,爰何云?
> 荆勋作师,夫何长先?
> 悟过改更,我又何言?

---

① 参见金开诚《屈原辞研究》第237、238页。
② 这一时间判断,参阅张正明《楚史》,第29页。又,张正明推断熊绎之所以受封,乃因周公避乱居楚(见所著《楚史》第28—29页),可资参考。
③ 谢无量《楚词新论》,第25页。

吴光争国,久余是胜。

这里涉及楚史是毫无疑问的,"荆勋作师""吴光争国"二语,说得再清楚不过了①,可具体解释则相当困难,故而异说丛集。闻一多谓本篇自"伏匿穴处"以下,"词句次第,颠倒特甚"②,只因他未能读懂。

王逸谓"薄暮""厥严"两句,"言屈原书壁,所问略讫,日暮欲去,时天大雨雷电,思念复至。自解曰:归何忧乎?……楚王惑信谗佞,其威严当日堕,不可复奉成,虽从天帝求福,神无如之何。"洪补略同,唯以为"薄暮"喻年将老,而"雷电"喻君暴怒。凡此之类,均解为诗人作《天问》时的情况。"归"字殆被解为归郢,所以接下来有不可复奉成楚王之说。这似乎能够讲通,却十分牵强。其一,解"帝何求"为"从天帝求福",是把"帝求"解为"求帝",跟原诗句法、意指相悖。其二,当时屈原在放逐中,欲归不能,同期《哀郢》尝谓"至今九年而不复",十分明确,因此根本谈不上"归(郢)何忧"的问题。王逸章句与洪补全不可取。蒋骥注以周公居东,周成王感天变,夜迎之以归,虽然薄暮"雷电"之事颇类蒋氏所说,但文气亦觉不畅,此意与下文有何关涉?毛奇龄《天问补注》据沈亚之《屈原外传》解释说:"薄暮雷电,呵而问时之境也。按《原外传》云,时呵而问之,天惨地愁,白昼如夜,即此谓也。"如此则更杂糅感应之说,荒诞无稽,不足细论。从方法上看,前人种种解释皆未能抓住"荆勋作师""吴光争国"两个言吴楚史事的牢固基点,更未意识到,以文本内在联系,可断定"薄暮雷电"二语之基本指向,即其下文的基本指向。林庚以为,此二句指楚灵王因内乱

---

① 闻一多认为,"悟过改更我又何言"一语,当与"伏匿穴处"句相承(见所著《楚辞校补》,孙党伯、袁謇正主编《闻一多全集》第五卷,第174、173页),姑备一说。

② 闻一多《楚辞校补》,孙党伯、袁謇正主编《闻一多全集》第五卷,第173页。

无家可归以及平王即位①。较诸说为优,然亦多有不切者。笔者以为这里主要是指灵王。

灵王作令尹时,屡次侵夺大臣,在位期间(前540—前529),贪而且愚,穷兵黩武,四处征伐,三年(前538)率兵攻吴,"八年,使公子弃疾将兵灭陈。十年,召蔡侯,醉而杀之。使弃疾定蔡,因为陈蔡公。十一年,伐徐以恐吴。灵王次于乾谿以待之"(《史记·楚世家》)。乾谿在今安徽亳州蒙城间,灵王居留此地时,尝欲使人向周朝求鼎以为分,向郑国讨旧许之地,并欲大城陈、蔡、不羹,以威吓中原各国。《左氏春秋》鲁昭公十二年(前530)记灵王将这些想法告诉右尹子革,子革三次回答,表面上只是附和,实则句句针砭句句匡正,灵王竟不觉悟。此外,灵王还大兴土木,建章华之台,穷奢极靡②。到头来,灵王只落得众叛亲离,其弟弃疾叛乱,杀太子等人,夺取了王位。《左氏春秋》昭公十二年又记:"楚子狩于州来,次于颍尾,使荡侯、潘子、司马督、嚣尹午、陵尹喜帅师围徐,以惧吴。楚子次于乾谿,以为之援。"是为楚灵王十一年。《楚世家》记,"十二年春,楚灵王乐乾谿,不能去也",终至被弃自杀。《新语·怀虑》谓灵王"作乾谿之台,立百仞之高,欲登浮云,窥天文,然身死于弃疾之手"。《左氏春秋》昭公十三年(前529)尝详记其事,今录其被弃之结局于下:

  王闻群公子之死也,自投于车下,曰:"人之爱其子也,亦如余乎?"侍者曰:"甚焉,小人老而无子,知挤于沟壑矣。"王曰:"余杀人子多矣,能无及此乎?"右尹子革曰:"请待于郊,以听国人。"王曰:"众怒不可犯也。"曰:"若入于大都而乞师于诸侯。"王曰:"皆叛矣。"曰:"若亡于诸侯,以听大国之图君也。"王曰:"大福不再,只取辱焉。"然丹乃归于楚(杜注:然

---

① 参阅林庚《〈天问〉论笺·〈天问〉笺释》,《林庚楚辞研究两种》,第243页。
② 以上又多参阅《史记·楚世家》。

丹,子革)。王沿夏,将欲入鄢。芋尹(案:春秋时楚国官名)无宇之子申亥曰:"吾父再奸王命,王弗诛,惠孰大焉?君不可忍,惠不可弃,吾其从王。"乃求王,遇诸棘闱以归(杜注:棘,里名。闱,门也)。夏,五月,癸亥,王缢于芋尹申亥氏。申亥以其二女殉而葬之。

申胥(伍子胥)谏夫差伐齐,尝以楚灵为警示,曰:

> 昔楚灵王不君,其臣箴谏以不入。乃筑台于章华之上,阙为石郭,陂汉,以象帝舜。罢弊楚国,以间陈、蔡(案指候其隙而取之)。不修方城之内,逾诸夏而图东国(案:诸夏指陈、蔡,东国指徐、夷、吴、越),三岁于沮、汾以服吴越。其民不忍饥劳之殃,三军叛王于乾谿。王亲独行,屏营仿偟于山林之中,三日乃见其涓人(韦注:今中涓也)畴。王呼之曰:"余不食三日矣。"畴趋而进,王枕其股以寝于地。王寐,畴枕王以璞而去之。王觉而无见也,乃匍匐将入于棘闱,棘闱不纳,乃入芋尹申亥氏焉。王缢,申亥负王以归,而土埋之其室。(《国语·吴语》"吴王夫差既许越成"章)

《左氏春秋》昭公十二年又录仲尼之感慨,曰:"古也有志:克己复礼,仁也。信善哉!楚灵王若能如是,岂其辱于乾谿?"

林庚以灵王事解"薄暮雷电,归何忧"一句,说:"归何忧:指楚灵王因内乱而无家可归。楚灵王出游乾谿,他的弟弟弃疾等作乱,使他彷徨山中,数日不得食。最后死了很久国人还不知道。弃疾便乘机取得王位,也就是更为无道的楚平王。"[①]此说得之而不甚切。《天问》此问乃提示灵王最终被弃之惨况。灵王欲归而忧众

---

① 林庚《〈天问〉论笺·〈天问〉笺释》,《林庚楚辞研究两种》,第243页。案:《〈天问〉论笺》中有专文《〈天问〉尾章"薄暮雷电归何忧"以下十句》,颇可参考。

叛亲离,观《左氏春秋》所记子革曰"请待于郊,以听国人",王曰"众怒不可犯也",又曰"若入于大都而乞师于诸侯",王曰"皆叛矣"等,较然可知。林庚又解"帝何求"一句,云:"天帝舍弃了灵王而出来一个更为无道的平王,究竟何所求呢?……无道的楚平王如何乃取代灵王窃得王位?楚平王任用费无忌,杀伍奢,是一个无道的昏君,给楚国带来了几于亡国的灾难。"①此解虽比王逸章句贴近下文,却仍不切当。"帝何求"之"帝"非指上帝,而是指已死之先君灵王,如此理解,方得屈子本意。"帝"指已死之君,于典籍中并不少见。《礼记·曲礼下》云:"君天下曰'天子',朝诸侯、分职、授政、任功,曰'予一人'(郑注:皆摈者辞也)。……崩,曰'天王崩'(郑注:史书策辞)。复,曰'天子复矣'(郑注:始死时呼魂辞也)。告丧,曰'天王登假'(《释文》:假音遐)。措之庙,立之主(案:主乃为死者所立之牌位),曰'帝'。"《大戴礼记·诰志》则云:"天子崩,步于四川(案,指布告江淮河济),代于四山(案,指以辞告于扬州之会稽、青州之沂、幽州之医无闾、冀州之霍),卒葬曰帝。"就屈作本身言,"帝"字使用此意者甚多。周拱辰《离骚草木史》谓《天问》"缘鹄饰玉,后帝是飨""登立为帝""帝乃降观"之三个"帝"字,均指帝王,甚是②;而从屈子的立场上,这三个"帝"字当均指已死之君王。楚君僭越称王久矣,其先君亦被屈子视为"帝"。总之,"厥严不奉帝何求"句,乃提示灵王遭国人遗弃,尊严尽失,求食不得食、求人不得人的惨痛结局;观史书所记涓人畴与灵王对答以及灵王被涓人丢弃于荒野诸事,又较然可知(案:《天问》谓楚灵"厥严不奉",又谓吴阖庐"能流厥严",两"厥严"可互相证成、互相发明)。

　　屈子反思灵王之下场,主要是涉及由君上妄为导致的内忧,可其中也赫然出现了楚吴争强这一重要历史背景。《左氏春秋》昭

---

① 林庚《〈天问〉论笺·〈天问〉笺释》,《林庚楚辞研究两种》,第243页。
② 周拱辰以"厥严不奉帝何求"之"帝"指上帝,则大误。

公十二年记灵王使荡侯、潘子、司马裂、嚣尹午、陵尹喜五帅将兵围徐以恐吴,十三年记灵王死、平王代之,吴人败楚师于豫章,而获其五帅。(杜注:"定二年,楚人伐吴师于豫章。吴人见舟于豫章,而潜师于巢,以军楚师于豫章。又柏举之役,吴人舍舟于淮汭,而自豫章与楚夹汉。此皆当在江北淮水南,盖后徙在江南豫章"。)

"伏匿穴处"句,王逸仍以屈原事解之云:"吾将退于江滨,伏匿穴处耳,当复何言乎?"洪补无异词。"荆勋作师"句,王逸认为乃引平王时楚吴边邑处女争桑而引发战争,以为鉴谏:"时屈原又谏,言我先为不直,恐不可久长也。"洪补引《史记·吴世家》作申说,且亦谓屈原征楚平之往事以讽;复解"不可久长"句,曰:"楚虽有功,吴复伐楚,非长久之策也。"《楚世家》记此事云:"(平王)十年,楚太子建母在居巢,开吴。吴使公子光伐楚,遂败陈、蔡,取太子建母而去。楚恐,城郢。初,吴之边邑卑梁与楚边邑锺离小童争桑,两家交怒相攻,灭卑梁人。卑梁大夫怒,发邑兵攻锺离。楚王闻之怒,发国兵灭卑梁。吴王闻之大怒,亦发兵,使公子光因建母家攻楚,遂灭锺离、居巢。楚乃恐而城郢。"平王娶秦女而废太子建,故建母归其家郹阳,"召吴人而启之",见载于《左氏春秋》昭公二十三年(前519),文繁不具。很明显,解"伏匿穴处"句为屈原事,解"荆勋作师"句为平王事,与其上下文不能连贯,殆未得诗人本旨。

蒋骥以为此二语"历叙楚开国之贤君,见楚之可有为也",熊绎僻在荆山,筚路蓝缕以处草莽,若敖、蚡冒筚路蓝缕以启山林,即所谓"伏匿穴处",意谓"楚之先虽僻陋,而世有贤君";楚武王始参用戟为阵,即所谓"作师",楚自武王始大,故曰"荆勋"。蒋注似可参酌,屈原确应提及楚国的先代贤君。熊绎始封(周成封之于楚蛮),在位具体时间不知,《楚世家》谓"与鲁公伯禽、卫康叔子牟、晋侯燮、齐太公子吕伋俱事成王";据《十二诸侯年表》,若敖在位为周宣三十八年至周平七年(前790—前764),蚡冒在位为周平十四至三十年(前757—前741)。《左氏春秋》等中原儒典对熊绎等楚先君之事迹有所载录,如熊绎事见昭公十二年,若敖蚡冒事见宣公十二年(前597)等。屈原博闻强识,又尝为宗室大臣,其《天问》诸诗广及三代,于情于理均当及其先代贤君。然而据屈作文本,这类解释及其所含的解读取向都得不到确认。

林庚认为,"伏匿穴处"句,指平王子昭王因吴师入郢,逃亡伏匿于云中①,其说较王、洪、蒋诸家为优。《左氏春秋》鲁定公四年(前506)载:

> 冬,蔡侯、吴子、唐侯伐楚。……十一月,庚午,二师(吴、楚师)陈于柏举。阖庐之弟夫概王晨请于阖庐曰:"楚瓦(案,即囊瓦,子囊之孙子常,楚令尹)不仁,其臣莫有死志。先伐之,其卒必奔。而后大师继之,必克。"弗许。夫概王曰:"所谓'臣义而行,不待命'者,其此之谓也。今日我死,楚可入也。"以其属五千先击子常之卒。子常之卒奔,楚师乱,吴师大败。子常奔郑。史皇以其乘广(案,为主帅率领的兵车)死。吴从楚师及清发(案,古水名),将击之,夫概王曰:"困兽犹斗,况人乎?若知不免,而致死,必败我。若使先济者知免,后者慕之,蔑有斗心矣,半济而后可击也。"从之,又败之。楚人为食,吴人及之,奔,食而从之,败诸雍澨。五战,及郢。己卯,楚子取其妹季芈、畀我以出,涉雎。鍼尹固与王同舟,王使执燧象以奔吴师(杜注:烧火燧系象尾,使赴吴师,惊却之)。庚辰,吴入郢,以班处宫。……楚子涉雎,济江,入于云中。王寝,盗攻之,以戈击王。王孙由于以背受之,中肩。王奔郧。钟建负季芈以从。由于徐苏而从。

昭王时,吴楚争战之烈堪称空前绝后,楚国下场之惨亦足以骇人听

---

① 参阅林庚《〈天问〉论笺·〈天问〉笺释》,《林庚楚辞研究两种》,第290—291页。

闻①。屈原谓"伏匿穴处爰何云","爰何云"三字大有痛不欲言之意,是自白其情。林庚说,"爰何云:乃何云,从何说起的意思。昭王这种狼狈的处境并非昭王自己造成的,乃是平王无道所遗留的后果,子代父受过,有苦说不出,所以说'爰何云'"②,殆非屈子本意。

《天问》结尾先以灵昭之事深揭诗人对国运之担忧。然而楚尝雄立于诸侯之间矣,故接下来有"荆勋作师,夫何长先"一句。林庚解释说:"荆勋作师:指自楚庄王以来,以五霸之强,称雄南方,在兵力上一直是居于领先的地位(灵王、平王均为庄王之孙)。"又说:"楚自庄王以来国势一向强大,由于平王的无道,如何竟落到破国逃亡的地步?"③后面的解释于上下文不甚切合。屈原当是追问楚国一向如此雄强,何以在跟吴国的争锋中如此不堪呢?其旨意当是警示国君及楚国上下:面对秦国挑战,不要让悲剧重演。《哀郢》谓"曾不知夏之为丘兮,孰两东门之可芜",与此意相通。

"悟过改更,我又何言"句,王逸以吴楚之事解之,曰:"欲使楚王觉悟,引过自与,以谢于吴,不从其言,遂相攻伐。言祸起于细微也。"此说大谬。据《六国年表》,公元前472年吴国为越国所灭。屈原值百余年后再劝国君"谢于吴"即向吴致歉,已毫无意义。而且,即便楚国当时就因采桑之"细微"向吴国致歉,也无以改变基本形势。林庚以为其意是,昭王一变灵王及乃父平王之昏乱,改辙更新,正道而行,遂又兴国于危亡中④。楚昭确有可称道处。《左氏春秋》鲁哀公六年(前489)记其事云:

吴伐陈,复修旧怨也(杜注:元年未得志故也)。楚子曰:"吾先君与陈有盟,不可以不救。"乃救陈,师于城父(杜注:陈

---

① 参阅本书第一章第二节对《哀郢》现实触媒的论析。
② 林庚《〈天问〉论笺・〈天问〉笺释》,《林庚楚辞研究两种》,第244页。
③ 同上书,第243—244页。
④ 参阅林庚《〈天问〉论笺・〈天问〉笺释》,《林庚楚辞研究两种》,第244页。

盟在昭十三年)。

秋,七月,楚子在城父,将救陈。卜战不吉,卜退不吉。王曰:"然则死也。再败楚师,不如死(杜注:前已败于柏举,今若退还,亦是败)。弃盟逃雠,亦不如死。死一也,其死雠乎!"命公子申为王,不可;则命公子结,亦不可;则命公子启,五辞而后许(杜注:申,子西;结,子期;启,子闾——皆昭王兄)。将战,王有疾。庚寅,昭王攻大冥(案,为陈地,吴师所在),卒于城父。子闾退,曰:"君王舍其子而让,群臣敢忘君乎?从君之命,顺也。立君之子,亦顺也。二顺不可失也。"与子西、子期谋,潜师闭涂,逆越女之子章,立之而后还(杜注:闭涂,不通外使也。越女,昭王妾。章,惠王)。

接下来还记载了昭王"弗禜""弗祭"诸事,孔子赞其"知大道",故终不失国。总之,当时楚虽几乎灭亡,但昭王之为人却颇可推许。屈子若称道他改前王之故辙,亦未尝不可,但揆度语气,"悟过改更,我又何言"一语明显是说,惟因你不悟过改更,我不得不言此痛史,若你悟过改更,我又何必饶舌呢。他叙述的对象以及预期的听读对象都不大可能是楚昭王。笔者认为,这一问是强烈的讽谏,主体"我"被凸显,有力地提示了他面对的现实,包括隐含的话语对象——"你"。也就是说,《天问》结尾部分由对神话及历史的追问回到了当下,尽管涉及楚先王先贤,却是以针对现实的鲜明姿态出现的。

"吴光争国,久余是胜"句,毫无无疑是指吴王阖庐长期克制楚国一事。阖庐名光,本为公子,使专诸刺杀王僚而得位,故谓"吴光争国";其在位时间为前514—前496年,正值楚昭。这句话更说明上文"悟过改更,我又何言",主要是以昭王遭受吴国欺凌的痛史来警示现实。王逸章句云:"……吴与楚相伐,至于阖庐之时,吴兵入郢都,昭王出奔。故曰'吴光争国,久余是胜',言大胜我也。"这样直解大抵没有问题。而洪补云:"楚昭王十年,吴王阖庐伐楚,楚大败,吴兵遂入郢。怀王与秦战,为秦所败,亡其六郡,入秦不返。故屈原征荆勋作师、吴光争国之事讽之。"怀王已入秦不返矣,且此时已经客死,《天问》结尾谈不上讽谏怀王,它应该是警示顷襄时候楚国的现实命运。林庚解"悟过改更""吴光争国",说:"这两句的意思是问:楚国一直处于吴国压力之下,终至破郢,这是平王无道所形成的局势;而昭王则如何代父受过,改辙更新;那么对于昭王还有什么话可说呢?"①这种解释自然是平实的,可将"悟过改更"坐实到楚昭身上,有违诗旨,淹没了作者讽谏现实的意图。平王以降,楚吴之争臻于高潮。《十二诸侯年表》记载:平王四年(前525),"与吴战";七年(前522),"诛伍奢、尚,太子建奔宋,伍胥奔吴";十年(前519),"吴伐败我";十一年(前518),"吴卑梁人争桑,伐取我锺离"。昭王元年(前515),"诛无忌以说众"②;四年(前512),"吴三公子来奔,封以扞吴";五年(前511),"吴伐我六、潜";七年(前509),"囊瓦伐吴,败我豫章";十年(前506),"吴、蔡伐我,入郢,昭王亡。伍子胥鞭平王墓";十一年(前505),"秦救至,吴去,昭王复入"③;十二年(前504),"吴伐我番,楚恐,徙都"……屈子谓"久余是胜",说得何其惨痛。

　　楚败于吴是屈作历史视野中最确凿的楚史要素之一,是屈原被顷襄放逐,自郢都沿江东去陵阳以及多年居留陵阳期间不能不面对的记忆。屈原在《天问》收束部分提起这一重大创痛,目的在于警示现世的国君,当时强秦于楚亦虎视眈眈、咄咄逼人。跟《天问》作于同一时期的《哀郢》云:"曾不知夏之为丘兮,孰两东门之

---

①　林庚《〈天问〉论笺·〈天问〉笺释》,《林庚楚辞研究两种》,第245页。

②　《楚世家》载:"昭王元年,楚众不说费无忌,以其谗亡太子建,杀伍奢子父与郤宛。宛之宗姓伯氏子嚭及子胥皆奔吴,吴兵数侵楚,楚人怨无忌甚。楚令尹子常诛无忌以说众,众乃喜。"

③　据《左氏春秋》鲁定公四年(前506),楚申包胥如秦乞师,秦哀不出兵,申包胥"立,依于庭墙而哭,日夜不绝声,勺饮不入口七日",秦哀乃出兵援楚。

可芜?"前句是提示吴人入郢的历史以为眼下的鉴戒,后句是警示国人尤其是上层集团不可让这类悲剧重演。这两句,堪称《天问》结尾部分的微缩版。

那么如何因应这种命运呢?《天问》接下来以令尹子文收束了全篇,这是屈作视野中又一个极重要的楚史要素:

何环间穿社以及丘陵,是淫是荡,爰出子文?
(吾)〔语〕告堵敖以不长,何诚上自予,忠名弥彰?

其上句言子文事,甚为明确。《左氏春秋》鲁宣公四年(前605)载:"初,若敖娶于邧,生鬬伯比。若敖卒,从其母畜于邧,淫于邧子之女,生子文焉。邧夫人使弃诸梦中。虎乳之。邧子田,见之,惧而归。夫人以告,遂使收之。楚人谓乳'榖',谓虎'於菟',故命之曰'鬬榖於菟'。以其女妻伯比。实为令尹子文。"子文仁贤有才,忠于国事,为楚国史上著名贤大夫。屈原关于他的第一个疑问是,为何邧子之女与楚宗室鬬伯比环间穿社以及丘陵,行其淫乱之事,却生下了后来的贤相子文呢?

接下来"(吾)〔语〕告堵敖"句颇难理解,故异说亦多。王逸认为堵敖是屈原同时的楚国贤人:"屈原放时,语堵敖曰:'楚国将衰,不复能久长也。'"其说甚谬。堵敖实为楚文王子、楚成王兄,早于屈原殆数百年。

《左氏春秋》鲁庄公十四年(前680)载:"楚子如息,以食入享(杜注:伪设享食之具),遂灭息,以息妫归,生堵敖及成王焉……"《楚世家》云:"文王……十一年,齐桓公始霸,楚亦始大。十二年,伐邓,灭之。十三年(案,据《左氏春秋》当为十五年,即鲁庄十九年),卒,子熊囏立,是为庄敖。庄敖五年,欲杀其弟熊恽,恽奔随,与随袭弑庄敖代立,是为成王。"比对这两个文献,庄敖当即堵敖。而由《十二诸侯年表》,可知其在位时间为周惠元年至五年,即公元前676至公元前672年。楚文十年(前680)灭息,以息妫归,生堵敖及熊恽,十五年(前676)卒,而堵敖立,其时盖不过五岁,而熊恽当更年幼;堵敖立五年(当鲁庄二十三年,前671),熊恽杀之而代立,为成王,其时殆亦不过十岁①。

成王初,文王弟令尹子元擅权,诱母后文夫人,且欲篡位。《左氏春秋》庄公二十八年(前666)载:"楚令尹子元欲蛊文夫人,为馆于其宫侧,而振《万》焉。夫人闻之,泣曰:'先君以是舞也,习戎备也。今令尹不寻诸仇雠,而于未亡人之侧,不亦异乎!'御人以告子元(杜注:御人,夫人之侍人)。子元曰:'妇人不忘袭仇,我反忘之!'秋,子元以车六百乘伐郑,入于桔秩之门(杜注:桔秩,郑远郊之门也)。"子元伐郑后竟住进王宫,为申公鬭班所杀,鬭縠於菟遂任令尹,此即《左氏春秋》庄公三十年(前664)所记:"楚公子元归自伐郑,而处王宫,鬭射师谏,则执而梏之。秋,申公鬭班杀子元,鬭縠於菟为令尹,自毁其家,以纾楚国之难。"当时楚成王也就十几岁吧。

林庚认为,所谓"(吾)〔语〕告堵敖以不长",指令尹子文向成王谈"国家过去的历史教训与治乱之道"②。稍嫌不确。该句大意当是指子文以堵敖立不数年即被成王杀死一事告诫成王,要他从切身经历中汲取教训。"诫上"本作"试上",今从别本,作"试"当是形近之讹;学界通常据"试"字解为"弑"之通假,实之以成王弑兄代立一事,又以周惠王礼遇成王来坐实"忠名弥彰"语③,殆误。《楚世家》载:"成王恽元年,初即位,布德施惠,结旧好于诸侯。使

---

① 张正明据《左氏春秋》,断定堵敖在位时间为三年,而楚成元年仍为前671年(见所著《楚史》,第93页)。

② 林庚《〈天问〉论笺·〈天问〉笺释》,《林庚楚辞研究两种》,第246页。

③ 比如金开诚等注云:"告:语。堵敖:名熊艰,春秋前期楚国国君,后被其弟楚成王熊恽所杀。试:通'弑'。上:指堵敖。清人王闿运说:'弑上,弑君也。'(《楚辞释》)自予:指楚成王熊恽杀死堵敖,把王位给了自己。弥彰:更加显著。'忠名弥彰',据《史记·楚世家》,楚成王杀死堵敖继位之后,布德施惠,结好于各诸侯国,又向周王朝进贡,表示敬意,受到了周天子的赏赐,博取了好名声。"(见金开诚等选注《楚辞选集》,人民文学出版社1998年版,第139页)

人献天子,天子赐胙,曰:'镇尔南方夷越之乱,无侵中国。'于是楚地千里。"此即所谓周天子礼遇成王一事。然此事根本不能视为"忠名"如何如何,跟"忠名弥彰"毫无关联;且此时成王已为国君,楚臣屈原尚可以"忠"论之? 故谓屈原以"忠名"论成王,于史为无据,于理为不类。林庚解"何诚上自予,忠名弥彰"一句,以为"诚上"指子文初为令尹时告诫成王,"自予"当作"自纾",指子文初为令尹时,"自毁其家,以纾楚国之难","成王在位四十六年,楚国势日强。至楚庄王(成王之孙)遂为五霸之一,这兴亡的转折关键,正是令尹子文所扭转奠定的",其忠贤之名因此远扬①。这是极为正确的判断,然子文之事尚需进一步厘清。

子文为令尹在鲁庄三十年(前664),《左氏春秋》僖公二十三年(前637)记载子文让令尹于成得臣即子玉,其间近三十年,殆有数次就职去职。子文作为屈作中最明确、最重要的楚史元素,关注点在"忠","忠名弥章"四字绝非泛泛而设。《左氏春秋》谓子文"自毁其家,以纾楚国之难",正是"忠"的表现。其僖公二十三年(前637)记曰:"秋,楚成得臣帅师伐陈,讨其贰于宋也。遂取焦、夷,城顿而还。子文以为之功,使为令尹。叔伯曰:'子若国何?'(杜注:叔伯,楚大夫蒍吕臣也,以为子玉不任令尹)对曰:'吾以靖国也。夫有大功而无贵仕,其人能靖者与,有几?'"由此可以想见子文自毁以纾国难的作为,总之是不惜牺牲自身利益来成全国家。《国语·楚语下》"鬬且廷见令尹子常"章,载楚昭王大夫鬬且谓令尹子常曰:"昔鬬子文三舍令尹,无一日之积,恤民之故也。成王闻子文之朝不及夕也,于是乎每朝设脯一束、糗一筐,以羞子文。"《战国策·楚策一》"威王问于莫敖子华"章,载莫敖子华对楚威王,曰:"昔令尹子文缁帛之衣以朝,鹿裘以处,未明而立于朝,日晦而归食,朝不谋夕,无一月之积。故彼廉其爵,贫其身,以忧社稷

---

① 参阅林庚《〈天问〉论笺·〈天问〉笺释》,《林庚楚辞研究两种》,第245—247页。

者,令尹子文是也。"《潜夫论·遏利》亦谓:"楚鬭子文三为令尹,而有饥色,妻子冻馁,朝不及夕……"这些记载或有夸大其词,但应该可以说明基本事实,亦足见子文一向置自家于度外,而尽忠于国事。屈原对子文的关注不仅跟《左氏春秋》的材料一致,而且与孔子的评价合若符契。《论语·公冶长》记载:"子张问曰:'令尹子文三仕为令尹,无喜色;三已之,无愠色。旧令尹之政,必以告新令尹。何如?'子曰:'忠矣。'曰:'仁矣乎?'曰:'未知,焉得仁?'"①

林庚认为:"屈原在问过楚国先王的事情之后,最后以问楚国先代的贤臣作结,也隐有与自己的抱负和遭遇对照的意思。"②这一体会十分合理。但应该强调,屈原提及子文,主要是因应楚国当时困境而推出的解决之道。《天问》反思灵、昭等先君旧事,目的是要当时的楚国直面现实,省思国运;昭王等先君时,楚东有强吴之难,几于亡国,而怀、襄之世,楚西有强秦之患,危如累卵,至于如何应对,《天问》归结于贤臣后便戛然止笔。《天问》之作值屈原被顷襄放逐到陵阳时期,他从生死攸关的国运的高度凸显忠贤大臣的价值,用意甚深,其苦殆不可与俗人言也。由此已可见屈作历史视野之构成有力地凸显了诗人的现实关怀。

至此,屈作历史视野中的楚史要素就十分清楚了。从总体上说,必须承认屈子对楚史的关注实在少了一点。这从楚文化、楚史的独特性上很难得到解释,细揆之则甚为有趣。随着下文对相关史实作进一步爬梳,我们会越来越清晰地面对真实的屈子。

---

① 《论衡·问孔》载有此说。张正明认为王充有误,宦海中三浮三沉的是孙叔敖而非子文(见所著《楚史》第157页)。张说值得商榷。《论衡》之说出自《论语》;子文三为令尹一事,前可见于《论语》,后可见于《论衡》《潜夫论》等,不可横加质疑。

② 林庚《〈天问〉论笺·〈天问〉尾章"薄暮雷电归何忧"以下十句》,《林庚楚辞研究两种》,第292页。

第二节 "三后"或"三五":人君之楷式

《离骚》有云:

> 昔三后之纯粹兮,固众芳之所在。
> 杂申椒与菌桂兮,岂维纫夫蕙茝?
> 彼尧舜之耿介兮,既遵道而得路。
> 何桀纣之猖披兮,夫唯捷径以窘步。
> 惟夫党人之偷乐兮,路幽昧以险隘。
> 岂余身之惮殃兮,恐皇舆之败绩。
> 忽奔走以先后兮,及前王之踵武。
> 荃不察余之中情兮,反信谗而齌怒。

"三后"一词,后人歧说纷出,游国恩称"难以确解"①,但也并非无解。

约当西汉平帝(1—5年在位)至东汉明帝(58—75年在位)时期的赋家冯衍撰《显志赋》,尝云:"昔三后之纯粹兮,每季世而穷祸。吊夏桀于南巢兮,哭殷纣于牧野。诏伊尹于亳郊兮,享吕望于酆洲。功与日月齐光兮,名与三王争流。"(《后汉书·冯衍列传》)"扬屈原之灵氛"的冯衍显然以《离骚》之"三后"为夏商周三代开国之君,以夏桀、殷纣为"三后"之"季世"便是明证;而据"诏伊尹"语,可知他以为"三后"中的商君指汤,据"享吕望"语,可知他以为"三后"中的周君指文王(文王都酆,武王都镐),然则其所谓"三后"中的夏君当指大禹。后来王逸作《楚辞章句》,明确将"三后"解为禹、汤、文王,钱杲之《离骚集传》谓"三后,三代之王"等,

---

① 游国恩《离骚纂义》,《游国恩楚辞论著集》第一卷,中华书局2008年版,第52页。

均袭此意。

朱熹撰《集注》，承王说但又首鼠两端，故其注用王逸章句，但其《楚辞辩证上》则云："三后，若果如旧说，不应其下方言尧、舜，疑谓三皇，或少昊、颛顼、高辛也。"黄文焕笺曰："三后，指三皇也。因述尧舜之遵道，故遡三皇也。三皇，先尧舜而辟路者也；尧舜，遵三皇而得路者也。"朱冀亦明确反对以"三后"为禹、汤、文、武，谓："三后者，三皇也，下章尧舜遵道，文理方顺。"在注"汤禹严而祗敬兮，周论道而莫差"一语时，又说："前'三后'指三皇，与此章绝不相蒙。"方廷珪亦以为"三后"指三皇，其注"彼尧舜之耿介兮，既遵道而得路"，云："三后为用芳之祖，辟其路于前，尧舜遵三后之道，故能得其路于后。"(《文选集成》卷之一《离骚》注)清末民初，王树柟撰《离骚注》，说："三后，谓黄帝、颛顼、帝喾也。《史记》依《世本》《大戴礼》，以黄帝、颛顼、帝喾、尧、舜为五帝；谯周、应劭、宋均等同此说。此文上言'三后'，下言'尧舜'，故知'三后'指黄帝、颛顼、帝喾而言，王逸谓禹、汤、文王，失之。"朱熹等人的看法与王树柟有所不同，但他们都是把"三后"解为华夏古史上的三位明君；其与冯衍、王逸的差异，在于以"尧舜"为时间坐标向上推求，根据是《离骚》先说"三后"，而后及"尧舜"。

蒋骥注云："'三后'见《吕刑》，谓伯夷、禹、稷也。……原盖以三后自比，而望其君为尧、舜也。"此说有明确的文献依据，即《尚书·吕刑》记："(尧)乃命三后，恤功于民：伯夷降典，折民惟刑；禹平水土，主名山川；稷降播种，农植嘉谷。三后成功，惟殷于民。"蒋骥将"三后"解作华夏古史上三位贤臣，跟学界习见之说迥异，胡文英《屈骚指掌》相同，今人亦或承之①。

相比之下，汪瑗的观点更为独特。其《集解》云："三后，谓楚之先君，特不知其何所的指也。"其《蒙引》"三后"条说："此只言

---

① 如边家珍认同此说，参见所著《"三后"释义辩正》一文，刊载于《学术研究》1990年第1期。

'三后'而不著其名者,盖指楚之先君矣。……吾尝谓颛顼高阳氏为楚之鼻祖矣,其余如祝融氏、季连氏、鬻熊氏,及熊绎为受封之始、熊通为称王之始、熊贲为迁都之始,皆楚之先君有功德所当法焉者也。但不知其何所指耳。昔夔不祀祝融、鬻熊而楚成王灭之,则二氏为楚之尊敬也久矣。然此所谓'三后'者,以理揆之,当指祝融、鬻熊、熊绎也。……今亦无所考证,姑志其疑,以俟君子。而指楚之先君则决然也。"此说蕴含了从楚文化、楚史角度解决问题的清晰思路,在楚辞学史上是至关重要的。王夫之《通释》承此而提出了自己的判断:"三后,旧说以为三王,或鬻熊、熊绎、庄王也。"戴震循此方向,而修正了所指的具体对象,曰:"三后,谓楚之先君贤而昭显者,故径省其辞,以国人共知之也,今未闻。在楚言楚,其熊绎、若敖、蚡冒三君乎?"作为楚辞研究之大家,汪瑗、王夫之、戴震都把"三后"解为楚国三位先王,甚至明确了"在楚言楚"的阐释理念,于情于理似乎均度越前贤。这种思维方式与具体解说至近现代仍有重大影响。谢无量云:"三后,指楚先王。"①黄灵庚结合战国楚简,考索辨析,并断言:"《离骚》'三后',犹楚简之'三楚先''楚先',指老僮、祝融、穴熊三人或老僮、祝融、鬻熊三人。以其楚人皆晓知之,故屈子径以'三后'称之。"②这明显是套用戴震等人的思维模式和见解,而实之以出土文献,并作了部分修正。新近宋华强将"穴熊"排除,说"三后"即新蔡简"三楚先"——老童、祝融和鬻熊③。在依战国楚简做出修正后,《离骚》"三后"指"三楚先"之说似可成为定谳了。游国恩苦于"证据不足,未可遽指为确诂"的难题④,看起来得到了解决。

不过,楚国固有若干重要或英明的先公先王,如以上学者提及

---

① 谢无量《楚词新论》,第 46 页。
② 参见黄灵庚《屈赋楚简补正》,刊载于《云梦学刊》2005 年第 1 期。
③ 参见宋华强《〈离骚〉"三后"即新蔡简"三楚先"说》,刊载于《云梦学刊》2006 年第 2 期。
④ 参阅游国恩《离骚纂义》,《游国恩楚辞论著集》第一卷,第 52 页。

的老童、祝融、鬻熊、熊绎、若敖、蚡冒、庄王等,可据《离骚》《天问》《九章》等作,这些人物并未明确进入屈作反思历史的视野,更不用说被树为人君典范、被赋予举贤授能等范式意义了。这是极重要、极根本的事实。要把握"三后"意指,须注意如下两点:其一,"三后"是屈原为国君树立的治国理民的楷模,由下文"忽奔走以先后兮,及前王之踵武"一语较然可知(其间以"前王"概指"三后"和"尧舜",亦颇值得注意,参见下文所论)。其二,把"三后"推尊为人君楷模是就举贤授能而言的,"固众芳之所在"即隐喻荟萃群贤。从这两方面看,将"三后"解为古代三位贤臣或楚史上三位先王,明显背离了屈子的本意。

尤其重要的是,从阐释理念上说,认为屈子为楚人,故其作品必须依楚文化、楚史来作解释,这纯粹是想当然,太简单化了。作为史上罕有其匹的伟大诗人,屈原对于楚文化和楚史既有一定的开放性,又有一定的封闭性,并非其所有问题都能从楚文化、楚史中找到答案。相反,由于他的知识结构与认知在很大程度上超越了楚文化、楚史,一系列重要问题,比如其价值观念、政教伦理取向、人生追求模式、历史视野、对原始神话传统的超越等,都必须到楚文化和楚史以外来寻求解决之道①。后人研究自不当替屈原画地为牢。

"三后"作为屈子历史视野的核心组成部分,其所指必隐含在该历史视野中。要作出确当的解释,必先弄清该历史视野中有哪些举贤授能、堪为典范的"前王"。概括地说,屈子传世作品中被推为人君典范的前王,有唐尧、虞舜、夏禹、商汤、周文王(及周武王),着眼点主要在举贤授能。屈作固然还提及古史中的颛顼和高辛,以及齐桓、秦穆、晋文等。但颛顼只以远祖身份见于《离骚》开篇。高辛主要是在艺术想象层面上充当主人公的"情敌",见于

---

① 关于屈子对原始神话传统的超越,参阅拙著《屈原及其诗歌研究》第一章"超越和承继:屈原诗歌和原始传统"。

《思美人》和《离骚》；《天问》涉及高辛以玄鸟求简狄的神话，立足点则是质疑。齐桓、秦穆主要是在君臣遇合意义上受到关注，如《离骚》与《惜往日》叙及宁戚遇合齐桓，《惜往日》叙及百里奚遇合秦穆。晋文公受肯定的地方，主要是他对忠臣介子推过而能悟，也见于《惜往日》。这些君王均未被赋予明确的人君典范的意义①。屈作这一视野再次超出了人们的常识和想象，在接下来作梳理时，我们应注意它得到了哪些支持。

一、尧舜

《离骚》云："彼尧舜之耿介兮，既遵道而得路。"王逸解释说："尧、舜，圣德之王也。……尧、舜所以有光大圣明之称者，以循用天地之道，举贤任能，使得万事之正也。"把"遵道而得路"的根本点界定在"举贤任能"上，颇有见地，因为它是屈原政教伦理的核心诉求。

舜即重华，跟尧一起被屈子推为人君之楷模，也堪称他的精神导师。研究神话的学者多强调高辛和舜的同一性，认为帝喾高辛氏本是古代东夷部族所传之上帝——俊（夋）亦即舜，其名为重华②。有楚史专家据此解释屈作，称："《离骚》推尊重华，重华是帝

---

① 汤炳正说："儒家'法先王'，乐称尧、舜、汤、武；法家'法后王'，标榜齐桓、晋文。在战国时期，这个界限本来是很严格的。所以孟子曾说：'仲尼之徒无道桓、文之事者。'荀子也说：'仲尼之门，五尺之竖子，言羞称乎五伯。'但我们发现，在屈赋的不少篇章里，却往往是把尧、舜、禹、汤、文、武之盛德，跟齐桓公、秦缪公的业绩同时并称。可见，汉宣帝所谓'汉家自有制度，本以霸、王道杂之'的政治局面，在屈原思想体系中早已见其端倪。"（见所著《屈赋新探·论〈史记〉屈、贾合传》，第149页）这样说，显然忽视了齐桓、秦穆跟尧、舜、禹、汤、文、武等前王，在屈作历史视野中实具有不同功能。

② 帝喾、帝夋（俊）、帝舜指一人之说，可以袁珂为代表。《山海经·大荒东经》云："有中容之国。帝俊生中容，中容人食兽、木实，使四鸟：豹、虎、熊、罴。"袁珂注引郭璞云："'俊'亦'舜'字假借音也。"又引郝懿行云："《初学记》九卷引《帝王世纪》云：'帝喾生而神异，自言其名曰夋。'疑'夋'即'俊'也，古字通用。郭云'俊'亦'舜'字，未审何据。《南荒经》云：'帝俊妻娥皇。'郭盖本此为说。"（转下页）

俊的号,足证屈原也崇拜高辛。"① 屈原推尊重华是毋庸置疑的。《离骚》主人公在遭谗被讥、前进遭挫、受女媭责骂后,曾南征苍梧,向重华陈词,《涉江》又有与重华同游瑶圃的想象。然而屈原并不把帝喾高辛氏和重华视为一人。《离骚》主人公向重华陈词后,很快就有一个片段说主人公与高辛争夺美女简狄。主人公派鸩鸟做媒,鸩鸟暗中使坏,又派雄鸠做媒,雄鸠轻佻不堪信用。高辛则以凤皇为媒,故捷足先登。这一情节又约略见于《思美人》《天问》等诗。屈原不可能把自己的精神导师设想为情场上的对手,"重华"和"高辛"在其视野中必为二人,否则刚刚向重华陈词,转眼便跟他争夺美女,何其扞格乖戾。《大戴礼记·帝系》篇称:

――――――

(接上页)然《西荒经》又云:'帝俊生后稷。'《大戴礼·帝系》篇以后稷为帝喾所产,是帝俊即帝喾矣。但经内帝俊叠见,似非专指一人。此云帝俊生中容,据《左传》文十八年云,高阳氏才子八人,内有中容(案:今本作仲容),然则此经帝俊又当为颛顼矣。经文踳驳,当在阙疑。"袁珂案:"郝说帝俊即帝喾,是也;然谓郭云'俊'亦'舜'字未审何据,则尚有说也。《大荒南经》'帝俊妻娥皇'同于舜妻娥皇,其据一也。《海内经》'帝俊生三身,三身生义均',义均即舜子商均(《路史后纪》十一:'女䓺(女英)生义均,义均封于商,是为商均。'说虽晚出,要当亦有所本),其据二也。《大荒北经》云:'(卫)丘方圆三百里,丘南帝俊竹林在焉,大可为舟。'而舜二妃亦有关于竹之神话传说,其据三也。余尚有数细节足证帝俊之即舜处,此不多赘。是郭所云实无可非议也。至于帝俊神话之又或同于颛顼神话者,是部分神话偶然相同,非可以谓帝俊即颛顼也。"又《大荒南经》云"帝俊生季釐",袁珂注引郝懿行云:"文十八年《左传》云:高辛氏才子八人,有季貍;'貍''釐'声同,疑是也。是此帝俊又为帝喾矣。"袁珂案:"帝俊本即帝喾。《初学记》卷九引《帝王世纪》云:'帝喾……自言其名曰夋。'即为最直接而有力之证据。《大荒西经》云:'帝俊生后稷。'《大戴礼·帝系》篇则云:'帝喾上妃姜嫄氏产后稷。'《大荒西经》有'帝俊妻常羲',《世本·王侯大夫谱》亦有'帝喾次妃,娵訾氏之女曰常仪',常仪即常羲也。此经帝俊生季釐同于帝喾才子八人之季貍,特相同点之一也。"(以上见袁珂《山海经校注》,上海古籍出版社 1980 年版,第 344—345、371 页)案:远古神话之流传未必整齐划一,袁珂所证当只是其中一种情况。《山海经·大荒南经》云:"帝尧、帝喾、帝舜葬于岳山。"此"帝舜""帝喾"当不同指,否则不必并陈。

① 张正明又说高辛别称帝夋,均见所著《楚史》第 8 页。

"瞽叟产重华,是为帝舜……"《史记·五帝本纪》记:"虞舜者,名曰重华。"在作为中原主流历史叙述的《帝系》和《五帝本纪》中,这位虞舜重华跟黄帝、颛顼、帝喾高辛、唐尧并列,屈作历史视野并有高阳(颛顼)、高辛、尧、舜,二者显然一致。

儒家学者向来高扬尧舜之道。《礼记·中庸》说,"仲尼祖述尧舜,宪章文武"。仲尼将尧之道推至无与伦比的高度,说:"大哉尧之为君也!巍巍乎!唯天为大,唯尧则之。荡荡乎,民无能名焉。巍巍乎,其有成功也。焕乎,其有文章。"(《论语·泰伯》)朱熹集注说:"言物之高大,莫有过于天者,而独尧之德能与之准。故其德之广远,亦如天之不可以言语形容也。"孔子又说:"巍巍乎,舜禹之有天下也而不与焉。"(《论语·泰伯》)孟子推尊尧舜的言论可谓比比皆是。《孟子·滕文公上》记载:"滕文公为世子,将之楚,过宋而见孟子。孟子道性善,言必称尧舜。"孟子自己说:"我非尧舜之道不敢以陈于王前,故齐人莫如我敬王也。"(《孟子·公孙丑下》)鼓吹性善说与张扬尧舜之道在孟子那里并不矛盾。

屈原以前,中原张扬尧舜之道的核心学者不只是孔、孟等儒者,还有墨家创始人墨翟,两派推扬尧舜之关键均在其重贤、举贤与亲贤。

1. **关于尧之举贤**

郭店简书《穷达以时》曾说:"舜耕于鬲山,陶笥于河滨,立而为天子,埶(遇)尧也。"《汤吴(唐虞)之道》(篇题为整理者拟加)则说:"古者尧之弅(举)舜也,昏(闻)舜孝,智(知)丌能羛(养)天下之老也;昏舜弟(悌),智丌能䎽(事)天下之长也;昏舜兹(慈)虗弟□□□□□为民宝(主)也。古(故)丌为𣌭寛(瞽瞍)子也,甚孝;及丌为尧臣也,甚忠。尧廛(禅)天下而受(授)之,南面而王(而)〔天〕下而甚君。古(故)尧之廛虗舜也,女(如)此也。"孟子则说:"舜发于畎亩之中,傅说举于版筑之间,胶鬲举于鱼盐之中,管夷吾举于士,孙叔敖举于海,百里奚举于市。"(《孟子·告子下》)①此章宗旨虽是说,"天将降大任于是人也,必先苦其心志,劳其筋骨,饿其体肤,空乏其身,行拂乱其所为,所以动心忍性,曾益其所不能"(《孟子·告子下》),但也说明孟子肯定君王任贤之举(其中就包括尧举用舜)。《墨子·尚贤上》谓"古者尧举舜于服泽之阳,授之政,天下平",亦高度肯定尧举用社会底层的舜。

2. 关于舜之举贤

《尚书·尧典》篇记舜帝用禹、垂、益、伯夷、夔、龙以及弃、契、皋陶于不同职事,甚悉(参见下表所列)。《五帝本纪》记:"舜曰:'嗟!女二十有二人,敬哉,惟时相天事。'"《史记集解》引马融曰:"稷、契、皋陶皆居官久,有成功,但述而美之,无所复敕。禹及垂已下皆初命,凡六人,与上十二牧四岳,凡二十二人。"但弃为后稷,契为司徒,皋陶作士,亦当为舜举用。故孔子及其后学常赞颂舜举用诸人。《论语·颜渊》记,樊迟见子夏曰:"乡也吾见于夫子而问知,子曰'举直错诸枉,能使枉者直',何谓也?"子夏曰:"富哉言乎!舜有天下,选于众,举皋陶,不仁者远矣……"《论语·泰伯》说:"舜有臣五人而天下治。"朱熹集注:"五人,禹、稷、契、皋陶、伯益。"孟子则说尧举舜敷治,舜使益掌火,禹治水,后稷教民稼穑,契为司徒,又谓"尧以不得舜为己忧,舜以不得禹、皋陶为己忧"(《孟子·滕文公上》)。此外,《左氏春秋》鲁文公十八年(前609)记鲁太史里革曰:"昔高阳氏有才子八人,苍舒、隤敳、梼戭、大临、尨降、庭坚、仲容、叔达,齐、圣、广、渊、明、允、笃、诚,天下之民谓之'八恺'。高辛氏有才子八人,伯奋、仲堪、叔献、季仲、伯虎、仲熊、叔豹、季狸,忠、肃、共、

---

① 朱熹注"孙叔敖举于海",曰:"孙叔敖隐处海滨,楚庄王举之为令尹。"张正明认为此说谬,"海"只是水库,赴郢前,孙叔敖就住在期思陂附近,期思陂即他主持修筑的,当时他尚无官职(参见所著《楚史》第154页)。聊备参考。

懿、宣、慈、惠、和,天下之民谓之'八元'。此十六族也,世济其美,不陨其名。以至于尧,尧不能举。舜臣尧,举八恺,使主后土,以揆百事,莫不时序,地平天成。举八元,使布五教于四方,父义、母慈、兄友、弟共、子孝,内平外成。"这里高度颂扬舜荟萃群贤。舜之举贤确为史上空前之盛事,即便跟尧比,也有过之而无不及。舜举用禹、益、稷、伯夷、夔、咎繇等贤才,亦见于郭店简书《汤吴之道》:"甼(禹)㓝(治)水,脑(益)㓝火,后稷(稷)㓝土,足民羖(养)也。伯夷主豊(礼),愄(夔)守乐,孙(逊)民教也。咎采(咎繇)内用五型(刑),出弋(式)兵革,皋(罪)(泾)〔淫〕暴也。☐用惢(威),夏用戈,𠄎不備(服)也。怣(爱)而正之,吴(虞)夏之㓝也。"①该文将禹、益诸子所任职事的政教伦理功能归结为三大方面,即"足民羖(养)""孙(逊)民教""皋(罪)(泾)〔淫〕暴",概括得相当准确和明晰。《大戴礼记·五帝德》记宰我曰:"请问帝舜。"孔子曰:"蟜牛之孙,瞽叟之子也,曰重华。好学孝友,闻于四海,陶家事亲,宽裕温良,敦敏而知时,畏天而爱民,恤远而亲亲。承受大命,依于倪皇(即艺祖,犹周之明堂);睿明通知,为天下工(官):使禹敷土,主名山川,以利于民;使后稷播种,务勤嘉谷,以作饮食;羲、和掌历,敬授民时;使益行火,以辟山莱;伯夷主礼,以节天下;夔作乐,以歌籥舞,和以钟鼓;皋陶作士,忠信疏通,知民之情;契作司徒,教民孝友,敬政率经。其言不惑,其德不慝,举贤而天下平⋯⋯"

---

① 此文今有残缺。盖"足民羖(养)""皋(罪)(泾)〔淫〕暴"二语,与"孙(逊)民教也"相对称,其下均当补"也"字。"豊(礼)""乐"相并列,文谓"愄(夔)守乐",残缺处当系典礼主礼者,据《尚书·尧典》《大戴礼记·五帝德》补为伯夷。

表 3-1 舜举贤臣表

出处\贤臣	《尧典》	《五帝德》	《汤吴之道》	《滕文公上》
禹	舜曰:"咨,四岳,有能奋庸熙帝之载,使宅百揆,亮采惠畴?"佥曰:"伯禹作司空。"帝曰:"俞,咨,禹,汝平水土,惟时懋哉!"	使禹敷土,主名山川,以利于民。	垔(禹)勾(治)水	禹疏九河,瀹济、漯,而注诸海;决汝、汉,排淮、泗,而注之江,然后中国可得而食也。
稷	帝曰:"弃,黎民阻饥,汝后稷播时百谷。"	使后稷播种,务勤嘉谷,以作饮食。	后稷(稷)勾土	后稷教民稼穑,树艺五谷,五谷熟而民人育。
契	帝曰:"契,百姓不亲,五品不逊,汝作司徒,敬敷五教,在宽。"	契作司徒,教民孝友,敬政率经。		使契为司徒,教以人伦:父子有亲,君臣有义,夫妇有别,长幼有序,朋友有信。
皋陶	帝曰:"皋陶,蛮夷猾夏,寇贼奸宄,汝作士。五刑有服,五服三就;五流有宅,五宅三居:惟明克允。"	皋陶作士,忠信疏通,知民之情。	咎采(咎繇)内用五型(刑),出弋(式)兵革	
垂	帝曰:"畴若予工?"佥曰:"垂哉。"帝曰:"俞,咨,垂,汝共工。"			
益	帝曰:"畴若予上下草木鸟兽?"佥曰:"益哉。"帝曰:"俞,咨,益,汝作朕虞。"	使益行火,以辟山莱。	朕(益)勾火	舜使益掌火,益烈山泽而焚之,禽兽逃匿。

续表

出处\贤臣	《尧典》	《五帝德》	《汤吴之道》	《滕文公上》
伯夷	帝曰:"咨,四岳,有能典朕三礼?"佥曰:"伯夷。"帝曰:"俞,咨伯,汝作秩宗,夙夜惟寅,直哉惟清。"	伯夷主礼,以节天下。	伯夷主豊(礼)	
夔	帝曰:"夔,命汝典乐,教胄子,直而温,宽而栗,刚而无虐,简而无傲,诗言志,歌永言,声依永,律和声,八音克谐,无相夺伦,神人以和。"	夔作乐,以歌籥舞,和以钟鼓。	悢(夔)守乐	
龙	帝曰:"龙,朕堲(疾恶)逸说殄行,震惊朕师,命汝作纳言,夙夜出纳朕命,惟允。"			
羲、和		羲、和掌历,敬授民时。		

说明:表中所列内容,仅取《尚书·尧典》《大戴礼记·五帝德》、郭店简文《汤吴之道》、《孟子·滕文公上》之相关内容为例。

3. 关于尧舜之举贤

郭店简书《汤吴之道》极力颂赞尧舜之尊贤授贤,且以其尊贤为义、以其禅让为义之至。有云:"尧舜之行,惢罕(爱亲)犨叒(尊贤)。惢罕古(故)孝,尊叒古廛(禅)。孝之杀,惢天下之民。廛之襫,世亡芯(隐)直(德)。孝,忞(仁)之冕也。廛,义之至也。六帝兴于古,虐(咸)采(由)此也。惢罕亢(忘)叒,忞而未义也。尊叒遗罕,我(义)而未忞也。古者吴(虞)舜笞(笃)事夲寞(瞽瞍),

乃弋(式)丌孝;忠事帝尧,乃弋丌臣。惩罪尊畎,吴舜丌人也。"又说:"廛也者,上直(德)受(授)畎(贤)之胃(谓)也。上直(德)则天下又君而世明,受畎则民兴教而蜴(化)虖道。"孟子曰:"尧以不得舜为己忧,舜以不得禹、皋陶为己忧。夫以百亩之不易为己忧者,农夫也。分人以财谓之惠,教人以善谓之忠,为天下得人者谓之仁。是故以天下与人易,为天下得人难。"(《孟子·滕文公上》)又曰:"知者无不知也,当务之为急;仁者无不爱也,急亲贤之为务。尧舜之知而不遍物,急先务也;尧舜之仁不遍爱人,急亲贤也。"(《孟子·尽心上》)这是称颂尧舜治天下,以求贤亲贤为急务。

战国时期,儒墨并盛,法家集大成者韩非曾谓"世之显学,儒、墨也"(《韩非子·显学》),屈原则博闻强识,因此,儒墨之学影响屈原,在情理当中。事实上只有以此为背景,才能明白他为什么会把尧舜树立为遵道得路、举贤任能的人君典范。

二、禹、汤、文、武

屈原也十分推重禹、汤、周文王以及周武王。《离骚》云:"汤禹严而祗敬兮,周论道而莫差。举贤而授能兮,循绳墨而不颇。"王逸章句:"周,周家也。"洪补:"言周则包文、武矣。"屈作中,禹、汤、文、武被立为国君当效法的榜样,"严而祗敬""论道而莫差""举贤而授能""循绳墨而不颇"等,是其核心关注,敬贤举贤又赫然成为关键。王逸解"汤禹严而祗敬"为"畏天敬贤",其实重点当在敬贤,由诗歌后半"汤禹严而求合兮,挚咎繇而能调"一语,较然可知,周代文武讲究治天下之道,重点也当在尚贤,故"举贤而授能"一语乃紧承禹、汤、文、武三代之贤君。屈子认为,人君举贤授能之前提是敬贤。《抽思》"憍吾以其美好兮,览余以其修姱",是刺怀王不敬贤才。《离骚》谓"椒专佞以慢慆兮,榝又欲充夫佩帏。既干进而务入兮,又何芳之能祗",就最直接的隐喻意义而言,这是批评众官僚不敬贤,但未必与屈原期求国君敬贤无关①。《离骚》主人公因宓妃"虽信美而无礼",弃之而改求,亦有讽刺怀王不礼待贤臣之意。屈原得不到衹敬的痛切体验,是他推重君王敬贤的现实驱动力。

禹之举贤授能,集中表现在他欲授政于咎繇。《史记·夏本纪》记:"帝禹立而举皋陶荐之,且授政焉,而皋陶卒。"张守节正义引《帝王纪》云:"尧禅舜,命之作士。舜禅禹,禹即帝位,以咎陶最贤,荐之于天,将有禅之意。未及禅,会皋陶卒。"

而禹举益、汤举伊尹、文王举闳夭泰颠、武王信用周公旦及召公奭等,屡受儒墨诸家之称颂。《墨子·尚贤上》云:"禹举益于阴方之中,授之政,九州成;汤举伊尹于庖厨之中,授之政,其谋得;文王举闳夭、泰颠于罝罔之中,授之政,西土服。"子夏向樊迟解释"举直错诸枉,能使枉者直"一语,又说:"汤有天下,选于众,举伊尹,不仁者远矣。"(《论语·颜渊》)文王得人,史书之记载更为详细。《史记·周本纪》云:"公季卒,子昌立,是为西伯。西伯曰文王,遵后稷、公刘之业,则古公、公季之法,笃仁,敬老,慈少,礼下贤者,日中不暇食以待士,士以此多归之。伯夷叔齐在孤竹(案,此伯夷乃商末孤竹君之长子),闻西伯善养老,盍往归之;太颠、闳夭、散宜生、鬻子、辛甲大夫之徒皆往归之。"武王举用贤才之盛,则使孔子备极赞叹,以为仅次于尧舜。《论语·泰伯》篇载:"武王曰:'予有乱(治)臣十人。'孔子曰:'才难,不其然乎?唐虞之际,于斯为盛。有妇人焉,九人而已。三分天下有其二,以服事殷。周之德,其可谓至德也已矣!'"朱熹集注云:"十人,谓周公旦、召公奭、太公望、毕公、荣公、太颠、闳夭、散宜生、南宫适,其一人谓文

---

① 人们常从自身节操方面阐释"又何芳之能衹"。如林兆珂述注曰:"言但知求进而务入于君,何能敬守其芬芳之节乎?"屈子主要意思当不在此。黄文焕品此章曰:"'何芳之能衹',应前'汤禹俨而衹敬','衹'即敬也。爱芳不如敬芳,知敬则必不敢亵而委之、失实飘名矣。'专佞'、'慢慆',与'能衹'相反……"其说颇可参考。屈作张扬之"衹敬"侧重于君上之敬贤臣,参阅本书第五章第二节"屈作与《五行》学说"。

母。"又说:"言周室人才之多,惟唐虞之际,乃盛于此,降及夏商,皆不能及,然犹但有此数人尔,是才之难得也。"这些都是屈作历史视野直接或间接的支持。而从一般观念上看,孟子曰"不信仁贤,则国空虚"(《孟子·尽心下》),荀子曰"尧授能,舜遇时,尚贤推德天下治"(《荀子·成相》)等,跟屈子将举贤能作为核心政教伦理诉求,都是一脉相通的。

综上所论,屈原推崇尧、舜、禹、汤、文、武等往古圣帝明王,且根本关注点在敬德、遵法度、举贤能等,均可从儒家思想中得到支持(一定程度上也兼及墨家等)。在屈原反思历史的视野中,楚国先公先王并不重要,尧、舜、禹、汤、文、武则被置于核心位置,被树为人君之范式。屈原以此建构了最根本的政治思想,他期望国君"及前王之踵武",即期望国君追效这些明君。

李陈玉《楚词笺注》解"忽奔走以先后兮,及前王之踵武"语,说:"且勿论尧舜三后,楚国先王接踵更急。"又说:"故虽奔走先后,竭尽知谋,方将可继楚国先王之业。"林云铭解之曰:"欲挽回使追楚先世之所行,继其迹以保其基。"朱冀解之曰:"踵武者,穆庄以来强盛之遗迹也。盖前之导君先路,乃大夫致主初心,直望楚王希踪尧舜;此之奔走先后,则目睹皇舆将败,且图目前救患,步穆庄后尘,在大夫济世苦心,已降下一格矣。故不敢复道古帝王有先路也,但曰吾前王亦有踵武而已。此等中情,惓惓恳恳,可动天地,可泣鬼神,其如党人已有先入之言,而徒益君心之怒哉!"方廷珪袭用此说,称:"前王,楚穆庄诸王。……朱云:前之道君先路,为三后尧舜,乃大夫致主初心;此之奔走先后,只图目前救患,步庄穆后尘,济世苦心,已降一格矣。"(《文选集成》卷之一《离骚》注)近人谢无量亦认为"前王"指"楚前世三后,或专指楚威王"①。这些解释显然得不到屈作历史视野的支持。而且从《离骚》本文看,"前王"乃概指其上文的"三后"和"尧舜",若取上述诸家之说,则

---

① 谢无量《楚词新论》,第46页。又可参阅该书第26页相关内容。

上下文的逻辑脉络便被破坏了。

特别值得注意的是,将"三后"和"尧舜"并提,又概称之为"前王",这种文本构成意味着"三后"不包括尧舜,再结合上文之论析,可以断定它必是指禹、汤、文、武。王逸解释"昔三后之纯粹兮,固众芳之所在"二句,说:"言往古夏禹、殷汤、周之文王,所以能纯美其德而有圣明之称者,皆举用众贤,使居显职,故道化兴而万国宁也。……禹、汤、文王虽有圣德,犹杂用众贤,以致于治,非独索蕙茝、任一人也。"①这种看起来最寻常的解释正得屈子本意。

上文曾经提到,朱熹《辩证》、汪瑗《集解》等倾向于把"三后"解作楚人的三位贤君,有一个文本方面的考虑,即《离骚》先言"三后"而后言"尧舜"。比如汪瑗云:"此章言三后道德之美盛,固为后王所当法焉者也。旧说以三后为禹、汤、文武,而下方言尧、舜,非是。"这种理解太过拘泥了。游国恩反驳道:"朱熹……不知文史有别,屈子叙事岂必以时代先后为序耶?"②屈子列举人物常不遵时代之先后,比如"汤禹"两见于《离骚》、一见于《怀沙》,"禹汤"之说则绝不可见③。既然如此,他何以就不能先说禹、汤、文、武,再说尧、舜呢?"昔三后之纯粹"一段,乃先由禹、汤、文、武向上推求而得尧、舜,再由禹、汤、文、武、尧、舜向反面推求而得桀、纣,紧接着再由历史转入楚国现实,逻辑谨严,有条不紊,朱、汪诸家可以说是引避小嫌,而罔顾大体。

其实,对"三后"的上述诠释,还能从屈作中找到另一个极为有力的证据。——切不可忽视跟"三后"密切关联的"三五",那同

---

① 王逸章句接下来说:"故尧有禹、咎繇、伯夷、朱虎、伯益、夔,殷有伊尹、傅说,周有吕、旦、散宜、召、毕,是杂用众芳之效也。"这是脱离"禹、汤、文王"来发挥一般的义理,与"三后"本意不切。

② 游国恩《离骚纂义》,《游国恩楚辞论著集》第一卷,第52页。

③ 闻一多云:"先汤后禹,世次倒植,殊不可解。……是古书难详,阙以俟考。"(见所著《离骚解诂乙》,《闻一多全集》第五卷,第309—310页)其实并无难解之处,屈子无意于为前王排世次时,说"汤禹"亦未为不可。

样是屈原树起的人君楷模。其《抽思》篇云:"何独乐斯之謇謇兮,愿荪美之可完。望三五以为像兮,指彭咸以为仪。"在同一体系中的"三五"之"三"和"三后"之"三",所指应该是一致的。

王逸解该语曰:"三王五伯,可修法也。"不过他无意中还提供了另外一种解释。刘向《九叹·思古》云:"兴《离骚》之微文兮,冀灵修之壹悟。……背三五之典刑兮,绝《洪范》之辟纪。"王逸注"背三五"句,曰:"言君施行,背三皇五帝之常典,绝去《洪范》之法纪,任意妄为,故失道也。"刘向之"三五"和屈原之"三五"当有相承、一致的内涵,可王逸释后者为"三王五伯",释前者为"三皇五帝"。朱熹注《抽思》兼采之,云:"三五,谓三皇五帝,或曰三王五伯也。"汪瑗集解取其一说,谓"三五"即"三皇五帝",李陈玉、胡文英等承袭之。比如,李陈玉谓屈子以"三五"望其君,以"彭咸"自处,并且评论道,"原以三皇五帝望其君,想头极大。……万不幸,始以彭咸自处,结局甚细"。而王夫之通释则取其另一说,谓:"三五,旧说以为三王五伯。"蒋骥复承汪瑗、李陈玉之说云:"三五,三皇五帝也。像,形模也。仪,法也。责于君者,以三皇五帝为模;矢于己者,以彭咸死谏为法。"由此可见,旧注往往不出王逸提供的两种说法。戴震作了较大修正,谓:"三五,谓五帝三王,便文倒举耳。"这似乎是融汇王逸的两种说法,即从"三皇五帝"中取"五帝",从"三王五伯"中取"三王"。

总之,《抽思》"三五"之"三",以上楚辞学诸大家或解之为"三皇",或解之为"三王",那究竟应如何抉择去取呢?而具体说来,所谓"三"又包括哪三位帝王呢?

我们先看看"三皇"。"三皇"指上古三位帝王是毋庸置疑的,但歧说甚多。《庄子·外篇·天运》有:"余语汝三皇五帝之治天下。"成疏谓:"三皇者,伏羲、神农、黄帝也。"《吕氏春秋·用众》篇云:"夫取于众,此三皇、五帝之所以大立功名也。"高诱注:"三皇,伏羲、神农、女娲也。"班固《白虎通·号》篇:"三皇者,何谓也?谓伏羲、神农、燧人也。或曰:伏羲、神农、祝融也。《礼》曰:'伏羲、神农、祝融,三皇也。'"《史记·秦始皇本纪》载秦丞相王绾等言:"古有天皇,有地皇,有泰皇,泰皇最贵。"《艺文类聚》卷十一引《春秋纬》则说:"天皇、地皇、人皇,兄弟九人,分九州,长天下也。"总之众说纷纭,莫衷一是。然而要解决屈作的问题只需注意一点:以上诸说所及历史或传说中的人物,唯女娲明确进入了屈作的历史视野,即《天问》谓,"女娲有体,孰制匠之",但她不是人君之楷模,而是被质疑的造人之神①。因此,《抽思》中作为国君楷模的"三五"之"三"不可能指任何一种意义上的"三皇"。

那就再看看"三王"。"三王"可指周代三位先公先王。《国语·周语下》"王问律于伶州鸠"章有言:"以太蔟之下宫,布令于商,昭显文德,底纣之多罪,故谓之宣,所以宣三王之德也。"韦注曰:"三王,太王、王季、文王也。"不过此意古籍中不多见。"三王"常被解释为夏商周三代之君,但其具体所指亦颇有异词。或谓指禹、汤、武王。《穀梁传》鲁隐公八年(前715)记:"盟诅不及三王,交质子不及二伯。"范宁注曰:"三王,谓夏、殷、周也。夏后有钧台之享,商汤有景亳之命,周武有盟津之会。"夏后即禹。《史记·夏本纪》明确记载:"禹于是遂即天子位,南面朝天下,国号曰夏后,姓姒氏。"或谓指禹、汤、文王。孟子谓:"五霸者,三王之罪人也。"(《孟子·告子下》)赵岐注曰:"三王,夏禹、商汤、周文王是也。"又或谓指汤、文王、武王。《尸子》卷下:"汤复于汤丘,文王幽于羑里,武王羁于玉门,越王役于会稽,秦穆公败于殽塞,齐桓公遇贼,晋文公出走,故三王资于辱,而五霸得于困也。"②此例所谓"三王"殆非很固定的专名。以上四说,指三代之君的三种说法相通处甚多。尤其要考虑到,古人常把文、武合一,跟禹、汤并列,一如汪瑗于《九歌》题解部分所说,"禹汤文武谓之三王,而文武固可为一人

---

① 《天问》谓"登立为帝,孰道尚之",或与女娲为帝之说有关,参见下文所论。
② 参阅汪继培辑《尸子》卷下"散见诸书文汇辑",《商君书》与《尸子》合刊本,上海古籍出版社1989年版,第28页上。

也"。指周代三位先公先王的说法中，三位历史人物殆只有太王（古公亶父）和文王进入了屈作的历史视野。《离骚》谓"吕望之鼓刀兮，遭周文而得举"，是羡慕吕望和周文王遇合；其"周论道而莫差"，则是推举文、武治天下。《天问》"迁藏就岐，何能依"一问，当是针对太王自豳迁岐而发的。但在屈作中，太王未被树为人君典范。因此，不能拿这种说法来解释"三五"中的"三"。而禹、汤、文武在屈作历史视野中频繁出现，且被树为人君楷模，故而明显有同样功能的"三五"之"三"必是指禹、汤、文武。王逸、王夫之、戴震等学者仅仅注之为"三王"，其实完全可以具体化。①

"三后"及"三五"之"三"同在屈作系统内，有同样的功能或本质——均为人君之范式，其所指必有同一性，换句话说，"三五"之"三"和"三后"乃是屈作中互相规定、互相发明的元素。它们当即来自中原文化中常说的"三王"。汪瑗、王夫之、戴震等学者解"三后"时拘泥于楚之先君，解"三五"时则跳脱楚史之拘囿，回归通常所说的"三皇五帝""三王五伯"或者"五帝三王"的模式，根本原因就在于诸家虽能勉强找出三位楚国先公或先君来解释"三后"，却无法再从楚史上找出五位君王，来解释"三五"之"五"。硬把"三五"之"三"解作楚先君，再跳脱楚史来解"三五"之"五"，诸家亦自知其不类。"五""三"相并而为人君楷模，完全取消了"三后"指楚国三公或三君的可能性。而"三五"之"三"既不能解为楚人三位先公或先君，那么，如此解释"三后"就十分荒谬了。

除此之外，"三五"之"五"同样是屈作历史视野中的重要元素，它究竟是指"五帝"呢，还是指"五伯"？

"五帝"可指五方天帝。《周礼·春官·小宗伯》谓："小宗伯

---

① "三王"即夏、商、周三代之贤王。前人于有周一代，或单举"文王"，或单举"武王"，或将文王、武王捆绑在一起，如谓"文武受命"（《诗经·大雅·江汉》）、"文王受命，武王遂定天下"（郑玄《诗谱·小大雅谱》）。本书一般采取后一种综合的立场。

之职,掌建国之神位,右社稷,左宗庙。兆五帝于四郊,四望、四类亦如之。"郑注云:"五帝,苍曰灵威仰,太昊食焉;赤曰赤熛怒,炎帝食焉;黄曰含枢纽,黄帝食焉;白曰白招拒,少昊食焉;黑曰汁光纪,颛顼食焉。"《离骚》主人公尝游东方青帝之宫——春宫,又尝在赤水令西皇使"涉余"。此东帝、西皇都是超现实层面的要素,非人君所可效法。故作为人君楷模的"三五"之"五"断非指五方天帝。"五帝"又可指上古五位帝王,具体说来异说亦多:一说指黄帝轩辕氏、颛顼高阳氏、帝喾高辛氏、唐尧以及虞舜。《大戴礼记·五帝德》载孔子曰:"五帝用记,三王用度……"据其上下文即可知"五帝"之所指。《史记·五帝本纪》题下,张守节正义云:"太史公依《世本》《大戴礼》,以黄帝、颛顼、帝喾、唐尧、虞舜为五帝。谯周、应劭、宋均皆同。"这是古籍中居主流地位的叙述。二说指太昊伏羲氏、炎帝神农氏、黄帝、少昊挚以及颛顼,见于《礼记·月令》①。三说指少昊、高阳、高辛、尧、舜,见于皇甫谧《帝王世纪》。四说指伏羲、神农、黄帝、尧、舜,见于《周易·系辞下》。诸说所及,强有力地进入屈作历史视野且被明确树为人君楷模的,只有尧、舜。故此种意义上的"五帝",与屈子"三五"之"五"符同的程度也不高。

"五伯"指五位霸主,向无疑义,但其具体所指歧说亦多。其一,《庄子·内篇·大宗师》云:"夫道有情有信,无为无形;……神鬼神帝,生天生地……彭祖得之,上及有虞,下及五伯。"成疏曰:"五伯者,昆吾为夏伯,大彭、豕韦为殷伯,齐桓、晋文为周伯,合为五伯。"其二,《吕氏春秋·当务》云:"(備说)〔倪说〕非六王、五伯……"高诱注:"五伯,齐桓、晋文、宋襄、楚庄、秦缪也。"②其三,

---

① 《月令》谓孟春、仲春、季春之月,其帝太皞,其神句芒;孟夏、仲夏、季夏之月,其帝炎帝,其神祝融;中央土,其帝黄帝,其神后土;孟秋、仲秋、季秋之月,其帝少皞,其神蓐收;孟冬、仲冬、季冬之月,其帝颛顼,其神玄冥。

② 高亨、陈奇猷认为"備说"为"倪说"形近之误,参见陈奇猷《吕氏春秋新校释》,上海古籍出版社2002年版,第603、606页。

《荀子·王霸》云:"虽在僻陋之国,威动天下,五伯是也。……故齐桓、晋文、楚庄、吴阖闾、越句践,是皆僻陋之国也,威动天下,强殆中国,无它故焉,略信也。"其四,《汉书·诸侯王表》云:"昔周监于二代,三圣制法,立爵五等,封国八百,同姓五十有余。周公、康叔建于鲁、卫,各数百里;太公于齐,亦五侯九伯之地。……所以亲亲贤贤,褒表功德,关诸盛衰,深根固本,为不可拨者也。故盛则周、邵相其治,致刑错;衰则五伯扶其弱,与其守。"颜注曰:"此五霸谓齐桓、宋襄、晋文、秦穆、吴夫差也。"诸说所及,齐桓、秦穆、晋文曾出现在屈原反思历史的视野中,然主要是因为跟贤臣遇合而被诗人关注,作为人君楷模的意义并不凸显,并不典型。

这样说来,解释屈作中作为人君楷模的"三五"之"五",当立足于尧舜而取其说之近者;戴震谓"三五"乃"五帝三王"之"便文倒举",颇有道理。一如"三五"之"三"跟屈作中的"三后"相当,"三五"之"五"殆与屈作中的"五帝"相当。《九章·惜诵》云:"令五帝以折中兮,戒六神与向服。俾山川以备御兮,命咎繇使听直。"①王逸章句:"五帝,谓五方神也。东方为太皞,南方为炎帝,西方为少昊,北方为颛顼,中央为黄帝。"究其实际,"五帝"作为屈作历史视野中的道德评判者,应是包括尧舜等圣帝明王的五帝,而非五方之神。从艺术想象以及理性内涵上说,"令五帝以折中"跟《离骚》"就重华而敶词"是完全一致的。"折中"即取正或以为判断之准则;《离骚》主人公经过向重华陈词,确认了"耿吾既得此中正",正是折中于虞舜。显然,堪当折中之任者必是道德学问之楷模。《史记·孔子世家》云:"太史公曰:……天下君王至于贤人众矣,当时则荣,没则已焉。孔子布衣,传十余世,学者宗之。自天子王侯,中国言六艺者折中于夫子,可谓至圣矣!"包括尧舜在内的五帝担当折中之责,跟孔子作为六艺之折中者,正是一样的道理。而从屈作表现模式看,《离骚》中,众神如羲和、望舒、飞廉、西皇等

---

① "折中"原作"析中",从一本。

都是被役使的对象,政教伦理上的折中者是舜帝重华,而《惜诵》中,"六神"和"山川"是被役使者,折中者是包括尧舜在内的"五帝",其间也有极深刻的一致性。《惜诵》中听直即判断曲直的咎繇(皋陶),跟"五帝"是功能相近的符号,他原本就是"五帝"的附属者。皋陶本虞舜司法之官。《尚书·尧典》载舜帝曰:"皋陶,蛮夷猾夏,寇贼奸宄,女作士。"士即狱官之长。皋陶执法公正严明,《五帝本纪》谓,"皋陶为大理,平,民各伏得其实"。《论语·颜渊》载孔子谓樊迟:"举直错诸枉,能使枉者直。"子夏解释此语之意,称"舜有天下,选于众,举皋陶,不仁者远矣"。皋陶与舜及"直"的关联,在孔子及其弟子那里仍是被热议的话题。而在《惜诵》中,皋陶作为听直者出现,更凸显了作为折中者的"五帝"不会是五方之神,而应当包括尧、舜。

总而言之,"三后""三五"之"三"都是指禹、汤、文、武,"三五"之"五"则是指包括五位往古贤明天子的"五帝",其间最被重视的是尧舜,他们一起构成了屈作历史视野的核心。如上一章所论,屈子人生追求模式跟儒学有深刻的一致性,而屈作历史视野中,作为人君典范的圣帝明王,亦显然有极深厚的儒学或中原文化的背景。屈子在楚文化、楚史中是一个特异的存在,在很多重要问题上,他不仅没有"在楚言楚",而且常常"在楚不言楚",绝无后人强加给他的那种狭隘。

林庚曾强调,屈作所涉历史传说有不同于中原经典的原始性。他甚至提出屈原不认为禹曾经享有天下:

> 正统的说法认为建立夏王朝的是禹,可是《天问》中对于禹却仅称"伯"而不称"后",相反地,对于正统说法称之为"伯益"的益,却称为"后益",这就是又一个很大的不同。……而《天问》的更为突出之处,在于它在这个历史传说上根本就不认为禹曾经享有过天下。屈原在作品中虽然也不免受到战国时期已经形成势力的典籍的影响,有时也杂用如尧、舜、禹之

类的正统说法,如《离骚》中说"彼尧舜之耿介"等,但到了陈辞时却仍只是"就重华(舜)而陈辞",而《论语》则认为"唯天为大,唯尧则之"。屈原不但对于居《尚书》之首的尧没有多大兴趣,对于所谓五帝之首的轩辕氏黄帝更是从来只字不提,像《天问》这样多方面的从开天辟地问到远古人类历代兴亡的传说,却能抛开了黄帝之类的说法,把人间的王朝直接从夏后启开始,这说明《天问》所根据的历史传说,可能是最具有原始性的历史传说,它不但有原始传说中应有的丰富神话性,而且也更接近于远古传说的原始面目。当然,古代各民族所保存下来的传说本就会是各有面目,特别是南方民族与北方民族之间的差异将会更大。《天问》中所根据的历史传说显然乃是楚民族所保存下来的属于南方的原始传说。①

认定《天问》根据的历史传说乃是楚民族保存下来的属于南方的原始传说,也太小觑屈原对楚文化、楚史的超越了;这种超越,在屈子的历史视野,以及他对原始神话传统的否定方面,表现得极为清楚②。

《天问》虽称禹为"伯禹",但《离骚》中作为人君楷模的"三后"和"前王"、《抽思》中作为人君楷模的"三五"都包括禹。称"伯禹"早见于《尚书·尧典》:

> 舜曰:"咨,四岳,有能奋庸熙帝之载,使宅百揆,亮采惠畴?"佥曰:"伯禹作司空。"帝曰:"俞,咨,禹,汝平水土,惟时懋哉!"禹拜稽首,让于稷、契暨皋陶。帝曰:"俞,汝往哉!"

---

① 林庚《〈天问〉论笺·〈天问〉中所见夏王朝的历史传说》,《林庚楚辞研究两种》,第263—264页。

② 关于屈原对原始神话传统的否定,参阅拙著《屈原及其诗歌研究》第一章"超越和承继:屈原诗歌与原始传统"。

正义:"《国语》云:'有崇伯鲧,尧殛之于羽山。'贾逵云:'崇,国名。伯,爵也。'禹代鲧为崇伯,入为天子司空,以其伯爵,故称'伯禹'。"《帝王世纪》记此事较详:

> 禹,姒姓也。其先出颛顼。颛顼生鲧,尧封为崇伯,纳有莘氏女曰志,是为修己,见流星贯昴,又吞神珠,意感而生禹于石纽。名文命,字高密,长于西羌,西夷人也。尧命以为司空,继鲧治水,十三年而洪水平。尧美其绩,乃赐姓姒氏,封为夏伯,故谓之伯禹。及尧崩,舜复命居故官。禹年七十四,舜始荐之于天。荐后十二年舜老,始使禹代摄天子事。五年舜崩,禹除舜丧,明年始即真。

又云:

> 尧命以为司空,继鲧治水,乃劳身涉勤,不重径尺之璧,而爱日之寸阴,手足胼胝(案,当作胝),故世传禹病偏枯,足不相过,至今巫称"禹步"是也。又纳礼贤人,一沐三握发,一食三起。尧美其绩,乃赐姓姒氏,封为夏伯,故谓之伯禹;天下宗之,谓之大禹。

贾、皇之说有所不同,却均认为尧舜时禹被封为伯,故称"伯禹"。禹后来做过天子,但世人仍或沿用"伯禹"之称,这并不奇怪。且《天问》"伯禹腹鲧,夫何以变化"一语①,质疑其孕于鲧腹而谓之"伯",也是用他后来的称号。要之,称禹为"伯禹"并不意味着他未曾享有过天下。而既然"伯禹"一称早就见于儒典《尚书》,那么,依《天问》称大禹为"伯禹",来断定屈原根据的是"属于南方的原始传说",就大不切当了。至于屈原不提黄帝,这毫不奇怪。尽

---

① "腹"原作"復",从一本。

管黄帝常为五帝之首,可由传世《论》《孟》看,儒家学者亦绝少提之,何独屈原呢?此外,说屈原对尧没有多大兴趣,同样乖离事实。《离骚》中,尧是屈原树立的人君楷模之一(已见上文所论)。《哀郢》谓"尧舜之抗行兮,瞭杳杳而薄天",跟孔子说"唯天为大,唯尧则之",乃是异曲而同工。《离骚》主人公只就重华陈词,也并不意味着尧、禹等帝王在屈子视野中不重要,或说屈子对他们缺乏兴趣。舜在家庭伦理层面的高标,舜在举贤授能之政教层面上空前绝后的盛美(若能遇合往古君王,屈子的首选是舜,故其《怀沙》谓"重华不可遌兮,孰知余之从容!古固有不并兮,岂知其何故?汤禹久远兮,邈而不可慕"),舜不见容于父、母、弟的悲惨处境(这大大激发了诗人同情感和切己感,集中表现于《天问》"舜闵在家,父何以鱞"等一系列追问中。且依屈子观念,不见容于父母,与不见容于君上有高度的同一性。他在痛陈自己忠而见弃的《惜诵》中提及:"晋申生之孝子兮,父信谗而不好。"尽管晋献公与申生亦可以君臣论,但屈子侧重的是以申生孝而见恶于父,来类比自己忠而见弃于君),舜葬苍梧的凄美传说(屈子二《湘》之作即积淀着这一传说的影响),使他在屈子历史视野中更为凸显,这是十分自然的事情。

我们需要把握的是历史中真实的屈原,不能无谓地强调其"南方"背景。

第三节 "吉故":明君贤臣之遇合

在屈作历史视野中,三后之所以重要,有一个重要原因,即他们都能跟贤臣遇合;而三后之外,在这一层面上受到关注的,还有殷高宗武丁、齐桓公、秦穆公等。

《离骚》云:

汤禹严而求合兮,挚咎繇而能调。

> 苟中情其好修兮,又何必用夫行媒。
> 说操筑于傅岩兮,武丁用而不疑。
> 吕望之鼓刀兮,遭周文而得举。
> 宁戚之讴歌兮,齐桓闻以该辅。

禹和咎繇、汤和伊尹、武丁和傅说、周文和吕望、齐桓和宁戚等明君贤臣,中心好善("中情好修"),故自相遇合,这是《离骚》中神灵借巫咸之口告诉主人公的"吉故"——美好的往事。基于政教伦理追求与现实遭际,屈子高度关注这种君臣遇合,由此形成了其作品的核心情结。《天问》叙商汤和伊尹、周文和吕望之事,云:

> 缘鹄饰玉,后帝是飨。
> 何承谋夏桀,终以灭丧?
> 帝乃降观,下逢伊挚。
> 何条放致罚,而黎服大说?
>
> 成汤东巡,有莘爰极。
> 何乞彼小臣,而吉妃是得?
> 水滨之木,得彼小子。
> 夫何恶之,媵有莘之妇?
> 汤出重泉,夫何罪尤?
> 不胜心伐帝,夫谁使挑之?
>
> 初汤臣挚,后兹承辅。
> 何卒官汤,尊食宗绪?
>
> 师望在肆,昌何识?
> 鼓刀扬声,后何喜?

一切都在情理之中,屈子对历史的关注常常源于他对现实的关怀,换句话说,屈子的历史视野绝未局限于楚国历史,但他对历史的关注往往有楚国现实的根源。

一、咎繇和禹

咎繇又常写作"皋陶"或"皋繇",其遇合夏禹,大略已见于上文所引。儒家核心典籍《尚书》有《皋陶谟》篇,记皋陶和禹讨论行德治国之事,交流"慎身""知人""安民"的道理,足见他们君臣二人和调。

二、伊尹和汤

在屈作历史视野中,汤尹之事相当繁复,仅《天问》就有几个片段涉及。不过这几个片段颇难理解,需要细细剖释。

《天问》"缘鹄饰玉,后帝是飨"句,王逸以为"言伊尹始仕,因缘烹鹄鸟之羹,修玉鼎,以事于汤,汤贤之,遂以为相也"。汤任伊尹做相以前尚有不少环节,"遂以为相"之说显得粗疏。周拱辰注谓:"言伊尹烹鹄鸟之羹,盛玉鼎荐之而干汤,于是汤用尹为心膂,尹始承汤密谋以事桀,而终以灭桀也。"相对而言,此说较为允当,接下来"何承谋夏桀,终以灭丧"句,便是追问汤何以就信用伊尹之谋,使事桀,且终以灭之。屈子关注的核心问题(即君臣遇合)就包含在这一追问中,或者说是这一追问包含的正面叙述。《今本竹书纪年》谓"十七年,商使伊尹来朝","二十年,伊尹归于商",其事不可尽信,但约略可见部分端倪。《吕氏春秋·慎大》言其事较为详备:

> 桀为无道,暴戾顽贪,天下颤恐而患之,言者不同,纷纷分分,其情难得。干辛(桀之谀臣)任威,凌铄诸侯,以及兆民,贤良郁怨。杀彼龙逢,以服群凶(通"讻",争辩,这里指谏诤)。众庶泯泯(纷乱貌),皆有远志,莫敢直言,其生若惊。大臣同患,弗周(亲和)而畔。桀愈自贤,矜过善非,主道重塞,国人大崩。汤乃惕惧,忧天下之不宁,欲令伊尹往视旷

(大)夏。恐其不信,汤由亲自射伊尹。伊尹奔夏三年,反报于亳,曰:"桀迷惑于末嬉,好彼琬、琰,不恤其众,众志不堪,上下相疾,民心积怨,皆曰'上天弗恤,夏命其卒'。"汤谓伊尹曰:"若告我旷夏尽如诗。"汤与伊尹盟,以示必灭夏。伊尹又复往视旷夏,听于末嬉(指得末嬉信任)。末嬉言曰:"今昔天子梦西方有日,东方有日,两日相与斗,西方日胜,东方日不胜。"伊尹以告汤。商涸旱,汤犹发师,以信伊尹之盟,故令师从东方出于国,西以进。未接刃而桀走,逐之至大沙(即南巢),身体离散,为天下戮。不可正谏,虽后悔之,将可奈何?汤立为天子,夏民大说,如得慈亲,朝不易位,农不去畴,商不变肆,亲郼(殷)如夏。此之谓至公,此之谓至安,此之谓至信。尽行伊尹之盟,不避早殃,祖伊尹世世享商。

这里可能包含不少历史真相,而关于汤尹投合之诸多事实,如商汤"尽行伊尹之盟"等,尤可发明《天问》所蕴含的历史叙述。本来,问商汤伊尹遇合、伊尹辅汤灭夏,已是完整的意思,然屈子于此复有疑问。"帝乃降观,下逢伊挚"一语,指涉史实当即下一片段所说商汤东巡得伊尹。《帝王世纪》记载:"汤思贤,梦见有人负鼎抗俎,对己而笑。寤而占曰:'鼎为和味,俎者割截。天下岂有人为吾宰者哉?'初,力牧之后曰伊挚,耕于有莘之野。汤闻以币聘,有莘之君留而不进。汤乃求婚于有莘之君,有莘之君遂嫁女于汤,以挚为媵臣。至亳,乃负鼎抱俎见汤也。"此即史书所载商汤"下逢伊挚"及因"吉妃"而得伊挚之事。《离骚》所叙汤之"严而求合",以及挚(伊尹)之"能调"等等,依这些记载可以得到更丰富的理解。"何条放致罚,而黎服大说"一语,乃追问伊尹辅汤伐桀,放之南巢,何以百姓大悦。商汤伐桀、放桀一事,略可参考《史记·夏本纪》所记:"汤修德,诸侯皆归汤,汤遂率兵以伐夏桀。桀走鸣条,遂放而死。"鸣条之地或谓在今山西运城,或谓在今河南封丘,汤伐桀,战于此;南巢在今安徽巢县西南。而汤放桀黎服大悦,则上引《慎大》篇"汤立为天子,夏民大说"一段颇可参考。该问逼近的主题显然是民心向背的重要性。由以上论析可知,在屈子历史视野中,天下国家之兴,关键是明君贤臣之遇合以及得民心。

在下一片段中,"水滨之木,得彼小子"一语,殆引述伊尹出于空桑的传说。《列子·天瑞》篇云:"后稷生乎巨迹,伊尹生乎空桑。"张湛注:"传记曰:伊尹母居伊水之上,既孕,梦有神告之曰:'臼水出而东走,无顾!'明日视臼出水,告其邻,东走十里而顾,其邑尽为水,身因化空桑。有莘氏女子采桑,得婴儿于空桑之中,故命之曰伊尹,而献其君。令庖人养之。长而贤,为殷汤相。"屈子殆感慨伊尹出身至微至贱,长而贤,竟得汤之赏识。周拱辰解其前"何乞彼小臣,而吉妃是得"一句,曰:"言乞小臣而何以必借媒于吉妃也?嘲之也。"屈子之旨在凸显汤求贤之切,周说殆想当然尔。接下来"夫何恶之,媵有莘之妇"一问,所涉故事即伊尹出于空桑,有莘之君令烰人(庖人)收养之,后媵其女,故伊尹为汤所得。《吕氏春秋·本味》记汤得伊尹之事,曰:"有侁氏女子采桑,得婴儿于空桑之中,献之其君。其君令烰人养之,察其所以然,曰:'其母居伊水之上……'……长而贤。汤闻伊尹,使人请之有侁氏,有侁氏不可。伊尹亦欲归汤。汤于是请取妇为婚。有侁氏喜,以伊尹(为)媵(送)女。"屈子此问旨在叹惜伊尹以如彼之贤,竟不为有莘所知,且为莘君所恶①。黄文焕笺云:"夫何恶者,尹生于空桑之木,所生既异,又长而有殊才,有莘宜知珍之,何所厌恶而竟以资汤也。讶弃贤也。"周拱辰曰:"嗟乎!维莘有才,维汤用之。仲父,鲁囚也,以遗齐桓;五羖,虞逋也,以遗秦穆。彼昏不知,以贤资敌,独一莘主哉?"陆时雍也说:"盖叹之也。所云弃骐骥而不乘,更遑遑其焉索者,非欤?"所谓尹生之"异"并非屈子之意,莘君弃

---

① 林庚认为,"夫何恶之"是质问有莘采桑女子发现伊尹后为何不喜欢他,又把他送给宫廷去做媵臣(参见所著《〈天问〉论笺·〈天问〉笺释》,《林庚楚辞研究两种》,第 226 页)。此说殆误,因为屈子的关注明显是在君臣之际。

贤,方是屈子不解和感慨者。《史记·屈原列传》尝谓,"人君无愚智贤不肖,莫不欲求忠以自为,举贤以自佐",莘君如此,怎么不使屈子生出无穷感慨。莘君弃贤,使伊尹遇合商汤,此番际遇则更为诗人所歆羡。《殷本纪》记汤尹遇合,以及伊尹辅四朝天子灭夏兴商等,亦可参看。总之,伊尹有才有德,汤为得到他费尽了心思,伊尹最终归汤。

商汤本无心伐桀,是伊尹挑起他灭夏的决心,因此伊尹可以说是主导者,"不胜心伐帝,夫谁使挑之"一问,殆为此事而发。黄文焕笺此语云:"伐帝,伐桀也。汤以无罪被拘重泉,桀之过也,然分属臣子,岂敢有求胜其君之心?报怨放伐,谁使挑之?尹挑之也。汤而真不具伐帝之胜心,不露其微,尹亦安能挑之?使尹得以挑者又汤也……"黄文焕品"会鼌争盟"一段所叙武王伐纣事,又说:"言商代夏,忽接入周伐商。征诛既启,揖逊难复,如若报应之不爽然。始不满于汤尹,兹又不满于武王、太公,并不满于周公。一肚孤愤,只为君臣大义决不容轻。虽属千古圣贤,行事未易附和,原所繇不死不休也。"胡文英则以为挑汤伐桀者乃小人,"汤本无意于桀,非小人有以挑其衅,何以至此乎?"胡文英复引《尚书·仲虺之诰》"肇我邦于有夏,若苗之有莠,若粟之有秕,小大战战,罔不惧于非辜",云:"是汤之伐桀,亦以谀臣百计谋害于汤,势不容缓耳。怀王之绝齐而连兵不解,亦有开其衅者矣。"这些解释可能都违背了《天问》本旨。屈子并不依迂腐的君臣之义,来反对商汤灭夏这一革命性的变化。相反,他是立足于夏桀在政教伦理上的错失,来探究这一巨变的根由(即民心向背问题),其所责乃在夏桀一方。面对历史兴亡,屈子高度关注臣子的作用,贤臣之于天下国家之兴,奸臣之于天下国家之亡,都在他全力的注视中。他强调伊尹为伐桀的主导,是为了凸显贤臣对商朝兴起的关键作用,并非表达不满。当然伊尹得以发挥巨大作用,跟他遇合商汤又是密不可分的。

关于伊尹遇合商天子,《天问》中还有一个片段:"初汤臣挚,后兹承辅。何卒官汤,尊食宗绪?"大意即,当初汤让伊尹做小臣

（家奴之属），后任之为辅佐，何以伊尹最终做了汤的官（朱熹集注、周拱辰《草木史》等均释"官汤"为推汤为天子，不当），死后进入商王之宗庙、为商王崇祀呢？商王崇祀伊尹，未见于其他传世文献。甲骨卜辞却记载伊尹与汤同祀或附祀于其他先王。陈梦家说："致祭伊尹的卜辞，最早见于武丁晚期的子组卜辞（《前》8.1.2,《菁》11.18），而廪、康、武、文卜辞中则屡见。在卜辞中他地位的重要，可以下列各事表明：(1) 与大乙并见于一辞（《上》22.1,22.2）；(2) '伊尹五示''伊五示'当是旧臣五示而伊尹为首；又有'又于十立：伊又九'是伊尹与其他九臣为十位；(3) 有'伊宾'（《续》6.21.11,《粹》151,《佚》802）和'上甲岁伊宾'（《明续》513），则是伊尹附祭于先王；(4) 卜辞惟上甲及其前的先公高祖能'耂年''耂雨'，而伊尹'耂雨'，又为祈求宁风的对象；(5) 武乙卜辞'伊，廿示又三'，当指伊尹和大甲至康丁二十三王，则伊尹卒于大甲之时，当属有据。"①除对伊尹卒年的判断值得商榷以外，其他内容颇可参酌。《帝王世纪》之佚文有云："帝沃丁八年，伊尹卒，年百有余岁，大雾三日。沃丁葬以天子之礼，祀以太牢，亲自临丧三年，以报大德焉。"又云："伊尹卒，大雾三日，沃丁葬以天子礼，资之三年，以报大德。"《天问》所言不虚，屈子追想此事，殆因歆慕汤伊遇合之深。

三、傅说和武丁

武丁为商代贤君之一。孟子曰："由汤至于武丁，贤圣之君六七作。天下归殷久矣，……武丁朝诸侯有天下，犹运之掌也。"（《孟子·公孙丑上》）武丁使商朝中兴，一个重要原因是举用傅

---

① 陈梦家《殷虚卜辞综述》，科学出版社1956年版，第363页。并参阅孙作云《〈楚辞〉与上古史研究》，《孙作云文集》所收《〈楚辞〉研究》上册，第148—149页。卜辞"耂"字，裘锡圭从丁山说，隶定为"蚩"，认为当是"害"之本字，参见所著《古文字论集》，中华书局1992年版，第11—14页。

说。王逸注《离骚》"说操筑于傅岩"一语,云:"武丁思想贤者,梦得圣人,以其形像求之,因得傅说,登以为公,道用大兴,为殷高宗也。《书序》曰:高宗梦得说,使百工营求诸野,得诸傅岩,作《说命》,是佚篇也。"今传《说命》上中下三篇出自伪《古文尚书》[1],内容不尽可信,但武丁傅说遇合之事早为儒典关注,则不必怀疑。郭店简《穷达以时》谓傅说释版筑而佐天子,"堣武丁也";孟子谓"傅说举于版筑之间"(《孟子·告子下》)。《殷本纪》记其事较详:"武丁夜梦得圣人,名曰说。以梦所见视群臣百吏,皆非也。于是乃使百工营求之野,得说于傅险(岩)中。是时说为胥靡,筑于傅险。见于武丁,武丁曰是也。得而与之语,果圣人,举以为相,殷国大治。故遂以傅险姓之,号曰傅说。"傅说之与武丁,又是明君贤臣遇合的异事。

四、吕望和周文

吕望与周文王之遇合,歧说甚多,太史公已不能确知其事。《史记·齐太公世家》云:

> 吕尚盖尝穷困,年老矣,以渔钓奸(求)周西伯。西伯将出猎,卜之,曰"所获非龙非彲(螭),非虎非罴;所获霸王之辅"。于是周西伯猎,果遇太公于渭之阳,与语大说,曰:"自吾先君太公曰'当有圣人适周,周以兴'。子真是邪?吾太公望子久矣。"故号之曰"太公望",载与俱归,立为师。
>
> 或曰,太公博闻,尝事纣。纣无道,去之。游说诸侯,无所遇,而卒西归周西伯。或曰,吕尚处士,隐海滨。周西伯拘羑里,散宜生、闳夭素知而招吕尚。吕尚亦曰"吾闻西伯贤,又善养老,盍往焉"。三人者为西伯求美女奇物,献之于纣,以赎西伯。西伯得以出,反国。言吕尚所以事周虽异,然要之为文武师。

---

[1] 参阅顾实《汉书艺文志讲疏》,上海古籍出版社2009年版,第25页。

其间细节虽有不可必者,但太史公对吕望跟文王遇合,是十分肯定的。在屈作历史视野中,吕望遇合周文王前尝挥刀为屠,故《离骚》谓"吕望之鼓刀兮,遭周文而得举";《天问》则说:"师望在肆,昌何识？鼓刀扬声,后何喜？"王逸注上引《离骚》之语,说:"言太公避纣,居东海之滨,闻文王作兴,盍往归之。至于朝歌,道穷困,自鼓刀而屠,遂西钓于渭滨……"其注上引《天问》之语,则说:"言吕望鼓刀在列肆,文王亲往问之,吕望对曰:'下屠屠牛,上屠屠国。'文王喜,载与俱归也。"吕望之与文王,同样是明君贤臣遇合的异事,亦同样为屈子所歆羡。

而此番际遇,儒家学者亦颇关注。孟子曰:"伯夷辟纣,居北海之滨,闻文王作兴,曰:'盍归乎来！吾闻西伯善养老者。'太公辟纣,居东海之滨,闻文王作兴,曰:'盍归乎来！吾闻西伯善养老者。'二老者,天下之大老也,而归之,是天下之父归之也。天下之父归之,其子焉往？诸侯有行文王之政者,七年之内,必为政于天下矣。"(《孟子·离娄上》)孟子又用伯夷、太公归文王,"文王之民,无冻馁之老者",来发挥其"五亩之宅""百亩之田"的仁政之术(《孟子·尽心上》)①。虽然孟子从善于养老方面来发挥吕望归文王的政教伦理价值,屈子的关注点则在君臣之际,但他们只是各取所需而已。

五、宁戚和齐桓

关于宁戚遇合齐桓公,洪注"宁戚之讴歌"一语,说:"《淮南子》云:宁戚欲干齐桓公,困穷无以自达。于是为商旅,将任车以商于齐,暮宿于郭门之外,饭牛车下,望见桓公,乃击牛角而商歌。

---

① 为说明观点,孟子可能对历史传说做了某些修改。梁启超说,孟子"借古人言论行事证成自己的主义","价值最低,因当时传说,多不可信,而孟子并非史家,其著书宗旨又不在综核古事,故凡关于此项之记载及批评,应认为孟子借事明义,不可当史读"(参阅所著《要籍解题及其读法》,《饮冰室合集》专集之七十二,第7—8页)。梁说可以参考,但也不应视《孟子》此类材料为纯粹向壁虚造。

桓公闻之曰：'异哉，歌者非常人也。'命后车载之。《三齐记》载其歌曰：'南山矸，白石烂，生不遭尧与舜禅，短布单衣适至骬，从昏饭牛薄夜半，长夜漫漫何时旦。'桓公召与语，悦之，以为大夫。"其所引《淮南》文字，见于《道应》篇。《国语·齐语》"桓公忧天下诸侯"章载："桓公……教大成，定三革，隐五刃，朝服以济河而无怵惕焉，文事胜矣。是故大国惭愧，小国附协。唯能用管夷吾、宁戚、隰朋、宾胥无、鲍叔牙之属而伯功立。"要之宁戚与齐桓也有传奇般的遇合，而深受屈子歆羡。

六、百里奚和秦穆

《史记·秦本纪》记百里奚遇合秦穆公之事，云：

> （秦缪公）五年，晋献公灭虞、虢，虏虞君与其大夫百里傒，以璧马赂于虞故也。既虏百里傒，以为秦缪公夫人媵于秦。百里傒亡秦走宛，楚鄙人执之。缪公闻百里傒贤，欲重赎之，恐楚人不与，乃使人谓楚曰："吾媵臣百里傒在焉，请以五羖羊皮赎之。"楚人遂许与之。当是时，百里傒年已七十余。缪公释其囚，与语国事。谢曰："臣亡国之臣，何足问！"缪公曰："虞君不用子，故亡，非子罪也。"固问，语三日，缪公大说，授之国政，号曰五羖大夫。百里傒让曰："臣不及臣友蹇叔，蹇叔贤而世莫知。臣常游困于齐而乞食铚人，蹇叔收臣。臣因而欲事齐君无知，蹇叔止臣，臣得脱齐难，遂之周。周王子穨好牛，臣以养牛干之。及穨欲用臣，蹇叔止臣，臣去，得不诛。事虞君，蹇叔止臣。臣知虞君不用臣，臣诚私利禄爵，且留。再用其言，得脱，一不用，及虞君难：是以知其贤。"于是缪公使人厚币迎蹇叔，以为上大夫。

秦穆公以五羖羊皮赎得百里奚，故古人常称之为"五羖大夫"，《史记》于其经历尚有不同记载，且叙其功德更为详备，此即《商君列

传》载赵良说商君曰:

> 夫五羖大夫,荆之鄙人也(正义:百里奚,南阳宛人。属楚,故云荆)。闻秦缪公之贤而愿望见,行而无资,自粥(鬻)于秦客,被褐食牛。期年,缪公知之,举之牛口之下,而加之百姓之上,秦国莫敢望焉。相秦六七年①,而东伐郑,三置晋国之君(索隐:谓立晋惠公、怀公、文公也),一救荆国之祸(索隐:案《(六国)〔十二诸侯〕年表》,穆公二十八年会晋,救楚,朝周是也)。发教封内,而巴人致贡;施德诸侯,而八戎来服。由余闻之,款关请见。五羖大夫之相秦也,劳不坐乘,暑不张盖,行于国中,不从车乘,不操干戈,功名藏于府库,德行施于后世。五羖大夫死,秦国男女流涕,童子不歌谣,舂者不相杵。此五羖大夫之德也。

说客夸大其词在史上常见,但其所言亦往往有大量的历史面影②。《史记·李斯列传》载李斯上书谏逐客,有云:"昔缪公求士,西取由余于戎,东得百里奚于宛,迎蹇叔于宋,来丕豹、公孙枝于晋。此五子者,不产于秦,而缪公用之,并国二十,遂霸西戎。"总之,"秦

---

① 马非百以为当是"二十七年"之误,"奚以穆公五年入秦为政,至三十二年伐郑,恰好是二十七年"(参见所著《百里奚与孟明视为一人辨》,刊载于《历史研究》1980年第3期)。原文似当作"廿七年","廿""六"古文字形略近,故讹。

② 孟子尝驳斥百里奚自鬻、食牛说。万章问:"或曰:'百里奚自鬻于秦养牲者,五羊之皮,食牛,以要秦穆公。'信乎?"孟子曰:"否,不然。好事者为之也。百里奚,虞人也。晋人以垂棘之璧与屈产之乘,假道于虞以伐虢。宫之奇谏,百里奚不谏。知虞公之不可谏而去,之秦,年已七十矣。曾不知以食牛干秦穆公之为污也,可谓智乎? 不可谏而不谏,可谓不智乎? 知虞公之将亡而先去之,不可谓不智也。时举于秦,知穆公之可与有行也而相之,可谓不智乎? 相秦而显其君于天下,可传于后世,不贤而能之乎? 自鬻以成其君,乡党自好者不为,而谓贤者为之乎?"(《孟子·万章上》)孟子所言有太多推断想象之词,更可能背离历史真相。

穆公之东进之策,实以百里奚为其最主要之主持人物"①;穆公成就霸业,与任用百里奚有极密切的关系,由此则进一步推动了秦统一全国的步伐。屈子《惜往日》有"闻百里之为虏兮,伊尹烹于庖厨。吕望屠于朝歌兮,宁戚歌而饭牛。不逢汤武与桓缪兮,世孰云而知之",则在屈子视野中,百里奚之遇合秦穆,与上揭伊尹遇合商汤等较然一致,总之是明君贤臣遇合的异事,亦深受屈子歆羡。

在考察屈子这一视野时,特别要注意一个令人惊讶的事实,湖北荆门郭店楚墓出土了一批在屈原生存时空中存在的古书,有一篇被定名为《穷达以时》,其中集中出现了屈子高度关注的君臣遇合的"吉故":

> 舜耕于鬲(历)山,陶(笘〔笪(埏)〕于河虘(浒)②,立而为天子,堣(遇)尧也。旮繇(咎繇)[……]〔傅说〕衣胎(枲)盖③,冒(帽)䇞(绖)蒙(冢)懂(巾),釴(释)板篰(筑)而差(佐)天子,堣武丁也。邵室(吕望)为牂(臧)垄䉵(棘津),战(守)监门垄陞(莱地),行年七十而脂(屠)牛于朝诃(歌),䁀(举)而为天子帀(师),堣周文也。完寺虐(管夷吾)匍繇(拘囚)蒉(桔)缚,釴柗榁(械柙)而为者(诸)侯相,堣齐逗(桓)也。孙䎽(叔)三躷(舍)耶(期)思少司马,出而为命(令)尹,

---

① 参见马非百《百里奚与孟明视为一人辨》,刊载于《历史研究》1980年第3期。
② 关于"笪""𢈔"二字的释读,参阅李零《郭店楚简校读记》增订本,第86—87页。
③ 黄德宽、徐在国称,"据简文上下文意及传世典籍的比勘,此处的'咎繇'乃'傅说'之误,系抄写者误写"(见所著《郭店楚简文字考释》一文,吉林大学古籍整理研究所编《吉林大学古籍整理研究所建所十五周年纪念文集》,吉林大学出版社1998年版,第103—104页)。笔者以为,抄写者抄咎繇之名不误,接下来则脱漏了咎繇遇合舜或大禹之事,并脱傅说之名。《论语·颜渊》载子夏曰:"富哉言乎!舜有天下,选于众,举皋陶,不仁者远矣……"《史记·夏本纪》记:"帝禹立而举皋陶荐之,且授政焉,而皋陶卒。"由是可见咎繇之遇合舜、禹。《离骚》直接提及的是咎繇与禹的遇合。

塙楚臧(庄)也。白(百)里迡(转)逍(鬻)五羊,为故(伯)數(牧)牛,靮板桎(鞭枚)而为畧(朝)卿,塙秦穆。

这段文字——叙述舜与尧、咎繇与舜或禹、傅说与武丁、吕望与周文王、管子与齐桓公、孙叔敖与楚庄王、百里奚与秦穆公遇合之故事,除管子、孙叔敖二事外,其他元素都曾出现在屈子的历史视野中,且都曾受到他特别的关注。除此之外,《穷达以时》将贤臣遇合明君之原因归结为"又亓殜(有其世)",尝曰:"又(有)天又人,天人又分。哉(察)天人之分,而智(知)所行矣。又亓人,亡亓殜(世),唯(虽)臤(贤)弗行矣。句(苟)又亓殜,何(懂)〔慬(难)〕之又才(哉)。"又说:"善怀(否),㠯(己)也。穷达以时,德行弍(一)也。……穷(穷)达以时,䙷(幽)名不再,古君子憚(惇)于攴(反)㠯。"屈子在《离骚》中感慨:"曾歔欷余郁邑兮,哀朕时之不当。"在《怀沙》中直言"重华不可遻""古固有不并",感慨"汤禹久远兮,邈而不可慕"。凡此之类都是在感慨自己无其世,与《穷达以时》之主旨相合。屈子立足于修身,积极追求致君、美政,不遇而遭遏则持守修身,与"穷达以时,德行弍也"之取向亦颇一致。几乎可以肯定,《穷达以时》这篇简文深刻影响了屈子(与它同出于郭店楚墓的另一篇儒家文献《五行》对屈原也有重大影响,本书第五章"屈原:观照儒学传播与影响的重要个案"将予以集中论述)。

眷顾历史往往是基于对现实的关怀。屈原先后遭国君疏远和流放,之所以对中原文化尤其是儒家大力张扬的上述君臣遇合心向往之,有以下几个原因:其一,屈原之历史视野具有超越楚史、楚文化的特殊性,与儒家历史视野则高度叠合。其二,遇合君上是屈原实现全部人生追求的关键,他恰恰又在跟国君建立有效关系方面遭受了一连串重击。屈原很清楚遇合明君对伊尹、吕望、宁戚、百里奚等人来说极为重要,故其《惜往日》感慨,若诸子不逢汤、武、桓、穆,"世孰云而知之"? 这也意味着屈原很清楚跟国君遇合对自己的重要性,一连串挫折加强了他生不逢时的感怀。其《怀沙》云:"重仁袭义兮,谨厚以为丰。重华不可遻兮,孰知余之从容!古固有不并兮,岂知其何故?汤禹久远兮,邈而不可慕。"这也正如《荀子·成相》所说:"尧授能,舜遇时,尚贤推德天下治。虽有圣贤,适不遇世孰知之?"《怀沙》所谓"从容",一方面固是屈原自我开解,一方面也说明他在无奈中确认了自我完善的圆足。

第四节　人君的反面教材

屈原不仅为国君树立了一系列楷模,而且提出了一批堪为鉴戒的反面教材。

一、夏桀和殷纣

在屈作历史视野中,桀纣跟尧舜等往古明君恰好相反,是典型的无道之君。《离骚》云:"何桀纣之猖披兮,夫唯捷径以窘步。"又云:"夏桀之常违兮,乃遂焉而逢殃。后辛之菹醢兮,殷宗用而不长。"唯限于诗体,桀纣如何狂妄偏邪("猖披")、如何只走邪路("唯捷径")、如何违背常道("常违")、如何残杀臣民("菹醢")等,屈子未作具体申述。

因为与屈作关系太深,我们不能不详细引录关于桀纣的重点史料。《史记·夏本纪》云:

> 孔甲崩,子帝皋立。帝皋崩,子帝发立。帝发崩,子帝履癸立,是为桀。帝桀之时,自孔甲以来而诸侯多畔夏,桀不务德而武伤百姓,百姓弗堪。乃召汤而囚之夏台,已而释之。汤修德,诸侯皆归汤,汤遂率兵以伐夏桀。桀走鸣条,遂放而死。桀谓人曰:"吾悔不遂杀汤于夏台,使至此。"汤乃践天子位,代夏朝天下。汤封夏之后,至周封于杞也。

简单地说,夏桀不致力于行善修德而以武力伤害百姓,丧失了民

心,最终丧失了天下。《殷本纪》记纣之无道甚详,且其事多为屈作所涉及,今录之于下:

> 帝乙长子曰微子启,启母贱,不得嗣。少子辛,辛母正后,辛为嗣。帝乙崩,子辛立,是为帝辛,天下谓之纣。
>
> 帝纣资辨捷疾,闻见甚敏;材力过人,手格猛兽;知足以距谏,言足以饰非;矜人臣以能,高天下以声,以为皆出己之下。好酒淫乐,嬖于妇人。爱妲己,妲己之言是从。于是使师涓作新淫声,北里之舞,靡靡之乐。厚赋税以实鹿台之钱,而盈巨桥之粟。益收狗马奇物,充仞宫室。益广沙丘苑台,多取野兽蜚鸟置其中。慢于鬼神。大冣(聚)乐戏于沙丘,以酒为池,县肉为林,使男女倮相逐其间,为长夜之饮。
>
> 百姓怨望而诸侯有畔者,于是纣乃重刑辟,有炮格之法。以西伯昌、九侯(鬼侯)、鄂侯为三公。九侯有好女,入之纣。九侯女不憙淫,纣怒,杀之,而醢九侯。鄂侯争之强,辨之疾,并脯鄂侯。西伯昌闻之,窃叹。崇侯虎知之,以告纣,纣囚西伯羑里。西伯之臣闳夭之徒,求美女奇物善马以献纣,纣乃赦西伯。西伯出而献洛西之地,以请除炮格之刑。纣乃许之,赐弓矢斧钺,使得征伐,为西伯。而用费中为政。费中善谀,好利,殷人弗亲。纣又用恶来。恶来善毁谗,诸侯以此益疏。
>
> 西伯归,乃阴修德行善,诸侯多叛纣而往归西伯。西伯滋大,纣由是稍失权重。王子比干谏,弗听。商容贤者,百姓爱之,纣废之。及西伯伐饥国,灭之,纣之臣祖伊闻之而咎周,恐,奔告纣曰:"天既讫我殷命,假人(即至人、贤人)元龟,无敢知吉,非先王不相我后人,维王淫虐用自绝,故天弃我,不有安食,不虞知天性,不迪率典。今我民罔不欲丧,曰:'天曷不降威,大命胡不至?'今王其奈何?"纣曰:"我生不有命在天乎!"祖伊反,曰:"纣不可谏矣。"西伯既卒,周武王之东伐,至盟津,诸侯叛殷会周者八百。诸侯皆曰:"纣可伐矣。"武王

曰:"尔未知天命。"乃复归。

纣愈淫乱不止。微子数谏不听,乃与大师、少师谋,遂去。比干曰:"为人臣者,不得不以死争。"乃强谏纣。纣怒曰:"吾闻圣人心有七窍。"剖比干,观其心。箕子惧,乃详(佯)狂为奴,纣又囚之。殷之大师、少师乃持其祭乐器奔周。周武王于是遂率诸侯伐纣。纣亦发兵距之牧野。甲子日,纣兵败。纣走入,登鹿台,衣其宝玉衣,赴火而死。周武王遂斩纣头,县之〔大〕白旗。杀妲己。释箕子之囚,封比干之墓,表商容之闾。封纣子武庚、禄父,以续殷祀,令修行盘庚之政。殷民大说。于是周武王为天子。其后世贬帝号,号为王。而封殷后为诸侯,属周。

纣事亦多见于《尚书·西伯戡黎》《泰誓》《牧誓》等更早的文献,上录文字则较为集中。概言之,纣好酒淫乱,生活侈靡,厚敛百姓,刑罚严酷,滥杀无辜,信用谄谀无道之徒,而不纳忠谏,终至众叛亲离,以丧天下。《淮南子》多次指陈桀纣之失,比如《俶真》篇云:"逮至夏桀、殷纣,燔生人,辜谏者,为炮烙,铸金柱,剖贤人之心,析才士之胫,醢鬼侯之女,菹梅伯之骸。"《本经》篇云:"晚世之时,帝有桀、纣。〔桀〕为璇室、瑶台、象廊、玉床;纣为肉圃、酒池、燎焚天下之财,罢苦万民之力,刳谏者,剔孕妇,攘天下,虐百姓。于是汤乃以革车三百乘,伐桀于南巢,放之夏台;武王甲卒三千,破纣牧野,杀之于宣室。天下宁定,百姓和集,是以称汤、武之贤。"屈原对桀纣无道而亡天下的看法,以上述史实为背景,可获得更到位的理解。

值得注意的是,屈原对夏桀放纵妹嬉耿耿于怀,认为这是他被商汤放殛的根本原因①。《天问》云:"桀伐蒙山,何所得焉?妹嬉

---

① 《天问》所及夏桀妃"妹嬉",古籍或作"妹喜",或作"末喜"。本书一般行文作"妹嬉",其他随引文而异,不强作统一。

何肆,汤何殛焉?"此数语,旧注往往有误。王逸章句谓:"夏桀征伐蒙山之国,而得妹嬉也。……桀得妹嬉,肆其情意,故汤放之南巢也。"李陈玉笺曰:"桀伐蒙山而得妹嬉,因此肆为淫恶,汤遂殛之。"周拱辰亦以为桀伐蒙山而得妹嬉。古今学者多主此说,实际上并非如此。《国语·晋语一》"晋献公卜伐骊戎"章载晋大夫史苏曰:"昔夏桀伐有施,有施人以妹喜女焉;妹喜有宠,于是乎与伊尹比而亡夏。"然则夏桀得妹嬉,与伐蒙山无关。《古本竹书纪年》载:"后桀伐岷山,岷山女于桀二人,曰琬,曰琰。桀受二女,无子,刻其名于苕华之玉,苕是琬,华是琰。而弃其元妃于洛,曰末喜氏。末喜氏以与伊尹交,遂以间夏。"屈子所谓蒙山当即岷山,其意殆提起桀伐蒙山得琬、琰一事。周拱辰昧于妹嬉为伐有施所得,且分辨不细,有"前得妹嬉,后得琬与琰"之说,亦徒增繁乱。桀为琬琰弃元妃妹嬉,妹嬉恣其嫉妒之心,支持伊尹,夏朝遂臻灭亡,"妹嬉何肆,汤何殛焉"当即追究此事。伊尹尝事夏,终则归汤,为史上著名贤大夫,其辅汤灭桀尝得妹嬉之助,当非虚言也。孟子谓伊尹"五就汤,五就桀"(《孟子·告子下》),殆隐含着妹喜"与伊尹交"的端倪;前引《吕氏春秋·慎大》篇更明言"伊尹……听于末嬉",足以为证。林庚指出:"伊尹曾到夏桀那里进行过活动。而伊尹在传说中又作过后妃的媵臣,则与妹嬉打交道,乃正合于身份。"①

琬、琰、妹嬉得宠或失宠之具体情节,文献不足征。刘向《列

---

① 参见林庚《〈天问〉论笺·〈天问〉笺释》,《林庚楚辞研究两种》,第219页。关于"汤何殛焉"一语,林庚说:"按《尚书》中关于桀的传说都只是被放。《孟子·梁惠王》:'汤放桀'。《天问》下文也说'条放致伐'。可见直至战国时期未尝有殛桀之说。故王逸章句亦但曰:'言桀得妹嬉肆其情意,故汤放之南巢也。'而于'殛'字无注。《国语》则说得更明白:'桀奔南巢',则不过只是逃窜而并未被杀。所以'殛'当指本句中妹嬉而言。"(参见所著《〈天问〉论笺·〈天问〉笺释》,《林庚楚辞研究两种》,第219页)此说欠妥。桀被汤流放而死(《夏本纪》谓"汤遂率兵以伐桀。桀走鸣条,遂放而死"),"殛"字正指流放。《尚书·尧典》谓:"流共工于幽洲,放驩兜于崇山,窜三苗于三危,殛鲧于羽山,四罪而天下咸服。""殛鲧"之"殛"即流放之义(参见下文所论)。如此,"汤何殛焉"乃就桀而言,更无可疑。

女传》叙妹嬉事甚详:

> 末喜者,夏桀之妃也。美于色,薄于德,乱孽无道,女子行丈夫心,佩剑带冠。桀既弃礼义,淫于妇人,求美女积之于后宫,收倡优、侏儒、狎徒能为奇伟戏者聚之于旁,造烂漫之乐,日夜与末喜及宫女饮酒,无有休时,置末喜于膝上,听用其言,昏乱失道,骄奢自恣。为酒池可以运舟,一鼓而牛饮者三千人,鞭其头而饮之于酒池,醉而溺死者,末喜笑之,以为乐。龙逢进谏曰:"君无道,必亡矣。"桀曰:"日有亡乎?日亡而我亡。"不听,以为妖言而杀之。造琼室瑶台,以临云雨,殚财尽币,意尚不餍。召汤,囚之于夏台,已而释之,诸侯大叛。于是汤受命而伐之,战于鸣条,桀师不战,汤遂放桀,与末喜嬖妾同舟流于海,死于南巢之山。《诗》曰:"懿厥哲妇,为枭为鸱。"此之谓也。(《古列女传》第七卷《孽嬖传·夏桀末喜》)

皇甫谧《帝王世纪》所记颇有同者,但有另外一些细节:

> 帝桀淫虐有才力,能伸钩索铁,手搏熊虎。多求美女以充后宫,为琼室、瑶台、金柱三千,始以瓦为屋,以望云雨。大进侏儒倡优,为烂漫之乐,设奇伟之戏,纵靡靡之声,日夜与妹喜及宫女饮酒,常置妹喜于膝上。妹喜好闻裂缯之声,桀为发裂缯,以顺适其意。以人驾车。肉山脯林,以为酒池,一鼓而牛饮者三千余人,醉而溺水。以虎入市而观其惊。伊尹举觞造桀,谏曰:"君王不听群臣之言,亡无日矣。"桀闻析然,哑然笑曰:"子又妖言矣!天之有日,由吾之有民,日亡吾乃亡也。"两日斗蚀,鬼呼于国,桀醉不寤。汤来伐桀,以乙卯日战于鸣条之野,桀未战而败绩。汤追至大涉,遂禽桀于焦,放之历山,乃与妹喜及诸嬖妾同舟浮海,奔于南巢之山而死。

屈原之针砭夏桀与妺嬉也不是单纯的历史问题,而蕴含着对现实的强烈关注:一方面,这当是针对怀王听信夫人郑袖而言的(怀王"袖所言无不从者",正犹夏桀之"听用"妺嬉之言)。另一方面,这当是借妺嬉助成伊尹,来暗讽郑袖助成张仪。张仪几覆楚国,一个重要原因是屡得郑袖之助(张仪本人云:"臣善其左右靳尚,靳尚又能得事于楚王幸姬郑袖,袖所言无不从者")。屈原鉴于"夏桀之常违兮,乃遂焉而逢殃",面对着正在楚国重演的历史,岂能不痛心呢?

起初膺受天命的殷何以覆灭,是《天问》对历史的重要追问,所谓:"授殷天下,其位安施?反成乃亡,其罪伊何?"朱熹称此四句不可晓,仅推断说:"似谓天既授殷以天下,而今亡之,使其位何所施耶?盖唯反其所以成者,是以至于灭亡,而其为罪果何事耶?但语意太简,未有以见其必然耳。"朱熹大概道破了屈原的意思①。而《天问》一系列相关问题实蕴含着屈子给出的答案:纣惑乱于妲己,厌恶商容、比干、祖伊等辅佐大臣,信用对君上逢迎拍马又喜欢说人坏话的费中恶来之流,杀害诤臣比干而剖其心,残杀忠谏的诸侯梅伯,赐金玉封爵给阿谀随顺的佞人雷开,以及大兴土木、纵欲享乐等,凡此等等就是他丧失天下的具体原因。今依屈子诗意,采撷相关史料而分条陈述辨析于下:

(1)《天问》云:"彼王纣之躬,孰使乱惑?何恶辅弼,谗谄是服?"王逸注:"惑妲己也。服,事也。言纣憎辅弼,不用忠直之言,而事用谄谗之人也。"其说殆指谄谗之人使纣王迷惑妲己,不确。《天问》尝云:"殷有惑妇,何所讥?"两问相对照,断然可知"孰使乱惑"之问主要指向妲己惑乱殷纣,之后才兼及其他宵小。朱熹注

---

① 周拱辰注云:"何以曰'授殷天下'?三分有二以服事殷,殷之天下,实周授之耳,犹三以天下让意。"此说大违屈子本意。联系《离骚》所说"皇天无私阿兮,览民德焉错辅。夫维圣哲以茂行兮,苟得用此下土",断然可知"授殷天下"是就皇天而言的。且谓周授殷天下,甚为不词。

谓"惑纣者,内则妲己,外则飞廉、恶来之徒也",周拱辰注谓"内惑于妲己……外感于飞廉、恶来诸人",较为允当。

《殷本纪》记载帝纣"爱妲己,妲己之言是从"。《帝王世纪》云:"帝纣能倒曳九牛,抚梁易柱。有苏氏叛,纣因伐苏。苏人以美女妲己奉纣,纣大悦,赦苏而纳妲己为妃。常与沉醉于酒,所誉者贵,所憎者诛,淫纵愈甚。"纣之于妲己,与怀王之于郑袖("袖所言无不从者")复相一致。这是屈子历史视野和楚国现实的又一重要绾结。

《尚书·泰誓》载武王数落殷纣之恶行,曰:"今殷王纣乃用其妇人之言,自绝于天,毁坏其三正,离逖其王父母弟,四方之多罪逋逃,是宗是长,是信是使。乃断弃其先祖之乐,乃为淫声,用变乱正声,怡说妇人。"《牧誓》载武王在牧野决战前誓师,云:"古人有言曰:'牝鸡无晨;牝鸡之晨,惟家之索。'今商王受惟妇言是用,昏弃厥肆祀弗答,昏弃厥遗,王父母弟不迪,乃惟四方之多罪逋逃,是崇是长,是信是使,是以为大夫卿士,俾暴虐于百姓,以奸宄于商邑。"《天问》"殷有惑妇,何所讥"一问,明显跟武王斥殷纣"惟妇言是用"有关,有特定的指向。王夫之谓,"讥,为人所指摘也。纣贵为天子,宠一妲己,而天下万世贱之",显然也未得屈子本意。对屈子来说,纣惑于妲己的后果不只是为天下万世所贱所讥,而尤在于被武王取得了天下;就是说,屈子乃提示武王讥纣,来凸显君上"惟妇言是用"所导致的重大变局,以为鉴戒。《荀子·解蔽》云:"昔人君之蔽者,夏桀、殷纣是也。桀蔽于末喜、斯观,而不知关龙逢,以惑其心而乱其行;纣蔽于妲己、飞廉,而不知微子启,以惑其心而乱其行。故群臣去忠而事私,百姓怨非而不用,贤良退处而隐逃,此其所以丧九牧之地而虚宗庙之国也。桀死于(亭)〔鬲〕山,纣县于赤斾,身不先知,人又莫之谏,此蔽塞之祸也。"这段文字简直就是对屈子意图的揭示。周拱辰注谓:"殷有惑妇,言妲己不能惑人也,用妲己者自惑耳。曰'何所讥',讥惑妇乎? 讥用惑妇者乎?"纣惑于妲己,根本确在其本人,但屈子追问的与其说是被讥刺的对象,不如说是他具体受到何种讥刺。黄文焕品曰:"惑妇何所讥,武王称兵之词,谆谆以妲己为罪端,然天命久矣,纣之可讥,信谗杀贤,不独惑妇之一事,又何讥焉?放伐之际,不得不藉口于此,所以寓不满夫武王也。文王欲曲救之,武王欲急伐之,何互殊乃尔?"此说将殷纣被讥解释为武王以妲己为罪端,有可取之处,其他观点则荒谬之甚。纣之可讥固不独在受妲己之惑乱,但屈子追问的乃是殷纣有惑妇遭何讥刺——质疑的是殷纣,而非武王为何因妲己之事讥刺纣王——质疑的是武王。黄文焕之说,正所谓差之毫厘而谬以千里。

(2)《天问》云:"何恶辅弼,谗谄是服?……雷开阿顺,而赐封之?"这是指责殷纣厌恶忠臣而信用阿谀谗佞之徒。《殷本纪》载,纣重刑辟,以炮格之法对待百姓及诸侯,醢九侯①,脯鄂侯,囚西伯,用"善谀、好利、殷人弗亲"的费中为政,又用"善毁谗"的恶来,致使天下离畔。雷开之事不得其详,王逸据诗意直注曰:"雷开,佞人也,阿顺于纣,乃赐之金玉而封之也。"

(3)《天问》云:"比干何逆,而抑沉之?……何圣人之一德,卒其异方?梅伯受醢,箕子详狂。……受赐兹醢,西伯上告。何亲就上帝罚,殷之命以不救?"这些问题,是声讨殷纣拒箕子之谏、杀比干、醢梅伯、烹西伯之子等一系列暴行。

比干和殷纣的关系,王逸注《涉江》"比干菹醢"一语尝提及二说:"比干,纣之诸父也。纣惑妲己,作糟丘酒池,长夜之饮,断斫朝涉,刳剔孕妇。比干正谏,纣怒曰:吾闻圣人心有七孔。于是乃杀比干,剖其心而观之,故言菹醢也。一云:比干,纣之庶兄。"《史

---

① 《潜夫论·潜叹》言九侯被杀事甚详:"昔纣好色,九侯闻之,乃献厥女。纣则大喜,以为天下之丽莫若此也,以问妲己。妲己惧进御而夺己爱也,乃伪俯而泣曰:'君王年即耆邪?明既衰邪?何貌恶之若此而覆谓之好也?'纣于是渝而以为恶。妲己恐天下之愈进美女者,因白:'九侯之不道也,乃欲以此惑君王也。王而弗诛,何以革后?'纣则大怒,遂脯厥女而烹九侯。自此之后,天下之有美女者,乃皆重室昼闭,惟恐纣之闻也。"录此备参。

记·宋微子世家》笼统地称比干、箕子为纣之亲戚,记其事曰:"箕子者,纣亲戚也。纣始为象箸,箕子叹曰:'彼为象箸,必为玉杯;为杯,则必思远方珍怪之物而御之矣。舆马宫室之渐自此始,不可振也。'纣为淫泆,箕子谏,不听。人或曰:'可以去矣。'箕子曰:'为人臣谏不听而去,是彰君之恶而自说于民,吾不忍为也。'乃被发详狂而为奴。遂隐而鼓琴以自悲,故传之曰《箕子操》。王子比干者,亦纣之亲戚也。见箕子谏不听而为奴,则曰:'君有过而不以死争,则百姓何辜!'乃直言谏纣。纣怒曰:'吾闻圣人之心有七窍,信有诸乎?'乃遂杀王子比干,刳视其心。"《殷本纪》说比干被残杀,箕子惧而佯狂,《宋微子世家》则说比干见箕子佯狂为奴,故死谏而遭杀,稍有差异;至于比干、箕子跟殷纣的具体亲缘关系,太史公大概已不能确定。《尚书·泰誓下》记武王伐商誓师之辞,曰:"呜呼!我西土君子,天有显道,厥类惟彰。今商王受,狎侮五常,荒怠弗敬。自绝于天,结怨于民。斫朝涉之胫,剖贤人之心。作威杀戮,毒痡四海。崇信奸回,放黜师保,屏弃典刑,囚奴正士,郊社不修,宗庙不享,作奇技淫巧以悦妇人。"①其指斥殷纣之无道,亦可参看。

梅伯其人,王逸章句只有简单的介绍:"梅伯,纣诸侯也。……梅伯忠直,而数谏纣,纣怒,乃杀之,菹醢其身。箕子见之,则被发详狂。"王逸将箕子佯狂的原因归于梅伯被菹醢,与上举《史记》之二说又异。王逸很可能是依据他对《天问》的理解来作诠释的,即他认为"梅伯受醢"和"箕子详狂"先后排列,含有因果关系。也许,屈子传达的确实是这种与《史记》不同的历史叙述,但更大的可能是,屈子乃并列陈示梅伯、箕子的不同结局,而非指二事有因果关联,王逸误解原诗的可能性极大。纣菹醢梅伯以礼诸侯于庙,又可参见《吕氏春秋·行论》。

----

① 此篇今文无,晚《书》有,此处所引据晚《书》。孙星衍本之《泰誓》乃用《史记》所载,以诸书所引《泰誓》而词可连属者连缀成文,与晚《书》同名而异实。

比干如此,箕子如彼,梅伯又如彼,此所谓"卒其异方"(此语在原诗中既回照上文比干事,又领起下文箕子、梅伯事)。有趣的是,孔子对殷纣诸贤早有类似关注。《论语·微子》载:"微子去之,箕子为之奴,比干谏而死。孔子曰:'殷有三仁焉。'"屈原"何圣人之一德,卒其异方"的疑问,跟孔子的浩叹是相通的,孔子实乃因微子、箕子、比干三者来感慨"何仁人之一德,而卒其异方"。差异唯在,孔子是说微子、箕子、比干,屈原说的是比干、箕子、梅伯。

王逸、洪兴祖、朱熹注"受赐兹醢,西伯上告。何亲就上帝罚,殷之命以不救"两句,均以为"受醢"说的是文王受梅伯之醢,不确。屈子之意当是说纣赐西伯其子之羹,西伯得而食之,而后祭天告纣,纣身遂遭上帝之伐,殷命乃无可挽救。《艺文类聚》卷十二引《帝王世纪》云:"纣既囚文王,文王之长子曰伯邑考,质于殷,为纣御,纣烹为羹,赐文王,曰'圣人当不食其子羹'。文王得而食之。纣曰:'谁谓西伯圣者? 食其子羹尚不知也。'"不过此事乃代表商纣作恶多端,无所不至,使殷命无以挽救者不限于此。周拱辰谓:"况醢九侯,脯鄂侯,贯盈之恶,所必不赦乎!"陆时雍亦云:"语曰弃贤实惟弃天,贯盈之罪,所必不赦乎!"孟子尝引《太甲》曰:"天作孽,犹可违;自作孽,不可活。"(《孟子·公孙丑上》)《天问》殆正有此意。

(4)《天问》云:"厥萌在初,何所亿(臆)焉? 璜台十成,谁所极焉?"此二问主要是指纣大兴土木、穷奢极侈①。王逸谓:"言贤者预见施行萌牙之端,而知其存亡善恶所终,非虚亿(臆)也。……纣果作玉台十重,糟丘酒池,以至于亡也。"箕子见微知

---

① 马其昶《屈赋微》以为,"厥萌在初,何所亿焉? 璜台十成,谁所极焉"数句,是说伊尹、夏桀事。其解前句云"此问伊尹何由而度桀之必亡";其解后句云"《新序》云'桀作瑶台'。《吕览》云:伊尹报于亳曰:桀迷惑于末喜,好彼琬琰,不恤其众。是桀之纵欲无极,皆由女宠。设问以惕之,使人思而得其故也"。金开诚也认为"以问夏桀之事更有可能"(见所著《屈原辞研究》,第 233 页)。录此以备参考。

著,预见纣亡,《韩非子·说林上》尝载:"纣为象箸而箕子怖,以为象箸必不盛羹于土铏,则必犀玉之杯;玉杯象箸必不盛菽藿,则必旄、象、豹胎;旄、象、豹胎必不衣短褐而舍茅茨之下,则必锦衣九重、高台广室也。称此以求,则天下不足矣。圣人见微以知萌,见端以知末。故见象箸而怖,知天下不足也。"此事又略见于《宋微子世家》(已见上引)。《帝王世纪》则兼言殷纣大兴土木事,曰:"居五年,纣果造倾宫,作琼室瑶台,饰以美玉,七年乃成。其大三里,其高千丈。其大宫百,其小宫七十三处。宫中九市,车行酒,马行炙,以百二十日为一夜。"①此处之"瑶台"当即屈子所谓之"璜台"。黄文焕用简狄在台来解释"璜台"一问,未若以纣事解之为优,因为如此才能彰显文本的内在关联。

屈原以各种方式、从各个角度数落桀纣,主要意图是谏诫和批评国君,其间强烈凸显了对后妃干预政治的警示。比如屈子于夏之亡,斥桀听用妺嬉;于商之亡,斥纣听用妲己②。这类反思均有讥讽怀王宠幸郑袖、郑袖惑乱怀王之意,包含着诗人对楚国前途的深重担忧。王夫之注《天问》"周幽谁诛"句,云:"篇内于女戎之祸,再三言之,盖深痛郑袖之祸楚也。"其言甚是。除此之外,屈子反思桀纣残害忠良,信用无道,也都关联着他的现实关怀乃至切肤之痛。不过我们应该清楚,诗人的历史关注虽一而再再而三地凸显了他的现实关怀,但其意义并不局限于此,他有深层的超越性的思考。

屈作夏商衰亡的历史视野再次表明,屈原的精神与儒家是符同的。很多方面的证据以上曾随文提挈,但是仍有不少可言者。首先,《离骚》《天问》等辞作斥言桀纣无道而丧天下,跟儒典针砭历史的常见取向完全一致。桀纣在儒典中原本就是人君最典型的

---

① "其大三里",《太平御览》卷一百七十四引作"其大十里"。
② 同类例子还有,《天问》"周幽谁诛?焉得夫褒姒"一问,乃斥周幽听用褒姒而被诛、西周亡,见下文所论。

反面教材或符号,儒典常言以夏殷为鉴。比如《尚书·召诰》记召公谏成王汲取夏殷覆灭之教训,曰:"我不可不监于有夏,亦不可不监于有殷。……今王嗣受厥命,我亦惟兹二国命(即惟兹二国之命是监),嗣若功。"这一以古鉴今的取向形成了屈子历史视野的内核。

其次,屈作反思夏商衰亡时,明显承继了儒典的一些重要主题。比方说,孟子民本思想得到了诗人的认同。

《天问》曾问道,伊尹辅汤讨夏天子桀,施加惩罚,放桀于鸣条,为何天下百姓会大悦呢?从小处看,《尚书·汤誓》篇记汤伐桀而誓师,说"尔尚辅予一人致天之罚",为《天问》"致罚"说的渊源所在;而这两句话在各自文本中关涉的当事双方及历史事件也完全相同。从大处看,此问旨在显明,桀无道而失民心,汤有道而得民心,汤得天下以得民心,桀失天下以失民心①。读《天问》必须

---

① 周拱辰注云:"声罪而黎服大悦,虽水火之民易见德哉,然仅放之南巢,完其妻子以行,使终其天年,后桀卒于亭山,汤命官葬之,禁弦歌舞,若丧君然,于征逐之内犹有礼焉,黎服之大悦,有以也。"从这个角度解释"黎服大说"之由,全失屈子本旨。又,《天问》云:"登立为帝,孰道尚之?"此句探究为君上之"道",亦颇值得注意。王逸以为:"言伏羲始画八卦,修行道德,万民登以为帝,谁开导而尊尚之也?"据王说,此问同样凸显了得民斯得天下的民本思想。然学界或以为"登立"二句指女娲事。黄文焕《楚辞听直》笺曰,"女娲,史记谓女子称帝。孰立立者,孰登女娲于民上,推而立之也",认为《天问》之疑在"遵何道而崇尚一女人乎"。周拱辰论之甚细:"旧训'登立为帝'属伏羲,非也。……愚谓即指女娲说。女娲,伏羲氏妹。自古皆以男子帝天下,女娲独以女子为天下君,岂女娲自擅而自立之乎?抑伏羲以天下私,不传之子,不传之弟,不传之臣,独传至妹乎?又岂女娲圣德远迈群帝,群臣百姓自往从之乎?'孰道尚之',言禀何道德天下翕然尊尚之也。"(《离骚草木史》)周拱辰又指出:"《天问》中尽有上句不说出人名,下句才指出者。如:'吴获迄古,南岳是止。孰期去斯,得两男子?''吴获迄古'二句,即下'两男子'事也。如:'天命反侧,何罚何佑?齐桓九合,卒然身杀?''天命反侧'二句,即下'齐桓'事也。如:'何圣人之一德,卒其异方?梅伯受醢,箕子详狂。''圣人……一德'二句,即下'梅伯''箕子'事也。盖上二句先述事迹,下二句才倒出人名,《问》中多有此句法。"(《离骚拾细》)周拱辰以此证成"登立"句指言女娲,其下句谓"女娲有体,孰制匠之"。毛奇龄《天问补注》以"登"为炎帝之母女登,亦作安登,大误。(转下页)

明白,屈子所有问题都指向现代人热衷于区隔在神话与历史层面上的叙述,它们凸显的真实立场便是对相关叙述的质疑、否定或确认。"何条放致罚"一问确认的是,天子桀失民,故民乐见其遭放被罚。《汤誓》说:"夏王率遏(竭)众力,率割(剥削)夏邑。有众率怠弗协,曰:'时日曷丧?予及汝皆亡!'"这几乎就是《天问》"何条放致罚,而黎服大说"所指向和确认的答案。

桀纣失民是孟子屡加反思的核心问题之一。孟子尝曰:"文王以民力为台为沼,而民欢乐之,谓其台曰灵台,谓其沼曰灵沼,乐其有麋鹿鱼鳖。古之人与民偕乐,故能乐也。《汤誓》曰:'时日害丧?予及女偕亡。'民欲与之偕亡,虽有台池鸟兽,岂能独乐哉?"(《孟子·梁惠王上》)用孟子的表达方式来说,《天问》隐含的正是,纣不能与民同乐,虽有倾宫琼室瑶台,岂能独乐呢?孟子所引汤伐桀之誓词,跟《天问》"致罚"同出一源,应该不是细节上的偶合。屈子很可能受了孟子的影响,当然不能忽视,《尚书》等儒典构成了孟、屈二子的共同知识和观念背景。孟子又说:"桀、纣之失天下也,失其民也;失其民者,失其心也。得天下有道:得其民,斯得天下矣;得其民有道:得其心,斯得民矣;得其心有道:所欲与之聚之,所恶勿施,尔也。民之归仁也,犹水之就下、兽之走圹也。故为渊驱鱼者,獭也,为丛驱爵者,鹯也;为汤、武驱民者,桀与纣

(接上页)古代确有女娲为帝之说。《帝王世纪》云:"女娲氏,亦风姓也,承庖羲制度,亦蛇身人首,一号女希,是为女皇。"郭璞注《山海经·大荒西经》之"有神十人,名曰女娲之肠",谓"女娲,古神女而帝者";郑玄注《礼记·明堂位》"女娲之笙簧",谓"女娲,三皇承宓羲者";高诱注《淮南子·览冥》之"女娲炼五色石以补苍天",谓"女娲,阴帝,佐虙戏治者也。……师说如此",注《淮南子·说林》之"此女娲之所以七十化也",谓"女娲,王天下者"。凡此均可证女娲登立之说古不鲜见。然屈子之问殆在凸显登立为帝的一般逻辑,与"女子称帝"未必有根本关涉。在神话传说中,女娲忧民之忧、乐民之乐,以济民水火为担当("女娲有体"一问表明屈子熟知这些神话),或即折射着现实的面影。而《淮南子·览冥》云:"伏羲女娲,不设法度,而以至德遗于后世……"古代至少有一说谓女娲先佐伏羲,后继伏羲而登立,为勤民而行德之帝。

也。"(《孟子·离娄上》)还说:"三代之得天下也以仁,其失天下也以不仁。国之所以废兴存亡者亦然。天子不仁,不保四海;诸侯不仁,不保社稷;卿大夫不仁,不保宗庙;士庶人不仁,不保四体。今恶死亡而乐不仁,是犹恶醉而强酒。"(《孟子·离娄上》)屈原从黎服大悦的取向上思考桀亡汤兴,跟孟子上述论说在本质上是相同的。我们甚至可以说,屈作指涉夏商灭亡的诸多故事均符同桀纣为汤武驱民之意。

孟子高度认同汤放桀、武王伐纣的正当性。《孟子·梁惠王下》载,孟子对齐宣王说,桀纣贼仁贼义,实乃"一夫",汤武放之伐之,无关乎弑君;贼害仁义的天子必失民心(故谓之"一夫"),失民心的天子理应被诛伐,这应该就是儒家的主张。《易·革·象传》云:"天地革而四时成,汤武革命,顺乎天而应乎人,革之时大矣哉。"而由上文的论析可知,屈原大抵也如此看待汤武放桀伐纣的问题。然黄文焕笺《天问》"缘鹄饰玉"数句,云:"前言汤之伐桀,未及伊尹,故此复揭之也。汤之首行放伐,内怀惭德,尹为之也。前曰'汤谋易旅',此曰尹'承谋',无尹之承之,汤亦未易夺桀之祚也。……'帝乃降观'者,既咎伊尹,又咎天帝。帝实降观于世,择尹佐汤,尹固不能违天矣。然君臣大义究竟须存,何以伐桀鸣条,放桀南巢,黎民之众遂无一人以为非,而反心服咸悦也?周之伐殷,犹有叩马之夷、齐,殷之伐夏,并无不服之顽民,何也?从来赞汤武者曰顺天应人,屈原责天责人,深致诘焉,翻古今之案以著君臣之义,毋使篡弑藉口也。"这种迂腐的解释距离屈子本心太远了。屈子最大的关注,不是建构不可侵犯的君臣之义,而是使国君遵循政教伦理规范;他最大的担忧,是君上弃贤从邪、无所不为而导致国家衰亡。屈子跟其前后之孟、荀都有"从道不从君"的倾向,他们在历史长河中是互相呼应的。更荒谬可怪的是,黄文焕根据接下来"简狄在台,喾何宜?玄鸟致贻,女何嘉"二语[1],得出结

---

[1] "嘉"本作"喜",从一本。

论说:"然则伐夏者玄鸟也,非汤、尹也。"让人不知所谓。总而言之,黄文焕品笺《天问》,屡屡以严君臣之义,来诠释汤尹放桀以及武王和吕望伐纣的相关问题,所以在一系列根本问题上背离了屈子(同时,他还严重误解了屈子的天命观)。

郭沫若认为:"一向的人只看到屈原高唱忠君爱国的调子,差不多都忽略了他是位民本思想者……"①这一判断是有道理的。但郭氏乃由《离骚》"长太息以掩涕兮,哀民生之多艰","怨灵修之浩荡兮,终不察夫民心"等句,推出屈原有民本思想的结论,这并不适当,因为此处"民生""民心"实指"人生""人心",具体说来都指向主人公自己(据钱杲之《离骚集传》,"民生"一本正作"人生",而据洪补,"民心"一本正作"人心",可以互相参证)。汪瑗《楚辞蒙引》"民"字条云:"'哀人生之多艰'与'终不察夫人心','人'字是屈原自谓也。一作'民'字,旧注谓指万民百姓而言(案指王逸章句、五臣注等),非是";其"人心"条云:"人心,亦屈原自谓也。王逸曰'不察万人善恶',五臣曰'不察众人悲苦',俱非文意"。今人魏炯若辨析道:"'哀民生之多艰',即指下文所说的事。下文以'余'字领起,又连用'余'字,当然是屈原自己的事。接着'怨灵修之浩荡兮,终不察夫民心',接着'众女嫉余之蛾眉兮,谣诼谓余以善淫'。下文还有'余''吾'两字。显然,'民生'二字也是属于屈原的,应该与'人生'同义。"②这样紧扣上下文来解释文本,方法上是科学的,结论也是可靠的。要之,屈原确有民本思想,但是郭沫若却找错了地方。

二、启与太康

屈原用以警示人君的典型还有夏启和太康。

《离骚》主人公向重华陈词,云:"启《九辩》与《九歌》兮,夏康

---

① 郭沫若《历史人物·屈原研究》,《郭沫若全集》历史编第四卷,第91页。
② 魏炯若《楚辞发微》,与《杜庵说诗》合刊本,第45页。

娱以自纵。不顾难以图后兮,五子用失乎家巷。"①此数语,说者亦往往不得其解。

启乃禹子,为夏代第一位君王,这是没有问题的。传说《九辩》《九歌》本为上帝之乐,启上三嫔于帝而得之(屈子《天问》记载了这一神话:"启棘宾帝,《九辩》《九歌》";《离骚》没有直接承袭原始神话的内容,只保留了启跟《九辩》《九歌》的关系)。"启《九辩》与《九歌》"一语当是批评夏启淫湎康乐。《墨子·非乐上》云:"察九有之所以亡者,徒从饰乐也。于《武观》曰:'启乃淫溢康乐,野于饮食。将将锽锽,管磬以方,湛浊于酒,渝(偷)食于野,万舞翼翼,章闻于天,天用弗式。'"②《太平御览》卷八十二引《帝王世纪》曰:"启升后十年,舞《九韶》,三十五年,征河西。"③《山海经·大荒西经》记:"西南海之外,赤水之南,流沙之西,有人珥两青蛇,乘两龙,名曰夏后开(案即夏后启,汉人避景帝讳改)。开上三嫔于天,得《九辩》与《九歌》以下。此天穆之野,高二千仞,

---

① 《离骚》此下至"夫孰非义而可用兮,孰非善而可服",闻一多认为是"重华答词"或"重华之言"(见所著《离骚解诂乙》,《闻一多全集》第五卷,第306、311页),误甚。此实为主人公之陈词,重华答词在诗中并未直接出现。

② "将将锽锽,管磬以方",原作"将将铭,筦磬以力","天鬼弗式",原作"天鬼弗戒",据前人研究改正,参阅孙诒让《墨子间诂》,中华书局2001年版,第261—263页。

③ 《今本竹书纪年》记载,帝启十年,巡狩,"舞《九韶》于大穆之野"。王国维认为此条乃依《山海经》及《帝王世纪》造作(参阅所著《今本竹书纪年疏证》,与朱右曾辑,王国维校补《古本竹书纪年辑校》合刊,辽宁教育出版社1997年版,第50页)。一般认为,汲冢《竹书纪年》乃西晋武帝太康二年(281)掘汲郡战国墓所得,系魏国史官记录和撰写的编年史书,佚于两宋之际。《今本竹书纪年》两卷,"乃后人蒐辑,复杂采《史记》《通鉴外纪》《路史》诸书成之,非汲冢原书";清人朱右曾专辑古书所引《纪年》,撰为《汲冢纪年存真》二卷,王国维"病其尚未详备",乃取朱书为本,以自己的校注补正之,"凡增删改正若干事",成《古本竹书纪年辑校》(参阅王国维《古本竹书纪年辑校》自序),为当今学者所习用。对于《今本竹书纪年》,王国维一一求其所出,"始知今本所载,殆无一不袭他书",故详为疏证以揭其作伪之实(参阅王国维《今本竹书纪年疏证》自序)。不过今本当非向壁虚构,而存有历史的面影,可资参考。

开焉得始歌《九招》。"根据这一神话,原始《九辩》《九歌》与《九韶》有高度的相关性。

"夏康娱"云云学界颇有争议。汉王逸章句、宋朱熹集注、明末清初钱澄之《庄屈合诂》、清王夫之《通释》以及蒋骥《山带阁注楚辞》等,均以"夏康"指夏启之子太康。这是很糟糕的解释。明汪瑗集解认为"康娱"为一词,指逸豫安乐。清戴震《屈原赋注》也说,"康娱"二字连文,"(《离骚》)篇内凡三见";"夏康娱"一语之外,又谓浇"日康娱而自忘兮,厥首用夫颠陨",又谓宓妃"保厥美以骄傲兮,日康娱以淫游"。汪瑗、戴震的解释有文本支持,故可信从。不过,汪瑗强调即便如此,"夏康娱"云云仍是批评太康。其集解谓"夏"犹言夏之子孙,指太康。《蒙引》"启"字条谓"康娱"二字"本相连属","康"字"偶与太康之名同",然文意"又实指太康";其"夏康娱以自纵"条则说:"既曰'夏',又曰'康娱以自纵',则不待言而可以知其为太康矣。"先解"夏"为夏之子孙,复将其意具体到太康身上,实在太费周折。《山海经·大荒西经》谓"开上三嫔于天,得《九辩》与《九歌》以下",清儒王念孙《读书杂志·余编下》据此释"夏"为"下",以为"启《九辩》与《九歌》兮,夏康娱以自纵","言启窃《九辩》《九歌》于天,因以康娱自纵于下也"。然而《离骚》主人公此番陈词,均是就夏商周之事实层面言的,不用神话,故王说亦不可取。毕沅注《墨子·非乐上》,尝疑《楚词》"夏康娱"云云即《武观》所谓"淫溢康乐"。刘永济《屈赋通笺》进一步说:"'夏'本有大义。'大康娱以自纵',犹言极康娱以自纵,即《武观》'淫溢康乐'之意。不烦假'下'字为说,而文意自足。"①这可能是最为圆满的解释。

---

① 刘永济《屈赋通笺 笺屈余义》,第52页。"夏"字殆由指大屋、大殿,引申为指一般抽象的大。《九章·哀郢》谓:"曾不知夏之为丘兮,孰两东门之可芜?"王逸注:"夏,大殿也。"洪补释之为"大屋"。《招魂》"冬有突夏",《文选》李善注解"夏"字为"大屋"。而《离骚》"夏康娱"句则以"夏"指大。屈作用此二义,殆含内在关联。

"五子用失乎家巷"一句,王逸解为启子太康亡国,兄弟五人家居闾巷,丧失了尊位;朱熹、汪瑗、蒋骥则认为指太康昆弟五人国破家亡,"家巷"即宫中之道永巷。诸说背后的基本史实是:禹初,有穷氏的一族渐渐强大,将活动中心从有穷(今山东德州南)迁到穷石(又称穷谷,今河南孟州西),向夏称臣。羿擅射。《帝王世纪》载:"帝羿,有穷氏,未闻其姓何,先帝喾以上世掌射正,至喾,赐以彤弓素矢,封之于鉏,为帝司射,历虞、夏。羿学射于吉甫,其臂长,故以善射闻。"羿被推为有穷部落之首领,欲跟夏后氏争夺天下。太康逸豫无德,游乐无度,在洛表田猎,十旬不归。羿在黄河边上拦截他,使不能回都城斟寻,立其弟仲康,而把持大政①。《帝王世纪》载:"太康无道,在位二十九年,失政而崩。"夏初由盛转衰,太康实为关键。羿进一步张大,夏天子徒具虚名。仲康死,羿立其子相。相迫于羿,徙帝丘(今河南濮阳西南),依同姓诸侯斟灌氏(辖境在今山东寿光东北),斟寻氏依然支持夏相。嗣后二斟相继被灭。羿自立。《帝王世纪》云:"帝相一名相安,自太康已来,夏政凌迟,为羿所逼,乃徙(商)〔帝〕丘,依同姓诸侯斟灌、斟鄩氏。羿遂袭帝号,是为羿帝。"②又谓"夏相徙帝丘"。夏被有穷后羿取代一事,又见于《左氏春秋》襄公四年(前569)所载魏绛谏晋悼公(前572—前558年在位)所说:"昔有夏之方衰也,后羿自鉏迁于穷石,因夏民以代夏政(杜注:鉏,羿本国名)。"

王念孙认为,"夏康娱"之"夏"读为"下"(已见上引);"五子"

---

① 禹即位,都阳城(今河南登封),启都阳翟(今河南禹县)。据《汲冢古文》,"太康居斟寻"(斟寻为夏同姓诸侯,辖境在今山东潍坊西南)。又,晚《书》之《五子之歌》云:"太康尸位,以逸豫灭厥德,黎民咸贰,乃盘游无度,畋于有洛之表,十旬弗反。有穷后羿因民弗忍,距于河,厥弟五人御其母以从,徯于洛之汭。五子咸怨,述大禹之戒以作歌。"孔壁《古文尚书》五十八篇有《五子之歌》,伏生今文二十九篇无,今传《五子之歌》殆枕本所造,但当有一定的参考价值。

② "商丘"当为"帝丘"之讹,参阅王子超《商丘、帝丘非一地考》,刊载于《商丘师专学报》(社会科学版)1985年第1期。

指夏启之小儿子五观,或曰武观;"用失乎家巷"之"失"字衍,原文当作"用乎家巷","巷"通"閧"或"鬨",指争战,句意为因此自家闹乱子(指五观据西河以叛)①。仅仅两大句,王氏改读二字、删除一字以迁就自己的观点,过于大胆,令人生疑。且《离骚》这两大句之下说的是寒浞勾结羿妻杀羿,则这两大句应是陈述羿乱夏(相关夏帝为太康、仲康和相,关键在太康),如此文意方能一贯。王说未能把握这一线索而生硬截断文脉,不够合理。屈原陈说夏启、太康淫溢康乐乃至于失国,目的是警示国君要居安思危,勿逸豫放纵,否则国家就会乱亡。

三、羿与浇

屈作历史视野中,羿、浇亦为人君之殷鉴。以下引录《离骚》,所陈史实须与上文叙太康部分合看:

羿淫游以佚畋兮,又好射夫封(狐)〔猪〕②。

---

① 参阅王念孙《读书杂志·读书杂志余编下》。《今本竹书纪年》云,帝启十一年,"放王季子武观于西河","十五年,武观以西河叛","彭伯寿帅师征西河,武观来归";然该书不可尽信,王国维认为"放王季子武观"事乃杂采《国语·楚语》《墨子·非乐下》而为之,"武观"本为书篇之名而非人名,"十五年,武观以西河叛""征武观"等说法,与《古本竹书纪年》所记启二十五年征西河不符(参阅所著《今本竹书纪年疏证》,与《古本竹书纪年辑校》合刊本,第50页)。

② 闻一多《楚辞校补》云:"夷考古籍,不闻羿射'封狐'之说。'狐'疑当为'豬(猪)',字之误也。篆书'者'作'𱎐',缺其上半,与'瓜'相仿,而'豕'旁与'犬'旁亦易混,故'豬'误为'狐'。《天问》说羿事曰'冯珧利决,封豨(豨)是射',《淮南子·本经》篇曰'尧乃使羿……禽封豨于桑林',封豨即封豬也。其在《左传》,则神话变为史实,昭二十八年称乐正后夔之子伯封'谓之封豕,有穷后羿灭之',封豕亦即封豬也。《古文苑》扬雄《上林苑箴》曰:'昔在帝羿,失(原作"共",当为"失"之讹。"失"与"佚"通)田淫(原误"径")游,弧矢是尚,而射夫封豨,不顾于愁,卒遇后忧。'字正作'豬'。扬文语意全袭《离骚》,'封豬'之词或即依本篇原文。若然,则汉世所传《离骚》犹有作'豬'之本。"(孙党伯、袁謇正主编《闻一多全集》第五卷,第131页)其说可从。

> 固乱流其鲜终兮,浞又贪夫厥家。
> 浇身被服强圉兮,纵欲而不忍。
> 日康娱而自忘兮,厥首用夫颠陨。

《天问》亦说羿射艺与勇力超人,受其信用的寒浞竟串通其妻纯狐,杀而烹之:

> 浞娶纯狐,眩妻爰谋。
> 何羿之射革,而交吞揆之?

周拱辰《离骚草木史》谓:"纯狐,羿妻,浞杀羿而娶之。"羿代夏政,放纵游乐,寒浞好为谗言,羿弃贤臣而任寒浞为相。《左氏春秋》襄公四年记魏绛谏晋悼公,陈其事曰:"后羿……恃其射也,不修民事,而淫于原兽。弃武罗、伯因、熊髡、尨圉,而用寒浞。寒浞,伯明氏之谗子弟也(杜注:寒国,北海平寿县东有寒亭。伯明,其君名),伯明后寒弃之,夷羿收之(杜注:夷,氏),信而使之,以为己相。"寒浞勾引羿妻纯狐,笼络、愚弄国人,复勾结羿家臣逢蒙,杀羿而代夏。《左氏春秋》襄公四年记魏绛曰:"浞行媚于内,而施赂于外,愚弄其民,而虞羿于田,树之诈慝,以取其国家,外内咸服。羿犹不悛,将归自田,家众杀而亨之,以食其子。其子不忍食诸,死于穷门。靡奔有鬲氏(杜注:靡,夏遗臣事羿者。有鬲,国名,今平原鬲县)。"①《帝王世纪》曰:"寒浞袭有穷之号,因羿之室,生奡及豷。奡多力,能陆地行舟。"浞命其子浇(亦即奡)灭斟灌氏,又灭斟寻氏,杀夏相。复事分封,处浇于过(今山东莱州西北近海处),以控制东部,处豷于戈,以控制南国(《左氏春秋》襄公四年杜注云:"过、戈皆国名。东莱掖县北有过乡,戈在宋、郑之间")。浇等

---

① "浞行媚于内",一般如杜注理解为寒浞献媚于"内宫人",不当,殆主要是指献媚于羿妻纯狐;"浞娶纯狐"是后来的事情,浞与纯狐串谋杀羿在此以前。

恃其谗慝诈力，纵欲而不忍，不恤国事，不德于民。夏相之妻后缗本有仍氏女（有仍，古国，在今山东济宁），相被杀时已有孕，逃归有仍而生少康。少康长，为有仍牧正，掌畜牧，浇复求之，故逃至有虞（古国，舜后，姚姓，在今河南虞城县），为庖正，掌饮食，虞君以二女妻之。夏遗臣靡收斟灌、斟寻之余烬，杀寒浞而立少康。少康灭浇。《离骚》"厥首用夫颠陨"、《天问》"何少康逐犬，而颠陨厥首"等，均指此事。

《天问》叙少康灭浇、灭豷之事较详：

> 惟浇在户，何求于嫂？
> 何少康逐犬，而颠陨厥首？
> 女岐缝裳，而馆同爰止。
> 何颠易厥首，而亲以逢殆？

周拱辰注曰："沈约《竹书》注：'少康使汝艾谍浇。初，浞娶纯狐氏，有子，蚤死，有妇曰女岐，寡居。浇强圉，往至其户，佯有所求，女岐为之缝裳，同舍止宿。汝艾夜使人袭断其首，乃女岐也。浇既多力，又善害人。艾乃攻猎，放犬逐兽，因喉，浇颠陨，乃斩浇以归。'两段文气倒，而意实融贯。颠易厥首，指误杀女岐言也。"少康又使其子杼灭豷，有穷遂亡。

在屈作历史视野中，夏初之衰乱，有以下重要环节：其一，太康康娱自纵，大权旁落至有穷后羿。其二，羿荒淫游乐，信用谗贼，为其相寒浞、其妻纯狐、其家臣逢蒙合谋杀害。其三，浞与其子浇、豷恃其强诈而不恤民事，被夏朝旧臣及少康消灭，夏朝复兴。其间历史沉浮无不取决于君上所作所为，故《离骚》《天问》诸篇屡屡以此警示国君。

很早就有学者注意到，屈原所反思夏朝关乎羿和浞的历史，比正史还要详备。《史记·夏本纪》云："中康（案即前所云仲康）崩，子帝相立。帝相崩，子帝少康立。"司马贞索隐指出："然则帝相自被篡杀，中间经羿、浞二氏，盖三数十年。而此纪总不言之，直云帝相崩,子少康立,疏略之甚。"张守节正义也说:"帝相被篡,历羿、浞二世,四十年,而此纪不说,亦马迁所为疏略也。"严格说来,史实也并非夏相被篡杀后经羿、浞二世,而是浞先杀羿,后又杀相,可司马迁《夏本纪》之疏略则是毋庸讳言的。傅斯年批评说:"太史公当真不是一位古史家,虽羿浞少康的故事,竟一字不提,为其作正义者所讥。求雅驯的结果,弄到消灭传说中的史迹,保留了哲学家的虚妄。"① 司马迁所记夏史之所以如此,不必是因为"求雅驯"或有"哲学家的虚妄",而屈作呈现的独特历史视野足以弥补正史之疏漏,委实令人欣幸。

《离骚》《天问》诸诗所叙羿、浞、浇之事,以及屈原给出的价值评判,均可得到《左氏春秋》的支持。

从总体上看,其事可从襄公四年魏绛劝阻晋悼公伐戎的记载中找到依据(已见上文所引)。除此之外,魏绛以为有穷之亡,原因在于"失人",并说:"昔周辛甲之为大史也(杜注:辛甲,周武王太史),命百官,官箴王阙,于《虞人之箴》曰(杜注:虞人掌田猎):'芒芒禹迹,画为九州,经启九道。民有寝庙,兽有茂草,各有攸处,德用不扰。在帝夷羿,冒于原兽,忘其国恤,而思其麀牡。武不可重,用不恢于夏家。兽臣司原,敢告仆夫(杜注:兽臣,虞人。告仆夫,不敢斥尊)。'"《左氏春秋》及屈作以羿事为箴谏,取向亦明显一致。

屈原以羿妻纯狐即"眩妻"之事警示国君,则可从《左氏春秋》昭公二十八年(前514)的记载中得到支持。其文叙叔向欲娶于申公巫臣氏(杜注:夏姬女也),其母劝阻曰:"昔有仍氏生女,黰黑,而甚美,光可以鉴,名曰玄妻。乐正后夔(杜注:舜典乐之君长)取之,生伯封,实有豕心,贪惏无餍,忿颣无期,谓之封豕(杜注:颣,戾也。封,大也)。有穷后羿灭之,夔是以不祀。且三代之亡,共子之废,皆是物也(杜注:夏以末喜,殷以妲己,周以褒姒,三代所

---

① 傅斯年《夷夏东西说》,刘梦溪主编《中国现代学术经典·傅斯年卷》,河北教育出版社1996年版,第213页。

由亡也。共子，晋申生，以骊姬废），女（汝）何以为哉？夫有尤物，足以移人，苟非德义，则必有祸。"叔向母所说的"玄妻"当即《天问》之"眩妻"，其名实为纯狐。盖后羿消灭伯封部族，娶了"鬒黑，而甚美，光可以鉴"的玄妻，其后玄妻暗通羿相寒浞而杀羿。很明显，《天问》所言，不惟眩妻之事又见于《左氏春秋》，其理亦与之相通。

屈原所说少康灭浇、豷而复兴，可见于《左氏春秋》哀公元年（前494）所记。时吴王夫差入越，越子以甲楯五千保于会稽，使大夫种因吴大宰嚭以行成。吴子将许之。伍员劝阻之，提及少康之事，曰："昔有过浇杀斟灌以伐斟鄩，灭夏后相。后缗方娠，逃出自窦，归于有仍，生少康焉。为仍牧正。惎浇能戒之（杜注：惎，毒也）。浇使椒求之（杜注：椒，浇臣），逃奔有虞，为之庖正，以除其害。虞思于是妻之以二姚（杜注：思，有虞君也。虞思自以二女妻少康。姚，虞姓），而邑诸纶（杜注：纶，虞邑）。有田一成，有众一旅（杜注：方十里为成，五百人为旅）。能布其德，而兆其谋，以收夏众，抚其官职。使女艾谍浇（杜注：女艾，少康臣。谍，候也），使季杼诱豷，遂灭过、戈，复禹之绩。祀夏配天，不失旧物。"伍子所言，从史实层面上为屈作提供了支持。

由上揭事项可知，唯有以《左氏春秋》所记相关史实为背景，才能更准确、更到位地理解屈作，而屈作对《左氏春秋》所记明显又有发明或弥补作用。这对于揭示屈子建构历史视野的基础，颇有助益。

《离骚》批评启、太康、羿、浞、浇、桀、纣是一个方面，赞美禹、汤、文武是另一个方面，其共同取向是推尊道德。故接下来说："皇天无私阿兮，览民德焉错辅。夫维圣哲以茂行兮，苟得用此下土。"而这一总体取向，跟儒家的抉择也完全一致。《论语·宪问》篇载："南宫适问于孔子曰：'羿善射，奡荡舟（邢昺疏：能陆地推舟而行），俱不得其死然；禹、稷躬稼，而有天下。'夫子不答。南宫适出，子曰：'君子哉若人！尚德哉若人！'"南容谓奡能陆地行舟，可为《离骚》"浇身被服强圉兮"作一注脚。而孔子与弟子南容评骘羿、臬与禹、稷两类人物,凸显或张扬"尚德"的政教伦理取向,其思维过程及结果都跟《离骚》若合符契。换句话说,从孔子师徒就羿、臬、禹、稷,完成关于"尚德"的反思,到《离骚》就启、太康、羿、浞、浇、桀、纣及禹、汤、文、武,完成关于皇天"览民德焉错辅"的反思,基本上是原有系统的加强。

屈原关于这段历史的知识系统和价值取向都得到了儒学强有力的支持。我们还将一次又一次地面对这类事实。

四、周昭、周穆与周幽

昭王穆王时,周朝呈现衰微之势,幽王更被诛杀。也许是一种必然,此三王同样成了屈原提出的国君之箴鉴。

《天问》云:

> 昭后成游,南土爰底。
> 厥利惟何,逢彼白雉?

王逸章句云:"底,至也。言昭王背成王之制而出游,南至于楚,楚人沉之,而遂不还也。……昭王南游,何以利于楚乎?以为越裳氏献白雉,昭王德不能致,欲亲往逢迎之。"关于白雉,《后汉书·南蛮西南夷列传》记载:"交阯之南有越裳国。周公居摄六年,制礼作乐,天下和平,越裳以三象重译而献白雉,曰:'道路悠远,山川岨深,音使不通,故重译而朝。'成王以归周公。公曰:'德不加焉,则君子不飨其质;政不施焉,则君子不臣其人。吾何以获此赐也!'其使请曰:'吾受命吾国之黄耇曰:久矣,天之无烈风雷雨,意者中国有圣人乎?有则盍往朝之。'周公乃归之于王,称先王之神致,以荐于宗庙。周德既衰,于是稍绝。"古人以白雉为祥瑞,认为王者德行至乃可致之。故《春秋感精符》云:"王者德流四表,则白雉见。"(《太平御览》卷九百一十七)王逸解"白雉"大抵得之,其据越裳氏献白雉解昭王事,则大误。事实当是,昭王德行不及,却为楚人"愿献白雉"所诱而南巡,以至于楚人凿其船而沉之。毛奇龄《天问补注》云:"按《竹书纪年》,昭王之季,荆人卑词致于王曰:'愿献白雉。'昭王信之而南巡,遂遇害。是昭之南游,本利而迎之也,而卒以遇害。"其说是。周拱辰《离骚拾细》驳王逸之说,云:"越裳在交趾南,相去不知几万里,而曰'亲往迎之',岂昭王真欲至越裳迎之乎?"同时亦引录楚人以白雉诱杀周昭王。据《史记·周本纪》:"康王卒,子昭王瑕立。昭王之时,王道微缺。昭王南巡狩不返,卒于江上。其卒不赴告,讳之也。"周人讳之,自是因为不甚光彩,与楚人借献白雉为名诱杀昭王,是相通的。《左氏春秋》鲁僖公四年(前656)春,齐侯以诸侯之师侵蔡,遂伐楚,管仲以"昭王南征而不复"责楚,可确证楚国跟此事有极大的关系①。

那么,楚人何以设计害死周昭王呢?显然与他频繁南征有关。据《竹书纪年》,周昭十六年,"伐楚荆,涉汉,遇大兕",十九年,"天大曀,雉兔皆震,丧六师于汉"。已知为周昭王时所作铜器,有六件在铭文中说到了昭王南征,其目的主要是掠夺荆人的铜锭和铜器②。有学者认为昭王所至尚不及楚,即便如此,其矛头所指亦必令楚人忧惧,楚人设计加害不足为奇。《天问》提起这段跟楚国大有瓜葛的往事,目的当是在告诫国君致力于行德,而勿务虚名。

穆王周游天下,而不务治国理民,亦为屈原批评。《天问》云:

> 穆王巧(梅)〔挴〕③,夫何为周流?
> 环理天下,夫何索求?

洪补云:"穆王事见《竹书》《穆天子传》。后世如秦皇、汉武,托巡

---

① 张正明为楚开脱,认为王逸章句谓昭王"南至于楚,楚人沉之",为冤案或误会(见所著《楚史》,第39页)。然则管仲之问又何解呢?
② 参见张正明《楚史》第40页。
③ "挴"原作"梅",当是传写之误;"挴"为贪求之义。

狩以求神仙，皆穆王启之也。志足气满，贪求无厌，适以召乱。"
《古本竹书纪年》记载：

> 穆王北征，行流沙千里，积羽千里。
>
> 穆王十三年，西征，至于青鸟之所憩。
>
> 穆王十七年，西征昆仑丘，见西王母。其年来见，宾于昭宫。穆王见西王母，西王母止之曰："有鸟䎗（音义未详）人。"
>
> 周穆王三十七年，伐楚，大起九师，至于九江，比鼋鼍以为梁。
>
> 穆王南征，君子为鹤，小人为飞鸮。
>
> 穆王东征天下二亿二千五百里，西征亿有九万里，南征亿有七百三里，北征二亿七里。

郭璞《注山海经叙》综合汲郡《竹书》《穆天子传》之周穆王事，云：

> 案汲郡《竹书》及《穆天子传》，穆王西征，见西王母，执璧帛之好，献锦组之属，穆王享王母于瑶池之上，赋诗往来，辞义可观。遂袭昆仑之丘，游轩辕之宫，眺钟山之岭，玩帝者之宝，勒石王母之山，纪迹玄圃之上。乃取其嘉木艳草，奇鸟怪兽，玉石珍瑰之器，金膏烛银之宝，归而殖养之于中国。穆王驾八骏之乘，右服盗骊，左骖　耳，造父为御，奔戎为右，万里长鹜，以周历四荒，名山大川，靡不登济。东升大人之堂，西燕王母之庐，南轹鼋鼍之梁，北蹑积羽之衢，穷欢极娱，然后旋归。案《史记》说穆王得盗骊　耳骅骝之骥，使造父御之以西巡狩，见西王母，乐而忘归，亦与《竹书》同。《左传》曰，穆王欲肆其心，使天下皆有车辙马迹焉。《竹书》所载，则是其事也。（严可均辑《全晋文》卷一百二十一）

穆王巡游天下的记载不乏神话色彩,充满气势恢宏的想象,对屈原建构《离骚》等诗的艺术空间发挥了巨大影响①,《天问》则主要是从政教伦理层面上予以批评。史载,穆王贪游无厌,导致了徐偃王之乱。《史记·赵世家》略及此事,云:"造父幸于周缪王。造父取骥之乘匹,与桃林盗骊、骅骝、绿耳,献之缪王。缪王使造父御,西巡狩,见西王母,乐之忘归。而徐偃王反,缪王日驰千里马,攻徐偃王,大破之。"《后汉书·东夷列传》则说:"徐夷僭号,乃率九夷以伐宗周,西至河上。穆王畏其方炽,乃分东方诸侯,命徐偃王主之。偃王处潢池东,地方五百里,行仁义,陆地而朝者三十有六国。穆王后得骥騄之乘,乃使造父御以告楚,令伐徐,一日而至。于是楚文王大举兵而灭之。偃王仁而无权,不忍斗其人,故致于败。乃北走彭城武原县东山下,百姓随之者以万数,因名其山为徐山。"此说较详,唯把春秋楚文王(前689—前677年在位)当成了周穆王时的楚王,大谬。屈原批评周穆王,明显是因为他放纵游乐之心。《左氏春秋》昭公十二年(前530)载右尹子革谏楚灵王,云:"昔穆王欲肆其心,周行天下,将皆必有车辙马迹焉。祭公谋父作《祈招》之诗,以止王心。王是以获没(杜注:不见篡弑)于祇宫(孔疏引马融云:圻内游观之宫也)也。"两者之取向又较然一致。

昭、穆二王使周代历史发生了转折。李学勤曾说:"武王之后的成王、康王两代,广封诸侯,号称升平,其时间不过四十年左右。周昭王南征荆楚,死于汉水之上,是西周政治史上一次严重的挫折。他的儿子穆王也有进一步扩充疆域的雄志,实际却耗损了周室的实力。随后西周中期的几代,只能守成,再也不能有新的扩展。"②

周幽王宠幸褒姒,以至于国破身亡,之后周平王东迁,王朝渐趋于名存实亡之地,天下遂入五霸纷争的局面。《天问》云:

---

① 参阅拙著《屈原及其诗歌研究》第一章第四节"屈原所扬弃之原始神话不限于楚"。

② 李学勤《东周与秦代文明》,第4页。

> 妖夫曳衒,何号于市?
> 周幽谁诛?焉得夫褒姒?

这明显是强调褒姒使幽王遭受诛杀。王逸章句云:"妖,怪也。号,呼也。昔周幽王前世有童谣曰:'檿弧箕服,实亡周国。'后有夫妇卖是器,以为妖怪,执而曳戮之于市也。……褒姒,周幽王后也。……惑而爱之,遂为犬戎所杀也。"《国语·郑语》"桓公为司徒"章载,周幽王时,史伯论周弊,尝谓:夏之衰也,褒人之神化为二龙,以同于王庭。龙亡而漦在,椟而藏之。厉王发椟而观之,漦流于庭,化为玄鼋,府童妾遭之而孕,当宣王时生女而弃之。鬻檿弧箕服之夫妇哀其夜号,取之以逃于褒,褒君又入之于幽王。《太平御览》卷一百三十五载录了《国语》"褒姒不好笑"事。《周本纪》记其事较为完整,今录其要于下:

> 褒人有罪,请入童妾所弃女子者于王以赎罪。弃女子出于褒,是为褒姒。当幽王三年,王之后宫见而爱之,生子伯服,竟废申后及太子,以褒姒为后,伯服为太子。太史伯阳曰:"祸成矣,无可奈何!"
> 褒姒不好笑,幽王欲其笑万方,故不笑。幽王为烽燧大鼓,有寇至则举烽火。诸侯悉至,至而无寇,褒姒乃大笑。幽王说之,为数举烽火。其后不信,诸侯益亦不至。
> 幽王以虢石父为卿,用事,国人皆怨。石父为人佞巧善谀好利,王用之。又废申后,去太子也。申侯怒,与缯、西夷犬戎攻幽王。幽王举烽火征兵,兵莫至。遂杀幽王骊山下,虏褒姒,尽取周赂而去。于是诸侯乃即申侯而共立故幽王太子宜臼,是为平王,以奉周祀。

屈原为夏之亡针砭妹嬉,为商之亡针砭妲己,现在又为周之亡针砭褒姒。李学勤说:"西周末代王幽王娶申侯之女,此一申侯从辈分推算，当为封于南土的申伯之子。这时申国与姒姓的缯国及西戎交好，都较强盛。幽王宠爱美人褒姒，废了申后及所生太子宜臼，改立褒姒生的伯服（或作伯盘）为太子。宜臼投奔申国，幽王伐申，申侯乃与缯、西戎联合伐周，导致西周的覆亡。申侯、鲁侯和许文公共立宜臼于申，是为周平王。"①幽王听用褒姒，显然也是西周衰亡的关键。

在中国古代，夏亡以妹嬉、商亡以妲己、周亡以褒姒，是常见的历史叙述。《诗经·大雅·瞻卬》谓"哲夫成城，哲妇倾城"，又谓"懿厥哲妇，为枭为鸱"等，旧注以为"哲妇"指言褒姒；《诗序》云："《瞻卬》，凡伯刺幽王大坏也。"《小雅·十月之交》，《诗序》和毛传以为刺周幽王（郑笺以为刺周厉王）。其中有云："皇父卿士，番维司徒，家伯维宰，仲允膳夫。聚子内史，蹶维趣马，楀维师氏，艳妻煽方处。"毛传谓"艳妻"指褒姒。《小雅·正月》，《诗序》及旧注谓刺幽王。其中有云："赫赫宗周，褒姒灭之。"此语殆即《天问》"周幽谁诛"二问指向的历史叙述。《国语·晋语一》"献公卜伐骊戎"章载史苏曰，妹喜得桀之宠，与伊尹比而亡夏；妲己得纣之宠，与胶鬲比而亡殷；褒姒得幽王之宠，周于是乎亡。《史记·外戚世家》说："自古受命帝王及继体守文之君，非独内德茂也，盖亦有外戚之助焉。夏之兴也以涂山，而桀之放也以末喜。殷之兴也以有娀，纣之杀也嬖妲己。周之兴也以姜原及大任，而幽王之禽也淫于褒姒。"从现代立场上看，这种观点十分偏颇，但在古代特定的政治体制中，后妃夫人确实有极强的敏感性和关键性。屈原大抵是认同这种观念的，不过，他对妹嬉、妲己和褒姒的评骘还基于他对现实的强烈关切——怀王听用郑袖是他永难忘怀的鲜活例子。

林云铭于《天问》之后评曰："一部《楚辞》，最难解者莫如《天问》一篇，以其重复倒置，且所引用典实多荒远无稽。故王逸以为题壁之词，文义不序次，而朱晦庵《集注》阙其疑阙，其谬者十之二

---

① 李学勤《东周与秦代文明》，第107页。

三,使后人执卷茫然,读未竟而中罢。余尝惜焉。兹细味其立言之意,以三代之兴亡作骨,其所以兴在贤臣,所以亡在惑妇。惟其有惑妇,所以贤臣被斥,谗诌益张,全为自己抒胸中不平之恨耳。篇中点出妺喜、妲己、褒姒,为郑袖(为)〔写〕照;点出雷开,为子兰、上官、靳尚写照;点出伊尹、太公、梅伯、箕、比,为自己写照。末段转入楚事,一字一泪……"林云铭此评过于拘泥楚事以及诗人的不平之恨,忽视了诗人超越性的思考,之后他又将一切归结于天道,凡此之类,均值得商榷。但谓郑袖与妺嬉、妲己、褒姒,当时楚国之贤奸臣子与历代忠贤、谗诌之臣,在诗人的艺术思维上密切关涉,大抵还是可取的。

《天问》在反思武王伐纣后,径直接续昭、穆、幽王,凸显了屈作历史视野的特色。黄文焕笺云:"甫言武王之兴周,而遽及昭、穆与幽之坏周,成、康则略之,昭、穆、幽则详之,何也? 治少乱多,成、康之所守不足供昭、幽、穆之所坏,宜鉴于殷,曾是不思,真可深叹也。"诚哉斯言! 屈子直面楚国衰亡之运,故于历史注目于其兴衰之间,并尤其关注其衰微之时,即论三代之兴,亦常常由论其衰微带出,拳拳孤忠了然于此,惜乎其为君上所弃,而楚之命终亦不救。

第五节　屈子同类及同命运者

《离骚》云:"謇吾法夫前修兮,非世俗之所服。"又云:"不量凿而正枘兮,固前修以菹醢。"复云:"伏清白以死直兮,固前圣之所厚。"而《怀沙》也说:"明告君子,吾将以为类兮。"在屈作历史视野中,有一类诗人引为同道的先贤,其中最重要的是伯夷。

屈原早年作《橘颂》,已凸显了他对橘树—伯夷式人格的崇仰。概言之,这种人格有以下几个根本点:一是对世俗有高度的超越性,所谓"独立"、所谓"苏世独立,横而不流"等等;二是不逐私利,所谓"秉德无私""廓其无求"等等;三是对自我持守异常执着,所谓"受命不迁""独立不迁""深固难徙,更壹志兮",以及"闭心自慎,终不失过兮"等等。这些品质在屈子身上都有鲜明表现,读其诗、观其一生之抉择和持守,即较然可知。

屈作没有讲述伯夷的具体事迹,那只是相关内容前在和潜藏的背景性叙述,因此只有结合其他史书之记载,才能更好地理解其橘树—伯夷式的人格。《史记·伯夷列传》云:

> 伯夷、叔齐,孤竹(案为商末诸侯)君之二子也。父欲立叔齐,及父卒,叔齐让伯夷。伯夷曰:"父命也。"遂逃去。叔齐亦不肯立而逃之。国人立其中子。于是伯夷、叔齐闻西伯昌善养老,盍往归焉。及至,西伯卒,武王载木主,号为文王,东伐纣。伯夷、叔齐叩马而谏曰:"父死不葬,爰及干戈,可谓孝乎?以臣弑君,可谓仁乎?"左右欲兵之。太公曰:"此义人也。"扶而去之。武王已平殷乱,天下宗周,而伯夷、叔齐耻之,义不食周粟,隐于首阳山,采薇而食之。及饿且死,作歌。其辞曰:"登彼西山兮,采其薇矣。以暴易暴兮,不知其非矣。神农虞夏忽焉没兮,我安适归矣?于嗟徂兮,命之衰矣!"遂饿死于首阳山。①

太史公于《自序》中解释撰述宗旨,曰:"末世争利,维彼奔义;让国饿死,天下称之。作《伯夷列传》第一。"屈原所咏橘树—伯夷式的人格,可从上引伯夷事迹中得到说明和确认。比如对世俗的超越性,"末世争利,维彼奔义","天下宗周,而伯夷、叔齐耻之,义不食周粟",是最好的说明。比如不逐私利,叔齐让伯夷是为悌,伯夷鉴于"父命"而逃立是为孝,二人"奔义""让国",是最好的说明。比如对个人持守的执着,夷齐守"义"而不食周粟,宁可饿死,又是

---

① 洪兴祖解《天问》"到击纣躬,叔旦不嘉"语,云:"余谓武王之事,太公佐之,伯夷谏之。佐之者,以救天下之溺;谏之者,以惩万世之乱。《武》'未尽善','叔旦不嘉',其意一也。"录此以备参考。

最好的说明。

屈原认同和赞美伯夷、叔齐,再次显示了跟孔孟等儒家学者高度的一致性。

传世《老子》未提及伯夷,《墨子》亦极少提及。《庄子》提及多次,却往往采取批判的立场,视之为离弃生命本体的典型。比如,《庄子·外篇·骈拇》云:"伯夷死名于首阳之下,盗跖死利于东陵之上,二人者,所死不同,其于残生伤性均也,奚必伯夷之是而盗跖之非乎!"其《杂篇·盗跖》云:"世之所谓贤士,伯夷、叔齐。伯夷、叔齐辞孤竹之君而饿死于首阳之山,骨肉不葬。鲍焦饰行非世,抱木而死。申徒狄谏而不听,负石自投于河,为鱼鳖所食。介子推至忠也,自割其股以食文公,文公后背之,子推怒而去,抱木而燔死。尾生与女子期于梁下,女子不来,水至不去,抱梁柱而死。此六子者,无异于磔犬流豕、操瓢而乞者,皆离名轻死,不念本养寿命者也。"庄派学人批评的这些人物,伯夷得屈原高度的肯定(叔齐亦必如此),箕子、申徒狄、介子推也被他视为同类或同命运者,显示了庄、屈截然不同的取向。

孔子对伯夷、叔齐则是津津乐道。《论语·述而》载,子贡问:"伯夷、叔齐何人也?"子曰:"古之贤人也。"曰:"怨乎?"曰:"求仁而得仁,又何怨。"《季氏》篇载孔子曰:"齐景公有马千驷,死之日,民无德而称焉。伯夷、叔齐饿于首阳之下,民到于今称之。'诚不以富,亦祗以异。'其斯之谓与?"①《微子》篇载:"逸民:伯夷、叔齐、虞仲、夷逸、朱张、柳下惠、少连。子曰:'不降其志,不辱其身,伯夷叔齐与!'"孔子推重伯夷叔齐之贤与仁,肯定其不降志不辱身、守德饿死而见称于后世,屈原赞美伯夷独立不迁、横而不流、奔义无私等等,两者本质上是一致的。

---

① "诚不以富,亦只以异"一语,原在《颜渊》篇"子张问崇德、辨惑"章,据朱熹集注所引程子说正之,章首"孔子曰"二字据朱子之说补(见朱熹《四书章句集注》);其说或可商榷,然视此章为孔子之意,当不至于大错。

孟子对伯夷的评价有点复杂。孟子认为,伯夷、伊尹及孔子都是坚执道义的圣人,可其处世之道不同,伯夷"非其君不事,非其民不使,治则进,乱则退",并非自己最高的理想(《孟子·公孙丑上》)。他明确说伯夷"隘",亦即器量小,表现是"非其君不事,非其友不友。不立于恶人之朝,不与恶人言。立于恶人之朝,与恶人言,如以朝衣朝冠坐于涂炭";指出此"隘"乃"君子不由"(《孟子·公孙丑上》)。但无论如何,孟子推崇伯夷,还是主要的一面。孟子曾说:"伯夷,圣之清者也;伊尹,圣之任者也;柳下惠,圣之和者也;孔子,圣之时者也。孔子之谓集大成。"(《孟子·万章下》)朱熹集注引张载《正蒙·中正》篇云:"无所杂者清之极,无所异者和之极。勉而清,非圣人之清;勉而和,非圣人之和。所谓圣者,不勉不思而至焉者也。"孟子又说伯夷、伊尹及孔子有其同者:"得百里之地而君之,皆能以朝诸侯有天下。行一不义,杀一不辜而得天下,皆不为也。是则同。"(《孟子·公孙丑上》)孟子对淳于髡,尝谓伯夷、伊尹、柳下惠三子者不同道,然其趋一也,"一者何也?曰:仁也。君子亦仁而已矣,何必同?"(《孟子·告子下》)复谓:"圣人,百世之师也,伯夷、柳下惠是也。故闻伯夷之风者,玩夫廉,懦夫有立志;闻柳下惠之风者,薄夫敦,鄙夫宽。奋乎百世之上。百世之下,闻者莫不兴起也。非圣人而能若是乎,而况于亲炙之者乎?"(《孟子·尽心下》)总之,孟子谓圣人、君子都有多样性,但道有所同,趋有所一。其推扬伯夷处,亦往往跟屈子一致。比如他说伯夷是百代之师,《橘颂》正是推伯夷式的人格为"师长"。伯夷对"志"的坚守,对世俗的超脱(即"清"),以及其不贪得不苟取(即"廉")等,实是孟、屈二子共同关注的焦点。甚至连孟子批评伯夷"隘",亦隐隐与屈子所说相通。屈子谓橘"曾枝剡棘"(王逸章句:"言橘枝重累,又有利棘,以象武也"),殆即含有这种类比意。

伯夷之外,有些前贤虽在德行层面上被屈原引为同类,但更可能是因为遭际相同或相似而为屈原关注,试分别予以申说。

一、尧与舜

《哀郢》云:"尧舜之抗行兮,瞭杳杳而薄天。众谗人之嫉妒兮,被以不慈之伪名。"尧舜被加以不慈不孝之名,可见于其他先秦或汉代文献。《庄子·杂篇·盗跖》云:

> 世之所高,莫若黄帝,黄帝尚不能全德,而战涿鹿之野,流血百里。尧不慈,舜不孝,禹偏枯,汤放其主,武王伐纣,文王拘羑里。此六子者,世之所高也,孰论之,皆以利惑其真而强反其情性,其行乃甚可羞也。

> 尧杀长子,舜流母弟,疏戚有伦乎?汤放桀,武王杀纣,贵贱有义乎?王季为适,周公杀兄(成疏:王季,周大王之庶子季历,即文王之父也。太伯、仲雍让位不立,故以小儿季历为适。管、蔡,周公之兄,泣而诛之,故云杀兄),长幼有序乎?

《吕氏春秋·仲冬纪·当务》云:

> 倪说非六王、五伯,以为"尧有不慈之名,舜有不孝之行,禹有淫湎之意,汤、武有放杀之事,五伯有暴乱之谋。世皆誉之,人皆讳之,惑也。"

《淮南子·氾论》也说:

> 夫尧、舜、汤、武,世主之隆也;齐桓、晋文,五霸之豪英也。然尧有不慈之名,舜有卑父之谤,汤、武有放弑之事,五霸有暴乱之谋,是故君子不责备于一人。

屈原斥谗人加尧舜以"不慈"之恶名,实即愤慨自己为谗谄所蔽,为邪曲所害,膺忠贞之质,却横遭弃逐,跟《离骚》所说"众女嫉余之蛾眉兮,谣诼谓余以善淫""世溷浊而不分兮,好蔽美而嫉妒""世溷浊而嫉贤兮,好蔽美而称恶"等,有相通之意,主人公正是"抗行"而为众女"被以善淫之伪名"者。《哀郢》此二句上文紧承的是,"外承欢之汋约兮,谌荏弱而难持。忠湛湛而愿进兮,妒被离而鄣之"(宋玉《九辩》化用此二语,其上文紧承的是,"何泛滥之浮云兮,猋壅蔽此明月!忠昭昭而愿见兮,然霠曀而莫达。愿皓日之显行兮,云蒙蒙而蔽之。窃不自料而愿忠兮,或黕点而污之"),此二句之下文即言国君"憎愠惀之修美兮,好夫人之忼慨",致使黄钟毁弃,瓦釜雷鸣,"众踥蹀而日进兮,美超远而逾迈",凡此都是确凿有力的证明①。黄文焕品曰:"抗行薄天,又与被障相形。臣子所虑,生平之践履尚卑,未足取信于上下,故逸易施障;至抗而薄天,品高极矣,未易障矣,犹且被以恶名,又何人不可谗哉!"又曰:"'愠惀''忼慨'四字,说得君子真可憎,小人真可好。"而屈子亦因此真可悲。

总之,在屈作历史视野中,尧舜不仅有充当人君楷模的一面,从某种意义上说也是诗人的同命运者;其后一层面的功能,与申生之例相近(参见下文所论)。

二、鲧

因为与传统叙述存在较大差异,屈作历史视野中的鲧尤其耐人寻味。

---

① 谢无量认为,尧舜之所以被斥为"不慈"是因为让贤,屈原赞美尧舜让贤,有隐微之意,其言曰:"……屈原又以其君不贤,就应当让位,免得把国事弄坏,特称美尧舜让贤的事:'尧舜之抗行兮,瞭杳杳而薄天。众谗人之嫉妒兮,被以不慈之伪名。'(《哀郢》)这就是说小人不懂尧舜传贤来治国的道理,反说他不慈,不肯传子。因为屈原自己想救君,但如何能骤得大权,只有两个法子:或是楚君有那种让贤的美德,或是众人能够拥戴他,他才有所展布。"(见所著《楚词新论》,第59—60页)此论过于迁就传统的禅让说,殆非屈子本意。屈子在深得怀王信任时未尝倡言禅让,被疏远弃逐、从政治核心边缘化以后,大谈禅让,岂合情理?

相关内容主要集中于《天问》一篇,不过该篇问鲧禹之事,或基于神话传说层面,或针对以《尚书》为核心的古史记载,有时不易区隔。这里的讨论将尽量从古史层面上展开。不过,"神话"和"历史"之区隔主要是基于现代学术立场,对屈原本人来说,也许只有对天地自然及人类之过往的真实或虚假的叙述。

《离骚》中女媭责詈主人公,曰:"鲧婞直以亡身兮,终然殀乎羽之野。"屈原认同鲧,主要是因其秉性和遭遇。鲧婞直,屈原也婞直,二人均宁死不改其操守,宁死不迎合或随顺世俗;鲧不顾个人安危,屈原亦然,故《离骚》反复表白,"岂余身之惮殃兮","虽九死其犹未悔";鲧被放于羽山,遭殀遏至死不得返于朝(《天问》谓之"永遏在羽山"),屈原两遭殀遏,他创作《离骚》时已历汉北之放,创作《天问》《招魂》《九歌》诸篇,则是被放逐殀遏于陵阳与沅湘一带(直至自杀),根据笔者的判断,仅后一次被放便长达十九年①。

对鲧的遭际和命运,屈原有很多反思,往往与儒典相通,也或者是针对儒典提问。《天问》云:

不任汨鸿,师何以尚之?
佥曰何忧,何不课而行之?

---

① 闻一多校"鲧婞直以亡身兮,终然殀乎羽之野"一语,曰:"鲧非短折,焉得称'殀'?'殀'当从一本作'殀'。'殀'之为言'殀遏'也。《淮南子·俶真》篇曰'天地之间,宇宙之内,莫能殀遏',又曰'四达无境,通于无圻,而莫之要御殀遏者'。'殀遏'双声连语,二字同义,此曰'殀乎羽之野',犹《天问》曰'永遏在羽山'矣。《礼记·祭义》疏引《郑志》答赵商曰:'鲧非诛死,鲧放诸东裔,至死不得反于朝。'案放之令不得反于朝,即殀遮遏止之使不得反于朝也。此盖本作'殀',王注误训为早死,后人始改正文以徇之。唐写本及今本《文选》并作'殀',王十朋《苏东坡诗集注》十二《次韵答章传道见赠》注引同。"(见所著《楚辞校补》,孙党伯、袁謇正主编《闻一多全集》第五卷,第 130 页)此说可取。《庄子·逍遥游》谓大鹏"背负青天而莫之殀阏者,而后乃今将图南","殀阏"与"殀遏"义同。

这明显是针对《尚书》，再次证明《尚书》是屈原学术背景极重要的构成部分。《尚书·尧典》篇载："帝曰：'咨，四岳！汤汤洪水方割，荡荡怀山襄陵，浩浩滔天。下民其咨，有能俾乂？'佥曰：'於，鲧哉！'帝曰：'吁，咈哉！方命圮族。'岳曰：'异哉！试乃可已。'帝曰：'往，钦哉！'九载，绩用弗成。"《天问》"不任汨鸿"二句，正是问众臣向帝尧荐鲧治水一事。其意谓，鲧若不堪治理洪水，众臣可以推重之呢？众臣皆曰"何忧哉，何不试而行之呢"？甚至称众臣为"师"都源自《尧典》："帝（尧）曰：'咨，四岳！朕在位七十载，汝能庸命，巽朕位？'岳曰：'否德忝帝位。'曰：'明明扬侧陋。'师锡帝曰：'有鳏在下，曰虞舜。'"《天问》之"师"与此处之"师"，意思与用法均同。前人或将"何不课而行之"解为屈子质疑尧帝误信众臣。比如黄文焕笺曰："信任上官，怀之不听，原所深叹，而知人为难，帝犹尔尔。曰：'何以尚之？……何不课而行之？'（其解课为三载考绩）盖曰误信之嗟，自帝世而已然矣，何独今哉！"黄文焕以为上引两问均发自屈子，实际上"师何以尚之"是屈子之问，"何不课而行之""何忧"则均是"佥曰"之内容，即为师众之意，这一点对照《尧典》所记较然可知，它对应的部分为"岳曰：'异哉！试乃可已'"。众人如此说道，正是信任和推重鲧，所以屈子谓众人"尚之"。

《天问》又云：

> 咸播秬黍，莆雚是营。
> 何由并投，而鲧疾修盈？

这两句意谓，鲧使百姓都播种黑黍，在那长满蒲草苇子的地头营造堤坝,后来跟三苗一同被流放,何以他更恶贯满盈呢①? 在儒家传统叙述中,鲧堪称一大恶人。分掌四方诸侯的大臣四岳荐鲧治水,尧马上表示反对,指他"方命圮族"即抗命毁害族类。《尚书·洪范》篇载箕子曰:"我闻在昔,鲧堙洪水,汨陈其五行(《汉书·五行志上》引此语,注引应劭曰:堙,塞也。汨,乱也。水性流行,而鲧障塞之,失其本性,其余所陈列皆乱,故曰乱陈五行也),帝乃震怒,不畀洪范九畴,彝伦攸斁。鲧则殛死,禹乃嗣兴,天乃锡禹洪范九畴,彝伦攸叙。"《左氏春秋》文公十八年(前609)载鲁大夫史克说:

  昔帝鸿氏有不才子(杜注:帝鸿,黄帝),掩义隐贼,好行凶德,丑类恶物,顽嚚不友,是与比周,天下之民谓之浑敦。少皞氏有不才子,毁信废忠,崇饰恶言,靖谮庸回,服谗蒐慝,以诬盛德,天下之民谓之穷奇。颛顼有不才子,不可教训,不知话言(杜注:话,善也),告之则顽,舍之则嚚,傲很明德,以乱天常,天下之民谓之梼杌。……缙云氏有不才子,贪于饮食,冒于货贿,侵欲崇侈,不可盈厌,聚敛积实,不知纪极,不分孤寡,不恤穷匮,天下之民以比三凶,谓之饕餮。

舜将浑敦即驩兜、穷奇即共工、梼杌即鲧、饕餮即三苗全部放逐,故史克谓:"舜臣尧,宾于四门(杜注:辟四门,达四聪,以宾礼众贤),流四凶族,浑敦、穷奇、梼杌、饕餮,投诸四裔,以御螭魅。"《尧典》

---

① 《山海经·大荒南经》云:"有人焉,鸟喙,有翼,方捕鱼于海。大荒之中,有人名曰驩头。鲧妻士敬,士敬子曰炎融,生驩头。驩头人面鸟喙,有翼,食海中鱼,杖翼而行。维宜芑苣,穆杨是食。有驩头之国。"袁珂注:"疑《天问》'咸播秬黍,莆雚是营'二语与此经'维宜芑苣,穆杨是食'二语,于神话上有相当联系;或鲧于水厄未解、死后化熊、求活于诸巫之际,'要大家播种黑小米'以救荒者,并包括其行将远窜南海之裔孙谨头在内也。此'人面、鸟喙、有翼'之谨头国人之'维宜芑苣,穆杨是食'也。以书阙有间,其详不可得知矣。"(见所著《山海经校注》,第378—380页)又,毛奇龄《天问补注》释"并投"之"并"为"进"(意为逐),释"并投"为"逐而投之羽山也",不确。

亦记舜"流共工于幽洲,放驩兜于崇山,窜三苗于三危,殛鲧于羽山,四罪而天下咸服"。孙星衍疏"殛鲧"句,曰:"《汉书·鲍宣传》云:'昔尧放四罪而天下服。'是殛即放也。《祭法》疏引《郑志》答赵商云:'鲧非诛死,鲧放居东裔,至死不得反于朝……'案:舜之殛鲧,方将使之燮和东夷,非必置之死地。箕子云'殛死',亦谓殛之远方而至死不反,故《楚辞·天问》云:'永遏在羽山,夫何三年不施?'言久遏绝之,不施舍也。"①诸说较切当可取,唯解"夫何三年不施"则误。在神话传说中,羽山乃十分凶险之地。《山海

---

① "殛鲧于羽山"者,典籍或说为帝尧,或说为帝舜。除《尚书·尧典》外,《庄子·在宥》篇谓"尧于是放驩兜于崇山,投三苗于三峗,流共工于幽都",未及鲧,但放驩兜、投三苗、流共工、殛鲧一般被认为是同一帝王所为,则殛鲧者当亦被视为尧。《淮南子·修务》篇云:"尧立孝慈仁爱,使民如子弟。西教沃民,东至黑齿,北抚幽都,南道交趾。放驩兜于崇山,窜三苗于三危,流共工于幽州,殛鲧于羽山。舜作室,筑墙茨屋,辟地树谷,令民皆知去岩穴,各有家室。南征三苗,道死苍梧。禹沐浴霪雨,栉扶风,决江疏河,凿龙门,辟伊阙,修彭蠡之防,乘四载,随山刊木,平治水土,定千八百国。汤夙兴夜寐,以致聪明;轻赋薄敛,以宽民氓;布德施惠,以振困穷;吊死问疾,以养孤孀。百姓亲附,政令流行,乃整兵鸣条,困夏南巢,谯以其过,放之历山。此五圣者,天下之盛主,劳形尽虑,为民兴利除害而不懈。"此文叙尧舜诸古帝之事绝不含混,也说是帝尧殛鲧于羽山。《韩非子·外储说右上》记,尧欲传天下于舜,鲧谏阻,尧不听,举兵而诛杀之于羽山之郊。其事未必可信,但称尧诛鲧,与上揭文献有一致处。而孟子则说:"舜流共工于幽州,放驩兜于崇山,杀三苗于三危,殛鲧于羽山,四罪而天下咸服,诛不仁也。"(《孟子·万章上》)那么殛鲧者究竟是帝尧还是帝舜呢? 成疏解上引《在宥》篇文字,云:"《尚书》有殛鲧,此文不备也。四人皆包藏凶恶,不遵尧化,故投诸四裔,是尧不胜天下之事。放四凶由舜,今称尧者,其时舜摄尧位故耳。"此说甚有理。《五帝本纪》云:"于是帝尧老,命舜摄行天子之政,以观天命。舜乃在璇玑玉衡,以齐七政。……岁二月,东巡狩,……五月,南巡狩;八月,西巡狩;十一月,北巡狩……驩兜进言共工,尧曰不可而试之工师,共工果淫辟。四岳举鲧治鸿水,尧以为不可,岳强请试之,试之而无功,故百姓不便。三苗在江淮、荆州数为乱。于是舜归而言于帝,请流共工于幽陵,以变北狄;放驩兜于崇山,以变南蛮;迁三苗于三危,以变西戎;殛鲧于羽山,以变东夷:四罪而天下咸服。尧立七十年得舜,二十年而老,令舜摄行天子之政,荐之于天。尧辟位凡二十八年而崩。"殛鲧时帝尧尚在,而舜摄政,故古人或谓之为尧事,或谓之为舜事。

经·南山经》云:"(尧光之山)又东三百五十里,曰羽山,其下多水,其上多雨,无草木,多蝮虫。"个中当有现实的影子。屈原深感不平的是,鲧跟共工、驩兜、三苗同被迁放即"并投",而志在救民的鲧却受罚最重①。他针对和质疑的还是儒典中关于鲧的叙述:"在儒家经典中,鲧完全是一个坏人。"②《惜诵》谓"行婞直而不豫兮,鲧功用而不就",洪兴祖解释说,"鲧以婞直忘身,知刚而不知义,亦君子之所戒也",殊非屈子本谊。屈子非以鲧为戒,而是为鲧鸣不平。

一般历史叙述说鲧治水,用筑堤填塞之法,故不能成功而自身被害,其子大禹则用疏导之法,最终取得了成功。《山海经·海内经》谓:"鲧窃帝之息壤以堙洪水,不待帝命。帝令祝融杀鲧于羽郊。"《国语·鲁语上》"海鸟曰爰居"章载展禽之言,曰:"鲧障洪水而殛死,禹能以德修鲧之功……"郭店楚墓简书《尊德义》(篇题为整理者拟加)云:"㙑(禹)以人道䢖(治)其民,傑(桀)以人道乱其民。傑不易㙑民而句(后)乱之,汤不易傑民而句䢖之。圣人之䢖民,民之道也。㙑之行水,水之道也。䜴(造)父之驭(御)马,马也之道也。句(后)稷之艺地,地之道也。莫不有道安(焉),人道为近。是以君子人道之取先。"孟子则说:"禹之治水,水之道也(朱子集注:顺水之性也)。是故禹以四海为壑……"(《孟子·告子下》)又曰:"禹疏九河,瀹济、漯,而注诸海,决汝、汉,排淮、泗,而注之江,然后中国可得而食也。"(《孟子·滕文公上》)在主流历史叙述中,谓鲧壅防百川、禹疏川导滞较详备者,见于太子晋谏灵王(前571—前545年在位)之语:

---

① 蒋骥《山带阁注楚辞》解"咸播秬黍"一问,云:"言鲧欲使民播种,故于菫蒲之地,营筑为堤,其心非有不善,何与四凶并投,而咎罚又特重乎?"可资参考。
② 孙作云《〈楚辞〉与上古史研究》,《孙作云文集》所收《〈楚辞〉研究》上册,第147页。

晋闻古之长民者,不堕山,不崇薮,不防川,不窦泽。夫山,土之聚也;薮,物之归也;川,气之导也;泽,水之钟也。夫天地成而聚于高,归物于下。疏为川谷,以导其气;陂塘污庳,以钟其美。是故聚不阤崩,而物有所归;气不沉滞,而亦不散越。是以民生有财用,而死有所葬。然则无夭昏札瘥之忧,而无饥寒乏匮之患,故上下能相固,以待不虞,古之圣王唯此之慎。

昔共工弃此道也,虞于湛乐,淫失其身,欲壅防百川,堕高堙庳,以害天下。皇天弗福,庶民弗助,祸乱并兴,共工用灭。其在有虞,有崇伯鲧,播其淫心,称遂共工之过,尧用殛之于羽山。其后伯禹念前之非度,厘改制量,象物天地(韦注:取法天地之物象也),比类百则,仪之于民,而度之于群生,共(韦注:共工也)之从孙四岳佐之,高高下下,疏川导滞,钟水丰物,封崇九山,决汩九川,陂鄣九泽,丰殖九薮,汩越九原,宅居九隩(韦注:隩,内也。九州之内皆可宅居也),合通四海。故天无伏阴,地无散阳,水无沉气,火无灾燀(韦注:燀,焱起貌也),神无间行(韦注:间行,奸神淫厉之类也),民无淫心,时无逆数(韦注:逆数,四时寒暑反逆也),物无害生。帅象禹之功,度之于轨仪,莫非嘉绩,克厌帝心。皇天嘉之,祚以天下,赐姓曰"姒"、氏曰"有夏",谓其能以嘉祉殷富生物也。祚四岳国,命以侯伯,赐姓曰"姜"、氏曰"有吕",谓其能为禹股肱心膂,以养物丰民人也。(《国语·周语下》"谷洛斗"章)

这一文献十分重要,由它可以见出,至迟在周灵王以前,人们已从治理天下的政教全局中,来看待鲧壅防百川与禹疏川导滞,不单纯视之为治水问题。主流的传统叙述强化鲧禹在治水问题上的区隔和对立,跟这种思维是密不可分的。

然而实际上,鲧治水并非不用疏导。《韩非子·五蠹》篇云:"中古之世,天下大水,而鲧、禹决渎。"大禹治水也并非不用填堵。《山海经·大荒北经》云:"共工之臣名曰相繇,九首蛇身,自环,食于九土。其所歍所尼(郭璞注:歍,呕,犹喷吒;尼,止也),即为源泽,不辛乃苦,百兽莫能处。禹湮洪水,杀相繇,其血腥臭,不可生谷,其地多水,不可居也。禹湮之,三仞三沮(郭璞注:言禹以土塞之,地陷坏也),乃以为池,群帝因是以为台。在昆仑之北。"禹湮洪水之说又可见于《海外北经》,虽然为神话,却应包含历史的面影。《淮南子》之《地形》篇云:"禹乃以息土填洪水,以为名山……"《齐俗》篇云:"禹之时天下大雨,禹令民聚土积薪,择邱陵而处之。"由此可见大禹不仅也曾填塞洪水,且其治水同样跟息壤有关。依屈子历史视野,禹治水亦尝用填堵之法,只不过屈子对其中不可以经验证明的叙述充满疑问罢了,故而《天问》云:"洪泉极深,何以填之?地方九则,何以坟之?"①"填"字意常见习用,不必解释;"坟"用作动词,当指筑为堤岸高地②。这两问指向的既有叙述,即大禹埋堵洪水。

在屈子看来,填堵和疏导不是鲧禹治水成败之关键。《天问》云:"顺欲成功,帝何刑焉?"——顺从鲧的愿望原本可以成功,帝加之以刑,究系为何呢?屈子认为鲧遭刑和失败,根本原因不在治水方法,而在他性格刚直倔强触怒了帝,故《惜诵》谓"行婞直而不豫兮,鲧功用而不就"。李陈玉《楚词笺注》解此语说:"可知鲧非无功,只为婞直不就。"钱澄之则说:"屈子每于鲧多有不平,明鲧殛非以湮水得罪,毕竟以婞直得罪也。"古人常说鲧"违帝命""不待帝命"等等。如子产曰:"昔者鲧违帝命,殛之于羽山,化为黄熊,以入羽渊,实为夏郊,三代举之(韦注:举,谓不废其礼)。"(《国语·晋语八》"郑简公使公孙成子来聘"章)《韩非子·饰邪》说:"昔者舜使吏决鸿水,先令有功而舜杀之;禹朝诸侯之君会稽之上,防风之君后至而禹斩之。以此观之,先令者杀,后令者斩,则古者先贵如令矣。"这些材料甚至明确说鲧有治水之功,唯因倔强不

---

① 《天问》此二问前的文字质疑大禹离奇降生之说,并称禹承父业而取得成功,则此二问亦当为针对大禹之事。
② 《九章·哀郢》"登大坟以远望兮,聊以舒吾忧心",乃用"坟"之名词义。

待帝命,竟被杀害。古今主流的叙述掩盖了这一事实,屈作则较多地指向和保存了它的真相。林云铭注《天问》"咸播秬黍"章,谓鲧"惟以未成功被殛",大乖屈子之意。屈子其实是说鲧因为被殛而未获最后的成功①。

《天问》云:"鲧何所营?禹何所成?""营"者造作也,与"成"同义。屈子认为鲧禹并有治水之功,各不相同而已。《山海经·海内经》云:"帝俊生三身,三身生义均,义均是始为巧倕,是始作下民百巧。后稷是播百谷。稷之孙曰叔均,是始作牛耕。大比赤阴,是始为国。禹、鲧是始布土,均定九州。"将布土、定九州之功归于禹鲧,与义均始作百巧、后稷始播百谷、叔均始为牛耕相提并论,甚是,与屈子之意同。主流的历史叙述往往只凸显禹的业绩。比如《尚书·皋陶谟》载大禹云:"娶于塗山,辛、壬、癸、甲,启呱呱而泣,予弗子,惟荒度土功。"《大戴礼·五帝德》载孔子云:"(帝舜)使禹敷土,主名山川,以利于民……"屈子发为上述疑问,殆感慨和不平于鲧治水苦心经营,颇有所成而被杀,禹继父业,谋不同而终成其事。就是说,《天问》"何所营""何所成"均指治水之功,周拱辰解此二语为"鲧之营也何术?禹之成也何功",并不切当。

屈子强调禹治水乃继父业、成父功,故《天问》谓"纂就前绪""遂成考功""续初继业"等等。这一点,部分儒典亦从某种程度上

---

① 战国诸子另有尧舜诛鲧的说法。《韩非子·外储说右上》云:"尧欲传天下于舜,鲧谏曰:'不祥哉!孰以天下而传之于匹夫乎?'尧不听,举兵而诛杀鲧于羽山之郊。共工又谏……尧不听,又举兵而(流)〔诛〕共工于幽州之都。于是天下莫敢言无传天下于舜。仲尼闻之曰:'尧之知舜之贤,非其难者也。夫至乎诛谏者,必传之舜,乃其难也。'一曰:'不以其所疑败其所察则难也。'"《吕氏春秋·恃君览·行论》云:"尧以天下让舜。鲧为诸侯,怒于尧曰:'得天之道者为帝,得地之道者为三公。今我得地之道,而不以我为三公。'以尧为失论。欲得三公。怒甚猛兽,欲以为乱。比兽之角,能以为城;举其尾,能以为旌。召之不来,仿佯于野以患帝。舜于是殛之于羽山,副之以吴刀。"这些故事强烈凸显了各派学者自身的立场,大有编造之嫌,但在尧对待鲧的问题上,它们对传统说法也是一大挑战,可证成屈子之质疑显示了另一种历史叙述的可能。

承认。如《礼记·祭法》篇云："帝喾能序星辰以著众,尧能赏均刑法以义终,舜勤众事而野死,鲧鄣鸿水而殛死,禹能修鲧之功,黄帝正名百物以明民共财,颛顼能修之,契为司徒而民成,冥勤其官而水死,汤以宽治民而除其虐,文王以文治,武王以武功去民之菑,此皆有功烈于民者也。"依屈子之见,鲧禹治水唯有谋不同而已。《天问》尝追问其由,曰:"何续初继业,而厥谋不同?"禹鲧的不同谋虑看来屈子是清楚的,后人则颇茫然。《吕氏春秋·恃君览·行论》说鲧遭舜殛,"禹不敢怨,而反事之,官为司空,以通水潦,颜色黎黑,步不相过,窍气不通,以中帝心","以中帝心"当是禹谋不同于鲧的一个重要方面。要之,鲧之被殛并非出乎公义,不中帝心才是根本原因。在儒典中,四岳举鲧之时,鲧之不中帝心就已经表露无遗了。

  屈原对鲧有强烈的认同感。钱澄之《庄屈合诂》谓,女媭所言殛鲧者,舜也,"试济沅湘,就重华而叩之,鲧以婞直见诛,岂伏清白而死直者,亦在所诛乎?"闻一多《离骚解诂乙》则说:"女媭以鲧事为戒,殛鲧者舜,故就重华而陈词。"①诗人这种安排,已可见出他认同鲧的取向。鲧的不幸几乎就是屈原自己的不幸。他为鲧抱不平,并质疑相关的历史叙述,良有以也。柳宗元《天对》,朱熹集注答"洪泉极深,何以填之?地方九则,何以坟之"二问,或说"行鸿下隤,厥丘乃降。焉填绝渊,然后夷于土";或说"禹之治水,行之而已,无事于寘也。水既下流,则平土自高,而可宫可田矣。若曰必寘之而后平,则是使禹复为鲧,而父子为戮矣"。二者均狃于习说而不知屈子真意。古今知屈子真意者又有几人呢?黄文焕笺《离骚》,谓:"媭之举鲧者,颛顼五世而生鲧,屈原同出颛顼之后,故引本宗以为戒也。"屈子绝不如此褊狭,何尝只关注其本宗呢?

三、彭咸

  读屈作,殆无人不知彭咸的重要性。屈原提及彭咸不下七处,

---

① 见《闻一多全集》第五卷,第304页。

古籍中罕有其匹,且《离骚》《悲回风》等诗尚不止一次提到他。在与时人格格不入的情况下,屈原把彭咸当作楷模和归依。《离骚》云:"虽不周于今之人兮,愿依彭咸之遗则。"又云:"既莫足与为美政兮,吾将从彭咸之所居。"王逸注云:"彭咸,殷贤大夫,谏其君不听,自投水而死。……言己所行忠信,虽不合于今之世,愿依古之贤者彭咸余法,以自率厉也。"又云:"言时世之君无道,不足与共行美德、施善政者,故我将自沉汨渊,从彭咸而居处也。"王逸《九思·怨上》云:"嗟怀兮眩惑,用志兮不昭。将丧兮玉斗,遗失兮钮枢。我心兮煎熬,惟是兮用忧。进恶兮九旬,复顾兮彭务。拟斯兮二踪,未知兮所投。""彭务"即彭咸和务光。《庄子·内篇·大宗师》云:"若狐不偕、务光、伯夷、叔齐、箕子、胥馀、纪他、申徒狄,是役人之役,适人之适,而不自适其适者也。"成疏称:"务光,黄帝时人,身长七尺。又云:夏时人,饵药养性,好鼓琴,汤让天下不受,自负石沉于庐水。"王逸《怨上》明显是以彭、务为投水的贤士,故并提之。

　　王逸谓彭咸投水而死,后世很多学者不予认同,至少亦表示种种怀疑。朱熹《楚辞辩证》、汪瑗《楚辞蒙引》、陈远新《楚辞说志》、刘梦鹏《屈子章句》、俞樾《读楚辞》以及古今其他一大批著作,均纷纷发难,指责王逸无所依据,甚或厚诬古人。《楚辞辩证上》说:"彭咸,洪引颜师古,以为殷之介士,不得其志而投江以死(案,颜说见《汉书·扬雄传》注),与王逸异。然二说皆不知其所据也。"然朱熹《集注》解"愿依彭咸之遗则"一语中的"彭咸",则全袭王逸章句。所以可这样理解,朱熹尚只是强调王逸之说找不到文献依据,并非全然否定其价值。《楚辞蒙引》"彭咸""'彭咸'辨"两条则说:王逸章句、颜师古《汉书》注"一以为大夫,一以为介士","则其人之出处且不得其详,又安知其死生之实也。朱子以为二说无据,是矣。盖因后世误传屈原投汨罗而死,见屈子急称其人,故附会其说耳。"他认为,彭咸、彭铿、彭翦、彭祖、老彭、籛铿"其实为一人","'籛'乃所赐之姓,而'彭'乃所封之国也。称'籛'者,述其本姓;而称'彭'者,后人因以国氏氏之焉耳。……

'祖'之与'老',皆后人慕其寿考而推尊形容之辞",大抵"乃古之有德有寿之隐君子也",以为自投水而死者,非也,"意者,后世因其有西逝流沙之语,故误以为投水";"《论语·述而》篇有窃比老彭之语,……盖孔子窃比之意,实指删除六经,而老彭当年亦必有所著作,惜乎世远言湮,莫之考也。屈原之亟慕彭咸者,又安知非指己之所作《离骚》而拟其好古之心乎?……又彭咸者,乃屈原之远祖。而彭咸且当殷之末世,悼其丧乱,遂遁流沙。遭壅君,处乱世,与屈原实相类焉。此所以拳拳遐想而慨慕者也"①。汪瑗已完全推翻了王逸的说法。

近代以降,不少著名学者均反对王逸。廖平斥彭咸为殷大夫而投水死之说,乃"臆造典故,全无依据"(《楚词讲义》第五课"彭咸解")。顾颉刚以为王、颜二说虽有微异,"而援屈原为影子则一"②。林庚说:"彭咸是谁,似乎从无疑问,王逸注《离骚》说:'彭咸,殷贤大夫,谏其君不听,自投水而死。'此后注《楚辞》的既难于另外说明彭咸是谁,当然便只好都信以为真;然而王逸的话果真有根据吗? 又似乎没有。彭咸是一个不见经传的人物,王逸愿意说他是谁他就是谁;设若一向王逸对于人物的出处非常认真,或者他别有根据也未可知。可是王逸对于人物的注释一向就非常不认真……"③至此,

---

① 孔子曾以"好古"称彭咸,"窃比于我老彭"(《论语·述而》)。据《楚世家》,楚之先彭祖为帝高阳颛顼氏之玄孙,陆终第三子,汪瑗以为彭祖即彭咸,故称彭咸是屈原的远祖。
② 顾颉刚《"彭咸"》,《史林杂识初编》,中华书局1963年版,第201页。
③ 林庚《诗人屈原及其作品研究·彭咸是谁》,《林庚楚辞研究两种》,第72页。林庚列举王逸注"謇修"为"伏羲氏之臣也",注"夏康"为"启子太康",注"余以兰为可恃兮"之"兰"为"司马子兰",注"椒专佞以慢慆兮"之"椒"为"楚大夫子椒",注"女媭之婵媛兮"之"女媭"为"屈原姊也",注"(吾)〔语〕告堵敖以不长"之"堵敖"为"楚贤人也"等,来说明王逸对于人物的注释一向不认真;并斥其注"謇修"云:"这有什么根据吗? 也没有。伏羲氏的传说渺茫久远,伏羲氏之臣王逸何从知道呢?"(同前注)也许王逸这些注解确有不当之处,但这样质疑王逸,大类庄周、惠施濠梁之辩。且王逸注人物,此数例岂可尽?

不仅王逸注"彭咸"不被认可,其解别的人物也备受怀疑。林庚一方面列举"屈原的作品",或者"与屈原相去不远的人们的作品",来证明"彭咸与自沉无关",比如,《离骚》里虽一再提到彭咸,而自沉之前的《怀沙》里反无一字提起;《涉江》是《怀沙》之前最近的作品,曾提到了伍子胥,也还不提彭咸";另一方面列举东方朔《七谏》、庄忌《哀时命》、王褒《九怀》、刘向《九叹》等汉人作品,来证明"在王逸之前并没有人认为彭咸是沉江而死的","彭咸在王逸之前固未尝与沉江发生过任何关系"①。然则,屈作中的彭咸究系何人呢？林庚承汪瑗之说,作了以下解释:"彭咸""彭铿""老彭"应为一人之讹传,与楚国祖先颛顼高阳氏有密切关系;"彭姓出于祝融,祝融为颛顼之子或曰颛顼之孙",故彭咸实为屈原之先人,而"老彭又为颛顼之师";"屈原一心眷念楚国,屈原心目中念念不忘的彭咸也正是楚之先贤;这才可以说明屈原一贯的感情,才可以说明《离骚》一开头便是:'帝高阳之苗裔兮,朕皇考曰伯庸'的写法";"彭咸根据《楚辞》的描写很容易使人联想到伊尹姜太公之流的人物:一方面是治世之才,一方面是隐者神话式的人物","屈原进则将'及前王之踵武',退则将'复修吾初服'。……屈原因此也正含有帝王的世业与隐者的二重身份。屈原生于纷诡的战国时代,而偏以耿直自许,自然逼得走上'远逝自疏'的一途,所谓:'鸷鸟之不群兮,自前世而固然。何方圜之能周兮,夫孰异道而相安',屈原作《离骚》时正是徘徊于治世与隐退之间,因此彭咸乃成为进退的依据。到了真的被放之后,屈原一心不忘欲返,反而没有了退隐的念头;于是《哀郢》《涉江》《怀沙》诸篇也再不见提

---

① 林庚《诗人屈原及其作品研究·彭咸是谁》,《林庚楚辞研究两种》,第73、74页。林庚认为,"《九章》里的几篇作品或为屈原的作品,或为与屈原相去不远的人们的作品"。不确。《九章》全为屈子所作。此外,李霁也认为:"从屈赋中和历史上沉江的名人来看,彭咸与沉江也无关系。如果彭咸是先秦以沉江自杀而闻名的先贤,那么历史书或者屈原的作品中就会提及。……在王逸之前都没有将彭咸与沉江联系起来。"(《屈原是效法彭咸沉江吗》,刊载于《长沙大学学报》2007年第4期)

起彭咸。《楚辞》之后有《招隐士》一篇,正是专对《离骚》诸篇而作,我们似乎颇不可解屈原何以会被称为隐士,正因为我们从来就不了解彭咸"①。金开诚也倾向于反对彭咸水死之说,并指出:王逸章句、《汉书》颜注、洪兴祖补注之后,"彭咸问题便成为了解《离骚》创作年代的一个'误区';许多人认为屈原在《离骚》中既已表明了投水殉国的决心……"②牛贵琥更认定彭咸是南方传说中的槃瓠③。正所谓益出益奇,益走益远。

由以上简要回顾可知,如何解读"彭咸",实涉及如何把握屈原进退出处这一重大问题,自然也关系着如何解读屈作的一系列重要环节,因此不能不认真考辨。

屈原作《离骚》时殆尚未决计自沉汨罗,王逸说他"将自沉汨渊",只是据后以议前,不足取。抛开这一细节,需要留意的是,按其基本解释,屈原"依彭咸之遗则"有两个要点,一关乎彭咸之贤,一关乎彭咸持守美善而宁死不屈。《离骚》先后两次明确表示以彭咸为追随对象,其含义殆正如《怀沙》所云:其一,"离慜而不迁兮,愿志之有像"(对应于《离骚》"虽不周于今之人兮,愿依彭咸之遗则",此关乎彭咸之德);其二,"知死不可让,愿忽爱兮。明告君子,吾将以为类兮"(对应于《离骚》"既莫足与为美政兮,吾将从彭咸之所居",此关乎彭咸之守死善道)。在这两个要点上,王逸之说可以得到屈作之证明。比如《离骚》云:"擥木根以结茝兮,贯薜荔之落蕊。矫菌桂以纫蕙兮,索胡绳之纚纚。謇吾法夫前修兮,非世俗之所服。虽不周于今之人兮,愿依彭咸之遗则。"依上下文确凿无疑的关联,"依彭咸之遗则"正是"法夫前修"的具体表现,而"法夫前修"的具体落实则是以木根、白芷、薜荔之落蕊、菌桂、蕙、

---

① 参阅林庚《诗人屈原及其作品研究·彭咸是谁》,《林庚楚辞研究两种》,第77—78。由于主张"半逗律",林庚给楚辞作品的标点与众不同,今依通行之法标之。
② 金开诚《屈原辞研究》,第105—106页。
③ 参阅牛贵琥《彭咸新说》,刊载于《山西大学学报》1988年第2期。

胡绳等香木香草为服饰(比喻陶冶身心、涵养德性)。由此可知,彭咸在屈原历史视野中必是德行的楷模。《抽思》把"彭咸"跟可为国君楷模的"三五"并列,王逸解为"三王五伯,可修法也""先贤清白,我式之也",蒋骥谓"望三五以为像"乃"责于君者","指彭咸以为仪"乃"矢于己者",其说良是,不过屈子以彭咸矢于己,并不局限于蒋骥所说"以彭咸死谏为法"。要之,在屈原的历史视野中,彭咸又以其贤而被树为人臣之楷模。另一方面,《离骚》乱辞谓"既莫足与为美政兮,吾将从彭咸之所居",彭咸所居为何处,屈子实有明言,《悲回风》谓"凌大波而流风兮,托彭咸之所居","托……所居"与"凌大波"相承而同一,互证互明,则彭咸所居必在"大波"之中(此意关涉甚大,下文还将详论),屈子谓彭咸投水而死,尚何疑哉?由此又断然可知,在屈原的历史视野中,彭咸是坚贞不屈、守死善道的贤士。屈原一向痛恨不能持守美善、随波逐流的党人,《离骚》中,他反复斥责"兰芷变而不芳兮,荃蕙化而为茅"等等;而对伯夷那种"苏世独立,横而不流"的贤哲,他无比景仰,明确表现于《橘颂》等篇。据屈作,彭咸亦必是伯夷一类的人物:持守信念,宁折不弯。王逸对"彭咸"的基本解释均能得到屈子文本的支持,说明它具有相当的有效性①。后学不能为王说找到依据,便横加质疑,甚至全盘否定,从方法上看是不足取的。

笔者认为,把屈作中的彭咸等同于彭铿即通常所说的彭祖,是极不合理的。屈作七次提及彭咸,即《抽思》谓"望三五以为像兮,指彭咸以为仪",《思美人》谓"独茕茕而南行兮,思彭咸之故也",《离骚》两及彭咸,已见上引,以及《悲回风》谓"夫何彭咸之造思兮,暨志介而不忘""孰能思而不隐兮,照彭咸之所闻""凌大波而

---

① 东方朔《七谏·谬谏》云:"俗推佞而进富兮,节行张而不著。贤良蔽而不群兮,朋曹比而党誉。邪说饰而多曲兮,正法弧而不公。直士隐而避匿兮,谀谀登乎明堂。弃彭咸之娱乐兮,灭巧倕之绳墨。"以"彭咸之娱乐"与"巧倕之绳墨"并提而互通(后者喻法度),则东方朔眼中的彭咸必为喜好法度节义的正直贤良之士,跟屈作以及王逸的注释是一致的。

流风兮,托彭咸之所居"。其提及彭铿则只有一次,即《天问》:"彭铿斟雉,帝何飨?受寿永多,夫何久长?"此彭铿无疑就是以久寿著称的彭祖,"受寿永多"就是明证。其人其事常见于其他典籍。比如《庄子·内篇·逍遥游》云:"楚之南有冥灵者,以五百岁为春,五百岁为秋;上古有大椿者,以八千岁为春,八千岁为秋。而彭祖乃今以久特闻,众人匹之,不亦悲乎!"成疏谓,彭祖"历夏经殷至周,年八百岁矣……以其年长寿,所以声〔名〕独闻于世"。然而正因为相传他"受寿永多",具有强烈怀疑精神的屈原才充满了不解和不信。《天问》中的彭铿深受屈子质疑,毫无被视为人臣楷模、被追随、被效法的意味,如何能跟屈子视野中的彭咸等视呢?此外,若屈原果真视彭咸、彭铿为一人,他应当遵循以"彭咸"称之的固定习惯,《天问》毫无必要独标"彭铿"一名。易言之,从屈作七次标举"彭咸"的背景上看,《天问》标举"彭铿"之孤特,便表明屈原有区隔咸、铿之意,这很大程度上取消了二者为一人的可能性。就连力主彭咸即彭铿的汪瑗都意识到了问题的存在,所以,他怀疑《天问》用"彭铿"乃是后人所改:"'彭咸'屡见于诸篇,而'彭铿'独一见于《天问》。盖因下有'受寿永多'之文,而后人遂书为'彭铿',安知当时本不作'咸'也?"(《楚辞蒙引》"'彭咸'辨"条)这样的论证完全流于想象,不足为据。综上所论,《天问》出现了一个毫无人臣楷模意味的"另类"的彭铿,证明屈原所谓"彭咸"就是彭咸,绝不同于"彭铿"或"彭祖"。

据信那位彭铿并未投水,而是西逝流沙,"乃古之有德有寿之隐君子"。屈原若以他为楷模,诚有渴望做隐者之意,甚至有了一重隐者的身份。可彭咸不等于彭铿,由彭铿辗转引申来的隐者身份不应强附到屈原身上,而依据这一比附,断定屈原作《离骚》时徘徊于治世与隐退之间,则完全是曲解和误解①。

同时我们需要注意,上引汪瑗、林庚诸家之说,都倾向于从楚

---

① 其详可参阅本书第二章"屈原之人生追求模式"。

文化自身传统中,或说从楚史中,来解释"彭咸"。魏炯若说得更简洁明快:"彭咸,屈原称为'前修',必是楚国的先贤。"①究其实际,依屈作,所谓"前修""前圣"等等跟楚国先贤毫无必然联系。《离骚》以"前王"概括"三后"(禹汤文武)和"尧舜","前王"何尝限于楚史?《离骚》又云:"不量凿而正枘兮,固前修以菹醢。"这个被"菹醢"的"前修",又怎么可能是"楚国的先贤"呢?他只能是殷纣时的贤大夫比干。《离骚》明云"后辛之菹醢兮,殷宗用而不长",与"不量凿"句可以相参互明,更何况《涉江》亦云"伍子逢殃兮,比干菹醢"。除此之外,《离骚》谓"伏清白以死直兮,固前圣之所厚",又谓"依前圣以节中兮,喟凭心而历兹",所谓"前圣"肯定非指"楚国的先贤"。屈作历史视野中较突出的先贤,唯子文一人是楚人,见于《天问》篇结尾,但子文并非"伏清白以死直"者,不足以当此"前圣"。因此,彭咸进入屈作历史视野,不一定非得要有楚国先贤的身份;力图从楚国先贤中来解释"彭咸",有失简单化,非深知屈子者。

实际上,王逸说彭咸水死也是不可轻疑的。

首先,在王逸大约百年前,大儒刘向(约前77—前6)及其稍后的扬雄(前53—18)都有彭咸水死之说。刘向《九叹·离世》云:"九年之中不吾反兮,思彭咸之水游。"前句即屈子《哀郢》"至今九年而不复"之意;思彭咸而游于水中,明明是说彭咸死在水中,否则如何解释呢?扬雄《反离骚》多次提及屈原投江。比如说:"精琼靡与秋菊兮,将以延夫天年。临汨罗而自陨兮,恐日薄于西山。"又说:"费椒稰以要神兮,又勤索彼琼茅。违灵氛而不从兮,反湛身于江皋。"他对屈作的评判显然有误解,如认为《离骚》主人公餐菊食玉是为了延年等等,这些姑且不论,需要把握的是他肯定屈原乃投汨罗而死。确认了这一点,《反离骚》如下片段就值得高度注意了:

---

① 魏炯若《楚辞发微》,与《杜庵说诗》合刊本,第44页。

> 夫圣哲之不遭兮,固时命之所有。
> 虽增欷以於邑兮,吾恐灵修之不累改。
> 昔仲尼之去鲁兮,斐斐迟迟而周迈。
> 终回复于旧都兮,何必湘渊与涛濑?
> 溷渔父之铺歠兮,洁沐浴之振衣。
> 弃由聃之所珍兮,跖彭咸之所遗!

这里视许由、老聃和彭咸为两种互相对立的范式。由聃主张"不争",如传世《老子》第八章云"夫唯不争,故无尤";强调处弱守柔(与保身尽年有关),如传世《老子》第七十六章云"坚强者死之徒,柔弱者生之徒。……强大处下,柔弱处上";强调长生久视,如传世《老子》第七章云"天地所以能长且久者,以其不自生,故能长生";强调"游夫遥荡恣睢转徙之涂",见《庄子·内篇·大宗师》许由之语;强调"以死生为一条,以可不可为一贯",见《庄子·内篇·德充符》老聃之语。凡此之类,均可见扬雄所谓"由聃之所珍"乃指珍视生命①。由聃之归向在全生保身,与屈原迥异,所以扬雄才说屈原"弃由聃之所珍"。《反离骚》之核心是批评屈原投江,此意反复出现,"弃由聃之所珍兮,跖彭咸之所遗"一语也不例外,此句前半是指屈原不循由聃之重生保命,后半是指屈原轻绝人世(扬雄认定他自陨于汨罗)。换言之,扬雄把屈原"临汨罗而自陨""湛身于江皋"看成是追随彭咸的遗范,这不正是说彭咸投水而死吗?又,扬雄《校猎赋》谓:"鞭洛水之虙妃,饷屈原与彭胥。"这明显是把屈原、彭咸视为水死者;伍子胥并非自沉,然其死与江

---

① 传世《老子》第七十五章云:"夫唯无以生为者,是贤于贵生。"此语意谓,只有不把生命当一回事儿,才是善于珍视生命;换言之,善于珍视生命的人,不会像呵护一只容易破碎的鸡蛋一样,惴惴不安地记挂、呵护它,那忘怀了生死、不戚戚于生死的人才真正善于珍视生命。从宗旨和目的上看,《老子》把生命视为最高价值,从涵养生命的方式手段上看,《老子》要人们不要太执着于生命。通过"无以生为"达到"贵生",相反相成,是一种生存的辩证法。《庄子》这种取向更为凸显。

河关系密切,故也被归为一类。由此可见,说"王逸之前并没有人认为彭咸是沉江而死的""在王逸之前都没有将彭咸与沉江联系起来"等,严重背离了史实。

其次,也是更重要的,彭咸投水而死本是屈原自己说的。屈原的历史视野中有很多被主流叙述丢失的东西,这是极宝贵的财富,而彭咸就是其中一例。认真清理这类材料,不仅可以澄清一系列历史真相,而且有助于重新发现和认知屈子其人其作。

《悲回风》云:"凌大波而流风兮,托彭咸之所居。"王逸解后半为"从古贤俊,自沉没也",后儒翕然从之,比如林兆珂解全句为"凌波随风而从彭咸,又自沉之意也",其实这样说并不准确。屈子本意乃是,乘风漂浮在大波之上,即托身于彭咸所居之地。黄文焕笺虽误以为"凌波意在就死",但谓"波之中惟咸之居",则是正确的。与此相似,此语下句"上高岩之峭岸兮,处雌蜺之标颠",是说处于高岩之峭岸上,此峭岸正当雌蜺之顶端——极言所登峭岸之高。汪瑗集解在"上高岩"一章下,云:"曰处雌霓、据青冥、摅虹、扪天者,亦以形容岩岸之高峻,他无所取义也。"司马相如《天子游猎赋》谓,"俯杳眇而不见,仰攀橑而扪天,奔星更于闺闼,宛虹拖于楯轩",用奔星、宛虹写宫室建筑之高;扬雄《甘泉赋》谓,"列宿乃施于上荣兮,日月才经于柍桭。雷郁律而岩突兮,电倏忽于墙藩",用日、月、星辰、雷、电写甘泉大厦之高。凡此都是类似的写法。考虑到扬雄极深厚的楚辞学背景,《甘泉赋》之例尤其不可忽视。《悲回风》"凌大波""上高岩"两句紧承,且句式、构思均出于一辙,更证明"大波"和"彭咸之所居"的同一性,而"凌"与"托"的互文关系遂更无可置疑。既然屈子视大波之下为彭咸所居之地,则他本人即认定了彭咸乃是水死。

如此理解"凌大波"一语,在同诗中尚可找到其他证据。其一,该诗云:"浮江淮而入海兮,从子胥而自适。"《史记·伍子胥列传》载子胥自刭,吴王夫差取其尸,盛以鸱夷革而浮之江中。屈原追随子胥需要"浮江淮而入海",而江海跟子胥之归宿密不可分。

其二,该诗云:"望大河之洲渚兮,悲申徒之抗迹。"申徒狄谏而不听,负石自投于河,见于《庄子·杂篇·盗跖》。屈原悲悼申徒需要"望大河之洲渚",而"大河之洲渚"跟申徒之死所又密不可分。"凌大波而流风兮,托彭咸之所居"一语,跟关涉子胥、申徒的两句诗内涵相近,结构一致,其意实为,追随彭咸故"凌大波",而"大波"跟彭咸之死所密不可分①。屈子指彭咸投水而死,更无疑义。朱子解"凌大波"语,云:"凌波随风而从彭咸,又自沉之意也。"《楚辞蒙引》"彭咸辨"条之附说反驳曰:"'凌大波而流风'之语,果以为自沉之意,则'济沅湘以南征,就重华而敶词',是重华亦尝投沅

---

① 廖平以为,屈作中的"彭咸"即《山海经》灵山十巫中巫彭、巫咸的合称,又谓《离骚》"彭咸之遗则"指从灵山上天下地,《抽思》"指彭咸以为仪"就是就二巫之天学而言的,《悲回风》"彭咸之所居"则即灵山十巫之所居,诸巫均为星辰而非人,《山海经》开明东以巫彭为首,灵山以巫咸为首,《楚词》"彭咸"乃"举其居首二人言之",《楚词》全用《山海经》典故,彭咸当即巫彭巫咸,神人上天下地,非投水而死之殷大夫也(参见所著《楚词讲义》第五课"彭咸解")。李韵华承此说,而谓"彭咸"或即十巫之代称,其所居之地灵山即巫山(参见所著《彭咸究系何人》一文,刊载于《贵州文史丛刊》1986年第4期)。徐林祥也持这种合称说(见所著《释"彭咸"》,刊载于《求索》1992年第4期)。闻一多《楚辞校补》提出:"案此处'纤''娱''居'三字为韵,依二进韵例,当系脱去二句。考《离骚》'吾将从彭咸之所居',与此'托彭咸之所居'语同。彼言彭咸所居,实指昆仑上层之天庭,则此言彭咸所居,亦当指下文'高岩之峭岸','雌蜺之标颠'云云,而后文撠虹,扪天,吸露,漱霜,依风穴,冯昆仑,皆既至彭咸所居后之所从事。然则所谓'凌大波而流风'者,乃造彭咸之过程,非谓彭咸所居即在水中也。然以彭咸所居之远,造之之过程,似又不只凌波流风一事,故疑此处脱二句,当在'波大波'与'托彭咸'二句之间。"其《离骚解诂乙》则说:"上言'托彭咸之所居',下即继之以上高岩,据霓巅,撠虹扪天,吸露漱霜,与夫依风穴,冯昆仑云云,是彭咸所居乃在天上。"(分见《闻一多全集》第五卷,第197、337页)然《悲回风》谓"凌大波而流风兮,托彭咸之所居",《九叹》则谓"思彭咸之水游",若彭咸果在灵山或天上,屈子屡言思彭咸而游于水则无法解释,可见闻氏等人之说错谬尤甚。称《离骚》"言彭咸所居,实指昆仑上层之天庭",完全是臆断。将《悲回风》上岩岸、据蜺颠、撠虹、扪天、吸露、漱霜、依风穴、冯昆仑等,全解为至彭咸所居以后之所从事,亦属无谓。该篇尚有求介子之所存、见伯夷之放迹、从子胥、悲申徒诸事,何尝只为"托彭咸之所居"张设呢?"托彭咸之所居"乃承接"凌大波而流风",为一事,"上高岩之峭岸"则是另一事了。

湘而死矣。""凌大波"语固不必说自沉,但汪瑗等同看待所引二事,则完全是狡辩。因为"凌大波而流风"句明明是说"大波"之下即为"彭咸之所居","济沅湘以南征"句则非指言"沅湘"为重华之所居,那只是经行之地。

从屈作体系内部看,屈子引为同类者首推彭咸。《怀沙》谓:"知死不可让,愿忽爱兮。明告君子,吾将以为类兮。"所谓"君子"当亦包括彭咸。而从不避"死"的层面上把彭咸引为同类,说明在屈子眼中,他绝非诸家所谓高寿而有德的隐君子。

一言以蔽之,彭咸水死之说不仅已见于王逸之前刘向、扬雄诸大家之作,而且来源于屈子本人,不加深考而质疑王说,是"疑所不当疑";不加深考而必承汪瑗等学者之风,谓屈原如彭铿有隐者的一面,则是"信所不当信"。如此可不慎乎?可不戒乎?

还必须强调,屈原推重彭咸,也得到了儒家思想的支持。《大戴礼记·虞戴德》载孔子曰:"昔商老彭及仲傀,政之教大夫,官之教士,技之教庶人,扬则抑,抑则扬,缀以德行,不任以言……"《论语·述而》载子曰:"述而不作,信而好古,窃比于我老彭。"何晏集解引包咸曰:"老彭,殷贤大夫,好述古事。我若老彭,但述之耳。"朱熹集注谓:"窃比,尊之之辞。我,亲之之辞。老彭,商贤大夫,见《大戴礼》,盖信古而传述者也。孔子删《诗》《书》,定礼乐,赞《周易》,修《春秋》,皆传先王之旧,而未尝有所作也,故其自言如此。盖不惟不敢当作者之圣,而亦不敢显然自附于古之贤人;盖其德愈盛而心愈下,不自知其辞之谦也。然当是时,作者略备,夫子盖集群圣之大成而折衷之。其事虽述,而功则倍于作矣,此又不可不知也。"老彭当即彭咸,孔子"窃比于我老彭",足见他对彭咸的推重。而由《虞戴德》所载,可知孔子在政教伦理层面上对彭咸极其崇仰,何尝限于"述而不作"?

四、申生与介子推

《九章·惜诵》云:"晋申生之孝子兮,父信谗而不好。"申生本

为晋献公太子,遭骊姬潜毁而自杀。《左氏春秋》僖公四年(前656)记其事云:

> 初,晋献公欲以骊姬为夫人,卜之,不吉;筮之,吉。公曰:"从筮。"卜人曰:"筮短龟长,不如从长。且其繇曰:'专之渝,攘公之羭(杜注:渝,变也。攘,除也。羭,美也。言变乃除公之美)。一薰一莸,十年尚犹有臭(杜注:薰,香草。莸,臭草。十年有臭,言善易消,恶难除)。'必不可。"弗听,立之。生奚齐,其娣生卓子。及将立奚齐,既与中大夫成谋,姬谓大子曰:"君梦齐姜,必速祭之(杜注:齐姜,大子母。言求食)!"大子祭于曲沃,归胙于公。公田,姬置诸宫六日,公至,毒而献之。公祭之地,地坟;与犬,犬毙;与小臣,小臣亦毙。姬泣曰:"贼由大子。"大子奔新城。公杀其傅杜原款。或谓大子:"子辞,君必辩焉。"大子曰:"君非姬氏,居不安,食不饱。我辞,姬必有罪。君老矣,吾又不乐。"曰:"子其行乎?"大子曰:"君实不察其罪,被此名也以出,人谁纳我?"十二月,戊申,缢于新城。姬遂谮二公子曰:"皆知之。"重耳奔蒲,夷吾奔屈。

《礼记·檀弓上》又记申生自杀前顾虑君老子(奚齐)少,国家多难,恳请狐突出来为国君谋政等等。屈原在《惜诵》中陈述自己竭忠诚而事君,却为众兆所雠所唁,痛伤于众口铄金,而以申生自比,其感慨申生孝而被谗,亦正是感慨自己忠而被谤。洪补云:"申生之孝,未免陷父于不义。……屈原举以自比者,申生之用心善矣,而不见知于君父,其事有相似者。"《七谏·沉江》云:"晋献惑于孋姬兮,申生孝而被殃。"乃沿袭屈子之意。

介子推是屈作历史视野中的另一位晋国贤臣。《惜往日》云:

> 介子忠而立枯兮,文君寤而追求。
> 封介山而为之禁兮,报大德之优游。

思久故之亲身兮,因缟素而哭之。

重耳遭骊姬之难而出奔,介子推从行流亡多年。重耳回国即位,为晋文公,论功行赏,群臣争功,而介子推不言禄,与母亲归隐深山之中。《左氏春秋》僖公二十四年(前636)记此事云:

> 晋侯赏从亡者。介之推不言禄,禄亦弗及。推曰:"献公之子九人,唯君在矣。惠、怀(案指晋惠公夷吾、晋怀公圉)无亲,外内弃之。天未绝晋,必将有主。主晋祀者,非君而谁?天实置之,而二三子以为己力,不亦诬乎?窃人之财犹谓之盗,况贪天之功以为己力乎?下义其罪,上赏其奸,上下相蒙,难与处矣!"其母曰:"盍亦求之,以死谁怼?"对曰:"尤而效之,罪又甚焉。且出怨言,不食其食。"其母曰:"亦使知之,若何?"对曰:"言,身之文也。身将隐,焉用文之?是求显也。"其母曰:"能如是乎!与汝偕隐。"遂隐而死。晋文公求之,不获,以绵上为之田,曰:"以志吾过,且旌善人。"

当初流亡期间,尝乏食,介之推割股以食重耳。《庄子·杂篇·盗跖》云:"介子推至忠也,自割其股以食文公……"《韩诗外传》卷十有更具体的记载:"晋文公重耳亡过曹,里凫须从,因盗重耳资而亡。重耳无粮,馁不能行,子推割股肉以食重耳,然后能行。"东方朔《七谏·怨思》亦谓"子推自割而饣炎君"。屈子《惜往日》所谓"思久故之亲身",当指文公怀想此事。王夫之《通释》云:"久故,谓从亡出外之旧故。""亲身"一词,王逸释为"亲自割其身",洪兴祖释为"不离左右",朱熹释为"切己于身,谓割股也",王、朱之说近之,但均增字为释,未得"亲"字的解。"亲"者犯也。《韩非子·难一》云:"晋平公与群臣饮,饮酣,乃喟然叹曰:'莫乐为人君!惟其言而莫之违。'师旷侍坐于前,援琴撞之,公披衽而避,琴坏于壁。公曰:'太师谁撞?'师旷曰:'今者有小人言于侧者,故撞之。'

公曰:'寡人也。'师旷曰:'哑!是非君人者之言也。'左右请(除)〔涂〕之。公曰:'释之,以为寡人戒。'或曰:平公失君道,师旷失臣礼。夫非其行而诛其身,君之于臣也;非其行而陈其言,善谏不听则远其身者,臣之于君也。今师旷非平公之行,不陈人臣之谏,而行人主之诛,举琴而亲其体,是逆上下之位,而失人臣之礼也。夫为人臣者,君有过则谏,谏不听则轻爵禄以(待)〔去〕之,此人臣之礼(义)也。今师旷非平公之过,举琴而亲其体,虽严父不加于子,而师旷行之于君,此大逆之术也。"《惜往日》"亲身"之"亲",当与此文"亲其体"之"亲"同,"亲其体"之"亲"又与"撞"有高度的相关性;故"亲身"殆即犯身,指侵犯、伤害其体,委婉地指涉割股一事。

重耳即位而忘介子之功。《盗跖》篇谓"文公后背之,子推怒而去,抱木而燔死",介子怒君之说殆非其实,文公背介子,则诚有其事。屈原一心向君,不避忧患,不计得失,其志节操守跟介子颇为一致。文公忘介子之大德,楚怀疑屈子之悃诚,故介子屈子之遭遇,又颇为一致。然介子是自隐,屈子则是被放;晋文最终觉悟而求介子,求之不得,封绵山而报之;楚怀则始终不寤,始终未报答屈子一片忠赤,并且"听谗人之虚辞","远迁臣而弗思":是屈子之不幸远甚于介子。诗人一方面瞩目于"文君寤而追求",一方面反复念叨"卒没身而绝名兮,惜壅君之不昭""不毕辞而赴渊兮,惜壅君之不识",相形之下,更有多少伤痛。君在贤臣死后而悟,固愈于其始终不悟,然君若当贤臣之生而悟,不又愈于值其死而悟?《史记·屈原列传》云:"屈平既嫉之,虽放流,眷顾楚国,系心怀王,不忘欲反,冀幸君之一悟,俗之一改也。其存君兴国而欲反覆之,一篇之中三致志焉。"拿这段文字来评论《惜往日》,也是十分切当的。王逸《离骚经章句序》谓屈子作《九章》,"援天引圣,以自证明,终不见省,不忍以清白久居浊世,遂赴汨渊自沉而死",屈子良可哀也。不过,《惜往日》乃作于诗人被怀王放逐汉北时期,他赴汨渊自沉,则是被顷襄放逐后的事情,王逸显然疏于辨析。

五、接舆、桑扈、伍子胥以及比干

《九章·涉江》云:"接舆髡首兮,桑扈臝行。忠不必用兮,贤不必以。伍子逢殃兮,比干菹醢。"

朱熹认为,接舆即曾当面批评孔子的楚国狂人,因愤世披发佯狂,最后更剃去了头发(在古代这是一种刑罚髡刑)。其事略见于《论语·微子》《庄子·内篇·人间世》等①。朱熹又说桑扈就是《庄子·内篇·大宗师》那位"能相与于无相与,相为于无相为"的子桑户,庄子在寓言中说他也与孔子同时。桑扈大概也因为愤世而裸行。接舆、桑扈在屈作视野中为忠贤之辈,与伍子、比干并列,其事则莫得其详。

比干为商纣王叔父,官少师,殷纣淫乱,比干强谏之,殷纣剖比干,观其心,事见《史记·殷本纪》。周拱辰《离骚草木史》云:"比干剖心,此曰菹醢,岂剖之而复醢之与?"在屈作历史视野中,比干最终当是被菹醢。诗人深感不平,故其《天问》云:"比干何逆,而抑沉之?"

伍子之事,详见于《左氏春秋》昭公二十年(前522)、三十年(前512)、三十一年(前511),定公四年(前506),哀公元年(前494)、十一年(前484),《国语·吴语》"吴王夫差乃告诸大夫"章、"吴王夫差既许越成"章、"吴王还自伐齐"章、"吴王夫差既杀申胥"章,以及《史记·伍子胥列传》等多种文献。因《列传》所叙较

---

① 《庄子·人间世》云:"孔子适楚,楚狂接舆游其门曰:'凤兮凤兮,何如德之衰也!来世不可待,往世不可追也。天下有道,圣人成焉;天下无道,圣人生焉。方今之时,仅免刑焉。福轻乎羽,莫之知载;祸重乎地,莫之知避。已乎已乎,临人以德!殆乎殆乎,画地而趋。迷阳迷阳,无伤吾行!吾行郤曲,无伤吾足!'"成玄英疏说接舆即陆通。皇甫谧《高士传》卷上综合《论语》《庄子》等书,云:"陆通,字接舆,楚人也。好养性,躬耕以为食。楚昭王时,通见楚政无常,乃佯狂不仕,故时人谓之楚狂。孔子适楚,楚狂接舆游其门曰……"又,《论语·微子》所载接舆之言,与《人间世》有一较大差异,即主张"往者不可谏,来者犹可追"(《人间世》则认为,不管对于来世还是往世,均无可奈何);前者殆接近史实,后者明显道家化了。

集中,故引录其谏吴王夫差最终被杀一事于下:

> 夫差既立为王,以伯嚭为太宰,习战射。二年后伐越,败越于夫湫。越王句践乃以余兵五千人栖于会稽之上,使大夫种厚币遗吴太宰嚭以请和,求委国为臣妾。吴王将许之。伍子胥谏曰:"越王为人能辛苦。今王不灭,后必悔之。"吴王不听,用太宰嚭计,与越平。
>
> 其后五年,而吴王闻齐景公死而大臣争宠,新君弱,乃兴师北伐齐。伍子胥谏曰:"句践食不重味,吊死问疾,且欲有所用也。此人不死,必为吴患。今吴之有越,犹人之有腹心疾也。而王不先越而乃务齐,不亦谬乎!"吴王不听,伐齐,大败齐师于艾陵,遂威邹、鲁之君以归。益疏子胥之谋。
>
> 其后四年,吴王将北伐齐,越王句践用子贡之谋,乃率其众以助吴,而重宝以献遗太宰嚭。太宰嚭既数受越赂,其爱信越殊甚,日夜为言于吴王。吴王信用嚭之计。伍子胥谏曰:"夫越,腹心之病,今信其浮辞诈伪而贪齐。破齐,譬犹石田,无所用之。且《盘庚之诰》曰:'有颠越不恭,劓殄灭之,俾无遗育,无使易种于兹邑。'此商之所以兴。愿王释齐而先越;若不然,后将悔之无及。"而吴王不听,使子胥于齐。子胥临行,谓其子曰:"吾数谏王,王不用,吾今见吴之亡矣。汝与吴俱亡,无益也。"乃属其子于齐鲍牧,而还报吴。
>
> 吴太宰嚭既与子胥有隙,因谗曰:"子胥为人刚暴,少恩,猜贼,其怨望恐为深祸也。前日王欲伐齐,子胥以为不可,王卒伐之而有大功。子胥耻其计谋不用,乃反怨望。而今王又复伐齐,子胥专愎强谏,沮毁用事,徒幸吴之败以自胜其计谋耳。今王自行,悉国中武力以伐齐,而子胥谏不用,因辍谢,详病不行。王不可不备,此起祸不难。且嚭使人微伺之,其使于齐也,乃属其子于齐之鲍氏。夫为人臣,内不得意,外倚诸侯,自以为先王之谋臣,今不见用,常鞅鞅怨望。愿王早图之。"

吴王曰:"微子之言,吾亦疑之。"乃使使赐伍子胥属镂之剑,曰:"子以此死。"伍子胥仰天叹曰:"嗟乎! 谗臣嚭为乱矣,王乃反诛我。我令若父霸。自若未立时,诸公子争立,我以死争之于先王,几不得立。若既得立,欲分吴国予我,我顾不敢望也。然今若听谀臣言以杀长者。"乃告其舍人曰:"必树吾墓上以梓,令可以为器(正义:器谓棺也,以吴必亡也);而抉吾眼县吴东门之上,以观越寇之入灭吴也。"乃自刭死。吴王闻之大怒,乃取子胥尸盛以鸱夷革,浮之江中。吴人怜之,为立祠于江上,因命曰胥山。

吴王既诛伍子胥,遂伐齐。齐鲍氏杀其君悼公而立阳生。吴王欲讨其贼,不胜而去。其后二年,吴王召鲁、卫之君会之橐皋。其明年,因北大会诸侯于黄池,以令周室。越王句践袭杀吴太子,破吴兵。吴王闻之,乃归,使使厚币与越平。后九年,越王句践遂灭吴,杀王夫差;而诛太宰嚭,以不忠于其君,而外受重赂,与己比周也。

伍子忠而遭谗见弃于君,吴最终亡于越;屈子忠而遭谗见弃于君,楚最终亡于秦。历史惊人的相似,二者之个人悲剧与国家悲剧也惊人的相似。屈子在《惜往日》中说,"吴信谗而弗味兮,子胥死而后忧",这不仅是激于吴国和伍子,而且是为自己和楚国而发,有以吴国悲剧来警示楚国之意。陆时雍《楚辞疏》正确地指出,该诗通篇"专于讽君,不胜忧危之感"。

《天问》有云:"勋阖梦生,少离散亡。何壮武厉,能流厥严?"其中"阖"指吴王阖闾(即阖庐),"梦"指阖闾的祖父寿梦。《史记·吴世家》记载:

寿梦立而吴始益大,称王。

自太伯作吴,五世而武王克殷,封其后为二:其一虞,在中国;其一吴,在夷蛮。十二世而晋灭中国之虞。中国之虞灭二世,而夷蛮之吴兴。大凡从太伯至寿梦十九世……

二十五年,王寿梦卒。寿梦有子四人,长曰诸樊,次曰馀祭,次曰馀昧,次曰季札。季札贤,而寿梦欲立之,季札让不可,于是乃立长子诸樊,摄行事当国……

十三年,王诸樊卒。有命授弟馀祭,欲传以次,必致国于季札而止,以称先王寿梦之意,且嘉季札之义,兄弟皆欲致国,令以渐至焉。季札封于延陵,故号曰延陵季子……

十七年,王馀祭卒,弟馀昧立。王馀昧二年,楚公子弃疾弑其君灵王代立焉。

四年,王馀昧卒,欲授弟季札。季札让,逃去。于是吴人曰:"先王有命,兄卒弟代立,必致季子。季子今逃位,则王馀昧后立。今卒,其子当代。"乃立王馀昧之子僚为王。

公子光为诸樊之子、寿梦之孙,据传统,诸樊死后应传位于公子光,然而他"少离散亡"。屈原问道,何以公子光少时遭遇如此,成年后却威武勇猛、作君之威严行之甚远呢?笔者认为,他意欲使受众确认的答案就是伍子胥。伍子胥向公子光举荐勇士专诸,光使专诸刺杀王僚而代立,为吴王阖庐。伍子胥得到信用,辅佐阖庐西破强楚,北威齐、晋,南服越人,国力臻于鼎盛。阖庐死后,其子夫差即位,伍子胥辅夫差,败越,又力谏夫差勿与越国讲和,放弃攻齐之念而专讨心腹之患——越。夫差听信伯嚭的谗言,最终赐剑使伍子胥自刎,其后九年句践灭吴。前人或以为"勋阖梦生"句,是用吴王阖闾之事讽谏楚顷襄王。阖闾之父诸樊为楚人射杀。《左氏春秋》襄公二十五年(前548)载:"十二月,吴子诸樊伐楚,以报舟师之役(杜注:舟师,在二十四年也),门于巢。巢牛臣曰:'吴王勇而轻,若启之,将亲门。我获射之,必殪。是君也死,疆其少安。'从之。吴子门焉,牛臣隐于短墙以射之,卒。"黄文焕《楚辞听直》即以阖闾复仇事解"勋阖梦生"诸语,说:"此承前历代亡国之痛,渐归之楚事,悲怀之死秦,愤襄之不能仇秦,忧楚之将终折于秦也。

其首引阖庐,所以愧襄也。阖庐之散亡在外,与襄之质他国一也。阖庐有仇于楚,而卒破楚。其专复杀父之仇,则子胥尤奋力焉。君臣同志,以楚之强,遂无以敌之。秦之闭怀致死,邻国而杀吾父,视楚于子胥以君杀其臣何若?襄之当仇秦,义不共戴,视阖庐之仇楚何若耶?阖庐何以能奋武厉,能施威严?此必有道矣,其亦可以取法矣。庐能之,襄顾不能耶?'勋阖'者,大其复仇之勋,故特标之曰'勋阖'也。此原之书法也。"其说看似有理,可《天问》之结尾实落脚于贤臣,于吴重在子胥,于楚重在子文。细读文本即可知其中奥妙,故不遑多言。

前人或疑《涉江》之"伍子"乃指伍子胥之父伍奢及其兄伍尚,并非指伍子胥。比如宋人李壁注王安石《闻望之解舟》"修门归有期,京水非汨罗"一语,云:

> 予尝谓屈原自投汨罗,此乃祖来传袭之误。往过秭归,谒清烈庙,尝题诗辨正一事,漫附于此:"舣舟石门步,敬款三闾祠。三闾楚同姓,竭节扶颠危。虽抱流放苦,爱君终不衰。乌乎义之尽,永世垂忠规。子胥固激烈,籍馆鞭王尸。于吴实貔虎,于楚乃枭鸱。大夫视国贼,剚刃理则宜。讵忍形咏叹,黼藻严彰施。陋儒暗纪纪,解释纷乖离。奢尚置弗称,翻以胥为词。舍顺而取逆,无宁汨民彝。高贤动作则,此道渠不思。《回风》《惜往日》,音韵何凄其。追吊属后来,文类玉与差。愚窃怀此久,聊抉千载疑。玄猿为我吟,青兕为我悲。徘徊庙门晚,寒日不中坻。"按:子胥挟吴败楚,几墟其国。三闾同姓之卿,义笃君亲,决不称胥以自况也。《离骚》泛论太康五子,孟坚未见《尚书》全文,指为伍胥,士固哂之。《九章·涉江》言:"贤不必用兮,忠不必以。五子逢殃兮,比干菹醢。"此正引奢、尚而言。王逸陋儒,顾以为胥,又缪矣。《悲回风》(案当为《惜往日》)章云:"吴信谗而弗味兮,子胥死而后忧。"吴之忧,楚之喜也。置先王之积怨深怒,而忧仇敌之忧,原岂为

此哉？又言"遂自忍而沉流"，"遂"，已然之词，原安得先沉流，而后为文？此足明后人哀原而吊之之作无疑也。且世传原沉流，殆与称太白捉月无异，盖乎《怀沙》既作之后，文词尚多，岂真绝笔于此哉？所言"吾将从彭咸之所居"，《渔父》章句所载"吾宁葬江鱼之腹中"，此亦乘桴浮海之意耳。孔子岂遂入海不返？太白亦何尝有捉月事乎？①

李壁的主要意思是，出于忠义，屈原不可能以楚国叛臣伍子胥自况，《涉江》之"伍子"乃指伍子胥之父兄；《惜往日》《悲回风》当为后人哀吊屈原之作，文类宋玉景差辈，其中提及伍子胥，却不能算到屈原头上。这种观点实在太过迂腐了②。按传统标准，伍子胥对楚王来说是大逆不道，可他对吴王则堪称一派忠诚，再加他遭遇悲惨，很多方面均与屈原一致。屈原以其可比者自比，后人却执其不可比者，断定屈原不可能以伍子自比，何其龃龉如是。世上本无纯然相同的事物，正因为两物有同有异，才可就其同者建构为比，

---

① 李壁注、李之亮补笺《王荆公诗注补笺》，第 30—31 页。《补笺》将"刬刃"误为"苅刃"，据《王荆公诗李壁注》（影印朝鲜活字本）改正，上海古籍出版社 1993 年版，第 249 页。又，李壁"《离骚》泛论太康五子，孟坚未见《尚书》全文，指为伍胥"一句，实有误会。把《离骚》"五子"解释为伍子胥的是刘安而非班固，而且班固对此说尝有批评。其《离骚序》云："……淮南王叙《离骚传》……又说五子以失家巷，谓五子胥也。及至羿、浇、少康、貳姚、有娀佚女，皆各以所识有所增损，然犹未得其正也。"（严可均辑《全后汉文》卷二十五）宋人魏了翁《经外杂钞》曾引李壁此注，金开诚误以为是魏了翁本人语，故谓"最早对《惜往日》提出怀疑的是宋人魏了翁"（参见所著《屈原辞研究》，第 60 页），熊良智《〈楚辞·九章〉真伪疑案的一段文献清理》一文已指明其误（该文刊载于《文献》集刊 1999 年第 2 期）。

② 今人颇有承此说者。如刘永济《屈赋通笺》云："子胥……实乃楚之逆臣，屈子绝无以'忠'许之之理。此(《涉江》)'伍子'当属伍奢。……屈子……不轻去就，盖由忠义之厚，安肯许叛国之人为忠。……又《惜往日》有'子胥死而后忧'，《悲回风》有'从子胥而自适'，适足证此二篇非屈作。"（见《屈赋通笺　笺屈余义》，第 184—185 页）刘氏《屈赋释词》重申此说（见《屈赋音注详解　屈赋释词》，中华书局 2007 年版，第 420 页）。

有何可疑呢?① 且如司马迁所说:"怨毒之于人甚矣哉! 王者尚不能行之于臣下,况同列乎! 向令伍子胥从奢俱死,何异蝼蚁。弃小义,雪大耻,名垂于后世,悲夫! 方子胥窘于江上,道乞食,志岂尝须臾忘郢邪? 故隐忍就功名,非烈丈夫孰能致此哉?"(《史记·伍子胥列传》)从某种超越性的立场上看,伍子胥何尝不是一伟丈夫呢?

总之比干、伍子皆忠于王事,然一以强谏被戮,一以强谏遭谗被杀,其忠君爱国之志节、刚直不阿之品性、悲怆惨烈之遭遇,都跟屈原相类。屈原于楚之忠爱,跟比干对于殷、伍子对于吴同;屈原信而见疑、忠而被谤,跟伍子同;屈原遭迁放,比干被剖心,伍子被赐剑自杀,事异而其惨烈亦同。故屈原引二子为同类,并用来警世和自况。对屈原来说,比干、伍子胥以及他自己的命运,都跟天下或国家的命运紧密相连,其灾难不是一己之灾难,而是天下或国家之灾难,其人生悲剧也就是天下或国家的政治悲剧。屈子所体味的悲剧之所以异常沉重,原因就在这里。对常人来说,仅一重人生悲剧即难以负荷,屈子担当的却是双重悲剧。以一人之身承担一国之悲剧,正所谓不可承受之重,他最终自沉汨罗,有以也。屈子断非司马迁提到的"臧获婢妾……能引决"者(《报任安书》)。班固等人不解屈子为何沉身,只因为他们未能真正理解屈子。

先秦时期,学界颇有非议比干、伍子之为人者。《墨子·亲士》云:"甘井近竭,招木近伐,灵龟近灼,神蛇近暴。是故比干之

---

① 有学者从迥然不同的方向上,来思考屈原屡提伍子胥的问题。比如,闻一多以此证明屈原没有忠的观念,曾说:"帝王专制时代的忠的观念,决不是战国时屈原所能有的。伍子胥便是一个有力的反证。为了家仇,伍子胥是如何对待他的国和君,而他正是楚国人。……总之,忠臣的屈原是帝王专制时代的产物,若拿这个观念读《离骚》,《离骚》是永远谈不通的。"(见所著《读骚杂记》,孙党伯、袁謇正主编《闻一多全集》第五卷,第5页)又有学者用屈原身为王族,却曾想"从子胥而自适",来说明楚国宗法观念、家族纽带之薄弱(参阅赵辉《楚辞文化背景研究》,湖北教育出版社1995年版,第37页)。其实问题不应该这么看。伍子胥成为屈原认同的人格范式,是就其忠于吴王吴国而言的,绝非着眼于其叛楚为敌国效力。

殪,其抗也;孟贲之杀,其勇也;西施之沉,其美也;吴起之裂,其事也。故彼人者,寡不死其所长。故曰'太盛难守'也。"《庄子·杂篇·外物》云:"外物不可必,故龙逢诛,比干戮,箕子狂,恶来死,桀、纣亡。人主莫不欲其臣之忠,而忠未必信,故伍员流于江,苌弘死于蜀,藏其血三年而化为碧。人亲莫不欲其子之孝,而孝未必爱,故孝己忧而曾参悲。"《庄子·杂篇·盗跖》云:"世之所谓忠臣者,莫若王子比干、伍子胥。子胥沉江,比干剖心。此二子者,世谓忠臣也,然卒为天下笑。自上观之,至于子胥、比干,皆不足贵也。"又谓:"比干剖心,子胥抉眼,忠之祸也……"从个性到品行,比干和伍子胥都受到了质疑。

然而儒家对他们颇有推扬。孔子视微子、箕子、比干为殷之三仁,见于《论语·微子》。而孟子曰:"微子、微仲、王子比干、箕子、胶鬲,皆贤人也……"(《孟子·公孙丑上》)稍晚于屈原的《荀子》有不少篇章谈及比干或伍子胥。比如《臣道》篇云:

> 谏、争、辅、拂之人,社稷之臣也,国君之宝也,明君所尊厚也,而暗主惑君以为己贼也。故明君之所赏,暗君之所罚也;暗君之所赏,明君之所杀也。伊尹、箕子,可谓谏矣;比干、子胥,可谓争矣;平原君之于赵,可谓辅矣;信陵君之于魏,可谓拂矣。传曰:"从道不从君。"此之谓也。故正义之臣设,则朝廷不颇;谏、争、辅、拂之人信,则君过不远;爪牙之士施,则仇雠不作(杨倞注:爪牙之士,勇力之臣也);边境之臣处,则疆垂不丧。故明主好同而暗主好独,明主尚贤使能而飨其盛,暗主妒贤畏能而灭其功。罚其忠,赏其贼,夫是之谓至暗,桀、纣所以灭也。

又云:

> 有大忠者,有次忠者,有下忠者,有国贼者:以德(复)

〔覆〕君而化之,大忠也(俞樾《诸子平议·荀子二》:以德覆君,谓其德甚大,君德在其覆冒之中,故足以化之);以德调君而(补)〔辅〕之,次忠也;以是谏非而怒之,下忠也(杨注:使君有害贤之名,故为下忠也);不恤君之荣辱,不恤国之臧否,偷合苟容,以之持禄养交而已耳,国贼也。若周公之于成王也,可谓大忠矣;若管仲之于桓公,可谓次忠矣;若子胥之于夫差,可谓下忠矣;若曹触龙之于纣者,可谓国贼矣。

《成相》篇云:

世之衰,谗人归,比干见刳箕子累(杨注:累,读为缧)。武王诛之,吕尚招麾殷民怀。世之祸,恶贤士,子胥见杀百里徙。穆公任之,强配五伯六卿施。

又云:

欲(衷对)〔对衷〕,言不从(《诸子平议·荀子四》:欲对衷者,欲遂衷也。言欲遂其忠忱,而无如言之不从也),恐为子胥身离凶;进谏不听,到而独鹿弃之江。观往事,以自戒,治乱是非亦可识。托于成相以喻意。

《大略》篇云:

虞舜、孝己孝而亲不爱,比干、子胥忠而君不用,仲尼、颜渊知而穷于世。

在儒家传统中,比干、伍子之道德品格受到了较高程度的肯定。在政教伦理层面上,他们对天子君王有强大冲撞力,被视为关乎社稷治乱或天下兴亡、从道不从君的忠贤,被视为社稷之臣和国君之宝,其命运遭际也得到了深切的同情。此外,比干、伍子的遭遇往往被追根溯源于君上对正道的背离,其悲剧往往被视为天下、国家的悲剧。《荀子》之《议兵》篇云:"纣剖比干,囚箕子,为炮烙刑,杀戮无时,臣下懔然莫必其命,然而周师至而令不行乎下,不能用其民。"《君子》篇云:"成王之于周公也,无所往而不听,知所贵也。桓公之于管仲也,国事无所往而不用,知所利也。吴有伍子胥而不能用,国至于亡,倍道失贤也。故尊圣者王,贵贤者霸,敬贤者存,慢贤者亡,古今一也。"

显然,屈原推重比干和伍子胥可以得到原始儒家的有力支持。从政教伦理层面上看,孔、孟、荀三位儒学大师均肯定比干与伍子。而特别值得注意的是,荀子相关评判中贯穿的"尚贤使能"的理念及提法,与屈子主张的"举贤而授能"完全一致;荀子对比干、伍子不幸遭遇的同情,跟屈子也如出一辙;两位主体所关涉的比干、伍子的历史知识,所持政教伦理取向及其投射的个人关怀,都有本质上的一致性。荀子体系与屈子的关联比较复杂,也更有趣。它在局部上可能受到了屈子的影响,但毫无疑问,它主要还是儒家传统自然生长的结果,因此它对屈子的支持,总体上可以代表儒家对屈子的支持。从这一背景上看,李壁等人的观点不仅对屈子来说迂腐不切,对于原始儒家来说也不见得合理。将屈子《涉江》中的"伍子"硬解为伍子胥之父兄,或因其他屈子作品明确出现了伍子胥,便否认它们为屈子所作,十分荒唐可笑。

第六节 其他要素

千百年来,人们往往承王逸之说,以为《天问》"文义不次""多奇怪之事"、难以索解。王逸《天问章句叙》原本是这样说的:"昔屈原所作凡二十五篇,世相教传,而莫能说《天问》,以其文义不次,又多奇怪之事。自太史公口论道之,多所不逮。至于刘向、扬雄,援引传记以解说之,亦不能详悉。所阙者众,日无闻焉。既有解□□词,乃复多连蹇其文,濛澒其说,故厥义不昭,微指不晢,自游览者,靡不苦之,而不能照也。"郭沫若承认《天问》难解,却高度肯定其独特价值,曾说:"……《天问》这篇要算空前绝后的第一等奇文字","更单就它替我们保存下来的真实的史料而言,也足抵得过五百篇《尚书》。那里面有好些传说还是被封锁着的,我们还没有找到打开它的钥匙"①。孙作云也说:"在中国古代文献中,像这样一篇包括时代如此悠久的、有系统的历史著述,实不多见。特别对于原始社会末期、阶级社会初期的材料,与其他古书相比,其记载最详,大可供我们采撷。而这一时期的历史,在中国的史学研究上,可以说是一个空白点。"②《天问》所涉史料是否抵得上五百篇《尚书》,可以讨论,其价值之巨大和独特却是必须肯定的;其中有大量要素,尤其是那些被主流历史叙述遗弃或忽视的要素,凸显了屈子历史视野的奇诡和深远,前文虽颇有涉及,但尚有不少可言者。

一、舜和咎繇

屈原曾以舜为核心来追问和省思父子、兄弟之道。《天问》云:"舜闵在家,父何以鱞?尧不姚告,二女何亲?"舜为姚姓、有虞氏,其名重华。《天问》这两问关涉的事实是,舜父不为舜娶妻,而帝尧不告舜之父母,以二女娥皇女英妻之。屈子的追问是,何以舜为孝子却不得父母之慈爱,以至于成年而无妻呢?尧帝何以以女妻舜,而不告舜之父母呢?《天问》又云:"舜服厥弟,终然为害。何肆犬豕,而厥身不危败?"③服者事也。舜善事其弟象,象却肆其犬豕之心,始终要加害舜。屈原追问的是,舜何以不惩罚象、象何

---

① 郭沫若《历史人物·屈原研究》,《郭沫若全集》历史编第四卷,第29—30页。
② 孙作云《〈楚辞〉与上古史研究》,《孙作云文集》所收《〈楚辞〉研究》上册,第145—146页。
③ "犬豕"原作"犬体",从一本。

以无危险败亡之祸呢？

舜与其父母、弟弟之故事和传说，颇见于《尚书·尧典》《大禹谟》(此篇今文无，晚《书》有，姑备参考)，以及《孟子》之《离娄上》《万章上》等儒典，而详见于《列女传》卷一：

> 有虞二妃者，帝尧之二女也，长娥皇，次女英。舜父顽母嚚。父号瞽叟，弟曰象，敖游于嫚，舜能谐柔之，承事瞽叟以孝。母憎舜而爱象，舜犹内治，靡有奸意。四岳荐之于尧，尧乃妻以二女以观厥内。二女承事舜于畎亩之中，不以天子之女故而骄盈怠嫚，犹谦谦恭俭，思尽妇道。瞽叟与象谋杀舜，使涂廪。舜归告二女曰："父母使我涂廪，我其往？"二女曰："往哉！"舜既治廪，乃捐阶，瞽叟焚廪，舜往飞出。象复与父母谋，使舜浚井。舜乃告二女，二女曰："俞，往哉！"舜往浚井，格其出入，从掩。舜潜出。时既不能杀舜，瞽叟又速舜饮酒，醉将杀之。舜告二女，二女乃与舜药浴汪，遂往。舜终日饮酒不醉。舜之女弟系怜之，与二嫂谐。父母欲杀舜，舜犹不怨怒之。不已，舜往于田号泣，日呼旻天，呼父母。惟害若兹，思慕不已。不怨其弟，笃厚不息。既纳于百揆，宾于四门，选于林木，入于大麓，尧试之百方，每事常谋于二女。舜既嗣位，升为天子，娥皇为后，女英为妃。封象于有庳，事瞽叟犹若焉。天下称二妃聪明贞仁。舜陟方，死于苍梧，号曰重华。二妃死于江湘之间……

洪补在"何肆犬豕，而厥身不危败"句下，引古本《列女传》，又有"鸟工""龙工"之事："瞽叟与象谋杀舜，使涂廪。舜告二女。二女曰：'时唯其戕汝，时唯其焚汝，鹊如汝裳，衣鸟工往。'舜既治廪，旋捐阶，瞽叟焚廪，舜往飞。复使浚井，舜告二女。二女曰：'时亦唯其戕汝，时其掩汝，汝去裳，衣龙工往。'舜往浚井，格其入出，从掩,舜潜出。"①这是广为人知的故事,夹杂着《尚书》等原典的历史叙述以及邈远的神话传说。舜不得父母慈爱,不得弟弟顺从,数被其害而始终不改孝亲爱弟之心,这应该就是屈原所关注的;不过舜如此仍不得父母弟弟之善报,对屈原来说必然有同情之痛。

《天问》以上几个问题,无论是其历史或传说的背景,还是所关涉的政教伦理主题,都能得到儒典的支持。

《尚书·尧典》载:"帝曰:'咨,四岳!朕在位七十载,汝能庸命,巽朕位?'岳曰:'否德忝帝位。'曰:'明明扬侧陋。'师锡帝曰:'有鳏在下,曰虞舜(《尚书大传》:舜,父顽母嚚,不见室家之端,故谓之鳏)。'帝曰:'俞,予闻。如何?'岳曰:'瞽子。父顽,母嚚,象傲。克谐以孝烝烝,乂不格奸。'帝曰:'我其试哉。女于时,观厥刑于二女。'釐降二女于妫汭,嫔于虞。"《史记·五帝本纪》记尧妻舜,云:"舜年二十以孝闻,三十而帝尧问可用者,四岳咸荐虞舜,曰可。于是尧乃以二女妻舜以观其内,使九男与处以观其外。"由这些记载可知,舜已成年而无妻,鳏居在家,不是因为他不孝或无德,而是由于父顽、母嚚、弟傲。

屈子"舜闵在家"之问当是不平之鸣。而其"尧不姚告,二女何亲"一问,则显然是重拾孟子予以高度关注的话题。孟子解释舜不告而娶,曰:"不孝有三,无后为大。舜不告而娶,为无后也,君子以为犹告也。"(《孟子·离娄上》)据孟子之见,同一政教伦理主题,比如"孝"或者更抽象一点的"人伦",可同时指涉若干不同层次,在实践中当以最紧要的层次为优先。朱熹集注曰:"舜告焉则不得娶,而终于无后矣。告者礼也。不告者权也。犹告,言与告同也。盖权而得中,则不离于正矣。"孟子曾与弟子万章讨论舜何以不告而娶、尧何以不告而妻之,以及舜何以始终善待象等等,今录之于下:

---

① 《史记索隐》在注《五帝本纪》相关内容时,也引录了《列女传》此说;《史记正义》引《通史》有类似故事。

万章问曰:"《诗》云:'娶妻如之何?必告父母。'信斯言也,宜莫如舜。舜之不告而娶,何也?"孟子曰:"告则不得娶。男女居室,人之大伦也。如告,则废人之大伦,以怼父母,是以不告也。"

万章曰:"舜之不告而娶,则吾既得闻命矣;帝之妻舜而不告,何也?"曰:"帝亦知告焉则不得妻也。"

万章曰:"父母使舜完廪,捐阶,瞽瞍焚廪。使浚井,出,从而掩之。象曰:'谟盖都君咸我绩(朱熹集注:谟,谋也。盖,盖井也。舜所居三年成都,故谓之都君。赵岐注:都,于也)。牛羊父母,仓廪父母,干戈朕,琴朕,弤(舜弓)朕,二嫂使治朕栖。'象往入舜宫,舜在床琴,象曰:'郁陶思君尔!'忸怩。舜曰:'惟兹臣庶,汝其于予治(朱熹集注:臣庶,谓其百官也。象素憎舜,不至其官,故舜见其来而喜,使之治其臣庶也)。'不识舜不知象之将杀己与?"曰:"奚而不知也?象忧亦忧,象喜亦喜(赵注:仁人爱其弟,忧喜随之。象方言思君,故以顺辞答之)。"

曰:"然则舜伪喜者与?"曰:"否。……君子可欺以其方,难罔以非其道。彼以爱兄之道来,故诚信而喜之,奚伪焉?"(《孟子·万章上》)

屈子未曾像孟子那样具体说明在父子兄弟问题上的政教伦理取向,但仅仅是他关注和反思了孟子关注和讨论过的话题,就足以让人惊讶了。

《孟子·万章上》记:"万章曰:'舜流共工于幽州,放驩兜于崇山,杀三苗于三危,殛鲧于羽山,四罪而天下咸服,诛不仁也。象至不仁,封之有庳。有庳之人奚罪焉?仁人固如是乎,在他人则诛之,在弟则封之?'曰:'仁人之于弟也,不藏怒焉,不宿怨焉,亲爱之而已矣。亲之欲其贵也,爱之欲其富也。封之有庳,富贵之也。身为天子,弟为匹夫,可谓亲爱之乎?'"万章殆以为象至不仁,应受诛戮,孟子则认为舜若诛象,便违背了亲爱兄弟之道。屈子并不认同孟子的解释,其立场更接近于万章,即认为象作恶多端,形同犬豕,当得恶报(厥身当危败)。屈子似乎承继了万章的话题和意指,转而从"天人之际"方面作进一步的思考。

屈子历史视野中还出现了咎繇。其《惜诵》发抒忠而被谤、信而见疑的愤懑,云:"俾山川以备御兮,命咎繇使听直。"使咎繇听取曲直,再次凸显了屈子的儒学背景。"咎繇"在典籍中或作"咎陶""皋繇""皋陶"等,为舜帝时掌管刑法狱讼之官,一向被儒家视为裁断是非之最公允者,其事早见于《尚书·尧典》以及《皋陶谟》等。《尧典》载:"帝(舜)曰:'皋陶,蛮夷猾夏,寇贼奸宄,汝作士(案为狱官之长)。五刑有服(案五刑指墨、劓、剕、宫、大辟。孙星衍疏:服谓画衣冠),五服三就(孙疏:所谓五刑之服,有上中下三等,故云三就);五流有宅,五宅三居(案宅即度地以居民者。孙疏:五流者,谓流宥五刑。……五流有宅,似谓左右乡一、郊二、遂三、远方东西二,为五也。三居者,郊、遂、远方也):惟明克允。'"《五帝本纪》承此说,并记其绩效,云:"舜曰:'皋陶,蛮夷猾夏,寇贼奸轨,汝作士,五刑有服,五服三就,五流有度,五度三居:维明能信。'……皋陶为大理,平,民各伏得其实……"《皋陶谟》还记载皋陶跟禹讨论实行德政,治理国家,提出了"慎身""知人""安民"等重要主张。而《论语·颜渊》载樊迟见子夏,曰:"乡也吾见于夫子而问知,子曰,举直错诸枉,能使枉者直。何谓也?"子夏曰:"富哉言乎!舜有天下,选于众,举皋陶,不仁者远矣……"屈原寄希望于皋陶,殆基于他从儒典中所获的对皋陶的认知与政教伦理判断,这也是他一生的莫大悲哀。黄文焕笺此语云:"当衰世而欲得古咎繇之人,此岂复可望哉?呜呼!直何时耶?听何日耶?仰天俯地,前千世而后千世,胥为黯然矣。"

二、禹通嵞山女

《天问》提及禹治水时,尝与嵞山女私通于台桑,批评他贪图一时之快：

> 禹之力献功，降省下土(四)方①。
> 焉得彼涂山女，而通之于台桑？
> 闵妃匹合，厥身是继。
> 胡维嗜不同味，而快鼌饱？

前人多将"通"字释为"通夫妇之道"之类，比如王逸章句；而"胡维嗜不同味"二语，谨慎者往往称其义未详，比如朱熹集注。很多学者解释上引数句，都包含着各不相同的使禹的行为"正当化"的努力。比如王夫之云："自此以下，述古人得失成败而详问之，于去谗远色贵德贱力之理，反覆致诘，欲令怀王镜古以自悟也。此言禹力能平水土而献功，四方皆其所降省，岂不能择美而娶，乃道娶涂山氏。惟恤继嗣之不立，而无择于色。夫人悦色之情，同于甘食，虽贤者其异于人哉？乃但快朝饱，不求甘旨，则禹之循理而遏欲，

---

① 该句原有"四"字。洪补云："一无'四方'二字。"朱熹集注："下土方，盖用《商颂》语，'四'字之衍明甚；然若并无二字，又无韵矣。"王应麟从朱说，《困学纪闻》卷二、《诗地理考》卷五引《天问》均无"四"字（参见王应麟著，翁元圻等注《困学纪闻》，上海古籍出版社2008年版，第164页；王应麟著，张保见校注《诗地理考校注》，四川大学出版社2009年版，第237页）。姜亮夫从朱、王之说，谓："下土方，《诗》《书》成语，后人以王注'方'为'四方'，因而增'四'字也"（见所著《屈原赋校注》，人民文学出版社1957年版，第306页）。宋潘自牧撰《记纂渊海》卷一引《楚词·天问》、明唐顺之撰《稗编》卷四十七录《天问》等，亦无"四"字。此字当删。胡厚宣云："'土方'之名，亦见于古文献。《诗·商颂》：'洪水茫茫，禹敷下土方。'《楚辞·天问》：'禹之力献功，降省下土方。'《尚书序》：'帝釐下土方。''敷'的意思是治，'釐'的意思是理。'帝釐下土方'，犹言帝命禹釐下土方。这里说'禹敷下土方'、禹'省下土方'、禹'釐下土方'，则禹与'土方'之关系，以及'土方'就是夏，就非常明了。"（见所著《甲骨文土方为夏民族考》，载于胡厚宣主编《殷墟博物苑苑刊》创刊号，中国社会科学出版社1989年版，第6页。）又，徐有富曾论证《书序》传自伏生，当为周秦时代的产物（见所著《〈书序〉考》，刊载于《古典文献研究》总第8辑，凤凰出版社2006年版）。

所以兴也。若怀王徒以色故而宠郑袖,纵嗜欲而无厌足之心,抑又何也?"凡此之类,经不起仔细推敲。闻一多认为:"'饱'与'继'不押韵,当为'饲'之误。'朝''量'古今字,'饲'与'食'通,'量饲'即'朝食'。上文曰'通之于台桑',下文曰'快朝食',语气一贯。……屈原用'朝食'二字,意指通淫。"①此说颇有启发性,不过在得到确凿证据以前,实不必改"量饱"为"量饲"。"量饱"暗喻性欲之满足;闻一多尝证明,"古谓性行为曰'食',性欲未满足时之生理状态曰'饥',既满足后曰'饱'"②。总之,《天问》所谓"通之于台桑"和"快量饱"均指禹与涂山氏野合而得到餍足。周拱辰《离骚草木史》谓"正欲献功,乃野合而通塗山之女",是可取的解释。

联系其他文献,可知《天问》所斥并非无中生有。《吕氏春秋·仲冬纪·当务》谓"禹有淫湎之意",可以跟《天问》互证。但是,这一逸出主流历史叙述的说法很多时候都不被认同,甚至被遮掩、被否定。《吕氏春秋·季夏纪·音初》云:"禹行功,见塗山之女,禹未之遇而巡省南土。塗山氏之女乃令其妾待禹于塗山之阳,女乃作歌,歌曰'候人兮猗',实始作为南音。"③既曰"见"之,又曰

---

① 闻一多《高唐神女传说之分析》,孙党伯、袁謇正主编《闻一多全集》第三卷,第5页。"嗜不同味"句,林庚认为指"禹却只快意于片刻的满足,从此就不再相见";"闵妃匹合,厥身是继"句,林庚认为指"塗山氏女与禹幽会后,从此就陷于伤念之中",其"闵妃"指塗山氏女,"闵"指伤念(参见所著《〈天问〉论笺·〈天问〉中所见夏王朝的历史传说》,《林庚楚辞研究两种》,第266—267页)。揣度诗意,"嗜不同味"与"快量饱"当指一事,是承上文通塗山女于台桑而言的;"闵妃匹合,厥身是继"句,当如王逸章句所说,"言禹所以忧无妃匹者,欲为身立继嗣也"。综观此数语,屈子之大意是,禹忧心妃好合之事,以传宗接代继承厥身为念,是可以理解的,然与塗山氏女通淫于台桑,快意于片刻之满足,则是口味怪异,殊不可解了。

② 参见闻一多《诗经通义》甲,孙党伯、袁謇正主编《闻一多全集》第三卷,第311—312页。

③ "行功"一词,人们常据毕沅校改为"行水",殆因狃于大禹治水之习说。《天问》"禹之力献功"一语似可证"行功"之不误;"献功"殆犹言"行功",实行其治水之事也。

"未之遇",则"遇"字断非"遇见"之"遇"。闻一多读"遇"为"偶",解其义为配合或交合。他的主要证据有:其一,《易·姤·象》"天地相遇,品物咸亨",与《泰·象》"天地交而万物通"、《咸·象》"天地感而万物化生"、《归妹·象》"天地不交而万物不兴"等,语意相同,"遇"读为"偶"。其二,《汉书·高帝纪》:"母刘媪尝息大泽之陂,梦与神遇。是时,雷电晦冥,父太公往视,则见交龙于上。""遇"亦读为"偶",指交合①。然则《音初》篇"禹行功,见涂山之女,禹未之遇",殆正是否认禹治水时尝与涂山氏女野合通淫,姿态似是有意辟谣。《水经注》卷三十"淮水"引《吕氏春秋》曰:"禹娶涂山氏女,不以私害公,自辛至甲四日,复往治水。"这种历史叙述也规避了《天问》指涉的事件,其源当在儒典《皋陶谟》。《皋陶谟》记禹之言曰:"娶于涂山,辛、壬、癸、甲,启呱呱而泣,予弗子,惟荒度土功。弼成五服,至于五千,州十有二师,外薄四海,咸建五长。"禹自言娶涂山氏女仅四日就去治水,启生下来呱呱而泣也顾不上。这是主流的历史叙述,所幸《天问》揭示了被湮灭的更丰富的真相。

三、启代益作后

孙作云论《楚辞》史料价值时,说:"关于'启代益作后(为王)'的事,讲得最详细。……此外,关于夏启的康乐饮酒,《天问》和《离骚》里都有不少材料,这也很符合阶级社会形成后初期国王的行径,因此说是可信的。启之后,太康失国,羿、浞篡夏,初期的国家被许多原始部落灭掉;原始部落也互相攻夺,战争频仍。在这里也保存了许多可信的、不见于他书或不详于他书的记载。这部分材料……是十分丰富的。把这部分材料弄清楚,可以重写夏代

---

① 参阅闻一多《诗经通义》乙,孙党伯、袁謇正主编《闻一多全集》第四卷,第216页。

初期的历史……"①这里我们看一下启代益作后的问题。

《天问》云：

> 启代益作后,卒然离蠚。
> 何启惟忧,而能拘是达？
> 皆归射鞠,而无害厥躬。
> 何后益作革,而禹播降？

这段文字颇难解读,陆时雍谓"宜缺"。揆度其意,殆指启杀益自立一事。禹传天下于益,其子启有继位之心,与益争夺,最终取而代之,不过启曾一度被益拘禁,此即所谓"卒然离蠚"("离蠚"即遭患。胡文英《屈骚指掌》承洪补之"说者曰",解"离蠚"为"方立而遇有扈氏之战",殆非)；启忧心忡忡,但终能摆脱拘禁,此即所谓"启惟忧"而"能拘是达"；启杀益即帝位,此即所谓"代益作后"。《天问》所涉及的这些基本史实,可以由《竹书纪年》等文献来确认。王夫之通释引《竹书纪年》曰："益代禹立,拘启禁之,启反起杀益以承禹祀。"《古本竹书纪年》又记"益干启位,启杀之",又谓"后启杀益""益为启所诛"等等。其他文献涉及此事者,如《战国策·燕策一》"燕王哙既立"章,谓有人说燕王哙,云："禹授益而以启〔人〕为吏,及老而以启为不足任天下,传之益也,启与（支）〔友〕党攻益而夺之天下,是禹名传天下于益,其实令启自取之。"《韩非子·外储说右下》《史记·燕召公世家》均载此事,而韩非评价说："此禹之不及尧、舜明矣。"不过《天问》"皆归射鞠,而无害厥躬"一句,几于不可解,朱熹集注径谓其义未详。王闿运《楚词释》云："射鞠,谓饮射蹋鞠六博诸燕戏也。盖拘启者归而饮博,启因得免也。蹋鞠,益所作戏。"此释于义可通,姑备一说。屈子殆谓

---

① 孙作云《〈楚辞〉与上古史研究》,《孙作云文集》所收《〈楚辞〉研究》上册,第147—148页。

拘囚夏启者归而燕戏,故启逃脱而无害于身。"何后益作革"句,大抵是问启何以革伯益之命而承禹祀,使禹后藩衍昌隆。

启、益做天子,在屈子的历史视野中是相争,跟习见的相让说迥异。孟子曰:"禹荐益于天,七年,禹崩。三年之丧毕,益避禹之子于箕山之阴。朝觐讼狱者不之益而之启,曰:'吾君之子也。'讴歌者不讴歌益而讴歌启,曰:'吾君之子也。'……启贤,能敬承继禹之道。益之相禹也,历年少,施泽于民未久。"又进一步演绎说,益之不有天下,犹伊尹之于商、周公之于周:"伊尹相汤以王于天下。汤崩,太丁未立,外丙二年,仲壬四年。太甲颠覆汤之典刑,伊尹放之于桐。三年,太甲悔过,自怨自艾,于桐处仁迁义;三年,以听伊尹之训己也,复归于亳。周公之不有天下,犹益之于夏,伊尹之于殷也。"(《孟子·万章上》)《史记·夏本纪》载:"十年,帝禹东巡狩,至于会稽而崩。以天下授益。三年之丧毕,益让帝禹之子启,而辟居箕山之阳。禹子启贤,天下属意焉。及禹崩,虽授益,益之佐禹日浅,天下未洽。故诸侯皆去益而朝启,曰'吾君帝禹之子也'。于是启遂即天子之位,是为夏后帝启。"

《天问》反思的说法可能更合乎历史真相,因为相让说本身就有破绽。傅斯年指出:"让、争本是一事的两面,不是相争的形势,不需相让的态度。"①林庚认为:"启和益的争夺天下原是你死我活非常激烈的,……而正统的所谓'禅让'之说,显然乃是后起的,捏造的。益既不可能把天下拱手让给启,禹如果曾有天下,也不会拱手让给益。"②说禹未尝有天下、若有也不会把天下拱手让给益,可能是疑古过当了,然而说益不会把天下拱手让给启,很可能符合史实。古代备受歆羡的禅让传统,就是被这一场为主流历史叙述掩

---

① 傅斯年《夷夏东西说》,刘梦溪主编《中国现代学术经典·傅斯年卷》,第219页。

② 林庚《〈天问〉论笺:〈天问〉中所见夏王朝的历史传说》,《林庚楚辞研究两种》,第264页。

盖的争斗终结的。

四、殷先公王季、该、恒以及昏微

《天问》下面一组问题,涉及殷先公季、其子王亥(该)与王恒(亘),以及王亥之子上甲微(昏微)的事迹:

> 该秉季德,厥父是臧。
> 胡终弊于有(扈)〔易〕,牧夫牛羊?
> 干协时舞,何以怀之?
> 平胁曼肤,何以肥之?
> 有(扈)〔易〕牧竖,云何而逢?
> 击床先出,其命何从?
> 恒秉季德,焉得夫朴牛?
> 何往营班禄,不但还来?
> 昏微遵迹,有狄不宁。
> 何繁鸟萃棘,负子肆情?
> (眩)〔胘〕弟并淫,危害厥兄。
> 何变化以作诈,后嗣而逢长?

此段所含历史信息向来不为人晓解,观旧注即可知前人之蒙昧。周拱辰、陆时雍谓"有扈牧竖"数句"宜阙";周氏又用商汤之事解"恒秉季德"诸语;陆氏又说前人以解居父之事解"昏微遵迹"数句不当,亦应阙之,复以舜弟象之事解"眩弟并淫"数句。凡此皆混乱之甚。当然从局部上看,前人并非毫无发明。比如柳宗元《天对》以该为蓐收;徐文靖以为该即《汉书·古今人表》之垓(见《管城硕记》卷十六《楚辞集注》三);刘梦鹏《屈子章句》以为该即亥,殷契之孙,而"有扈"当作"有易",为夏时诸侯。这些都有可取之处。罗庸指出:"'王恒''王亥',始见甲文,观堂著书,群矜创获。今知自柳子厚……以迄徐位山、刘云翼,于注《天问》皆有发明,王氏不过用甲文之新证,足前人之成说。"①

然而毋庸置疑,直到王国维从安阳小屯所出甲骨卜辞中,发现了殷先人王亥、王亘和季,才较多地揭破了这段文字的奥秘。王国维认为:《天问》之季即卜辞之季(如"癸巳卜之于季"等),亦即《史记·殷本纪》中的冥。该即卜辞之王亥(如"贞于王亥求年"等),其祭日用辛亥,其牲用五牛、三十牛、四十牛乃至三百牛,乃祭礼之最隆者,故必为商先王先公无疑;其字之写法则有不同,《山海经·大荒东经》亦作"亥",《世本》作"胲",《汉书·古今人表》作"垓",后二者皆为"亥"之通假字,《史记·殷本纪》及《三代世表》作"振",《吕览·审分览·勿躬》作"冰"(该字篆文作"夵",与"亥"字相似),则是形近而讹。王亥驯牛驾车,即所谓"服牛"(案,《世本·作篇》有"胲作服牛"之说),然终为有易所夺。《山海经·大荒东经》云:"有人曰王亥,两手操鸟,方食其头。王亥托于有易、河伯仆牛。有易杀王亥,取仆牛。"郭璞注引《竹书》曰:"殷王子亥宾于有易而淫焉,有易之君绵臣杀而放之。是故殷(主)〔上〕甲微假师于河伯以伐有易,灭之,遂杀其君绵臣也。"②有易为国名,其地当在大河之北,或在易水左右;河亦为国名,河伯即其君长,《古本竹书纪年》谓"洛伯用与河伯冯夷斗",可见当时有河、洛之国。《天问》之"昏微"即上甲微。商人祭上甲微。《国语·鲁语上》"海鸟曰爰居"章记展禽云:"上甲微,能帅契者也,商

---

① 罗庸《楚辞纂义叙》,原载于《国文月刊》第三十一、三十二期合刊,收入《游国恩楚辞论著集》第一卷。
② 袁珂注"王亥托于有易、河伯仆牛",说:"此句当言王亥托寄其所驯养之牛羊于有易与河伯。"又称,《易·大壮》六五爻辞谓"丧羊于易,无悔",《旅》上九爻辞谓"鸟焚其巢,旅人先笑后号咷。丧牛于易,凶",说者以为是王亥故事;《山海经·海内北经》谓"王子夜(疑为亥之形讹)之尸,两手、两股、胸、首、齿,皆断异处",殆亦王亥故事之片段,即"王亥惨遭杀戮以后之景象也"(参见所著《山海经校注》,第352、353、319页)。

人报焉。""报"盖非常祭,"今卜辞于上甲有合祭,有专祭,皆常祭也"①。王国维又指出,《天问》之"有易"之所以误为"有扈","盖后人多见'有扈',少见'有易',又同是夏时事,故改'易'为'扈'",而"有狄"亦即"有易","古'狄''易'二字同音,故互相通假"②。

王国维疏通《天问》所及王亥诸人之事,云:

> 盖商之先自冥治河,王亥迁殷(……殷在河北,非亳殷。见余撰《三代地理小纪》),已由商邱越大河而北,故游牧于有易高爽之地,服牛之利,即发见于此。有易之人乃杀王亥,取服牛,所谓"胡终弊于有扈,牧夫牛羊"者也。其云"有扈牧竖,云何而逢?击床先出,其命何从"者,似记王亥被杀之事。其云"恒秉季德,焉得夫朴牛"者,恒盖该弟,与该同秉季德,复得该所失服牛也。所云"昏微遵迹,有狄不宁"者,谓上甲微能率循其先人之迹,有易与之有杀父之雠,故为之不宁也。"繁鸟萃棘"以下,当亦记上甲事,书阙有间,不敢妄为之说,然非如王逸章句所说解居父及象事,固自显然。要之《天问》所说,当与《山海经》及《竹书纪年》同出一源,而《天问》就壁画发问,所记尤详。恒之一人,并为诸书所未载。卜辞之王恒与王亥,同以"王"称,其时代自当相接。而《天问》之该与恒,适与之相当。前后所陈又皆商家故事,则中间十二韵自系述王亥、王恒、上甲微三世之事。然则王亥与上甲微之间,又当有王恒一世,以《世本》《史记》所未载,《山海经》《竹书》所不详,而今于卜辞得之。《天问》之

---

① 以上内容,参阅王国维《观堂集林》卷九《殷卜辞中所见先公先王考》,《王国维遗书》第一册,上海书店出版社1983年版。

② 参阅王国维《观堂集林》卷九《殷卜辞中所见先公先王考》。"有易"误为"有扈",当非后人少见"有易"而改之。闻一多《楚辞校补》云,"易"字甲骨文、金文"右半与篆书'户'字相似,而'有扈'本只作'有户'",此处"易"字"缺其左半,读者误为'户'字,又依地名加'邑'旁之例改作'扈'也"(参见孙党伯、袁謇正主编《闻一多全集》第五卷,第166页)。录此备参。

辞,千古不能通其说者,而今由卜辞通之,此治史学与文学者所当同声称快者也。①

经王国维等学者发明,《天问》所承载殷先公先王的历史信息得以部分呈现,足可矫正传统历史叙述的阙谬。后来傅斯年对王说有所修正,比如,他以为按《天问》之意,始作服牛之人当为王季,在王亥不过是子承父业,而宾于有易而淫者当是王亥之诸弟,恒当除外;且说:"如上所析解此一故事,诸书用之者或大同小异,盖此故事至晚周已有不同之面目。然其中有一点绝无异者,即汤之先世在此期中历与有易之斗争,卒能胜有易,故后世乃大。"②

郭沫若高度肯定王国维的发现,认为单是他的发现,"也就尽足以证明《天问》一篇断不是'后人(所)杂凑起来'的。而且由这里可以发掘出的宝物还没有尽境"③。林庚也说:"'该秉季德,厥父是臧'以下十二句,自王国维在卜辞中发现了王恒这个人名,并发表了《殷卜辞中所见先公先王考》一文后,这从来不得其解的十二句总算

---

① 王国维《观堂集林》卷九《殷卜辞中所见先公先王考》。林庚认为,"昏微遵迹,有狄不宁"句,是说上甲微追寻王亥死因,有易从此不安;"繁鸟萃棘"是指战场上勇士丛集,耀武扬威,"负子肆情"是说上甲微纵兵逞其豪情(指上甲微假河伯之师以伐有易的故事);"眩弟并淫"两句,是质问上甲微众弟惑乱,想加害他夺取王位,争相变化不厌其诈,但上甲微后嗣却终乃源远流长(参阅所著《〈天问〉论笺·〈天问〉笺释》,见《林庚楚辞研究两种》,第224—225页)。录此以备参考。

② 傅斯年《夷夏东西说》,刘梦溪主编《中国现代学术经典·傅斯年卷》,第199页。案:袁珂注《大荒东经》"有易杀王亥,取仆牛"一语,引《天问》"该秉季德"至"而后嗣逢长",且云:"诗文义古奥,又兼传写讹挩,不可尽释。约言之,首四句概叙王亥被杀于有易,丧失牛羊事。次四句写王亥王恒兄弟初至有易备受歌舞饮馔接待情景。次四句写王亥因'淫'而被杀,杀王亥者乃有易一激于一己嫉愤之'牧竖'。次四句写王恒至有易求情,得其兄所丧失牛羊,因有所恋,不即返国。次四句写上甲微兴师伐有易,灭其国家,肆情于妇子,使国土成为一片荆榛。末四句谴责王恒既与兄并淫,复以诈术危害其兄,其后嗣反而繁荣昌盛,足见天道之难凭也。"(见所著《山海经校注》,第353页)录此以备参考。

③ 郭沫若《历史人物·屈原研究》,《郭沫若全集》历史编第四卷,第31页。

有了着落。这是有关《天问》研究中的一个重大发现,而且这难题的突破又进一步明确了《天问》中关于历史传说的发问,乃是确实有顺序的。"①这些论断忽视了前文所举"导夫先路"的学者,对王国维因袭呵问壁画说之错谬亦往往缺乏驳正,但基本上还是可取的。总之有了王国维更上层楼的发明,《天问》的独特视野才得到了更充分的彰显。

五、后稷、古公亶父、太伯及仲雍

除前文所论相关内容以外,《天问》所涉及的周史元素还异常丰富,其中有的可与其他传世文献互证,有的为其他传世文献所不及,同样值得高度关注。

关于周始祖后稷的遭遇,《天问》云:

> 稷维元子,帝何竺之?
> 投之于冰上,鸟何燠之?
> 何冯弓挟矢,殊能将之?
> 既惊帝切激,何逢长之?

后稷乃姜嫄之长子,姜嫄为帝喾高辛氏之元妃。《诗·大雅·生民》叙姜嫄踩了上帝脚印之大拇指处,怀孕生下了后稷,之后又是一系列奇异事件:"诞寘之隘巷,牛羊腓字之。诞寘之平林,会伐平林。诞寘之寒冰,鸟覆翼之。鸟乃去矣,后稷呱矣。实覃实讦,厥声载路。"上引《天问》前两问,便是针对后稷降生后被寘于隘巷、平林以及寒冰而发的。问题所涉"投之于冰上"及鸟"燠之"二事,表明《天问》与《生民》有极高的相关性;《天问》虽仅就三事中的一事发问,但它与《生民》的实际关联当不限于此。而综合上引

---

① 林庚《〈天问〉论笺·三读〈天问〉(代序)》,《林庚楚辞研究两种》,第172页。

《天问》第一、二、三问,可知屈子对其间事实的理解是,"投之于冰上"等乃帝喾加害后稷之举(所谓"竺之"),他之所以要加害后稷,是因为受到了激烈的惊吓(王夫之《通释》云:"惊帝切激,谓稷为高辛所骇异,激怒而弃之");屈子以第一、第二、第四个问题追问的是,帝喾何以要加害于后稷呢?鸟何以给后稷以温暖呢?稷之苗裔子孙又何以创建周朝,而且绵延久长呢?①

其间有一个关键字需要辨释,即"竺"。该字一本作"笃",王逸、洪兴祖均释为"厚"。后人或承袭此说,如林庚依此意发挥道,"帝何竺之"意谓,"为什么天帝使之生下来便具有种种灵异"②。朱熹集注则谓旧说"未安",以为"竺"当为"祝"或"椓",乃断绝、伤害之意,因声近而讹。朱说于意为长,然"竺"字实不必误。"竺"当通"毒",意为憎恨、憎恶③。马王堆汉墓帛书《战国纵横家书》"苏秦献书赵王"章云:"今足下功力非数加于秦也,怨竺积怒,非深于齐,下吏皆以秦为(夏)〔忧〕赵而曾(憎)齐。"④"怨竺"明显即"怨毒"之意。胡文英《屈骚指掌》解屈子此语,云:"竺,与'毒'通。……毒之,谓不肯收育而弃之也。既为长子,足以承宗祀,帝何以毒而弃之也?"此说大体上得屈子本旨。

《天问》上述问题所包含的对事实的讲述,堪称屈子对《生民》所叙后稷降生后一系列经历的最早解读,而且可能影响了正史的载录。《史记·周本纪》云:"周后稷,名弃。其母有邰氏女,曰姜原。姜原为帝喾元妃。姜原出野,见巨人迹,心忻然说,欲践之,践

---

① 需要注意的是,《天问》所问之"帝"和《生民》所谓"帝"及"上帝",意指截然不同。又,林兆珂《楚辞述注》将"何逢长之"释为"何乃逢鸟覆翼而收养之乎",聊备一说。
② 参见所著《〈天问〉论笺·〈天问〉笺释》,《林庚楚辞研究两种》,第232页。
③ 参阅俞樾《诸子平议补录》(李天根辑)卷二十《楚辞》,中华书局1956年版。
④ 马王堆汉墓帛书整理小组编《战国纵横家书》,文物出版社1976年版,第91页。

之而身动如孕者。居期而生子,以为不祥,弃之隘巷,马牛过者皆辟不践;徙置之林中,适会山林多人,迁之;而弃渠中冰上,飞鸟以其翼覆荐之。姜原以为神,遂收养长之。初欲弃之,因名曰弃。"《周本纪》显然承继了帝喾加害后稷一说,并将原因归结为"以为不祥",看起来就是回答"帝何竺之"一问,有此则情节就更为圆满了。

《天问》《周本纪》之说与《生民》本意有所不同,它们都有帝或姜嫄初受惊吓,欲加害后稷之意,并依此解释置之隘巷等事;《天问》和《周本纪》也有不同,它明确说明是帝即帝喾高辛氏受了惊吓,且直指帝为置后稷于隘巷、平林、寒冰的主使者,事件更为显白,内容也更为丰富。对姜嫄置后稷于隘巷、平林、寒冰的解释,《天问》包含的叙述可称之为"加害说",《周本纪》的叙述可称之为"不祥、加害说",现代学者则或进一步实之以杀害首子之习。比如刘盼遂称:"古者夫妇制度未确定时,其妻生首子时,则夫往往疑其挟他种而来,媢嫉实甚,故有杀首子之风。……古代于元子所最毒视,不如周世之重嫡长子也。屈子生于战代,故以后稷陋巷平林寒冰之實为怪问矣。"①在此"加害说"系列外,尚有毛传、郑笺的"显异说"。如毛传解"诞寘之隘巷,牛羊腓字之",云:"天生后稷,异之于人,欲以显其灵也。帝不顺天,是不明也,故承天意而异之于天下。"郑笺则说:"天异之,故姜嫄置后稷于牛羊之径,亦所以异之。"由文本来看,《生民》先叙姜嫄求子之诚,云:"厥初生民,时维姜嫄。生民如何?克禋克祀,以弗无子。"后又叙后稷降生的种种灵异,云:"诞弥厥月,先生如达。不坼不副,无菑无害,以赫厥灵。上帝不(丕)宁,不(丕)康禋祀,居然(安然)生子。"无论是"加害说"还是"显异说",均与本文所叙姜嫄有求子之诚、后稷降生有种种灵异、叙事者对这些灵异有清醒认知等,乖违不合。既有

---

① 刘盼遂《〈天问〉校笺》,《刘盼遂文集》,北京师范大学出版社2002年版,第14页。

求子之诚,又有种种灵异,则"不祥说"何从谈起,"加害说"直接背离了对后稷降生诸多灵异的张扬,"显异说"谓置后稷于牛羊之径等是要显后稷之灵,岂非多此一举,且又暗含了对前文所张扬后稷降生种种灵异的怀疑。它们都与文本自身整一性及其命意相悖。笔者曾经提出,姜嫄之所为当是践履一种礼仪化的试子风习①。这一说法不一定是最正确的解释,可在现有诸说中却是最有效的。对一个复杂的文本而言,有效的解释可以有多种,我们应该追求的就是其中最有效的那一个。《天问》基于《生民》建构了关乎后稷的历史视野,它包含的对事件的叙述——帝喾要加害后稷——则溢出了文本原意,这说明屈子建构的历史视野混合着他对事件的判断和认知。其实,几乎所有的历史讲述都不能超脱这种特性。

上引《天问》数问,"投之于冰上,鸟何燠之"一问最容易理解,因为它直接与《生民》相关。就《天问》显示的整体立场来看,这一问之宗旨殆是置疑相关叙述的真实性②。"何冯弓挟矢,殊能将之"一问颇难索解。按文本构成的一般规律,既然前后数问均为后稷而发,则此问亦当指涉后稷,只是文献不足征而已。毛奇龄解之为文王得殷纣所赐弓矢斧钺而专征伐,显然不够妥当③。而从整体上看,此数问可以确切把握的历史叙述是,后稷降生时惊骇了帝喾,为帝喾加害,其后人却开创周朝,享有天下并且绵延久长。诗人的追问,主要宗旨是质疑帝喾加害后稷的合理性,感慨知遇之难。

关于周文王祖父古公亶父(武王追尊为太王)由邠迁岐一事,《天问》有云:"迁藏就岐,何能依?"王逸解释说:"言太王始与百姓

---

① 参见拙著《先秦文学专题讲义》,山西教育出版社2005年版,第51—53页。
② 参见拙著《屈原及其诗歌研究》第一章"超越和承继:屈原诗歌与原始传统"。
③ 毛奇龄以为"惊帝切激"事,指"文王三分有其二,势已寝逼,其震惊纣,切激实甚",其说堪称荒谬。《尚书·西伯勘黎》记西伯既戡黎,祖伊奔告于王,谓"天既讫我殷命",王曰:"呜呼!我生不有命在天?"由殷纣这种反应和心态,可知西伯(文王)之所为实不能"惊帝切激"。

徙其宝藏,来就岐下,何能使其民依倚而随之也?"①即他认为屈子是就太王迁岐、为百姓依随而言的。王夫之则解释说:"太王舍邠之畜聚而迁岐,何所凭依以立国?依于民也。"即他认为屈子是就太王迁岐、依民立国而言的。两说虽然相通,要点却不相同,且另有"徙其宝藏"与"舍邠之畜聚"之异。

　　古公亶父为古代周族领袖。《史记·周本纪》载:"古公亶父复修后稷、公刘之业,积德行义,国人皆戴之。"狄乃古部族,春秋前主要分布在河西、太行山一带。古公亶父受狄人逼迫,从邠(即豳,今陕西彬县、旬邑一带)迁至岐山(今陕西岐山东北)之下。《孟子·梁惠王下》记,孟子对滕文公,尝提及其事,云:"昔者大王居邠,狄人侵之。事之以皮币,不得免焉;事之以犬马,不得免焉;事之以珠玉,不得免焉。乃属其耆老而告之曰:'狄人之所欲者,吾土地也。吾闻之也:君子不以其所以养人者害人。二三子何患乎无君?我将去之。'去邠,逾梁山,邑于岐山之下居焉。邠人曰:'仁人也,不可失也。'从之者如归市。"此事又几乎原原本本见于《庄子·杂篇·让王》,仅录其后半:"大王亶父曰:'与人之兄居而杀其弟,与人之父居而杀其子,吾不忍也。子皆勉居矣!为吾臣与为狄人臣奚以异!且吾闻之:不以所用养害所养。'因杖策而去之。民相连而从之,遂成国于岐山之下。夫大王亶父,可谓能尊生矣。能尊生者,虽贵富不以养伤身,虽贫贱不以利累形。"就周的发展而言,《周本纪》所记"及他旁国闻古公仁,亦多归之",也是不可忽视的大事。

　　要之,古公迁岐,复依民成国,为周史上一大盛事。《尚书·武成》(今文无,晚《书》有)记武王曰:"至于大王,肇基王迹。"《诗经·大雅·绵》歌咏古公在岐下"营筑城郭室屋""作五官有司"等,《诗序》视之为"文王之兴"的根本;其中"古公亶父,来朝走马。

---

① "太王"一作"文王",当是形近之误,"迁藏就岐"者为文王祖父古公亶父,武王追尊之为"太王",古书常写作"大王"。

率西水浒,至于岐下。爰及姜女,聿来胥宇"等,正叙古公避狄迁岐一事。《诗经·鲁颂·閟宫》则说古公为文、武灭商之始:"后稷之孙,实惟大王。居岐之阳,实始翦商。至于文武,缵大王之绪。致天之届,于牧之野。'无贰无虞,上帝临女!'敦商之旅,克咸厥功。"若太王不得民且复成国于岐下,历史就需要重新书写了。

从义理上说,王逸和王夫之的解释其实是一致的:太王迁岐而为百姓依随的原因,也就是太王迁岐而能依民建国的原因。不管屈子就哪一端发问,他要确认的都是同一个政教伦理主题,他所针对的完整的历史叙述都包括古公为百姓依随、古公依百姓成国两面。太王迁岐而百姓所以依倚随从之,太王所以能依民立国于岐下,原因是他行仁、得民心。屈子之问意在凸显太王因推行仁爱而得百姓拥戴的事实,以作为人君之楷模。我们不会感到意外,孟子早就为屈子反思这一史实、追问这一道理导夫先路了。《庄子·让王》篇对太王迁岐及成国于岐下也有关注和思考,但鉴于屈子历史视野整体上与儒家高度一致,可以断定他就古公迁岐发问,所要确认的政教伦理主题,也应当是儒家式的①。

太伯和仲雍乃古公亶父之子,避其弟季历(文王之父)而奔荆蛮。《天问》问其事云:

> 吴获迄古,南岳是止。
> 孰期去斯,得两男子?

郭沫若译为:"太伯仲雍逃到东吴,一直到了南岳的脚跟。谁想到离开这是非之地,得到了两位好人?"他认为"迄"殆"逃"字之误,

---

① 有意思的是,《让王》篇在叙述事件过程时强调了太王的"不忍"之心,这与以"不忍人之心"为仁之本的孟子是一致的;其所叙事件核心在于太王之"不忍"之心(对他人),而最终结论则是"尊生""不以养伤身""不以利累形"(对自己),显得有些迂曲,有强附之嫌。

"古"即古公亶父①。林庚认为,"古"不应解作古公亶父,"迄古"即"终古";该句所涉史实是,吴民族得终古居于南岳,北上迁移时,遇见了太伯兄弟二人,之后沿江东下,至长江下游的古句曲山(今之茅山)一带定居下来,为句吴。林庚说:"我们从《天问》所提供的线索与太伯的传说看来,至少可以有这样一个大致轮廓,吴民族原来是依据于南岳衡山一带的,之后迁移北上,大约曾经过荆山一带,最后乃定居于吴地。而吴民族当时显然还很弱小,也缺乏成熟的领导力量,所以才会奉外族的太伯为王,它暂时还没有能力进入中原争霸,便只好在长江东南岸等待时机了。"②整体看来,这一说法比较合理。

吴民得太伯而建句吴,其事见载于《史记·吴太伯世家》:"吴太伯,太伯弟仲雍,皆周太王之子,而王季历之兄也。季历贤,而有圣子昌,太王欲立季历以及昌,于是太伯、仲雍二人乃奔荆蛮,文身断发,示不可用,以避季历。季历果立,是为王季,而昌为文王。太伯之奔荆蛮,自号句吴。荆蛮义之,从而归之千余家,立为吴太伯。"《天问》所谓"两男子"确当指太伯和仲雍。《太史公自序》解释作《吴世家》之根本关注,云:"太伯避历,江蛮是适;文武攸兴,古公王迹。阖庐弑僚,宾服荆楚;夫差克齐,子胥鸱夷;信嚭亲越,吴国既灭。嘉伯之让,作《吴世家》第一。"太伯之让,与伯夷、叔齐相类,司马迁崇仰他求义而不逐势利,故在《史记·张耳陈馀列传》赞语中又说:"张耳、陈馀,世传所称贤者;其宾客厮役,莫非天下俊桀,所居国无不取卿相者。然张耳、陈馀始居约时,相然信以死,岂顾问哉。及据国争权,卒相灭亡,何乡者相慕用之诚,后相倍之戾也!岂非以势利交哉?名誉虽高,宾客虽盛,所由殆与太伯、延陵季子异矣。"

---

① 参阅郭沫若《屈原赋今译》,第81—82页。
② 林庚《〈天问〉论笺·〈天问〉所见上古各民族争霸中原的面影》,《林庚楚辞研究两种》,第275—276页。

屈原推崇太伯和仲雍,殆亦为众官僚结党营私、竞逐私利所激。而《论语·泰伯》载孔子曰:"泰伯,其可谓至德也已矣!三以天下让,民无得而称焉。"屈子的取向再次得到了儒学的支持。

六、武王伐纣与成王返周公

周族经古公亶父、公季(即季历)以至于文王,基本上奠定了推翻商朝的大势。《周本纪》记载:"崇侯虎谮西伯于殷纣曰:'西伯积善累德,诸侯皆向之,将不利于帝。'……西伯阴行善,诸侯皆来决平。于是虞、芮之人,有狱不能决,乃如周。入界,耕者皆让畔,民俗皆让长。虞、芮之人未见西伯,皆惭,相谓曰:'吾所争,周人所耻,何往为,只取辱耳。'遂还,俱让而去。诸侯闻之,曰'西伯盖受命之君'。"《天问》谓"伯昌号衰,秉鞭作牧",正是当时的形势,"号衰"盖指号令于殷世衰微之际。文王死后,武王积极进取,最终取代了商。屈原对这一时期的历史相当熟稔,高度关注,并曾反思过其中一系列重要关节。

《天问》云:

> 会鼌争盟,何践吾期?
> 苍鸟群飞,孰使萃之?
> 到击纣躬,叔旦不嘉。
> 何亲揆发足,周之命以咨嗟?
> 授殷天下,其位安施?
> 反成乃亡,其罪伊何?
> 争遣伐器,何以行之?
> 并驱击翼,何以将之?

这一片段涉及很多内容,下文将一层层予以论析。

根据《史记·周本纪》,武王东观兵至于孟津,"诸侯不期而会盟津者八百诸侯。诸侯皆曰:'纣可伐矣。'"此即所谓"会鼌争盟"。虽然还不是伐纣之事,但八百诸侯明显是为伐纣如此踊跃,"皆曰"云云便可为证,纣无道而大失天下、周有道而深得天下,无不一目了然,诗人追问其因,意在确认这一主旨。"苍鸟群飞"语,当如王逸所说,"言武王伐纣,将帅勇猛如鹰鸟群飞","苍鸟"即鹰。"使萃之"者亦即使集聚之者当为吕望,屈子再次以追问的形式突出了这一影响历史大局的关键人物。《周本纪》记载武王伐纣前数年观兵一事,云:"遂兴师。师尚父号曰:'总尔众庶,与尔舟楫,后至者斩。'"其时吕望便担当"使萃之"的角色,伐纣时更当有类似号令和表现。林庚认为,"孰使萃之"句,"指得天之集命,或指姜尚指挥众军";不过他更倾向于前者,认为此句言外之意是说,"殷纣无道,失去天命,所以如此"①。此说深究根本,足资参考。不过,屈子殆有意通过凸显吕望,来展示举贤授能的重要性,不可用天命说将这一层抹去。至于黄文焕笺所谓,"其曰何践、孰萃,致不满之微词也",则大谬不然,致误之根源在于他总将迂腐的君臣之义硬塞到屈作中②。《天问》"苍鸟群飞"句跟儒典有明显联系。《诗·大雅·大明》叙吕望辅武王伐纣,云:"牧野洋洋,檀车煌煌,驷騵彭彭。维师尚父,时维鹰扬,凉(亮,辅佐)彼武王。肆伐大商,会朝清明!"《天问》以苍鸟指吕望集聚的众将帅,《诗经》以鹰指吕望,虽有小异,其间承继关系还是无可置疑的。

  从"到击纣躬"至"其罪伊何",周拱辰以为针对武王伐纣之凶惨:"太白之悬,亦太惨矣。曰'不嘉',曰'咨嗟',明乎旦虽佐发定命,非其心也。何也?旦心,文王之心者也。咨嗟不安也,恐非厥考以服事殷之心耳。况亲斩纣头,比巢门之禽更甚乎。"孙作云也认为皆讲周公:

---

  ① 林庚《〈天问〉论笺·〈天问〉笺释》,《林庚楚辞研究两种》,第229页。
  ② 或从其他方面判定屈子不满于武王。比如周拱辰《离骚草木史》曰:"此下四段,段段有不满武王意,亦屈原自附夷、齐之义也。……堂堂之师,必借谋于《阴符》《六韬》之将略,何与?"类似臆断和误会,无须一一辨析。

"到击纣躬,叔旦不嘉",是说武王伐纣,在牧野大战以后直趋商京,武王亲自"至纣死所","射之,三发而后下车,以轻剑击之,以黄钺斩纣头,县大白之旗。已而至纣之嬖妾二女,二女皆经自杀。武王又射三发,击以剑,斩以玄钺,县其头小白之旗"(见《史记·周本纪》,原为《周书·克殷》篇文)。本来,人死了,何必再向他射三箭,砍几刀,还把他的头割下来,悬在人家的"国旗"上面呢?这未免有点过甚,所以说周公不赞成("不嘉")。其次说:武王死了之后,成王幼,周公恐天下叛周,乃践天子之位,摄政监国,管叔及蔡叔等作造流言,说:"公将不利于孺子!"(见《尚书·金縢》篇)于是引来了纣子武庚及管、蔡的叛乱,周的统一事业几乎垮台。因此说:"何亲揆(度也)发(武王)正(原文误作'足',我以为是'正'字的形误,'正''足'形近易误。'正'与'政'古字通),周之命(周的天命)以咨嗟?"按商代王位继承法多是兄终弟及,武王灭商以后,若按照商人的继承法,则武王死,管叔以次诸弟可及之,今传位成王,周公摄政又引起管、蔡的叛乱,故曰:"授(即'受'字,古'授''受'只作'受')殷天下,其位(王位)安施?""反成乃亡,其罪伊何?"言周公摄政以后东征三年,平定叛乱,还政成王,功莫大矣,可是为什么又逃居东方,周公究竟犯了什么罪? 这是问武王伐纣至周公还政成王一段大事,但古书多不详。此详之,很值得我们重视。①

"授殷天下,其位安施"四句,笔者曾以殷纣事作解,这里不再重复,孙作云据武王传位于成王、周公摄政还政于成王为说,颇觉迂曲;改"授"为"受",尤其是改动作施受的对象"殷"为动作方式——"按照商人的继承法",更显然不妥;对"何亲揆发足"一句

---

① 孙作云《〈楚辞〉与上古史研究》,《孙作云文集》所收《〈楚辞〉研究》上册,第149—150页。

的解释亦似未安。其解"到击纣躬"语,颇可参考,解"叔旦不嘉"语则又未必然。《逸周书·克殷》叙武王斩纣首诸事,云:"商庶百姓,咸俟于郊。群宾佥进曰:'上天降休!'再拜稽首。武王答拜,先入,适王所,乃克射之三发而后下车,而击之以轻吕,斩之以黄钺。折县诸太白。适二女之所,乃既缢。王又射之三发,乃右击之以轻吕,斩之以玄钺,县诸小白。乃出,场于厥军。"这些记载跟其他文献有所不同,颇能发明《天问》"到击纣躬"之意。然《帝王世纪》云:"王……以兵入,造纣及妲己尸,王亲射之,三发,然后下车,以剑击之。周公为司徒,使以黄钺斩纣头,悬于大白之旗。召公为司空,又使以玄钺斩妲己颈,县之小白旗。"据此,周公、召公实与武王一起行动,且其所为有过之而无不及,屈原谓"叔旦不嘉",所针对的具体事件当非武王射纣尸等等,有待进一步研究。

"争遣伐器"二句,追问武王伐纣时,何以诸侯热烈响应,积极参与。周拱辰云:"两言'何以',似隐语,言以仁伐不仁,何用许多阴谋权诡,为后世疑乎?"实际上,两个"何以"强调的是历史的驱动力和必然性,屈子一直在追寻历史沉浮及兴亡背后的根基。

总之,《天问》上述片段,跟《逸周书·克殷》所记武王伐纣,有极密切的关系。而特别值得注意的是,尽管其间有些疑问不可确解,却有力地逼出了一个政教伦理主题:得道多助,失道寡助。孟子曾说:"天时不如地利,地利不如人和。……域民不以封疆之界,固国不以山溪之险,威天下不以兵革之利。得道者多助,失道者寡助。寡助之至,亲戚畔之;多助之至,天下顺之。以天下之所顺,攻亲戚之所畔:故君子有不战,战必胜矣。"(《孟子·公孙丑下》)屈子之意殆与此说颇为相近。

《天问》又云:

  武发杀殷,何所悒?
  载尸集战,何所急?
  伯林雉经,维其何故?

何感天抑地,夫谁畏惧?

"尸"即木主。《周本纪》记武王载文王之木主伐纣,云:"武王即位,太公望为师,周公旦为辅,召公、毕公之徒左右王,师修文王绪业。九年,武王上祭于毕。东观兵,至于盟津。为文王木主,载以车,中军。武王自称太子发,言奉文王以伐,不敢自专。"①从表面上看,屈原对武王忧愁不安、急于伐纣颇有不解,故发为上引前面两问,其立场看似跟伯夷、叔齐一致。武王载文王木主伐纣时,夷、齐叩马而谏曰:"父死不葬,爰及干戈,可谓孝乎?以臣弑君,可谓仁乎?"(《史记·伯夷列传》)"父死不葬,爰及干戈"便蕴涵着"何所急"之意。但是屈子本旨当是强调君上无道而失民心,则人人必欲除之而后快,武王伐纣之忧之急均当基于此来作解释。王夫之《通释》云:"惑嬖妾,弃贤任谗,人所公愤,故武王急于燮伐。"甚是。黄文焕笺曰:"何悒、何急者,因文之无繇违天,叹武之已甚也。势须放伐,此圣王履运之不幸,然独不可少平其气、少缓其期乎?杀殷,指悬旗之事也,比南巢惨矣,非有深悒不至此。载尸,指载木主之事也。文王有知,服事本怀岂能一日安于军中?是不宜载而载也。数字之中,原之书法也。"此实为黄氏一己之意,非屈子本心也;且若文王有知,恐亦不许他如此说道。周拱辰曰:"汤之伐桀,放之而已,桀死,葬以天子之礼,是放伐中犹存一线揖让之意焉。武则荡然无复顾忌矣。吊伐同而放杀异,公愤乎?私愤乎?……味'何所急'语意,似与'父死不葬,爰及干戈'意同。大抵屈原千古狷忠也,其于商周革命之际扼腕久矣,……故于汤伐桀则曰'终以灭丧',曰'何条放致伐',于武伐纣则曰'叔旦不嘉',曰'何所悒''何所急'。意原所以悼下土之纷攘,而愿侣彭咸以自沉也。"其说亦谬,若屈子有知,当亦不许他如此说道。屈子生不

---

① 太史公记武王载文王木主伐纣之"九年",乃是续文王受命之年(古谓文王受命九年而崩),而非指武王即天子位之九年,参阅张守节《史记正义》。

为人知,且为国所弃,死复不为人知,且受百代之诬,不幸亦极矣。

"伯林雉经"两句,王逸、洪兴祖等学者均据晋太子申生受谗自杀一事来作解释,朱熹谓"未知是否",陆时雍谓"宜阙"。郭沫若认为乃针对商纣自经。他说:"《史记·周本纪》:'纣走,反入登于鹿台之上,蒙衣,其殊玉自燔于火,而死。……嬖妾二女……皆经自杀。'细读此文,纣王系自焚其珠玉,蒙衣而死。后人误读,故有'纣赴火死'之说。纣之死,当亦如二女之自经,故'武王新咋(铡)纣头,手污于血'(见《尸子》)。如系焚死,便无从再见血。鹿台所在必为林园,疑'伯林'本作'柏林',园中多松柏也。"①这种说法看起来较为合理,可与原诗扣合得不够紧密。林庚认为这两句是说周公之事②。《周本纪》记武王灭商后的一系列事情,曰:

> 封商纣子禄父殷之余民。武王为殷初定未集,乃使其弟管叔鲜、蔡叔度相禄父治殷。……于是封功臣谋士,而师尚父为首封。封尚父于营丘,曰齐。封弟周公旦于曲阜,曰鲁。封召公奭于燕。封弟叔鲜于管,弟叔度于蔡。余各以次受封。……武王已克殷,后二年,问箕子殷所以亡。……武王病。天下未集,群公惧,穆卜,周公乃袯斋,自为质,欲代武王,武王有瘳。后而崩,太子诵代立,是为成王。成王少,周初定天下,周公恐诸侯畔周,公乃摄行政当国。管叔、蔡叔群弟疑周公,与武庚作乱,畔周。周公奉成王命,伐诛武庚、管叔,放蔡叔。以微子开代殷后,国于宋。颇收殷余民,以封武王少弟封为卫康叔。

《逸周书·作雒》具体说到了管叔之死:

> 周公、召公内弭父兄,外抚诸侯。九年夏六月,葬武王于

---

① 郭沫若《屈原赋今译》,第79页注释1。
② 参阅林庚《〈天问〉论笺·〈天问〉笺释》,《林庚楚辞研究两种》,第236页。

毕。二年,又作师旅,临卫政殷,殷大震溃。降辟三叔,王子禄父北奔,管叔经而卒,乃囚蔡叔于郭凌。

"伯林雉经"一语当是追问管叔自缢之由,如此理解,方与上下文贯通无碍。管蔡之乱乃周朝历史上一重大事件。太史公于武王克商而大事分封时,强调他对"殷初定未集"的因应,于武王病时,强调"天下未集,群公惧",于成王即位时,强调"周初定天下,周公恐诸侯畔周",足见管蔡之乱对周朝命运震撼之烈、关系之巨,亦足见周公平叛,厥功甚伟。屈子就管叔自缢的下场提问,既是针砭乱臣贼子,又是显扬贤臣的价值。

"何感天抑地"一句,跟《尚书·金滕》所记周公事有关:

既克商二年,王有疾,弗豫。二公(太公、召公)曰:"我其为王穆卜。"周公曰:"未可以戚我先王。"公乃自以为功(即自以为献给鬼神的礼品),为三坛同墠。为坛于南方,北面,周公立焉。植璧秉圭,乃告太王、王季、文王。

史乃册,祝曰:"惟尔元孙某,遘厉虐疾。若尔三王,是有丕子之责于天,以旦代某之身。予仁若考能,多材多艺,能事鬼神。乃元孙不若旦多材多艺,不能事鬼神。……今我即命于元龟,尔之许我,我其以璧与珪归,俟尔命;尔不许我,我乃屏璧与珪。"……

……公归,乃纳册于金滕之匮中。王翼日乃瘳。

武王既丧,管叔及其群弟乃流言于国,曰:"公将不利于孺子。"周公乃告二公曰:"我之弗辟(指不以法治管蔡),我无以告我先王。"周公居东二年,则罪人斯得(伪孔传:周公既告二公,遂东征之,二年之中,罪人此得)。于后,公乃为诗以贻王,名之曰《鸱鸮》。王亦未敢诮公。

秋,大熟,未获,天大雷电以风,禾尽偃,大木斯拔,邦人大恐。王与大夫尽弁,以启金滕之书,乃得周公所自以为功代武王之说。二公及王乃问诸史与百执事。对曰："信。噫！公命，我勿敢言。"王执书以泣，曰："其勿穆卜。昔公勤劳王家，惟予冲人弗及知。今天动威，以彰周公之德，惟朕小子其新迎，我国家礼亦宜之。"王出郊，天乃雨，反风，禾则尽起。二公命邦人，凡大木所偃，尽起而筑之。岁则大熟。

周公居东二年，平三叔之叛，成王犹尚怀疑，故周公留东未还，为《鸱鸮》之诗以遗王，言三叔不可不诛之意。成王心底虽疑，亦未敢责诮周公。其秋而有雷电风雨之灾，成王恐惧于天威，开金縢之匮而知周公为武王求神，宁可自己担罪而死，乃悟天动雷电之威旨在彰显周公之德，遂改过自新，遣人往迎周公①。屈原之所以关注周公，有多种可能性：从周史角度，突出贤臣的重要性，恳恳切切以讽谏君；从周公个人经历的角度，凸显对他信而见疑、忠而被谤的同情；从君上角度，凸显对国君醒悟归正的向往。类似主题都曾反复出现在屈子辞作中。

余　论

很明显，本章所揭人物和事件，有一部分曾从不同层面上充当诗人叙述、评判及反思的对象，一是历史层面，一是神话层面。屈子本人未尝明确提出这种划分，但他对这两层面上的对象给出了不同处置，表明他事实上把握了其基本区别。拿具体例子来说，鲧得四岳荐举受命治理洪水等事，属于前一层面，"伯禹腹鲧"等事，属于后一层面；屈子于前者侧重于反思历史叙述的正当性，侧重于

---

① 并参阅旧题孔安国传、孔颖达疏《尚书正义》。天变、成王发金縢之书、周公冤案大白、成王迎周公，均在平三叔之畔后，林庚谓"周公的冤案既白，管叔恐惧乃与武庚作乱，失败后遂自缢于伯林"（参阅所著《〈天问〉论笺·〈天问〉笺释》，《林庚楚辞研究两种》，第236页），殆误。

以追问的形式确认某种政教伦理的主题,于后者则侧重于反思相关叙述之虚实,常以它们没有在场的经验感知作证明而予以否弃①。本章集中剖释屈作历史层面的要素,大抵上围绕四个层面展开:(一)屈作历史视野主要由哪些要素即人物和事件构成;(二)屈子对这些要素持何种政教伦理评判;(三)这些要素在事实层面上可以得到何种历史叙述的支持;(四)屈子所持评判又基于哪些思想学术的资源。笔者认为,只有认真详细、准确可靠地回答了这些问题,我们才能真实、深入地认知屈原其人及其作品。

本章大量分析表明,屈作历史视野,跟中原以儒典为核心的早期历史叙述,是互相支持、互相发明的,这是一个全局性的判断;其中蕴藏着一些为后世主流历史叙述遗失或未能观照到的层面,它们昭示了历史叙述的另一种可能,彰显了主流叙述的疏谬;而真正限于楚史的元素实在少之又少。《史记·屈原列传》说屈子"博闻强志,明于治乱",当非溢美之词,屈子历史视野便是有力的证明。

屈作各篇,涉及神话要素最多的是《天问》,涉及历史要素最多的也是《天问》。林庚曾说:"《天问》里的问题,前面一小段是问天,后面一大段是问人。问天是问开天辟地的历史,这个问题发生得很自然,我们虽不能解答,却不难推想,所以比较容易了解。问人是问人类的历史,这个是以楚人当时所保留下来的古代传说为依据的;我们如果失去了那传说,便失掉了那依据,对于《天问》乃成为一个永久的迷惘。这一部分所占的篇幅既多,意义又更重要,这便是了解《天问》最感觉棘手的部分。"②究其实际,屈子"问人类历史"的根据与其说是"楚人当时所保留下来的古代传说",不如说是屈子自己的历史视野;同样的道理,他质问"开天辟地的历

---

① 屈原文化视野以及他对原始神—巫传统的深刻反思和超越,可参见拙著《屈原及其诗歌研究》第一章"超越和承续:屈原诗歌与原始传统"。
② 林庚《诗人屈原及其作品研究·〈天问〉注解的困难及其整理的线索》,《林庚楚辞研究两种》,第149页。

史"主要是基于他的文化视野,尤其是他了解的原始神话,亦不拘于楚。换言之,屈子问天、问人,依据的是他掌握的神话和古史,这些远远超出了"楚人当时所保留下来的古代传说"这个范域,在与楚有较大关联的方面(比如原始神—巫传统),则又实现了整体上的超越。

《天问》采用了一种极为独特的表达角度和方式,它不是讲述神话或历史,而是向神话和历史的一系列讲述发问,正如林庚所说,"《天问》的体例几乎每句都是据历史传说以发问"①。显然,这加大了走近这些神话和古史叙述的难度,也加大了认知屈子屈作的难度。林庚又说:"《天问》……是一首用问话体写的诗,诗歌的语言本来就趋于简练,再加上全部是问话体,就更缺少故事正面的叙述性。这只要打个比方就会明白,比如我们现在都很熟悉孙悟空钻进铁扇公主肚子里的故事情节,可是如果这个故事情节失传了,而只留下了一句《天问》式的问话体诗:'公主之腹猴何在焉?'我们就会感到很难理解。这说明问话式的诗句往往缺少一个故事原来应有的叙述成分。"②确切地说,既有的神话与古史的叙述并未"缺席",却只是《天问》潜在的"预先知识"。对《天问》的完整解读因此有两层:一是对这一潜在叙述的把握,一是对诗人立场和旨意的把握。

关于神话的层面,拙著《屈原及其诗歌研究》已经作了集中、专门的处理,这里要处理的是史的层面。应该说明,屈原不是史家。即便具备史家的潜质,他从事创作的出发点和归宿也不是做现代人所说的"史家"。屈子的根本关怀是,通过反思和追问既有的对往古历史的叙述,确认和张扬自己的价值取向及政教伦理选

---

① 参见林庚《〈天问〉论笺·〈天问〉中有关秦民族的历史传说》,《林庚楚辞研究两种》,第282页。
② 林庚《〈天问〉论笺·三读〈天问〉(代序)》,《林庚楚辞研究两种》,第169—170页。

择;他立足的是现实,是自己与国家的现在(当然这影响甚至决定着将来),历史往往是在他对现实的反应中得到观照的,是他因应现实的思想、学说、知识的基源和支持。因此,屈原对历史要素的选择超越了写史层面的要求,就上文所作详细论析可知,它意在呈现的是屈子个人现实关注和以儒家学说为主的历史视野的汇集。屈作呈现或不呈现哪些历史元素,总体上取决于它们跟屈子现实关注的关系,取决于它们是否可以作为现实的鉴戒或诱导。有些历史要素未曾进入屈作,有些历史要素被给予了特别的关注,大量历史要素并非按照历史发生的顺序出现,这些都十分正常;鉴于屈原屈作的独特性,其历史视野偶尔超越和挑战主流的历史叙述,这也毫不奇怪。也正因为屈子表达的历史关怀强烈映射着他对现实的关注,或者说经过了"现实之网"的过滤,所以严格来讲,"屈子历史视野"并不等同于"屈作历史视野"。"屈子历史视野"原本就不会,也不可能完全呈现到他富于组织性的诗作中,且不论屈作已经有所遗失。但无可置疑的是,"屈作历史视野"堪为"屈子历史视野"的表征,甚至就是"屈子历史视野"最核心最基本的构成部分,故在这种不很完整的意义上,也可以称屈作表现的历史视野为"屈子历史视野"。

屈子辞作,即便是历史元素最丰富的《天问》,也不应被称为"史"或"兴亡史诗"①。它们以强烈的政教伦理关怀为核心,采取批判而非叙述历史的个性化立场,具备突出的选择性以及建构性,使用不同于史述的独特表达角度和方式,持守诗人关注和回应现实的基本立足点,这些都决定了它们不可能是通常所说的史或史诗(当然,这样说也并不意味着屈子的思考缺乏超越性。事实上,屈子对历史发展必然性的认知,他确认的人君楷模或反面教材,他张扬的一系列政教人伦规范等,莫不具备超越性的关怀)。王逸

---

① 林庚曾说《天问》"乃正是一部争霸中原的兴亡史诗",参阅所著《〈天问〉论笺·〈天问〉所见上古各民族争霸中原的面影》,《林庚楚辞研究两种》,第281页。

说《天问》是屈原呵问祠庙图画的题壁之作,此说迄今为止为学界主流观点,但它完全忽视了这一事实:诗人产生并提出问题(特别是那些关涉历史的问题),立足点在于对现实的关注。就是说,《天问》的建构绝非基于外在因素的牵引,它是"内向型"的。林庚认为:"至于壁画与《天问》写作上的关系,我倒是相信有这个可能的,但这关系也只能是一种启发性的。《天问》中所问的内容完全可以不限于只是壁画所有的,也可以不限于壁画的次序。"①实际上,《天问》因壁画启发而产生的可能性也非常之小,《天问》的内向性对于试图解释该篇缘起的"呵问壁画说"是一个挑战。

从另一方面说,面对屈作尽管不是面对史著,却必须承认后人对早期历史的知识是相当匮乏的,就连作为正史之祖的《史记》都被揭出了不少破绽,有些据甲骨文复原的古史序列竟然隐含在屈作之中,有些历史人物和事件的真相被主流叙述掩埋已久,却在屈作中呈现出端倪,有些固化千百年的人物与事件的叙述,在屈作中显示了另外一种讲述的可能。总之,屈作历史视野的深邃令人骇异。

鉴于屈原及楚辞研究的传统和现状,需要再次强调的是,在屈作历史视野中,楚史呈现出极为稀薄的状态,并未建立起足够的独特性和自足性,屈作历史视野及其精神均具备强烈的超越楚史的特质(参见表3-2)。古今多数学者认定屈子"在楚言楚",并以此作为阐释屈子屈作的基准,他们完全违背了事实。

表3-2 屈作历史视野总览

角色	范式	政教伦理取向:导引	教训	政教伦理取向:鉴戒
君王	五帝	令五帝以折中(《惜诵》)	桀纣	何桀纣之猖披兮,夫唯捷径以窘步。(《离骚》)
	三五	望三五以为像(《抽思》)	夏桀	夏桀之常违兮,乃遂焉而逢殃。(《离骚》)

---

① 林庚《〈天问〉论笺·三读〈天问〉(代序)》,《林庚楚辞研究两种》,第169页。

续表

角色	范式	政教伦理取向:导引	教训	政教伦理取向:鉴戒
君王	尧、舜	彼尧舜之耿介兮,既遵道而得路。(《离骚》)尧舜之抗行兮,瞭杳杳而薄天。众谗人之嫉妒兮,被以不慈之伪名。(《哀郢》)	后辛(纣)	后辛之菹醢兮,殷宗用而不长。(《离骚》)何恶辅弼,谗谄是服?比干何逆,而抑沉之?雷开阿顺,而赐封之?(《天问》)受赐兹醢,西伯上告。何亲就上帝罚,殷之命以不救?(《天问》)
	重华(舜)	就重华而陈词(《离骚》)重华不可遻兮,孰知余之从容!(《怀沙》)驾青虬兮骖白螭,吾与重华游兮瑶之圃。(《涉江》)	启	启《九辩》与《九歌》(《离骚》)
	三后:禹、汤、文、武	昔三后之纯粹兮,固众芳之所在。(《离骚》)	太康	启《九辩》与《九歌》兮,夏康娱以自纵。不顾难以图后兮,五子用失乎家巷。(《离骚》)
	前王:三后、尧、舜等	及前王之踵武(《离骚》)	羿	羿淫游以佚畋兮,又好射夫封狐。固乱流其鲜终兮,浞又贪夫厥家(按:羿弃贤臣而用谗佞之徒寒浞)。(《离骚》)

续表

角色	范式	政教伦理取向:导引	教训	政教伦理取向:鉴戒
君王	汤、禹	汤禹严而祗敬(《离骚》) 汤禹严而求合(《离骚》) 举贤而授能兮,循绳墨而不颇。(《离骚》) 汤禹久远兮,邈而不可慕。(《怀沙》)	寒浞	浞又贪夫厥家(章句:浞行媚于内,施赂于外,树之诈慝而专其权势。羿畋将归,使家臣逢蒙射而杀之,贪取其家,以为己妻)(《离骚》)
	周文、周武	周论道而莫差(《离骚》) 举贤而授能兮,循绳墨而不颇。(《离骚》)	浇	浇身被服强圉兮,纵欲而不忍。日康娱而自忘兮,厥首用夫颠陨。(《离骚》) 何少康逐犬,而颠陨厥首?(《天问》)
			周昭	昭后成游,南土爰底。厥利惟何,逢彼白雉?(《天问》)
			周穆	穆王巧梅,夫何为周流?环理天下,夫何索求?(《天问》)
	*楚庄	荆勋作师,夫何长先?(《天问》)	*楚灵	薄暮雷电,归何忧?厥严不奉,帝何求?(《天问》)
			*楚昭	伏匿穴处,爰何云?(《天问》) 悟过改更,我又何言?(《天问》) 勋阖梦生,少离散亡。何壮武厉,能流厥严?……吴光争国,久余是胜。(《天问》)

续表

角色	范式	政教伦理取向:导引	教训	政教伦理取向:鉴戒
臣下	前修	謇吾法夫前修兮,非世俗之所服。(《离骚》) 不量凿而正枘兮,固前修以菹醢。(《离骚》)	管叔	伯林雉经,维其何故?(《天问》)
	前圣	伏清白以死直兮,固前圣之所厚。(《离骚》) 依前圣以节中,喟凭心而历兹。(《离骚》)		
	君子	易初本迪兮,君子所鄙。(《怀沙》) 明告君子,吾将以为类兮。(《怀沙》)		
	大人	内厚质正兮,大人所盛。(《怀沙》)		
	咎繇	命咎繇使听直(《惜诵》)		
	鲧	行婞直而不豫兮,鲧功用而不就。(《惜诵》) 婞直以亡(忘)身(《离骚》)		
	彭咸	独茕茕而南行兮,思彭咸之故也。(《思美人》) 指彭咸以为仪(《抽思》) 愿依彭咸之遗则(《离骚》) 吾将从彭咸之所居(《离骚》) 夫何彭咸之造思兮,暨志介而不忘。(《悲回风》) 照彭咸之所闻(《悲回风》) 托彭咸之所居(《悲回风》)		

续表

角色	范式	政教伦理取向:导引	教训	政教伦理取向:鉴戒
臣下	梅伯、箕子	何圣人之一德,卒其异方?梅伯受醢,箕子详狂。(《天问》)		
	申徒狄	望大河之洲渚兮,悲申徒之抗迹。(《悲回风》)		
	太伯、仲庸	吴获迄古,南岳是止。孰期去斯,得两男子?(《天问》)按:"两男子"当即太伯仲庸,其事为让国,与《橘颂》所及伯夷为一类。		
	伯夷	独立不迁;深固难徙,廓其无求;苏世独立,横而不流;闭心自慎,终不失过;秉德无私(《橘颂》)		
	接舆、桑扈、伍员、比干	接舆髡首兮,桑扈裸行。忠不必用兮,贤不必以。伍子逢殃兮,比干菹醢。(《涉江》)		
	*令尹子文	何环闾穿社以及丘陵,是淫是荡,爰出子文?(吾)〔语〕告堵敖以不长,何试上自予,忠名弥彰?(《天问》)		
	介子、伯夷	求介子之所存兮,见伯夷之放迹。(《悲回风》)		
	伍子胥	浮江淮而入海兮,从子胥而自适。(《悲回风》)		

续表

角色	范式	政教伦理取向:导引	教训	政教伦理取向:鉴戒
君王与臣子	汤、武、桓、缪与伊、吕、戚、奚	闻百里之为虏兮,伊尹烹于庖厨。吕望屠于朝歌兮,宁戚歌而饭牛。不逢汤武与桓缪兮,世孰云而知之。(《惜往日》)	舜与鲧	顺欲成功,帝何刑焉?(《天问》)何由并投,而鲧疾修盈?(《天问》)
	汤禹与伊皋	汤禹严而求合兮,挚咎繇而能调。苟中情其好修兮,又何必用夫行媒。(《离骚》)	有莘君与伊尹	夫何恶之,媵有莘之妇(《天问》)
	汤与伊尹	何承谋夏桀,终以灭丧?(《天问》)成汤东巡,有莘爰极。何乞彼小臣,而吉妃是得?(《天问》)不胜心伐帝,夫谁使挑之?(《天问》)初汤臣挚,后兹承辅。何卒官汤,尊食宗绪?(《天问》)	晋文与介子推	介子忠而立枯兮,文君寤而追求。封介山而为之禁兮,报大德之优游。思久故之亲身兮,因缟素而哭之。(《惜往日》)
	傅说与武丁	苟中情其好修兮,又何必用夫行媒。说操筑于傅岩兮,武丁用而不疑。(《离骚》)	吴夫差与伍员	吴信谗而弗味兮,子胥死而后忧。(《惜往日》)
	吕望与周文	苟中情其好修兮,又何必用夫行媒。……吕望之鼓刀兮,遭周文而得举。(《离骚》)师望在肆,昌何识?鼓刀扬声,后何喜?(《天问》)		
	周成、周公	何感天抑地,夫谁畏惧?(《天问》)		

续表

角色	范式	政教伦理取向:导引	教训	政教伦理取向:鉴戒
君王与臣子	宁戚与齐桓	苟中情其好修兮,又何必用夫行媒。……宁戚之讴歌兮,齐桓闻以该辅。(《离骚》)		
君王后妃(特殊的夫妻层面)			桀与妹嬉	妹嬉何肆,汤何殛焉?(《天问》)
			纣与妲己	彼王纣之躬,孰使乱惑?(《天问》)殷有惑妇,何所讥?(《天问》)
			周幽褒姒	周幽谁诛?焉得夫褒姒?(《天问》)
君与民	古公与民	迁藏就岐,何能依?(《天问》)	桀与黎服	何条放致罚,而黎服大说?(《天问》)
			纣与民	会鼌争盟,何践吾期?(《天问》)争遣伐器,何以行之?并驱击翼,何以将之?(《天问》)伯昌号衰,秉鞭作牧。何令彻彼岐社,命有殷国?(《天问》)武发杀殷,何所悒?载尸集战,何所急?(《天问》)
父子	舜与其父	舜闵在家,父何以鳏?(《天问》)	瞽与稷	稷维元子,帝何竺之?……既惊帝切激,何逢长之?(《天问》)
	晋献与申生	晋申生之孝子兮,父信谗而不好。(《惜诵》)		

续表

角色	范式	政教伦理取向:导引	教训	政教伦理取向:鉴戒
兄弟	舜与象	舜服厥弟,终然为害。何肆犬豕,而厥身不危败?(《天问》)		

说明:1. 此表以屈作所涉政教伦理角色为分类主干,区隔其两大面向,并呈现他们在屈作中的主要功能(一般情况下,本表直接引用彰显屈子政教伦理取向的原诗,偶有原诗未作明确提示和归纳者,则引前人诠释,或作概括性的陈述)。2. 各角色略依时代先后为序,群体性范畴(如"五帝""前圣")以及并陈数人者列在单人具体指称(如"彭咸")以前。3. 同一角色出现于多篇作品中,引录各篇,以创作先后为序。4. 角色前加星号(*)者为楚史中的要素。5. 屈作中主要是从艺术层面上设置的符号,比如《思美人》《离骚》两诗主人公的"情敌"高辛,以及《离骚》中宓妃、简狄等象喻,虽或指向现实人物,亦概不列入。

屈作历史视野及其精神特质,可以从以下角度观察:

对夏以前的历史,屈原特别关注尧舜举贤授能、尧舜被加以不仁不慈之恶名,以及由舜凸显的父子兄弟的政教伦理;对夏史,屈子特别关注鲧禹治水、禹举贤、启益争位、启淫洒自纵、太康失国、羿浞浇乱夏、少康复兴、桀被放死等等,鲧的遭际也是一个焦点;对商史,屈子特别关注王该、王恒、昏微等商先公跟有易争夺,商汤与伊尹遇合而灭夏,武丁与傅说遇合,以及殷纣亡天下等等,而伯夷以及后人知之甚少的彭咸也是焦点;对周史,屈子特别关注文武周公兴周灭商及举用贤才、昭王穆王幽王淫游昏聩导致王朝衰微,旁及古公亶父、吴太伯、齐桓、秦缪、晋文、楚灵、楚昭、吴阖庐、吴夫差、楚子文、吴子胥等君臣之事迹。这一历史视野的根底其实是儒家的。郭沫若曾说:"他所称道的唐尧、虞舜、禹、汤、文、武,不正和儒家的古史观是整个一个系统吗?称赞伯夷、伊尹,称赞皋陶、彭咸,不也和孔孟是一个脚步吗?"①

　　而且,屈原对这些历史要素的评判也跟儒家高度一致。毋庸讳言,对其中个别历史人物,比如鲧,屈原的评判和儒家主流叙述不同,他甚至对儒家主流叙述提出了质疑,但这并未破坏他跟儒学整体上的紧密联系。还必须认识到,屈子"修身—致君—美政"这一具体而微的儒家型人生追求模式乃结构屈作历史视野的核心框架,该历史视野中的大多数人物和事件,都可以归结到这一框架的各个层次上。比如,伯夷主要是在"修身"层面上被纳入体系的,彭咸关涉着"修身—致君"两个层面,比干、伍子主要对应着"致君",尧、舜、禹、汤、文、武之举贤授能、严而祗敬、严而求合则主要关联着"美政"。可以说,"修身—致君—美政"模式充当着屈子历史视野的结构框架,也规定着它的特质。另外,齐景公(前547—前490年在位)向孔子请教为政治国之道,孔子对以"君君臣臣父父子子"(《论语·颜渊》)。孟子说:"人之有道也,饱食、暖衣、逸居而无教,则近于禽兽。圣人(舜)有忧之,使契为司徒,教以人伦:父子有亲,君臣有义,夫妇有别,长幼有序,朋友有信。"(《孟子·滕文公上》)以孔孟诸大师为核心的儒家学者,以及他们所授受传播的一批核心经典,均亟欲规范君臣、父子、夫妻、兄弟、朋友五种伦理关系以及相关的角色成员,儒家历史视野贯穿着这一精神。而在这一层面上,屈子同样是儒学的异军。尽管其历史视野的核心关注在兴衰得失之际,在君上与臣下以及君王与后妃之间,然而,他对历史的关注基本上是儒家型的关注。

　　总而言之,支持屈作亦堪为解读屈作依据的,主要是楚史以外由儒家讲述的夏商周三代以及此前尧舜时期的历史,屈子关注的对象比如人物事件等、他评判这些历史元素的价值取向,以及他投注于其中的政教伦理关怀和人生追求模式,基本上都跟儒家重叠或一致,屈子和屈作通体都洋溢着"儒家的精神"。换句话说,屈

---

① 郭沫若《历史人物·屈原研究》,《郭沫若全集》历史编第四卷,第95页。

子历史视野虽是主体自我建构的结果,但儒家历史视野深刻影响了这一建构,使它在基本叙述、评判和取向上都与儒家一致,偶见的差异明显是非本质性的。屈子对儒家学说的承继极为明显,却从未有意识地建构楚史的独特性与自足性,从未有意识地建构一个堪与以儒学为核心的中原历史叙述并列的楚史系统。

  除儒家传统外,屈原受墨家影响也是相当深刻的。比如,屈原围绕举贤授能的政教伦理诉求建构的贤臣明君遇合的历史视野,就跟墨家有很大的关系。《墨子·尚贤中》云:"古者圣王唯能审以尚贤使能为政,无异物杂焉,天下皆得其利。古者舜耕历山,陶河濒,渔雷泽,尧得之服泽之阳,举以为天子,与接天下之政,治天下之民。伊挚,有莘氏女之私臣,亲为庖人,汤得之,举以为己相,与接天下之政,治天下之民。傅说被褐带索,庸筑乎傅岩,武丁得之,举以为三公,与接天下之政,治天下之民。此何故始贱卒而贵,始贫卒而富?则王公大人明乎以尚贤使能为政。"这些人物、事件和理念,几乎都能从屈作中找到回响①。然而儒家的影响是有全局性和决定性的。

  对屈原历史视野的论析再次证明,把屈原当作楚文化的代表或者表征只是一场误会,将"在楚言楚"确立为解读屈子、屈作的原则是十分荒谬的,这大概主要是一种信念或者信仰。荀子说:"越人安越,楚人安楚,君子安雅。"(《荀子·荣辱》)这样讲很有道理,却只符合一般情况。地理和文化不必时时处处都有这种绾结如一的关系。从学术、文化层面上说,屈子恰恰就是楚人不安楚的典型。刘向《孙卿书录》在叙荀子生平遭际与学问著述时,称:"赵亦有公孙龙为'坚白''异同'之辨,(处)[剧]子之言;魏有李悝,尽地力之教;楚有尸子、长卢子、芋子,皆著书。然非先王之法

---

① 除此处所揭,可以确定墨学影响屈原的重要依据尚有,屈原基于人的经验感知来审视神和神话的实存性与真实性,肯定接受了墨子的启发(参阅拙著《屈原及其诗歌研究》第一章"超越和承继:屈原诗歌与原始传统")。

也,皆不循孔氏之术,唯孟轲、孙卿为能尊仲尼。"(严可均辑《全汉文》卷三十七)刘向的观察漏掉了屈子,他大概没有意识到屈子是不非先王之法、循孔子之术的极重要诗人与学者。而历代大多数研究者走的其实都是这一条老路。

第四章　屈原天命观及其解构

在中国传统中,天命观以一次深刻的意义转换影响了儒学,而儒学领域,鬼神观和天命观分途并进,既密切联系,又有所区别,这些都值得细细讨论。可因为不是本书承担的任务,在展开屈原天命观以前,笔者言其大略即可。

《尚书·西伯戡黎》记载:

> 西伯既戡黎,祖伊恐,奔告于王,曰:"天子! 天既讫我殷命,格人元龟,罔敢知吉。非先王不相我后人,惟王淫戏用自绝,故天弃我,不有康食,不虞天性,不迪率典(孙疏:不有康食,谓将不能安食天禄。不虞天性,谓不度善性。不迪率典,谓不由常法也)。今我民罔弗欲丧,曰:'天曷不降威? 大命不挚。'(孙疏:民之望天降威与大命之至,急欲革命去暴王也)今王其如台?"王曰:"呜呼! 我生不有命在天?"祖伊反,曰:"呜呼! 乃罪多参在上,乃能责命于天? 殷之即丧,指乃功,不无戮于尔邦(孔疏:言殷之就于丧亡,是纣事所致,我将被刑戮于此邦也)。"

这一事件便蕴涵着天命观的转变与冲突。殷纣所持为原始天命观的显例,其中之上天不眷顾现世的道德,天命一成则不改变。祖伊的天命观已经进一步世俗化、理性化了,其中之上天眷顾现世的道德,并依现世道德之善恶而转移,他所说的"惟王淫戏用自绝,故天弃我",以及"乃罪多参在上,乃能责命于天",均凸显了与原始天命观迥异的立足点。天命的壳子依然如故,意义则完全不同。这种转变殆即勃发于商周之际,祖伊或可以表征其肇端,《书》和《诗》则是集中宣示这一新天命观的重要文献。先秦儒家以及屈原张扬的天命观,就是原始天命观高度世俗化、理性化的结果;作为终极存在,上天高度关注现世的德行,超越性的本体随现世的善恶施予不可抗拒的报偿。

至少在春秋时期,鬼神观和天命观分途并进的态势已很明显,儒家与以儒家思想为依归的学者往往轻鬼神而重天命。

孔子一方面"不语怪、力、乱、神"(《论语·述而》),一方面高度重视"天命"。他说:"不知命,无以为君子也。不知礼,无以立也。不知言,无以知人也。"(《论语·尧曰》)又说:"君子有三畏:畏天命,畏大人,畏圣人之言。小人不知天命而不畏也,狎大人,侮圣人之言。"(《论语·季氏》)在这个问题上,通常人们对孔子有一个重大误解。《论语·子罕》载:"子罕言利与命与仁。"朱熹集注引程子曰:"计利则害义,命之理微,仁之道大,皆夫子所罕言也。"(此说可见《程氏经说》卷之七)迄今为止,它一直是"子罕言利"一语的主导性的解读,但却未得孔子本谊。金人王若虚指出:"'子罕言利'一章,说者虽多,皆牵强不通。予谓'利'者圣人之所不言,'仁'者圣人之所常言,所罕言者唯'命'耳。然而云尔者,予不解也,姑阙之。"(《滹南遗老集》卷五《论语辨惑》二)宋儒史绳祖则说:

> 《论语》谓"子罕言利与命与仁",古注及诸家皆以为三者子所希言,余独疑之。"利"者,固圣人深耻而不言也。虽孟子犹言"何必曰利",况孔圣乎?故《鲁论》中止言"放于利而行,多怨"及"小人喻于利",之外深斥之而无言焉。至如"命"与"仁",则自《乾》《坤》之"元",孔子《文言》已释为"体仁"矣,又曰"乾道变化,各正性命",曷尝不言?且考诸《鲁论》二十篇问答,言"仁"凡五十三条。张南轩已集为《洙泗言仁》,

> 断之曰"言"矣。又"命"字亦言之非一,如道之将行命也将废命也、公伯寮其如命何,又曰亡之命矣夫,又曰五十知天命,又曰死生有命,又曰不幸短命,又曰不知命无以为君子,是岂不言哉!盖子罕言者,独"利"而已,当以此句作一义。曰命曰仁,皆平日所深与,此句别作一义。与者,许也。《论语》中"与"字自作两义,如"吾与点也""吾无行而不与二三子者",又"与其进""与其洁也""吾非斯人之徒与而谁与""义之与比"、吾"不与易也""吾不与也"等字,皆其比也,当以理推之。(《学斋占毕》卷一"'与命与仁'别句"条)

这是最切当的解释。不过其举证并不完全准确,例如,"不幸短命"指颜渊早死,"命"非"天命"之"命","天下有道丘不与易也"之"与"亦并非赞许之义。钱穆解释说:"利者,人所欲,启争端,群道之坏每由此,故孔子罕言之。罕,稀少义。盖群道终不可不言利,而言利之风不可长,故少言。与,赞与义。孔子所赞与者,命与仁。命,在外所不可知,在我所必当然。命原于天,仁本于心。人能知命依仁,则群道自无不利。或说:利与命与仁皆孔子所少言。此决不然。《论语》言仁最多,言命亦不少,并皆郑重言之,乌得谓少? 或说:孔子少言利,必与命与仁并言之。然《论语》中不见其例,非本章正解。"① 总之,天命在孔子思想中占极重要的位置,鬼神则不然。

孔子倾向于将人们对彼岸"鬼神"的关注,引导到此岸的人生中。樊迟问知,子曰:"务民之义,敬鬼神而远之,可谓知矣。"(《论语·雍也》)刘宝楠《论语正义》释之曰:"务,犹事也;民之义者,《礼运》曰'何谓人义? 父慈,子孝,兄良,弟弟,夫义,妇听,长惠,幼顺,君仁,臣忠,十者谓之人义'是也。"朱熹集注谓:"务民之义"者,"专用力于人道之所宜"也。孔子既强调"敬鬼神",又排斥背

---

① 钱穆《论语新解》,生活·读书·新知三联书店2002年版,第220页。

离"人义"的对鬼神的沉迷。孔子的彼岸世界明显指向此岸,其"敬鬼神"最终落脚于"人道之所宜",落脚于现世的道德实践。这正是"敬鬼神而远之"的奥秘。对孔子来说,只有立足于人生,才能参悟死亡的真谛,所谓"未知生,焉知死"(《论语·先进》);只有把握"事人"的要义,才能明白"事鬼"的价值,所谓"未能事人,焉能事鬼"(《论语·先进》)①。

孟子也罕言鬼神,却深信天。孟子最著名的语录是"天将降大任于是人也"(《孟子·告子下》)。其言天言命亦强烈地偏重于世俗道德,如谓:"祸福无不自己求之者。《诗》云:'永言配命,自求多福。'《太甲》曰:'天作孽,犹可违;自作孽,不可活。'此之谓也。"(《孟子·公孙丑上》)孟子很明显承继了《诗》《书》的传统天命观。

董仲舒《春秋繁露·顺命》申说孔子"畏天命,畏大人,畏圣人之言",云:

> 父者,子之天也;天者,父之天也。无天而生,未之有也。天者万物之祖,万物非天不生。独阴不生,独阳不生,阴阳与天地参然后生。……孔子曰:"畏天命,畏大人,畏圣人之言。"其祭社稷、宗庙、山川、鬼神,不以其道,无灾无害。至于祭天不享,其卜不从,使其牛口伤,鼷鼠食其角,或言食牛,或言食而死,或食而生,或不食而自死,或改卜而牛死,或卜而食其角。过有深浅薄厚,而灾有简甚,不可不察也。犹郊之变

---

① 这两句本为孔子对子路"问事鬼神""问死"的回答。子路"问事鬼神",孔子答以"未能事人,焉能事鬼",这并非只回答了"事鬼"、未回答"事神",而是以"鬼"字概指"鬼神"。"鬼"字这种用法,春秋战国时期不少见。《墨子》多言"天鬼",往往是指天神。《明鬼下》篇载子墨子曰:"古(之)今之为鬼,非他也,有天鬼,亦有山水鬼神者,亦有人死而为鬼者。"而《明鬼》篇题为"明鬼"(论其实有),正文则常并论"鬼神",其所举证有鬼(如杜伯),也有神(如句芒)。凡此均可为证。

(苏舆义证:犹字疑有误),因其灾而之变,应而无为也(苏舆义证:句疑有误)。见百事之变之所不知而自然者,胜言与(苏舆义证:见字疑误)? 以此见其可畏。专诛绝者其唯天乎? 臣杀君,子杀父,三十有余,诸其贱者则损(卢文弨《抱经堂丛书》:六字亦疑衍文)。以此观之,可畏者,其唯天命(大人)乎! 亡国五十有余,皆不事畏者也。况不畏大人,大人专诛之。君之灭者,何日之有哉! 鲁宣违圣人之言,变古易常,而灾立至。圣人之言可不慎? 此三畏者,异指而同致,故圣人同之,俱言其可畏也。

这段文字错讹颇多,但大旨尚明,值得注意的是具有伸天、抑鬼神的鲜明倾向。如谓祭鬼神,"不以其道,无灾无害",祭天有过,则依过之深浅厚薄而有简甚之灾;又谓"专诛绝者其唯天乎"等等。当然董仲舒体系中的天,"并未停留在单一的人格神的意义上,它更多是一种与其他许多因素相联系相配合的结构体。这些因素就是天、地、人、阴、阳、五行共十项";"'天'一方面固然是主宰,是'大君',但同时既是因素(十中之一),又是结构整体自身"①。可大抵说来,董仲舒的发展仍在大趋势、大框架之中。

  天命、鬼神信仰被区隔开来,是儒家天命观的重要特质,而屈子之天命观同样如此。儒家天命观中的天不以具体的人格神为表征,也不能简单地理解为神,屈子天命观中的天亦复如此。因此,作为偶像崇拜的鬼神往往有具体形态,而儒家及屈子天命信仰中的终极存在则显得抽象和模糊。郭沫若评论屈原说:"他本质上对于神的存在是怀疑的。《天问》一篇差不多整个是对于'怪力乱神'的疑问。但他在另一方面却仍然保留着天的信奉,……或许在他的观念中的'皇天'或'后皇',也同儒家一样,只是一种理念,

---

① 参见李泽厚《新版中国古代思想史论》,天津社会科学出版社2008年版,第118页。

而不是像殷周时代的乃至如墨家意识中的那种人格神吧。照道理上讲来应该是这样。因为一方面既那样怀疑，另一方面似乎不应该再有人格神的信奉。"①其实，探究这一现象必须关注天命观和鬼神观的异趋。唯因二者不同，对鬼神的激烈否定与对天命的信仰是可以共存的。在创作《天问》以前，屈原的情况就是如此。屈原几乎在创作全部传世作品之前就不相信鬼神了②，可是，直到生命与创作的最后时期——放浪沅湘之时，他才彻底否弃了天命。屈子天命观、它的转变以及它与儒家天命观的联系，就是本章的核心关注。

第一节 "皇天无私阿兮,览民德焉错辅"

屈原在顷襄初年创作了《离骚》，该诗在反思三代浮沉兴亡后，说：

> 皇天无私阿兮,览民德焉错辅。
> 夫维圣哲以茂行兮,苟得用此下土。
> 瞻前而顾后兮,相观民之计极。
> 夫孰非义而可用兮,孰非善而可服？

此时，诗人在信仰上有一个皇天来作支撑。这皇天公正无私，无偏好偏恶，惟关注世人行为和德行善恶，其善者辅之，其恶者惩之。可以说，这是世俗道德问题的最终解决，是世人用"义"服"善"的最终依据，亦即最终的必然性和必要性。

毫无疑问，屈子的宗旨，是据此解释帝王得天下失天下的问

---

① 郭沫若《历史人物·屈原研究》,《郭沫若全集》历史编第四卷,第98—99页。
② 这一问题,请参阅拙著《屈原及其诗歌研究》第一章"超越和承继:屈原诗歌和原始传统"。

题。朱季海注"览民德焉错辅"一语,曰:"言观万民之中有道德者,因置以为君,使贤能辅佐,以成其志。"①揆度屈子本意,皇天"览民德焉错辅"乃一普泛的道理,适用于君上,也适用于众生,"圣哲以茂行"者拥有下土只是这一普泛道理的显证;而"圣哲以茂行"者固为有道德者,但有道德者却未必达至"圣哲以茂行"的境界,皇天亦未必置之以为君,且使贤能辅佐之(从训诂方面说,朱季海如此解释"错辅"也有待商榷)。因此,朱说不切合诗旨。胡文英注"瞻前而顾后"与"孰非善而可服"二句,云:"然天犹不轻于付托也,必瞻其前之所为,顾其后之足以当此重任否,而又相观民之所以计君立极者何如,所谓天视自我民视也,天之郑重也如此!古岂有用非义、服非善者乎?盖党人幽昧险隘,必有道君以非义非善者,故及之。"其说亦不准确。瞻前而顾后、相观民之计极者当是主人公(表征诗人)而非"皇天";文本中瞻前而顾后云云,实指其上文对三代浮沉兴亡的审视。胡注所引"天视自我民视",出自《尚书·泰誓》。该篇云:"民之所欲,天必从之";"天视自我民视,天听自我民听";"天聪明自我民聪明"②。屈子确有此类重民思想,然据此解释"瞻前而顾后"一语,实属牵合。屈子所谓"民之计极"实指人之计极——人之计谋标准或者人计谋的根本规律,此处"民"字与"览民德焉错辅"之"民"是同义的。换句话说,屈子是用人之计极来说明皇天向善去恶,其意殆为,瞻前而顾后,历观人世兴衰沉浮,可知用义服善者得皇天之福佑,用非义服非善者得皇天之惩罚,孰可用非义、服非善哉? 这正是申说"皇天无私阿兮,览民德焉错辅"一语。林兆珂注"夫孰非义而可用兮"一句,云:"言人臣谁有非义非善而可任用者乎?"仅仅据人君任用臣下来解释,太过偏狭;而且从句子构成上说,"孰"所指涉的范围必在

---

① 朱季海《楚辞解故》,上海古籍出版社 1980 年版,第 14 页。
② 分别见《左氏春秋》襄公三十一年(前 542)所引、《孟子·万章上》所引,以及《诗·大雅·烝民》之郑笺所引。

其上所言"民"之中,而"用"和"服"关涉的行为对象则分别是"非义"和"非善",林说亦未得之。

屈原这种认知跟儒家的说法较然一致,当即源自儒典。依儒家传统观念,德行高尚者必得保佑和赐福,德行败坏者必为上天遗弃,而得天下、失天下,亦莫不循此规律。《左氏春秋》鲁僖公五年(前655)引《周书》曰:"皇天无亲,惟德是辅。"《尚书·蔡仲之命》(今文无,晚《书》有)记成王册命蔡仲曰:"皇天无亲,惟德是辅。民心无常,惟惠之怀。为善不同,同归于治。为恶不同,同归于乱。"《离骚》"皇天无私阿兮,览民德焉错辅",正是说"皇天无亲,惟德是辅"。《尚书·伊训》(今文无,晚《书》有)载伊尹训王太甲,曰:"呜呼!嗣王祗厥身,念哉!圣谟洋洋,嘉言孔彰。惟上帝不常,作善降之百祥,作不善降之百殃。尔惟德罔小,万邦惟庆;尔惟不德罔大,坠厥宗。"这简直就是皇天"览民德焉错辅"的更显白的表述。《尚书·召诰》载召公对周成王说:"我不可不监于有夏,亦不可不监于有殷。我不敢知曰,有夏服天命,惟有历年,我不敢知曰,不其延;惟不敬厥德,乃早坠厥命。我不敢知曰,有殷受天命,惟有历年,我不敢知曰,不其延;惟不敬厥德,乃早坠厥命。今王嗣受厥命,我亦惟兹二国命,嗣若功。"《离骚》在叙述夏桀、殷纣丧天下之后,推出皇天览人德以错辅的结论,也正是说夏殷"惟不敬厥德,乃早坠厥命";《离骚》在叙述夏桀违常而逢殃、殷纣菹醢而亡宗、周文武论道而莫差之后,推出皇天览人德以错辅的结论,与《召诰》在指斥夏桀、殷纣惟不敬厥德,乃早坠厥命之后,聚焦于周之受命,思夏命殷命之所以坠以作鉴戒,取向与思路又完全一致。《诗经·大雅·文王》云:"无念尔祖,聿修厥德。永言配命,自求多福。"《离骚》在叙述桀纣亡天下后,紧跟着就叙述禹汤严而祗敬,举贤而授能,故拥有下土,建立夏商,也正是说"聿修厥德"则可"永言配命,自求多福"。《尚书·汤诰》(今文无,晚《书》有)载:"王归自克夏,至于亳,诞告万方。王曰:'嗟!尔万方有众,明听予一人诰。惟皇上帝,降衷于下民。若有恒性,克绥厥猷惟后。

夏王灭德作威,以敷虐于尔万方百姓,尔万方百姓罹其凶害,弗忍荼毒,并告无辜于上下神祇。天道福善祸淫,降灾于夏,以彰厥罪。'"此文在夏商易代背景上倡言"天道福善祸淫",与《离骚》所论堪称异曲而同工。《尚书·梓材》篇记周公对康叔之诰辞,曰:"今王惟曰:先王既勤用明德,怀为夹(辅),庶邦享作,兄弟方来,亦既用明德。后式典集,庶邦丕享。皇天既付中国民越厥疆土于先王,肆王惟德用和怿先后迷民,用怿先王受命。已!若兹监。惟曰:欲至于万年,惟王子子孙孙永保民。"这又是"夫维圣哲以茂行兮,苟得用此下土"的典型例证。由此可见,屈原讲"皇天无私阿兮,览民德焉错辅",综合了《书》《诗》等儒典的天命观念。其秉承儒家的精神,绝无可疑。

  屈子天命观承载着儒学的传统,当他把获得天命福佑的根本定位为"德"——具体说来即用"义"、服"善"时,他再次成为儒家一支极重要的方面军①。汪瑗《集解》论《离骚》"夫孰非义而可用兮,孰非善而可服"句,云:"'义''善'二言,深得吾儒性理之学。由此观之,则战国之时而惓惓乎仁义之谈性理之说者,不独孟子也,屈子之所学所养可知矣。其书真可继《三百篇》而无愧色,与七篇(指《孟子》)并传而不多让也。孰谓自从删后更无诗、而续仲尼之统者轲氏可独专其美哉?故后世哀屈子之穷,吾独喜屈子之高;后世爱屈子之词,吾独尊屈子之道也。安得起灵均于九泉,而亲与之论《离骚》也哉?"

  汪瑗可能忽视了一点:在创作《离骚》时,屈子把用义服善视为皇天的要求,这就意味着道德有一个终极性的本源,道德及其实践主体可得到终极性的保证或支持。一如孔子谓"天生德于予,

---

① 若取广义的"天命"范畴,可将儒典中鬼神向德的观念一起纳入考量(参阅拙作《孔子天命意识综论》,刊载于《孔子研究》1999年第3期、中国人民大学复印报刊资料《中国哲学》1999年第12期)。但屈子事实上比较严格地区分了天命和鬼神观念,故本书对"天命"范畴亦采取较为严格的界定。

桓魋其如予何"(《论语·述而》),在《离骚》创作期,屈子的人生追求和历史视野都拥有这一超越性的根基与支撑。在屈子修身—致君—美政的人生模式中,个体何以向善,何以致力于使君德完善,进而通过国君举贤授能,在国家层面上实现普遍的道德,以及与此相应的逐层的弃恶,其必然性和必要性等都可以从这里得到最终解释。同时,在屈子眼中,历史的兴亡沉浮,亦无不被这种基于道德善恶的天命的予夺一线贯穿。

第二节 "天命反侧"

在超越了对神鬼的信仰以后①,天命观似乎成了屈原思想保守性的表征。然而随着他被顷襄王流放和迁徙,他的现实悲剧日益深入地展开,他对历史和现实的反思渐趋深刻,对天命观也有了越来越深切的洞察。

《尚书》《诗经》等儒典充满天命无常之说,前人往往拘泥字面,所以误解丛生。实际上,所谓天命无常不是说天命没有定准,而是说它不会一成不变,变的依据还是德行的善恶;因此儒家之天命既无常又有常,既变又不变。

一方面,就天命依德行善恶而发生施与、转移而言,它并非一成不变的,此即《诗经·大雅·文王》所谓"天命靡常",《大明》所谓"天难忱斯",《荡》所谓"天生烝民,其命匪谌。靡不有初,鲜克有终"。郑玄笺释"天命靡常"一句说:"无常者,善则就之,恶则去之。"孔疏申之云:"《大学》引《康诰》曰:'惟命不于常。道善则得之,不善则失之矣。'……是无常之事也。"

而《尚书·大诰》载周公假成王口吻,说:"天棐忱,辞(殆)其

---

① 关于屈原超越了对于神的信仰,参见拙著《屈原及其诗歌研究》第一章"超越和承继:屈原诗歌和原始传统"。

考我民……"①又说："越天棐忱,尔时罔敢易法,矧今天降戾于周邦？惟大艰人,诞邻胥伐于厥室,尔亦不知天命不易！"《康诰》篇载周公告诫康叔,云："天畏棐忱,民情大可见。"《君奭》篇载周公对召公,曰："君奭！弗吊,天降丧于殷,殷既坠厥命,我有周既受。我不敢知曰厥基永孚于休,若天棐忱,我亦不敢知曰其终出于不祥。呜呼！君已曰时我,我亦不敢宁于上帝命,弗永远念天威。越我民罔尤违,惟人在。我后嗣子孙,大弗克恭上下,遏佚前人光,在家不知天命不易,天难谌,乃其坠命,弗克经历嗣前人恭明德。在今予小子旦非克有正,迪惟前人光,施于我冲子。又曰：'天不可信。'我道惟宁王德延,天不庸释于文王受命。"《咸有一德》（今文无,晚《书》有）记伊尹作书教导太甲,说："呜呼！天难谌,命靡常。常厥德,保厥位。厥德匪常,九有以亡。夏王弗克庸德,慢神虐民。皇天弗保,监于万方,启迪有命。眷求一德（纯一之德）,俾作神主。惟尹躬暨汤咸有一德,克享天心,受天明命,以有九有之师,爰革夏正。非天私我有商,惟天佑于一德。非商求于下民,惟民归于一德。德惟一,动罔不吉。德二三,动罔不凶。惟吉凶不僭在人,惟天降灾祥在德。"

各篇反复出现的"天命不易",旧说每每解为天命不可改易。如孙星衍疏解《大诰》"惟大艰人,诞邻胥伐于厥室,尔亦不知天命不易",云："《汉书》作'惟大艰人……大逆,欲相伐于厥室,岂亦知命之不易乎'。注：'师古曰：言……不知天命不可改易,乃大为艰难以干国纪,是自相谋诛伐其室也……'"②颜氏此注未必得《尚书》本意。观《君奭》既说"天降丧于殷,殷既坠厥命",又说"我有

---

① 裴学海于"忱"字下断句,并承王引之《经义述闻》卷三十一《通说上》"殆"字条,判此处"辞"读为"殆",乃"疑而有定之词"（参见所著《古书虚字集释》卷十,中华书局1954年版,第878页）。旧注往往于"辞"字下断句,未若裴说。《书》《诗》"天棐忱"或"天匪谌"之类为习见常语,则二说孰是孰非孰优孰劣,已无须多言。

② 孙疏所引见《汉书·翟方进传》。

周既受",则其所谓"天命不易"不可能指天命不可改易。《汉书·王莽传》载群臣上奏,引《书》"在家不知命不易"数语,颜师古解"命不易"为"受命之难",得《尚书》本旨。孙疏《君奭》驳斥此说,又误。

各篇反复出现的"天棐忱"或"天畏棐忱",旧注往往释为天道辅诚之类。《汉书·翟方进传》"粤天辅诚,尔不得易定",颜注谓"天道辅诚,尔不得改易天之定命",孔疏《大诰》"越天棐忱,尔时罔敢易法"语,引录其说。此解同样值得商榷。《尚书》诸"棐忱","并与《诗·荡》篇之'匪谌'同,谓不可信也"①。《君奭》既言"天棐忱",又言"天不可信",两者同义而互证。《君奭》"天难谌"语与此亦通,又可为证。而此语跟《诗经·大明》"天难忱斯"符同("斯"为语词,用于句末),再次见出《诗》《书》处处互相扶持,其互明关系更无可疑。《诗经·荡》谓"天生烝民,其命匪谌",约言之即"天命匪谌"或"天匪谌",与《尚书》"天棐忱"完全一致。凡此均可证旧解"天棐忱"之误。

要之,《尚书》也强调天命绝非一成不变。

另一方面,就天命必依德行善恶而去就言,"天行"又是"有常"的,此即《诗经·大雅·文王》所谓"宜鉴于殷,骏命不易",《皇矣》所谓"帝迁明德",《抑》所谓"昊天不忒",《周颂·敬之》所谓"敬之敬之,天维显思,命不易哉"。郑玄笺"宜鉴于殷,骏命不易",云:"宜以殷王贤愚为镜,天之大命,不可改易。"孔疏申之曰:"谓天意善者与之,恶者去之,此命一定,终不变改也。"郑玄笺"敬之敬之"一语,又说:"敬之哉,敬之哉,天乃光明,去恶与善,其命吉凶不变易也。"《尚书·康诰》"道善则得之,不善则失之矣",也是强调这种不可改变的必然性。

刘向《谏营昌陵疏》曾说:"孔子论《诗》至于'殷士肤敏,祼将于京',喟然叹曰:'大哉天命! 善不可不传于子孙,是以富贵无

---

① 参阅裴学海《古书虚字集释》卷十,第 878 页。

常;不如是,则王公其何以戒慎,民萌何以劝勉?'"(《全汉文》卷三十六)孔子谓"富贵无常",指涉天命变的一面,谓"善不可不传于子孙",指涉天命不变的一面;不变的是其理则或运作之标准,变的只是其去就。换言之,说天命变或不变,观察点有所不同,两种特性并非指向同一逻辑和事实层面,其实质也并无背离:天命向善去恶的恒久不变的理则贯穿了天命的去就,天命无论是去还是就,都是这种恒久理则的彰显和保证。正因天命具有这两种特性,所以才能对现实发挥一定的现实规范作用。作为道德终极保证的天命若无恒久不易之理则,或者一定便不改易其去就,则世人何以敬畏天命,何以始终向德行善、祛恶去非呢?周公谓"天棐忱,辞(殆)其考我民",正是强调,天命随德行之恶、善而去就,故能成我民之德。

屈原于顷襄王初年作《离骚》,在被放陵阳时期作《天问》,一直都在探究天命之变与不变。《离骚》"皇天无私阿"云云,乃强调其不变的运作准则。这段文字之前,乃叙述夏商之兴衰以及周之兴起。《天问》叙皇天先授夏商周以天下,复使商代夏、周代商,则是凸显其去就的变易。这种意义上的变与不变,其实均可由"皇天无私阿兮,览民德焉错辅"一语囊括。不过,天道福善祸淫之观念也适于普通众生。这本是屈原的基本认识。令他苦恼的是世事不必全循这一"定律",越充分考虑个人遭际,情形就越复杂。信念总要面对经验,理想总要面对现实,对历史的观照又总跟个人遭际纠缠在一起,屈原对天命信仰的反思,既凸显了对改朝换代的宏大关切,又凸显了对个体沉浮的具体关怀。

《天问》云:

> 皇天集命,惟何戒之?
> 受礼天下,又使至代之?

王逸注前一问,说:"言皇天集禄命而与王者,王者何不常畏慎而戒惧也?"他认为"集命"是从皇天方面说的,"戒之"则是从王者方面说的,后世学者翕然从之。其实王逸只说对了前半,但也并未明揭其所由。

皇天降命于人君之说,儒典中屡见不鲜。《诗经·大雅·大明》云:"天监在下,有命既集。"《文王有声》则说:"文王受命,有此武功。既伐于崇,作邑于丰。文王烝哉!"《尚书·康诰》载周公告诫康公,曰:"惟乃丕显考文王,克明德慎罚,不敢侮鳏寡,庸庸,祇祇,威威,显民。用肇造我区夏,越我一二邦,以修我西土。惟时怙冒(孙疏:言惟时大懋勉也),闻于上帝,帝休。天乃大命文王,殪戎殷,诞受天命,越厥邦厥民,惟时叙(孙疏:'叙'亦为'豫')。"《文侯之命》载周平王曰:"丕显文武,克慎明德,昭升于上,敷闻在下。惟时上帝,集厥命于文王……"这些都是典型例证。此外,皇天集命说还见于《尚书·顾命》,以及晚《书》之《大禹谟》《伊训》《太甲》《武成》《微子之命》等,不烦一一举列①。《天问》"皇天集命"之说无疑是本于儒典这一传统理念,连核心话语都较然一致。

"惟何戒之"一语紧承"皇天集命",其实仍是从皇天方面来说,指皇天对受命之君有何告诫(从语法上看也必须如此理解)。而上天告诫受命之君,儒典也早已有之。《尚书·胤征》(今文无,晚《书》有)记夏帝仲康时胤侯征讨羲和之辞,云:"先王克谨天戒,臣人克有常宪,百官修辅,厥后惟明明。"《诗经·大雅·皇矣》曰:"皇矣上帝,临下有赫(郑笺:大矣,天之视天下,赫然甚明)。……帝谓文王:无然畔援,无然歆羡,诞先登于岸(正义:郑以为,天告语文王曰:汝无如是拔扈者,妄出兵以征伐。汝无如是歆羡者,苟贪人之土地。汝既不可为此,欲广大汝之德美者,当先平于所欲征者之狱讼。狱讼者,知彼曲汝直,然后伐之)。……帝谓文王:予怀明德,不大声以色,不长夏以革。不识不知,顺帝之则(正义:郑以为,天帝告语文王曰:我之所归,归于人君而有光明之德,而不虚

---

① 其详请参见本书第五章所附"屈作与儒典之关联示要"。

广其言语之音声,以外作容貌之色;又不自以长诸夏之国,以变更于王法。其为人不记识古事,不学知今事,常顺天之法而行之。如此者,我当归之)。"《胤征》提及"天戒"——上天给君王的告诫,《皇矣》具体说明上天如何从"要……"和"不要……"两方面来告诫文王,是从终极关怀的立场上,来表达践履道德的要求。屈子"惟何戒之"一问关联的潜在叙述,便是儒典这种传统理念。

总之,《天问》"皇天集命,惟何戒之"一问沉思三代兴亡,实承继着《尚书》《诗经》等儒典开启的大传统。

接下来"受礼天下,又使至代之"一语,追问天命之去就,同样承载着厚重的儒学积淀。比如,周人以为成汤乃受命之君。《尚书·微子之命》(今文无,晚《书》有)载成王对微子曰:"呜呼!乃祖成汤,克齐圣广渊,皇天眷佑,诞受厥命。抚民以宽,除其邪虐,功加于时,德垂后裔。"《君奭》载周公答召公,亦提及成汤受命:"君奭,我闻在昔成汤既受命,时则有若伊尹,格于皇天。在太甲,时则有若保衡。在太戊,时则有若伊陟、臣扈,格于上帝,巫咸乂王家。在祖乙,时则有若巫贤。在武丁,时则有若甘盘(案:《汉书·古今人表》甘盘与傅说并列)。率惟兹有陈,保乂有殷(孙疏:言惟此有道之臣,安治有殷)。故殷礼陟配天,多历年所。"而另一方面,周人又认为殷商后来丧失了天命,被膺受天命之周朝取代。故《君奭》又载周公曰:"君奭,弗吊,天降丧于殷,殷既坠厥命,我有周既受。"这一正一反两面,正是屈子所面对的兴亡史——"受礼天下,又使至代之"。《诗经·大雅·大明》云:"明明在下,赫赫在上。天难忱斯,不易维王。天位殷適(嫡),使不挟四方。"这正是依据天使殷適居天子之位,复使其教令不达于四方,来追究天命之终极性的关切;"天位殷適,使不挟四方"一语,几乎跟"受礼天下,又使至代之"同义,至少是它的一个举证,由此足见《天问》此数语之本源。屈子意欲追究和凸显的是事件背后的必然性,就是说,他追问天命去就,根本关切在于道德。这一根本立场与儒典开启的大传统也完全一致。此外值得注意的是,屈子视举贤授能为圣哲之茂行,为得皇天辅佑、拥有下土的条件(《离骚》"皇天无私阿兮,览民德焉错辅。夫维圣哲以茂行兮,苟得用此下土"二语,紧承汤、禹、周文、周武举贤授能而兴的史实),与《君奭》周公将"殷礼陟配天,多历年所"的缘由归结为汤有伊尹,太甲有保衡,太戊有伊陟臣扈巫咸,祖乙有巫贤,武丁有甘盘等,在本质上也相通无碍。就这一层面来说,帝王膺受之天命是否会陨坠,在很大程度上取决于他是否用贤。屈子与儒典都有这种认知。

综上所论,"皇天集命,惟何戒之""受礼天下,又使至代之"二语,从终极关怀层面上,凸显君上修德行善的重要性,凸显人君善恶对王朝兴替的决定性影响,可以说是用质问的形式,逼出并再次确认了儒学传统的主题(在很多情况下,屈子的质问都是更有力的表述)。一如洪补所说:"受礼天下,言受王者之礼于天下也。有德则兴,无德则亡,三代之王,是不一姓,可不慎乎?"林庚解释这两问,说:"这里乃是就管蔡之乱,武庚之叛既平,周王朝天下初定,而总结回顾夏商周历代王朝更迭的历史。"①金开诚以为,这两问"必然是对夏朝灭亡提出的疑问,所以才与……商汤、伊尹开国事连在一起"②。实际上,屈子即便以三代为例,也是从一般的或者超越性的意义上来陈说得天下与失天下的根本。胡文英《屈骚指掌》云:"集命,指开国之君言。代之,指亡国之君言。问何以天命之不于常如此乎?"这种视野较为宏阔,也更接近屈子本意。

《天问》上述思考跟《离骚》基本上是一致的。不过这一时期,屈原正承受着历史经验的强烈冲击,所谓天命并非总能得到事实的验证。充当反证的主要是一系列个案,比如舜弟象以及齐桓公。

《天问》云:"舜服厥弟,终然为害。何肆犬豕,而厥身不危

---

① 林庚《〈天问〉论笺·〈天问〉笺释》,《林庚楚辞研究两种》,第236页。
② 参阅金开诚《屈原辞研究》第217页。金开诚认为这两问,原本当接在"何条放致罚,而黎服大说"之下,其后接"初汤臣挚,后兹承辅。何卒官汤,尊食宗绪"(见所著《屈原辞研究》,第212—213页)。

败?"舜待其弟象甚善,然而象始终欲加害于舜,肆其犬豕之心(象谓"谟盖都君咸我绩",自揭其为事件之主谋),舜为帝而封象于有庳,这是为恶者不被皇天惩治的显例;何以象一生未遇危败呢?这一质问凸显了屈子对天命的坚守。他之所以觉得象遭遇危败才合理,就是持守天命观的结果。但屈子显然已认识到一个个活生生的事实正在挑战自己的信念。从历史上看,屈子之问实非他一人一时之问。汉初司马迁在《史记·伯夷列传》中写道:"盗跖日杀不辜,肝人之肉,暴戾恣睢,聚党数千人横行天下,竟以寿终。是遵何德哉?……余甚惑焉,倘所谓天道,是邪非邪?"从本质上说,司马迁只不过是将屈子的例证象换成了盗跖而已,历史再次发出了相同的声音。善良而处于弱势的人总希望一种超越性的力量伸张正义,以接近理信上的公正。屈子、史迁,其血肉之躯的遭遇既异又同,政治上均被"阉割",相似的质问多少有其自身遭际的影子。

《天问》还质疑:"天命反侧,何罚何佑?齐桓九会,卒然身杀。"王逸章句云:"……天道神明降与人之命,反侧无常,善者佑之,恶者罚之。……齐桓公任管仲,九合诸侯,一匡天下。任竖刁、易牙,子孙相杀,虫流出户。一人之身,一善一恶,天命无常,罚佑之不恒也。"此说很可能未契诗旨。对屈原来说,齐桓悲惨的结局意味着皇天罚错了,若皇天真的佑善罚恶,他不应遭此厄运。朱熹集注承王说并加断语曰,"皆其所自取也"。其道理虽是,但同样非屈子本意。因为由屈子看来,齐桓固有错失,尚不至于受此惨剧。屈子之本意当是追究天命之失衡,对他来说,齐桓这一个案再次使天命与道德的必然关联被动摇。

齐桓公九合诸侯一事,文献中多见。《国语·齐语》"吾欲南伐"章云:"(桓公)即位数年,……岳滨诸侯莫敢不来服,而大朝诸侯于阳谷。兵车之属六,乘车之会三,诸侯甲不解累(韦注:累,所以盛甲也),兵不解翳(韦注:翳,所以蔽兵也),弢无弓(韦注:弢,弓衣也),服无矢(韦注:服,矢衣也)。隐武事,行文道,帅诸侯而朝天子。"《史记·齐太公世家》记桓公曰:"寡人兵车之会三,乘车之会六,九合诸侯,一匡天下。"正义谓,"兵车之会三",指《左氏春秋》鲁庄十三年(前681),会北杏以平宋乱;僖四年(前656),侵蔡,遂伐楚;六年(前654),伐郑,围新城。"乘车之会六",指《左氏春秋》鲁庄十四年(前680),会于鄄;十五年(前679),又会鄄;十六年(前678),同盟于幽;僖五年(前655),会首止;八年(前652),盟于洮;九年(前651),会葵丘。《春秋经》及《穀梁传》于庄公二十七年(前667)有比较详细的说明:

> 夏,六月,公会齐侯、宋公、陈侯、郑伯,同盟于幽。○同者,有同也,同尊周也。于是而后授之诸侯也。其授之诸侯,何也?齐侯得众也。桓会不致(不行饮至之礼),安之也。桓盟不日(策书不记日子),信之也。信其信,仁其仁。衣裳之会十有一者,未尝有歃血之盟也,信厚也。兵车之会四,未尝有大战也,爱民也。

范宁集解注"衣裳之会十有一",以为指"(庄)十三年(前681)会北杏,十四年(前680)会鄄,十五年(前679)又会鄄,十六年(前678)会幽,二十七年(前667)又会幽,僖元年(前659)会柽,二年(前658)会贯,三年(前657)会阳穀,五年(前655)会首戴,七年(前653)会宁毋,九年(前651)会葵丘";注"兵车之会四",以为指"僖八年(前652)会洮,十三年(前647)会鹹,十五年(前645)会牡丘,十六年(前644)会淮"。孙复云:"孔子止言其九者,盖十三年会北杏,桓始图伯,其功未见,十四年会鄄,又是伐宋……僖八年会洮、十三年会鹹、十五年会牡丘、十六年会淮,皆有兵车也,故止言其会之盛者九焉。此圣人贵礼义、贱武力之深旨也。"(《春秋尊王发微》卷三)

据传世屈作,我们难以确知屈子究竟是在哪些政教伦理层面上认可齐桓,然而他推重齐桓九合却毫无疑义;进一步参考儒典,则可断言他是着眼于齐桓之仁信礼义等等。儒典方面的材料,除上引《穀梁传》外，应该注意孔子对齐桓公亦颇有肯定。《论语·宪问》载："子路曰：'桓公杀公子纠，召忽死之，管仲不死。'曰：'未仁乎？'子曰：'桓公九合诸侯，不以兵车，管仲之力也。如其仁！如其仁！'"孔子虽是推重管子，却也表明他对齐桓有所肯定（管仲之仁被齐桓实现，则齐桓也有某种程度的仁）。《天问》很明显是拾起了"桓公九合诸侯"的话题，殆亦认同齐桓"不以兵车"之"仁"。齐桓九合诸侯，不以兵车，虽仰赖管仲，但贤臣若不遇，亦终不能成事，这是屈子很强烈的意识。故屈子尝谓："闻百里之为虏兮，伊尹烹于庖厨。吕望屠于朝歌兮，宁戚歌而饭牛。不逢汤武与桓缪兮，世孰云而知之。"（《九章·惜往日》）其间未列举管仲，可管仲之于齐桓，亦完全符合这一认知。《论语·宪问》又载孔子曰："晋文公谲而不正，齐桓公正而不谲。"屈子当亦认同这一论断①。《离骚》谓皇考"名余曰正则"，又谓"耿吾既得此中正"；《怀沙》谓"内厚质正兮，大人所盛"；《涉江》则表示"余将董道而不豫"（王逸章句谓："董，正也"）。足见"正"或"正道"也是屈子持守的重要取向。《左氏春秋》鲁昭十三年（前529）记晋叔向对韩宣子，曰："齐桓，卫姬之子也，有宠于僖。有鲍叔牙、宾须无、隰朋以为辅佐，有莒、卫以为外主，有国、高以为内主。从善如流，下善齐

---

① 有学者说，孟子回齐宣王说"仲尼之徒，无道桓文之事者"（《孟子·梁惠王上》），而屈作许多篇章都写到了齐桓、晋文，故屈子不是孔孟的信徒（汤漳平《〈远游〉应确认为屈原作品》，刊载于《中州学刊》2009年第3期）。这样理解《孟子》，一方面可能违背了事实，仲尼之徒何尝不说不写齐桓晋文之事呢？另一方面则可能有以辞害意之弊。孟子本意殆在反驳齐宣津津于霸道之心，欲以王道耸动之，故紧接着就说："无以，则王乎"。这是孟子常用的游说之术。他如齐宣说"寡人有疾，寡人好货"，孟子接口便对以"昔者公刘好货"，齐宣说"寡人有疾，寡人好色"，孟子接口便对以"昔者大王好色"（《孟子·梁惠王下》），其宗旨是以公刘、太王作楷模来诱导齐宣。若谓孟子之意是说公刘如通常人"好货"，太王如通常人"好色"，则背离其本旨。董仲舒对江都易王说，"仲尼之门，五尺之童羞称五伯，为其先诈力而后仁义也"（《汉书·董仲舒传》），朱熹集注引之，且谓董子之意，跟孟子说"仲尼之徒，无道桓文之事者"相同，可谓善解孟子矣。

肃,不藏贿(杜注:清也),不从欲(杜注:俭也),施舍不倦,求善不厌,是以有国,不亦宜乎?"由叔向之言亦可见齐桓颇有善行。屈子对《左氏春秋》一书极为熟稔(他建构的历史视野,有很多内容均基于《左氏春秋》之记述),这些记述很可能也是屈子对齐桓公的认知。

然而齐桓公下场十分悲惨,屈原称之为"卒然身杀"(洪补云:"按小白之死,诸子相攻,身不得敛,与见杀无异,故曰'卒然身杀',甚之也"),并因此对天命产生更深刻的质疑。《左氏春秋》僖公十七年(前643)记齐桓之卒,文字甚简。《齐太公世家》记桓公事则甚繁复,故不具引。王逸注《七谏·沉江》"齐桓失于专任兮,夷吾忠而名彰",说:"夷吾,管仲名也。管仲将死,戒桓公曰:竖刁自割,易牙烹子,此二臣者不爱其身、不慈其子,不可任也。桓公不从,使专国政。桓公卒,二子各欲立其所傅公子。诸公子并争,国乱无主,而桓公尸不棺,积六十日,虫流出户,故曰失于专任,夷吾忠而名著也。"据《齐太公世家》,一同祸害齐国者尚有"倍亲以适君"的卫公子开方。《管子·戒》记管仲对齐桓,谏桓公必去易牙、竖刁,又必去开方:"今夫卫公子开方,去其千乘之太子而臣事君,是所愿也得于君者,是将欲过其千乘也。"齐桓不能从管子之谏言,其不得善终,自身确实有很大责任。周拱辰从这一层面作注,曰:"何罚何佑,言可以倏佑之而牛耳中原,倏罚之而腐尸杨门之扇也。任管仲则霸,信竖刁、易牙、开方则乱,九合之功,不能胜三佞之奸,天命何常哉!原曰'何罚何佑',吾则曰亦自罚自佑。"此说在理。然由《天问》上下文确然可知,这几句主要是质疑天命,而非质疑齐桓。

《天问》中齐桓这一符号确实含有警示君上用人不当之意。齐桓九合诸侯,一匡天下,本赖"管仲之力",后来信用易牙、开方、竖刁等奸臣,至于身死不葬,子孙相杀,国家大乱。其间道理正如陆贾所说,"杖圣者帝,杖贤者王,杖仁者霸,杖义者强,杖谗者灭,杖贼者亡"(《新语·辅政》)。齐桓之遭遇确可警示人君:信用谗邪,必遭艰厄。林云铭云:"以齐桓一人之身,而天命罚佑之不同如此,而况周之后世有昭后、穆、幽乎?总收上文,言外有用管仲则兴,用竖刁辈则亡之意,为下文殷弃三仁、周用太公起引。"这样说有一定道理,但须知屈子的归结在于天命。屈子反思齐桓这一个案,聚焦于天命而致其疑,其意殆为,齐桓得管仲辅佐,故皇天佑之,而九合诸侯,齐桓障蔽于易牙等奸臣,故皇天罚之,而卒然身杀①,然则一人之身而罚佑兼施,天命若似反侧无定,究竟何罚何佑乎?显然,诗人已认识到,皇天"览民德焉错辅"存在某种限度,即存在某种不确定性。

《离骚》时期,屈子给皇天以无可置疑的信赖。而《天问》时期,依然瞻前顾后、反思社会和人生的屈子却不断挑战着自己,尽管他依旧强烈期盼着佑善斥恶的天命能被经验确证。其间根本原因,在于跟信念相反的事实不停地撞击着他的思想。当初坚定地信仰天命时,他自觉不自觉地选择了可以支持这种信仰的经验。而今对天命产生了怀疑,甚至有否弃天命的倾向,他又自觉不自觉地选择了乖离这一观念的经验。这显然是人类心理或思维的一种常态。

第三节 "皇天之不纯命"

《哀郢》开篇云:"皇天之不纯命兮,何百姓之震愆?民离散而相失兮,方仲春而东迁。"朱熹集注云:"无所归咎,而叹皇天之不纯其命,不能福善祸淫,相协民居,使之当此和乐之时,而遭离散之苦也。"《哀郢》此数语中的"百姓"和"民"都是就诗人自身而言的,表明自身遭际已凸显为挑战传统及屈子自我天命观的根本。

---

① 屈子认为,用贤与否影响天命之赏罚或去就。《离骚》紧承汤、禹、周文周武之举贤授能,说"皇天无私阿兮,览民德焉错辅。夫维圣哲以茂行兮,苟得用此下土",《君奭》谓汤有伊尹,太甲有保衡,太戊有伊陟臣扈巫咸,祖乙有巫贤,武丁有甘盘,故"殷礼陟配天,多历年所",都有这层意思。

在生命及创作的最后时期——经过至少九年的陵阳被放而至迁放沅、湘期间,屈子对天命的质疑达到了巅峰。《涉江》感慨往古圣贤无一有好下场:"接舆髡首兮,桑扈臝行。忠不必用兮,贤不必以。伍子逢殃兮,比干菹醢。"屈子将接舆、桑扈跟伍子、比干并视为忠贤,说他们一律未得到天命的佑助①。此数语前后,诗人说自己遭遇不幸有其必然性:"吾不能变心而从俗兮,固将愁苦而终穷","余将董道而不豫兮,固将重昏而终身"。一系列忠贤的悲剧结局,连带着他本人的凄惨遭遇,最终使他解构了自己原来信从的天命观。"皇天无私阿兮,览民德焉错辅"的信念是善良的,却经不起现实和历史的验证,根本就不存在一个保证道德善的皇天,不存在那种必然性。《离骚》以"孰……而可……孰……而可"的彻底的排斥性的反问,强调皇天福佑善德的必然性,《涉江》以"不必……不必……"的句式否弃这种必然性,同时以"固将……固将……"的句式强调相反的必然性,正好构成了鲜明的对立,诗人完成了对传统及其自身的双重超越。

可以说,屈原最终达成了荀子式的清醒。称之为"荀子式的清醒",并非指这种清醒荀子才有,其实荀子之前,甚至孟子之前,它就已经产生了,只是相关文献已丧失主名,归结到荀子较为方便。

前文多次提到郭店楚墓所出的文献《穷达以时》,它是屈子之时就传播到屈子之地的儒家典籍之一,孟子都可能读到过。在叙述舜与尧等一系列经典的君臣遇合故事前,它说:"又(有)天又

---

① 屈子视野中有很多内容超出了通常的历史叙述,后人对接舆、桑扈的了解不全面,也可能不准确,但这不影响我们对屈子天命观的认知。伍子胥的情况存在另外一种复杂性,即其行事作为比较清楚,评价则有较大分歧。宋代史家李壁批评伍子胥,并质疑《惜往日》为屈子之作,笔者在探讨屈子历史视野时已作辨析,不再重复。简言之,在多数学者眼中,伍子胥兼具忠奸两面。笔者要强调的是,屈原使用这个例子完全是就其忠于吴王吴国而言的,称之为"忠""贤"有特定的指涉,无视这一点而纠缠,毫无意义。

人,天人又分。譏(察)天人之分,而智(知)所行矣。又其人,亡其殜(世),唯(虽)臤(贤)弗行矣。苟又其殜,何〔懂〕〔懻(难)〕之又才(哉)。"《穷达以时》如此区隔"人"与"天",是因为"天"的不可必(道家学者着力张扬"人"和"天"的对立,则是另外一种"人"和"天"了)。《穷达以时》认为,贤否在"人",是否逢其世在"天",有其人而无其世,虽贤弗行矣,有其人又有其世,则飞黄腾达何难之有! 总之"堣不堣,天也",人之贤否不起根本作用。"子疋(胥)前多礼(功),后翏(戮)死,非其智悑(衰)也",不遇也;"骥(骥)䭱(厄)张(常)山,騹(骐)空于㠯埜,非亡膿(体)壮也",不遇也;骐骥"穿四泃(海),至千里","堣告(造)〔父〕古(故)也"。而正因为有善德不意味着得到上天的终极性的辅助,主体对善德的追求和持守才更有完足的意义。《穷达以时》谓:"善怀(否),己也。穿(穷)达以时,德行弌(一)也";"苩(茝)□□□□□□□□嗅(嗅)而不芳。无(珷)苔(璐)菫(瑾)愈(瑜)圽(包)山石,不为□□□□不雀(理)。穿达以时,墬(幽)明不再,古(故)君子憳(惇)于忟(反)己"。这些文字残缺较多,可基本意思显然是说茝不因不得知遇而改其芬,玉不因遭乱石而变其质,君子不论穷达,都会敦勉反求诸己。

几乎可以肯定地说,《穷达以时》是影响了屈原的重要文献。《穷达以时》所叙舜遇尧、㠯䚻(皋陶)遇禹、傅说遇武丁、邵宝(吕望)遇周文、完寺虡(管夷吾)遇齐迊(桓)、白(百)里遇秦穆,成为屈子绝大多数辞作的核心关注。《穷达以时》强调这些历史人物遇合明君的重要性,在屈子那里得到了回响。其《惜往日》感慨伊尹、吕望、宁戚及百里奚诸子,云:"不逢汤武与桓缪兮,世孰云而知之。"《穷达以时》的主旨是"苩(茝)□□□□□□□□嗅(嗅)而不芳。……穿达以时,墬(幽)明不再,古君子憳(惇)于忟(反)己",这正是屈子的抉择。《悲回风》云"故荼荠不同亩兮,兰茝幽而独芳",《涉江》谓"世溷浊而莫余知兮,吾方高驰而不顾","吾不能变心而从俗兮,固将愁苦而终穷","余将董道而不豫兮,固将重昏而终身",表达的是一样的意思。《穿达以时》区隔"天""人",与屈子沉湘时期切断道德与天命的必然联系,也呈现出某种一致性。

荀子稍后于屈子,他依然是天命观念的信仰者,只是因为高唱人定胜天的主旋律,其天命观往往被无视。《荀子·修身》云:"端悫顺弟(悌),则可谓善少者矣;加好学逊敏焉,则有钩无上,可以为君子者矣。偷儒惮事(苟且怠惰、畏劳苦),无廉耻而嗜乎饮食,则可谓恶少者矣;加惕悍(放荡凶悍)而不顺,险贼而不弟焉,则可谓不详(祥)少者矣,虽陷刑戮可也。老老而壮者归焉,不穷穷而通者积焉,行乎冥冥而施乎无报,而贤不肖一焉,人有此三行,虽有大过(祸),天其不遂乎!"天基于人的德行予以报偿,正是儒家传统的天命观念。《荀子·不苟》云:"君子,小人之反也:君子大心则〔敬〕天而道,小心则畏义而节;知则明通而类,愚则端悫而法;见由(用)则恭而止,见闭(道不行)则敬而齐;喜则和而理,忧则静而理;通则文而明,穷则约而详。"这里也存在关注世人德行的天,"敬天"乃君子之"大心"。

对本节内容而言,更值得注意的是,荀子也承袭了《穿达以时》的核心观念。《荀子·宥坐》云:"且夫芷兰生于深林,非以无人而不芳。君子之学非为通也,为穷而不困、忧而意不衰也,知祸福终始而心不惑也。夫贤不肖者,材也;为不为者,人也;遇不遇者,时也;死生者,命也。今有其人,不遇其时,虽贤,其能行乎?苟遇其时,何难之有?故君子博学深谋、修身端行以俟其时。"这些说法基本上是从《穿达以时》来的。此外,荀子同样倾向于切断天命和道德善恶的必然联系,来缓解经验事实对传统信仰的冲击。《荀子·宥坐》记:

> 孔子南适楚,厄于陈、蔡之间,七日不火食,藜羹不糁,弟子皆有饥色。子路进问之曰:"由闻之:为善者天报之以福,为不善者天报之以祸。今夫子累德、积义、怀美行之日久矣,

奚居之隐也(王先谦集解:隐谓穷约)?"孔子曰:"由不识,吾语女。女以知者为必用邪?王子比干不见剖心乎!女以忠者为必用邪?关龙逢不见刑乎!女以谏者为必用邪?吴子胥不磔姑苏东门外乎!夫遇不遇者,时也;贤不肖者,材也。君子博学深谋不遇时者多矣。由是观之,不遇世者众矣,何独丘也哉!'"

《荀子·非十二子》云:

> 士君子之所能、不能为:君子能为可贵,不能使人必贵己;能为可信,不能使人必信己;能为可用,不能使人必用己。故君子耻不修,不耻见污;耻不信,不耻不见信;耻不能,不耻不见用。是以不诱于誉,不恐于诽,率道而行,端然正己,不为物倾侧:夫是之谓诚君子。《诗》云:"温温恭人,维德之基。"此之谓也。

《荀子·大略》亦云:

> 君子能为可贵,不能使人必贵己;能为可用,不能使人必用己。

在认识到道德善不意味着必得皇天辅助的前提下,对道德善的坚持凸显出更完满的价值。

《在宥》假托孔子之口,传达的是《穷达以时》以降日益强化的理智传统,并非孔子本意。在孔子那里,天命与道德有高度的同一性。《论语·述而》载子曰:"天生德于予,桓魋其如予何?"朱熹集注云:"魋欲害孔子,孔子言天既赋我以如是之德,则桓魋其奈我何?言必不能违天害己。"《子罕》载:"子畏于匡。曰:'文王既没,文不在兹乎(集注:道之显者谓之文,盖礼乐制度之谓)?天之将丧斯文也,后死者不得与于斯文也;天之未丧斯文也,匡人其如予何?'"朱熹集注云:"言天若欲丧此文,则必不使我得与于此文;今我既得与于此文,则是天未欲丧此文也。天既未欲丧此文,则匡人其奈我何?言必不能违天害己也。"可是到了荀子,孔子承儒家故典深入思考道德问题,为之精心构筑的终极保证——天命,被轻松搁置到了一边,道德和天命被重新分离了。所以从整体上说,强调个人德行与天之报偿的关系已绝非荀子思想的主流。《史记·孔子世家》载,孔子在陈蔡间绝粮:"从者病,莫能兴。孔子讲诵弦歌不衰。……孔子知弟子有愠心,乃召子路……曰:'……由,譬使仁者而必信,安有伯夷、叔齐?使知者而必行,安有王子比干?'"这一记述是承《荀子》而来的,准确地说它传达的是荀子的思想①。

传统天命观由"孔子式"变而为"荀子式",有逻辑上的必然性。由于不断承受来自经验现实的挑战,它必然会产生这种转捩。有趣的是,比荀子稍早的屈原不仅已完成了这一层面的反思和转变,同时实现了对自我的否定。可以说,屈子一人在自己身上,走完了从"孔子式"变为"荀子式"的路程(简言之,"孔子式"代表的是《书》《诗》等儒典至孔子的古老传统,"荀子式"代表的则是《穹达以时》至《荀子》的清醒理智传统)。这又是极耐寻味的思想学术史课题:就历史的发展而言,屈子天命观的前一半符同于"孔子式",后一半则符同于"荀子式",而且至少从逻辑上看,他充当着从孔子到荀子的过渡。

对屈原来说,这一转变是极为痛苦的,这迥非一般的自我否定。其一,他否定的恰恰是自己一向高度期盼的。其二,他的否定不仅基于对自身之外历史或现实的反思,还基于他自身的遭遇。因此,这一思想蜕变的痛苦必然是多重的。个人遭际在这一历程中发挥的作用不可小视。表明屈子坚信天命的《离骚》作于顷襄

---

① 参阅拙作《孔子天命意识综论》,刊载于《孔子研究》1999年第3期、中国人民大学复印报刊资料《中国哲学》1999年第12期。

初他第二次被流放前,表明屈子对天命充满不解的《天问》和《哀郢》作于第二次被放的陵阳时期(后者作于被放陵阳的第九个年头),表明诗人完成对天命观之超越的《涉江》作于最后放迁于沅湘时期。自屈子第二次被放逐以来,作为否定皇天辅佑善人的证据,其自身遭遇显示了越来越大的分量。思辨再强也抵不住经验的否定,信念再好也承受不了基于切肤之痛的现实的批判。东方朔《七谏·初放》云:"悠悠苍天兮,莫我振理。"《怨世》云:"皇天既不纯命兮,余生终无所依。"这大抵就是屈子后半生的真实写照。此时他对天命的感受殆正如骚体《胡笳十八拍》所说:"为天有眼兮何不见我独漂流?为神有灵兮何事处我天南海北头?我不负天兮天何配我殊匹?我不负神兮神何殛我越荒州?"只不过他早已否定了神的实存性,他直面的只有天命的虚廓。

屈原以象、齐桓、接舆、桑扈、比干、伍子以及他本人的际遇,从恶人得好报、好人得恶报两个不同面向,对天命发出质疑。这一点,跟司马迁作一比较,可以看得更加清楚。司马迁曾以伯夷、叔齐、颜回、盗跖以及他自身的遭遇来质疑天命,说:"或曰:'天道无亲,常与善人。'若伯夷、叔齐,可谓善人者非邪?积仁洁行如此而饿死!且七十子之徒,仲尼独荐颜渊为好学。然回也屡空,糟糠不厌,而卒蚤夭。天之报施善人,其何如哉?盗跖日杀不辜,肝人之肉,暴戾恣睢,聚党数千人横行天下,竟以寿终。是遵何德哉?……余甚惑焉,倘所谓天道,是邪非邪?"(《史记·伯夷列传》)司马迁特别强调:"若至近世,操行不轨,专犯忌讳,而终身逸乐,富厚累世不绝。或择地而蹈之,时然后出言,行不由径,非公正不发愤,而遇祸灾者,不可胜数也。"(《史记·伯夷列传》)这"非公正不发愤"的一群正包括司马迁自己,甚至正以他自己为典型。司马迁如此以正反两个系列的实例来质疑天道,其具体思考与取证方式,都跟屈子较然一致,堪为屈子思想的旁证与注脚(前期屈原对传统天命观的确认和持守,以及后期屈原与荀子、司马迁反思传统天命观的内在逻辑架构、典型例证和结果,可参见以下两表所示)①。

表4-1 前期屈原所持天命观及其正反面的支持

正面支持	反面支持	对天命之必然性的确认
禹、汤、周文、周武	启、太康、羿、浞、浇、桀、后辛(纣)	"固乱流其鲜终";"皇天无私阿兮,览民德焉错辅……"

说明:本表所列各例(具体事实从略),从正面或反面支持屈子对天命观的确认和信仰;在文本中,他们与屈子天命观有直接联系。而且,两方面例子均可依各自取向进一步增益。

表4-2 后期屈原与荀子史迁对传统天命观的反思:
内在逻辑架构、典型例证和结果

	正例		反例	反思之结果
	他人	自身		
屈原	比干、齐桓、接舆、桑扈、伍子胥	《哀郢》开篇之"百姓""民"等	舜弟象	否弃了传统天命观,唯坚守道德
荀子	关龙逢、比干、伍子胥、孔子			否弃了传统天命观,唯坚守道德
史迁	伯夷;叔齐;颜渊;近世"择地而蹈之,时然后出言,行不由径,非公正不发愤,而遇祸灾者"(除史迁本人)	近世"择地而蹈之,时然后出言,行不由径,非公正不发愤,而遇祸灾者"之典型——史迁本人	盗跖;近世"操行不轨,专犯忌讳,而终身逸乐,富厚累世不绝"者	挑战传统天命观,却未切断天命与道德的联系,对传统天命观仍有坚持(传统天命观仍是司马迁解释历史的重要根基)

---

① 有一点是不同的,司马迁虽有困惑,却未曾放弃对传统天命观的坚持,屈原最终则放弃了这种信仰。士大夫对儒家天命观抱"矛盾"心态者,司马迁之外,最典型的可能是王充。王充是从理论上明断天命跟人德毫无关联的伟大思想家,对儒学天命观有深刻的批判,可他深知这种天命观虽"不入于道义",却"合于人事"(《论衡·自然》)。凡此亦请参阅拙作《孔子天命意识综论》。

说明:表中所列正例(具体事实从略),指屈、荀、司马三家在价值取向上肯定,却背离传统天命观的实例(即乖违善有善报之观念者);反例指各家在价值取向上否定,而背离传统天命观的实例(即乖违恶有恶报之观念者)。各家用例,本表只列举其要者(在各自文本中,他们直接联系着对天命的反思),因此往往可依各自取向进一步扩展。比方说,荀子方面,尚可于正例中加入虞舜、孝己、颜渊等。(《荀子·大略》云:"虞舜、孝己孝而亲不爱,比干、子胥忠而君不用,仲尼、颜渊知而穷于世。")

余 论

《穷达以时》与荀子扬弃了对天命的依赖,因此更凸显了对道德的坚持,屈原超越了天命,因此更见出他人格的伟大。屈原最终确认,并无一种超然、必然的力量来支持自己的信念和选择,但他没有放弃。他在《涉江》"忠不必用兮,贤不必以"之下写道:"与前世而皆然兮,吾又何怨乎今之人! 余将董道而不豫兮,固将愁苦而终身!"他一如既往地坚持信念和追求,毫不犹豫地遵循正道,无畏且无悔地承受着由此带来的不幸,比如终生的忧愁、痛苦、困窘等等。屈原最后投江自杀,在跟生命相背的那一面,实际上并无彭咸的灵魂安慰他,他也没有如传说所云变成水仙。汨罗的涛声、端午的龙舟竞渡和粽子,这一切都与他无关。虽然屈原热衷于用神鬼作表现的形式和素材,但根据其理性认知,神鬼乃是子虚乌有的①。屈原起初虽坚信皇天辅助善德,最终还是确认了不存在所谓的皇天眷顾,从此他踽踽独行,最大程度地品味着人世的凄惨和孤独。屈原用代价沉重的前进和上升显示了他在思想史上的独特意义。他一直向传统和现实做着双向的挑战,他承受的压力必然

---

① 对以神鬼为核心的原始传统,屈子从理性上予以激烈的否定,在艺术表达上则有深刻的继承,参阅拙著《屈原及其诗歌研究》第一章"超越和承继:屈原诗歌和原始传统"。

是双重的,其回应亦必然更悲壮、更激烈。《涉江》云:

> 入溆浦余儃佪兮,迷不知吾所如。
> 深林杳以冥冥兮,乃猿狖之所居①。
> 山峻高以蔽日兮,下幽晦以多雨。
> 霰雪纷其无垠兮,云霏霏而承宇。
> 哀吾生之无乐兮,幽独处乎山中。
> 吾不能变心而从俗兮,固将愁苦而终穷。

黄文焕品曰:"自家黯淡幽惨之怀,倒从山林云雪上写出,加倍凄凉,使人目读而心不敢思。"尽管胸怀黯淡幽惨,但对"心"的坚持却胜过对"乐"的追求以及对"愁苦"的拒斥。这就是不朽的屈原,不屈的斗士。

---

① 原无"乃"字,从一本。

第五章　屈原：观照儒学传播与影响的重要个案

　　此前第二、三、四章，分别从人生追求模式、历史视野、天命观三大方面，论析了屈原"儒家的精神"，而第一章也揭示了他符同儒家的一些事实。那么，屈原如何从根本上接受了儒学全方位的影响呢？现在看来，具体回答这一问题并不容易，因为我们已无法复原当时儒学传播和接受的具体渠道。但儒典及儒家学说在楚国长期存在，是不可否认的事实，其中当即蕴涵着屈子接受儒学的现实路径。

　　儒家由孔子开创于春秋末期，其学说则承继、光大了历史悠久的周文化，儒家建立时期的主要核心经典就是由周代典籍积淀而成的。所以，我们首先需要考虑周文化或典籍向楚国的传布及其影响。在屈原出生约两个半世纪前的春秋中期，当孔子出生前大约半个世纪，楚庄王（前613—前591年在位）使士亹傅太子箴，士亹就教学事宜向贤大夫申叔时请教①。申叔时列举了《春秋》《世》《诗》《礼》等教育科目，且阐发各科之宗旨，云：

　　　　教之《春秋》（韦注：以天时纪人事，谓之《春秋》），而为之耸善而抑恶焉，以戒劝其心；教之《世》（韦注：《世》，谓先王

---

① 有学者称申叔时为"第一代楚儒家"（刘冬颖《出土文献与先秦儒家〈诗〉学研究》，知识产权出版社2010年版，第159页），不确。孔子才是儒家学派的创始人，不过他继承了此前数百年的周代礼乐文明而已。

之世系也),而为之昭明德而废幽昏焉,以休惧其动(韦注:休,嘉也);教之《诗》,而为之导广显德(韦注:显德,谓若成汤、文、武、周、邵、僖公之属,诸诗所美者也),以耀明其志;教之《礼》,使知上下之则;教之《乐》,以疏其秽而镇其浮(韦注:疏,涤也。乐者,所以移风易俗,荡涤人之邪秽也。镇,重也。浮,轻也);教之《令》,使访物官(韦注:《令》,谓先王之官法、时令也。访,议也。物,事也。使议知百官之事业);教之《语》(韦注:《语》,治国之善语),使明其德,而知先王之务用明德于民也;教之《故志》(韦注:《故志》,谓所记前世成败之书),使知废兴者而戒惧焉;教之《训典》,使知族类,行比义焉(韦注:《训典》,五帝之书。族类,谓若惇序九族。比义,义之与比也)。(《国语·楚语上》"庄王使士亹傅太子箴"章)

这些科目远远超出了楚史楚文化的范围,而有周代礼乐文化的鲜明特征,即便不等同于后世之儒典,也必定与之密切关联;其教育目的则完全是周文化或儒家式的。因此,绝对不可低估周文化在楚国上层的传播。《左氏春秋》昭公二十六年(前516)记周朝内乱,敬王庶兄王子朝"及召氏之族、毛伯得、尹氏固、南宫嚚奉周之典籍以奔楚",进一步加强了周文化与典籍在楚国的存在。这一年孔子三十六岁,距屈原之降生有一个半世纪以上。楚人接受周文化或典籍早就是一种相当普遍的事实了。这里举数事以明之。《左氏春秋》多次记载楚人赋《诗》或引《诗》。如成公二年(前589)记楚令尹子重引《大雅·文王》"济济多士,文王以宁";昭公三年(前539)记楚灵王享郑伯,赋《小雅·吉日》;昭公七年(前535)记芊尹无宇引《小雅·北山》"普天之下,莫非王土。率土之滨,莫非王臣";昭公十二年(前530)记楚右尹子革引逸诗《祈招》"祈招之愔愔,式昭德音。思我王度,式如玉,式如金。形民之力,而无醉饱之心";昭公二十三年(前519)记楚左司马沈尹戌引《大雅·文王》之"无念尔祖,聿修厥德";昭公二十四(前518)记沈尹戌引《大雅·桑柔》之"谁生厉阶？至今为梗"。由这些材料，足可见出楚国上层之熟谙传统儒典①。《史记·仲尼弟子列传》《汉书·儒林传》曾记楚人"馯臂子弘（弓）"受《易》于商瞿。郭沫若认为其名当作"馯子肱臂"，乃字上名下的古式，后人妄据字下名上的新式改之（"弓"为"肱"之假借），又断定其年代"大约是和子思同时，比墨子稍后"②，然则亦先于屈子。此外，铎椒为楚威王（前339—前329年在位）傅，为王不能尽观《左氏春秋》，撮其要，采其成败而为《铎氏微》（见《史记·十二诸侯年表》序及《汉书·艺文志》）③。凡此等等，亦均可见儒典在楚地之传播和接受④。

---

① 马银琴统计，《左氏春秋》《国语》所记楚人赋诗有3次（鲁26次，郑18次，晋14次，秦4次，其次就是楚），所记楚人引诗有19次（晋46次，鲁31次，其次就是楚），可资参考，见所著《春秋时代赋引风气下〈诗〉的传播与特点》，刊载于《中国诗歌研究》第二辑，中华书局2003年版。

② 参阅郭沫若《青铜时代·〈周易〉之制作时代》，《郭沫若全集》历史编第一卷，人民出版社1982年版，第391—394页。

③ 《左氏春秋》与孔子《春秋》的关系，最晚从西汉末期已被严重误解。据《史记·十二诸侯年表序》，孔子《春秋》的完整内涵并没有全部写成文字，很多"不可以书见"的"有所刺讥褒讳挹损之文辞"，孔子只是口授给弟子。若谓传世《春秋》乃《春秋》不完整的写定本，则传世《春秋》加孔子对弟子的口授，方可说是《春秋》未写定的"完本"。司马迁不认为《左氏春秋》是孔子《春秋经》的"传"；它不仅"因孔子史记"，且"具论其语"，即具论孔子"有所刺讥褒讳挹损……不可以书见"的那些内容。照这种看法，《左氏春秋》几乎是《春秋》"完本"的"写定本"。（参阅拙著《二十世纪先秦散文研究反思》，北京大学出版社2002年版，第123—125页）

④ 《史记·孔子世家》云："孔子以《诗》《书》《礼》《乐》教，弟子盖三千焉，身通六艺者七十有二人。"泷川资言《史记会注考证》证之以"子所雅言，《诗》《书》、执《礼》，皆雅言也"（《论语·述而》），以及"子曰：'兴于《诗》，立于《礼》，成于《乐》'"（《论语·泰伯》）。邢昺疏云："子所正言者，《诗》《书》《礼》也。此三者，先王典法，临文教学，读之必正言其音，然义全，故不可有所讳。《礼》不背文诵，但记其揖让周旋，执而行之，故言执也。举此三者，则六艺可知。"《史记·仲尼弟子列传》谓："孔子传《易》于（鲁人商）瞿，瞿传楚人馯臂子弘（前儒疑为子弓之误），弘传江东人矫子庸疵，疵传燕人周子家竖，竖传淳于人光子乘羽，羽传齐人田子庄何，何传东武人王子中同，同传菑川人杨何。何元朔中以治《易》（转下页）

春秋末至战国时期,楚及中原诸国各方面的交流都更加发达。比屈原略晚的荀子曾说:"北海则有走马、吠犬焉,然而中国得而畜使之;南海则有羽翮、齿革、曾青、丹干焉,然而中国得而财之;东海则有紫(茈)、紶(绤)、鱼、盐焉,然而中国得而衣食之;西海则有皮革、文旄焉,然而中国得而用之。"(《荀子·王制》)广泛的物质流通使楚国更难保持学术、文化上的地域局限性和封闭性,促使它与周文化、邹鲁文化等发生广泛交流,周文化、周典籍、儒典、儒学

(接上页)为汉中大夫。"《汉书·儒林传》则说:"自鲁商瞿子木受《易》孔子,以授鲁桥庇子庸。子庸授江东馯臂子弓。子弓授燕周丑子家。子家授东武孙虞子乘。子乘授齐田何子装。……汉兴,田何……授东武王同子中、雒阳周王孙、丁宽、齐服生……同授淄川杨何……元光中征为太中大夫。"二说之差别主要是第三世第四世互易,而孔子以《易》授徒一事则确凿无疑。《史记·十二诸侯年表》序云:"孔子明王道,干七十余君,莫能用,故西观周室,论史记旧闻,兴于鲁而次《春秋》,上记隐,下至哀之获麟,约其辞文,去其烦重,以制义法,王道备,人事浃。七十子之徒口受其传指,为有所刺讥褒讳挹损之文辞不可以书见也。鲁君子左丘明惧弟子人人异端,各安其意,失其真,故因孔子史记具论其语,成《左氏春秋》。铎椒为楚威王傅,为王不能尽观《春秋》(此指《左氏春秋》,参阅杨伯峻《〈左传〉成书年代论述》,《文史》第六辑,中华书局 1979 年版),采取成败,卒四十章,为《铎氏微》。"自孔子以《易》《书》《诗》《礼》《乐》《春秋》教授弟子,诸典籍基本上可以称为儒典。其中《乐》之具体情形已不得而知,《书》《礼》大抵由周代典籍直接发展为儒典,或经孔子手定;《易》《诗》自孔子始,经历代儒者诠释而完成其经典化,而《诗》亦或经孔子手定;《春秋》本一般记事之书,经孔子加以删削褒贬而成为儒家之经典。此外《左氏春秋》《论语》《五行》及《孟子》,其为儒典已不必费辞。不过传世《左氏春秋》已非其旧。《汉书·楚元王传》载:"(刘)歆及向始皆治《易》,宣帝时,诏向受《穀梁春秋》,十余年,大明习。及歆校秘书,见古文《春秋左氏传》,歆大好之。……初《左氏传》多古字古言,学者传训故而已,及歆治《左氏》,引传文以解经,转相发明,由是章句义理备焉。"刘歆发明了《左氏春秋》与《春秋》的文本关联,强烈地界定了二者传与经的关系。嗣后杜预又"分经之年,与传之年相附,比其义类,各随而解之,名曰《经传集解》"(见其《春秋左氏传序》;正义释之云,《左氏春秋》本来别行,与《春秋》异处,"于省览为烦,故杜分年相附,别其经传,聚集而解之")。今仍其旧,仍以《左氏春秋》称之。本章论证屈子深受《书》《诗》《左氏春秋》《论语》《五行》《孟子》等典籍之影响,统称这些典籍为儒典。

在楚国的存在势必得到加强。

　　屈原以前，曾有若干儒者将儒学传播到江汉流域，比如澹台灭明。《史记·仲尼弟子列传》记载："澹台灭明，武城人，字子羽。少孔子三十九岁。状貌甚恶。欲事孔子，孔子以为材薄。既已受业，退而修行，行不由径，非公事不见卿大夫。南游至江，从弟子三百人，设取予去就，名施乎诸侯。孔子闻之，曰：'吾以言取人，失之宰予；以貌取人，失之子羽。'"《史记索隐》谓吴国东南之澹台湖即为澹台灭明南游之遗迹。澹台灭明结庐讲学即便仅限于吴地，也必会促成儒学向荆楚大地的传布。《仲尼弟子列传》记孔门弟子为楚人者有任不齐①，亦当会促成儒学在楚地的传播。

　　尤其值得注意的是，楚国还出现过一位引人注目的儒学大师——陈良。孟子曾说："陈良，楚产也，悦周公、仲尼之道，北学于中国。北方之学者，未能或之先也。彼所谓豪杰之士也。"又说，宋人陈相、陈辛兄弟尝"事之数十年"（《孟子·滕文公上》）。郭沫若推测屈原接受儒学的途径，说："由年代推勘起来，我揣想屈原或许是陈良的弟子。他在年少时分便有《橘颂》那样的文章，我相信他至少也该得受了陈良的影响。……陈良是有弟子的人，在《孟子》里便有宋人的陈相、陈辛兄弟。孟子那样的推崇他，足见他一定是南方的一位大师，是儒术在南方的传道者。从年代推考起来，他正好可以充当屈原的先生。"郭沫若又说："陈良是楚国的一位儒家代表，并且是曾经教过几十年门徒的。照年代上说来，我觉得屈原说不定就是陈良的弟子或其私淑弟子。屈原出使过齐国，他和北方的儒者也应该有过直接的接触，可惜在这一方面没有

---

① 《仲尼弟子列传》记孔子弟子有公孙龙，或云为卫国人，或云为楚人，其事不可考，今不计入。前人多以为即名家学者公孙龙，大误（参阅萧登福《公孙龙子与名家》，台北，文津出版社1984年版，第5—6页）。另，《仲尼弟子列传》又记孔门弟子有秦商，或云为楚人，或云为鲁人，今亦不计。

资料可供考证。"①书阙有间，文献不足征。然而说陈良促使楚人接受以孔子学说为核心的儒学，还是无可置疑的。有学者说传世文献"都未记载儒学在楚国的流传情况"②，显然并不准确，《孟子》记陈良之事就是铁证。

下面"崭新"的事实可能需要特别强调。1993 年，湖北省荆门市郭店村一号楚墓出土了一批重要文献，除《老子》甲、乙、丙三组及《太一生水》为道家类文献外，其余全为儒家类文献，比如《五行》《缁衣》《穷达以时》《性自命出》《汤吴之道》《城之甽之》《尊德义》等，它们提供了儒学在楚地传播、被楚人接受的实物证据。发掘者断定该墓年代在战国中期偏晚。李学勤则进一步指出，该墓最晚不会迟于公元前 300 年，这决定了墓中所出简的时代下限，而相关书籍的著作时间，则还要比简的书写早相当一段时间。他还说："郭店一号墓的年代，与孟子活动的后期相当，墓中书籍都为孟子所能见。《孟子》七篇是孟子晚年撰作的，故而郭店竹简典籍均早于《孟子》的成书。"③而这批儒典在楚地传播，显然也不会到墓主下葬时间才开始。郭店属于沙洋县与荆州市交界处的纪山镇（隶属于沙洋），那里有规模巨大的楚墓群，南距楚故都纪郢不足十公里。则《五行》等儒家文献的存在，无论时间还是空间，都基本上与屈子叠合。《五行》乃久遭湮没的子思五行学说的核心典籍④，它存在于屈子的现实语境中，尤其值得重视。1973 年，长

---

① 郭沫若《历史人物·屈原研究》，《郭沫若全集》历史编第四卷，第 57、98 页。
② 参阅刘冬颖《出土文献与先秦儒家〈诗〉学研究》，第 158 页。
③ 参阅李学勤《孔孟之间与老庄之间》，《中国思想史研究通讯》总第六辑，2005（http://www.confucius2000.com/admin/list.asp? id=1879）；以及李学勤《先秦儒家著作的重大发现》，刊载于《郭店楚简研究》（《中国哲学》第二十辑），辽宁教育出版社 1999 年版，第 13—15 页。
④ 《五行》不仅是子思乃至思孟学派的重要经典，而且与《尚书》学、《诗经》学、孟子荀子之学有极深的渊源或影响关系，又曾泽被《墨子》《庄子》等各家著作。略可参考拙作：(1)《简帛〈五行〉篇与〈尚书〉之学》，收入香港中文大学中国语言及文学系、中国文化研究所中国古籍研究中心主编《先秦两汉古籍国际学术（转下页）

沙马王堆汉墓曾出土过帛本《五行》,由经、说两部分构成(说部分佚失了前面的五章半)。郭店简本《五行》只有相对应的经。然而,《五行》经、说具有高度的一体性,说实际上与经一起影响了屈子,可断定它也以某种形式存在于屈子的现实语境中。

这些还只是冰山一角。《五行》透露的儒学传播、影响于楚国的信息绝不限于子思五行学说,它只是孔子、子思、孟子等数代儒学大师泽被南楚的表征。试以宋玉接受《孟子》为例,先略作说明。宋玉《九辩》"岂不郁陶而思君兮？君之门以九重"一语,明显是化用《孟子·万章上》:"象往入舜宫,舜在床琴。象曰:'郁陶思君尔。'"它与《孟子》文本有多层次的关联:主人公郁陶思君与象所谓郁陶思舜,可谓正比;主人公不得入君门与象入舜宫,则可谓反比;两个文本一将入舜宫、思舜关联起来说,一将入君门、思君关联起来说,其实也很契合。《九辩》又有"谅城郭之不足恃兮,虽重介(双层铠甲)之何益",明显是化用了《孟子·公孙丑下》所谓:"城非不高也,池非不深也,兵革非不坚利也,米粟非不多也;委而去之,是地利不如人和也。故曰:域民不以封疆之界,固国不以山溪之险,威天下不以兵革之利。"此例与《孟子》文本也有多层次的关联:其一,二者同指在"域民""固国""威天下"方面,城郭地利有其局限性,不足赖;其二,二者同指在"域民""固国""威天下"方面,重介兵革有局限性,不堪依恃;其三,二者都是将城郭地利、

(接上页)研讨会论文集》,社会科学文献出版社2011年版。(2)《论简帛〈五行〉篇与〈诗经〉学之关系》,刊载于《文学遗产》2009年第6期,人大复印报刊资料《中国古代、近代文学研究》2010年第4期全文转载,又收入北京大学中国诗歌研究院编《燕园论诗:中国古代诗歌论集》,北京大学出版社2010年版。(3)《简帛〈五行〉与孟子之学》,刊载于《中国典籍与文化》2009年第3期,人大复印报刊资料《中国哲学》2009年第10期全文转载。(4)《〈五行〉学说与〈荀子〉》,刊载于《北京大学学报》(哲学社会科学版)2013年第1期。(5)《从〈五行〉学说到〈荀子〉:一段被湮没的重要学术思想史》,收入《出土文献与中国文学研究》,齐鲁书社2013年版。

重介兵革的局限性放在一起来说。两个文本之间这类多点、多层面的关联，是可以互相证明、互相加强的，不可轻易放过。总之屈宋时代，《孟子》其书其学在楚国有实际存在和影响，上揭二例几乎就是铁证。

综上所述，屈原之时，周文化、周典籍、儒典以及孔子、子思、孟子诸大师之学说已经在楚国广泛存在和散发影响，并且由来已久了。本章开始曾经提过，儒学跟周文化（包括周典籍）有特殊关系，周文化为儒学之渊薮，儒学为周文化之承继和光大，而且它围绕周典籍建构了自己的经典体系。从这种意义上讲，笼而统之以"儒学"概称周文化、周典籍、儒典、儒家学说等，逻辑上虽然不够严密，距事实却不远。孔子创立儒家之后，影响屈原的上述所有因子更可以简单归结为儒家文化或儒学。

屈原以"儒家的精神"崛起于南国有其必然性。在这条文化汇融和创新的道路上，屈原既非先行者，亦非独行者，只不过他几乎带有全局性地接受了上述传统的影响而已。其价值观念、政教伦理取向、人生追求模式、历史视野、天命观之所以具有深刻的"儒家的精神"，根由端的在此。

本章将以传世和出土儒典与屈作实实在在的文本关联，来确证屈原接受了儒学的根基性的影响。传世儒典方面，主要观照对象是《尚书》与《诗经》，出土儒典方面，主要观照对象是《五行》。其他儒典之影响于屈作，本书前面数章已随文提挈，本章将以表格形式加以汇总，以清眼目。前人对屈子的思想"归属"议论纷纷，大抵只是"贴标签"，笔者期望以富有实证性的探讨，确凿有力地揭露屈子儒家精神之所由，彰显历史的真相。

第一节　屈作与传世儒典之关联

此前，人们对屈原接受儒学的途径有种种设想，对儒典传播至楚、构成屈原的现实语境则未给予应有重视，致使屈作跟传世儒典的具体关联迄今未得到深入挖掘。屈原接受了《书》《诗》《左氏春秋》(关涉《国语》)、《论》《孟》等传世儒典的巨大影响。比如,《九章·惜诵》《离骚》《天问》所及鲧治水受刑事,有《尚书》支持;《离骚》所及有穷后羿事,有《左氏春秋》支持;《天问》所及后稷被毒害事,有《诗经》支持等等。诸如此类,本书其他章节已随文作了不少提点和分析。很多情节已毋庸重复,本节只列举屈作关涉《书》《诗》的其他典型例子,来试作申说。

《尚书》影响屈作有一些具体而微的证据。比如,《离骚》谓"汤禹严而祗敬兮,周论道而莫差","祗敬"和"论道"作为政教伦理之高标,均有《尚书》学的背景。"祗敬"出自《皋陶谟》。该篇记皋陶云:"日宣三德,夙夜浚明有家;日严祗敬六德,亮采有邦。"皋陶说行有九德,即宽而栗,柔而立,愿而恭,乱而敬,扰而毅,直而温,简而廉,刚而塞,强而义;"三德"指九德中的三德,"六德"指九德中的六德。"论道"出自《周官》。该篇记成王曰:"立太师、太傅、太保,兹惟三公。论道经邦,燮理阴阳。"虽出于晚《书》,却有一定参考价值。

屈原接受《诗》的影响,也有具体而微的证据,其他数章已经举了不少,这里略作补充。

《离骚》谓"忽奔走以先后兮,及前王之踵武","奔走"和"先后"当源自《大雅·绵》。《绵》诗有云:"予曰有疏附,予曰有先后,予曰有奔奏,予曰有御侮。"陆德明释文:"奏,如字,本亦作'走',音同,注同。"毛传曰:"率下亲上曰疏附。相道前后曰先后。喻德宣誉曰奔奏。武臣折冲曰御侮。"这两个文本之间的关联,显然又是多层次的。仅语词方面,"奔走"之互见是一层,只看这一层,二者关系尚显得脆弱;"先后"之互见是又一层,加上这一点,二者之关系无疑被加强了;而尤为重要的是,内部密切关联着的"奔走"与"先后"作为一个组合互见于这两个文本,这使其关系变得更加不可置疑。换言之,《离骚》这一句话就与《绵》诗有两处绾合,且这两个互相绾合的元素在《绵》诗和《离骚》中均紧紧承接、带有"组织性",这不可能是偶然的现象。更何况,这两个元素在各自文本中所涉关于君臣的政教伦理取向也是一致的。这些都是十分惊人的契合,当然不必讳言其间有某些变异。

《离骚》又谓:"浇身被服强圉兮,纵欲而不忍。""强圉"一词殆源自《大雅·荡》以及《烝民》。《荡》篇云:"文王曰咨,咨汝殷商!曾是强御,曾是掊克,曾是在位,曾是在服。天降滔德,女兴是力。文王曰咨,咨女殷商!而秉义类,强御多怼……"毛传曰:"强御,强梁御善也。掊克,自伐而好胜人也。服,服政事也。"《烝民》篇云:"维仲山甫,柔亦不茹,刚亦不吐。不侮矜寡,不畏强御。"有意思的是,《烝民》此数语屡次见引于《左氏春秋》。比如文公十年(前617),楚子舟引《诗》"刚亦不吐,柔亦不茹"(当为"柔亦不茹,刚亦不吐"之误倒);昭公元年(前541),晋叔向引"不侮鳏寡,不畏强御";定公四年(前506),郑公辛引"柔亦不茹,刚亦不吐。不侮矜寡,不畏强御",且说"唯仁者能之"。《左氏春秋》一书对屈子亦有确凿无疑的影响,他倍加关注的有穷后羿之事当即源自《左氏春秋》,其他不遑一一举列(《左氏春秋》在楚国之影响,则由铎椒傅楚威王,撮《左氏春秋》之要而为《铎氏微》,以供威王观览,已较然可知)。《左氏春秋》定公四年郑公辛引此诗,还直接关联着楚昭王败于吴而出逃,此事为屈子所眷眷怀顾,《天问》收尾部分曾予以反思,所以此次引诗更易激发屈子的关注。如此说来,儒典影响于屈子殆常常形成合力。《诗经》《左氏春秋》诸文献屡屡摒弃"强御"(另外还有《五行》,见下论),其话语及政教伦理取向一起对屈子屈作发挥了作用。

《天问》有云:"禹之力献功,降省下土(四)方。"《诗经·商颂·长发》则说:"濬哲维商,长发其祥。洪水芒芒,禹敷下土方。"屈子用《诗》非止一端,彼此实可互证,而《天问》此数语所涉大禹治水,又为屈子高度关注,则"禹之力献功,降省下土(四)方"一语袭用《诗经》"洪水芒芒,禹敷下土方",当是无可置疑的。其间又存在两层关联:"下土方"之互见是第一层,"禹"与"下土方"之特定关系互见则是第二层①。这种有组织性的关联岂可轻忽。

屈作与《书》《诗》关涉甚大,而更值得注意的,是以下数事:

屈子辞作,特别是《离骚》《天问》之中,有许多反思历史的模式。《离骚》主人公向重华陈词,尝反思夏太康、羿、浇、桀以及殷纣无道而亡的历史,云:

> 启《九辩》与《九歌》兮,夏康娱以自纵②。
> 不顾难以图后兮,五子**用**失乎家巷。
> 羿淫游以佚畋兮,又好射夫封(狐)〔猪〕。
> **固**乱流其鲜终兮,浞又贪夫厥家。
> 浇身被服强圉兮,纵欲而不忍。
> 日康娱而自忘兮,厥首**用**夫颠陨。
> 夏桀之常违兮,乃遂**焉**而逢殃。
> 后辛之菹醢兮,殷宗**用**而不长。

其间一系列以"用"及其近义词结构的语句,如"……用……""固……""……焉……"等等("用"即"因此","固"者推本,"焉"犹"因")③,强烈凸显了历史发展的因果必然性,凸显了屈子对历史规则的认知,宗旨是警示国君当如何立身、如何为政。而这

---

① 实际上屈原时代,《诗》在楚地传播、被楚人接受还有其他证据。宋玉《九辩》谓"窃慕诗人之遗风兮,愿托志乎素餐"(王逸章句:"不空食禄而旷官也"),此语明显跟《诗经·魏风·伐檀》有关。《伐檀》有谓"彼君子兮,不素餐兮","彼君子兮,不素食兮","彼君子兮,不素飧兮",《九辩》当即本此。这可以从旁证明《诗经》之影响屈原。闻一多《楚辞校补》提出《九辩》之"素餐"当为"素飧"之误(参见孙党伯、袁謇正主编《闻一多全集》第五卷,第207页),而"素飧"同样本于《伐檀》。

② "康娱"当连读,故不可如王逸章句那样截取此句"夏康"二字,而实之以"启子太康"。然下文叙夏之衰,则含太康之事。

③ "焉"犹"因",参阅裴学海《古书虚字集释》卷二,第106—107页。

一关涉历史因果律的思考,表明屈子具备极深厚的《尚书》学的背景。

《尚书·皋陶谟》载舜帝戒大禹曰:"无若丹朱傲,惟慢游是好,傲虐是作。罔昼夜頟頟(不休息之状),罔水行舟。朋淫于家,用殄厥世。"《甘誓》载禹(或谓启)誓师之辞①,云:"有扈氏威侮五行(或即五常),怠弃三正,天用勦绝其命。"《西伯戡黎》载祖伊奔告于纣,曰:"天子,天既讫我殷命,格人元龟,罔敢知吉。非先王不相我后人,惟王淫戏**用**自绝,**故**天弃我,不有康食……"《微子》篇载微子曰:"殷其弗或乱(治)正四方。我祖厎遂(致成道)陈于上,我用沉酗于酒,**用**乱败厥德于下。"屈子反思夏、殷之衰亡,十分明显地袭用了《尚书》的话语、思维模式以及政教伦理取向,而且秉承了其警示现实的宗旨。在《尚书》中,丹朱之"慢游""朋淫",殷纣之"淫戏""沉酗于酒",均被视为导致绝灭之由,与《离骚》谓太康"康娱以自纵"故而失国,羿"淫游以佚畋"故而"鲜终",浇"被服强圉""纵欲而不忍""日康娱而自忘"故而灭于少康,几乎完全一致。《尚书》谓有扈氏"威侮五行,怠弃三正",故为天所灭,与《离骚》谓夏桀"常违"故"逢殃",后辛滥杀臣民故亡其宗,也几乎完全一致。这些不太可能是偶尔相合。屈子高度关注

---

① 以《甘誓》为启誓师之辞为《书序》之说。孙星衍《尚书今古文注疏》辨之,云:"《书序》云启作《甘誓》。《史记·夏本纪》云:'有扈氏不服,启伐之,大战于甘。将战,作《甘誓》……'俱以为启伐有扈。《墨子·明鬼》篇作《禹誓》,引此文。《庄子·内篇·人间世》云:'……禹攻有扈,国为虚厉……'《吕氏春秋·先己》篇云:'夏后相与有扈战于甘泽而不胜,六卿请复之。'案:'相'当为'柏'字。又《召类》篇云:'禹攻曹魏、屈骜、有扈,以行其教。'则所云'柏'者,谓伯禹也。《楚辞·天问》云'伯禹腹鲧'。《说苑·正(政)理》篇云:'昔禹与有扈氏战,三陈而不服。禹于是修教一年,而有扈氏请服。'凡此诸书,或与孔子同时,皆未见《书序》,而以《甘誓》为禹事,当必本古文《书》说也。《庄子》既云'国为虚厉',则有扈灭于禹时,不应启复伐之。惟《淮南·齐俗训》云:'昔有扈氏为义而亡……'注云:'有扈,夏启之庶兄也,以尧、舜举贤,禹独与子,故伐启。启亡之。'不知高诱所据何书,又与禹伐有扈违异。至《书序》以为启作者,因此篇序在《禹贡》后,故定为禹事耳,亦不必以《书序》废古说也。"

历史之浮沉与兴亡,这绾合着他对楚国现实的担忧,可无论是反思历史还是因应现实,其基本思想都源自儒学;屈子的宏大历史观就是基于儒典建立的,而这种历史观对他生存与创作的意义,几乎怎么评价都不过分。

《天问》云:"彼王纣之躬,孰使乱惑?何恶辅弼,谗谄是服?"王逸注云:"惑妲己也。……言纣憎辅弼,不用忠直之言,而事用谄谗之人也。"此解显然不符合屈子本意。《天问》又说:"殷有惑妇,何所讥?"两相参照,断然可知"孰使乱惑"之问主要是指妲己惑乱殷纣,此后才兼及其他宵小。朱熹集注谓,"惑纣者,内则妲己,外则飞廉、恶来之徒也",归结于妲己才算允当。《史记·殷本纪》载,帝纣"爱妲己,妲己之言是从";《楚世家》载张仪说,怀王于郑袖所言"无不从者"。楚怀、殷纣之过,正所谓如出一辙。这是屈子历史视野与楚国现实的又一个重要绾结点,又可证明《天问》"孰使乱惑""何所讥"之问,主要是指斥妲己。而这一指斥同样有深厚的《尚书》学背景。

《尚书·泰誓》载武王数落殷纣,曰:"今殷王纣乃用其妇人之言,自绝于天,毁坏其三正,离逖(远离)其王父母弟,四方之多罪逋逃,是宗是长,是信是使。乃断弃其先祖之乐,乃为淫声,用变乱正声,怡说妇人。"《牧誓》记武王牧野决战前誓师,说:"古人有言曰:'牝鸡无晨;牝鸡之晨,惟家之索。'今商王受惟妇言是用,昏弃厥肆祀弗答(即蔑弃其先祖之祭而不问),昏弃厥遗(蔑弃其家国道),王父母弟不迪(用),乃惟四方之多罪逋逃,是崇是长,是信是使,是以为大夫卿士,俾暴虐于百姓,以奸宄于商邑。"《天问》"殷有惑妇,何所讥"一问,明显跟武王斥殷纣"惟妇言是用"有关。此问以武王斥殷纣"惟妇言是用"为特定指向,并以殷纣"惟妇言是用"导致商周易代的重大变局来讥讽当世。

要之,《天问》"彼王纣之躬,孰使乱惑"以及"殷有惑妇,何所讥"二问,与《尚书》所记相关史实以及政教伦理取向,有极深刻的互文关系。有此,则屈子之承继儒典更无疑义。由于特定的社会形态,屈子之遭际跟后妃进谗有重大关系,楚国政治悲剧、历史命运跟君王宠幸后妃也有重大关系。屈子激于此而反思历史,以期因应现实,基本思想资源又是儒典。

《天问》又云:"皇天集命,惟何戒之?"

皇天降命人君之说,儒典中屡见不鲜,而尤集中于《诗》《书》。《诗经·大雅·大明》云:"天监在下,有命既集。……有命自天,命此文王,于周于京。"《文王有声》云:"文王受命,有此武功。既伐于崇,作邑于丰。文王烝哉!"而《尚书·康诰》载周公诫康公,曰:"惟乃丕显考文王,克明德慎罚,不敢侮鳏寡,庸庸,祗祗,威威,显民。用肇造我区夏,越我一二邦,以修我西土。惟时怙冒,闻于上帝,帝休。天乃大命文王,殪戎殷,诞受天命,越厥邦厥民,惟时叙。"《文侯之命》载周平王曰:"丕显文、武,克慎明德,昭升于上,敷闻在下。惟时上帝,集厥命于文王……"除此之外,皇天集命说还见于《尚书·顾命》,以及晚《书》之《大禹谟》《伊训》《太甲》《武成》《微子之命》等等。《天问》"皇天集命"说本于《书》《诗》,无论其核心话语,还是思想观念,均系如此。

"惟何戒之"一语指皇天对人君尤其是受命之君有所告诫。这一观念,儒典亦早已有之。《诗经·大雅·皇矣》云:"帝谓文王:无然畔援,无然歆羡,诞先登于岸(郑笺:畔援,犹拔扈也。诞,大。登,成。岸,讼也。天语文王曰:女无如是拔扈者,妄出兵也,无如是贪羡者,侵人土地也,欲广大德美者,当先平狱讼正曲直也)。……帝谓文王:予怀明德,不大声以色,不长夏以革。不识不知,顺帝之则。"《尚书·胤征》(今文无,晚《书》有)记夏帝仲康时胤侯征讨羲和之辞,云:"先王克谨天戒,臣人克有常宪,百官修辅,厥后惟明明。"《胤征》笼统提及"天戒",《皇矣》则说皇天从"要如何如何""不要如何如何"两方面告诫文王,均从终极关怀的高度传达了践行道德的要求。

一言以蔽之,《天问》"皇天集命,惟何戒之"一问,面对的是三代兴亡的历史,追问的是历史兴亡的终极缘由,其思想和话语资源仍是来自屈子《诗经》《尚书》学的背景。

值得注意的是,孔子以《诗》教,即颇注意发掘这个层面的内容。上博简文《诗论》第九章云:"'帝胃文王,予褱(怀)尔㮯(明)德',害? 城(诚)胃(谓)之也,'又(有)命自天,命此文王',城命之也,信矣。孔子曰:此命也夫! 文王隹(虽)谷(欲)已,得乎? 此命也。□□□□□□□□□□□□寺也,文王受命矣。"①屈原接受皇天集命说的影响,不只是远承故典,应该还有孔子以来儒学传播的现实语境的影响。屈原关联儒学的其他方面的情况也当作如是观。

以上仅仅列举了几个典型例子,屈子受传世儒典之影响事实上是全方位的(见表5-1;出土文献《五行》篇对屈子的影响虽在下一节讨论,表中一并列出,以便形成一个历史序列,使得彼此可互相参照)。②

---

① 本书引上海博物馆藏战国楚竹书《诗论》,以马承源主编《上海博物馆藏战国楚竹书》第一册所收《孔子诗论》图版及释文(简称整理本)为底本,上海古籍出版社2001年版。各简编联主要参照姜广辉《古〈诗序〉复原方案》修正本(刊载于《经学今诠三编》,即《中国哲学》第二十四辑,辽宁教育出版社2002年版)。此外参照了李学勤《〈诗论〉分章释文》(刊载于《经学今诠三编》),李零《上博楚简三篇校读记》(中国人民大学出版社2007年版)等。

② 饶宗颐在演讲中,曾提及"屈原对于《论语》《易》《书》《诗》《春秋》这些书,都读得相当烂熟,并且吸收了它们的词语",又说"屈原在《离骚》里表现的思想,与经学息息相通的有四点"(参阅所著《楚辞论丛·屈原与经术》,《饶宗颐二十世纪学术文集》卷十一第十六册,台北,新文丰出版股份有限公司2003年版,第8—13页)。他主要是就语词之符同而言的,所举十分有限,乏深究而多可商,而且未及出土文献《五行》篇等,方法上显得缺乏对实证性的自觉追求。故其说不足以说明屈子在儒典接受与影响方面的典型意义,倒昭示了重新研究这一问题的必要性。

表 5-1 屈作与儒典之关联示要

所涉儒典	屈作相关内容	关联对象
《尚书》	《天问》："舜闵在家，父何以鳏？尧不姚告，二女何亲？"	《尧典上》："帝曰：'咨，四岳！朕在位七十载，汝能庸命，巽朕位？'……师锡帝曰：'有鳏在下，曰虞舜。'……帝曰：'俞，予闻。如何？'岳曰：'瞽子。父顽，母嚚，象傲。克谐以孝烝烝，乂不格奸。'帝曰：'我其试哉。'女于时，观厥刑于二女。厘降二女于妫汭，嫔于虞。"
	《惜诵》："命咎繇使听直"。	《尧典下》载舜帝曰："皋陶，蛮夷猾夏，寇贼奸宄，女作士。"
	《离骚》："汤禹严而求合兮，挚咎繇而能调。"	《皋陶谟》上中下（皋陶和禹讨论行德治国，交流"慎身""知人""安民"诸道理）。
	《天问》："不任汩鸿，师何以尚之？佥曰何忧，何不课而行之？"	《尧典上》："帝曰：'咨，四岳！汤汤洪水方割，荡荡怀山襄陵，浩浩滔天。下民其咨，有能俾乂？'佥曰：'於，鲧哉！'帝曰：'吁，咈哉！方命圮族。'岳曰：'异哉！试可乃已。'帝曰：'往，钦哉！'九载，绩用弗成。"
	《天问》："顺欲成功，帝何刑焉？永遏在羽山，夫何三年不施？……何由并投，而鲧疾修盈？"	《洪范上》载箕子曰："我闻在昔，鲧堙洪水，……帝乃震怒，不畀洪范九畴，彝伦攸斁。鲧则殛死……" 《尧典下》："（舜）流共工于幽洲，放驩兜于崇山，窜三苗于三危，殛鲧于羽山，四罪而天下咸服。"

续表

所涉儒典	屈作相关内容	关联对象
《尚书》	《离骚》:"启《九辩》与《九歌》兮,夏康娱以自纵。不顾难以图后兮,五子用失乎家巷。羿淫游以佚畋兮,又好射夫封(狐)〔豬〕。固乱流其鲜终兮,浞又贪夫厥家。浇身被服强圉兮,纵欲而不忍。日康娱而自忘兮,厥首用夫颠陨。夏桀之常违兮,乃遂焉而逢殃。后辛之菹醢兮,殷宗用而不长。汤禹严而祗敬兮,周论道而莫差。举贤而授能兮,循绳墨而不颇。皇天无私阿兮,览民德焉错辅。夫维圣哲以茂行兮,苟得用此下土。瞻前而顾后兮,相观民之计极。夫孰非义而可用兮,孰非善而可服?"	《梓材》记周公对康叔之诰辞:"今王惟曰:先王既勤用明德,怀为夹(来为夹辅),庶邦享作(作享,始来享),兄弟方来,亦既用明德。后式典集,庶邦丕享。皇天既付中国民越(与)厥疆土于先王,肆王惟德用和怿先后迷民,用怿先王受命。已!若兹监。惟曰:欲至于万年,惟王子子孙孙永保民。" 《召诰》记召公总结夏殷覆灭之教训:"我不可不监于有夏,亦不可不监于有殷。我不敢知曰,有夏服天命,惟有历年,我不敢知曰,不其延;惟不敬厥德,乃早坠厥命。我不敢知曰,有殷受天命,惟有历年,我不敢知曰,不其延;惟不敬厥德,乃早坠厥命。今王嗣受厥命,我亦惟兹二国命,嗣若功。" 《左氏春秋》鲁僖公五年(前655)记宫之奇谏虞公,云:"故《周书》曰:'皇天无亲,惟德是辅。'又曰:'黍稷非馨,明德惟馨。'又曰:'民不易物,惟德繄物。'" 《汤诰》(今文无,晚《书》有)载商汤倡言"天道福善祸淫"。 《伊训》(今文无,晚《书》有)载伊尹训王太甲曰:"呜呼!嗣王祗厥身,念哉!圣谟洋洋,嘉言孔彰。惟上帝

续表

所涉儒典	屈作相关内容	关联对象
《尚书》		不常,作善降之百祥,作不善降之百殃。尔惟德罔小,万邦惟庆;尔惟不德罔大,坠厥宗。" 《咸有一德》(今文无,晚《书》有)记伊尹作书教太甲:"呜呼!天难谌,命靡常。常厥德,保厥位。厥德匪常,九有以亡。夏王弗克庸德,慢神虐民。皇天弗保,监于万方,启迪有命。眷求一德(纯一之德),俾作神主。惟尹躬暨汤,咸有一德,克享天心,受天明命,以有九有之师,爰革夏正。非天私我有商,惟天佑于一德。 非商求于下民,惟民归于一德。德惟一,动罔不吉。德二三,动罔不凶。惟吉凶不僭在人,惟天降灾祥在德。" 《蔡仲之命》(今文无,晚《书》有)记成王册命蔡仲云:"皇天无亲,惟德是辅。民心无常,惟惠之怀。为善不同,同归于治。为恶不同,同归于乱。" 《皋陶谟上》载皋陶曰"日严祇敬六德"。 《周官》(今文无,晚《书》有)载成王曰"论道经邦,燮理阴阳"。 《皋陶谟下》载舜帝戒禹,谓丹朱失德,"用殄厥世"。

续表

所涉儒典	屈作相关内容	关联对象
《尚书》		《甘誓》载夏启(或谓禹)誓师,谓有扈氏无德,"天用剿绝其命"。 《西伯戡黎》载祖伊奔告于纣曰:"惟王淫戏用自绝,故天弃我,不有康食……" 《微子》篇载微子曰:"我用沉酗于酒,用乱败厥德于下。" 《五子之歌》(今文无,晚《书》有)云:"太康尸位以逸豫,灭厥德,黎民咸贰。乃盘游无度,畋于有洛之表,十旬弗反。有穷后羿,因民弗忍,距于河。厥弟五人御其母以从,徯于洛之汭。五子咸怨,述大禹之戒以作歌。"
	《天问》:"皇天集命,惟何戒之?受礼天下,又使至代之?"	《康诰》载周公诫康公曰:"天乃大命文王,殪戎殷,诞受天命,越厥邦厥民,惟时叙。" 《君奭》载周公答召公曰:"殷既坠厥命,我有周既受。……君奭,我闻在昔成汤既受命,时则有若伊尹,格于皇天。在太甲时,则有若保衡。在太戊时,则有若伊陟、臣扈,格于上帝。巫咸乂王家。在祖乙时,则有若巫贤。在武丁时,则有若甘盘。率惟兹有陈,保乂有殷。故殷礼陟配天,多历年所。"

第五章 屈原:观照儒学传播与影响的重要个案 377

续表

所涉儒典	屈作相关内容	关联对象
《尚书》		《顾命上》载周成王曰:"昔君文王、武王宣重光,奠丽(以日月星定七律之数),陈教则肄,肄不违,用克达殷集大命。" 《文侯之命》载周平王曰:"惟时上帝,集厥命于文王……" 《大禹谟》(今文无,晚《书》有)记益曰:"都! 帝(尧)德广运,乃圣乃神,乃武乃文。皇天眷命,奄有四海,为天下君。" 《胤征》(今文无,晚《书》有)记夏帝仲康时胤侯征羲和之辞,云:"先王克谨天戒,臣人克有常宪,百官修辅,厥后惟明明。" 《伊训》(今文无,晚《书》有)载伊尹言烈祖之成德以训于王太甲,曰:"呜呼! 古有夏先后,方懋厥德,罔有天灾。山川鬼神,亦莫不宁,暨鸟兽鱼鳖咸若。于其子孙弗率,皇天降灾,假手于我有命,造攻自鸣条,朕哉(始)自亳。惟我商王,布昭圣武,代虐以宽,兆民允怀……" 《太甲上》(今文无,晚《书》有)记伊尹作书教太甲,曰:"先王顾諟(是)天之明命,以承上下神祇。社稷宗庙,罔不祗肃。天监厥德,用集大命,抚绥万方。"

续表

所涉儒典	屈作相关内容	关联对象
《尚书》		《武成》(今文无,晚《书》有)记武王曰:"我文考文王,克成厥勋,诞膺天命,以抚方夏。" 《微子之命》(今文无,晚《书》有)记成王分封微子之命,云:"呜呼!乃祖成汤,克齐圣广渊,皇天眷佑,诞受厥命。抚民以宽,除其邪虐,功加于时,德垂后裔。尔惟践修厥猷,旧有令闻,恪慎克孝,肃恭神人。予嘉乃德,曰笃不忘。"
	《天问》:"何条放致罚,而黎服大说?"	《汤誓》记汤伐桀而誓师,云:"夏德若兹,今朕必往。尔尚辅予一人致天之罚。"
	《天问》:"彼王纣之躬,孰使乱惑?……殷有惑妇,何所讥?"	《泰誓》载武王数殷纣之恶行,曰:"今殷王纣乃用其妇人之言……" 《牧誓》载武王在牧野决战前誓师,有云:"今商王受惟妇言是用……"
	《天问》:"何感天抑地,夫谁畏惧?"	《金縢》所记周公、成王事。
《诗经》	《离骚》:"忽奔走以先后兮,及前王之踵武。"	《大雅·绵》:"予曰有疏附,予曰有先后,予曰有奔奏,予曰有御侮。"(《释文》:"奏,……本亦作'走',音同,注同")
	《离骚》:"汤禹严而祗敬兮"。	《大雅·文王》:"穆穆文王,於缉熙敬止。"

续表

所涉儒典	屈作相关内容	关联对象
《诗经》	《离骚》:"后辛之菹醢兮,殷宗用而不长。汤禹严而祗敬兮,周论道而莫差。举贤而授能兮,循绳墨而不颇。皇天无私阿兮,览民德焉错辅。夫维圣哲以茂行兮,苟得用此下土……"	《大雅·文王》:"无念尔祖,聿修厥德。永言配命,自求多福。"
	《天问》:"皇天集命,惟何戒之?受礼天下,又使至代之?"	《大雅·大明》:"天监在下,有命既集。" 《大雅·文王有声》:"文王受命,有此武功。既伐于崇,作邑于丰。文王烝哉!" 《大雅·皇矣》:"帝谓文王:无然畔援,无然歆羡,诞先登于岸。……帝谓文王:予怀明德……" 《大雅·大明》:"明明在下,赫赫在上。天难忱斯,不易维王。天位殷适,使不挟四方。"郑笺:"天之意难信矣,不可改易者,天子也。今纣居天位,而又殷之正适,以其为恶,乃弃绝之,使教令不行于四方,四方共叛之。是天命无常,维德是予耳。"
	《离骚》:"浇身被服强圉兮,纵欲而不忍。日康娱而自忘兮,厥首用夫颠陨。"	《大雅·荡》:"文王曰咨,咨汝殷商!曾是强御,曾是掊克,曾是在位,曾是在服。" 《大雅·烝民》:"维仲山甫,柔亦不茹,刚亦不吐。不侮矜寡,不畏强御。"

续表

所涉儒典	屈作相关内容	关联对象
《诗经》	《天问》:"稷维元子,帝何竺之?投之于冰上,鸟何燠之?何冯弓挟矢,殊能将之?既惊帝切激,何逢长之?"	《大雅·生民》:"(姜嫄)履帝武敏歆,攸介攸止。载震载夙,载生载育,时维后稷。诞寘之隘巷,牛羊腓字之。诞寘之平林,会伐平林。诞寘之寒冰,鸟覆翼之。鸟乃去矣,后稷呱矣。实覃实讦,厥声载路。"
	《天问》:"迁藏就岐,何能依?"	《大雅·绵》:"古公亶父,来朝走马。率西水浒,至于岐下。爰及姜女,聿来胥宇……" 《鲁颂·閟宫》:"后稷之孙,实维大王。居岐之阳,实始翦商。"
	《天问》:"苍鸟群飞,孰使萃之?"	《大雅·大明》:"牧野洋洋,檀车煌煌,驷騵彭彭。维师尚父,时维鹰扬,涼(佐)彼武王。肆伐大商,会朝清明!"
	《天问》:"周幽谁诛?焉得夫褒姒?"	《大雅·瞻卬》:"哲夫成城,哲妇倾城。懿厥哲妇,为枭为鸱(郑笺:枭、鸱,恶声之鸟,喻褒姒之言无善)……" 《小雅·十月之交》:"皇父卿士,番维司徒,家伯维宰,仲允膳夫。棸子内史,蹶维趣马,楀维师氏,艳妻煽方处(毛传:艳妻,褒姒)。" 《小雅·正月》:"赫赫宗周,褒姒威之。"
《左氏春秋》	《离骚》:"彼尧舜之耿介兮,既遵道而得路。"	文公十八年(前609)记鲁大史克(里革)说舜举八恺八元事。

续表

所涉儒典	屈作相关内容	关联对象
《左氏春秋》	《天问》:"顺欲成功,帝何刑焉?永遏在羽山,夫何三年不施?……何由并投,而鲧疾修盈?"	文公十八年(前609)记鲁大史克(里革)论浑敦(驩兜)、穷奇(共工)、梼杌(鲧)、饕餮(三苗)之恶德,以及舜放四族事。
	《离骚》:"汤禹严而祗敬兮。"	僖公三十三年(前627)记臼季(胥臣)对晋文公曰:"敬,德之聚也。能敬必有德,德以治民……臣闻之,出门如宾,承事如祭,仁之则也。"
	《离骚》:"皇天无私阿兮,览民德焉错辅。夫维圣哲以茂行兮,苟得用此下土。瞻前而顾后兮,相观民之计极。夫孰非义而可用兮,孰非善而可服。"	僖公五年(前655)记宫之奇谏虞公,曰:"臣闻之,鬼神非人实亲,惟德是依。故《周书》曰:'皇天无亲,惟德是辅。'又曰:'黍稷非馨,明德惟馨。'又曰:'民不易物,惟德繄物。'如是,则非德民不和,神不享矣。神所冯依,将在德矣。"
	《离骚》:"启《九辩》与《九歌》兮,夏康娱以自纵。不顾难以图后兮,五子用失乎家巷。羿淫游以佚畋兮,又好射夫封(狐)〔猪〕。固乱流其鲜终兮,浞又贪夫厥家。"《天问》:"浞娶纯狐,眩妻爰谋。何羿之射革,而交吞揆之?"	襄公十一年(前562)记魏绛辞晋侯之赐,有云:"抑臣愿君安其乐而思其终也。……夫乐以安德,义以处之,礼以行之,信以守之,仁以厉之,而后可以殿邦国,同福禄,来远人,所谓乐也。《书》曰'居安思危'。思则有备,有备无患。"襄公四年(前569)记魏绛谏晋悼公而陈后羿事:后羿"淫于原兽",弃贤臣而"用寒浞";寒浞"行媚于内,而施赂于外,愚弄其民",最终杀羿,而取其国家。昭公二十八年(前514)记叔向初欲娶于申公巫臣氏,其母劝他以有仍氏

续表

所涉儒典	屈作相关内容	关联对象
《左氏春秋》		女"玄妻"为戒,曰:"昔有仍氏生女,鬒黑,而甚美,光可以鉴,名曰玄妻。乐正后夔取之,生伯封,实有豕心,贪惏无餍,忿颣无期,谓之封豕。有穷后羿灭之,夔是以不祀。且三代之亡,共子之废,皆是物也,女何以为哉?夫有尤物,足以移人。苟非德义,则必有祸。"
	《离骚》:"浇身被服强圉兮,纵欲而不忍。日康娱而自忘兮,厥首用夫颠陨。"《离骚》:"及少康之未家兮,留有虞之二姚。"	文公十年(前617)楚子舟引《诗·大雅·烝民》"刚亦不吐,柔亦不茹"(当为"柔亦不茹,刚亦不吐");昭公元年(前541)晋叔向引"不侮鳏寡,不畏强御";定公四年(前506)郧公辛引"柔亦不茹,刚亦不吐。不侮矜寡,不畏强御"。襄公四年(前569)记魏绛谏晋悼公,而陈夏遗臣靡灭浞、少康灭浇、后杼灭豷诸事。哀公元年(前494)记伍员谏阻夫差与越人讲和,而述少康复兴事,云:"昔有过浇杀斟灌以伐斟鄩,灭夏后相。后缗方娠,逃出自窦,归于有仍,生少康焉。为仍牧正。惎浇能戒之(杜注:惎,毒也)。浇使椒(浇臣)求之,逃奔有虞,为之庖正,以除其害。虞思于是妻之以二姚(杜注:思,有虞君也。虞思自以二女妻少康。姚,虞姓),而邑诸纶(杜注:纶,虞邑)。有田一成,有众一旅(杜注:方十里为成,五百人为旅)。能布其德,而兆其谋,以收夏众,抚其官职。使女艾谍浇(杜注:女艾,少康臣。谍,候也),使季杼诱豷,遂灭过、戈,复禹之绩。祀夏配天,不失旧物。"

续表

所涉儒典	屈作相关内容	关联对象
《左氏春秋》	《天问》:"穆王巧(梅)〔挴〕,夫何为周流?环理天下,夫何索求?"	昭公十二年(前530)记右尹子革谏楚灵王,举穆王周行天下事,曰:"昔穆王欲肆其心,周行天下,将皆必有车辙马迹焉。祭公谋父作《祈招》之诗,以止王心。王是以获没于祗宫也。"杜注:"获没,不见篡弑。"孔疏注"祗宫"引马融云:"圻内游观之宫也。"
	《天问》:"何环闾穿社以及丘陵,是淫是荡,爰出子文?(吾)〔语〕告堵敖以不长,何试上自予,忠名弥彰?"	宣公四年(前605)记鬬伯比淫于䢵子之女、生子文事:"初,若敖氏娶于䢵,生鬬伯比。若敖卒,从其母畜于䢵,淫于䢵子之女,生子文焉。䢵夫人使弃诸梦中。虎乳之。䢵子田,见之,惧而归。夫人以告,遂使收之。楚人谓乳谷,谓虎於菟,故命之曰鬬穀於菟。以其女妻伯比。实为令尹子文。"庄公三十年(前664)记:"鬬穀於菟为令尹,自毁其家,以纾楚国之难。"
	《惜诵》:"晋申生之孝子兮,父信谗而不好。"	僖公四年(前656)记申生被谗自杀事:"初,晋献公欲以骊姬为夫人,卜之,不吉;……弗听,立。生奚齐,其娣生卓子。及将立奚齐,既与中大夫成谋,姬谓大子曰:'君梦齐姜,必速祭之!'大子祭于曲沃,归胙于公。公田,姬寘诸宫六日。公至,毒而献之。公祭之地,地坟。与犬,犬毙。与小臣,小臣亦毙。姬泣曰:'贼由大子。'大子奔新城。公杀其傅杜原款。或谓大子:'子辞,君必辩焉。'大子曰:'君非姬氏,居不安,食不饱。我辞,姬必有罪。君老矣,吾又不乐。'

续表

所涉儒典	屈作相关内容	关联对象
《左氏春秋》		曰:'子其行乎?'大子曰:'君实不察其罪,被此名也以出,人谁纳我?'十二月,戊申,缢于新城。姬遂潜二公子曰:'皆知之。'重耳奔蒲,夷吾奔屈。" (附见《礼记·檀弓上》)
	《惜往日》:"介子忠而立枯兮,文君寤而追求。封介山而为之禁兮,报大德之优游。思久故之亲身兮,因缟素而哭之。"	僖公二十四年(前636)记介子归隐、晋文悟而求之事:"晋侯赏从亡者。介之推不言禄,禄亦弗及。推曰:'献公之子九人,唯君在矣。惠、怀无亲,外内弃之。天未绝晋,必将有主。主晋祀者,非君而谁?天实置之,而二三子以为己力,不亦诬乎?窃人之财犹谓之盗,况贪天之功以为己力乎?下义其罪,上赏其奸,上下相蒙,难与处矣!'其母曰:'盍亦求之,以死谁怼?'对曰:'尤而效之,罪又甚焉。且出怨言,不食其食。'其母曰:'亦使知之,若何?'对曰:'言,身之文也。身将隐,焉用文之?是求显也。'其母曰:'能如是乎!与女偕隐。'遂隐而死。晋侯求之,不获,以绵上为之田,曰:'以志吾过,且旌善人。'"
	《天问》:"薄暮雷电,归何忧?厥严不奉,帝何求?"	昭公十三年(前529)记楚灵王众叛亲离,王位被篡,无家可归事:"王闻群公子之死也,自投于车下,曰:'人之爱其子也,亦如余乎?'侍者曰:'甚焉,小人老而无子,知挤于沟壑矣。'王曰:'余杀人子多矣,能无及此乎?'右尹子革曰:'请待于郊,以听国人。'王曰:'众怒不可犯也。'

第五章 屈原:观照儒学传播与影响的重要个案 385

续表

所涉儒典	屈作相关内容	关联对象
《左氏春秋》		曰:'若入于大都,而乞师于诸侯。'王曰:'皆叛矣。'曰:'若亡于诸侯,以听大国之图君也。'王曰:'大福不再,只取辱焉。'然丹(子革)乃归于楚。王沿夏,将欲入鄢。芊尹无宇之子申亥曰:'吾父再奸王命,王弗诛,惠孰大焉?君不可忍,惠不可弃,吾其从王。'乃求王,遇诸棘闱以归。夏,五月,癸亥,王缢于芊尹申亥氏。申亥以其二女殉而葬之……"（附见《国语·吴语》"吴王夫差既许越成"章）
	《惜往日》:"吴信谗而弗味兮,子胥死而后忧。"	伍子之事,详见于昭公二十年(前522)、三十年(前512)、三十一年(前511),定公四年(前506),哀公元年(前494)、十一年(前484)等。（附见《国语·吴语》"吴王夫差乃告诸大夫"章、"吴王夫差既许越成"章、"吴王还自伐齐"章、"吴王夫差既杀申胥"章）
	《天问》:"伏匿穴处,爰何云?"	定公四年(前506)记楚昭因吴人入郢逃匿于云中事:"(吴师)五战,及郢。己卯,楚子取其妹季芊、畀我以出,涉睢。鍼尹固与王同舟,王使执燧象以奔吴师。庚辰,吴入郢,以班处宫。子山(吴王子)处令尹之宫,夫概王欲攻之,惧而去之,夫概王入之。……楚子涉睢,济江,入于云中。王寝,盗攻之,以戈击王,王孙由于以背受之,中肩。王奔郧。钟建负季芊以从。由于徐苏而从……"

续表

所涉儒典	屈作相关内容	关联对象
《论语》	《哀郢》:"尧舜之抗行兮,瞭杳杳而薄天。"	《泰伯》:"大哉尧之为君也!巍巍乎!唯天为大,唯尧则之。荡荡乎,民无能名焉。巍巍乎,其有成功也。焕乎,其有文章。" 《泰伯》:"巍巍乎,舜禹之有天下也而不与焉。"
	《离骚》:"彼尧舜之耿介兮,既遵道而得路。"	《颜渊》:"樊迟……见子夏,曰:'……子曰"举直错诸枉,能使枉者直",何谓也?'子夏曰:'……舜有天下,选于众,举皋陶,不仁者远矣……'" 《泰伯》:"舜有臣五人而天下治。"朱熹集注:"五人,禹、稷、契、皋陶、伯益。" (附见《中庸》:"仲尼祖述尧舜,宪章文武……")
	《惜诵》:"命咎繇使听直。"	《泰伯》:"舜有臣五人而天下治。" 《颜渊》载子夏曰:"舜有天下,选于众,举皋陶,不仁者远矣。"
	《离骚》:"汤禹严而祗敬兮。"	《颜渊》:"出门如见大宾,使民如承大祭。" 《学而》:"道千乘之国:敬事而信……"
	《离骚》:"汤禹严而祗敬兮,周论道而莫差。举贤而授能兮,循绳墨而不颇。"	《颜渊》载子夏曰:"汤有天下,选于众,举伊尹,不仁者远矣。" 《泰伯》:"武王曰:'予有乱臣十人。'孔子曰:'才难,不其然乎?唐、虞之际,于斯为盛……'"朱熹集注:"十人,谓周公旦、召公奭、太公望、毕公、荣公、太颠、闳夭、散宜生、南宫适,其一人谓文母。" 《子路》:"先有司,赦小过,举贤才。"

第五章 屈原:观照儒学传播与影响的重要个案 387

续表

所涉儒典	屈作相关内容	关联对象
《论语》	《离骚》:"启《九辩》与《九歌》兮,夏康娱以自纵。不顾难以图后兮,五子用失乎家巷。羿淫游以佚畋兮,又好射夫封狐。固乱流其鲜终兮,浞又贪夫厥家。浇身被服强圉兮,纵欲而不忍。日康娱而自忘兮,厥首用夫颠陨。夏桀之常违兮,乃遂焉而逢殃。后辛之菹醢兮,殷宗用而不长。汤禹严而祗敬兮,周论道而莫差。举贤而授能兮,循绳墨而不颇。皇天无私阿兮,览民德焉错辅……"	《宪问》:"南宫适问于孔子曰:'羿善射,奡(浇)荡舟,俱不得其死然;禹、稷躬稼,而有天下。'夫子不答,南宫适出。子曰:'君子哉若人!尚德哉若人!'" 《为政》:"为政以德,譬如北辰,居其所而众星共之。"
	《天问》:"比干何逆,而抑沉之?……何圣人之一德,卒其异方?梅伯受醢,箕子详狂。"	《微子》:"微子去之,箕子为之奴,比干谏而死。孔子曰:'殷有三仁焉。'"朱熹集注:"三人之行不同,而同出于至诚恻怛之意,故不咈乎爱之理,而有以全其心之德也。"
	《抽思》:"指彭咸以为仪。" 《思美人》:"思彭咸之故也。" 《离骚》:"愿依彭咸之遗则";"吾将从彭咸之所居"。 《悲回风》:"夫何彭咸之造思兮,暨志介而不忘";"昭彭咸之所闻";"托彭咸之所居"。	《述而》:"述而不作,信而好古,窃比于我老彭。"何晏集解引包咸:"老彭,殷贤大夫,好述古事。"(附见《大戴礼记·虞戴德》载孔子曰:"昔商老彭及仲傀,政之教大夫,官之教士,技之教庶人,扬则抑,抑则扬,缀以德行,不任以言……")

续表

所涉儒典	屈作相关内容	关联对象
《论语》	《天问》:"吴获迄古,南岳是止。孰期去斯,得两男子?"	《泰伯》:"泰伯,其可谓至德也已矣!三以天下让,民无得而称焉。"
	《橘颂》:"独而不迁";"深固难徙,廓其无求";"苏世独立,横而不流";"闭心自慎,终不失过";……"淑离不淫,梗其有理";"可师长兮";"行比伯夷,置以为像兮"。	《微子》:"不降其志,不辱其身,伯夷、叔齐与!"
	《天问》:"何环间穿社以及丘陵,是淫是荡,爰出子文?(吾)〔语〕告堵敖以不长,何诚上自予,忠名弥彰?"	《公冶长》:"子张问曰:'令尹子文三仕为令尹,无喜色;三已之,无愠色。旧令尹之政,必以告新令尹。何如?'子曰:'忠矣。'曰:'仁矣乎?'曰:'未知,焉得仁?'"
	《离骚》:"皇天无私阿兮,览民德焉错辅。"《天问》:"天命反侧,何罚何佑?"《哀郢》:"皇天之不纯命兮,何百姓之震愆?"	《尧曰》:"不知命,无以为君子也。"《季氏》:"君子有三畏:畏天命,畏大人,畏圣人之言。小人不知天命而不畏也,狎大人,侮圣人之言。"《子罕》:"子罕言利,与命与仁。"
《五行》	《离骚》:"浇身被服强圉兮,纵欲而不忍。日康娱而自忘兮,厥首用夫颠陨。"	《五行》经第十五章:"中心辩焉而正行之,直也。直而遂之,迣也。迣而不畏强圉,果也。(而)〔不〕以小道害大道,简也。有大罪而大诛之,行也。"《五行》说第十五章:"强御者,勇力者,胃□□□□□□□□之以□□□,无介于心,果也。"

续表

所涉儒典	屈作相关内容	关联对象
《五行》	《离骚》:"伏清白以死直兮,固前圣之所厚。"	《五行》经第十一章:"不直不迣,不迣不果,不果不简,不简不行,不行不义。" 《五行》说第十一章:"'不直不迣':直也者直亓中心也,义气也。直而笃能迣。迣也者终之者也;弗受于众人,受之孟贲,未迣也。'不迣不果':果也者言亓弗畏也。无介于心,果也。'不果不间':间也者不以小害大,不以轻害重。'不间不行':行也者言亓所行之□□□。'不行不义':行而笃义也。" 《五行》经第十五章:"中心辩焉而正行之,直也。直而遂之,迣也。迣而不畏强圉,果也。" 《五行》说第十五章:"'中心辩焉而正行之,直也':有天下美饮食于此,许跖而予之,中心弗悆也。恶许跖而不受许跖,正行之,直也。'直而遂之,迣也':迣者,遂直者也;直者,□贵□□□□□□□迣也。'迣而弗畏强御,果也':强御者,勇力者,胃□□□□□□□□之以□□□,无介于心,果也。"
	《离骚》:"汤禹严而祗敬兮,周论道而莫差。" 《离骚》:"汤禹严而求合兮,挚咎繇而能调。"	《五行》经第十二章:"不袁不敬,不敬不严,不严不尊,不尊不共,不共不礼。" 《五行》说第十二章:"'不袁不敬':袁心也者,礼气也。质近者则弗能

续表

所涉儒典	屈作相关内容	关联对象
《五行》		敬之，袁者则能敬之。袁者，动敬心、作敬心者也。左靡（糜）而右饭之，未得敬心者也。'不敬不严'：严犹厰厰，敬之责（积）者也。" 《五行》经第十六章："以亓外心与人交，袁也。袁而裝（庄）之，敬也。敬而不解（懈），严〔也〕。严而威之，尊也。尊而不骄，共也。共而博交，礼也。" 《五行》说第十六章："'以亓外心与人交，袁也'：外心者，非有它心也。同之心也，而有胃外心也，而有胃中心。中心者，謘然者。外心者也，亓圖（愿）謘然者也。言之心交袁者也。'袁而庄之，敬也'：敬者，□□□□□。'敬而不解，严也'：严者，敬之不解者，敬之责者也。是厌□□□□□。'严而威之，尊也'：既严之，有从而畏忌之，则夫间何繇至乎才？是必尊矣。'尊而不骄，共也'：言尊而不有□□。己事君与师长者，弗胃共矣。故斯役人之道，而笱共焉。共生于尊者。'共而伯交，礼也'：伯者辩也，言亓能柏，然笱礼也。"
	《离骚》："虽信美而无礼兮，来违弃而改求。"	《五行》经第十二章："不袁不敬，不敬不严，不严不尊，不尊不共，不共不礼。"（其说见上）

续表

所涉儒典	屈作相关内容	关联对象
《五行》		《五行》经第十六章:"以亓外心与人交,袁也。袁而裳之,敬也。敬而不解,严〔也〕。严而威之,尊也。尊而不骄,共也。共而博交,礼也。"(其说见上)
	《离骚》:"夫孰非义而可用兮,孰非善而可服?"《招魂》:"朕幼清以廉洁兮,身服义而未沫。"	《五行》经第十一章:"不直不迣,不迣不果,不果不简,不简不行,不行不义。"(其说见上)
《孟子》	《离骚》:"彼尧舜之耿介兮,既遵道而得路。"	《公孙丑下》:"我非尧舜之道,不敢以陈于王前,故齐人莫如我敬王也。"《滕文公上》:"尧以不得舜为己忧,舜以不得禹、皋陶为己忧。"《滕文公上》:"孟子道性善,言必称尧舜。"《离娄上》:"欲为君尽君道,欲为臣尽臣道,二者皆法尧舜而已矣。"《尽心上》:尧舜"急亲贤"。《尽心下》:"不信仁贤,则国空虚。"
	《天问》:"舜闵在家,父何以鳏?尧不姚告,二女何亲?"	《离娄上》:"天下大悦而将归己。视天下悦而归己,犹草芥也,惟舜为然。……舜尽事亲之道而瞽瞍厎豫,瞽瞍厎豫而天下化,瞽瞍厎豫而天下之为父子者定,此之谓大孝。"《离娄上》:"不孝有三,无后为大。舜不告而娶,为无后也,君子以为犹告也。"《万章上》:孟子回应"舜之不告而娶""帝之妻舜而不告"。

续表

所涉儒典	屈作相关内容	关联对象
《孟子》	《天问》:"舜服厥弟,终然为害。何肆犬豕,而厥身不危败?"	《万章上》:孟子回应"象至不仁,封之有庳"。
	《天问》:"何条放致罚,而黎服大说?"	《梁惠王上》:"《汤誓》曰:'时日害丧?予及女偕亡。'民欲与之偕亡,虽有台池鸟兽,岂能独乐哉?" 《离娄上》:"桀、纣之失天下也,失其民也;失其民者,失其心也……" 《离娄上》:"三代之得天下也以仁,其失天下也以不仁。国之所以废兴存亡者亦然。"
	《天问》:"迁藏就岐,何能依?"	《梁惠王下》:"昔者大王居邠,狄人侵之。事之以皮币,不得免焉;事之以犬马,不得免焉;事之以珠玉,不得免焉。乃属其耆老而告之曰:'狄人之所欲者,吾土地也。吾闻之也:君子不以其所以养人者害人。二三子何患乎无君?我将去之。'去邠,逾梁山,邑于岐山之下居焉。邠人曰:'仁人也,不可失也。'从之者如归市。"
	《橘颂》:"嗟尔幼志,有以异兮。独而不迁,岂不可喜兮?深固难徙,廓其无求兮。苏世独立,横而不流兮。闭心自慎,终不失过兮。秉德无私,参天地兮。愿岁并谢,与长友兮。淑离不淫,梗其有理兮。年岁虽少,可师长兮。行比伯夷,置以为像兮。"	《尽心下》:"圣人,百世之师也,伯夷、柳下惠是也。故闻伯夷之风者,玩夫廉,懦夫有立志……奋乎百世之上。百世之下,闻者莫不兴起也。" 《万章下》:"伯夷,……非其君不事,非其民不使。治则进,乱则退。横政之所出,横民之所止,不忍居也。思与乡人处,如以朝衣朝冠坐于涂炭也。当纣之时,居北海之滨,以待天下之清也。故闻伯夷之风者,顽夫廉,懦夫有立志。"

续表

所涉儒典	屈作相关内容	关联对象
《孟子》		《公孙丑上》:"伯夷,非其君不事,非其友不友。不立于恶人之朝,不与恶人言……" 《万章下》:"伯夷,圣之清者也。"
	《离骚》:"皇天无私阿兮,览民德焉错辅。夫维圣哲以茂行兮,苟得用此下土……" 《天问》:"天命反侧,何罚何佑?" 《哀郢》:"皇天之不纯命兮,何百姓之震愆?"	《公孙丑上》:"仁则荣,不仁则辱。今恶辱而居不仁,是犹恶湿而居下也。如恶之,莫如贵德而尊士。……祸福无不自己求之者。《诗》云:'永言配命,自求多福。'《太甲》曰:'天作孽,犹可违;自作孽,不可活。'此之谓也。"
	《离骚》:"謇吾法夫前修兮";"依前圣以节中"。 《怀沙》:"明告君子,吾将以为类兮。"	《万章下》:"一乡之善士,斯友一乡之善士;一国之善士,斯友一国之善士;天下之善士,斯友天下之善士。以友天下之善士为未足,又尚论古之人。……是尚友也。"
	《抽思》:"望三五以为像"。 《离骚》:"为美政"。	《万章上》:"与我处畎亩之中,由是以乐尧、舜之道,吾岂若使是君为尧、舜之君哉?吾岂若使是民为尧、舜之民哉?"

说明:1.本表儒典方面,以传世文献《尚书》《诗经》《左氏春秋》《论语》《孟子》以及出土文献《五行》篇为考查中心。之所以如此,是因为这些典籍与屈作的关联更富有实证性。2.晚《书》有一定参考价值,故亦纳入考查范围,但标明以示区隔。3.文献间的关联,所涉事实或分散而细碎(比如《天问》谓"齐桓九会",当涉及屈子对《左氏春秋》很多散见内容的了解),凡此难以尽举,今但举其要者。因此,屈作与儒典间的关联实不限于此。4.关联不深者,或关联虽深但文长不能尽录者,以省略号表示。5.两个文本间的关联往往不能轻易发现,为省篇幅,表中不作申说,读者自可参考散见于本书各章的具体考辨。

第二节　屈作与《五行》学说

近年来,颇有学者注意利用出土文献来研读楚辞,但往往只是将出土文献用为语料,与传统的研究路径并无本质差异。笔者认为,只有认识到《五行》等儒典构成了屈子的现实语境,认识到屈子在这一语境中生存、思考和创作,跟这一语境有贯通、有回应,才算是抓住了根本①。

《离骚》叙主人公向重华陈词,云:"汤禹严而祗敬兮,周论道而莫差。"又叙主人公使巫咸降神,神降而告之以吉故,曰:"汤禹严而求合兮,挚咎繇而能调。"两"严"字均有本子作"俨",但作"严"者更优。黄灵庚谓"俨"为"'严'字后起分别文","古本但作'严'"②。其说是。王逸所见本分别作"俨""严",他释二者为"畏"与"敬",虽或近之,却并不贴切。

总体而言,学界可能太小觑这个"严"字了。由凸显屈子核心关注的"汤禹严而祗敬""汤禹严而求合"二语,断然可知他对"严"的高度重视。"严"在体系中占据如此重要的位置,殆仅有《五行》篇堪与之比较。钱钟书说:"'书名'之'名',常语也;'正名'之'名',术语也。今世字书于专门术语之训诂,尚犹略诸,况自古在昔乎?专家著作取常语而损益其意义,俾成术语;术语流行,傅会失本而复成常语。梭穿轮转,往返周旋。作者之盛、文人之雄,用字每守经而尤达权,则传注之神、笺疏之哲,其解诂也,亦

---

① 屈子生存的大的历史语境中,尚存在道家等学派的著述,比如郭店楚墓中有《老子》甲、乙、丙三组竹简等,但他具体接受什么有很强的主体选择性,不能说郭店竹书中有道家著述,屈子就必然有道家的思想。从严格意义上说,并非所有的周边存在都参与构成主体的实际语境。又,与《五行》同出于郭店楚墓的《穷达以时》等儒典也对屈子有重大影响,因为书中已随文论析,此节不再重复。

② 黄灵庚《楚辞异文辩证》,中州古籍出版社2000年版,第74页。

不可知常而不通变耳。"①《离骚》殆即袭用了《五行》"取常语而损益其意义"而成的术语"严",它原本就是用字之"守经"而"尤达权"者。

《五行》经文第十二章云："不袁(远)不敬,不敬不严,不严不尊,不尊不 共(恭) , 不共 不 礼 。"②其说释"不敬不严"以下文字,曰："'不敬不严':严犹厰厰,敬之责(积)者也。'不严不尊':严而筍(后)忌(己)尊。'不尊不共':共(恭)也者, 用上 敬下也。共而筍礼也,有以(膿)〔礼〕气也。"《五行》经文第十六章云："以亓外心与人交,袁也。袁而裘(庄)之,敬也。敬而不解(懈),严〔也〕。严而威之,尊也。 尊 而不骄,共也。共而博交,礼也。"其说释"敬而不解,严〔也〕"以下,曰："' 敬而不解 ,严也':严者,敬之不解者, 敬 之责者也。是厌□□□□。' 严而威之 , 尊也 ': 既严 之,有从而畏忌之,则夫间(干犯)何繇(由)至乎才(哉)?是必尊矣。'尊 而不骄 , 共 也':言尊而不有□□。己事君与师长者,弗冒共矣。故斯役人之道, 而筍 共焉。共生于尊者。' 共而伯交 ,礼也':伯(博)者辩(遍)也,言亓能柏(伯),然筍礼也。"

---

① 钱钟书《管锥编》第二册,中华书局 1979 年版,第 406 页。
② 本章引用《五行》经、说,加方框的文字表示补残缺,加圆括号的文字为简单的解释或应删除之衍文讹文,加方括号的文字表示补充脱文或更正,方框代表缺文。引文主要依据国家文物局古文献研究室编《马王堆汉墓帛书》第一册,《老子甲本卷后古佚书》之《五行》,文物出版社 1980 年版,图版第 170—351 行,释文第 17—27 页,以及荆门市博物馆编《郭店楚墓竹简》之《五行》,图版第 29—35 页,释文第 147—154 页。并参阅〔日〕池田知久《马王堆汉墓帛书五行研究》之帛本,线装书局、中国社会科学出版社 2005 年版;庞朴《帛书五行篇研究》之帛本,齐鲁书社 1988 年第二版;李零《郭店楚简校读记》(增订本)之简本;魏启鹏《简帛文献〈五行〉笺证》之简本与帛本。笔者或有修正。为节省篇幅,此下不一一出注。

笔者认为,《五行》篇"严犹厰厰,敬之责者也""敬而不解,严〔也〕""严者,敬之不解者,敬之责者也"数语,提供了《离骚》"严而祗敬""严而求合"之"严"的现实语境。而且这个语境其实有众声喧哗的态势。与《五行》同出于郭店楚墓的《语丛二》(篇题为整理者拟加)有一段文字说:"情生于眚(性),豊(礼)生于情,厰(严)生于豊,敬生于厰,竞生于敬,耻生于竞,斄生于耻,纎生于斄。"其中"竞"字,学界释读不一,有学者释为"兢",并说下文"竞"字乃"竞"之繁文(在原文特有的表达系谱中,这两个符号的同一性是无可置疑的);"斄"字或读为"烈",或读为"利";"纎"字或视为"兼"之讹,读为"廉"。因为这些与本节讨论关系不大,所以不一一展开论析。很明显,这是与《五行》有高度相关性的材料,它不仅包含《五行》那种极富表征意义的图式化思维,而且有三个元素(即"豊""厰""敬")曾出现在《五行》第十二章和第十六章的图式中。不过,从义理方面看,两者的歧异几乎是本质性的。《语丛二》此章的基本图式为:眚(性)→情→豊(礼)→厰(严)→敬→竞→耻→斄→纎。该图式不仅有《五行》中不曾出现的若干元素,而且各元素的位置或逻辑关系也跟《五行》迥然不同。在《五行》第十二、十六章中,"敬"是低于"严"的逻辑关节(其说文解释为"严犹厰厰,敬之责者也""严者,敬之不解者,敬之责者也"),在《语丛二》中,"敬""严"二者的位置关系则恰恰相反,"严"是低于"敬"的环节,可理解为"敬"即"严之积";在《五行》第十二、十六章中,"礼"是最高的逻辑关节,《语丛二》此章则把"豊(礼)"界定在"严""敬"之下。这一材料的重要性在于,它进一步说明,在屈子生存语境中,"严"这个范畴是一个极活跃极受关注的元素,屈子受其影响的必然性因此大大增加了;而尤其不可忽视的是,其"敬生于厰"的序列,明显更符合《离骚》"汤禹严而祗敬"一语中"严"与"敬"的逻辑关系,堪称其最佳注脚。

这就是历史的复杂性。对于现实语境中存在矛盾的文献,屈子综合去取，而不是单一依循。《离骚》中"严"与"敬"的逻辑关系，殆根据《语丛二》的序列，"敬"为"严"之积；对"严"的界定很可能也是用《语丛》，"厰(严)生于豊"，或曰"严"为礼之积。屈子"严而衹敬"语连用"严""衹""敬"三个近义词，与他连用"览""相""观"三个同义动词（"览相观于四极"），或者连用"相""观"两个同义动词（"相观民之计极"）等等，结构和思维均颇为一致。若考虑到"相观民之计极"之上语是"瞻前而顾后兮"，那么屈子其实是连用了"瞻""顾""相""观"四个同义或近义词。他说"严而衹敬"毫不奇怪。

至于"严"的另外一些重要特质，《离骚》则依循了《五行》。

首先，《离骚》凡两次使用"严"字，都是从君王对于臣下这一取向上说的，与《五行》基于"用上敬下"来界定"严"的义涵完全一致。具体说来，在《五行》图式中，由"敬"而"严"，由"严"而"尊"，由"尊"而"共"……均依"责(积)"之功逐级提升，"共"为"用上敬下"，则"敬""严""尊"亦必如此。《五行》之说谓"己事君与师长者，弗胃共矣。故斯役人之道，而笴共焉"，大致是讲自己事奉君上师长之恭，非此处所谓恭，君上对所驱使之臣下恭，才是此处所谓恭。这一取向，无论对《五行》还是对屈子，都十分重要而独特，可以说是特意给出的非同一般的界定。

还有一点十分重要。《五行》基于"敬""严"最终推出了"礼"，具体系谱为：袁→敬→严→尊→共→礼。这一层面上的"礼"也必然是从"用上敬下"的角度来界定的。一方面"礼"基于"共"，"共"基于"尊"，"尊"基于"严"，"严"基于"敬"，另一方面，《五行》说文第十二章强调"共也者，用上敬下也"，第十六章强调"己事君与师长者，弗胃共矣。故斯役人之道，而笴共焉"，因此断定"礼"被定位在从上对下的维度上，是毫无问题的。屈作中，"礼"出现的次数不多。《九歌》中的《国殇》有一个类似乱辞的部分称"礼魂"①,尝谓"成礼兮会皷,传芭兮代舞","礼"指的是敬事国殇或敬事国殇之礼仪。《天问》云:"皇天集命,惟何戒之?受礼天下,又使至代之?"大意是说,王者本膺受天命及上天之告诫,受天下之礼敬,其后却为其他受命者取代,则皇天所戒为何说,其被取代为何由乎?这一"礼"字的意指同样清晰可见。屈作中最耐人寻味的"礼"见于《离骚》。该诗主人公上天欲见天帝,为阍者遏阻,遂下求美女。最先是求宓妃。主人公派云神丰隆寻觅其踪,又命蹇修为媒,极尽张皇,最终却弃之而改求,原因是她"虽信美而无礼"。主人公因其"无礼"而弃之,凸显了"礼"在屈子政教伦理体系中的重要性。《离骚》之求女实寓言求合于国君(具体而言,求宓妃乃喻指求合于楚怀)②。所以,谓宓妃"虽信美而无礼","礼"字正是取上对下之向度。而且,《离骚》这一层面上的"礼",跟《五行》的建构高度一致,同样与上对下之"敬"和"严"贯通(在《语丛二》的序列中,"豊"先于"厰""敬",位置有所不同,但"豊"与"厰""敬"贯通,也毫无疑义)。《离骚》主人公先批评宓妃"保厥美以骄傲兮,日康娱以淫游",接着就说她"虽信美而无礼",已经表明背离"敬""严""尊""共"的"骄傲"即其"无礼"之表现,或者说即其无以达成"礼"的根源(在《五行》体系中,"骄"之背离"敬""严""尊""共""礼",由"尊而不骄,共也"一语即可了然)。《九章·抽思》严厉批评楚怀王,说:"憍吾以其美好兮(洪补:此言怀王自矜伐也),览余以其修姱。"又说:"憍(一作骄)吾以其美好兮,敖朕辞而不听。"由这些批评,亦正可见怀王之所作所为与汤禹"严而祗敬"、汤禹"严"而求合于挚和咎繇是截然相反的,其"无礼"在于背离"敬""严""尊""共"的骄傲亦更加明了。

这样看起来就极有意思了。《五行》图式"衷→敬→严→尊→

---

① 相关考释,参见拙著《屈原及其诗歌研究》,第215—218页。
② 具体考证,参见拙著《屈原及其诗歌研究》第二章第二节"屈作'男女关系'模式"。

共→礼",是关于上对下、君对臣的重要伦理建构;其间若干可以贯通的关键环节,诸如"敬""严""礼"等,均包含在《离骚》中,且同样是关乎上对下、君对臣的根本伦理规范(《离骚》对"严""敬"的逻辑位置或界定有所调整,而接受了《语丛二》的影响,却并未改变它接受《五行》影响的大局)。在通常语境中,"敬""共(恭)""尊"等往往侧重于下对上。以"敬"字为例。《论语·为政》载:"子游问孝。子曰:'今之孝者,是谓能养。至于犬马,皆能有养;不敬,何以别乎?'"《里仁》篇记子曰:"事父母几谏。见志不从,又敬不违,劳而不怨。"《公冶长》载:"子谓子产,'有君子之道四焉:其行己也恭,其事上也敬,其养民也惠,其使民也义。'"《雍也》篇载:"樊迟问知。子曰:'务民之义,敬鬼神而远之,可谓知矣。'"这些语料中的"敬"均定位于下之对上,即用其传统的常见义。《五行》和《离骚》却强有力地将"敬""严""礼"等一系列范畴定位在上对下的维度上,彰显了它们体系建构上的共同特色及其在政教伦理方面的独特诉求,两者之间的关联因此又得到了加强。可以说,以承继自《五行》的这一图式为基础(部分地吸收《语丛二》图式的影响),汤、禹与怀、襄相对,与天子遇合的挚和咎繇与被疏遭放的屈子相对,一种关乎政教伦理和个人遭际的情结贯穿了屈子后半生,也贯穿了他绝大多数作品;屈子之政教理想、现实追求和际遇,因此莫不浸润着《五行》学说的陶染。

《五行》之影响于屈子屈作者尚不止此。屈子忠而被谤,信而见疑,尝于《离骚》中表白自己虽死不悔之志,云:"伏清白以死直兮,固前圣之所厚。"王逸释"直"为"忠直之节";朱熹释之为"直道",汪瑗《集解》同;王夫之释之为"抗直",又解"死直"云云为"抗直以为死,前圣之所难言","厚,谓难言之也"。今人姜亮夫则以"直"为"德"之本字①。其实,诸说全未认识到"直"在屈子思想中的特殊地位。屈作提及"直"者固然不多,但屈子视为同命运者或曰楷模的鲧正以"婞直"为特性(见《九章·惜诵》以及《离骚》)。而《离骚》以前,《九章·抽思》有谓:"何灵魂之信直兮,人之心不与吾心同!"《离骚》之后,屈子最后一个时期的作品《涉江》则说:"苟余心其端直兮,虽僻远之何伤。"这些有内在相通性的材料,都说明"直"是屈子极重要的持守。简单地释"直"为"德",不就抹杀了屈子这种独特性吗?与此相似,仅仅释"死直"之"直"为忠贞、正直之类,亦不能准确显示它在屈子体系中的位置。屈子"直"这一重要范畴,亦与《五行》学说有极深刻的联系。

《五行》经文第十一章云:"不直不迣,不迣不果,不果不简,不简不行,不行不义。"其说云:

"不直不迣":直也者直亓中心也,义气也。直而笱能迣。迣也者终之者也;弗受于众人,受之孟贲,未迣也。"不迣不果":果也者言亓弗畏也。无介于心,果也。"不果不间(简)":间也者不以小害大,不以轻害重。"不间不行":行也者言亓所行之□□□。"不行不义":行而笱义也。

《五行》经文第十五章云:"中心辩焉而正行之,直也。直而遂之,迣也。迣而不畏强圉,果也。(而)〔不〕以小道害大道,简也。有大罪而大诛之,行也。"其说云:

---

① 参见姜亮夫《楚辞学论文集·简论屈子文学》,《姜亮夫全集》第八册,云南人民出版社2002年版,第241页。姜亮夫在之前的《屈原赋校注》中释"直"为"忠贞之节"(人民文学出版社1957年版,第40页;又见《姜亮夫全集》第六册,第35页)。

"中心辩焉而正行之,直也":有天下美饮食于此,许钛(吁嗟)而予之,中心弗怒也。恶许钛而不受许钛,正行之,直也。"直而遂之,迣也":迣者,遂直者也;直者,□贵□□□□□□□□□□迣也。"迣而弗畏强御,果也":强御者,勇力者,胃□□□□□□□□之以□□□,无介于心,果也。"不以小道害大道,间也":间也者,不以小爱害大爱,不以小义害大义也。见亓生也,不食亓死也,祭亲执株(诛),间也。"有大罪而大诛之,行也":无罪而杀人,有死弗为之矣,然而大诛之者,知所以诛人之道而行焉,故胃之行。

首先应注意的是其中的"强圉"和"强御"。二词意思相同,故在同一句话中,《五行》经文写作"强圉",说文则写作"强御"(在《五行》体系中,"弗畏强御"乃是"直"的伸延)。"强圉"或"强御"在先秦典籍中不算多见。《诗·大雅·烝民》云:"维仲山甫,柔亦不茹,刚亦不吐。不侮矜寡,不畏强御。"此数语屡见引于《左氏春秋》。如昭公元年(前541),晋叔向引"不侮鳏寡,不畏强御";定公四年(前506),郑公辛引"柔亦不茹,刚亦不吐。不侮矜寡,不畏强御"等。《诗·大雅·荡》又云:"文王曰咨,咨汝殷商!曾是强御,曾是掊克,曾是在位,曾是在服。天降滔德,女兴是力。文王曰咨,咨女殷商!而秉义类,强御多怼……"《五行》经、说之"不畏强圉""弗畏强御",当源于此。而屈子《离骚》云:"浇身被服强圉兮,纵欲而不忍。日康娱而自忘兮,厥首用夫颠陨。"其中"强圉"一词则当来自《诗经》《左氏春秋》和《五行》篇,这些经典均参与构成屈子的现实语境。值得注意的是,在《五行》中,"强圉"(或"强御")又正好出现在探讨"直"的话题里面。"直→迣→果(迣而不畏强圉)→简→行→义",是《五行》体系中"义"生成的一个较为完整的系谱,其中"直"是"义"的基源。就"直"在体系中的地位而言,其他典籍是难以跟《五行》篇匹敌的。屈子表示"伏清白以死直",以"直"为极高的价值,至少有一个原因是接受了《五行》学说的影响。人们熟知的儒家学者常常对"直"加以某种限制,比如孔子谓"直而无礼则绞"(《论语·泰伯》),又谓"好直不好学,其蔽也绞"(《论语·阳货》)。子思《五行》和屈子都没有这种限制意识,至少都不凸显。所有这些,难道是偶然的吗?

屈子有《五行》学说的深厚背景。这又进一步暗示他所说的"直"与"义"有极深刻的关联。"义"在屈子政教伦理体系中的地位同样是其他范畴难以比并的。《离骚》论终极关怀云:"皇天无私阿兮,览民德焉错辅。夫维圣哲以茂行兮,苟得用此下土。瞻前而顾后兮,相观民之计极。夫孰非义而可用兮,孰非善而可服?"其中"德"与"善"为虚位,"义"则是定名;从理论上说,"德"与"善"有若干种定名,屈子唯独突出了"义"。屈子在《招魂》开篇云:"朕幼清以廉洁兮,身服义而未沫。"他概括一生行迹,唯独凸显了对"义"的实行。笔者的判断是,《离骚》谓"伏清白以死直兮,固前圣之所厚",宣示了屈子一生的持守——"死直",《招魂》谓"身服义而未沫",宣示了屈子一生的持守——"服义",这两者实际上是贯通的。换句话说,屈子所谓"直"与"义"有内在的关联性。而这种关联性当亦来自《五行》建构的图式:直→迣→果→简→行→义。

总之,屈子深刻地承继了《五行》学说,其"敬""严""礼""直"(关涉到对"强圉"的拒斥)、"义"等重要范畴或价值,与《五行》实有体系性的勾连。

余　论

有学者以为汉以前没有"经学"。究其实际,儒家经学之自觉建构从孔子便开始了,"经"之名实至少在孔子后学那里就已经具备。不过那时的经学尚处于民间层面。到汉武帝(前141—前87年在位)时,五经博士备立,经学被提升到官学层面上,完成了质的转换。这是儒家经学发展的重要轨迹。基于大量事实,不仅不能说至汉代方有经学,而且必须认识到,经学在民间的长期发展乃是它在汉初被提升为官学的前提。汉以前儒家经学发展的一个重要方面,是儒典的传播。这一领域,学界此前并未做多少实证性的工作,屈原作为儒典传播与影响的典型个案则完全被忽视了。所以从经学方面看,这一讨论有重要学术价值。从屈原研究方面看,这同样是一个富有开拓性和趣味性的话题。在人们固执已久的常识中,屈原是楚文化的代表。古代不少重要楚辞学家把"在楚言楚"树为观照和诠释屈原、屈作的根本准则,至今尚有大批学者奉行。在这一背景上,以富有实证性的论析来彰显屈原与儒典、儒学的关系,不十分有趣吗?儒典、儒学影响南国的屈原,又是值得深入探究的话题。这不只因为楚国相对偏远,更因为在儒家学者外,屈原堪称儒学传播和接受的最重要的个案。从这一角度展开深入而富实证性的探讨,无论对屈原研究,还是对儒学研究,都是一个重要拓展,而此前这两个研究领域都极大地忽视了这一点。因此,本章的研讨具有双重的意义:一方面,在与屈子关系的发掘中,《书》《诗》等传世儒典以及新出《五行》篇彰宣了新的价值;另一方面,在与儒典关系的发掘中,屈子思想呈现出新的景象,获得了新的解释。

屈子对儒典、儒学的承袭是明确而深刻的。他不仅用其人物、事件或文辞,而且还用其基本的政教伦理取向和立场。确认这一事实十分重要。举例来说,屈子从《五行》《诗经》等儒典中拿来了"强圉"一词,然而更具根本意义的是,他同时承继了儒典对"强圉"所关联事实的价值判断。关于后羿,屈子从《左氏春秋》中获取了大量信息,然而更具根本意义的是,他同时承继了儒典针对后羿行事、作为而作的政教伦理的评骘。屈子从《尚书》中了解了周武王对殷纣的数落,同时也用这些数落以及武王灭商的史实,来警示楚君。屈子从《尚书》《诗经》中了解了三代升降浮沉改天换地的一系列事变,同时也接受了这些儒典对相关事变的评判,即以德受命,或者以不敬厥德而坠厥命。屈子接受了《尚书》《诗经》《左氏春秋》《论语》《五行》《孟子》等儒典的巨大影响,他基于对儒典、儒学的接受,建构了以道德和天命为双翼的宏大历史观(他后期对天命观有极深刻的质疑乃至否定,然而这向前看承袭的是郭店简书《穷达以时》的理智立场,向后看则与荀子的立场符同,仍与儒学同趣),并凸显了对君臣之际、君上与后妃之际的政教伦理关怀。

惟因屈子极深刻地接受了儒典和儒学,其历史视野、人生追求模式、天命观等都充满了"儒家的精神"。陈澧曾说:"战国时儒家之书,存于今者鲜矣。澧以为屈原之文虽诗赋家,其学则儒家也。《离骚》云:'纷吾既有此内美兮,又重之以修能。'又云:'汩吾(案原诗作余)若将不及兮,恐年岁之不吾与。'有天资,有学力,而又及时自勉也。《涉江》云:'被明月兮佩宝璐。世溷浊而莫余知兮,吾方高驰而不顾。驾青虬兮骖白螭,吾与重华游兮瑶之圃。登昆仑兮食玉英,与天地兮比(案原诗作同)寿,与日月兮齐光。'此言'人不知而不愠'、与古圣人为徒,高矣美矣,足以不朽也。《橘颂》云:'深固难徙,廓其无求兮。苏世独立,横而不流兮。'此《中庸》所谓'强哉矫'也。此灵均之学也。"(《东塾读书记》卷十二"诸子")认识到屈子之学实为儒家之学是可取的,然而屈子受儒家之泽被,绝对不只是这几个方面。谁谓屈子"在楚"必然"言楚"呢?谁谓北国之孟子孤独而无回响呢?古今多数学者以"在楚言楚"作观照屈子、屈作的矩矱圭臬,于事实相距千里,孰能为屈子"画地为牢"呢?

围绕这一核心——屈子不仅用儒典之人物、事件和文辞,而且还用其基本政教伦理取向和立场——来展开论证,凸显了本章与旧说在宗旨和路径上的歧异。

《史记·屈原列传》论《离骚》云:"屈平之作《离骚》,盖自怨生也。《国风》好色而不淫,《小雅》怨诽而不乱。若《离骚》者,可谓兼之矣。上称帝喾,下道齐桓,中述汤武,以刺世事。明道德之广崇、治乱之条贯,靡不毕见。其文约,其辞微,其志洁,其行廉,其称文小而其指极大,举类迩而见义远……"众所周知,其中部分内容出自刘安。《汉书·王褒传》记汉宣帝曾召九江被公诵楚辞,着眼于有"仁义风谕"及"鸟兽草木多闻之观",断言"辞赋大者与古诗同义,小者辩丽可喜"。《文心雕龙·辨骚》记"扬雄讽味(《离骚》),亦言体同《诗·雅》"。班固《离骚赞序》谓屈子作《离骚》,"上陈尧、舜、禹、汤、文王之法,下言羿、浇、桀、纣之失,以风",又作《九章》"以风谏"。其《离骚序》则说,屈子"多称昆仑、冥婚、宓妃虚无之语","皆非法度之政,经义所载"。这些观察主要是基于体式,并已暗含了风(讽)谏、比兴等传统的观照要点。

　　王逸《离骚经章句序》论《离骚》,即围绕风谏和比兴展开。所谓"依道径,以风谏君……上述唐、虞、三后之制,下序桀、纣、羿、浇之败,冀君觉悟,反于正道而还已",所谓"依《诗》取兴,引类譬谕,故善鸟香草,以配忠贞"等,概莫外乎此。静观楚辞学史,可知风谏和比兴恰恰是牵合屈作与儒典的两大立足点:所谓风谏,凸显了儒学教义对于现实政教的诱导和批判;所谓比兴,实为向对象灌注儒家政教伦理的类比性解释。王逸《离骚经章句后叙》谓屈原"独依诗人之义而作《离骚》,上以讽谏,下以自慰";又谓"夫《离骚》之文,依托五经以立义焉",举其具体例证,说:"'帝高阳之苗裔',则'厥初生民,时惟姜嫄'也;'纫秋兰以为佩',则'将翱将翔,佩玉琼琚'也;'夕揽洲之宿莽',则《易》'潜龙勿用'也;'驷玉虬而乘鹥',则'时乘六龙以御天'也;'就重华而陈词',则《尚书》咎繇之谋谟也;登昆仑而涉流沙,则《禹贡》之敷土也。"除风谏之旨以外,这类论断的主要依据是事象的缀合;其间语例或与比兴交叉重叠,原因在于比兴就是缀合事象的重要途径。王逸认定屈原"依诗人之义而作《离骚》""依托《五经》以立义",故其解屈辞,亦循汉儒解经之法①。总之,王逸张扬屈作与儒典、儒学的一致性,立足点在于风谏、比兴和事象之牵合。旧论每每如此,因此无法建立其实证性,本章则以实证性为最高追求。

刘勰《辨骚》篇论屈作,堪称集前说之大成,大要是:"其陈尧舜之耿介,称(汤武)〔禹汤〕之祗敬,典诰之体也;讥桀纣之猖狂,伤羿浇之颠陨,规讽之旨也;虬龙以喻君子,云蜺以譬谗邪,比兴之义也;每一顾而掩涕,叹君门之九重,忠怨之辞也。观兹四事,同于风雅者也。至于托云龙,说迂怪,丰隆求宓妃,鸩鸟媒娀女,诡异之辞也;康回倾地,夷羿彃日,木夫九首,土伯三目,谲怪之谈也;依彭咸之遗则,从子胥以自适,狷狭之志也;士女杂坐,乱而不分,指以为乐,娱酒不废,沉湎日夜,举以为欢,荒淫之意也:摘此四事,异乎经典者也。"②刘勰论屈作之符同于经,或着眼于风谏,或着眼于忠怨,或着眼于体,或着眼于比兴,取向全同于前儒;其论屈作之异乎经典,亦往往与前儒同弊:误能指为所指,偏离诗人之本体。旧说大抵如此,其宗旨与笔者小同而大异,方法则截然不同。举一端言之,诸儒指《离骚》主人公求宓妃一事"非法度之政,经义所载",或"异乎经典"。从解读方法上看,此说未能正确区分屈作能指与所指,故不可能得出正确的结论③。本章以主人公求宓妃一事,论证屈子继承了《五行》篇基于"敬""严"诸范畴的"礼",显然是超越能指、把握所指。凡此之类,惟好学深思者方能知之。

《五行》学说构成了屈子置身于其中的现实语境。郭店简书之《五行》篇虽然有经无说,但其说显然也是屈子语境的一部分(即在当时的楚国,《五行》之说亦必有某种形式的传播,可能有写

---

① 其具体情形及利弊,略可参考拙著《屈原及其诗歌研究》第三章第二节论屈子寓言之误读及解读方法。

② "岂不郁陶而思君兮?君之门以九重"语,出自宋玉《九辩》,然亦是提挈屈子之意。

③ 对这一问题的详细论述,参见拙著《屈原及其诗歌研究》第三章第二节论屈子寓言之能指的独立性。

定的文本,至少是有口传)①。出土文献的光照让我们看到了崭新、绚丽的历史图景,传统文史哲各领域都发生了巨大改观。在春秋战国那一造就了偌多大师、造就了中国传统一大批核心经典的时代,思想学术的交光互影格外迷人。笔者在发掘和重建这绚丽的历史图景时,力戒故弄玄虚和牵强附会,尽力给出富有实证性的论说,尽力避免在两个观照对象之间建立单线或脆弱的联系,笔者坚持认为,只有多点、多维的绾合才凸显必然性,只有依据这种绾合建构的论说才拥有实证性。曾经的历史只有一种。对学术思想史研究来说,实证性之确立显得尤其重要。

---

① 池田知久认为,郭店简本《五行》被抄写之际,说文部分已经形成,不过是偶然未能一起出土而已,"假设当时只有经文形成,说文尚未形成,那么在经文中就会有许多不能理解之处"(参阅所著《郭店楚简〈五行〉研究》,《池田知久简帛研究论集》,中华书局2006年版,第53—55页)。

第六章 《招魂》：屈原而非宋玉营构的奇诡世界

要准确解读《招魂》，就必须弄清其作者与所招对象。然而在这一问题上，学界同样存在巨大分歧，需要先做一番学术史的梳理和辨正。

《史记·屈原列传》云："太史公曰：余读《离骚》《天问》《招魂》《哀郢》，悲其志。适长沙，观屈原所自沉渊，未尝不垂涕想见其为人。"这是关于《招魂》作者的第一个重要记载，看起来很清楚，却遭遇了怎么解读的问题。最直截的理解是，司马迁认为《招魂》《离骚》《天问》等乃屈子所作。然而有学者坚持认为，"太史公只说读《招魂》，悲屈原之志，而没有说《招魂》是屈原所作"；甚至提出，"从目录学的角度来对《楚辞》加以考察"，"《楚辞》中非屈原作品，均代屈原设言"，《招魂》即宋玉代屈原设言之作，故太史公读之而悲屈子之志①。类似说法古已有之，不算鲜见。比如王邦采《离骚汇订·屈子总目》谓："宋玉《招魂》一篇……为屈子而作也……所谓'悲其志'，即谓读玉之文而悲原之志，何不可者？"徐英称："太史公特通言屈、宋之作，以悲屈原之志耳。读屈原自作，固可以悲屈原之志；读宋玉哀屈之作，独不可以悲屈原之志乎？"②郑宾于也说："宋玉本是屈原的徒弟，所以他那篇中喻意屈原的感情与其所受的印象非常深挚，确实能够把屈原的人格表

---

① 参阅力之《〈楚辞〉与中古文献考说》，巴蜀书社2005年版，第144、148页。
② 徐英《楚辞札记·〈招魂〉辩》，钟山书局1935年版，第184页。

现出来;故太史公一读而悲其志也。"①这类解释实在是太绕了。且太史公时尚无《楚辞》一书,"从目录学的角度"观照《楚辞》所收作品之体,进而论定《招魂》之性质,简直无从谈起。而所谓"司马迁没有明言",其实也是前人旧说,郭沫若尝予以驳斥。他说:"《招魂》夹在《离骚》《天问》《哀郢》之间。《离骚》《天问》《哀郢》既毫无问题是屈原作品,那末《招魂》,在司马迁的判断中,也毫无问题是屈原作品。有人认为:司马迁并没有明言《招魂》为屈原所作,别人所作的有关屈原身世的文章和屈原的文章夹在一道叙述并不是全无可能。但古人说:'诗者志之所之也。在心为志,发言为诗。'司马迁既说'悲其志',可见司马迁已经明言《招魂》是屈原所作了。"②

平心而论,对文本的最直截的理解往往就是最准确的理解。何况史迁本意,还可以从如下几个方面来确证。《史记·屈原列传》记《离骚》,尝谓:

> 屈平疾王听之不聪也,谗谄之蔽明也,邪曲之害公也,方正之不容也,故忧愁幽思而作《离骚》。……若《离骚》者,……其文约,其辞微,其志洁,其行廉,其称文小而其指极大,举类迩而见义远。其志洁,故其称物芳。其行廉,故死而不容自疏。濯淖污泥之中,蝉蜕于浊秽,以浮游尘埃之外,不获世之滋垢,皭然泥而不滓者也。推此志也,虽与日月争光可也。

这是司马迁由作品论"志"的经典个案(其具体评判吸收了刘安之说),虽然是论作品《离骚》之"志",关联的却是作《离骚》者屈平。它与屈原本传之赞语同出于一篇,尤可凸显太史公读《离骚》《招

---

① 郑宾于《中国文学流变史》,中州古籍出版社1991年版(据1936年北新书局本影印),第126页。
② 郭沫若《屈原赋今译·后记》,第206页。

魂》诸诗而"悲其志"的意味。《史记·太史公自序》说:

> 夫诗书隐约者,欲遂其志之思也。昔西伯拘羑里,演《周易》;孔子厄陈蔡,作《春秋》;屈原放逐,著《离骚》;左丘失明,厥有《国语》;孙子膑脚,而论《兵法》;不韦迁蜀,世传《吕览》;韩非囚秦,《说难》《孤愤》;《诗三百篇》,大抵贤圣发愤之所为作也。此人皆意有所郁结,不得通其道也,故述往事,思来者。

史迁《报任安书》也有类似的内容。在这段文字中,太史公提供了一系列由著作论"志"的例子,除《吕览》稍微特殊以外,其他著作所关联的对象,依太史公之见全是作者本人。太史公先提出主旨"夫诗书隐约者,欲遂其志之思也",接下来具体举例,而有"作《春秋》""著《离骚》""论《兵法》""贤圣发愤之所为作"等等,最后小结到诸家"述往事,思来者"。凡此足可说明,史迁论作品之"志",关联的都是作者本人。史迁不大可能因屈子死后、屈子本人未尝布置参与的一篇"代言"而悲屈子之"志"。就是说,宋玉所作即便是"代言",也只能说读之悲宋玉之"志"。总之,《史记·屈原列传》指言《招魂》为屈子作品,综合地看并无疑义①。

不过,对这一记载还有更复杂的解读,即认为史迁确谓《招魂》为屈子作,但其所说《招魂》乃传世之《大招》。《大招》一辞,王逸在章句序中称,"屈原之所作也。或曰景差,疑不能明也"。因传世《楚辞》中有此篇,古人又称传世《招魂》为"小招魂"或"小招"。西晋左思《魏都赋》云:"清酤如济,浊醪如河。冻醴流澌,温酎跃波。"张载(孟阳)注谓,"《楚辞·小招魂》曰'挫糟冻饮酎清凉'",所引诗句便见于传世《招魂》。宋洪兴祖注《招魂章句序》,

---

① 朱熹《集注》以为,宋玉作《招魂》,"尽爱以致祷",有"古人之遗意",司马迁读之"悲其志"者以此。其说亦牵强,不可从。

谓:"李善以《招魂》为《小招》,以有《大招》故也。"唐蒋防《汨罗庙记》亦提及"《楚词》有大小《招魂》"(见《全唐文》卷七百十九)。凡此无须一一举列。古人往往又称传世《大招》方为屈子所作,《史记·屈原列传》所说《招魂》即指《大招》。比如清人孙志祖云:"盖屈子所作本名《招魂》,后人以宋玉又有《招魂》之作,故以此为《大招》,史公所云《招魂》即《大招》也。至宋玉所作又名《小招魂》,见张载《魏都赋》注。"(《读书脞录》卷七"九辩"条)今人孙作云承继此说,坚认《大招》为屈作而《招魂》为宋作。他说:

> 今本《楚辞》有两篇招魂曲——一为屈原所作的《大招》,二为宋玉所作的《招魂》;而《史记·屈原列传》说"太史公曰:余读《离骚》《天问》《招魂》《哀郢》,悲其志",似乎今本《招魂》是屈原所作,现在还有人这样说,而不知司马迁所读的屈原赋,为单篇存在,那时候还没有《楚辞》,他所说的屈原所作的《招魂》,就是今本《楚辞·大招》。刘向编辑《楚辞》时,把屈原所作的《招魂》及宋玉所作的《招魂》都收集在里面,为了使这两篇《招魂》的标题不重复,所以把屈原所作的《招魂》改题曰《大招》,而宋玉所作的《招魂》则仍其旧。这就是屈原所作的《招魂》改题《大招》的原因。①

这类说法充斥着毫无理据的想象。若二《招》作者确系如此,且确有改题之事,何以刘向于宋玉之《招魂》一仍其本名,于屈原之《招魂》却率尔改之呢?何以刘向不改宋玉之《招魂》为《小招》呢?既非同题唱和之类,屈原已有《招魂》,宋玉再作一首未

---

① 孙作云《〈楚辞〉:考古工作者如何利用这部书》,《孙作云文集》所收《〈楚辞〉研究》上册,第158页;并参阅《〈大招〉的作者及其写作年代》,《孙作云文集》所收《〈楚辞〉研究》下册,第765—767页。

尝不可,但何必一定要用同一名称,好留下来让刘向去改呢?①这类解读不可能符合史迁本意,也背离了更多的史实。

要之,《史记·屈原列传》之本意,就是说屈原作了传世的《招魂》《离骚》《天问》诸诗。此说起初殆无异议,但由现存文献来看,至少东汉王逸在作《楚辞章句》时,已明确将《招魂》判给了宋玉。其《招魂章句序》云:"《招魂》者,宋玉之所作也。……魂者,身之精也。宋玉怜哀屈原忠而斥弃,愁懑山泽,魂魄放佚,厥命将落。故作《招魂》,欲以复其精神,延其年寿,外陈四方之恶,内崇楚国之美,以讽谏怀王,冀其觉悟而还之也。"王逸此说依违于招魂与讽谏之间,一方面将篇中所陈"四方之恶""楚国之美"作为招屈子之魂使之归复的由头,进而张扬其招魂保命延寿之说(这意味着将屈子之魂视为文本预设的读者对象),一方面又将该篇"外陈四方之恶,内崇楚国之美"释为对怀王的讽谏,认定文本意指在促使怀王觉悟以召还屈原(这意味着将怀王视为文本预设的读者对象)。从某种程度上说,王逸已陷入了自相矛盾的境地。

然而《招魂》作者既有以上两说,其后人们便或从史迁,或从王逸②。由梁入陈的文学家沈炯作《归魂赋》,序文称"屈原著《招魂》篇"(《全陈文》卷十四)。初唐卢照邻《秋霖赋》云:"及夫屈平既放,登高一望,湛湛江水,悠悠千里。泣故国之长楸,见元(玄)云之四起。"(《全唐文》卷一百六十六)其"湛湛江水,悠悠千里"两句,本于《招魂》"湛湛江水兮上有枫,目极千里兮伤春心";"见

---

① 孙作云还以作品内容和风格来支持自己的论断,谓:"分析一篇作品是某人作的或不是某人作的,主要靠作品的内容,其次靠作品的风格,然后再参稽当时的历史背景。《大招》的末尾,有一套治国平天下的理论,这是屈原的思想;作品本身也比较质实,是屈原的风格。《招魂》末尾讲从王田猎,沾沾自喜,是宋玉的思想,而作风华丽又大似《九辩》,因此,我们说它是宋玉的作品。"(见《〈楚辞〉:考古工作者如何利用这部书》,《孙作云文集》所收《〈楚辞〉研究》上册,第159页)此说对传世《招魂》和《大招》都有重大误解,参见下文所论。

② 当然还有少数对两说均不从者,比如廖平,其说既无视历史文献,又罔顾文本自身,徒逞私臆,有类说梦,姑置之不论。

元云之四起"句,本于《招魂》"悬火延起兮玄颜烝"(王逸章句谓:"言……夜猎,悬镫林木之中,其火延及,烧于野泽,烟上烝天,使黑色也")。卢照邻显然以《招魂》为屈子所作,以其乱辞所记为屈子之实行、实历。王勃《春思赋序》说:"屈平有言:'目极千里伤春心。'因作《春思赋》,庶几乎以极春之所至,析心之去就云尔。"(《全唐文》卷一百七十七)此说更明确地将《招魂》视为屈作。苗秀(一作芳)《登春台赋》云:"乐以忘归,叹盘游之楚后;极而起恨,痛伤心于屈平。然则春之为气,可以感人;台之为高,可以观徼。"(《全唐文》卷四百五十七)其"痛伤心于屈平""春之为气,可以感人"句,实由《招魂》"目极千里兮伤春心"而来,可见苗秀亦将《招魂》视为屈作。或以为王勃是误记,然而有类似观点的不止王勃,岂能都误?且有史迁之说在前,更不可率尔托词摒除之。总之,史上认同屈原作《招魂》者不绝如缕。

屈子作《招魂》一说复又演化为屈子"招王"和"自招"两种观点。

黄文焕倾向于将《招魂》解为屈子自招,且曾论列"二《招》之概似属原"之证据,这里仅撮录他断定《招魂》为屈作之证于下:其一,宋玉《九辩》言夏秋,"盖原死于夏,故其弟子之感怀从秋也",二《招》则言春,"以时日证之,而似可定其为原作也"。其二,屈作凡二十五篇,《离骚》《远游》《天问》《卜居》《渔父》《九歌》《九章》只二十三篇,加上二《招》,恰足二十五篇之数,"以篇计之,而愈似乎原之自作也"。其三,"必曰二《招》属其弟子所作,将招之于死后耶,何以不遡死月之属夏而概言春?将曰招之于生前耶,既疑招魂为不祥之语,非原所肯自道,乃以弟子事师,于师之未死而遽招其魂,以死事之耶?其为不祥,又岂弟子所敢出口耶"。概言之,"原之被放,实以春候。盖当出门之日,即为决死之期,魄存而魂散久矣,是以指春而两自招也"。(以上参见《楚辞合论·听二

〈招〉》)黄氏持论多误①,且不全无疑,多用"似""似乎""似可"之类表述。其《楚辞听直》笺《招魂》乱辞"惮青咒"诸事,更说:"国无忠臣,则邦即倾覆,君即死亡,其谁佐哉?君即欲免于死亡,意有所惮,岂谁问哉?此玉之悲悰隐语也。"这又是以宋玉作《招魂》而释之。此类说法虽然不多,却可见其持论之游移。不过黄氏基本上是将《招魂》断为屈原自招,学界或视其说为"首倡性见解"②。林云铭《楚辞灯》更坚定地说:"玩篇首自叙,篇末乱词,皆不用'君'字,而用'朕'字、'吾'字,断非出于他人口吻。旧注无可支饰,皆谓宋玉代原为词。多此一番回护,何如还他本文所载直截明显,省却多少葛藤乎?故余决其为原自作者,以首尾有自叙、乱词及太史公传赞之语,确有可据也。"林云铭揭示了《招魂》为屈子自作自招说的核心依据,即《招魂》文本构成与夫《史记》之记载。这比黄文焕更进了一步。其后刘梦鹏《屈子章句》承此,以为序辞"朕"如何如何,是"自叙以引其端",乱辞则是"原自言以通结上文之意"。梁启超指出:"后人因篇名'招魂',且中有'魂魄离散,汝筮予之'语,遂谓必屈原死后后人悼吊之作,因嫁名宋玉,所谓痴人前说不得梦也。谓宜从《史记》以本篇还诸屈原。"③

但特别是近代以来,屈子招王说呈现出"后来居上"之势。郭沫若、陈子展诸楚辞学大家,均确然将《招魂》解为屈原招楚怀王。这一点我们将在下文讨论。

另一方面,宋玉作《招魂》以招屈子之说也在修正中不断发展。

比如,《文选》李周翰注之《招魂》解题云:"玉哀屈原忧愁山泽,魂魄飞散,其命将落。故作《招魂》,欲以复其精神,延其年寿,

---

① 如其所计《远游》《卜居》《渔父》实非屈子所作,《九歌》实有十篇(常被视为一篇的"礼魂"乃《国殇》之乱辞,参阅拙著《屈原及其诗歌研究》,第215—218页)。
② 潘啸龙《〈招魂〉研究商榷》,刊载于《文学评论》1994年第4期。
③ 梁启超《要籍解题及其读法》,《饮冰室合集》专集之七十二,第77页。

外陈四方之恶,内崇楚国之美,以讽于君,冀其觉悟而还之。"(《六臣注文选》卷三十三)李周翰基本上承继了王逸的《招魂章句序》,却有一处微妙的改动,即将"讽谏怀王"改为"讽于君"。这可能意味着他判断《招魂》应是讽谏顷襄王而不敢必,多少已靠近了对该诗作成时期的更精确的认知。

又如,经过调整,宋玉作《招魂》说又逐步消解了招魂与讽谏"两种目的论"的内在矛盾。朱熹就不再刻意张扬讽谏说。其《招魂》集注序云:"《招魂》者,宋玉之所作也。……宋玉哀闵屈原无罪放逐,恐其魂魄离散而不复还,遂因国俗,托帝命,假巫语以招之。以礼言之,固为鄙野,然其尽爱以致祷,则犹古人之遗意也。"盖朱熹已明察王逸章句之内在冲突,故稍抑其讽谏说,而侧重于承袭招魂保命之论。

又如,宋玉作《招魂》说在发展中进一步实现了与文本的磨合,明确了《招魂》开篇及乱辞从"朕""吾"第一人称视角展开的叙述为代言体。《招魂》序辞云:"朕幼清以廉洁兮,身服义而未沬。"《文选》吕延济注谓:"皆代原为辞。"(《六臣注文选》卷三十三)《招魂》乱辞云:"献春发岁兮,汨吾南征。"洪补录《文选》五臣注谓:"亦代原为词。"

宋玉作《招魂》说出现的重大改变,是宋玉招楚王说应时而生,且日趋高涨(参见下文)。

古今关于《招魂》作者问题的论说汗牛充栋,对本书来讲,一一梳理这些论说的发生与发展、渊源与流变以及历史关联等,没有太大的必要,为了给下文的论证提供必要的参照物,兹分类列举其要者如下:

(说明:1. 就大类言,"A"代表宋玉作《招魂》说,"B"代表屈原作《招魂》说,"C"代表他人作《招魂》说。2. 一、二两大类复区隔为若干小类,以不同的数字序号标示,区隔的主要依据是各说所定被招对象之不同;第三大类说法较为罕见,在史实、学理、文本释读上也最为乖谬,故不予细分。3. 对各说之代表学者或著论不求完备,而尽量列举富有原创性或较早、影响较大者。4. 晚出之说不为重点,以其承袭实多,而创辟鲜少。)

A-1. 主张《招魂》为宋玉作、招屈原生魂的学者及其代表著作有:汉王逸《楚辞章句》;唐李周翰《文选》注(其说见上);宋洪兴祖《楚辞补注》;宋朱熹《楚辞集注》;明徐师曾《文体明辩》卷一;明李陈玉《楚词笺注》;清周拱辰《离骚草木史》;清王夫之《楚辞通释》;清邱仰文《楚辞韵解》;清王闿运《楚辞释》。

A-2. 主张《招魂》为宋玉作、招屈原亡魂的学者及其代表著作有:明张凤翼《楚辞合纂》;明陈第《屈宋古音义》(其说参见本章第一节);明陆时雍《楚辞疏》;今人徐英《楚辞札记》。徐英解《招魂》之结语"目极千里兮伤春心。魂兮归来哀江南",云:"宋玉本从王射猎,至于云梦之泽,极目南望,沅湘千里,因哀屈原客死于外,而招其魂焉。"①

A-3. 主张《招魂》为宋玉作、招顷襄王之生魂的学者及其代表著作有:今人胡念贻《屈原作品的真伪问题及其写作年代》,收入所著《先秦文学论集》(中国社会科学出版社 1981 年版),该文论证《招魂》乃宋玉为卧病之顷襄王招魂;潘啸龙《〈楚辞〉的体例和〈招魂〉的对象》(刊载于《安徽师范大学学报》人文社会科学版,2005 年第 4 期),该文论证《招魂》之作与顷襄王射猎云梦、惊骇失魂有关,其作者为宋玉,其意图在招襄王之生魂,潘啸龙《关于〈招魂〉研究的几个问题》(刊载于《文学遗产》2003 年第 3 期)、《〈招魂〉研究商榷》(刊载于《文学评论》1994 年第 4 期)等,亦持此论;罗义群《〈招魂〉研究观点辨析》(刊载于《中南民族学院学报》哲学社会科学版,1998 年第 2 期)。

A-4. 主张《招魂》为宋玉作、招顷襄王之亡魂的学者及其代表著作有:今人金荣权《宋玉辞赋笺评》下编《宋玉辞赋研究》之第二章第二节:《〈招魂〉——宋玉为招死去的襄王而作》(中州古籍出

---

① 徐英《楚辞札记》,第 192 页。

版社1991年版)。该书以"像设君室"为立论的重要依据,其实误解了文本原意(参见下文所论)。

A-5. 主张《招魂》为宋玉作、招一"南猎不反"之楚君的学者及其代表著作有:今人陆侃如《屈原》(上海亚东图书馆1923年版;其说参见本章第四节)。

A-6. 主张《招魂》为宋玉所"整饰"和"润色"之民间祭歌的学者及其代表著作有:今人郑宾于《中国文学流变史》。郑氏立说颇为含混。他一方面主张,"宋玉假屈原的口吻而作《招魂》,……确实能够把屈原的人格表现出来"。一方面又说,"《招魂》盖系宋玉修饰楚地风谣的祭歌","《招魂》也不是宋玉自己的创作,它不过是就南楚(宋玉的故乡)所通行的巫歌(由民歌变来的巫歌)而更加之以'整饰''润色'罢了","从'些'字的用法上,亦可以决定《招魂》是南楚的民间风谣,民间祭歌;从《招魂》的技术上,亦可断定它必曾经过宋玉的改削,因为假如它完全是民间的产出,绝不能有如此之'文雅'"。他还提出,邵伯温、朱晦庵、李卓吾主张《招魂》为"宋玉招屈原魂魄之类","不甚妥协"①。

此外值得注意的是,屈辞古本之不收《招魂》者,如清张诗之《屈子贯》、清戴震之《屈原赋注》等,往往认定该篇之作者为宋玉。故夏大霖《屈骚心印》于《招魂》题下云:"古本不入《招魂》《大招》二篇,意谓非屈原作耳。"不具列。

B-1. 主张《招魂》为屈原作、招怀王生魂的学者及其代表论说有:清吴汝纶(其说见马其昶《屈赋微》卷下);今人郭沫若《屈原赋今译》(人民文学出版社1953年版);詹安泰《中国文学史》(高等学校交流讲义,1954年);陈子展等《〈招魂〉试解》(刊载于《中华文史论丛》第一辑,中华书局1962年版)。

B-2. 主张《招魂》为屈原作、招怀王亡魂的学者及其代表论说有:清张裕钊(廉卿)谓,"《招魂》,招怀王也。屈子盖深痛怀王之

---

① 参见郑宾于《中国文学流变史》上,第126、127、179、181页。

客死,而顷襄宴安淫乐,置君父仇耻于不问。其词至为深痛"(见《古文辞类纂》卷六十三《招魂》诸家集评);清马其昶《屈赋微》(其说见本章第五节);清顾成天《读骚列论》;今人郭沫若《屈原研究》(群益出版社1943年版);陈朝璧《关于〈招魂〉的作者和内容的商榷》(刊载于《文学遗产增刊》第六辑,作家出版社1958年版);殷光熹《招魂》解题(见马茂元主编《楚辞研究集成》第一编《楚辞注释》,湖北人民出版社1985年版),以及《〈招魂〉四题》(刊载于《思想战线》1990年第4期);汤炳正《楚辞类稿》(巴蜀书社1988年版)。

B-3. 主张《招魂》为屈原自作自招的学者及其代表论著有:明黄文焕《楚辞合论》《楚辞听直》(其说见上);清王萌《楚辞评注》;清林云铭《楚辞灯》(其说见上);清蒋骥《山带阁注楚辞》(其说见本章第二节);清吴世尚《楚辞疏》;清屈复《楚辞新注》;清夏大霖《屈骚心印》;清刘梦鹏《屈子章句》;清陈本礼《屈辞精义》;清胡文英《屈骚指掌》;清胡濬源《楚辞新注求确》;近人梁启超《屈原研究》(1922年,收入《饮冰室合集》文集之三十九),以及《要籍解题及其读法》(1925年,收入《饮冰室合集》专集之七十二);今人游国恩《楚辞概论》(北新书局1926年版)、《屈原》(胜利出版公司1946年版)、《屈原》(生活·读书·新知三联书店1953年版)、《楚辞论文集》(古典文学出版社1957年版)、《屈原》(中华书局1963年版);〔日〕藤野岩友《巫系文学论:以〈楚辞〉为中心》(重庆出版社2005年版),该书最初题为《巫系文学小考:以〈楚辞〉为中心》(大学书房1951年版)。

B-4. 主张《招魂》为屈子作以"招楚"的学者及其代表著论有:清方东树《昭昧詹言》卷十三附《解〈招魂〉》(其说见本章第五节);今人文怀沙《屈原〈招魂〉注绎》(刊载于《文史》第一辑,中华书局1962年版)。

B-5. 主张《招魂》为屈子作以招楚阵亡"贵族将校武士"的学者及其代表著论有:今人林庚《〈招魂〉地理辨》(收入所著《诗人

屈原及其作品研究》，棠棣出版社1952年版）和谭介甫《屈赋新编》（中华书局1978年版）。林庚认为，《招魂》之作，针对的是怀王十七年（前312）楚秦丹阳、蓝田两场大战中牺牲的楚国"贵族将校武士"或"贵族武臣"。其说后来被清晰地概括为："关于本篇（《招魂》）作者，旧有二说：一、屈原作；二、宋玉作。据《史记·屈原列传》的赞语，现肯定为屈原的作品。关于屈原本篇的内容，旧有屈原招怀王亡魂和屈原自招生魂等说法；但细绎文义，都不免窒碍难通。从篇中描写来看，所谓'招魂'的性质并非属于单纯的个人哀悼，而是在春天举行的一场规模宏大、仪式隆重的典礼。……是描写为阵亡的贵族武臣们举行葬礼的作品，性质与《国殇》相类似而所祭对象的身分各自不同。"①谭书上集屈作之部提出，《招魂》乃屈原为怀王十七年春丹阳大败中阵亡楚将屈匄招魂而作。

C. 主张《招魂》作者既非屈原又非宋玉的学者及其代表著论有：近人廖平《楚词讲义》、今人何天行《楚辞作于汉代考》（中华书局1948年版）及朱东润、刘永济等人著论。廖书第二课讲《大招》《招魂》，说："或以为屈子作，或以为宋玉作，皆误。此为道家神游说，与屈子全无关系。"又说："《招魂》，一博士作；《大招》，又一博士作。"其所谓"博士"指始皇时秦博士。何书断言《招魂》为汉人作品。朱东润《楚歌及楚辞：楚辞探故之一》谓，"楚辞盛行的时代，在文帝、景帝，和武帝初年；到宣帝时代，已是渐次衰落"，"'楚辞'出于后汉王逸，……我们不妨想像王逸只是把他所见到的几篇辞赋，以及歌诗，拉杂凑合，成为一书，没有经过必要的考订，也没有经过应有的批评。至于题称刘向所集，也许王逸假以自重，也许还是王逸以后的妄人所作，都是无从考订了"；又《〈离骚〉以外的屈赋：楚辞探故之四》谓《招魂》乃招淮南王刘安之亡魂。以上

---

① 林庚、冯沅君主编《中国历代诗歌选》，人民文学出版社1964年版，第81页。

两文,原载于《光明日报》1951年3月17日"学术"第32期,以及5月12日"学术"第36期,后收入作家出版社编辑部编《楚辞研究论文集》(作家出版社1957年版)。刘永济《辩〈招魂〉〈大招〉二篇作者》(见所著《屈赋通笺》所附之《笺屈余义》,人民文学出版社1961年版)亦倾向于汉人作《招魂》说,又谓太史公《屈原列传》赞语之《招魂》实指《国殇》。

  概观古今关于《招魂》作者及所招对象的各种观点,大要说来,视《招魂》为宋玉代言以招屈子的说法在宋元以前较占上风,屈原自作自招说于明清时期趋向高涨,宋玉撰作以招楚王之说则自近代以来日益扩大优势;其间最基本的历史轨迹是,作者问题,宋玉说超出屈原说,所招对象问题,招王说超出招屈说。总之过去几十年,认同宋玉作《招魂》者有增无减,占据了优势地位①。

  日往月来,时移世易,辨明《招魂》作者的必要性不仅没有降低,反倒显著增加了。本章之宗旨不是一一评析和回应历史上的种种观点,而是着力呈现自己对《招魂》作者与主旨的认知。其论证策略或逻辑可概括如下:首先,基于文本所叙被招者之行为和特征,确定篇中之招魂术乃"施之生人"者,而被招对象只能是屈原,不可能是怀、襄或其他楚王(见第一、四节)。因此不管主张屈原招王,还是主张宋玉招王,不管主张招怀王,还是主张招顷襄王或其他楚王,均不能成立。其次,基于文本所设定的结局背离其所述招魂目的、代言说迂曲而空洞,并参证以《大招》之"为招之术",特别是它对所招对象富有针对性的设计,确认《招魂》之招屈子不可能是宋玉代言(见第一、二、三节)。再次,基于文本采取第一人称

---

① 有论者称:"最近二十年《招魂》聚讼焦点问题研究出现了此消彼长的新变。在著作权争议中,宋玉作说吹响了收复失地的号角;在魂主讨论方面,宋玉招襄王生魂说与宋玉拟屈原自招说影响日渐扩大。"(钟其鹏《关于〈招魂〉著作权与魂主问题》一文,刊载于《云梦学刊》2009年第9期)

之叙事视角,证明《招魂》乃屈子自作自招(见第一、四节)。最后揭橥《招魂》本意——屈子人生抉择之象征,以证成全章主旨(见第五节)。不过,具体操作不会刻板地依照这一逻辑顺序展开,大抵是先推翻《招魂》乃宋玉代言以招屈子之说,再确认或强化《招魂》乃屈原自作自招。之所以如此,是因为宋玉代言招屈说最能以假乱真,此说不除,屈原自作自招说终究难以确立。

第一节　宋玉代言说之空洞及迂曲

由于文本的设定,若持宋玉作《招魂》以招屈子之说,就必须以"代言体"来消弭叙述视角、人称等因素传达的不利信息。宋玉以降至汉代,有不少学者撰写过代言体辞作,悼屈子兼抒己怀,写他者,却直接从第一人称的角度叙述。这是史上相当独特的一种创作体式,一方面从第一人称视角书写屈原的身世遭遇,一方面则糅合作者自己的情感、评判以及价值取向。比如,宋玉作《九辩》,其述屈原之遭际云:"坎廪兮贫士失职而志不平,廓落兮羁旅而无友生,惆怅兮而私自怜。"又说:"悲忧穷戚兮独处廓,有美一人兮心不绎。"这类内容是从第三人称角度叙述的,被书写的对象是作者审视的异己存在("有美一人"语,王逸解为怀王,朱熹解为屈原,后说为优)。这是文学创作中最常用的叙事策略。然而该诗云:

　　愿一见兮道余意,君之心兮与余异。
　　车既驾兮揭而归,不得见兮心伤悲。

　　皇天平分四时兮,窃独悲此廪秋。
　　白露既下百草兮,奄离披此梧楸。
　　去白日之昭昭兮,袭长夜之悠悠。
　　离芳蔼之方壮兮,余萎约而悲愁。

> 擥骐骥而下节兮,聊逍遥以相羊。
> 岁忽忽而遒尽兮,恐余寿之弗将。
> 悼余生之不时兮,逢此世之俇攘。
>
> 圆凿而方枘兮,吾固知其鉏铻而难入。
> 众鸟皆有所登栖兮,凤独遑遑而无所集。
> 愿衔枚而无言兮,尝被君之渥洽。
> 太公九十乃显荣兮,诚未遇其匹合。

这些内容同样是写屈原,却采用了第一人称的视角,是为"代言"。故朱熹注"余萎约而悲愁"之"余"字,云:"余,宋玉为屈原之自余也。凡言'余'及'我'者,皆放此。"宋玉《九辩》以后,东方朔《七谏》、王褒《九怀》、刘向《九叹》等,都大量采用代言体。

接下来我们看看《招魂》。《招魂》开篇云:

> 朕幼清以廉洁兮,身服义而未沫。
> 主此盛德兮,牵于俗而芜秽。
> 上无所考此盛德兮,长离殃而愁苦。
> 帝告巫阳曰:
> "有人在下,我欲辅之。
> 魂魄离散,汝筮予之!"
> 巫阳对曰:
> "掌梦。上帝其难从。
> 若必筮予之,恐后之谢,不能复用巫阳焉。"
> 乃下招曰……

首先,基于语意之内在关联,可以断定该诗招魂一事所施加的对象,是帝说的"在下"之"魂魄离散"者,即其上文所谓"长离殃而愁苦"者("魂魄离散"就是由"长离殃而愁苦"所导致的),亦即开篇所谓"朕"。被招者具备以下特性:持守"盛德"①,却因"长离殃而愁苦"导致"魂魄离散"。那么被招的对象只能是屈原,他人岂能契合这种特性呢?所以诸招王说已基本可以排除(其详可参阅本章第四节)。

其次据序辞又可确认此招魂乃"施之生人"者。屈复《楚辞新注》谓"一段,自明其为生招也",甚是。胡念贻曾分析说:

> 《招魂》所写,和……招死人之魂不是一回事。……《招魂》叙词中"帝告巫阳曰'有人在下,我欲辅之'",就暗示被招者还是要有所作为的。巫阳在反对上帝提出的先占卦再去招魂的办法时说,这样做,将"恐后之谢,不能复用",恐怕魂魄去远了,人也不能再用了。这都说明被招者并没有死。②

胡念贻对文本的这一分析大抵是可取的。其实,招生魂说汉代就已经确立了。王逸《招魂章句序》谓,"屈原忠而斥弃,愁懑山泽,魂魄放佚,厥命将落。故作《招魂》,欲以复其精神,延其年寿"。朱熹等楚辞学大家并承用此意。

值得注意的是,《招魂》下文叙巫阳下招,劈头就说:"魂兮归来!去君之恒干,何为乎四方些?"③他后来铺陈作为四方上下之对比的故居之乐,说:"魂兮归来!反故居些。天地四方,多贼奸些。像设君室,静闲安些。""去君之恒干"及"像设君室"二语,常

---

① "主此盛德"一语,《文选》刘良注:"主,守也。"(《六臣注文选》卷三十三)《论语·学而》载子曰:"君子不重则不威,学则不固。主忠信。无友不如己者。过则勿惮改。""主此盛德"与"主忠信"二语,语法和意指均极一致。

② 胡念贻《屈原作品的真伪问题及其写作年代》,《先秦文学论集》,第337页。胡氏此说,乃将"巫阳焉"三字属下句。《招魂》序辞"帝告巫阳"至"下招曰",文本及前人句读和解读有不少歧异,可参阅李庆《〈楚辞·招魂〉的一点考察:关于"招魂序"的文献学研究》(刊载于《中山大学学报》社会科学版 2009 年第 4 期)。

③ "何为乎四方些",原无"些"字,从一本。

被用来证明《招魂》乃招死者之魂。比如陈第云:"《招魂》作于屈原既死。……今观其词云'去君之恒干',又曰'像设君室'。夫苟未死,何云去干?又何云设像也?玉闵其师沉于汨罗,其魂必散于天地四方矣,故托巫阳招之,无非欲其魂之反也。其危苦伤悼之情,可想矣!然叙怪诞,侈荒淫,俱非实义,直至'乱曰'数语,乃写其本色。"①其实"恒干"指体,魂去恒干就是序辞所说"魂魄离散",根本就不能证成招亡魂之说。至于"像设君室"被用作依据,则是基于误读。朱熹虽主招生魂说,却在集注中称:"像,盖楚俗人死则设其形貌于室而祠之也。"陈第《古音义》说:"像,死者之形貌。"②徐英云:"像,所铸之像,或刻镂绘画之像。"③这种理解是断定《招魂》所叙乃招亡魂的重要依据。然而,所谓"像设"简单地说就是指仿造。王逸章句云:"言乃为君造设第室,法像旧庐,所在之处,清静宽闲而安乐也。"其说甚是。从语法上讲,依王逸章句,"静闲安"乃指言"君室",可谓文从字顺;依朱、陈之注,"静闲安"指的是"像",显然不够妥帖。

既然其一,由《招魂》序辞可以确定该篇是招生魂,其二,《招魂》文本中并无招亡魂的依据,则谓该篇乃招生魂,就无可置疑了。

确立了上述两点——招屈、招生魂,再加上被招对象呈现为第一人称的叙述视角"朕",则对《招魂》最直接的理解便是屈原自作以自招(《招魂》序辞劈头说"朕幼清以廉洁兮",《离骚》开篇则是"帝高阳之苗裔兮,朕皇考曰伯庸",将两个"朕"字联系起来阅读,更耐人寻味)。由此,若主张其他观点,立足点只剩下曲说附会,其不可信从亦明矣。更何况,《招魂》乱辞亦从第一人称视角叙主

---

① 陈第《屈宋古音义·题〈招魂〉》,与《毛诗古音考》合刊本,中华书局2008年版,第242页。
② 陈第《屈宋古音义》,与《毛诗古音考》合刊本,第238页。
③ 徐英《楚辞札记》,第188页。

体"南征"而"路贯庐江",隐隐指向顷襄放逐屈子的迁所——陵阳。这一视角和行历,显然又加强了上述基本判断。

《招魂》这种叙述人称和视角,是否可以理解为宋玉所为代言体呢?很明显,在未有确切、有力依据证明宋玉为《招魂》作者的情况下,视之为代言体的合理性,远远要低于将它视为屈原的自作与自招;换言之,将它作为代言体的辅助证据勉强可以,就以它为依据来证成代言体之说则是高度危险的。既然其一,由这种叙述人称和视角足以确立屈原自作自招说,其二,由这种叙述人称和视角不足以确立宋玉代言招屈说,则二说之合理性已不难判出高下,遑论有其他很多重要依据可以证成屈原自作自招之说呢?清儒刘梦鹏《屈子章句》于《招魂》序中说:"此篇开端、乱语皆原自言,非出代招之口,在玉不应有是语。逸固不如迁之确也。"这种清醒的感受是相当正确的。换一个角度来说,若《招魂》确为宋玉为屈原招魂延寿之作,他没有理由一定要采取这种视角或人称;宋玉如此这般代言屈原自招,需要有充分的理据,但我们找不到这种依据。所以,宋玉代言说在学界虽然常见,却十分空洞,它几乎不能有效回应任何根本问题。

第二节 《招魂》结局与下招目的之背离

这一点非常重要:《招魂》自身还有充足依据来证明宋玉绝非它的作者。

在该诗主体部分,巫阳下招,警告所招之魂勿去四方上下,谓四方上下如何可怕云云。如谓:"魂兮归来!南方不可以止些。雕题黑齿,得人肉以祀,以其骨为醢些。蝮蛇蓁蓁,封狐千里些。雄虺九首,往来倏忽,吞人以益其心些。归来归来,不可以久淫些。"这就是南方:雕画额头、墨黑其齿者戕害人命,蝮蛇遍布,大狐健走千里以求食,九首雄虺往来倏忽而吞人,真是阴森可怖,骇目惊心。其他如东、西、北、天上以及地下之幽都,均有过之而无不及,巫阳说均不可去。巫阳劝魂"反故居","入修门",那里山高谷深,川流潺湲,兰蕙播芳,高堂邃宇,层台累榭,冬夏宜人,有无穷之可乐、不尽之荣华。如谓:"室中之观,多珍怪些。兰膏明烛,华容备些。二八侍宿,射递代些。九侯淑女,多迅众些。盛鬋不同制,实满宫些。容态好比,顺弥代些。弱颜固植,謇其有意些。姱容修态,絙洞房些。蛾眉曼睩,目腾光些。靡颜腻理,遗视矊些。离榭修幕,侍君之闲些。"这是说陪伴侍宿的佳人淑女难以计数,其花容、盛鬋(美盛之鬓发)、弱颜、修态、蛾眉、明眸、靡颜腻理,足以颠倒人的情思。而这不过是其中一端而已①。

然该诗乱辞云:

献岁发春兮汩吾南征,菉蘋齐叶兮白芷生。
路贯庐江兮左长薄,倚沼畦瀛兮遥望博。
青骊结驷兮齐千乘,悬火延起兮玄颜烝。
步及骤处兮诱骋先,仰鹜若通兮引车右还。
与王趋梦兮课后先,君王亲发兮惮青兕。
朱明承夜兮时不可以淹,皋兰被径兮斯路渐。
湛湛江水兮上有枫,目极千里兮伤春心②。
魂兮归来哀江南!

古今大多数学者仍将这一乱辞视为招魂辞。王逸解"魂兮归来哀江南",云:"言魂魄当急来归,江南土地僻远,山林崄阻,诚可哀

---

① 巫阳下招,招魂返归故居。廖平云:"经(《离骚》)中言'反顾'、回车、归者共若干见,因上有招魂,故故乡反在上,非谓楚国,并非谓世界。圣人天生属星辰,生有自来,没有所归,故反以上天为故乡。"(《楚词新解》凡例)其说严重背离了文本,荒唐不可据。

② "伤春心"一本作"荡春心"。闻一多《楚辞校补》云:"王注曰:'或曰荡春心.'案别本作'荡'最是,谓摇荡春心也。今作'伤'者,盖涉下文'哀江南'而误。"(孙党伯、袁謇正主编《闻一多全集》第五卷,第217页)录此以为参考。

伤,不足处也。"《文选》张铣注、陆时雍《楚辞疏》、李陈玉《楚词笺注》等翕然从之。洪兴祖补注谓,自"青骊结驷"以下,"盛言畋猎之乐以招之也"。朱熹《楚辞集注》、林兆珂《楚辞述注》等亦翕然从之。黄文焕《楚辞听直》品曰:"其称王之田猎,非以田猎之可乐为招也,谓原被放而王之左右无其人,招之以辅王之忠肠也。"周拱辰《离骚草木史》云:"兕有赤兕青兕,《诗》美宣王殪此大兕,唐叔虞射兕于徒林,殪,以为大甲,以享晋封,其后世之臣相与传颂之以愧其君。此曰'君王亲发兮惮青兕',以服猛归美其君,而臣亦有荣施,庶几可以娱魂而来之云尔。"诸如此类,虽或有别解,却还是视乱辞为招魂之辞。陈子展《〈招魂〉解题》径谓"最后乱辞招以游猎江南"①。凡此均无视文本之规定。实际上,从文本构成及文思脉络上看,乱辞已截断了上文的巫阳下招,即巫阳"下招"一事此前已经终了;从主体特征、行为以及叙述视角上看,乱辞与序篇照应承接,也根本不能仍就招魂作解。

与这种文本构成一致的是《离骚》"乱曰"部分,其主旨和功能,已迥异于前文朝发天津、夕至西极、驱凤皇、麾蛟龙、诏西皇、陟升皇之赫戏等上天下地之周流。故蒋骥《山带阁注楚辞·余论》评《离骚》曰:"《离骚》下半篇,俱自往观四荒句生出,只是一意,却翻出无限烟波,然至行车已驾,而卒归于为彭咸,则皆如海市蜃楼,自起自灭矣。"《招魂》与《离骚》是同一匠心,至乱辞,而其上文帝命巫阳、巫阳下招种种,亦"皆如海市蜃楼,自起自灭矣"。

简单说来,《招魂》乱辞前面之"献岁发春""路贯庐江"两句,是主体"吾"自述所为所历;接下来"青骊结驷兮齐千乘"至"君王亲发兮惮青兕",是主体"吾"回忆以往与国君猎于云梦;最后"湛

---

① 陈子展《楚辞直解》,第 722 页。

湛江水"句、"魂兮归来哀（依）江南"句①，复自述"吾"及"魂"之所行所历所归。因此，就形式意图而言，《招魂》乱辞之核心亦即全篇之结穴，乃是从第一人称立场上书写魂归依江南，实现魂与魄的合一。

惜乎古今学者解"魂兮归来哀江南"句，得其意者甚为寥落。

黄文焕《楚辞听直》品曰："哀江南者，楚地固皆江南之区也。前所招原，以宫室、饮食、声色、作赋、返故居，皆为原一身计耳，此曰'哀江南'，则专为国家。辅王无人，而江南岂复楚有哉，终将折而入秦而已。魂若不归，是不哀江南也。命想最阔最奥。"其笺则说："哀江南者，欲魂哀念全楚，亟来归也。国事日非，举朝之人不知哀，亟待魂而后知哀也，知哀乃知救也。"黄说多有未安。比如，屈子其人见放在外，却谓招其魂归去，殊乖情理。其解"江南"之地则近于胡言。朱熹集注区隔了"江南"和郢都，以为此乱辞乃盛言田猎之乐、江南之可哀，以招屈子之魂回郢。其视乱辞为招魂辞，有悖于文本自身之规定，前文业已申明；主体"吾"人在"庐江"一带，谓诗意为招其魂回郢，其乖剌无当与黄说相类，亦不合古人招魂之意。古今《招魂》之旧说往往有此弊病。

蒋骥《山带阁注楚辞》在《招魂》题解中说："卒章'魂兮归来哀江南'，乃作文本旨，余皆幻设耳。哀江即汨罗所在，《招魂》归此，盖即《怀沙》之意。"其注《招魂》乱辞，则说："卒章曰'魂兮归来哀江南'，自著沉湘之志，盖继《怀沙》而作者也。学者于此，沉潜反复而知其解，则固有以确然知其非宋玉所作，而巫阳所言，皆如海上神山，风引而去。诸说纷纷，互相诋诃，亦不辨而自明矣。"蒋说颇有可采之处，以篇中招魂为"幻设"，尤称卓识，然其解"江

---

① 闻一多《楚辞校补》云："实则此'哀'字读为'依'（《淮南子·说山》篇'鸟飞反乡，兔走归窟，狐死首丘，寒将翔水，各哀其所生'，《文子·上德》篇'哀'作'依'。《汉书·天文志》'后聚十五星曰哀乌郎位'，《晋书·天文志》作'依乌郎府'）。'魂兮归来哀江南'，言归来依江南而居也。"（见孙党伯、袁謇正主编《闻一多全集》第五卷，第217页）

南"、视《招魂》为"继《怀沙》而作者"等等,亦均不切当。

几乎所有学者都未意识到,从地理上说,此处之"江南"跟"路贯庐江"是密切相关、互相证明、互相定位的,由不得妄为附会。就是说,"归来哀(依)江南"所指涉之地,由"路贯庐江"一句自可了然。既在"江南",又须"路贯庐江",则无疑是指长江以南、庐江上游北侧的陵阳。那是顷襄王放逐屈子之地。屈子《哀郢》有"当陵阳之焉至兮,淼南渡之焉如"云云,便是追述前往陵阳迁所时不胜茫然之情怀。《招魂》乱辞点明魂所归依在"江南",其归依"江南"须"路贯庐江",这等于说魂归陵阳。若"哀江"确如蒋骥所言指汨罗,则与"庐江"何涉?乱辞不首尾横决乎?且不论读为"哀江/南",终不如读为"哀(依)/江南"为优。若"江南"就指"楚地",又何必"路贯庐江"?其实,即便不读"哀"为"依","江南"也应是指屈子被放遣之地。一如夏大霖《屈骚心印》注"魂兮归来哀江南",云:"今招我魂于故居,魂归来矣?岂不欲魂魄相附以永年寿?究竟我身安在?依然放去江南!则亦哀江南而已矣,岂有乐处如所招云云者!"

对于把握《招魂》本意及其作者而言,下面一点是至关重要的:所招之魂并未应招入"修门"、回"故居",而是归依了"江南"之陵阳,文本结局跟招魂目的截然相反。宋玉作《招魂》说之所以不成立,根本原因就在于:既然招魂之目的是要魂返故居、入修门,如该篇确为宋玉招屈子,何以设定一个跟目的完全背离的结局呢?而且屈原此时被放在陵阳一带,宋玉又何以要招其魂入修门、返故居呢?该诗序辞曾说,被招者因"长离殃而愁苦"导致"魂魄离散",故为之招魂;若诚为宋玉招屈原之魂,难道宋玉竟欲使其魂魄离散不相守乎?李陈玉《楚词笺注》解《远游》"载营魄而登霞兮,淹浮云而上征",曾说:"盖魄不受魂、魂不载魄,则魂游魄降而人死矣。"魂魄离散向被视为大祸,跟招魂礼俗之本意正好相反。若宋玉如此招屈,实大不可解之事。

主张《招魂》为屈原作以招怀王的陈子展遇到了类似困境,他试图化解,故在《〈招魂〉解题》中说:"或疑怀王身囚在秦,而招他的生魂还楚,还不是依然'魂魄离散',更促其死亡么?这话也像合乎事理。但是必须知道,《招魂》原是虚拟的作品,不是实际应用文字,而作者又未必有此迷信,寓言之类岂可一一当真?倘不结合其他论据来说,单凭了这一点便说这是招亡魂而不是招生魂,其结果必同样在事理上或逻辑上遇到不周密的困难。如此治《骚》,就未免像'固哉高叟之为《诗》'了。"①拿这样的解释来消弭《招魂》结局跟行招宗旨的背离,根本不能厌服人心,因为问题的关键并不在《招魂》是"应用文字"还是"虚拟的作品",而在于其文本内部为何设置这样一个巨大的"矛盾":招魂去郢都,魂却去了江南之陵阳。若该篇诚为宋玉撰作以招屈子,期望解决其"魂魄离散"的问题,他完全没有理由设置这样一个魂魄离散的结局。

第三节 "为招之术":《大招》作为关键参证

接下来的一点同样重要:若《招魂》是宋玉为屈原招魂以保其命、延其寿之作,那么,他是拿什么为屈原招魂的呢?四方上下无不可怕,归来吧;故居修门宴安无比,极尽衣食住行口腹声色之愉,归来吧。前面设言以悚惧之,劝他勿去,此节暂且不论。后面这些东西能够劝诱他回归吗?以此招屈子之魂,可谓全然不知屈子。或谓,此乃楚国招魂旧式,不如此,魂不为所动。此又不然,观传世《大招》一诗较然可知。《大招》才真是景差、宋玉辈招屈谏君之作②,当然,该篇所谓招魂仍只是一种"有意味的形式"。

---

① 陈子展《楚辞直解》,第726页。
② 王逸《大招章句序》云:"《大招》者,屈原之所作也。或曰景差,疑不能明也。"朱熹《大招集注序》以为"决为差作无疑"。其论世间诸说云:"《大招》,不知何人所作,或曰屈原,或曰景差,自王逸时已不能明矣。其谓原作者,则曰词义高古,非原莫及。其不谓然者,则曰《汉志》定著原赋二十五篇,今自《骚经》以至《渔父》,已充其目矣。其谓景差,则绝无左验。是以读书者往往疑之。"朱子(转下页)

《大招》前半先铺陈四方上下种种可怕,继而张扬荆楚衣食住行声色口腹种种可乐,显示了它与《招魂》巫阳下招部分的相继性(不过,《大招》该部分主要是因袭招魂礼俗的旧式,在文本中,它与《招魂》对应部分的功能完全不同,参见下文所论)。然其后半大变,方凸显本旨。黄文焕《楚辞听直》云:"前饮食声色诸招,非原意中,招之以不应招之物。……然后下文显言正论,爱民、养士、尚三王,以为招之终,章法意脉转换最有次第。"接下来便将这一部分划分为若干片段,来加以剖释。

《大招》后半有云:

> 接径千里,出若云只。
> 三圭重侯,听类神只。
> 察笃夭隐,孤寡存只。
> 魂乎归徕!正始昆只。

"察笃夭隐",当即察夭隐者而厚之。作为《大招》政教伦理诉求的一部分,察"夭隐"、存"孤寡"其实也是儒家王制的重要元素。《礼记·王制》篇云:"少而无父者谓之孤,老而无子者谓之独,老而无妻者谓之矜,老而无夫者谓之寡。此四者,天民之穷而无告者也,皆有常饩。"正义引郑玄《目录》云:"名曰《王制》者,以其记先王班爵、授禄、祭祀、养老之法度,此于《别录》属制度。"《王制》为汉文帝命博士诸生所作,然其中不少内容应当由来已久。

《大招》后半又云:

(接上页)所揭正是世人常态。其实,惟因景差作《大招》一说"绝无左验",才更值得重视,因为这种现象说明此说非由牵引比附而生,而自具本源。景差,《汉书·古今人表》作"景瑳",在"唐勒"下。《史记·屈原列传》云:"屈原既死之后,楚有宋玉、唐勒、景差之徒者,皆好辞而以赋见称;然皆祖屈原之从容辞令,终莫敢直谏。"

> 田邑千畛，人阜昌只。
> 美冒众流，德泽章只。
> 先威后文，善美明只。
> 魂乎归徕！赏罚当只。

《楚辞听直》品曰："先言孤寡存，乃及人阜昌、万民理，是王政必先大本领。"《大招》谓"万民理"一事，下文再论，这里先看看"人阜昌"。春秋战国时期，人口众多是国力强大、政治清明的表征。孔子谈治民之策，以庶之为先，而继之以"富之""教之"（《论语·子路》）；《墨子·节用上》曾讨论古圣王使人口增殖的办法。梁惠王尝对孟子感慨，自己尽心于国事，可"邻国之民不加少，寡人之民不加多"，孟子为他讲了五十步笑百步的寓言（《孟子·梁惠王上》）。总之，百姓阜昌在当时是极重要的政教伦理追求。故《大招》谈清明之治，上已言"出若云"（朱熹集注谓："言人民众多，其出如云也"），此则又言"人阜昌"。

"田邑千畛"句，谓"每一邑而皆灿然于千畛之亩"，意味着"野无不辟"（黄文焕《楚辞听直》）。这在当时也是极重要的政教伦理追求。孟子尝曰："五霸者，三王之罪人也；今之诸侯，五霸之罪人也；今之大夫，今之诸侯之罪人也。天子适诸侯曰巡狩，诸侯朝于天子曰述职。春省耕而补不足，秋省敛而助不给。入其疆，土地辟，田野治，养老尊贤，俊杰在位，则有庆，庆以地。入其疆，土地荒芜，遗老失贤，掊克在位，则有让。"（《孟子·告子下》）可见《大招》谓"田邑千畛"，也非泛泛而设。

其余"德泽章""善美明""赏罚当"等说法，含义甚明，要之为屈子一生求之不得之事。屈子视"德"为政教伦理之根本，《离骚》"皇天无私阿兮，览民德焉错辅"一段，将德推高至终极关怀，便是明证。屈子反复痛斥"世溷浊而不分"（《离骚》）、"世溷浊而嫉贤"（《离骚》）、"世溷浊而莫余知"（《九章·涉江》）、"世溷浊而莫吾知"（《九章·怀沙》），则均是抨击楚世俗尤其是上层社会不分善恶美丑。屈子又谓"忠何罪以遇罚兮,亦非余心之所志"(《九章·惜诵》)、"愿陈情以白行兮,得罪过之不意"(《九章·惜往日》)等等,均为指责国君赏罚之不当。屈子在这些方面的遭遇实在是太痛切了。

《大招》后半又云:

> 名声若日,照四海只。
> 德誉配天,万民理只。
> 北至幽陵,南交阯只。
> 西薄羊肠,东穷海只。
> 魂乎归徕! 尚贤士只。

所谓"德誉配天,万民理只",再次凸显了以德治民的为政理念。《离骚》谓:"皇天无私阿兮,览民德焉错辅。夫维圣哲以茂行兮,苟得用此下土。瞻前而顾后兮,相观民之计极。夫孰非义而可用兮,孰非善而可服?"这是屈子德治思想的集中表达,与孔子宣扬"为政以德,譬如北辰,居其所而众星共之"(《论语·为政》),有极深的关联。"尚贤士"则又是屈子的核心关注,又是他一生求之不得之事。这里举一端以明之。屈子在《离骚》诸诗中为国君树立了不少楷模,诸如尧舜、三后(禹、汤、文、武)等等,清一色为史上"举贤而授能"的明天子;其歌咏三后"纯粹"而聚"众芳",则是这一政教伦理诉求的生动象喻。

《大招》后半又云:

> 发政献行,禁苛暴只。
> 举杰压陛,诛讥罢只。
> 直赢在位,近禹麾只。
> 豪杰执政,流泽施只。
> 魂乎徕归! 国家为只。

这一片段仍然贯穿着举贤使能的理念。此外,"直赢在位"是最值得注意的元素。"直赢"即直节而才有余者。屈作中"直"是极重要的道德评价。诗人以婞直而忘身的鲧为同调,尝感慨:"行婞直而不豫兮,鲧功用而不就"(《九章·惜诵》),"鲧婞直以亡身兮,终然夭乎羽之野"(《离骚》);更曾直截了当地表白,"伏清白以死直兮,固前圣之所厚"(《离骚》),宣示自己追随往圣,宁死而持守直道。因此,以"直赢在位"招屈子之魂,同样有极强的针对性。

《大招》最后云:

> 雄雄赫赫,天德明只。
> 三公穆穆,登降堂只。
> 诸侯毕极(蒋骥注:皆以楚为归极而来朝也),立九卿只。
> 昭质既设,大侯张只。
> 执弓挟矢,揖辞让只。
> 魂乎徕归!尚三王只。

在这一片段中,"尚三王"是最值得关注的要素。《离骚》尝云:"昔三后之纯粹兮,固众芳之所在。""三王"当同"三后",指夏禹、商汤、周文周武,乃屈子极重视的人君之楷模①。可以说,"尚三王"是《离骚》诸诗的核心诉求之一,是屈子一生追求而不得的政治理想。《九章·抽思》谓:"何独乐斯之謇謇兮?愿荪美之可完。望三五以为像兮,指彭咸以为仪。"其中责于君的是"望三五以为像",即以"三""五"为范式,"三"即指"三后""三王"。《楚辞听直》品曰:"结末曰'尚三王',而所重在射礼之'揖辞让',直欲升三王于二帝,代征伐为揖让,尤有微意。"这样说有过度解释之嫌,

---

① 关于"三后"内涵之考证,参阅本书第三章第二节"'三后'或'三五':人君之楷模",又可参阅拙著《〈离骚〉三论》,刊载于《国学研究》第二十四卷,北京大学出版社 2009 年 12 月出版。

然而说"尚三王"对《大招》和屈子极为重要,则是毋庸置疑的。

《大招》以上政教伦理举措,显然都是在大一统背景上提出来的。无论是地理上东西南北四方所达之畛域(所谓"北至幽陵,南交阯只。西薄羊肠,东穷海只"),还是"接径千里"的内部分界(周拱辰《离骚草木史》谓:"接径千里,指众诸侯言,言诸侯壤地相接,各延袤千里"),无论政体上"三圭重侯,听类神只"("三圭"指公侯伯,公执桓圭,侯执信圭,伯执躬圭,故曰"三圭";"重侯"指子男。"三圭""重侯"均指诸侯,但前者比后者地位高),还是"三公""九卿"之设置,都显示了大一统的政治追求和国家理想。黄文焕曾评论说:"朱子所许《大招》在颇知政体。观其末段,先孤寡而后及人阜昌,——不首无告,无以惠众民也。先一邑之人阜昌,而后及万民理,——不繇治国,无以及平天下也。阜昌必本之田千畛,——不重农,使可富,无以保昌也。万民理必归之尚贤士,——不仗贤,无与共理也。贤士尚,而后俊者、杰者、直者始皆为吾用,而又亟言诛讥罢,——讥罢之小人不诛,则苛暴不得禁,德泽章者将复晦,贤俊进者将复阻,人阜昌者将复残,万民理者将复隔,流泽何能终施乎?三公九卿,何得晏然无事修礼射之雍容乎?又乌在其为能追三王乎?此真经济先后,灿然心手,岂但颇知而已?"(《楚辞合论·听二〈招〉》)

尤其需要强调的是,《大招》针对屈子设言之宗旨灿然明白。如黄文焕所论:"因夫傲朕辞而不听、戒六神与向服、命咎繇为听直,故招之曰'听若(原诗作类)神';因夫终不察民心、上无度以察下、莫察余之衷、独障壅而蔽隐、身幽隐而蔽之、何寿夭兮在余,故招之曰'察笃夭隐';因夫忠何辜以遇罚、好蔽美而称恶,故招之曰'赏罚当';因夫贤士无名,故招之曰'尚贤士';因夫诽俊疑杰之庸态、伏清白以死直,故招之曰'举杰压陛''俊(原诗作豪)杰执政''直赢在位';因夫屡言尧舜、屡谈夏商周、追前王之踵武,故招之曰'尚三王'。"(《楚辞合论·听二〈招〉》)黄氏所引固有不在屈作者,如"贤士无名"一语出自《卜居》,但总体上还算可靠,揭明了

《大招》设言的高度针对性①。《大招》以上述事项招屈子之魂有十足的劝诱力。故黄文焕评曰:"以此为招,而魂之本怀一一恰慰,有不蹶然起、勃然来哉!"(《楚辞听直》)

若论其本质,则《大招》不仅关联着屈子辞作,更重要的是绾合着他的政教伦理追求、现实遭遇、情感以及价值取向。招魂只是形式,文本根本意图则在于表达政教伦理诉求以及对屈子的关怀。易言之,招魂为虚,借招魂表达情志为实,后者蕴涵于前者中,形成委婉的讽谏。所以它在招魂层面上的对象是屈子之魂,在表达情志层面上的对象则是楚国上层。两种取向之绾合缔造了一种十分独特的结果,即它表达的政教伦理诉求合乎屈子的期望,而其招屈子者亦正是其所以导君者②。

此前,人们可能会苦于屈子"美政"学说缺乏具体、细致的表述,实际上,《大招》所说虽不必即是其真,也应该可见其根本。《大招》作者对屈子思想学说、为人处世、人生遭际是十分熟稔的,他深知何者对屈子最有吸引力,发之以招屈子之魂,因此其所以为招者对认知屈子有独特而不可替代的价值。《招魂》乱辞忆写从

---

① 黄文焕谓,《大招》乃因屈子他篇而生者,《招魂》又因《大招》而变者(见所著《楚辞合论·听二〈招〉》)。其论《招魂》与《大招》之关系,显然倒置了本末。
② 《史记·屈原列传》说,宋玉、唐勒、景差(瑳)之徒,"皆好辞而以赋见称;然皆祖屈原之从容辞令,终莫敢直谏"。笔者颇疑太史公评判的作品就包含着《大招》,即他认为《大招》出自"宋玉、唐勒、景差之徒"(与王逸所记之"或曰"有一致性);换言之,太史公认为:其一,《大招》祖述屈辞,这包括受《招魂》影响;其二,《大招》从容辞令,而莫敢直谏。《大招》当作于《招魂》之后,当时屈子尚在世(屈子在被放陵阳时期作《招魂》,后来沅湘时期才自沉汨罗)。篇中"穷身永乐,年寿延只""曼泽怡面,血气盛只。永宜厥身,保寿命只"等语,都表明是招生魂。而因为有讽谏国君的政教伦理诉求,《大招》往往基于楚国设言(《招魂》则往往基于故居设言),比如招魂使归,谓"自恣荆楚,安以定只",又谓"魂乎徕归! 国家为只"。其语语谓楚国如何、如何,既是招屈,又是讽上;楚事实非如此,作者乃是著其应然,暗示国家当如此也。《大招》一方面招屈子,一方面倡言举贤能忠直者、诛讥罢、正赏罚等,殆有讽言顷襄召回屈子之意,然隐含较深,总之是"莫敢直谏"。当然,太史公的评论不只是说《大招》。

君游猎,有"步及骤处兮诱骋先,抑骛若通兮引车右还""朱明承夜兮时不可以淹"等语。方东树解释说:"古者右为正为贵,左为邪为贱……原自言诱骋先趋,欲抑其邪骛,顺若以通于荡平正直之大道,即所谓'来吾导夫先路'也。……'朱明承夜',欲其就明去黯,弃秽改度,不可再稍淹滞。……《大招》曰,魂兮归徕,察幽隐,存孤寡,治田宅,阜人民,禁苛暴,流德泽,当赏罚,举贤能,退罢劣,而终之以尚三王。此分明代原补出诱骋先导、朱明承夜之事实。"(《昭昧詹言》卷十三附《解〈招魂〉》)方氏对"诱骋先""引车右还"等字眼有一些过度诠释,但谓《大招》后半所举各项补出了屈原所以导君于先路者,颇有可取之处。

相比之下,《招魂》毫无这种意指。若它诚为宋玉撰制以招屈子之魂,能如此阔于实情乎?前文已论及,《招魂》乱辞本非巫阳下招之文,它跟开篇一样为主人公自述所为所历,其间"吾"与开篇之"朕"遥相呼应,非泛然之笔。林云铭《楚辞灯》依据这一叙事角度,断定《招魂》作者决非宋玉,又论其"为招之术"云:"若系玉作,无论首尾解说难通,即篇中亦当仿古体,自致其招之词,不待借巫阳下招,致涉游戏,且撰出许多可惧可乐之事,茫不知原之立志,九死未悔,不为威惕,不为利疚,其为招之术,毋乃疏乎?"林氏据"为招之术"驳斥宋玉作《招魂》以招屈子之说,亦堪称独具只眼。

第四节 序乱辞难点考释:以主体行为及特征为核心

以上三节已经证明《招魂》是屈子而非宋玉所作,进一步依屈子之遭际和处境来审视《招魂》序辞与乱辞,可发现二者合若符契,可为本章的论证提供进一步的支持。

陆侃如曾举出一个"铁证",来证明宋玉作《招魂》说:

原文乱辞里有这几句:"献岁发春兮,汨吾南征。……路贯庐江兮,左长薄。"庐江即今之青弋江,在安徽东南部。……至于"南征"二字,前人大都以屈原放于江南来附会,却是大错的。原文下段里有这几句:"与王趋梦兮,课后先;君王亲发兮,惮青兕。"此外还有许多叙打猎的话,可见这实在指国君自国都出行到南方打猎去(我想当时必有一楚君南猎不反,词臣哀之,为作此篇;惜古代记载存者极少,无从质证耳)。这一点便可证明《招魂》的出世不会在楚考烈王二十二年以前。今把楚都的地点和时期列表于后:

(一)顷襄王二十一年以前——郢都——即今湖北江陵。

(二)顷襄王二十一年至考烈王十年——陈城——即今河南淮阳。

(三)考烈王十年至二十二年——钜阳——即今安徽阜阳。

(四)考烈王二十二年以后——寿春——即今安徽寿县。

江陵恰在青弋江之正西,显然不合于"南征"二字;淮阳与阜阳都在青弋江之西北,方向是合的,但距离太远。寿县也在其西北,方向已经合了,而距离又很近。故我以为《招魂》必作于徙都寿春后,方合于原文里的叙事。照此看来,他(案指《招魂》)的出世必在考烈王二十二年(西前二四一)以后了。此时屈原的身躯早已成了汨罗江底的沙泥,当然不能做这篇的著者了。宋玉是屈原的后辈,此时当然还在,故传说把这篇归于他是很合理的。①

陆侃如的论证犯了大错。南下庐江打猎,从寿春去,的确比从郢都、陈城、钜阳去合理一些,可《招魂》乱辞所写的打猎地点却是在梦,即通常所说的云梦泽(乱辞明云"与王趋梦兮课后先",决无可疑),此地在郢都以东。《招魂》所叙狩猎一事应是起于郢都,行于云梦。从陈城、钜阳、寿春前往云梦打猎,中间须经桐柏山、大别山

---

① 陆侃如《屈原·屈原评传》,第143—146页。

等,路途迢遥,一般情况下恐不易实施。更重要的是,陆侃如还忽视了一点,乱辞"汩吾南征"的"吾"实即被招魂者,亦即开篇的"朕"。此时他正在行程之中,起点殆为庐江汇入长江处,方向上说"南征",行程是"路贯庐江",这些根本和"与王趋梦"之事无关。陈子展认为此次"南征","必须'路贯庐江',而后'与王趋梦'"①,其实也是误读。

　　陵阳是顷襄初年屈原被放时的迁所。《招魂》之被招者在开篇之序、结尾之乱中以第一人称"朕"和"吾"出现,且说因"长离殃而愁苦"致使"魂魄离散",故行招魂之事;所谓"长离殃而愁苦",主要是指被长期放迁于陵阳一带。《哀郢》谓"忽若去不信兮,至今九年而不复",可知他被夭阏于这一地域长达九年以上②。由《招魂》乱辞所叙行程、行为主体及其特征,亦可确认该篇必为屈原之自作自招。他这次"南征"当是沿庐江逆行而上回陵阳迁所,故又谓"路贯庐江"。《汉书·地理志上》记载"庐江出陵阳东南。北入江",逆庐江而上正是"南征"。屈子《哀郢》追叙当初被放迁时南下庐江,赴陵阳,尝谓"当陵阳之焉至兮,淼南渡之焉如",其"南渡"正与《招魂》乱辞之"南征"同。可惜这些重要的关连古今少有知者。

　　《招魂》乱辞"青骊结驷兮齐千乘"至"君王亲发兮惮青兕"一

―――――

① 陈子展《〈招魂〉解题》,《楚辞直解》,第719页。
② 巫阳下招一大段文字中的"君"是对被招者的尊称,与国君无关,而"巫阳""工祝"则是行此招魂之事者。陆侃如曾列举这一部分的"君"字,认为可作"自招"说的反证(参见所著《屈原·屈原评传》,第139—140页)。他显然误解了"君"字本意。招魂者与魂作晤谈状,故以第二人称"君"称之。这种用法古代并不罕见。《九歌·山鬼》中,山鬼称心上人"公子"为"君",谓:"君思我兮不得闲。……君思我兮然疑作。"《卜居》中,郑詹尹称求卜的屈原为"君",谓:"用君之心,行君之意,龟策诚不能知此事。"《招魂》中的"君"字均属这种用法,与国君无涉。其指国君则有十分明确的词,即"王""君王"(见乱辞),以及"上"(见序辞),如谓"与王趋梦兮课后先,君王亲发兮惮青兕"。诗人似乎有意区分指国君的"君"和作为第二人称的"君",否则此处之"君王"可以径省为"君"。

段,是屈子对过去随王猎于云梦的怀想。其间"惮青兕",黄文焕《楚辞听直》、高秋月曹同春《楚辞约注》、朱亦栋《群书札记》卷三等,均据《吕氏春秋·仲冬纪·至忠》所载《故记》解之;《故记》有"射中青兕者死""杀随兕者不出三月"之说①。《至忠》篇系此事于荆庄哀王和申公子培,说是王猎于云梦,"射随兕,中之",申公子培"劫王而夺之",以为王担咎。陈子展承此说,释《招魂》"惮青兕"之"惮"为小心戒慎或警惕②。朱亦栋认为《至忠》篇"荆庄哀王"当作"楚庄王"。《渚宫旧事》卷一、《太平御览》卷八百九十引《吕氏春秋》,均作"楚庄王",陈奇猷尝考释证成之。然《说苑·立节》记楚庄王、申公子培类似故事,不说被射杀者为"随兕(随母之兕)",而说是"科雉(刚出窠之雉)"。何琇感慨:"战国时杂说繁兴,一事而传闻异词、名姓时代互异者,诸子之书,不知凡几。"(《樵香小记》卷上"焚廪浚井"条) 小说家言固不能一一当真,被各家用来注释"惮青兕"的关键信息恰恰存在最大的疑问。

笔者以为,最值得注意的材料乃《战国策》所记:

> 楚王游于云梦,结驷千乘,旌旗蔽日,野火之起也若云蜺。兕虎嗥之,声若雷霆。有狂兕𤙲车依轮而至,王亲引弓而射,壹发而殪。王抽旃旄而抑兕首,仰天而笑(《艺文类聚》卷九十五引作"叹")曰:"乐矣,今日之游也。寡人万岁千秋之后,谁与乐此矣?"安陵君泣数行而进曰:"臣入则编席,出则陪乘。大王万岁千秋之后,愿得以身试黄泉,蓐蝼蚁,又何如得此乐而乐之。"王大说,乃封坛为安陵君。(《战国策·楚策一》"江乙说于安陵君"章)

---

① 陈子展《〈招魂〉解题》将这一做法上溯到《楚辞约注》,不当,《楚辞听直》应该更早。

② 陈子展《楚辞直解》,第716—717页。

《说苑·权谋》录此事,"坛"字作"缠"。《汉书·古今人表》有"安陵缠"("坛""缠""嬗"三字并音近通用),值楚宣王(前369—前340年在位)时。陈子展谓《战国策》所记楚王出猎的巨大场面,"恰好像《招魂》说及出猎的注脚",且感慨以前《楚辞》注家不能提到①。实际上,这一材料的价值不在于它碰巧可拿来注解《招魂》。笔者认为,它是敷衍《招魂》乱辞之相关内容而成的(至其附会江乙、安陵君事,则当为虚构,体现了《战国策》文的一般风格),蕴涵着对《招魂》乱辞的"解读",这种"解读"甚至比很多专家的注解都准确;其间"有狂兕牂车依轮而至,王亲引弓而射,壹发而殪",大抵就是诠释《招魂》乱辞的"君王亲发兮惮青兕"。郭沫若说"惮"当为"殚"字之误②,十分有见地,然二字可通,《招魂》文本不必有误。《楚策一》所含对《招魂》乱辞的"解读"虽被附会到楚宣王、安陵君身上,但这两个文本尚可见一种极清晰的关联(参见下表):

表6-1 《招魂》乱辞与《楚策一》对照

《招魂》乱辞	《战国策·楚策一》"江乙说于安陵君"章
与王趋梦兮课后先	楚王游于云梦
青骊结驷兮齐千乘,悬火延起兮玄颜烝	结驷千乘,旌旗蔽日,野火之起也若云蜺
君王亲发兮惮(殚)青兕	有狂兕牂车依轮而至,王亲引弓而射,壹发而殪
与王趋梦兮课后先	臣入则编席,出则陪乘

屈子行文中忽然插入"与王趋梦"这一片段,殆忆念自己得怀王信用时尝伴王游猎,寓托当初"入则编席,出则陪乘"的君臣遇合之欢。奈何哉其后即被谗、遭疏、见放,而今又为顷襄迁逐于陵阳!

---

① 陈子展《〈招魂〉解题》,《楚辞直解》,第719页。
② 郭沫若《屈原赋今译》,第56页注释1。

这一片段所叙君臣之相得,映照着篇首"上无所考此盛德兮,长离殃而愁苦"一语,映照着自己被疏被放,尤其是被长期夭阏于陵阳一带的现实遭际,岂是泛泛之笔呢?乱辞在这一片段后,紧跟着感慨"时不可以淹",殆言此一时彼一时也,而今已时过境迁矣。

《招魂》序辞尝云:"主此盛德兮,牵于俗而芜秽。"此语至今尚未得到准确的阐释。王逸章句云:"言己施行常以道德为主,以忠事君,以信结交,而为俗人所推引,德能芜秽,无所用之也。"《文选》刘良注解释说:"言己主执仁义忠信之德,为谗佞所牵迫,使荒芜秽污而不得进。"(《六臣注文选》卷三十三)二者都认为此语乃主体指言自己秉持高尚美好之德操,为世俗牵累而生恶行。此说被后人纷纷袭用。比如李陈玉《楚词笺注》解释道:"为俗所挤,致之污秽。"胡文英《屈骚指掌》注《远游》"遭沉浊而污秽兮,独郁结其谁语",说:"遭沉浊而污秽,即《招魂》'牵于俗而芜秽'之意。盖屈子之心,本欲变俗,不幸莫展其蕴,反为流俗所播迁,虽独立而不移,亦澡雪之宜亟矣。"日本学者藤野岩友甚至评论道,"'牵于俗而芜秽'是失去自信的说法,……'主此盛德''上无所考此盛德'等仍然是自尊心的显露";又说,《招魂》序辞中"自我蔑视的观念"占了上风,"与《离骚》特有刚毅的豪气和自尊的口吻是异质的"①。

依上揭种种解释,屈原岂不成了他自己屡屡痛斥的兰椒之徒吗?《离骚》尝云:

> 时缤纷其变易兮,又何可以淹留。
> 兰芷变而不芳兮,荃蕙化而为茅。
> 何昔日之芳草兮,今直为此萧艾也。
> 岂其有他故兮,莫好修之害也。

---

① 参阅〔日〕藤野岩友《巫系文学论:以〈楚辞〉为中心》,重庆出版社 2005 年版,第 231、235 页。

> 余以兰为可恃兮,羌无实而容长。
> 委厥美以从俗兮,苟得列乎众芳。
> 椒专佞以慢慆兮,樧又欲充夫佩帏。
> 既干进而务入兮,又何芳之能祗。
> 固时俗之流从兮,又孰能无变化。
> 览椒兰其若兹兮,又况揭车与江离。
> 惟兹佩之可贵兮,委厥美而历兹。
> 芳菲菲而难亏兮,芬至今犹未沫。

显然,关于《招魂》序辞的旧说,完全把屈子当成了《离骚》所斥"莫好修""萎厥美以从俗""干进而务入""流从"而变化的兰芷荃蕙椒樧揭车江离之类。其实屈子何尝变心从俗呢?他始终是与蜕变的兰芷之属对立的"佩",其芳难亏,其芬未沫。屈子最晚时期的作品《涉江》仍说:"吾不能变心而从俗兮,固将愁苦而终穷。"而且《招魂》于该句之上云,"朕幼清以廉洁兮,身服义而未沫",于该句之下说,"上无所考此盛德兮,长离殃而愁苦"。若"芜秽"确指主体德行衰微或荒芜秽污,跟"身服义而未沫""上无所考此盛德"二语便自相矛盾了——德行若已秽恶,何能谓之"未沫"、何能谓之"盛德"呢?由此可见,上述常识性的解释其实荒谬之极。

该序辞先说自己自幼具备"清""廉""洁"之德,身行"义"而未沫(王逸章句云:"不求曰清,不受曰廉,不污曰洁";"沫,已也";未沫,"未曾有懈已之时也"),后又说"上无所考此盛德兮,长离殃而愁苦",中间则说自己守此"盛德","牵于俗而芜秽"。首先应明确,为庸众牵累并未影响主体的"盛德"。那么,"牵于俗而芜秽"必是说受党人谗毁而被弃逐,与"长离殃而愁苦"意思正相承相贯。也就是说,"主此盛德兮,牵于俗而芜秽""上无所考此盛德兮,长离殃而愁苦",二语前后紧承,互文见义,一则咎"上(君)",

一则责"俗"①。此"俗"字等同于《离骚》"众皆竞进以贪婪兮,凭不猒乎求索"之"众",其象喻则是蜕变之"众芳"、谗佞嫉妒之"众女"等等。屈原被疏被放,一个关键原因便是"牵于俗"。从屈子现实遭遇及屈作倾诉的大量事实来看,俗众又是通过君来发挥作用的。序辞咎上责俗双管齐下,是必然的。"芜秽"为田亩不治之象。古代有识之士无不重视治理田亩,孟子讲古天子巡守,"入其疆,土地辟,田野治,养老尊贤,俊杰在位,则有庆,庆以地",是典型的例子。田亩被弃则芜秽,故屈子用"芜秽"喻指遭受弃逐②。《九章·思美人》作于被怀王放逐汉北时期,其中云:"佩缤纷以缭

---

① 胡念贻说:"'上无所考此盛德兮,长离殃而愁苦'两句说上帝没有考察此盛德,却降下灾殃,使得'朕'长期处于愁苦疾病之中。古人相信国君生病,是由于失德遭到天谴,所以这里为楚王招魂,先说楚王是有德之君,以期获得上帝的鉴谅,接着就写上帝命巫阳下招。意思很清楚。"(见所著《屈原作品的真伪问题及其写作年代》,《先秦文学论集》,第335页)这样说有很多问题。首先,胡氏整体意思是说君有盛德而上帝不明察,这不符合古人的天命观念。古人虽不乏怨天之语,但一般情况则是推天(帝)之明而引咎自责。《诗经·大雅·大明》云:"上帝临女,无贰尔心!"《吕氏春秋·顺民》记汤祷之事,云:"昔者汤克夏而正天下。天大旱,五年不收,汤乃以身祷于桑林,曰:'余一人有罪,无及万夫。万夫有罪,在余一人。无以一人之不敏,使上帝鬼神伤民之命。'于是翦其发,(鄽)〔鄽〕其手,以身为牺牲,用祈福于上帝。民乃甚说,雨乃大至。"《史记·鲁周公世家》记载:"初,成王少时,病,周公乃自揃其蚤沉之河,以祝于神曰:'王少未有识,奸神命者乃旦也。'亦藏其策于府。成王病有瘳。"此事当为武王病而周公祷神之误传重出,但其理当不谬。照一般情理,《招魂》不会张扬国君德盛而上帝不察。其次,解《招魂》此语为"上帝没有考察此盛德,却降下灾殃",这是说上帝不明;又谓"古人相信国君生病,是由于失德遭到天谴",所谓国君"由于失德遭到天谴",依古人之观念,乃指言天之明察。可见胡念贻之说已经自相矛盾。其三,解《招魂》此句为上帝降国君以灾殃,而原文接下来则说上帝命巫阳为之招魂,文意错乱扞格,其失甚明。究其实际,《招魂》先说"上"以失察使"朕"久遭祸灾,导致魂魄离散,接着说"帝"命巫阳为"朕"招魂,"上"指国君,"帝"才指上帝,如此理解,方文从字顺,而大意可观。

② 汤炳正联系《离骚》"哀众芳之芜秽",以"芜秽"指"群士变节",认为《招魂》"牵于俗而芜秽"之"芜秽"不可能是"屈原自谓",故释句中"而"为"之",谓"牵于俗之芜秽"意为"为芜秽之俗所牵制,遭谗被疏"(参阅所著《楚辞类稿》,巴蜀书社1988年版,第415—416页)。殆未明《招魂》"芜秽"之意。

转兮,遂萎绝而离异。"诗人以佩饰繁盛而缭绕比自己德能盛美,以佩饰遭摈弃而枯谢比自己遭受弃逐("离异"犹言摈弃),几乎可作"牵于俗而芜秽"的注脚。同样作于汉北时期的《惜往日》说:"君无度而弗察兮,使芳草为薮幽。"王逸注后语云:"贤人放窜,弃草野也。"诗人以"使芳草为薮幽"喻指被放,取象正同于《招魂》所谓"芜秽"。故据《招魂》序辞"主此盛德兮,牵于俗而芜秽"一语,联系上下文所叙主体际遇和特征,又可确认《招魂》必为屈子所作。

除此之外,序辞将"长离殃而愁苦"之因由归结于"上无所考此盛德",将被弃归结于"牵于俗",还可与屈子其他作品互证。屈子被怀王放逐汉北时尝作《惜往日》,说"心纯厖而不泄兮,遭谗人而嫉之。君含怒而待臣兮,不清澂其然否";又说"弗参验以考实兮,远迁臣而弗思。信谗谀之溷浊兮,盛气志而过之";又说"君无度而弗察兮,使芳草为薮幽";又说"或忠信而死节兮,或訑谩而不疑。弗省察而按实兮,听谗人之虚辞"。所有这些都堪称"牵于俗而芜秽"的同义语。而其间所有指斥国君之语,比如"不清澂其然否""弗参验以考实""弗省察而按实""无度而弗察"等,基本上又是"上无所考此盛德"的同义语;《招魂》序辞之"考"字就见于《惜往日》,其义无非为"清澂""参验""省察"之类。《招魂》序辞与《惜往日》这一实证性的关联,以及它们与屈子现实遭际的契合,可有力证明《招魂》为屈子所作。

第五节 既有研究之问题以及《招魂》本意

接下来,有必要探讨一下既有研究的问题以及《招魂》本意。
说《招魂》为屈原作也还存在两种情况,即屈原招他人他物之魂与自招己魂。其间决断,常取决于如何看待《招魂》以"荒淫之乐"为招。以往屈子招怀王说、屈子自招说等,均围绕这一点大做文章。

多数学者认定《招魂》一辞,所招对象是怀王。这有现实原因,怀王被扣并客死于秦,屈原为他招魂看来是顺理成章的。然而,巫阳下招时极力铺张衣食住行诸般享乐,才是人们主张此说更重要的根据。吴汝纶说:"怀王为秦所虏,魂亡魄失,屈子恋君而招之,盛言归来之乐,以深痛其在秦之愁苦。文中所陈皆人君之事。"(马其昶《屈赋微》卷下)又说,序辞"有人在下"指的是怀王,其时怀王未死,"魂魄离散"乃是怀王入秦不返、惊惧忧郁所致(《古文辞类纂》卷六十三《招魂》诸家集评)。马其昶将篇中招魂之礼类同于儒典中的"复",强调礼不豫凶事,进而又断言招魂是在怀王客死以后,其间极言生人之所乐只是讽谏顷襄。故而《屈赋微》于"魂兮归来,反故居些"以下,注云:"若怀王未死,不能豫凶事也。以上言怀王羁魂于外之愁苦,以下则盛陈楚宫室服御之崇丽娱乐,凡所陈皆生人之趣也,死则无此矣,纵招魂归来,已不能复用。此盖讽谏顷襄,动其哀死之心,而激其不共戴天之志,故又以射猎终之。自来解者皆失其旨。"复于序辞"恐后之谢,不能复用"之下,注云:"朱子曰:'……恐其离散之远,而或后之,以至徂谢……'其昶案:'恐后之谢,不能复用'二语,乃微言也。此必怀王已死于秦,屈子恸之,不忍质言其死。因古有皋复之礼,北面三号。《礼》疏云:三号者,一号于上,冀神在天而来;一号于下,冀神在地而来;一号于中,冀神在天地之间而来也。故本此义,作为《招魂》之篇……生归无望,今望其魂反,其痛更深矣。"

　　郭沫若起初主张《招魂》乃屈原所作以招怀王亡魂。其《屈原研究》称:"这篇文章《史记》明说是屈原的作品,据我看来也明白地是为追悼楚怀王而作:因为那所叙的宫庭居处之美,饮食服御之奢,乐舞游艺之盛,不是一个君主是不能够相称的。"又谓"《招魂》作于楚怀王死时,是襄王三年"①。既谓之"追悼""作于怀王死

---

① 参阅郭沫若《屈原研究》,群益出版社1943年版,第43、50页;又可参阅郭沫若《历史人物》,《郭沫若全集》历史编第四卷,第36—37、42页。

时",则是将《招魂》诠释为招怀王之亡魂。后来郭氏坚持屈原招怀王说,而倾向于招其生魂。其《屈原赋今译》后记说:"最要紧的还是应该从《招魂》中去找内证。《招魂》的一首一尾分明说出,所招者是王者之魂。即巫阳下招的一段,所叙述的也完全是王者生活。宫室苑囿、车马仆御、女乐玩好、美衣玉食,那些近于穷奢极侈的情况,决不是自甘'贱贫'的屈原的身分所宜有。故《招魂》作为宋玉招屈原固然不适当,即如某些学者认为屈原自招也是不适当的。关于《招魂》的作者,用不着踌躇,我们应该尊重司马迁的见解。那是屈原在招楚怀王的魂。楚怀王晚年被秦国骗去,拘留了三年,可能就是作于那个时期。"又说:"《招魂》作于楚怀王末年……"①此篇后记作于1953年3月11日。1962年4月,陈子展《〈招魂〉解题》予以高度肯定,称,"还不曾见到几篇提出异议的有力文章",又称,"郭说已经取得国内研究古典文学的学者大多数的公认,《招魂》作者问题到此已经快要告一段落了罢"②。

  非常明显,《招魂》所陈"荒淫之乐",对学界确认其所招对象为楚王发挥了决定性的作用。与招君说相类而更有"形而上"色彩的是为楚国招魂说。方东树不认同宋玉作《招魂》以招其师,因

---

① 郭沫若《屈原赋今译·后记》,第206—208页。
② 参阅陈子展《楚辞直解》,第714页。该文原以《〈招魂〉试解》为题,刊发于《中华文史论丛》第一辑(中华书局1962年版),辑入全书时颇有删改。陈子展又申论郭说,云:"'帝告巫阳曰,有人在下,我欲辅之。魂魄离散,汝筮予之!'但从其中一个'辅'字就可看出这是为王者招魂。合上'魂魄离散'一句来看,就知道这是为王招生魂。'辅'字当读《尚书·蔡仲之命》'皇天无亲,惟德是辅'之'辅',《左传·僖五年》宫之奇谏伐虢,引《周书》语同。这是古作品外证。同样'辅'字当读《离骚》'皇天无私阿兮,览民德焉错辅'之'辅'。这是屈原作品内证。……《招魂》篇中的上帝要辅助谁呢?他命巫阳为他辅助谁呢?这决不是辅助一个臣民,而是辅助一位人君。"(《楚辞直解》,第725页)这种说法完全误解了屈原天命观之本谊。《离骚》所谓"皇天无私阿"云云,强调的是皇天辅助有德之人。照陈氏之说,上天所辅者则是有位之人,这不惟厚诬屈子本人,而且也背离了儒家天人观之宗旨。《招魂》序辞先强调被招者有"盛德"而长罹殃,接着撰出帝"欲辅之",正是皇天"览民德焉错辅"之构想,惟在《招魂》中只是形式而已。

"所陈荒淫之乐,皆人主之礼体,非人臣所得有也"(《昭昧詹言》卷十三附《解〈招魂〉》)。方氏这一观点后来有很多承继和发挥者。他所据文本虽与论者确立招君说的依据相同,却并未走上招君说的常见思路。他提出:"屈子以楚之将亡也,如人将死而魂已去身,冀陈忠谏而望其复存,忠臣之情,同于孝子,故托'招魂'为名而隐其事。……吾以为此确为原所作。故其起曰'长离殃而愁苦',结曰'哀江南',一意贯串,文意隐阂而又极明豁。'长离殃'者,已永谪于江南也。'愁苦'者,非为一己,乃哀国事也。其哀其愁苦,何也?哀其外多祟怪,内有荒淫,其死征如魂已去身而不知反归也。"(《昭昧詹言》卷十三附《解〈招魂〉》)

以上所揭屈子招怀王死魂说、屈子招怀王生魂说、屈子为楚国招魂说,以及其他常见的屈原或宋玉招楚王说,其实有相同的毛病。

首先,是未能准确把握文本对所招对象的规定,对序辞、乱辞凸显的真正被招对象熟视无睹,或不能切当理解,因而严重背离了序辞、乱辞凸显的被招对象的特征。如前文所论,《招魂》序辞明确地说是为"长离殃而愁苦""魂魄离散"的"朕"招魂,则无疑是招生魂(序辞中巫阳对帝曰"若必筮予之,恐后之谢,不能复用",此语之文本、句读、语意等学界看法不一,可它应该也是招生魂的一个证明),且必然是招屈子。若谓怀王客死而屈子为之招魂,便背离了这一规定。马其昶等学者强作解人,深文周纳,结果是欲盖弥彰。像郭沫若、陈子展那样判断屈子招怀王在其被扣武关后、客死前,不合理处同样很多。其一,怀王"恒干"在秦,招其魂回郢,不合招魂本意。其二,怀王被扣仅二三年,谓之"长离殃而愁苦"未为切当。根据《哀郢》,屈原被放陵阳至少有九年。虽不能断定《招魂》之作必晚于《哀郢》,但将"长离殃而愁苦"理解为屈原的遭际还是更为合适,何况屈子被顷襄放逐到陵阳以前,还有被谗、遭怀王疏远及流放的经历,均可以此语涵盖。据被招对象"长离殃而愁苦"的特征分析,《招魂》也不可能是招楚王或楚国。其三,联系被招对象"身服义而未沫",却"牵于俗而芜秽","上(君)"不考其"盛德",故"长离殃而愁苦",更只能将《招魂》理解为屈子自作自招。其四,据乱辞,魂并未应招回郢都之故居,而是归依了"江南",这有力地证明《招魂》并非招楚王。为楚国招魂之说更是大而无当,几乎不能契合文本对所招对象的全部规定。《招魂》只能是屈原自招之作。陆侃如说:"即使我们退一百步而承认这篇确系'自招',则我们为何不能说是宋玉自招而一定要说是屈原自招呢?"①仅依据文本对所招对象的规定,便可知这种质疑多么苍白无力。

其次,也许是更重要的,人们之所以判断《招魂》中的被招对象是怀王或其他楚君,是认定篇中所陈享乐,唯国君才能相配,篇中所陈天地四方之可怕,在某种程度上又契合了怀王被扣在秦的愁苦。这其实隐含着另外一个更深刻的缘由,即完全没有理解《招魂》核心部分——故居修门之淫乐、四方上下之凶险——在整个文本中的意义(文本给出的规定,笔者将在下文揭破)。

有趣的是,持屈原自招说的学者同样未理解所谓淫荒之乐这一关键,他们往往从另外一个方向上背离了文本,即试图淡化或屏蔽之。黄文焕视之为"旁言"而非"庄言"(《楚辞合论·听二〈招〉》)。林云铭视之为"虚词"或"不必然之词"。林氏综评《招魂》,曰:"通篇段落甚明。开口叙魂魄离散之因,转入帝告巫阳,招于四方上下,而以故居堂室之乐为招之词又分出室中、堂中二处,件件工妙,令人快乐无比,而终于以乱词悲怆作结。盖以怀王留秦未返,而君正当卧薪尝胆之时,犹向江南荒寂之境,夜游远猎,先后从车中,不过如子兰上官靳尚之辈,美政无闻,国事日非,魂若归来,独目伤心。是快乐为虚词,哀江南为实事。哀江南正所以哀楚。终其身于愁,魂魄之离散,帝亦无如何矣。"他又在巫阳招词之下注曰:"自'高堂邃宇'句至此,俱设为不必然之词。且原之志

---

① 陆侃如《屈原·屈原评传》,第141页。

不在室家声色,而在致君泽民,以此为招,岂能相动……"(《楚辞灯》)蒋骥视之为"幻景",称:"所谓台池酒色,俱是幻景,固非实有其事,亦岂真以为乐哉。"(《山带阁注楚辞·楚辞余论》)刘梦鹏视之为"假托"。其《招魂》章句序云:"凡夫宫室游观之胜,饮食侍御歌舞之美,不过假托巫阳之口,备道南州之乐耳。台榭颓垣,第宅新主,抚今思昔,地是人非。课后先之何时,倚遥望而增叹。径被路渐,江介风凄。哀盖不在己而在国矣,故结之曰'哀江南',其《哀郢》之引言乎?"(《屈子章句》)近年力主屈原自招说的熊任望则强调它是"局部"或"现象"。他说:"《招魂》中写的是人世间的生活享受,太象现实了,人们就可能误认为作者对这样的生活享受感兴趣。刘勰在《文心雕龙》中说:'士女杂坐,乱而不分,指以为乐;娱酒不废,沉湎日夜,举以为欢:荒淫之意也。'从局部看,从现象看,屈原似乎是以此为乐、以此为欢的。然而,局部的东西,不代表整体;现象的东西,不说明本质。我们不能被这些局部的、表面的现象所迷惑,而无视作品重大的主题思想。"①谓之"旁言",谓之"虚词"或"不必然之词",谓之"幻景",谓之"假托",谓之"局部",谓之"现象"等,都是说这一部分不能当真,应当尽量少地将它落实到所指层面上。但文本中这一规模最为宏大、最酣畅恣肆的部分,岂能就这样遮掩住呢?

综上所论,可知《招魂》研究第一大问题,就是完全未把握篇中所陈故居荒淫之乐对于所招对象的价值;第二大问题,则是完全不能恰当地处置或阐释篇中所陈四方上下之可怕。在接受和诠释中,人们试图缩小、压低、转移甚或"删除"其中看起来妨碍自己、对自己不利的部分。可是看一看《招魂》的文本构成就可以知道,这是极为可怕的事情,这几乎意味着人们不知道如何面对和接受《招魂》乃至屈原其他所有作品——《招魂》之外,还有《离骚》《九

---

① 熊任望《论〈招魂〉为屈原自招》,《楚辞探综》,河北大学出版社2000年版,第195页。

歌》等等。

屈原在作品中给自己招魂,只是表现他人生选择的形式。正如屈原并未真正向虞舜陈词,并未真正求灵氛占卜,并未真正求巫咸降神一样,他也并未真正请巫阳或工祝为自己招魂;正如屈原并未真正上扣帝阍、下求宓妃简狄二姚、远逝求女一样,《招魂》所营构的天地四方之可怕以及故居修门之可乐,也同样不是主体经历或者期望经历的实际存在。一切首先是"有意味的形式",然而对于有深度的艺术创造而言,几乎没有什么比这种设定更重要的了。陆时雍说:"招魂者,以文不以俗,以心不以事,招之于千世,而非招之于当时也。"(《楚辞疏·楚辞条例》)

屈子平生遭受一连串政治打击,一直有做出改变、重新选择的可能。他被怀王放逐汉北时作《惜诵》,说:"故众口其铄金兮,初若是而逢殆。惩于羹而吹齑兮,何不变此志也?"《抽思》云:"数惟荪之多怒兮,伤余心之慢慢。愿摇起而横奔兮,览民尤以自镇。"《思美人》称:"欲变节以从俗兮,愧易初而屈志。独历年而离愍兮,羌凭心犹未化。宁隐闵而寿考兮,何变易之可为!知前辙之不遂兮,未改此度。车既覆而马颠兮,蹇独怀此异路。"在顷襄初年写成的《离骚》中,诗人设置女媭"詈予"一节,集中提出了改变的问题;接下来向重华陈词,就是对这一问题的回应。被放沅湘期间,屈子作《涉江》,云:"哀吾生之无乐兮,幽独处乎山中。吾不能变心而从俗兮,固将愁苦而终穷。"《怀沙》则说:"刓方以为圜兮,常度未替。易初本迪兮,君子所鄙。章画志墨兮,前图未改。"自从遭受上层集团排斥以来,另一条路一直存在,屈子一次次面对"为何不变"的提问——提问常常是隐含或潜在的,又一次次作出回复,确认或申明自己将坚贞不渝。"变"的叩问和"不变"的回应,就是屈子辞作的主旋律。

《招魂》作于《离骚》之后、屈原被顷襄放逐到陵阳期间,在放浪于沅湘之前。它用最奇美的形式提出了"改变"或"重新选择"的问题,并给出了回答。巫阳之下招摆明了两种境况:往东南西北、上天或者下幽都,都充满了危险,可怕之极,这是一种境况。入修门,回故居,衣食住行有无穷可乐,富贵荣华享之不尽,这是另一种境况。一者极力悚惧,一者极力诱引,从正反两面写足了"招"字之意。总之这两种境况不啻有天壤之别,就看魂(代指诗人)如何选择了。一种选择,意味着他将面对前一种境况,而无法改变"长离殃而愁苦"的命运(毫无疑问,这是高度艺术化的表达,现世的可怕被对象化为奇诡谬悠的想象世界)。另一种选择,意味着他可以重回楚国上层,最不济也能叨陪末座、分一杯羹。前一种选择意味着不为富贵乱己心,不因贫贱变己节,不为权势屈己志。后一种选择意味着改变自己在政教伦理上的持守,"变节以从俗","变心而从俗"。最终魂没有应招返故居入修门,而是回到了诗人在庐江上、大江南的迁所。巫阳下招,劈头就说:"魂兮归来!去君之恒干,何为乎四方些?舍君之乐处,而离彼不祥些!"然而魂恰恰就选择了巫阳劝他不要去的"四方"。

传世《卜居》并非屈作,其核心内容,则同样是关于"选择""改变"的提问和回应。篇中先是屈原向太卜郑詹尹求卜,提了一系列问题,如谓:"宁正言不讳以危身乎?将从俗富贵以偷生乎?宁超然高举以保真乎?将呢訾栗斯,喔咿儒呢以事妇人乎?宁廉洁正直以自清乎?将突梯滑稽,如脂如韦,以洁楹乎?宁昂昂若千里之驹乎?将泛泛若水中之凫,与波上下,偷以全吾躯乎?"这些问题,极其生动地显示了屈子面临的选项。篇末郑詹尹给他的回答是,"用君之心,行君之意,龟策诚不能知此事"①。这既是文本构成中对问题的回应,也是屈原现实生活中的抉择或持守。《招魂》中,这种抉择被高度艺术化地表现为魂的去取,更加惊采绝艳。还有一点十分有趣:至少在形式意图上,《卜居》否定了太卜,《招魂》则否定了帝和巫阳。《招魂》给出的回答,实际上就是《涉江》所谓"余将董道而不豫兮,固将重昏而终身",可它呈现为更加奇诡的

---

① "知此事"原作"知事",从一本。

形式。屈子糅合了离奇的想象和素朴的认知,营构了四方上下之凶险境地,以主体最后的认同性的选择,表明自己不会为这些凶险改变持守;复极力叙写楚国上层社会享受的饮食、歌舞、宫室、美色,铺采摛文,穷形尽相,以主体最后的否定性的选择,表明自己不会为这种享乐变节易行。能如此,方为真正的坚贞。

因此,屈子自招时确实铺陈了荒淫之乐,然而它无论在能指层面上,还是在所指层面上,都是被主体撇弃的,就是说,主体否定了它的价值。《招魂》本义便在于这一撇弃和否定中。前人或已意识到诗人的这一抉择。比如蒋骥在《招魂》篇末注云:"魂虽归来,岂能入修门以娱乐哉,亦惟往哀江之南以誓死而已。言此以见巫阳所招,皆虚语也。"可惜蒋骥的看法过于简单,并未全面提点巫阳下招在文本构成中的价值(其理解"哀江南"也并不准确)。古今不少学者花大气力,追究这种享乐在"礼体"上究竟是跟国君相称,还是跟屈大夫相称,进而论断该诗作者及作意,这完全偏离了根本。文本确实叙述了这一切(其中关涉聚集在国君周围的楚国上层社会的种种集体性的享乐),可是这并不重要的,重要的是主人公把这一切都否定和撇弃了。

同样不可忽视的是,对于相反的那一面——"外多祟怪",主体却是接受的。梁启超曾评《招魂》说:"此篇对于厌世主义与现世快乐主义两方面皆极力描写,而两皆拨弃,实全部楚辞中最酣肆、最深刻之作。"①这可能是历史上最有见地的论述之一,然而它最多只说对了一半——对现世快乐主义的拨弃,与此相反的另一面只是主体现实处境的奇诡象征,并非"厌世主义",而且是主体选择与接受的。屈子非不知变节从俗会带来世俗的享乐,非不知持守德操会遭遇凶险和愁苦,而是明知如此,却无怨无悔地走下去②。

---

① 梁启超《要籍解题及其读法》,《饮冰室合集》专集之七十二,第76—77页。
② 胡念贻说:"《史记》那几句话还值得研究。从《招魂》内容本身(转下页)

就艺术效果而言,用来诱引魂的现实享乐愈被张扬到极致,则魂对它的撇弃和否定就愈见深刻有力;用来惊惧魂的祟怪凶险愈被张扬到极致,则魂对它的接受也愈见深刻有力。这就是为什么这两部分会成为《招魂》最恣肆最宏丽的内容。尤其富有匠心的是,当魂归依了江南,诗篇结束了,其意境却回复到巫阳前面所陈天地四方的凶险与可怕;在接受上,读者先消解了魂往四方天地的危险与恐怖,张大了魂归故居的享受与可乐,孰料终篇,魂归故居的享受和可乐突然被消解,魂往四方天地的危险与恐怖却再度被张大。

　　我们不能不说《招魂》是一个无比巨丽的寓言,其本意构成寓言的所指,巫阳陈述"外多祟怪,内有荒淫"则构成了能指的核心部分。它最有力地凸显了屈子艺术的特质。在这里,能指的价值不仅在于传达了所指(比如作者的人生抉择和处境),而且在于它自身呈现的高度独立性。这种独立性体现于,写作上,能指具有以所指为核心,又不局限于所指而自我展开的特性;接受上,能指具有不局限于所指而独立被接受的可能。

　　总而言之,《招魂》营造了一个整体性极强的宏大形式,诗人的去取被对象化为魂的抉择,而这一对象化所涉之物事各有一定自主展开的空间,其基于传统招魂套式的榫接可谓天衣无缝,其很多局部都雕刻得异常精细。陆时雍评论道:"余独叹其为奥。所谓奥者,经堂入室,直抉其壶奥者也。其举景而得趣,举貌而得态,举色而得意,举馔而得味,举声而得会,是谓天下之至神。"(《楚辞疏·读楚辞语》)从一定意义上说,能指在叙述中的细腻程

(接上页)看,没有表现屈原之'志',《史记》所说'悲其志'不知何所指。"(见所著《屈原作品的真伪问题及其写作年代》,《先秦文学论集》,第332页)孙作云也说:"今本《招魂》如何呢? 全无'志'可言——全是一套侈陈灵怪、极言享乐,最后又是夸张和楚王狩猎享乐的事,像这种毫无'志'可言的文章,叫司马迁如何去替他'悲'呢?"(见所著《〈大招〉的作者及其写作年代》,《孙作云文集》所收《〈楚辞〉研究》下册,第766页)凡此种种,足见读《招魂》之难。

度,就表征着主体对象化的程度,而主体对象化的程度越高,其艺术就越纯粹。跟《离骚》后半以及《九歌》所刻意经营的形式一样,《招魂》是屈子艺术纯美的表征①。

余 论

不可否认,《招魂》这种奇诡的艺术建构带来了解读的巨大困难。能指跟所指只是在某些关节上具有一致性或贯通性,这是以寓言寄情寄理的风险所在。具体言之,能指和所指的关联存在诸多不确定性:有些要素仅是从能指层面上说的,有些要素仅是从所指层面上说的,另外有些要素则被能指与所指的某种程度的关系贯穿着。因此解读文本需要准确判断:哪些要素仅是能指独立展开的结果,它们跟所指无关;哪些要素仅是从所指层面上说的,它们不遵循能指展开的逻辑;哪些要素蕴涵着能指跟所指的相关性,以及它们在何种面向和程度上相关。对文本阐释来说,每一次错判都会损伤解读的准确度和科学性②。

方东树曾说:"吾读屈子他篇,未暇悉论;窃以创意、创格、造言,未有俛于《招魂》者也。乃数千年文义瞢暗,曾未有确揭其本事者。故或以为原所作以招怀王,或以为宋玉作以招师,是皆泥题目字面而滞会之也。又或以为施之生前,或更执'去……恒干''像设'等语,以为确施于死后,尤为瘵语不悟。题既曰'招魂',则此等言句,皆体内本分料语,岂可以文害辞、以辞害意,而不寻其全文作旨本义也?"又说:"既言其外之害,则不得不陈其内之乐,题面当如是也。"(《昭昧詹言》卷十三附《解〈招魂〉》)方东树对《招魂》本旨的看法有很多错误,可有一个想法颇为可取,即对于《招

---

① 对《招魂》这种艺术匠心的考论,参阅拙作《论屈原诗歌的比体艺术》,刊载于《北京大学学报》(哲学社会科学版)2011年第5期。
② 参阅拙著《屈原及其诗歌研究》,第290—291页。

魂》等屈子作品,不能泥其字面而滞会之。《招魂》之能指既然是招魂一事,则"去君之恒干""像设君室"等等,都是它自然展开的结果,过度解释就会乖离文本原旨。解读屈子之作最忌穿凿。李陈玉《楚词笺注》解《招魂》说,"东方去不得,犹吾大夫子兰靳尚也","南方去不得,犹吾大夫子兰靳尚也","西方去不得,犹吾大夫子兰靳尚也","北方去不得,犹吾大夫子兰靳尚也","天上去不得,犹吾大夫子兰靳尚也","地下去不得,犹吾大夫子兰靳尚也"。其说令人百思不得其解。难道跟去四方、跟上天下地截然相对的"反故居""入修门",反倒无子兰之流了吗①?恰恰相反,子兰之流不惟在故居修门之中,而且炙手可热势绝伦。照李陈玉此注,"故居""修门"跟四方上下同其可怕,则从形式意图上说,魂何以弃四方上下而应招回故居、入修门呢?李陈玉的错误就在于,他根本不懂得,《招魂》之能指具有很强的自我展开的特性,不能机械地勾连造作所指。对屈子、屈作来说,这种客观上取消了能指独立性的解读简直就是反艺术的。熊任光剔出巫阳下招中反复出现的"反故居些",视为其"深刻的寓意",并说:"从作品全部内容看,它是对楚王和谄谀小人造成作者'盛德芜秽''离殃愁苦'的控诉;是对返回郢都的强烈要求;是誓死不愿离开故国的内心表白。这就是作者在作品中所表现的、深深地打动了读者的那个'志'。"②以"反故居"为《招魂》寓意所在,是把被主体否定的能指当成了所指。

确确实实,屈作诸篇,创意、创格、造言未有侪于《招魂》者。

---

① 《战国策·楚策二》"楚王将出张子"章记:"楚王将出张子,恐其(败)〔欺〕己也。靳尚谓楚王曰:'臣请随之。仪事王不善,臣请杀之。'楚小臣,靳尚之仇也,谓张旄(案为魏之用事者)曰:'以张仪之知,而有秦、楚之用,君必穷矣。君不如使人微要靳尚而刺之,楚王必大怒仪矣。彼仪穷,则子重矣。楚、秦相难,则魏无患矣。'张旄果令人要靳尚刺之。楚王大怒,秦〔楚〕构兵而战。秦、楚争事魏,张旄果大重。"刘永济《屈赋通笺》据此断定靳尚在怀王十八年被张旄刺杀(参见所著《屈赋通笺 笺屈余义》,第30页)。然《国策》所记不尽为事实,此章有学者怀疑是"策士信手胡诌之作"。待考。

② 熊任望《论〈招魂〉为屈原自招》,《楚辞探综》,第195、194页。

第七章　论《远游》非屈原所作及其创作时期、历史渊源与实质
——以仙观念、道学背景、文学史及思想文化史线索为核心

在古代，传世《楚辞》中的《远游》篇原本一向被视为屈原所作。较早的王逸《远游章句序》云："《远游》者，屈原之所作也。屈原履方直之行，不容于世，上为谗佞所谮毁，下为俗人所困极，章皇山泽，无所告诉，乃深惟元一，修执恬漠，思欲济世，则意中愤然，文采铺发，遂叙妙思，托配仙人，与俱游戏，周历天地，无所不到。然犹怀念楚国，思慕旧故。忠信之笃，仁义之厚也。是以君子珍重其志，而玮其辞焉。"其后朱熹《楚辞集注》、汪瑗《楚辞集解》、王夫之《楚辞通释》、蒋骥《山带阁注楚辞》等一系列楚辞学著述，均持类似说法。殆至清朝才逐渐有学者提出质疑。今人陈子展曾说："怀疑《远游》不是屈原所作，从近代始。近代学者中有这样的怀疑，从廖平始。"又说，《远游》"一面借用了道家神仙家的思想，一面又拨弃了它"，前人普遍未认识到这一点，然大都强调其"道家神仙家的思想"，差别唯在于，"从梁启超以上的过去的学者都推崇屈原这一作品，从梁启超同时和以下的现代的学者大都否认屈原有此作品"①。这种说法只符合大体上的情况。在廖平、梁启超以前，至少胡濬源、吴汝纶等学者已经对屈原作《远

---

① 陈子展《〈远游〉解题》，《楚辞直解》，第 629、632 页。

游》之说提出了质疑①。

　　胡濬源说:"《史》明谓'读……《招魂》《哀郢》',又谓'作《怀沙》之赋',《哀郢》《怀沙》俱在《九章》内,则《招魂》与《九章》皆原作可知。惟《远游》一篇,《史》所不及载。《汉志》'屈原赋二十五篇';计二十五篇之数,有《招魂》则无《远游》,有《远游》则无《招魂》,必去一篇,其数乃合。大抵《远游》之为辞人所拟,良是。细玩其辞意,亦然。"(《楚辞新注求确》目录序)②胡氏又说:"屈子一书,虽及周流四荒,乘云上天,皆设想寓言,并无一句说神仙事。……《远游》一篇,杂引王乔、赤松,且及秦始皇时之方土韩众,则明系汉人所作。"(《楚辞新注求确》凡例)在具体注释中,胡氏亦颇注意揭明《远游》之不合屈子处。如在饮食"六气"一章下,指出:"不过借仙以遣无聊,可也,若'餐六气''漱正阳'等语,太真,此种话不似屈子心中所紧急,以下皆然。彼何等心而暇念至此乎?须知屈子心中,苟得'君之一悟,俗之一改',虽真有白日飞冲,必不以易也。"在"道可受兮而不可传"一章下,复指出:"谈元(玄)虽得秘旨,然在屈子尤不切事情。……疑汉文景尚黄老时,悲屈子者托拟之,以舒其愤也。"吴汝纶则认为:"此篇(《远游》)殆后人仿《大人赋》托为之。其文体格平缓,不类屈子。世乃谓相如袭此为之,非也。辞赋家展转沿袭,盖始于子云、孟坚。若太史公所录相如数篇,皆其所创为。武帝读《大人赋》,飘飘有凌云之意。若屈子已有其词,则武帝闻之熟矣。此篇多取《老》《庄》《吕览》以为材,而词亦涉于《离骚》《九章》者,屈子所见书博矣,《天问》《九歌》所称神怪,虽闳识不能究知,若夫神仙修炼之说,服丹

----

　　① 据廖宗泽《六译先生年谱》,廖平于 1901 年 3 月"始以《楚辞》说《诗》",1906 年 4 月撰《楚词新解》,1914 年冬成《楚词讲义》十课(参阅廖幼平编《廖季平年谱》,巴蜀书社 1985 年版,第 64、68、74 页)。
　　② 胡濬源所计屈作二十五篇,为《离骚》《九歌》《天问》《九章》《招魂》《卜居》。其间问题颇多,《九歌》实只十篇(通常被当成一篇的"礼魂"乃《国殇》之收束部分),而《卜居》则非屈子所作。

度世之惛,起于燕齐方士,而盛于汉武之代,屈子何由预闻之?"(《古文辞类纂》卷六十二《远游》评点)胡、吴两家提出了质疑《远游》为屈作的大体依据,且将其产生断在汉代文景尚黄老之时,或者汉代神仙修炼说盛行("盛于汉武之代")、辞赋家兴起"展转沿袭"之风以后(此风"盖始于子云、孟坚")。

总之廖平以前,质疑旧说者早已有之,廖平只是有所推进而已。其《楚词讲义》序称:"《秦本纪》(案当为《秦始皇本纪》)始皇三十六年使博士为仙真人诗,即《楚词》也。《楚词》即《九章》《远游》《卜居》《渔父》《大招》诸篇,著录多人,故词重意复,工拙不一,知非屈子一人所作。当日始皇有博士七十人,命题之后,各有呈撰,年湮岁远,遗佚姓氏,及史公立传,后人附会改挩,多不可通,又仅掇拾《渔父》《怀沙》二篇,而《远游》《卜居》《大招》悉未登述,可知《远游》《卜居》《大招》诸什非屈子一人撰,而《渔父》《怀沙》因缘蹈误,不过托之屈子一人而已。著书讳名,文人恒事,使为屈子一人拟撰,自当整齐故事,扫涤陈言,不至旨意緟复,词语参差若此。"该书第一课在讲《卜居》《渔父》时,又称:"旧说以《楚词》为屈原作,予则以为秦博士作,文见《始皇本纪》三十六年。"廖平提出了新的依据(其实多不可靠,殆不善读楚辞),断定《远游》乃秦博士作于始皇时,接近始皇之殁。

1923年,陆侃如出版了《屈原》一书,承前人之说,列三方面证据将《远游》逐出了屈原集。这三种证据是:(一)"所举人名大都为屈原时所无",比如韩众。(二)"表现的思想与别篇不一致",具体则可分两层:(1)别篇为悲观的,而此篇为乐观的;"屈原是常常处于逆境的,故不免流于悲观。试看他作品中所叙理想的事情,没有一件不是失望的。他去见天帝,却见拒于阍人;他向宓妃一流的女神及二姚一流的贤女求婚,可是媒人不替他出力(见《离骚》)。……但到了《远游》里便不同了。他要见天帝,阍人便开门。他到了南疑,那些一辈子请不来的女神,如宓妃、湘灵、娥皇、女英、海若、冯夷等等,都来歌着舞着。他在《离骚》里出游时望见故乡,便停住不走了。如今却得意洋洋的'指炎帝而直驰'"。(2)别篇为入世的,此篇为出世的;"屈原虽抱悲观,但他的思想却是入世的。……而《远游》里的话却处处与此相反。……我们固然不能不许屈原的思想变迁。但他的思想若真个归到出世乐观上去,则他尽可在洞庭九疑的湖光山色之间逍遥自在去,又何必自沉汨罗?又何必不绝的发许多牢骚话?我们若承认《远游》是他的作品,便得去否认自沉的事实,否认《哀郢》《怀沙》等篇的著者。既不能这样否认,便当逐此篇于屈原集之外了"。(三)"这篇有抄袭司马相如《大人赋》之处"。陆氏总结道:"这几个疑点有一于此,即可逐这篇于屈原集之外,何况兼而有之呢?……我想这大约是一个汉代的无名氏伪托的。"①至此,对《远游》非屈作的论证可以说是更为充分了。

笔者认为,说《远游》乃抄袭、模仿《大人赋》或者为仙真人诗,说《远游》产生于秦皇求仙之世,或者汉代文景二帝崇尚黄老时,又或者汉武时神仙修炼说盛行、辞赋家兴起辗转沿袭之风以后,均值得商榷;各家指证《远游》非屈原所作,虽浅尝辄止,方法上亦未臻自觉,甚至论证上存在严重偏差,而最基本的事实——《远游》不属于屈子——还是弄清楚了②。然而迄今为止,仍有大批学者沿

---

① 参阅陆侃如《屈原·屈原评传》,第122—134页。
② 除了上举诸家外,主张《远游》非屈子作品的学者及著述尚有:郭沫若《屈原赋今译》后记推断《远游》"可能即是《大人赋》的初稿"(见该书第205页);潘啸龙《〈远游〉应是汉人伪托屈原之作:〈远游真伪辩〉质疑》,刊载于《青海社会科学》1984年第5期;朱季海《〈远游〉略说:兼评廖胡二家中失》,刊载于《铁道师院学报》1997年的第5期(该文作于1984年);孙元璋《〈楚辞·远游〉发微》,刊载于《文史哲》1985年第6期;张家英《〈楚辞·远游〉不作于屈原说》,刊载于《学术交流》1991年第1期;雷庆翼《从语言风格论〈远游〉非屈原所作:与姜昆武、徐汉澍二同志商榷》,刊载于《衡阳师专学报》(社会科学)1993年第1期;毕庶春《〈远游〉质疑》,刊载于《丹东师专学报》1994年第2期;赵逵夫《唐勒〈论义御〉与楚辞向汉赋的转变:兼论〈远游〉的作者问题》,刊载于《西北师大学报》(社会科学版)1994年第5期;张中一《论〈远游〉不是屈原的作品:与罗漫〈远游〉与屈原的绝命词〉一文商榷》,刊载于《吉安师专学报》(哲学社会科学版)1996年第2期;(转下页)

用旧说。比如陈子展称:"《远游》为屈子初放汉北,徬徨故乡,意不自聊,无所告愬,爱逞其幻想与想像之所极,而有是作。非必服膺其时阴阳家或神仙家与方士一流之说,但假其说为赋以自广,亦犹发愤抒情之意尔。……屈子《远游》,意别有寄,非传道也。"①陈氏《〈远游〉解题》则力驳陆侃如、郭沫若诸学者之议,坚持《远游》确为屈子所作②。姜亮夫提出:"《远游》是屈原思想发展过程中最重要的一篇文章。屈原之所以后来死了,《远游》是一个最后的记载,最后'愿轻举而上浮',总比'将从彭咸之所居'那句话更加清楚,那是因没有与为美政者。而《远游》是'时俗迫厄'了,没有办法了,思想体系是一个发展,所以这篇文章是很重要的。"③他还说"《九章》《远游》《卜居》《渔父》,其内容与作风、体性皆与《骚》同,为一组,大体都是有事可据,有义可陈的,是屈子创作的重心,情愫与事实相纠合而成篇,是一切文学家的正常创作";又称"与《离骚》情调思想完全统一的还有《九章》《远游》《卜居》《渔父》诸文。都不过是《离骚》的一枝一节、一鳞半爪,或某一含义而已"④。宋效永认定《远游》为屈子之作,且用《离骚》《远游》和

(接上页)孙晶《〈远游〉的哲学意蕴及其艺术显现》,刊载于《东北师大学报》(哲学社会科学版)2001年第2期;何金松《〈远游〉〈大招〉非屈原所作》,刊载于《华中师范大学学报》(人文社会科学版)2003年第3期;张骏《试从汉代隐逸文化看〈远游〉的作者及时代问题》,刊载于《南京师范大学文学院学报》2005年第4期;金荣权《〈楚辞·远游〉作者考论》,刊载于《中州学刊》2005年第6期(并参金荣权《〈楚辞·远游〉作者论考》,收入《中国楚辞学》第8辑,学苑出版社2007年版);张树国、梁爱东《〈远游〉结构的内在矛盾、作者及文学影响》,刊载于《淮阴师范学院学报》2006年第2期。兹不具列。

① 陈子展《楚辞直解》,第251—252页。
② 该文见《楚辞直解》,原以《〈楚辞·远游〉篇试解》为题,发表于《文史哲》1962年第6期。
③ 姜亮夫《楚辞今绎讲录》,北京出版社1981年版,第74页。
④ 姜亮夫《屈原》,收入《中国历代著名文学家评传》第一卷,山东教育出版社1983年版,第43、47页。

《庄子·逍遥游》三文,建构了一个对他来说极重要的观点,所谓逍遥游三环节①。要之近年来,坚持《远游》为屈作的学者不仅未见减少,而且可能重新占据了主流②。

以上事实,说明《远游》作者问题仍有进一步探讨之必要。其历史真相,不仅关系到《远游》这篇文章的归属,而且涉及对《远

---

① 参阅宋效永《庄子与中国文学》,江苏教育出版社1995年版,第26页。
② 比如,汤炳正《屈赋新探·论〈史记〉屈贾合传》(作于1978年)、《楚辞类稿·〈远游〉与"四荒""六漠"》(巴蜀书社1988年版)等;姜昆武、徐汉澍《〈远游〉真伪辨》(原载于《文学遗产》1981年第3期,以《〈远游〉为屈子作品定疑》之题附于姜亮夫《楚辞学论文集》、《姜亮夫全集》第八册);王沐《我国早期内丹丹法著作〈楚辞·远游〉试析》(刊载于《道协会刊》1983年第2期),《析王船山〈楚辞通释·远游〉》(刊载于《船山学刊》1983年第1期);何念龙《屈原〈远游〉析说》(刊载于《荆州师专学院》哲学社会科学版1985年第4期);李ców《〈远游〉作者辨》(刊载于《山东师大学报》哲学社会科学版1985年第5期);张叶芦《〈远游〉为屈原作补辩》(刊载于《贵州教育学院学报》社科版1990年第2期);罗漫《〈远游〉与屈原的"绝命词":兼释"与泰初而为邻"》(刊载于《云梦学刊》1995年第1期);杨建波《〈离骚〉与〈远游〉》(刊载于《江淮论坛》1997年第3期);力之《〈远游〉非唐勒所作辨:与赵逵夫先生商榷》(刊载于《齐齐哈尔大学学报》哲学社会科学版2000年第2期);力之《〈远游〉考辨》(原刊于《安徽教育学院学报》1997年第3期,后收入作者所著《〈楚辞〉与中古文献考说》);金健民《屈原之〈远游〉与道家思想》(收入《中国楚辞学》第1辑,学苑出版社2002年版);金璐璐《屈原〈远游〉模式对曹植游仙诗的影响》(刊载于《商丘师范学院学报》2006年第3期);汤漳平《〈远游〉应确认为屈原作品》(刊载于《中州学刊》2009年第3期),及《出土文献释〈远游〉》(收入《中国楚辞学》第16辑,学苑出版社2011年版);蔡红燕《吾心邈游:屈原〈远游〉之"游"范畴审美》(刊载于《保山学院学报》2010年第1期);赵雨《〈远游〉新论与疑难词句新诂》(刊载于《船山学刊》2012年第2期)。兹不具列。力之曾说:"姜亮夫、陈子展与汤炳正等,均力辩其(指〈远游〉)为屈原所作;姜、陈二氏从'破'之方面入手,汤公从'立'之角度着力。尤其是后者,从《史记》屈贾合传以及学派问题所作之分析(比观〈远游〉与〈鹏鸟赋〉)所得,实为自胡濬源氏对《远游》提出异议以还,争议双方中之理最长、见最灼者;汤先生之说足以'了结'《远游》作者问题之争,遗憾的是,'这一成果未得到学界应有之肯定',故1988年出版的公木主编本《中国诗歌史》(先秦两汉)、1990年出版的王泗原《楚辞校释》、1994年出版的聂石樵《先秦两汉文学史稿》、1996年出版的章培恒、骆玉明主编的《中国文学史》、同年稍后出版的赵逵夫《屈原与他的时代》等,仍持怀疑,而各有主张(转下页)

第七章 论《远游》非屈原所作及其创作时期、历史渊源与实质

游》和屈原的确切认知,涉及对两者所关联文化与历史的还原。

彻底解决这一问题,无疑需要正确的理念及方法。笔者认为,《远游》是否为屈子所作,最权威的意见来自屈子本人,研究者应尽量"让屈子说明自己"。笔者的具体做法是,以《离骚》《天问》《九章》《招魂》《九歌》等确定属于屈原的作品为主体,建构一个"核心比照系统",把握该系统之本质,再拿《远游》来做比对,观察其间的相异性或同一性,以作断案之最终依据;若两者存在大量根本歧异,而且这些歧异无法基于核心比照系统来作合理的解释,便可断定它们不可能属于同一个系统,相反,若两者存在大量本质上的关联,便有充足的理据断定它们属于同一个系统。除此之外,《远游》在文学史及思想文化史上关联着一系列事实,它们也将被作为确定其撰著时期的有效标杆。经由这样的处置,可以确认,尽管《远游》被古今大多数学者视为屈作,可它完全不被屈作核心比照系统承认和接纳,它另具特质,另有基源,也另有归属。

第一节 《远游》仙观念及其与核心比照系统的根本歧异

简单地说,屈作核心比照系统的本质体现在两个层面上:其一,原始神话传统被从理性上明确地否定,其中所含不自觉的超现实想象则被提升,成为高度自觉的艺术创作方法,其素材亦被转化成了艺术表达的材料;换言之,核心比照系统中的神和神话都是

(接上页)张(参见所著《〈楚辞〉与中古文献考说》,第89—90页)。姜亮夫说,他自己评定《远游》为屈原的作品,"是从二十五篇全体思想结构的一生进化的角度来评定的","这种推理,非深求不易认识",女儿姜昆武之《远游真伪考》,"则从具体的思想与语法的分析来决定《远游》思想与屈子全部作品的统一性,不可分割,这才把世人轻率的理论彻底推翻"(见其《楚辞学论文集》所附《〈远游〉为屈子作品定疑》,《姜亮夫全集》第八册,第453页)。其实亦未必然,潘啸龙、张家英等学者已著文驳之。

"形式化的",不包含"相信的活动"①。其二,从核心比照系统所利用的传统要素来看,在作为该系统背景的原始神话中,神与人是异己的存在,人可以经巫觋跟神沟通,但不管是普通人还是巫,都不能变成神明;这是屈作背景存在中人—神关系在本质上的规定性。

屈作之内涵异常丰富,观照屈作的视角也非常之多,这里只针对《远游》提挈上述两个层面②。其中第一个层面凸显了屈原、屈作的理性精神及艺术特质,第二个层面则凸显了屈原、屈作所超越的原始传统的规定性。

笔者之所以说《远游》绝非屈子所作,是因为它全部核心观念都不能从比照系统来解释,即不能与该系统建构合理的关联。

《远游》始终贯穿着人可以成仙的观念和信仰,其主体内容便是追求仙这种超越性的境界。

比如《远游》云:

> 内惟省以端操兮,求正气之所由。
> 漠虚静以恬愉兮,澹无为而自得。
> 闻赤松之清尘兮,愿承风乎遗则。
> 贵真人之休德兮,美往世之登仙。
> 与化去而不见兮,名声著而日延。

周拱辰《离骚草木史》曰:"虚静恬淡,端求正气,乃仙家真乘也。"蒋骥《注楚辞》说,"内惟省以端操兮,求正气之所由"两句,是说"反己自修","求正气以度世",乃"求气者所以炼形而归神,神仙

---

① 德国学者卡西尔认为,神话"总是暗含一种相信的活动","没有对它的对象的实在性的相信,神话就会失去它的根基"(参阅〔德〕恩斯特·卡西尔《人论》,上海译文出版社1985年版,第96页)。

② 这两方面的内容,笔者在《屈原及其诗歌研究》一书中已有详细论说,这里无须重复,读者可径直参阅该书第一章"超越与承继:屈原诗歌与原始传统"。

之要诀也"。文中提及的"赤松"即赤松子。葛洪《神仙传》卷二云：

> 黄初平者，丹溪人也。年十五，家使牧羊，有道士见其良谨，便将至金华山石室中，四十余年，不复念家。其兄初起，行山寻索初平，历年不得。后见市中有一道士，初起召问之曰："吾有弟名初平，因令牧羊，失之四十余年，莫知死生所在，愿道君为占之。"道士曰："金华山中有一牧羊儿，姓黄字初平，是卿弟非疑。"初起闻之，即随道士去求弟，遂得相见。悲喜语毕，问初平羊何在。曰："近在山东耳。"初起往视之，不见，但见白石而还，谓初平曰："山东无羊也。"初平曰："羊在耳，兄但自不见之。"初平与初起俱往看之。初平乃叱曰："羊起！"于是白石皆变为羊，数万头。初起曰："弟独得仙道如此，吾可学乎？"初平曰："唯好道，便可得之耳。"初起便弃妻子，留住就初平学，共服松脂茯苓。至五百岁，能坐在立亡，行于日中无影，而有童子之色。后乃俱还乡里，亲族死终略尽，乃复还去，初平改字为赤松子，初起改字为鲁班。其后服此药得仙者数十人。

此为赤松服药得仙的一种传说。闻一多据《列仙传》谓赤松"能入火自烧"，断言《远游》称赤松"化去而不见"，有鲜明的"火化的痕迹"①。其说殆误。"能入火自烧"明切指赤松成仙后的异能，乃庄子谓真人"入火不热"（《庄子·内篇·大宗师》）、神人"大旱金石流土山焦而不热"（《庄子·内篇·逍遥游》）的演化。而《远游》所谓"化去而不见"乃是指成仙者"形解销化"，《史记·封禅书》记齐威宣、燕昭时，燕人宋毋忌等"为方仙道，形解销化，依于鬼神之事"，庶几近之。《远游》作者企慕长生久视的赤松子，表白自己

---

① 闻一多《神仙传》，《闻一多全集》第三卷，第138页。

"愿承风乎遗则",形式上与《离骚》"愿依彭咸之遗则"相同,实则与屈原追慕谏君不从、投水而死的殷贤大夫彭咸有天壤之别①。胡濬源已质疑道:"愿承赤松王乔遗则,则不从彭咸遗则矣,岂合屈子意?"(《楚辞新注求确》)

《远游》又云:

> 轩辕不可攀援兮,吾将从王乔而娱戏!
> 餐六气而饮沆瀣兮,漱正阳而含朝霞。
> 保神明之清澄兮,精气入而粗秽除。

"王乔"即王子乔,本周灵王太子,传说后来成仙,与上文所说赤松一样,为仙人之典范("轩辕"也是成仙者,下文再论)。《远游》作者宣扬和实践的仙术主要是辟谷行气,即以呼吸吐纳之法内修。所以王逸在"餐六气"句下注曰:"远弃五谷,吸道滋也。"主人公所餐"六气"指朝旦之气(朝霞)、日中之气(正阳)、日没之气(沦阴或曰飞泉)、夜半之气(沆瀣)、天之气以及地之气。王逸章句引《陵阳子明经》曰:"春食朝霞。朝霞者,日始欲出赤黄气也。秋食沦阴。沦阴者,日没以后赤黄气也。冬饮沆瀣。沆瀣者,北方夜半气也。夏食正阳。正阳者,南方日中气也。并天地玄黄之气,是为六气也。"《庄子·内篇·逍遥游》尝谓至人、神人、圣人"御六气之辩,以游无穷",晋李颐注"六气"说:"平旦为朝霞,日中为正阳,日

---

① 屈作核心比照系统七次提及彭咸:《九章·抽思》谓"望三五以为像兮,指彭咸以为仪",《九章·思美人》谓"独茕茕而南行兮,思彭咸之故也",《离骚》谓"愿依彭咸之遗则",又谓"吾将从彭咸之所居",《九章·悲回风》谓"夫何彭咸之造思兮,暨志介而不忘",又谓"孰能思而不隐兮,照彭咸之所闻",又谓"凌大波而流风兮,托彭咸之所居";屈子效法彭咸,绝无可疑。尤其值得注意的是,《远游》化用《离骚》语,而以赤松子替换彭咸,使本旨大异,绝非偶然、无谓之举。此外,彭咸投水之说古今疑者甚多,可屈子视野中的彭咸确系投水而死。相关考证,请参阅拙著《〈离骚〉三论》,《国学研究》第二十四卷,北京大学出版社2009年12月出版。

入为飞泉,夜半为沆瀣,天玄、地黄,为六。"(《经典释文》卷二十六)《远游》后文又谓主人公"吸飞泉之微液",洪补以为,"飞泉"即六气中日入之气。闻一多断言,"沦阴""飞泉",名异而实同①。则《远游》所言、王逸章句所引,与李颐《庄子》注是一致的。很明显,"餐六气""漱正阳""吸飞泉"数句,将上文所说作为"神仙之要诀"的"求正气"具体化了,故蒋骥在"餐六气"章下注云,"此求正气之始事也"。

《远游》所及仙术,行气外,还有服食。篇中叙主人公"吸飞泉之微液兮,怀琬琰之华英"(王逸注"怀琬琰"为:"咀嚼玉英,以养神也"),服药与行气明显是并行的。闻一多指出:"凡是药物,本都具有,或被想象为具有清洁作用。尤其植物(如菊、术等)的臭味,矿物(如玉、黄金、丹砂)等的色泽,都极容易连想到清洁,而被赋予以销毒除秽诸功能。少见而难得与形状诡异的自然物品(如芝菌、石乳等),都具有神秘性,也往往被认为有同祥效验。由于早就假定了浊与重为同一物质的两种德性,因之除秽便等于轻身,所以这些东西都成为仙药了。加之这些东西多生于深山中,山据说为神灵之所在,这些说不定就是神的食品,人吃了,自然也能乘空而游,与神一样了。最初是于日常饮食之外,加服方药。后人……提倡只食药,不食谷的办法,即所谓'避谷法'。"②

《远游》毕竟只是"文学"作品,其所及以行气服食来修仙的行为,当指示着更丰富的存在。

顾颉刚曾说:"'神'和'仙'的名词虽异,而他们的'长生不老'和'自由自在'的两个中心观念则没有什么两样。"③这一观点

---

① 闻一多《神仙考》注释39,《闻一多全集》第三卷,第157页。
② 闻一多《神仙考》,《闻一多全集》第三卷,第142—143页。案,该篇闻一多有自注云:"方药的名目甚多,如《抱朴子·仙药》篇所载,其中大概有不少是先秦传下的旧法。"(《闻一多全集》第三卷,第155页)
③ 顾颉刚《〈庄子〉和〈楚辞〉中昆仑和蓬莱两个神话系统的融合》,钱小柏编《顾颉刚民俗学论集》,上海文艺出版社1998年版,第46页。

大抵是成立的。可严格说来，中国传统中的"神—人"关系和"仙—人"关系仍有不同的实质。在前一信仰体系中，生人不可成"神"，在后一信仰体系中，生人则可成"仙"。就是说，"神"总意味着生人的终结（文王的现实生命终结了，才有《诗经·大雅·文王》说的"文王陟降，在帝左右"），"仙"则意味着生人的永恒。所谓登仙者形解销化不是说他已经死亡，而是说他遗弃或超越了形骸；上文引赤松子还乡，"亲族死终略尽"，无论在观念上还是在叙述上，"仙"都与俗世通常所说的"死终"截然对立。人可以成仙的信仰最早产生于沿海燕齐诸国；在传世典籍中，这一允诺较早地见于《庄子》（其详参见下文）。顾颉刚判断庄子接触了昆仑、蓬莱两种神话系统，屈原由于地理环境限制，仅仅接受了昆仑神话，故《离骚》《天问》《九歌》等诗中"没有一点儿仙人和蓬莱的成分存在"；《远游》完成了"一个极大的转变"，实现了昆仑神话跟蓬莱神话的融合①。这样说也不准确，屈原对于昆仑神话与其说是接受，毋宁说是超越；然而说《远游》与屈作核心比照系统相较为异端、为另类，则是无可置疑的。《远游》之出格就是它不被核心比照系统承认和接纳的根本原因——要而言之，"仙"的信仰和实践是《远游》的本质，却为屈作核心比照系统所无，可见两者绝对是异质的存在。

姜亮夫等学者试图以发展的观点，来解释将《远游》定为屈作的合理性，然而发展总有内在的逻辑。屈子约在怀王十年（前319）任左徒，此前任三闾大夫时尝作《橘颂》，是他现存最早的辞作。《惜诵》《抽思》《思美人》《惜往日》作于被怀王放逐汉北时，即怀王十六至十八年间（前313—前311）。《离骚》殆成于顷襄三年（前296）怀王客死秦国以后，并导致屈子被放逐到陵阳。《天问》《招魂》《悲回风》《哀郢》均作于陵阳时期；其中《哀郢》还可确

---

① 参阅顾颉刚《〈庄子〉和〈楚辞〉中昆仑和蓬莱两个神话系统的融合》，钱小柏编《顾颉刚民俗学论集》，第75、76、79页。

定成于这次被放的第九个年头,据笔者推断是顷襄十一年(前288)。《怀沙》《涉江》以及《九歌》组诗撰著于顷襄十一至二十一年间(前288—前278),即被迁放沅湘时期(屈子何时由陵阳一带转至沅湘流域,不能确知),是传世屈作中最晚的产品。屈子全部传世作品散布在三四十年的人生历程中,可它们本质上有极强的内在关联性。《远游》跟屈子各个阶段的作品都不存在任何本质上的绾合,相反还有根本的异趣。

屈子从根底上否弃了跟仙信仰有极大共通性的神的信仰(必须再次强调,对神的信仰仅仅是屈作的背景性存在,即主要只是影响了它的艺术表达形式),这一点顾颉刚似乎并未意识到,更未予以应有重视。屈子对原始神话传统的否弃集中于《天问》一辞,可从逻辑上说,唯先有这种否弃,神和神话才能在此前的《离骚》诸诗中被形式化——这意味着,《离骚》诸诗将神或神话形式化便蕴涵着对神和神话的否定。笔者曾详加论析,屈子否定神的实存性和神话的真实性,依据是它们不能如你所愿给你经验的感知或在场的验证①。仙又何尝不如此呢?秦始皇派出求仙人和不死之药者夥颐,毫无所获,徒见欺而已(事见《秦始皇本纪》);汉武变其本而加厉,然"求蓬莱安期生莫能得","齐人之上疏言神怪奇方者以万数,然无验者"(事见《封禅书》)。仙之所以求而不得,就是因为他作为信仰对象,实不能如你所愿地给你经验的感知。既然如此,照屈原的判断标准,仙及其衍射物就不可能是实存的或真实的。这是屈作核心比照系统对《远游》的第一重否定。

更进一步探究则可知,《远游》不惟与屈作核心比照系统异质,且与该系统所扬弃的传统即其背景性存在大相径庭。前文曾说,屈作背景性存在即神信仰中的核心关系是不可跨越的"人—神",《远游》仙信仰的核心关系则是可以贯通的"人→仙"。这两种信仰其实并非产生在同一个逻辑和历史层面上,从某种意义上

---

① 参阅拙著《屈原及其诗歌研究》第一章"超越和承继:屈原诗歌与原始传统"。

说,仙信仰是神信仰强烈世俗化的结果,其间经历了根本性的跨越。所以,对《远游》的不承认或排斥不仅来自屈原,而且来自屈原所超越的原始传统。

总之,在屈作核心比照系统面前,《远游》遭遇了双重否定,一定说它是屈子、屈作在后来的发展,则所谓"发展"只能是一种带有偏执性和强制性的虚拟。

《远游》跟屈作核心比照系统通体都散射着根本取向上的疏离:

根本之分裂歧出,使屈作和《远游》对社会人生问题有完全不同的因应。《离骚》云:"汩余若将不及兮,恐年岁之不吾与。朝搴阰之木兰兮,夕揽洲之宿莽。日月忽其不淹兮,春与秋其代序。惟草木之零落兮,恐美人之迟暮。"逝者如斯夫,不舍昼夜,屈原的因应是汲汲修德,急欲导君奋发有为。然《远游》云:"春秋忽其不淹兮,奚久留此故居?轩辕不可攀援兮,吾将从王乔而娱戏!……闻至贵而遂徂兮,忽乎吾将行。仍羽人于丹丘兮,留不死之旧乡。"同样面对时光流逝、人生短暂,《远游》作者的因应是汲汲修炼,追求出世成仙,以获得永生。屈作主人公在面对世俗压迫和抑挫时,百折不弯,宁死不屈。如《离骚》谓"虽体解吾犹未变兮,岂余心之可惩","阽余身而危死兮,览余初其犹未悔";《涉江》说"吾不能变心而从俗兮,固将愁苦而终穷。……余将董道而不豫兮,固将重昏而终身"。而《远游》主人公面对"时俗之迫阨",仍然选择了弃世求仙,冀望"超无为以至清兮(王逸章句:登天庭也),与泰初而为邻(王逸章句:与道并也)"。对生命或人生的所有问题,屈作均未显示出以成仙来因应的取向,也绝无这种可能,《远游》则把登仙作为唯一和终极的解决之道。也就是说,《远游》和屈作在对现世的认知上确实有相同之处,但这只是起点,其归依是完全不同的。洪补在《远游》"与泰初而为邻"之下加按语,云:"《骚经》《九章》皆托游天地之间,以泄愤懑,卒从彭咸之所居,以毕其志。至此章独不然,初曰'长太息而掩涕',思故国也,终曰'与泰初而为邻',则世莫知其所如矣。"《远游》与《离骚》《九章》等辞作根本就不是"一家"的,所以不可能说一家话。

根本之分裂歧出,又直接关联着主体对旧乡的不同认知和情感。《远游》云:"涉青云以泛滥游兮,忽临睨夫旧乡。仆夫怀余心悲兮,边马顾而不行。思旧故以想像兮,长太息而掩涕。"《离骚》云:"陟升皇之赫戏兮,忽临睨夫旧乡。仆夫悲余马怀兮,蜷局顾而不行。"二者看起来又是一致的,可实际上,眷念旧乡的情怀在《离骚》中止住了主人公行将远去的脚步,在《远游》中却并未影响主人公的遐举。故《远游》接下来就说:"泛容与而遐举兮,聊抑志而自弭。……超无为以至清兮,与泰初而为邻。"胡文英《屈骚指掌》解其意说:"既已遐举而犹复情牵,势必堕落,故抑遏其念旧之志,而自止其哀也。……与泰初为邻,则入乎未尝死未尝生之地,沉浊污秽,虽欲加之而无从矣。"《远游》云:"春秋忽其不淹兮,奚久留此故居?"《离骚》谓,"何琼佩之偃蹇兮,众薆然而蔽之。惟此党人之不谅兮,恐嫉妒而折之。时缤纷其变易兮,又何可以淹留",也说故国不可久留;《离骚》结尾"已矣哉,国无人莫我知兮,又何怀乎故都",字面上仍然是说应当离故都而远去。看来《远游》《离骚》两者又是一致的。然屈子本意只是说自己有必去国之势,有欲去国之心,然终不能胜其故国深情以实行之,即仆马亦含悲怀恋而不能去;其所谓"又何怀乎故都",乃针对自己可不怀而终不能不怀而言的,是自我究诘,正见出其故国深情。凡此均迥异乎《远游》对故乡的撇弃。《远游》的最终追求是,"绝氛埃而淑尤兮,终不反其故都"。屈子《哀郢》则说:"羌灵魂之欲归兮,何须臾而忘反。背夏浦而西思兮,哀故都之日远。"又说:"忽若去不信兮,至今九年而不复。"又说:"曼余目以流观兮,冀壹反之何时?鸟飞反故乡兮,狐死必首丘。信非吾罪而弃逐兮,何日夜而忘之?"屈子始终怀恋故都,虽被放多年,仍念念不忘回归,至死不改此志,跟《远游》之撇弃故都或俗世全然不同调。且《远游》云:"仍羽人于丹丘兮,留不死之旧乡。"王注解之曰:"因就众仙于明光也。丹丘,昼夜常明也。……遂居蓬莱,处昆仑也。"洪补说:"羽人,飞仙也。……留不死之旧乡,其仙圣之所宅乎﹂。屈子《离骚》说"既莫足与为美政兮,吾将从彭咸之所居",《怀沙》说"知死不可让,愿忽爱兮。明告君子,吾将以为类兮"。一者追随羽人,留不死之乡,一者追随自沉之彭咸,宁舍生而取义,一者以仙界为"旧乡"(则其视生于俗世为寄居矣),一者以去乡为"伤怀永哀",又可见屈作与《远游》不只不同调,而且正反对。其实在中国传统中,求仙、成仙永远意味着对俗世和旧乡的遗弃,俗世和旧乡在此岸,仙界则在彼岸。即使仙常活动于俗世之名山大川中,其存在的时空维度也跟俗世全然不同,上引赤松子传说就是极生动的例子(如谓初起、初平逾五百岁而有童子之色,行于日中而无影,还乡里而亲族死终略尽等等)。屈辞对旧乡的持守,跟作者没有仙信仰是密不可分的。

根本之分裂歧出,使屈作核心比照系统和《远游》拥有完全不同的实质形象①。屈作核心比照系统中的实质形象,有作为人君楷模的禹、汤、文、武、尧、舜等,有作为人君反面教材的桀、纣、启、太康、羿、浞、浇等,有遇合明君而为屈子歆羡的人臣,比如挚(伊尹)、咎繇(皋陶)、傅说、吕望、宁戚等,有屈子引为政教伦理楷模或同命运者,比如伯夷、鲧、彭咸、比干、伍子胥等;当然,在这几个方面还有指向相关群体的"前王""君子""前圣"以及"前修"。《远游》的实质形象,则是赤松、王乔、作为升仙者的傅说、韩众、轩辕,以及"真人"(或"至人")、"至贵""羽人"等。这再次凸显了二者根本关怀和取向的分背。

一言以蔽之,《远游》跟屈作核心比照系统的基本精神是格格不入的,与其背景性存在即该系统所否弃的原始传统亦较然有殊,二者在根本取向上的差异俯拾皆是。屈作核心比照系统对《远

---

① 所谓实质形象,指的是非表达形式层面的形象。对研读屈作来说,区分实质形象和表达形式层面的形象有极大的必要性。拙著《屈原及其诗歌研究》的核心是探究屈作表达形式层面的形象,本书则以探究屈辞实质形象为核心,尤其集中于第二章论屈子历史视野部分。

游》的否定和排斥是双重的,也是全方位的。此外需要注意的是,在中国传统中,出世有不同的种类,或为长沮、桀溺般的避世(事见《论语·微子》),或为赤松、王乔之类的超世;前者归根结底仍停留于俗世中,有着跟俗世一样的时空维度,后者则不然,其存在时空是《远游》所谓的"不死之旧乡"("不死"凸显的是时间维度,"旧乡"表征的则是空间维度)。《远游》之出世,显然不可用"在洞庭九疑的湖光山色之间逍遥自在去"来类比或界定,那种"逍遥自在"只是长沮、桀溺之流的避世。所以前引陆侃如之说仍然有商榷的余地。屈原及其作品连第一种出世的思想都没有,更不用说第二种了——其实在屈原那里,根本不存在滋生第二种超世思想与追求的种子。

第二节 《远游》道学根基及其对屈作核心比照系统的背离

与上一节的讨论密切相关,本节将从另外一个层面上揭示《远游》与屈作的异质性。

《庄》《老》道家学说影响了《远游》,这一事实前人已有所触及,可相关论析不准确、不完备,未能如实彰显这种影响的深度和广度。笔者的基本看法是,《庄》《老》道学是《远游》仙信仰体系的思想学术基源,《远游》是史上将《庄》《老》道学要素转换为仙术的经典案例(其详请参阅本章第四节)。再次形成鲜明对照的,是屈作绝无《庄》《老》道学观念。

《庄子》是较早允诺人可以升仙的重要典籍。其《外篇·天地》云:"夫圣人,鹑居而鷇食,鸟行而无彰(成疏:无踪迹而可见也);天下有道,则与物皆昌;天下无道,则修德就闲;千岁厌世,去而上仙,乘彼白云,至于帝乡;三患莫至,身常无殃……"其大意是,圣人像鸟一样居无定所,靠天而食,行如鸟而不留行迹,天下有道就跟万物一起昌盛,天下昏乱就修养德行,遁世隐居,活到千岁而厌倦世俗了,就升仙而去,乘白云,至天帝之乡,而不遭三患(其上文谓"多男子则多惧,富则多事,寿则多辱",所谓三患也),身体长无灾殃。《远游》主人公"掩浮云而上征",即相当于"乘彼白云";"仍羽人于丹丘兮,留不死之旧乡",即相当于"至于帝乡";其中登仙者超脱了"时俗之迫阨""人生之长勤",即相当于"三患莫至,身常无殃"。可见《远游》之仙观念、仙游方式以及空间,都与《庄子》有本质上的一致性。

《庄》《老》所论修持方式深刻影响了《远游》之仙术。上文所引"内惟省以端操"一段有"虚静""无为"之说,显然是承《庄》《老》之意而发展之。《庄子·外篇·天道》云:"夫虚静恬淡寂漠无为者,天地之平而道德之至,故帝王圣人休焉。休则虚,虚则实,实者伦矣。虚则静,静则动,动则得矣。静则无为,无为也则任事者责矣。无为则俞俞,俞俞者忧患不能处,年寿长矣。夫虚静恬淡寂漠无为者,万物之本也。明此以南乡,尧之为君也;明此以北面,舜之为臣也。以此处上,帝王天子之德也;以此处下,玄圣素王之道也。以此退居而闲游,江海山林之士服;以此进为而抚世,则功大名显而天下一也。静而圣,动而王,无为也而尊,朴素而天下莫能与之争美。"此《庄子》之倡言"虚静"者,乃合论帝王之术与圣人之道,融"进为而抚世"与"退居而闲游"为一体,其落实在后一层面上的"虚静"完全契合《远游》之仙术。传世《老子》第十六章云:"致虚极,守静笃,万物并作,吾以观复。夫物芸芸,各复归其根。归根曰静,是谓复命。复命曰常,知常曰明。不知常,妄作,凶。"此为《老子》之主论虚静者。凡此均为《远游》仙术之支撑。《庄子·内篇·逍遥游》云:"今子有大树,患其无用,何不树之于无何有之乡,广莫之野,彷徨乎无为其侧,逍遥乎寝卧其下。不夭斤斧,物无害者,无所可用,安所困苦哉!"《外篇·刻意》云:"夫恬惔寂漠虚无无为,此天地之平而道德之质也。故曰圣人休(休)焉。〔休〕则平易矣,平易则恬惔矣。平易恬惔,则忧患不能入,邪气不能袭,故其德全而神不亏。"传世《老子》第三十七章云:"道常无为而无不为,侯王若能守之,万物将自化。"第四十八章云:"为学日益,为道日损。损之又损,以至于无为。无为而无不为。"此《庄》《老》之昌言"无为"者,其落实到养生层面,与《远游》之仙术亦息息相通。很明显,在《庄》《老》和《远游》两个方面,"无为"与"虚静"均有内在联系,由《庄子·天道》"虚则静,……静则无为"及《远游》"漠虚静以恬愉兮,澹无为而自得"二语,已较然可见。

概括言之,《庄》《老》之"虚静""无为"兼进取与退守两种面向,可以之退居闲游,可以之进为抚世,可以之处上而为帝王天子,可以之居下而为素王玄圣,其中含有跟仙信仰尤为密迩的养生长寿之道,《远游》中作为仙术的"虚静"和"无为"主要就承继了这一层面。

《远游》中,登仙者名为"真人"或"至人""至贵"以及"羽人"。篇中说"贵真人之休德兮,美往世之登仙";又说"闻至贵而遂徂兮,忽乎吾将行。仍羽人于丹丘兮,留不死之旧乡"。

"真人"多见于《庄子》。其《内篇·大宗师》曰:"古之真人,……登高不栗,入水不濡,入火不热。是知之能登假于道者也若此。"胡小石将"贵真人之休德"一语,溯源至《史记·秦始皇本纪》所载卢生说始皇曰:"真人者,入水不濡,入火不爇,陵云气,与天地久长。"①由《远游》仙观念跟《庄子》有整体性关联来看,这一判断并不适当(卢生之说其实亦本于《庄子》)。洪补谓《远游》此语之"真人",一本作"至人"。而"至人"亦常见于《庄子》。如其《内篇·齐物论》曰:"至人神矣!大泽焚而不能热,河汉冱而不能寒,疾雷破山〔飘〕风振海而不能惊。若然者,乘云气,骑日月,而游乎四海之外。死生无变于己,而况利害之端乎!"作为现世人生的最高憧憬,《庄子》中"知之能登假于道"的"真人""至人""神人"或"圣人"已蕴含了仙人的部分特质。顾颉刚就说,《大宗师》

---

① 胡小石《〈远游〉疏证》,见《胡小石论文集》,上海古籍出版社1982年版,第94页。

之"真人"、《逍遥游》之"神人"等,"颇有仙人的意味"①。其实不止这些,《庄子·内篇·齐物论》《外篇·达生》《田子方》之"至人",以及《外篇·天地》之"圣人",亦莫不如此。成玄英疏解《逍遥游》"至人无己,神人无功,圣人无名"一语,说:"'至'言其体,'神'言其用,'圣'言其名。故就体语'至',就用语'神',就名语'圣',其实一也。诣于灵极,故谓之'至';阴阳不测,故谓之'神';正名百物,故谓之'圣'也。"不应忽视的是,《庄子》体系中的"真人"也往往有与"至人""神人""圣人"一致的内涵。闻一多曾说:"《庄子》中的'神人''真人''至人''大人',都是指的神仙,庄子只是把他们加以理性化罢了。"②这里的逻辑过于粗疏。"理性化"是一个不可轻忽的关键,正因为有这种"理性化",《庄子》中的"神人""真人""至人"等不能理解为通常所说的"神仙"。《庄子》此类人格,至《远游》方变为"登仙"之"真人",道学向神仙学演化呈现出鲜明的轨迹;《远游》中的"真人"等等才是指神仙。《远游》谓修仙者之异相,云:"玉色頩以脕颜兮,精醇粹而始壮。质销铄以汋约兮,神要眇以淫放。"这与《庄子》中神人或闻道修行者生就异相,至少也有相通之处。《逍遥游》谓姑射山神人"肌肤若冰雪,(绰)〔淖〕约若处子",《大宗师》谓女偊修道,"年长矣"而"色若孺子"等等,殆均为《远游》取资。

《远游》之"至贵"亦源于《庄子》,王逸释为"彼王侯",完全不着边际。《庄子·外篇·在宥》云:"夫有土者,有大物也。有大物者,不可以物。物而不物,故能物物。明乎物物者之非物也,岂独治天下百姓而已哉!出入六合,游乎九州,独往独来,是谓独有。独有之人,是谓至贵。"这里的"至贵",仍是兼论治理天下百姓之道,但其"出入六合,游乎九州,独往独来",岂不就是《远游》歆慕

---

① 参阅顾颉刚《秦汉的方士与儒生》,上海古籍出版社2005年版,第9页。
② 郑临川述评《闻一多论古典文学·论〈楚辞〉》,重庆出版社1984年版,第52—53页。

张扬的登仙之游吗？其"不可以物"而"能物物"的境界,亦类同于《远游》之仙,不过表述得更加形而上罢了。

《远游》标举了一系列登仙者,诸如傅说、轩辕(黄帝)、冯夷、颛顼等。如谓:"奇傅说之托辰星兮,羡韩众之得一。……轩辕不可攀援兮,吾将从王乔而娱戏!……使湘灵鼓瑟兮,令海若舞冯夷。……轶迅风于清源兮,从颛顼乎增冰。"傅说托星辰,以及黄帝、冯夷、颛顼升仙诸事,均见于《庄子·内篇·大宗师》:

> 夫道……神鬼神帝,生天生地;……冯夷得之,以游大川;……黄帝得之,以登云天;颛顼得之,以处玄宫;……傅说得之,以相武丁,奄有天下,乘东维,骑箕尾,而比于列星。

成玄英解傅说事,云:"傅说,星精也。而傅说一星在箕尾上,然箕尾则是二十八宿之数,维持东方,故言'乘东维,骑箕尾';而与角亢等星比并行列,故言'比于列星'也。"解黄帝事,云:"黄帝,轩辕也。采首山之铜,铸鼎于荆山之下,鼎成,有龙垂于鼎以迎帝,帝遂将群臣及后宫七十二人,白日乘云驾龙,以登上天,仙化而去。"解冯夷事,云:"姓冯,名夷,弘农华阴潼乡堤首里人也,服八石,得水仙。大川,黄河也。天帝锡冯夷为河伯,故游处盟津大川之中也。"解颛顼事,云:"颛顼,(皇)〔黄〕帝之孙,即帝高阳也,亦曰玄帝。年十二而冠,十五佐少昊,二十即位。采羽山之铜为鼎,能召四海之神,有灵异。年九十七崩,得道,为北方之帝。玄者,北方之色,故处于玄宫也。"这些解释未必全得庄子本旨,但应不失大要。《大宗师》和《远游》在这一系列形象或言取向之表征上高度叠合,是毫无疑义的,也是令人惊奇的。

"得一"之说见于传世《老子》第三十九章,所谓:"昔之得一者,天得一以清,地得一以宁,神得一以灵,谷得一以盈,万物得一以生,侯王得一以为天下贞。""得一"实即得道。在《庄》《老》道学体系中,道是无与并列的终极存在,是真正的"一"。传世《老子》第四十二章谓,"道生一,一生二,二生三,三生万物";"一"是"道"向"万物"落实而距"道"最近的一个阶段。《说文解字·一部》释"一"云:"惟初太始,道立于一,造分天地,化成万物。"道不仅是天地万物的唯一创生者即本源性的一,就其存在特性而言也是名副其实的一:首先,天地万物均不能以自身为根本,不具有终极性,而道则"自本自根"(《庄子·内篇·大宗师》)。其次,天地万物都有空间上的有限性,彼此之间都有伦际,即都有空间上的边际性,道则无限、包容万有而"与物无际"。《庄子·内篇·大宗师》谓道"在太极之先而不为高,在六极之下而不为深",是其无限;《外篇·天道》说道"于大不终,于小不遗,……广广乎其无不容",是其包容万有;《外篇·知北游》则说"物物者与物无际",是其具备独特的空间特性。再次,天地万物都有始终即有时间上的边际性,而道则是永恒。故《大宗师》谓,夫道,"未有天地,自古以固存,……先天地生而不为久,长于上古而不为老";《知北游》云"谓盈虚衰杀,彼为盈虚非盈虚,彼为衰杀非衰杀,彼为本末非本末,彼为积散非积散也";《外篇·秋水》则谓"道无终始,物有死生"。凡此均可见道具备独特的时间特性。无论从哪一方面说,道都是真正的一。《远游》"傅说之托辰星"与"韩众之得一",在《庄》《老》道学背景上是深刻相通的,且有共同的本源。

综上所论,作为《远游》核心的仙观念、仙人格及其对现世局限性的超越、其仙游方式与空间等,均密切关联着《庄》《老》道家学说。

《远游》仙观念还直接承袭了《庄》《老》道学的核心——作为本体的"道",同时承袭了其"登假于道"的方式。

《远游》云:

道可受兮,不可传。
其小无内兮,其大无垠。
无滑而魂兮,彼将自然。

第七章 论《远游》非屈原所作及其创作时期、历史渊源与实质

> 壹气孔神兮,于中夜存。
> 虚以待之兮,无为之先。
> 庶类以成兮,此德之门。

这一片段论得道成德之门径,王逸章句称之为"仙路径",朱熹集注则说,"盖广成子之告黄帝不过如此,实神仙之要诀也"。笔者要强调的是,这段话的思想几乎完全是从《庄子》来的,唯一小部分承继了《老子》。下文将细加剖释。

第一句说,"道可受兮,不可传"。《庄子·大宗师》尝谓,"夫道,有情有信,无为无形;可传而不可受,可得而不可见"。二者乍看相反,实则并无差异。洪补认为,《远游》是说道"可受以心,不可传以言语",《大宗师》是说道"可传以心,不可受以量数"。其说未必全对,但认定二者各有侧重而本旨相通、可互相发明,还是可取的。《远游》之"道可受"正是《大宗师》之"道……可得",《远游》之"道……不可传"则正是《大宗师》之"道……不可受(授)";《远游》之"受"指得到,《大宗师》之"受"指付与,在"可传而不可受"一语中,"传"和"受"是互明的。作为超越性的存在,道不能给人以经验感知,眼不能见之,耳不能闻之,肤不能感之,鼻不能嗅之等。故道虽"可传"(《大宗师》),却不能像有形质的物体那样付与或传授(《大宗师》谓道"不可受"、《远游》谓道"不可传"),道"可得"(《大宗师》)、"可受"(《远游》),却不能像有形质的物体那样获得(《大宗师》谓道"可得而不可见")。《远游》和《大宗师》其实均为此意。

次句谓"其小无内兮,其大无垠"。"无内"本于《庄子·杂篇·天下》,所谓:"惠施多方,其书五车,其道舛驳,其言也不中。历物之意,曰:'至大无外,谓之大一;至小无内,谓之小一……'"所谓"其小无内""其大无垠",是指道无所不包,无小而遗之者,亦无大而容不下者,换言之是指道之容物,向小者一面言没有尽头,向大者一面言没有止境。《庄子·大宗师》说道"在太极之先而不

为高,在六极之下而不为深",《天道》篇称,"夫道,于大不终,于小不遗,故万物备。广广(旷旷)乎其无不容也,渊乎其不可测也",其意为《远游》此数语所本。"其大无垠""其小无内",与"于大不终,于小不遗",连话语形式都十分接近。在《庄》《老》道学体系中,道作为万物终极性的本源,其存在是真正的无限,万物无论大小高下皆为道所不遗。这又是道与其他事物的不同特质。道若有所偏执和去取,便沦降而与万物并矣。

次句谓"无滑而魂兮,彼将自然",大旨是说要持守内在本然的精神宁静。此语显然源自《庄》《老》道学的修持之术。《庄子·外篇·天道》曾说:"知天乐者,其生也天行,其死也物化。静而与阴同德,动而与阳同波。故知天乐者,无天怨,无人非,无物累,无鬼责。故曰:其动也天,其静也地,一心定而王天下;其鬼不祟,其魂不疲,一心定而万物服。言以虚静推于天地,通于万物,此之谓天乐。"《外篇·刻意》云:"圣人之生也天行,其死也物化。静而与阴同德,动而与阳同波。不为福先,不为祸始。感而后应,迫而后动,不得已而后起。去知与故,循天之理。故无天灾,无物累,无人非,无鬼责。其生若浮,其死若休。不思虑,不豫谋。光矣而不耀,信矣而不期。其寝不梦,其觉无忧。其神纯粹,其魂不罢。虚无恬惔,乃合天德。"《庄子》主张追求和修持天乐,使精魂超越俗世的偏执、争竞和计较,而获得安泰和轻松。《庄子·内篇·德充符》云:"死生存亡,穷达贫富,贤与不肖毁誉,饥渴寒暑,是事之变,命之行也;日夜相代乎前,而知不能规乎其始者也。故不足以滑和,不可入于灵府。使之和豫通而不失于兑;使日夜无郤而与物为春……"精魂不为一切事之变、命之行所动,这是《德充符》塑造的哀骀它所达到的境界,也是《远游》主人公的期求。《德充符》指言事之变命之行"不足以滑和,不可入于灵府",《远游》篇谓"无滑而魂",二者无论意涵还是话语,均高度一致(成疏谓"滑和"指"乱于中和之道",殊不切当,"和"与下句之"灵府"相贯,必是指向内心或精神;至于郭注成疏解"灵府"为"精神之宅",成疏又申之曰"所谓心也",则毫无疑义);《天道》《刻意》篇张扬"其魂不罢"之天乐或天德,也是类似的意指和表达。

　　《庄子》一书中,相关材料还有很多。如其《外篇·天地》云:"且夫失性有五:一曰五色乱目,使目不明;二曰五声乱耳,使耳不聪;三曰五臭熏鼻,困惾中颡;四曰五味浊口,使口厉爽;五曰趣舍滑心,使性飞扬。此五者,皆生之害也。"其《外篇·缮性》云:"缮性于俗,(俗)〔□〕学以求复其初;滑欲于俗,思以求致其明:谓之蔽蒙之民。"其《外篇·田子方》云:"草食之兽不疾易薮,水生之虫不疾易水,行小变而不失其大常也,喜怒哀乐不入于胸次。夫天下也者,万物之所一也。得其所一而同焉,则四支百体将为尘垢,而死生终始将为昼夜而莫之能滑,而况得丧祸福之所介乎!"其《杂篇·庚桑楚》云:"备物将以形,藏不虞以生心,敬中以达彼,若是而万恶至者,皆天也,而非人也,不足以滑成,不可内于灵台。"①举凡以"滑心"为生之害,以"滑欲"为蔽蒙,倡言不为喜怒哀乐死生终始所"滑"、不为非人所为的天时运命"滑成",均可见《庄子》道学对"与物为春"之内心和美极其重视,刻意持守。其《内篇·大

---

① 《庚桑楚》之"滑成"相当于《德充符》之"滑和","不可内于灵台"相当于《德充符》之"不可内于灵府"("灵台""灵府"均指心),则"成""和"显然同义。二字于《庄子》中或单用,或合用。《德充符》谓:"平者,水停之盛也。其可以为法也,内保之而外不荡也。德者,成和之修也。"此"成""和"二字之合用者,意指和合或调和。《德充符》以此种境界,解释哀骀它"未尝有闻其唱者也,常和人而已矣。无君人之位以济乎人之死,无聚禄以望人之腹。又以恶骇天下",却能使"雌雄合乎前","丈夫与之处者,思而不能去也。妇人见之,请于父母曰'与为人妻宁为夫子妾'者,十数而未止也",则"成和"指和合断无可疑。郭象解"德者,成和之修也"一语,云,"事得以成,物得以和,谓之德也",单依《庚桑楚》以"滑成"替换《德充符》之"滑和",即可知其错谬。《庄子·外篇·田子方》云:"至阴肃肃,至阳赫赫;肃肃出乎天,赫赫发乎地。两者交通成和而物生焉,或为之纪而莫见其形。"此"成和"显指和合调和,可证成《德充符》之意(唯《德充符》"成和"、《庚桑楚》"滑成"之"成",均为名词,《田子方》之"成和"二字均为动词),成疏解之为"二气交通,遂成和合",未得"成"字本旨。《文子·上仁》云:"积阴不生,积阳不化,阴阳交接,乃能成和。"《淮南子·氾论》谓:"积阴则沉,积阳则飞,阴阳相接,乃能成和。"殆均与《田子方》同意。

宗师》谓子舆有病,"曲偻发背,上有五管,颐隐于齐,肩高于顶,句赘指天,阴阳之气有沴",然"其心闲而无事",以"安时而处顺,哀乐不能入"之"县解"自期;子来有病,喘喘然将死,然以天地为大炉,以造化为大冶,以自身为大冶熔铸之金,自谓"恶乎往而不可哉"。凡此之类,均具体生动地张扬极富超越性的内心和美。

要之,《远游》在仙术层面上倡言"无滑而魂",是沿《庄子》这一路径前进的自然结果。

又次二语所言"壹气孔神""虚以待之",乃本源于《庄子·内篇·人间世》的核心范畴"心斋",所谓:"若一志,无听之以耳而听之以心,无听之以心而听之以气。(听)〔耳〕止于(耳)〔听〕,心止于符。气也者,虚而待物者也。唯道集虚。虚者,心斋也。"此文前半殆有节略,完整的意思应包含从"一志"到"一气"、从"听之以心"到"听之以气"两个互相关联的递进,"一气"的环节被省略了;即其前半之完整意思为:若一志,无听之以耳而听之以心,若一气,无听之以心而听之以气(由"一志"到"一气",相贯而有递进之关系)。虽然道无所不包无所不在,主体对道的自觉与合一却不是必然的。《人间世》和《远游》都宣讲主体对道达成自觉与合一的门径,后者无论意涵和话语都基于前者,具体说来就是,"壹气"基于心斋说之前半,"虚以待之"基于心斋说之后半。胡小石将《远游》之"壹气"溯源至传世《老子》第十章之"专气致柔,能婴儿乎",将"孔神"溯源至传世《老子》第二十一章之"孔德之容,惟道是从",将"虚以待之"溯源至传世《老子》第十六章之"致虚极,守静笃"①,殆因皮傅而张冠李戴。

除此之外,《庄子·内篇·大宗师》云:"南伯子葵问乎女偊曰:'子之年长矣,而色若孺子,何也?'曰:'吾闻道矣。'南伯子葵曰:'道可得学邪?'曰:'恶!恶可!子非其人也。夫卜梁倚有圣人之才而无圣人之道,我有圣人之道而无圣人之才,吾欲以教之,

---

① 胡小石《〈远游〉疏证》,《胡小石论文集》,第96页。

庶几其果为圣人乎！不然,以圣人之道告圣人之才,亦易矣。吾犹守而告之,参日而后能外天下;已外天下矣,吾又守之,七日而后能外物;已外物矣,吾又守之,九日而后能外生;已外生矣,而后能朝彻(成疏:死生一观,物我兼忘,惠照豁然,如朝阳初启,故谓之朝彻也);朝彻,而后能见独(成疏:夫至道凝然,妙绝言象,非无非有,不古不今,独往独来,绝待绝对。睹斯胜境,谓之见独);见独,而后能无古今;无古今,而后能入于不死不生。杀生者不死,生生者不生。其为物,无不将也,无不迎也;无不毁也,无不成也。其名为撄宁。撄宁也者,撄而后成者也。'"此处之"朝彻"当亦与《远游》"壹气孔神兮,于中夜存"相关,可互相发明。王夫之《楚辞通释》解《远游》"虚以待之"句,云:"中夜自生之妙,不可以有心先为将迎,惟虚静而俟其至,如初月之受光,日自来映。"这基本上是以《大宗师》"朝彻"之理来注《远游》,颇善于贯通。《大宗师》言守道有利于生("年长矣,而色若孺子"),原本主要是就养神而言的;其所谓"不死不生"殆亦主要是一种超越于生死偏执的精神,与《人间世》"虚而待物"之"虚"颇为一致。而这些均被《远游》从修仙层面上接受了,于是养神之术变而为修仙之方,"不死不生"变而为超越性的实存亦即仙。

此二语又谓"无为之先",这种观念仍然是源自《庄》《老》。传世《老子》第七章云:"天长地久。天地所以能长且久者,以其不自生,故能长生。是以圣人后其身而身先,外其身而身存。非以其无私邪？故能成其私。"第六十六章:"江海所以能为百谷王者,以其善下之,故能为百谷王。是以欲上民,必以言下之;欲先民,必以身后之。是以圣人处上而民不重,处前而民不害,是以天下乐推而不厌。以其不争,故天下莫能与之争。"从观念上说,这些材料都有"无为之先"的意思,可能都影响了《远游》。上引《庄子·刻意》谓圣人"感而后应,迫而后动,不得已而后起",乃是从养神层面上谈"无为之先",应当更接近《远游》的修仙之术。

《远游》结尾云:"超无为以至清兮,与泰初而为邻。"这也承袭了道家学说,可以说是从道的本体高度上来解释仙(篇中以"得一"者为仙,亦有此意),王逸解后句为"与道并也",是十分切当的。反归"泰初"的思想,《庄子》书中多见。其《外篇·天地》曰:"泰初有无,无有无名;一之所起,有一而未形。物得以生,谓之德;未形者有分,且然无间,谓之命;留动而生物,物成生理,谓之形;形体保神,各有仪则,谓之性;性修反德,德至同于初。同乃虚,虚乃大。合喙鸣。喙鸣合,与天地为合。其合缗缗,若愚若昏,是谓玄德,同乎大顺。"此处之"泰初"既指历时性的原点,又引申指道(彼时唯道存在),"性修反德,德至同于初"是指修性返"德"进而与道合一,而非指回归历时的原点。成疏解此章后数句云:"至其德处,同于太初。同于太初,心乃虚豁;心既虚空,故能包容广大。……言既合于鸟鸣,德亦合于天地。天地无心于覆载,圣人无心于言说,故与天地合也。……圣人内符至理,外顺群生,唯迹与本,罄无不合,故曰缗缗。是混俗扬波,同尘万物,既若愚迷,又如昏暗。……如是之人,可谓深玄之德,故同乎太初,大顺天下也。"录此以作参考。《庄子·外篇·秋水》尝评庄子曰:"且彼方跐黄泉而登大皇,无南无北,奭然四解,沦于不测;无东无西,始于玄冥,反于大通。"此"反于大通"亦指返回到无所不通的大道。《远游》在"道"与主体之间也有"德"这一层次("庶类以成兮,此德之门");由修"德"而获得提升,最终与道为邻,成了《远游》对"仙路径"的最高解释。

除以上所论各项外,《远游》与《庄》《老》道家学说还有很多关联。比如《远游》云:"惟天地之无穷兮,哀人生之长勤。往者余弗及兮,来者吾不闻。"作者于"往者""来者"之观念全同于庄子。《庄子·人间世》说:"孔子适楚,楚狂接舆游其门曰:'凤兮凤兮,何如德之衰也!来世不可待,往世不可追也……'"《人间世》和《远游》都说往者、来者皆无可把握。而《论语·微子》记载:"楚狂接舆歌而过孔子曰:'凤兮!凤兮!何德之衰?往者不可谏,来者犹可追。已而,已而!今之从政者殆而!'孔子下,欲与之言。趋而辟之,不得与之言。"这里接舆说的是往者不可挽回、来者犹可把握,殆更接近历史的真实,《人间世》之寓言即由此事化出。以《论语》作参照,更可知《远游》是继承了《庄子》。而恰恰是世俗生命这种有限性和不确定性,充当了《远游》主人公求仙的基础。另外《远游》云:"山萧条而无兽兮,野寂漠其无人。载营魄而登霞兮,掩浮云而上征。""载营魄"一语出自传世《老子》第十章,所谓:"载营魄抱一,能无离乎?"朱熹《楚辞辩证下》考其义甚详,兹不具引。

以上所揭大量事实有力地证明,《远游》与《庄》《老》道学具有体系上的关联。可是在屈作核心比照系统中,这种关联连影子都没有。这是巨大的差异,问题不在于量,而在于质。这种差异所指示的历史真相是我们必须正视的。简单地说这里涉及三个考察对象:一是《远游》,二是屈作核心比照系统,三是由《庄》《老》表征的道家学说;其中,《远游》与屈作、屈作与《庄》《老》道学均无实质关联,《远游》与《庄》《老》道学却存在体系化的实质性的缔合,若《远游》为屈子所作,这些事实完全无法合理地解释。

更何况,《庄》《老》道学及《远游》的修持之术绝不是屈子所能实行的。比如,它们主张修持神魂不疲的宁静,"无滑而魂"。就这一点,屈子又如何能够做到呢?除撰著《橘颂》的那一时期,屈子始终都无法达成内心的平和。他被放汉北时尝作《抽思》,云:"惟郢路之辽远兮,魂一夕而九逝。曾不知路之曲直兮,南指月与列星。愿径逝而未得兮,魂识路之营营。"在被放陵阳时尝作《哀郢》,云:"羌灵魂之欲归兮,何须臾而忘反。"其他如《离骚》以及《九章》除《橘颂》以外的其他诗篇、《天问》等,都凸显了屈子内心极强烈的骚动和不安。梁启超说:"司马光谓屈原'过于中庸,不可以训',故所作《通鉴》,削原事不载。屈原性格诚为极端的,而与中国人好中庸之国民性最相反也。而其所以能成为千古独步之大文学家亦即以此。彼以一身同时含有矛盾两极之思想:彼对于现社会极端的恋爱,又极端的厌恶。彼有冰冷的头脑,能剖析哲理，又有滚热的感情，终日自煎自焚。彼绝不肯同化于恶社会，其力又不能化社会，故终其身与恶社会斗，最后力竭而自杀。彼两种矛盾性日日交战于胸中，结果所产烦闷至于为自身所不能担荷而自杀。彼之自杀，实其个性最猛烈最纯洁之全部表现。非有此奇特之个性，不能产此文学；亦惟以最后一死，能使其人格与文学永不死也。"① 基本上终生都处在这样一种精神状态的屈原，与《庄》《老》道学和《远游》仙观念以事之变命之行"不足以滑和，不可入于灵府"以及"无滑而魂"自许且诲人，绝对是不可调和的。

第三节　《远游》创作时期：基于文学史线索的论析

在传世辞作中，语词和语意的重复比比皆是，这里简单地称之为"复"（此处所谓"语意"侧重于指语词的字面意图或曰形式意图，未必就是作者的实际所指）。很明显，屈作内部已经形成这种现象了；宋玉之后，辞家好规模因袭，往往踵其事而增华，变其本而加厉，在不同历史层次上的复因此比比是。这些复凸显了某些历史关联，蕴含了很多重要信息，为解决一系列学术史问题提供了历史机缘，然而学界此前给予的清醒反思不多，反往往被它们误导，殊为遗憾。就本章的核心论题而言，能否透过这种复把握真实的历史信息，至少关系到能否对《远游》作者与撰著时期做出正确的判断，而这显然会进一步影响楚辞研究的大局。

廖平《楚词讲义》之所以判断《离骚》《九章》《招魂》诸篇非屈子所作，一个重要依据就是所谓"词意重犯"或"文义重复"。其第六课讲《九章》，曾说："《楚词》之最不可解者莫过于词意重犯，一意演为数十篇，自来说者皆不能解此大惑，今定为秦始使博士作，如学校中国文一题而缴数十卷，以其同题，词意自不免于重犯。如《九章》乃九人各作一篇……"又说："《离骚》疑亦数人所作合为

---

① 梁启超《要籍解题及其读法》，《饮冰室合集》专集之七十二，第 79—80 页。

一篇,故其文义重复,自来说者皆不能贯通之。"其第十课讲《离骚》,又以文义自相重复,且与他篇意同而文字小异,力言《离骚》为始皇使众博士作:"题目则同,所以如此重犯,汇集诸博士之作成此一书,如学堂课卷,则不厌雷同。"其第二课讲《招魂》《大招》,则称"《招魂》一博士作,《大招》又一博士作"。后来,刘永济考察《思美人》与《离骚》《惜诵》《抽思》《怀沙》《涉江》《湘君》《九辩》诸诗之关联,尝列数十例,论证该篇乃"杂取屈赋各篇辞意而成",其杂取之法,"有径袭其辞者,有袭其意而变其辞者,有仍其意而增饰之者",总之乃"后人拟屈之作"①。这种观点和论证方式毫无疑问是错误的。认为同一作者不使用复只是想当然的简单化的设定;仅仅据作品各部分或作品之间用复,不足以确证该篇或相关诸篇出于多人之手(如谓《离骚》汇集诸博士之作,《九章》为九人作等等),当然也不足以确证多篇作品出于一人之手(如依《招魂》《大招》前半部相复而认定其作者为一人)。廖平、刘永济之所以判断失误,原因就在于他们未意识到作这种判断需要其他更强有力的依据。不过他们的论说在学术史上仍有一定意义,那就是凸显了两个不能不解决的问题:如何把握屈作内部之复,以及如何把握屈作与他人作品之复。解决了这些问题,才能正确理解一系列具体作品。

实际上,王世贞早就指出:"《骚》辞所以总杂重复,兴寄不一者,大抵忠臣怨夫恻怛深至,不暇致诠,亦故乱其叙,使同声者自寻,修隙者难摘耳。"(《艺苑卮言》卷一)又说:"杂而不乱,复而不厌,其所以为屈乎?"(《艺苑卮言》卷二)钱澄之评屈辞,则说:"吾尝谓其文如寡妇夜哭,前后诉述,不过此语,而一诉再诉。盖不再诉不足以尽其痛也。"(《楚辞屈诂自引》)陈子展反驳刘永济时,亦

---

① 参阅刘永济《〈思美人〉乃杂取屈赋各篇辞意而成者》,《屈赋通笺 笺屈余义》,第235—238页。刘永济认为《九辩》之作者为屈原而非宋玉,亦显然不当。

谓"辞有重复,恰是屈赋独有的一种特色"①。从创作主体自身之缘由来说,屈作语词语意之复,乃基于诗人数十年遭受疏远和放逐的生存状态与其内心数十年不解的郁结以及不渝的坚持。既有这种现实处境和情志,诗人惜诵以致愍,发愤以抒情,辞意自会繁复,辞意多复自然成为他艺术创造的特质。笔者曾经论析:"在艺术上,屈作有一个鲜明的特点,即接近人类的童年时代,呈现出跟童话相似的二重性:其内容和表现模式相对单一,具体表现则异常繁复,如花团锦簇一般(自然,繁复不等于冗赘或混乱无序,屈作的内在秩序感是十分强烈的)。"②

屈作之复有意复,有辞复。就大意言,《离骚》主人公以鸩鸠为媒,与《思美人》主人公求归鸟作媒,为复;《离骚》中高辛与主人公为情敌,以凤凰为媒求简狄,与《思美人》中高辛与主人公为情敌,以玄鸟为媒求简狄,为复(自然,主人公两求简狄亦为复)。《离骚》"曰黄昏以为期兮,羌中道而改路。初既与余成言兮,后悔遁而有他",与《抽思》"昔君与我成言兮,曰黄昏以为期。羌中道而回畔兮,反既有此他志",为复。组诗《九歌》中,《湘君》与《湘夫人》等等,或整体,或局部,亦均用复;古人或评之曰,"以后歌翻前歌,浅深互进,寓其非复似复之意与法焉"(黄文焕《楚辞合论·听复》)。这些复不限于一篇作品。至于一篇之中,《离骚》历叙主人公求宓妃、求简狄、求二姚、远逝求女,为复;主人公请灵氛占卜,又要巫咸降神,亦为复。《离骚》屡言采芳草为衣服饰物饮食,用复;前言"众芳之芜秽",后言众芳"变化",用复;言佩用复;言道路

---

① 陈子展《九章解题·〈思美人〉解》,《楚辞直解》,第594页。
② 参阅拙著《屈原及其诗歌研究》,第336页。俄国学者 V. 普罗普(Vladimir Propp,1895—1970)指出:"童话具有二重性:一方面,它千奇百怪,五彩缤纷,另一方面,它如出一辙,千篇一律。"(参阅〔英〕特伦斯·霍克斯《结构主义和符号学》,上海译文出版社1987年版,第66—67页)并参阅〔俄〕普罗普《故事形态学》所说:"神奇故事的双重特性:一方面,是它的惊人的多样性,它的五花八门和五光十色;另一方面,是它亦很惊人的单一性,它的重复性。"(中华书局2006年版,第18页)

亦用复①。《招魂》叙东、南、西、北、上天、幽都之可怕,互相为复。此其相对较大者。就其小者言之,《离骚》滋兰九畹、树蕙百亩为复,畦留夷与揭车、杂杜衡与芳芷亦为复。其间又有辞句全同或高度接近之复,如《橘颂》前曰"受命不迁",后曰"独立不迁",前曰"深固难徙",后又曰"深固难徙",前曰"独立不迁",后则曰"苏世独立"等。这些复呈现在一篇作品之内。凡此语词、物事有别而意指同趋一归之复,屈作中可谓俯拾皆是。黄文焕以为,楚辞之全部有"专复之四字、似复非复之四意,曰芳,曰玉,曰路,曰女","则尤读骚学骚者秘所当窥也"(《楚辞合论·听复》),其说良是②。屈辞所以"复而不厌",根本原因在于其复不是简单的"同一",相重相犯的各项实有极鲜明的"个性"。如果承认艺术创作和赏鉴的关键,在于对"个性"的捕捉和玩味,那么屈作的魅力就不言而喻了:在对本体的多元化的持续表现中,"个性"不断展现,使所指获得了多姿多彩的生动映像,把读者引向繁复多变的美丽中,而浏览无穷(当然,要把握诗人之所指,则应寻求诸多"个性"中共通和稳定的东西)。要之,"后人或以屈赋总杂、重复为病,或以为它重复就是伪作之证,都未免欠思考了"③。

那么能否基于《远游》与屈作核心比照系统也存在大量复,基于"惯于复用自己的文句正是屈原创作上的一种长技",来断定它为屈子所作呢④?不少学者不正是这么做的吗(参见下文论析)?如果不能的话,又如何解读这种现象传达的历史信息呢?

我们必须清醒地认识到,仅仅依据语词的一致性不能得出准确的结论,因为它反映的可能仅仅只是形式意图的相同或相近,未

---

① 参阅拙著《屈原及其诗歌研究》,第312—322页。
② 黄文焕《楚辞合论·听复》就《离骚》《远游》《天问》《卜居》《渔父》《惜诵》《思美人》《抽思》《涉江》《怀沙》《哀郢》《惜往日》《悲回风》诸篇,分析其"每篇用复"之表现,颇可参考。
③ 陈子展《〈九章〉解题·〈思美人〉解》,《楚辞直解》,第594页。
④ 陈子展便是这样做的,参阅所著《〈远游〉解题》,《楚辞直解》,第643页。

必具备实际所指的契合,而实际所指的契合才是形成判断的根本依据。所以面对楚辞——面对屈作以及它们影响的后代辞作,首先就要区分形式意图和实际所指。这里举一例以明之。《九章·思美人》云:"思美人兮,擥涕而伫眙。媒绝路阻兮,言不可结而诒。……愿寄言于浮云兮,遇丰隆而不将。因归鸟而致辞兮,羌迅高而难寓。"该片段的形式意图是,主人公愿托丰隆传语于美人,而丰隆不受命,愿请归鸟向美人转达情谊,却不及归鸟之迅高;其实际所指是,屈子冀望通过他人来调和自己跟国君的关系,却无法找到愿意并堪当此任者。其次,在区分了辞作形式意图和实际所指以后,还要清醒地认识到,属于同一系统的"复",可能在形式意图上有龃龉,在实际所指上却不会形成整体性的对立。这里也举一例以明之。《离骚》云:"吾令丰隆椉云兮,求宓妃之所在。解佩纕以结言兮,吾令謇修以为理。……吾令鸩为媒兮,鸩告余以不好。雄鸠之鸣逝兮,余犹恶其佻巧。"其形式意图是说,主人公使丰隆觅得宓妃,使鸩鸟、雄鸠为媒以求之,结果并不理想,甚至适得其反。这与上引《思美人》的形式意图(即丰隆不受主人公之命、主人公不能使唤归鸟)是截然相反的。可《离骚》这一片段,实际所指是说屈子冀望中间环节调和自己跟国君的疏离乖违,结果不如所愿,跟上引《思美人》的实际所指明显是一致而贯通的[①];从这种根本意义上说,两者都承载者同一系统的规定性。

这是一个不可偏离的基本认知:在形式意图上,《远游》与屈作核心比照系统确实有极高的一致性,然而只有在其实际所指与该系统高度一致时,我们才能确定它与屈作属于同一个系统。为使论述明晰,笔者先将《远游》与《离骚》《九章》《招魂》《九歌》诸诗在语句和形式意图上的关联,列为总表,之后再作分析。

[①] 对《思美人》《离骚》这两个片段的论析,参考拙著《屈原及其诗歌研究》第二章第二节"屈作'男女关系'模式"。

表7-1 《远游》与屈作关联总览

(一)《远游》与《离骚》

《远游》	《离骚》
惟天地之无穷兮,哀人生之长勤①②。	长太息以掩涕兮,哀民生之多艰①。
闻赤松之清尘兮,愿承风乎遗则①。	虽不周于今之人兮,愿依彭咸之遗则①。
绝氛埃而淑尤兮①,终不反其故都①。	驷玉虬以桀鹥兮,溘埃风余上征①。/何所独无芳草兮,尔何怀乎故宇?/已矣哉,国无人莫我知兮,又何怀乎故都①?
恐天时之代序兮,耀灵晔而西征(耀灵即太阳)。微霜降而下沦兮,悼芳草之先零。①	日月忽其不淹兮,春与秋其代序。惟草木之零落兮,恐美人之迟暮。①
聊仿佯而逍遥兮①②③,永历年而无成。	折若木以拂日兮,聊逍遥以相羊③。/欲远集而无所止兮,聊浮游以逍遥①。
高阳邈以远兮①,余将焉所程。	帝高阳之苗裔兮①,朕皇考曰伯庸。
春秋忽其不淹兮①②③,奚久留此故居?	日月忽其不淹兮③,春与秋其代序。①
春秋忽其不淹兮,奚久留此故居①?	何所独无芳草兮,尔何怀乎故宇?/已矣哉,国无人莫我知兮,又何怀乎故都。①
轩辕不可攀援兮,吾将从王乔而娱戏③!	既莫足与为美政兮,吾将从彭咸之所居③。
闻至贵而遂徂兮,忽乎吾将行①。	灵氛既告余以吉占兮,历吉日乎吾将行①。

续表

《远游》	《离骚》
仍羽人于丹丘兮,留不死之旧乡①。	陟升皇之赫戏兮,忽临睨夫旧乡①。
吸飞泉(六气中日入之气)之微液兮,怀琬琰之华英(王逸章句:咀嚼玉英,以养神也)。	朝饮木兰之坠露兮,夕餐秋菊之落英。／折琼枝以为羞兮,精琼爢以为粻。
朝濯发于汤谷兮②③,夕晞余身兮九阳(九阳,王逸解为天地之涯,洪补解为九日,后说为优)。①	夕归次于穷石兮,朝濯发乎洧盘(洧盘,神话中的水名,据说发源于崦嵫)③。①
载营魄而登霞兮,掩浮云而上征①②③。	驷玉虬以桀鹥兮,溘埃风余上征(王逸章句:溘,犹掩也)①③。
命天阍其开关兮,排阊阖而望予。①②	吾令帝阍开关兮,倚阊阖而望予。①③
召丰隆使先导兮①②,问大微(天庭)之所居。③	前望舒使先驱兮①,后飞廉使奔属。／吾令丰隆椉云兮,求宓妃之所在。③
集重阳入帝宫兮,造旬始而观清都。	溘吾游此春宫(东方青帝舍)兮,折琼枝以继佩。
朝发轫于太仪(天帝之庭)兮,夕始临乎于微间(东方之玉山)。①②③	朝发轫于苍梧兮,夕余至乎县圃。①③／朝发轫于天津兮,夕余至乎西极。
屯余车之万乘兮②③,纷溶与而并驰。驾八龙之婉婉兮③,载云旗之逶蛇②③。①	屯余车其千乘兮③,齐玉轪而并驰。驾八龙之婉婉兮③,载云旗之委蛇③。①

第七章 论《远游》非屈原所作及其创作时期、历史渊源与实质 493

续表

《远游》	《离骚》
服偃蹇以低昂兮,骖连蜷(长曲貌)以骄骜。	仆夫悲余马怀兮,蜷局顾而不行(王逸章句:蜷局,诘屈不行貌)。
骑胶葛以杂乱兮,斑漫衍而方行①。	纷总总其离合兮,斑陆离其上下①。
撰余辔而正策兮①,吾将过乎句芒(木官,东方之神)。	饮余马于咸池兮,总余辔乎扶桑①。
历太皓以右转兮①③,前飞廉(风伯)以启路②。	路不周以左转兮①③,指西海以为期。
历太皓以右转兮,前飞廉以启路(太皓,即东方之帝)①②。	前望舒使先驱兮,后飞廉使奔属①。/鸾皇为余先戒兮,雷师告余以未具。
风伯为余先驱兮①③,氛埃辟而清凉。	前望舒使先驱兮,后飞廉使奔属。/鸾皇为余先戒兮①③,雷师告余以未具。
凤皇翼其承旂兮②③,遇蓐收(西方之神)乎西皇(西方之帝少皞)。①	凤皇翼其承旂兮①③,高翱翔之翼翼。/麾蛟龙使梁津兮,诏西皇使涉予①。
叛陆离其上下兮①②③,游惊雾之流波。	纷总总其离合兮,斑陆离其上下①③。
嶜暧暳其曭莽兮①②③,召玄武而奔属。	时暧暧其将罢兮①③,结幽兰而延伫。
嶜暧暳其曭莽兮,召玄武(北方之神)而奔属①。	前望舒使先驱兮,后飞廉使奔属①。

续表

《远游》	《离骚》
路曼曼其修远兮②③,徐弭节而高厉。①左雨师使径侍兮①,右雷公以为卫。	路曼曼其修远兮①③,吾将上下而求索。/ 路修远以多艰兮,腾众车使径待(待,一本作侍)①。/ 抑志而弭节兮①,神高驰之邈邈。
内欣欣而自美兮,聊愉娱以自乐①②。	奏《九歌》而舞《韶》兮,聊假日以愉乐①。
涉青云以泛滥游兮,忽临睨夫旧乡③。②仆夫怀余心悲兮,边马顾而不行。②③思旧故以想象兮,长太息而掩涕②。泛容与而遐举兮,聊抑志而自弭②。①	陟升皇之赫戏兮,忽临睨夫旧乡③。仆夫悲余马怀兮,蜷局顾而不行。①③长太息以掩涕兮①,哀民生之多艰。/ 抑志而弭节兮①,神高驰之邈邈。
指炎神而直驰兮,吾将往乎南疑(王逸章句:将候祝融,与谘谋也)。	济沅湘以南征兮,就重华而陈词。
祝融戒而跸御(原作还衡,从一本)兮,腾告鸾鸟迎宓妃①。	吾令丰隆椉云兮,求宓妃之所在①。/ 鸾皇为余先戒兮①,雷师告余以未具。吾令凤鸟飞腾兮①,继之以日夜。/ 路修远以多艰兮,腾众车使径待①。
张《咸池》奏《承云》兮,二女御《九韶》歌。	奏《九歌》而舞《韶》兮,聊假日以愉乐。
历玄冥以邪径兮,乘间维以反顾①。	忽反顾以游目兮①,将往观乎四荒。/ 忽反顾以流涕兮,哀高丘之无女。

第七章 论《远游》非屈原所作及其创作时期、历史渊源与实质 495

续表

《远游》	《离骚》
召黔（嬴）〔嬴〕（黔嬴,天上造化之神）而见之兮,为余先乎平路①。	麾蛟龙使梁津兮,诏西皇使涉予。/乘骐骥以驰骋兮,来吾道夫先路①。
经营四荒兮,周流六漠①③。上至列缺兮,降望大壑（六漠,即六合。列缺,闪电所现云隙。大壑,传说中的归墟）。	忽反顾以游目兮,将往观乎四荒①。/览相观于四极兮,周流乎天余乃下①③。/及余饰之方壮兮,周流观乎上下①。/遭吾道夫昆仑兮,路修远以周流。

(二)《远游》与《九章》

《远游》	《九章》
往者余弗及兮,来者吾不闻。	吾怨往昔之所冀兮,悼来者之悠悠。（《悲回风》）
微霜降而下沦兮,悼芳草之先零。	何芳草之早殀兮,微霜降而下戒。（《惜往日》）
聊仿佯而逍遥兮,永历年而无成。	寤从容以周流兮,聊逍遥以自恃。（《悲回风》）
谁可与玩斯遗芳兮①,晨向风而舒情。	擥大薄之芳茝兮,搴长洲之宿莽。惜吾不及古人兮,吾谁与玩此芳草①?（《思美人》）
高阳邈以远兮,余将焉所程。	伯乐既没,骥焉程兮?（《怀沙》）重华不可遌兮,孰知余之从容!古固有不并兮,岂知何其故?汤禹久远兮,邈而不可慕。（《怀沙》）

续表

《远游》	《九章》
闻至贵而遂徂兮,忽乎吾将行③。	怀信侘傺,忽乎吾将行③!(《涉江》)
吸飞泉之微液兮,怀琬琰之华英(王逸章句:咀嚼玉英,以养神也)。	登昆仑兮食玉英,与天地兮同寿,与日月兮齐光。(《涉江》)
阳杲杲其未光兮,凌天地以径度。	凌阳侯之泛滥兮,忽翱翔之焉薄?(《哀郢》) 凌大波而流风兮,托彭咸之所居。(《悲回风》)
历玄冥以邪径兮,乘间维以反顾③。	乘鄂渚而反顾兮③,欸秋冬之绪风。(《涉江》)

(三)《远游》与《招魂》

《远游》	《招魂》
神倏忽而不反兮,形枯槁而独留(王逸章句:魂灵远逝,游四维也)。	帝告巫阳曰:"有人在下,我欲辅之。魂魄离散,汝筮予之!"
轶迅风于清源兮,从颛顼(北方之帝)乎增冰①。	增冰峨峨①,飞雪千里些(北方)。

(四)《远游》与《九歌》

《远游》	《九歌》
免众患而不惧兮,世莫知其所如。	壹阴兮壹阳,众莫知兮余所为。(《大司命》)

续表

《远游》	《九歌》
聊仿佯而逍遥兮,永历年而无成。	岂不可兮再得,聊逍遥兮容与。(《湘君》) 时不可兮骤得,聊逍遥兮容与。(《湘夫人》)
朝濯发于汤谷兮,夕晞余身兮九阳③。①	与女沐兮咸池,晞女发兮阳之阿③。(《少司命》)①
服偃蹇以低昂兮,骖连蜷(长曲貌)以骄骜①。	灵连蜷兮既留①,烂昭昭兮未央。(《云中君》)
撰余辔而正策兮③,吾将过乎句芒。	撰余辔兮高驼(驰)翔③,杳冥冥兮以东行。(《东君》)
风伯为余先驱兮,氛埃辟而清凉。	令飘风兮先驱,使涷雨兮洒尘(王逸章句:出则风伯雨师先驱,为戒路也)。(《大司马》)
祝融戒而跸御兮,腾告鸾鸟迎宓妃。	闻佳人兮召予,将腾驾兮偕逝。(《湘夫人》)
擥彗星以为旍兮,举斗柄以为麾。	孔盖兮翠旍,登九天兮抚彗星。(《少司命》) 操余弧兮反沦降,援北斗兮酌桂浆。(《东君》)
思旧故以想象兮,长太息而掩涕。	长太息兮将上,心低徊兮顾怀。(《东君》)
览方外之荒忽兮①,沛罔象而自浮。	荒忽兮远望①,观流水兮潺湲。(《湘夫人》)

说明:1. 前人已作过这方面的工作,但不够精确和完满,本表取其中相对完备的三家之说,以为参照。标"①"者,表示胡小石《〈远游〉疏证》已经列举(见《胡小石论文集》,上海古籍出版社 1982 年版;据《文献》

1986年第2期所刊吴白匋《胡小石先生传》，此文原发于1926年《金陵光》学报）。标"②"者，表示刘永济《屈赋释词·释句例·汉人仿屈句例》已经列举（见所著《屈赋音注详解屈赋释词》，中华书局2007年版；《屈赋释词》序于1957年，原书仅以武汉大学讲义印行，上海古籍出版社在1983年出版《屈赋音注详解》时，作为附录收入）。标"③"者，表示毕庶春《〈远游〉质疑》一文已经列举（刊载于《丹东师专学报》1994年第2期）。数字序号在标点之前，指示其前的半句；在标点之后，指示其前一个或数个整句。2. 胡小石将《远游》"五色杂而炫耀"，溯源于《离骚》"世幽昧以眩曜"，将《远游》"服偃蹇以低昂"，溯源于《离骚》"望瑶台之偃蹇""何琼佩之偃蹇"等，近乎皮傅（语言是社会现象，绝大多数词语不会只存在于某一个人的"词库"中），今一概不取。凡笔者所作修正，本表不一一标示。3. 刘永济只集中开列《远游》"袭屈全句与袭屈句义"者，溯源对象实仅及《离骚》，而未明揭各句在《离骚》中的具体关联对象，本表不强为标示，读者可以意会。4. 着重号为笔者所加，旨在凸显文本间的关联。

表7-1揭明了《远游》和屈作核心比照系统存在的大量关联，看起来是触目惊心的。然而，这些关联基本上只限于字面，即基本上只限于语词及其形式意图，顶多在某些局部上关涉实际所指。换言之，被关联在一起的两方面的材料在其各自系统整体中的实际所指，或者由它们引向的主体抉择，完全是背道而驰的。

比如，《远游》谓"哀人生之长勤"，《离骚》说"哀民生（人生）之多艰"，孤立地看，二者内外一致性均异常显豁，然而这只是局部，基于这种情怀的主体抉择其实截然不同：在《远游》中，主体的因应是修仙出世（其下文很快就说"羡往世之登仙"），在《离骚》中，主体的因应是守死善道（其下文很快就说"亦余心之所善兮，虽九死其犹未悔"）。又比如，《远游》云："闻赤松之清尘兮，愿承风乎遗则。"《离骚》云："虽不周于今之人兮，愿依彭咸之遗则。"二者营构方式、具体语词都高度一致，可《远游》主人公是步武不死之仙人，《离骚》主人公则是追随道不行投水而死的贤大夫，两者根本就不搭调。值得关注的这类细节还有很多。比如，屈作核心比照系统和《远游》均出现了傅说,各自的关切却是大异其趣。在屈作中,傅说绝无升天成仙的层面,他被关注的主要原因在于遇合明君,故《离骚》谓"说操筑于傅岩兮,武丁用而不疑"。《远游》关注傅说则纯粹在于登仙,故表示"奇傅说之托辰星",与"羡韩众之得一"并列。再比如,屈辞从未出现过黄帝(轩辕),《远游》则不仅推出了黄帝,且置之于赤松、王乔、韩众诸仙人之上,是级别更高、难以攀援的得道成仙者(故谓"轩辕不可攀援兮,吾将从王乔而娱戏")。此类细节,均在形式意图有关联或者相一致的表象下面,隐藏着实质的疏离。

而一个全局性的根本歧异是,屈作中,上天入地、役使鬼神、叩访上帝、追求美女诸般周游,昆仑、县圃、春宫诸般神异之地,以及西皇、飞廉、宓妃、湘神等众神异物,归根结底只是形式,而《远游》中的这类元素则暗含"相信的活动"。

《远游》云:"命天阍其开关兮,排阊阖而望予。召丰隆使先导兮,问大微之所居。集重阳入帝宫兮,造旬始而观清都。朝发轫于太仪兮,夕始临乎于微闾。"《离骚》说:"吾令帝阍开关兮,倚阊阖而望予。时暧暧其将罢兮,结幽兰而延伫。世溷浊而不分兮,好蔽美而嫉妒。"《远游》中,阍者听命,开天阍而候望主人公,《离骚》中,阍者不从,倚阊阖而冷观主人公。故在前者,主人公得入帝宫("太微""太仪"即天庭,"清都"即天皇之所居),在后者,主人公只能由妄想回返现实,感慨世风恶浊,斥责世人不分善恶美丑,嫉妒成性,好遮蔽美善。在《远游》中,超越性的主体与仙界的交流不容许出现断裂,即便一个环节断裂,危及的也是整个信仰。在《离骚》中,超越性的世界只是诗人的想象,是映射现世的艺术设定或形式,主人公与此超越性世界的交往出现断裂乃诗人现世遭际的比照,从根底上说有其必然性。惟其如此,屈辞的主人公往往在关键时刻支配不了神。《思美人》谓"愿寄言于浮云兮,遇丰隆而不将",《离骚》谓"吾令帝阍开关兮,倚阊阖而望予",便是其中的显例。出于需要而能使唤神,或者出于需要而不能使唤神,全看屈原如何设定,这种设定并不包含"相信的活动"。

这一方面有一个重要证据,即屈作之形式意图缺乏稳定如一的逻辑,常陷入自相矛盾。概观屈辞,主人公可以诏命西皇,差遣五帝六神,而《离骚》中一个小小的阍者却可以遏止他的脚步,使他遭受惨痛的挫折。宓妃为洛水之神,《离骚》主人公对她苦苦追求,可她"纷總總其离合兮,忽纬繣其难迁。夕归次于穷石兮,朝濯发乎洧盘。保厥美以骄傲兮,日康娱以淫游",总之是"虽信美而无礼",最终主人公决定"来违弃而改求",这一抉择也充满了无奈(《远游》"祝融戒而跸御兮,腾告鸾鸟迎宓妃",就大不相同了)。《离骚》主人公求简狄也同样遭遇了失败,那时,原本上天下地差遣众神的主人公竟连鸩、鸠都无法控制了。在《离骚》中,主人公可以飞升到帝宫前,可以朝发轫于苍梧而夕至乎县圃(张焕如曰:"朝发苍梧,夕至县圃,何其迅也,非所云借神景以往来者与"①),可以朝发天津而夕至西极,可以驱遣云神丰隆去寻找宓妃,可以令凤皇鸾鸟做侍从或仪仗。可在《思美人》中,主人公要丰隆传信,丰隆不肯帮忙("愿寄言于浮云兮,遇丰隆而不将",王逸注:"云师径游,不我听也"),主人公要归鸟传话,却因它们飞得太高太快而遇不上("因归鸟而致辞兮,羌迅高而难寓")。在《离骚》中,主人公往来反覆周流于天上地下,且尝徘徊在帝宫前,一心要见天帝,虽衔恨于阍者的阻隔,上天毕竟是令人向往的。可在《招魂》中,上天却全然可畏:

> 魂兮归来!君无上天些。
> 虎豹九关,啄害下人些。
> 一夫九首,拔木九千些。
> 豺狼从目,往来侁侁些。
> 悬人以娭,投之深渊些。

---

① 张焕如语,见陆时雍《楚辞疏》。

致命于帝,然后得瞑些。

归来归来！往恐危身些。①

屈子之所以常常作出互相反对的设定,就是因为他对那个超越性的世界并不相信,只把它当作可以自由摆布的形式,也并不追求对俗世的超越。屈子的立场大抵是孔子式的:"鸟兽不可与同群,吾非斯人之徒与而谁与？天下有道,丘不与易也。"(《论语·微子》)

《远游》就不同了,它的仙、仙游和仙术都是被主体相信的,不能被自由设定。胡濬源于《远游》题下注曰"《远游》一篇,犹是《离骚》后半篇意,而文气不及《离骚》深厚真实,疑汉人所拟。此亦如《招魂》之与《大招》,细玩却有不同";又谓"此篇若以赋游仙,则深洞元旨,后世谈修炼家言断无能出其右;若道屈子心,似反达怀,忧解愤释矣。朱子病其直,非惟直也,病乃太认真。盖《离骚》之远逝本非真心,不过无聊之极想,而兹篇太认真,转成闲情逸致耳"(《楚辞新注求确》)。《远游》"太认真",就是说它包含太多"相信的活动";其复屈子《离骚》诸篇,复其形式而已,几乎完全不用屈子本旨。这也是它不能被屈作核心比照系统承认的关键原因。

不同作品,甚至同一篇作品的不同部分,其形式意图和实际所指的关联程度及关联方式往往不同。《远游》之实际所指易知,因为其形式意图基本上就是实际所指;屈作之实际所指难明,因为其实际所指与形式意图之间有较大距离,且理解上往往不能直达。基于复来探讨两者之关系,切忌只见局部而无视整体(只有在系统整体中,局部的功能和意义才能彰显),切忌偏执于表象而不得实际(屈子是史上最善于营造形式的伟大诗人,偏执于表象、以形式意图为实际所指,则难免买椟还珠之讥)。古今陷入此弊者更仆难数,他们往往基于《远游》与屈作核心比照系统存在大量的复,试图建构《远游》与屈作的内在关联,甚至于拿《离骚》诸篇当《远游》读。

---

① "归来"原不重复,从一本。

《九章·悲回风》云:"上高岩之峭岸兮,处雌蜺之标颠。据青冥而攄虹兮,遂儵忽而扪天。吸湛露之浮凉兮,漱凝霜之雰雰。依风穴以自息兮,忽倾寤以婵媛。"①陆时雍《楚辞疏》解之曰:"无聊之极,神魄不居,故遂为此飘忽荡飏,而上极至高,下临至洁也。此即《远游》所自作矣。"这是从屈作体系内来解释《远游》的较早努力,其方向是错误的,即误将《悲回风》的形式意图视为屈子的实际所指,并以《远游》模式来理解屈子。其实屈子所谓上天下地只是艺术形式,只是虚拟,《远游》中的此类叙述则是实际的信仰和追求。说"《远游》所自作"在屈子辞,就它对屈作表达形式的汲取而言有一定合理性,但二者在精神上根本就不衔接。

王夫之尝以"退而闲居"之说阐发《离骚》,并且试图打通《离骚》与《远游》的关系。比如,《离骚》云:"惟兹佩之可贵兮,委厥美而历兹。芳菲菲而难亏兮,芬至今犹未沫。和调度以自娱兮,聊浮游而求女。及余饰之方壮兮,周流观乎上下。"《通释》说:"自'曰勉升降'以下至此,皆巫咸降神之言,托于神告,以明其自审以处放废者。从俗求容,既义所不可;求贤自辅,而君德已非,风俗尽变;若委质他国,又心之所不忍为。惟退而闲居,忘忧养性,以自贵其生。审彼二术,唯此差堪自慰,所以……退居汉北,终怀王之世。抑《远游》一篇所由作也。"《离骚》复云:"折琼枝以为羞兮,精琼爢以为粻。为余驾飞龙兮,杂瑶象以为车。何离心之可同兮,吾将远逝以自疏。"《通释》说:"君心已离,不可复合,则尊生自爱,疏远而忘宠辱,修黄老之术,从巫咸之诏,所谓爱身以全道也。以下皆养生之旨,与《远游》相出入。"《离骚》又云:"屯余车其千乘兮,齐玉轪而并驰。驾八龙之婉婉兮,载云旗之委蛇。"《通释》说:"屯,……止也,聚也。轪,车辖也。车千乘而皆屯之,万念归于一念,一念归于无念。无念之念,神光照乎八牖,浑合流行,玉轪并驰矣。八龙,八卦之精,阴阳水火山泽雷风。惟其所御而行,不沉不

---

① "浮凉"原作"浮源",从一本。

掉,如西子之离金阁,杨妃之下玉楼。婉婉、委蛇,和气守中,长生之玄诀也。"实际上,《离骚》巫咸降神后之远逝求女,或者远逝自疏,绝无退居、修黄老求长生之意①;以琼枝为羞、以琼糜为粻等,亦均不得泥其字面,解为传统的服食养生;"屯余车其千乘"与所谓"万念归于一念"云云根本没有关系;"驾八龙之婉婉"亦无所谓"八卦之精""和气守中"等等。偏执《离骚》之形式意图则见《离骚》大同于《远游》,复据《远游》的基本立场和理念给《离骚》的相关内容以种种荒诞不经的解释,这对于《离骚》来说是一个可怕的梦魇。

廖平更进了一步。廖氏《离骚释例》认为,以《离骚》为正篇,附以《远游》《招魂》《大招》《九歌》《九辩》五大篇,"乃有始终,本末详备";又说"旧以《离骚》为忧愁积愤之书,为世间至不满意恨事,读者皆愁苦悲愤,今以《诗》《易》、道家说之,则为人生第一至乐世界,从心所欲,无不如志,由王伯而皇帝,由圣人而化人、至人、神人、天人,包括万有,上下四旁、古往今来具详。宋玉《大言赋》及司马长卿《大人赋》、天下至久至大至乐之事无有过乎此者,圣神仙佛皆在所包。复乎尚乎,实文学科之巨擘也"。廖氏《楚辞新解》叙也说:"按《楚词》经营四荒,周游六漠,揖让五帝,造问太微,乘云御风,驾龙驭螭,且婾娱以自乐,超无为以至清,乃至高之口,亦至乐之境界,以为穷愁,失其旨矣。"其《楚词讲义》第十课讲《离骚》,则称:"《离骚》与《远游》文义全同,《远游》有条理,《骚》则杂沓不堪,当以《远游》之例读《骚》,则得矣。"所有这些说法,也都是因为误执《离骚》形式意图与《远游》的一致性,拿《离骚》迁就《远游》的结果。

屈作与《远游》只是两个貌合神离的系统,古今所有力图建构《远游》与屈作同一性的学者,其实都出现了对屈作形式意图的整体性误执。林云铭说:"注屈之难,尤甚于注《庄》。二千年中,读

---

① 相关的具体考辨,参阅拙著《屈原及其诗歌研究》第二章"屈原诗歌的艺术符号"。

《骚》者悉困于旧诂迷阵,如长夜坐暗室,茫无所睹……"(《楚辞灯》序)非虚言也。

那么一方面,在语句及其形式意图上,《远游》与屈作核心比照系统有高度的关联性,其复比比皆是,另一方面,二者实际所指完全乖违,根本就不能纳入可以有效解释的实质性链接中,这种现象究竟包含什么样的历史信息呢? 其实很简单,这意味着《远游》只能是后人规模屈辞之作。

接下来,笔者将纳入其他文学史线索,尽量把《远游》产生的历史时期具体化。

《远游》之产生当在宋玉《九辩》以后,因为《九辩》也是它效仿的对象。

《九辩》末章,从"愿赐不肖之躯而别离兮,放游志乎云中",至"载云旗之委蛇兮,扈屯骑之容容",王夫之《通释》解为:"此代屈子言也。……盖因《远游》之旨而申言之。"后世学者承其意,认定宋玉在代屈原设言的《九辩》中隐括了《远游》,更由此证成《远游》为屈作之旧说①。究其实际,《远游》不仅迥别于屈作,而且跟《九辩》也不相契。《远游》跟《九辩》相复的仍只是形式意图,二者彼此为异质性存在。

两者之复见于下表(《〈远游〉与〈九辩〉关联总览》),需要说明的是,《远游》有些语句,如"微霜降而下沦兮,悼芳草之先零","闻赤松之清尘兮,愿承风乎遗则","聊仿佯而逍遥","高阳邈以远兮,余将焉所程",以及"长太息而掩涕"等等,虽与《九辩》有语词语意之复,却可以上溯到更早的屈作,它们与《九辩》的关联,在作为证据的效力上受到一定的限制。但是《远游》也有些语句大概只能溯源至《九辩》,比如"永历年而无成""质销铄以汋约""野寂漠而无人"等等。更重要的是,上举《九辩》"愿赐不肖之躯而别离兮"一节,几乎就是《远游》主体部分的肇端。《远游》"愿轻举

---

① 力之持这种观点,参见所著《〈楚辞〉与中古文献考说》,第 97 页。

而远游",实滋生于《九辩》"愿……放游志乎云中"。《远游》仙游方式是"因气变""掩浮云",实滋生于《九辩》"椉精气之抟抟"。《远游》仙游时"载云旗之逶蛇",直接照搬了《九辩》"载云旗之委蛇"(《离骚》也有此句,然鉴于《远游》与《九辩》这一部分的关联极为密集,可断定它直接因袭的应是《九辩》)。《远游》仙游时"选署众神以并毂",实滋生于《九辩》"骛诸神之湛湛"。《远游》仙游时"历太皓以右转""遇蓐收乎西皇",实滋生于《九辩》"历群灵之丰丰"。《远游》仙游时,"左雨师使径侍兮,右雷公以为卫",实滋生于《九辩》"左朱雀之茇茇兮,右苍龙之躣躣"。《远游》仙游时"命天阍""召丰隆""前飞廉以启路""风伯……先驱""玄武……奔属""文昌……掌行"等等,实滋生于《九辩》"属雷师之阗阗兮,通飞廉之衙衙"。

表7-2 《远游》与《九辩》关联总览

《远游》	《九辩》
夜耿耿而不寐兮,魂茕茕而至曙。	独申旦而不寐兮,哀蟋蟀之宵征。
闻赤松之清尘兮,愿承风乎遗则。	独耿介而不随兮,愿慕先圣之遗教。
恐天时之代序兮,耀灵晔而西征。微霜降而下沦兮,悼芳草之先零。	白露既下百草兮,奄离披(分散凋落)此梧楸。……秋既先戒以白露兮,冬又申之以严霜。……叶菸邑而无色兮,枝烦挐而交横;颜淫溢而将罢兮,柯仿佛而萎黄;萷櫹椮之可哀兮,形销铄而瘀伤。
聊仿佯而逍遥兮,永历年而无成。	擥騑辔而下节兮,聊逍遥以相佯。
聊仿佯而逍遥兮,永历年而无成①。	时亹亹而过中兮,蹇淹留而无成①。／生天地之若过兮,功不成而无效。

续表

《远游》	《九辩》
高阳邈以远兮,余将焉所程。	无伯乐之善相兮,今谁使乎誉之。
质销铄以汋约兮,神要眇以淫放(按:"质"与"神"对称,明显是指形体)。	菌槛蔘之可哀兮,形销铄而瘀伤。/白日晼晚其将入兮,明月销铄而减毁。
山萧条而无兽兮,野寂漠而无人。	燕翩翩其辞归兮,蝉寂漠而无声。
思旧故以想象兮,长太息而掩涕。	倚结軨兮长太息,涕潺湲兮下露轼。/中憯恻之凄怆兮,长太息而增欷。
悲时俗之迫阨兮,愿轻举而远游。……因气变而遂曾举兮,忽神奔而鬼怪。……载营魄而登霞兮,掩浮云而上征。命天阍其开关兮,排阊阖而望予。召丰隆使先导兮,问大微之所居。集重阳入帝宫兮,造旬始而观清都。……驾八龙之婉婉兮,载云旗之逶蛇。建雄虹之采旄兮,五色杂而炫燿。服偃蹇以低昂兮,骖连蜷以骄骜。……历太皓以右转兮,前飞廉以启路。……风伯为余先驱兮,氛埃辟而清凉。凤皇翼其承旂兮,遇蓐收乎西皇。……时暧曃其曭莽兮,召玄武而奔属。后文昌使掌行兮,选署众神以并毂。路曼曼其修远兮,徐弭节而高厉。左雨师使径侍兮,右雷公以为卫……	愿赐不肖之躯而别离兮,放游志乎云中。乘精气之抟抟兮,骛诸神之湛湛。骖白霓之习习兮,历群灵之丰丰。左朱雀之茇茇兮,右苍龙之躍躍。属雷师之阗阗兮,通飞廉之衙衙。前轻辌之锵锵兮,后辎乘之从从。载云旗之委蛇兮,扈屯骑之容容。①

说明:1.《远游》与《九辩》的关联,此前学界较为忽视。本表标"①"的语句为胡小石《〈远游〉疏证》已经列举者,殊觉寥寥。刘永济误将《九辩》定为屈作,其《屈赋释词·释句例》之《汉人仿屈句例》部分,只列举了《哀时命》《七谏·谬谏》等篇袭用《九辩》的语句,完全未及《远游》,令人不解。表中着重号为笔者所加,以凸显文本之关联。2.数字序号在标点之前,指示其前的半句;在标点之后,指示其前一个或数个整句。

当然《远游》不止受《九辩》之泽被,屈辞的艺术世界在那里也有沉甸甸的积淀,而《九辩》自身也是由屈辞之传统造就的,与此同时,《远游》于前代经典不是机械地"拿来",往往是恃之以化生,但说《九辩》末章奠定了《远游》主体内容的基本规模,还是不成问题的。不过如胡小石所说,《九辩》结语曰"赖皇天之厚德兮,还及君之无恙",与《远游》结语"超无为以至清兮,与泰初而为邻",显然异趣①。这一局部差异,实乃两者整体性异质的表征。《远游》因袭了《九辩》,意味着它的时代与屈子越来越远了。

《远游》不仅晚于《九辩》,而且必产生于秦以后。文本中出现了一个具有很强实证性的材料——韩众:

> 闻赤松之清尘兮,愿承风乎遗则。
> 贵真人之休德兮,美往世之登仙。
> 与化去而不见兮,名声著而日延。
> 奇傅说之托辰星兮,羡韩众之得一。
> 形穆穆以浸远兮,离人群而遁逸。②

---

① 参阅胡小石《〈远游〉疏证》,《胡小石论文集》,第93页。
② "与化去而不见"作为得道成仙的一个表征,跟屈子之理性精神迥别。屈子坚持认为,事物实存的性质及其相关叙述的真实性,必由人直接的在场感知来证明(参阅拙著《屈原及其诗歌研究》第一章"超越和承继:屈原诗歌和原始传统")。

在《远游》中,"韩众"(洪补谓一本作"韩终")是与赤松、傅说比肩的得道仙人,而稽考史书,他原本只是始皇时候的一名术士。《秦始皇本纪》记载,始皇三十二年(前215),"使韩终、侯公、石生求仙人不死之药";三十五年(前212),"闻韩众(《史记正义》谓音终)去不报,徐市等费以巨万计,终不得药,徒奸利相告日闻",遂兴坑儒惨剧,"犯禁者四百六十余人,皆阬之咸阳"。仙人韩众显然是基于"相信的活动"、由术士韩众演变而来的。有趣的是,《远游》各本作"韩众"或"韩终",《始皇本纪》前作"韩终",而后作"韩众",似有某种奇妙的关联,更可证明这两种文献说的就是一人。游国恩认为:"韩众是古仙人,即韩终,见《列仙传》,并不是秦始皇时的那位方士。"①其说殆误。洪补引《列仙传》曰:"齐人韩终,为王采药,王不肯服,终自服之,遂得仙也。"尽管文字极简单,可韩众本事("为王采药")却清晰可见,其中"王不肯服"以下,则明显是据韩众升仙的传说增益的。《抱朴子·仙药》云:"韩众服菖蒲十三年,身生毛,日视书万言,皆诵之,冬袒不寒。"韩众之由术士升格为仙,必在始皇三十五年坑儒以后。陆侃如说:"韩众(即韩终)本是秦始皇时的方士,于三十二年同侯公石生一起'求仙人不死之药'的。他的时代,便是此篇非屈原所作的铁证。"②有这一铁证,《远游》为秦以后作者仿效屈辞之作,便毫无疑义了。至于有人先认定《远游》跟《离骚》等辞作出于一人之手,再由韩众晚出来质疑"屈原"之身份,则洵为怪事,不值一驳。因为不是"屈原"的身份可疑,而是《远游》的"身份"大成问题。

韩众成仙之说,最早可上推至始皇三十五年(前212)。《远游》之产生当更在此后,因为其作成时,韩众登仙之说已在某种程度上成为社会的共识(有趣的是司马迁并未接受这种俗见,这是题外话)。公元前207年刘邦兵临咸阳,子婴出降而秦亡,之

---

① 游国恩《楚辞论文集》,古典文学出版社1957年版,第28页。
② 陆侃如《屈原·屈原评传》,第122—123页。

后数年是楚汉战争,公元前 202 年刘邦即皇帝位。《远游》殆产生于秦汉之际或汉初。由近及远之《七谏》《大人赋》《淮南子》《哀时命》《惜誓》等一系列作品,均部分地接受和回应了《远游》。这仿佛树干中一圈圈的年轮,证明《远游》在那个时期以前就产生了。

东方朔(前 161—前 90?)撰《七谏》,多采代言体,即往往以第一人称敷衍屈子其人、其事以及屈作物象和语意。比如,其《初放》篇叙屈原被弃云:"平生于国兮,长于原野。……数言便事兮,见怨门下。王不察其长利兮,卒见弃乎原野。……块兮鞠,当道宿,举世皆然兮,余将谁告?"又云:"斥逐鸿鹄兮,近习鸱枭。斩伐橘柚兮,列树苦桃。便娟之修竹兮,寄生乎江潭。上葳蕤而防露兮,下泠泠而来风。孰知其不合兮,若竹柏之异心。往者不可及兮,来者不可待。悠悠苍天兮,莫我振理。窃怨君之不寤兮,吾独死而后已。"这里采用第一人称视角叙屈子之事①,且往往袭用屈作语词语意。比如,化用了《涉江》"与前世而皆然兮,吾又何怨乎今之人","鸾鸟凤皇,日以远兮。燕雀乌鹊,巢堂坛兮。露申辛夷,死林薄兮。腥臊并御,芳不得薄兮",以及《橘颂》"后皇嘉树,橘徕服兮"等等。《七谏》其他部分亦有不少袭用屈作语词语意者。如《沉江》之"灭规矩而不用兮,背绳墨之正方",本于《离骚》"固时俗之工巧兮,偭规矩而改错。背绳墨以追曲兮,竞周容以为度";《怨世》之"西施媞媞而不得见兮,嫫母勃屑而日侍",本于《惜往日》"妒佳冶之芬芳兮,嫫母姣而自好。虽有西施之美容兮,谗妒入以自代"。凡

---

① 有学者认为:"《七谏》开头说'平生于国兮,长于原野',像是站在他人的立场进行客观叙述,然而'举世皆然兮,余将谁告',又换成第一人称代屈子抒怀"(韦若任:《〈哀时命〉为严忌代屈原设言辨》,刊载于《武汉教育学院学报》1999 年第 4 期)。这种理解殆忽视了古人自称称名的礼俗(如《论语》记孔子常自称"丘"),东方朔应该是持此礼俗为屈子代言,故所谓"平生于国"殆即"我(屈平)生于国"之意,相当于使用第一人称。接下来"言语讷謇兮,又无强辅。浅智褊能兮,闻见又寡",亦正是自谦的口吻。

此之类,不一而足。

从总体上看,《七谏》融汇了多方面的素材:一是屈子生平事迹的记述①;二是屈子《离骚》《九章》《招魂》《天问》《九歌》等辞作;三是宋玉《九辩》、贾谊《惜誓》等代言体,以及《吊屈原赋》等强烈关涉屈子生平遭际的作品;四是《列子》《韩非子》《吕氏春秋》《韩诗外传》《淮南子》等子书②。当然,《七谏》并非各方面素材简单相加的结果。有些影响积淀在作者给出的形而上解释中,例如以"同音者相和""同类者相似"解释屈子遭际的必然性,明显就汲取了《淮南子》和《韩诗外传》的相关说法。而更重要的是,作者从这些素材中整合出了屈子的形象——一种富有个性与典型意义的现实遭际和情结,并且整合出了表现这一对象的核心形式和话语。(《七谏》承袭其前作品,参阅表7-3)

---

① 《七谏·初放》谓屈子"言语讷譅兮,又无强辅。浅智褊能兮,闻见又寡",除"又无强辅"外,其他数语与《史记·屈原列传》截然相反(《史记·屈原列传》说他"博闻强志,明于治乱,娴于辞令")。桓谭《新论·离事》谓,"太史公造书,书成,示东方朔,朔为平定,因署其下。'太史公'者,皆朔所加之者也"。但一般认为《太史公书》之撰成,在汉武征和二年(前91年;参阅郑鹤声《司马迁年谱》,商务印书馆1956年版,第94—96页;并参阅吉春《司马迁年谱新编》,三秦出版社1989年版,第85—86页)。而《七谏》之作,学界或谓在汉武元封五年(前106年;参阅孙东临、杨三秋《东方朔年谱简表》,刊载于《求索》2007年第4期),或谓约在东方朔58岁之后,65岁之前,亦即前104—前97年间(参阅傅春明《东方朔作品辑注》,齐鲁书社1987年版,第51—52页,注释1)。要之,东方朔撰《七谏》时不得见《史记》(褚少孙续补《史记·滑稽列传》,才记载了东方朔部分生平事迹)。《七谏》如此写屈原,其文本依据、形式意图和实际指向等,都值得仔细探究。或者只是"自谦",而不计其实,亦不必有据,亦或仅为作者想当然之词。

② 《韩诗外传》在《汉书·艺文志》中被著录于《六艺略·诗》部分,其实与《韩故》《韩诗内传》《毛诗故训传》等内传体著述有重大差异,视之为子书可能更加妥当(参阅拙作《论汉代〈诗经〉著述之内外传体》,刊载于《国学研究》第三十卷,北京大学出版社2012年版)。

表 7-3 《七谏》承袭作品示要

《七谏》		所承袭对象
《初放》	平生于国兮,长于原野。 言语讷譅兮,又无强辅。 浅智褊能兮,闻见又寡。 数言便事兮,见怨门下。 王不察其长利兮,卒见弃乎原野。 伏念思过兮,无可改者。 群众成朋兮,上浸以惑。 巧佞在前兮,贤者灭息。 尧舜圣已没兮,孰为忠直? 高山崔巍兮,水流汤汤。 死日将至兮,与麋鹿同坑。	
	块兮鞠,当道宿, 举世皆然兮,余将谁告?	忧心不遂,斯言谁告兮。(《抽思》) 与前世而皆然兮,吾又何怨乎今之人!(《涉江》) 遭沉浊而污秽兮,独郁结其谁语!(《远游》) 已矣,国其莫我知,独壹郁兮其谁语?(《吊屈原赋》)
	斥逐鸿鹄兮,近习鸱枭。	黄鹄后时而寄处兮,鸱枭群而制之。 神龙失水而陆居兮,为蝼蚁之所裁。 夫黄鹄神龙犹如此兮,况贤者之逢乱世哉!(《惜誓》) 鸾凤伏窜兮,鸱枭翱翔。(《吊屈原赋》)
	斩伐橘柚兮,列树苦桃。	后皇嘉树,橘徕服兮……(《橘颂》)

续表

《七谏》		所承袭对象
《初放》	便娟之修竹兮,寄生乎江潭。 上葳蕤而防露兮,下泠泠而来风。	
	孰知其不合兮,若竹柏之异心。	众骇遽以离心兮,又何以为此伴也?(《惜诵》) 何离心之可同兮,吾将远逝以自疏。(《离骚》) 心不同兮媒劳,恩不甚兮轻绝。(《湘君》)
	往者不可及兮,来者不可待。	吾怨往昔之所冀兮,悼来者之愁愁。(《悲回风》) 往者余弗及兮,来者吾不闻。(《远游》) 往者不可扳援兮,倈者不可与期。(《哀时命》)
	悠悠苍天兮,莫我振理。	惜诵以致愍兮,发愤以舒情。所非忠而言之兮,指苍天以为正。(《惜诵》)("舒"本作"杼","非"本作"作",从一本。)
	窃怨君之不寤兮,吾独死而后已。	闺中既以邃远兮,哲王又不寤。(《离骚》) 介子忠而立枯兮,文君寤而追求。 封介山而为之禁兮,报大德之优游。(《惜往日》)

续表

	《七谏》	所承袭对象
《沉江》	惟往古之得失兮,览私微之所伤。	
	尧舜圣而慈仁兮,后世称而弗忘。	尧舜之抗行兮,瞭杳杳而薄天。众谗人之嫉妒兮,被以不慈之伪名。(《哀郢》) 尧舜之抗行兮,瞭冥冥而薄天。何险巇之嫉妒兮,被以不慈之伪名?(《九辩》)
	齐桓失于专任兮,夷吾忠而名彰。	齐桓九会,卒然身杀。(《天问》) 何诫上自予,忠名弥彰?(《天问》)
	晋献惑于骊姬兮,申生孝而被殃。	晋申生之孝子兮,父信谗而不好。(《惜诵》)
	偃王行其仁义兮,荆文寤而徐亡。	
	纣暴虐以失位兮,周得佐乎吕望。 修往古以行恩兮,封比干之丘垄。 贤俊慕而自附兮,日浸淫而合同。 明法令而修理兮,兰芷幽而有芳。	受赐兹醢,西伯上告。何亲就上帝罚,殷之命以不救?师望在肆,昌何识?鼓刀扬声,后何喜?(《天问》) 吕望屠于朝歌兮,宁戚歌而饭牛。不逢汤武与桓缪兮,世孰云而知之。(《惜往日》) 吕望之鼓刀兮,遭周文而得举。(《离骚》) 会鼂争盟,何践吾期?苍鸟群飞,孰使萃之?(《天问》) 比干何逆,而抑沉之?(《天问》) 伍子逢殃兮,比干菹醢。(《涉江》) 奉先功以照下兮,明法度之嫌疑。(《惜往日》)

续表

《七谏》		所承袭对象
《沉江》	苦众人之妒予兮,箕子寤而佯狂。	何圣人之一德,卒其异方?梅伯受醢,箕子详狂。(《天问》)
	不顾地以贪名兮,心怫郁而内伤。	悲回风之摇蕙兮,心冤结而内伤。(《悲回风》)
	联蕙芷以为佩兮,过鲍肆而失香。	扈江离与辟芷兮,纫秋兰以为佩。(《离骚》)
	正臣端其操行兮,反离谤而见攘。	何贞臣之无罪兮,被离谤而见尤。(《惜往日》)
	世俗更而变化兮,伯夷饿于首阳。独廉洁而不容兮,叔齐久而逾明。	固时俗之流从兮,又孰能无变化。(《离骚》) 嗟尔幼志,有以异兮。独立不迁,岂不可喜兮?深固难徙,廓其无求兮。苏世独立,横而不流兮。……年岁虽少,可师长兮。行比伯夷,置以为像兮。(《橘颂》) 朕幼清以廉洁兮,身服义而未沫。主此盛德兮,牵于俗而芜秽。(《招魂》)
	浮云陈而蔽晦兮,使日月乎无光。忠臣贞而欲谏兮,谗谀毁而在旁。(王逸注前句:言谗佞陈列在侧,则使君不聪明也。)	心纯庞而不泄兮,遭谗人而嫉之。君含怒而待臣兮,不清澂其然否。蔽晦君之聪明兮,虚惑误又以欺。弗参验以考实兮,远迁臣而弗思。信谗谀之溷浊兮,盛气志而过之。何贞臣之无罪兮,被离谤而见尤。(《惜往日》)

续表

《七谏》		所承袭对象
《沉江》	秋草荣其将实兮,微霜下而夜降。商风肃而害生兮,百草育而不长。	何芳草之早夭兮,微霜降而下戒。(《惜往日》) 微霜降而下沦兮,悼芳草之先零。(《远游》) 恐鹈䴗之先鸣兮,使夫百草为之不芳。(《离骚》)
	众并谐以妒贤兮,孤圣特而易伤。	众女嫉余之蛾眉兮,谣诼谓余以善淫。(《离骚》) 何琼佩之偃蹇兮,众薆然而蔽之。惟此党人之不谅兮,恐嫉妒而折之。(《离骚》) 忠湛湛而愿进兮,妒被离而鄣之。尧舜之抗行兮,瞭杳杳而薄天。众谗人之嫉妒兮,被以不慈之伪名。(《哀郢》)
	怀计谋而不见用兮,岩穴处而隐藏。	伏匿穴处,爰何云?(《天问》) 时猒饫而不用兮,且隐伏而远身。(《哀时命》)
	成功隳而不卒兮,子胥死而不葬。	伍子胥……乃自刭死。吴王闻之大怒,乃取子胥尸盛以鸱夷革,浮之江中。吴人怜之,为立祠于江上,因命曰胥山。(《史记·伍子胥列传》)(案:伍子自楚逃归吴,为阖闾信用,挟吴败楚,几墟其国,吴王夫差时被迫自刭。)
	世从俗而变化兮,随风靡而成行。	固时俗之流从兮,又孰能无变化。(《离骚》)

续表

《七谏》		所承袭对象
《沉江》	信直退而毁败兮,虚伪进而得当。	谅聪不明而蔽壅兮,使谗谀而日得。(《惜往日》) 尧舜之抗行兮,瞭杳杳而薄天。众谗人之嫉妒兮,被以不慈之伪名。憎愠惀之修美兮,好夫人之忼慨。众踥蹀而日进兮,美超远而逾迈。(《哀郢》) 憎愠惀之修美兮,好夫人之慷慨。众踥蹀而日进兮,美超远而逾迈。(《九辩》)
	追悔过之无及兮,岂尽忠而有功。	
	废制度而不用兮,务行私而去公。	乘骐骥而驰骋兮,无辔衔而自载。乘泛泭以下流兮,无舟楫而自备。背法度而心治兮,辟与此其无异。(《惜往日》)
	终不变而死节兮,惜年齿之未央。	竭忠诚以事君兮,反离群而赘疣。忘儇媚以背众兮,待明君其知之。言与行其可迹兮,情与貌其不变。(《惜诵》) 欲变节以从俗兮,愧易初而屈志。独历年而离愍兮,羌冯心犹未化。宁隐闵而寿考兮,何变易之可为!知前辙之不遂兮,未改此度。车既覆而马颠兮,蹇独怀此异路。(《思美人》)

第七章 论《远游》非屈原所作及其创作时期、历史渊源与实质

续表

《七谏》		所承袭对象
《沉江》		民生各有所乐兮,余独好修以为常。虽体解吾犹未变兮,岂余心之可惩。(《离骚》) 吾不能变心而从俗兮,固将愁苦而终穷。(《涉江》) 或忠信而死节兮,或訑谩而不疑。弗省察而按实兮,听谗人之虚辞。(《惜往日》) 及年岁之未晏兮,时亦犹其未央。(《离骚》)
	将方舟而下流兮,冀幸君之发蒙。	屈平……虽放流,眷顾楚国,系心怀王,不忘欲反,冀幸君之一悟,俗之一改也。其存君兴国而欲反覆之,一篇之中三致志焉。(《史记·屈原列传》)
	痛忠言之逆耳兮,恨申子之沈江。(王逸章句:申子,伍子胥也。吴封之于申,故号为申子也。)	夫良药苦于口,而智者劝而饮之,知其入而已己疾也。忠言拂于耳,而明主听之,知其可以致功也。(《韩非子·外储说左上》) 浮江淮而入海兮,从子胥而自适。(《悲回风》)
	愿悉心之所闻兮,遭值君之不聪。	谅聪不明而蔽壅兮,使谗谀而日得。(《惜往日》)
	不开寤而难道兮,不别横之与纵。	乘骐骥以驰骋兮,来吾道夫先路。(《离骚》) 芳与泽其杂糅兮,孰申旦而别之? 何芳草之早殀兮,微霜降而下戒。谅

续表

《七谏》		所承袭对象
《沉江》		聪不明而蔽壅兮,使谗谀而日得。自前世之嫉贤兮,谓蕙若其不可佩。(《惜往日》) 民好恶其不同兮,惟此党人其独异。户服艾以盈要兮,谓幽兰其不可佩。览察草木其犹未得兮,岂珵美之能当?苏粪壤以充帏兮,谓申椒其不芳。(《离骚》) 鸾鸟凤皇,日以远兮。燕雀乌鹊,巢堂坛兮。露申辛夷,死林薄兮。腥臊并御,芳不得薄兮。(《涉江》) 伤诚是之不察兮,并纫茅丝以为索。方世俗之幽昏兮,眩白黑之美恶。放山渊之龟玉兮,相与贵夫砾石。(《惜誓》)
	听奸臣之浮说兮,绝国家之久长。	弗省察而按实兮,听谗人之虚辞。(《惜往日》) 后辛之菹醢兮,殷宗用而不长。(《离骚》)
	灭规矩而不用兮,背绳墨之正方。	固时俗之工巧兮,偭规矩而改错。背绳墨以追曲兮,竞周容以为度。(《离骚》) 何时俗之工巧兮,背绳墨而改错!(《九辩》) 何时俗之工巧兮,灭规矩而改凿。(《九辩》)

续表

《七谏》		所承袭对象
《沉江》	离忧患而乃寤兮,若纵火于秋蓬。业失之而不救兮,尚何论乎祸凶?	吴信谗而弗味兮,子胥死而后忧。介子忠而立枯兮,文君寤而追求。(《惜往日》)
	彼离畔而朋党兮,独行之士其何望?	世并举而好朋兮,夫何茕独而不予听?(《离骚》)
	日渐染而不自知兮,秋毫微哉而变容。众轻积而折轴兮,原咎杂而累重。	
	赴湘沅之流澌兮,恐逐波而复东。怀沙砾而自沉兮,不忍见君之蔽壅。	与女游兮河之渚,流澌纷兮将来下。(《河伯》)屈原至于江滨,被发行吟泽畔。颜色憔悴,形容枯槁。……乃作《怀沙》之赋。……于是怀石遂自〔投〕〔沉〕汨罗以死。(《史记·屈原列传》)
《怨世》	世沉淖而难论兮,俗岭峨而参嵯。清泠泠而歼灭兮,溷湛湛而日多。	
	枭鸮既以成群兮,玄鹤弭翼而屏移。	黄鹄后时而寄处兮,鸱枭群而制之。神龙失水而陆居兮,为蝼蚁之所裁。夫黄鹄神龙犹如此兮,况贤者之逢乱世哉!(《惜誓》)(案:"黄鹄"一作"鸿鹄"。)

续表

《七谏》		所承袭对象
《怨世》	蓬艾亲入御于床笫兮,马兰踸踔而日加。弃捐药芷与杜衡兮,余奈世之不知芳何。	户服艾以盈要兮,谓幽兰其不可佩。览察草木其犹未得兮,岂珵美之能当?苏粪壤以充帏兮,谓申椒其不芳。(《离骚》) 自前世之嫉贤兮,谓蕙若其不可佩。(《惜往日》) 鸾鸟凤皇,日以远兮。燕雀乌鹊,巢堂坛兮。露申辛夷,死林薄兮。腥臊并御,芳不得薄兮。(《涉江》)
	何周道之平易兮,然芜秽而险戏。	汤禹严而祗敬兮,周论道而莫差。(《离骚》)
	高阳无故而委尘兮,唐虞点灼而毁议。	彼尧舜之耿介兮,既遵道而得路。(《离骚》) 尧舜之抗行兮,瞭杳杳而薄天。众谗人之嫉妒兮,被以不慈之伪名。(《哀郢》) 窃不自聊而愿忠兮,或黙点而污之。尧舜之抗行兮,瞭冥冥而薄天。何险巇之嫉妒兮,被以不慈之伪名。(《九辩》)
	谁使正其真是兮,虽有八师而不可为。(王逸章句:八师,谓禹、稷、卨、皋陶、伯夷、倕、益、夔也。言尧舜有圣贤之臣八人,以为师傅,不能除去虚伪之谤乎?疾谗之辞也。)	令五帝以折中兮,戒六神与向服。俾山川以备御兮,命咎繇使听直。(《惜诵》) 伤诚是之不察兮,并纫茅丝以为索。方世俗之幽昏兮,眩白黑之美恶。放山渊之龟玉兮,相与贵夫砾石。(《惜誓》)

第七章　论《远游》非屈原所作及其创作时期、历史渊源与实质　521

续表

《七谏》		所承袭对象
《怨世》	皇天保其高兮，后土持其久。	
	服清白以逍遥兮，偏与乎玄英异色。（王逸章句：玄英，纯黑也，以喻贪浊。）	鸷鸟之不群兮，自前世而固然。何方圜之能周兮，夫孰异道而相安。屈心而抑志兮，忍尤而攘诟。伏清白以死直兮，固前圣之所厚。（《离骚》）
	西施媞媞而不得见兮，嫫母勃屑而日侍。	妒佳冶之芬芳兮，嫫母姣而自好。虽有西施之美容兮，谗妒入以自代。（《惜往日》）
	桂蠹不知所淹留兮，蓼虫不知徙乎葵菜。	季夏既望，暑往凉还。逍遥讽诵，遂历东园。周旋览观，憩于南蕃。睹兹茂蓼，结葩吐荣。猗那随风，绿叶紫茎。爰有蠕虫，厥状似螟。群聚其间，食之以生。于是寤物托事，推况乎人。幼长斯蓼，莫或知辛。膏粱之子，岂曰不人。惟非德义，不以为家，安逸无心，如禽兽何。逸必致骄，骄必致亡。匪唯辛苦，乃丁大殃。（孔臧《蓼虫赋》）
	处滑滑之浊世兮，今安所达乎吾志。	处浊世而显荣兮，非余心之所乐。（《九辩》）
	意有所载而远逝兮，固非众人之所识。	勉远逝而无狐疑兮，孰求美而释女？（《离骚》）何离心之可同兮，吾将远逝以自疏。（《离骚》）巧倕不斵兮，孰察其拨正。玄文处幽

续表

《七谏》	所承袭对象
《怨世》	兮,蒙瞍谓之不章。离娄微睇兮,瞽以为无明。变白以为黑兮,倒上以为下。凤皇在笯兮,鸡鹜翔舞。同糅玉石兮,一概而相量。夫惟党人鄙固兮,羌不知余之所臧。任重载盛兮,陷滞而不济。怀瑾握瑜兮,穷不知所示。邑犬之群吠兮,吠所怪也。非俊疑杰兮,固庸态也。文质疏内兮,众不知余之异采。材朴委积兮,莫知余之所有。重仁袭义兮,谨厚以为丰。重华不可遻兮,孰知余之从容!(《怀沙》)
骥踌躇于弊輂兮,遇孙阳而得代。	怀质抱情,独无匹兮。伯乐既没,骥焉程兮?(《怀沙》) 无伯乐之善相兮,今谁使乎誉之。(《九辩》) 君亦闻骥乎?夫骥之齿至矣,服盐车而上太行。蹄申膝折,尾湛胕(肤)溃,漉汁洒地,白汗交流,中阪迁延,负辕不能上。伯乐遭之,下车攀而哭之,解纻衣以幂之。骥于是俛而喷,仰而鸣,声达于天,若出金石声者,何也?彼见伯乐之知己也。(《战国策·楚策四》"汗明见春申君"章)
吕望穷困而不聊生兮,遭周文而舒志。宁戚饭牛而商歌兮,桓公闻而弗置。	吕望之鼓刀兮,遭周文而得举。宁戚之讴歌兮,齐桓闻以该辅。(《离骚》) 闻百里之为虏兮,伊尹烹于庖厨。吕

续表

《七谏》		所承袭对象
《怨世》		望屠于朝歌兮,宁戚歌而饭牛。不逢汤武与桓缪兮,世孰云而知之。(《惜往日》)
	路室女之方桑兮,孔子过之以自侍。	孔子去卫,至于陈,途中见二女采桑。子曰:"南枝窈窕北枝长。"答曰:"夫子游陈必绝粮。九曲明珠穿不得,著来问我采桑娘。"夫子不听而去,既至陈,陈大夫发兵围之,使穿九曲明珠始释。夫子不能,思采桑女所言,令门人返。至采桑处,不见二女,见桑枝、土一块、地遗糠三簌。回谓赐曰:"木边加土,必姓杜;糠三簌,必名康、三姐姊妹。"诣其家问之,谬言女外出,以一瓜献二子。子贡曰:"瓜,子在内。汝女必在家。"其母乃呼出见,诲之曰:"丝将系蚁,蚁将系丝,如不肯过,用烟薰之。"夫子如其言,乃能穿之,于是绝粮七日矣。(《春秋战国异辞》卷三十三所录《冲波传》)
		孔子南游适楚,至于阿谷之隧,有处子佩璜而浣者。孔子曰:"彼妇人其可与言矣乎?"抽觞以授子贡,曰:"善为之辞,以观其语。"子贡曰:"吾北鄙之人也,将南之楚。逢天之暑,思心潭潭(燀燀),愿乞一饮,以表我心。"妇人对曰:"阿谷之隧,隐曲之汜,其水载清载浊,流而趋海,欲饮则

续表

七谏		所承袭对象
《怨世》		饮,何问于婢子!"受子贡觞,迎流而挹之,奂然而弃之,从流而挹之,奂然而溢之,坐置之沙上。曰:"礼固不亲授。"子贡以告。孔子曰:"丘知之矣。"抽琴去其轸,以授子贡,曰:"善为之辞,以观其语。"子贡曰:"向子之言,穆如清风,不悖我语,和畅我心。于此有琴而无轸,愿借子以调其音。"妇人对曰:"吾野鄙之人也,僻陋而无心,五音不知,安能调琴?"子贡以告。孔子曰:"丘知之矣。"抽绤絺五两以授子贡,曰:"善为之辞,以观其语。"子贡曰:"吾北鄙之人也,将南之楚。于此有绤絺五两,吾不敢以当子身,敢置之水浦。"妇人对曰:"行客之人,嗟然永久,分其资财,弃之野鄙。吾年甚少,何敢受子?子不早去,今窃有狂夫守之者矣。"《诗》曰:"南有乔木,不可休思。汉有游女,不可求思。"此之谓也。(《韩诗外传》卷一第三章) (按:《七谏》似混淆了采桑女和浣衣处子。)
	吾独乖剌而无当兮,心悼怵而耄思。	白露既下百草兮,奄离披此梧楸。……秋既先戒以白露兮,冬又申之以严霜。……叶萎邑而无色兮,枝烦挐而交横;颜淫溢而将罢兮,柯仿佛而萎黄;萷櫹椮之可哀兮,

第七章 论《远游》非屈原所作及其创作时期、历史渊源与实质　525

续表

《七谏》		所承袭对象
《怨世》		形销铄而瘀伤。惟其纷糅而将落兮，恨其失时而无当。……悼余生之不时兮，逢此世之俇攘。澹容与而独倚兮，蟋蟀鸣此西堂。心怵惕而震荡兮，何所忧之多方！卬明月而太息兮，步列星而极明。(《九辩》)
	思比干之俳俳兮，哀子胥之慎事。	
	悲楚人之和氏兮，献宝玉以为石。遇厉武之不察兮，羌两足以毕斩。	楚人和氏得玉璞楚山中，奉而献之厉王。厉王使玉人相之，玉人曰："石也。"王以和为诳，而刖其左足。及厉王薨，武王即位，和又奉其璞而献之武王；武王使玉人相之，又曰："石也。"王又以和为诳，而刖其右足。武王薨，文王即位，和乃抱其璞而哭于楚山之下；三日三夜，泪尽而继之以血。王闻之，使人问其故，曰："天下之刖者多矣，子奚哭之悲也？"和曰："吾非悲刖也，悲夫宝玉而题之以'石'，贞士而名之以'诳'，此吾所以悲也。"王乃使玉人理其璞而得宝焉，遂命曰"和氏之璧"。(《韩非子·和氏》)(案：卢文弨《群书拾补》、王先慎《韩非子集解》等认为，《韩非子》今本作"厉王""武王""文王"者殆误，《楚世家》无"厉王"；《后汉书·孔融

续表

《七谏》		所承袭对象
《怨世》		传》"信如卞和"语注引《韩子》,则作"武王""文王""成王",是也。《淮南子·览冥》"和氏之璧"注叙卞和献玉事,亦作"武王""文王""成王",是一旁证,而为诸家所未及。不过,由《七谏》可知,古代确有一种说法将断卞和之左右足一事系于楚厉王和楚武王。刘向《新序·杂事》第五录卞和献玉,作"荆厉王""武王""共王",其中断卞和之足者,与今本《韩子》及《七谏》同。)
	小人之居势兮,视忠正之何若?	梅伯数谏而至醢兮,来革顺志而用国。悲仁人之尽节兮,反为小人之所贼。(《惜誓》)
	改前圣之法度兮,喜啜嚅而妄作。	伏清白以死直兮,固前圣之所厚。(《离骚》) 依前圣以节中兮,喟凭心而历兹。(《离骚》) 謇吾法夫前修兮,非世俗之所服。(《离骚》)
	亲谗谀而疏贤圣兮,讼谓间娵为丑恶。	阘茸尊显兮,谗谀得志。贤圣逆曳兮,方正倒植。(《吊屈原赋》)
	愉近习而蔽远兮,孰知察其黑白。	变白以为黑兮,倒上以为下。(《怀沙》) 方世俗之幽昏兮,眩白黑之美恶。(《惜誓》)

续表

《七谏》		所承袭对象
《怨世》	卒不得效其心容兮,安眇眇而无所归薄。	凌阳侯之泛滥兮,忽翱翔之焉薄?(《哀郢》)
	专精爽以自明兮,晦冥冥而壅蔽。	世溷浊而不分兮,好蔽美而嫉妒。(《离骚》) 世溷浊而嫉贤兮,好蔽美而称恶。(《离骚》) 何琼佩之偃蹇兮,众薆然而蔽之。(《离骚》) 何泛滥之浮云兮,猋壅蔽此明月! 忠昭昭而愿见兮,然霠曀而莫达。 愿皓日之显行兮,云蒙蒙而蔽之。 窃不自聊而愿忠兮,或黕点而污之。(《九辩》) 屈原既放,三年不得复见,竭知尽忠,而蔽鄣于谗,心烦虑乱,不知所从。(《卜居》)
	年既已过太半兮,然埳轲而留滞。	
	欲高飞而远集兮,恐离罔而灭败。	矰弋机而在上兮,罻罗张而在下。 设张辟以娱君兮,愿侧身而无所。 欲儃佪以干傺兮,恐重患而离尤。 欲高飞而远集兮,君罔谓汝何之? 欲横奔而失路兮,坚志而不忍。(《惜诵》)
	独冤抑而无极兮,伤精神而寿夭。	

续表

《七谏》		所承袭对象
《怨世》	皇天既不纯命兮,余生终无所依。	皇天之不纯命兮,何百姓之震愆?(《哀郢》)
	愿自沉于江流兮,绝横流而径逝。宁为江海之泥涂兮,安能久见此浊世?	宁赴湘流,葬于江鱼之腹中。安能以皓皓之白,而蒙世俗之尘埃乎?(《渔父》)
《怨思》	贤士穷而隐处兮,廉方正而不容。	惟佳人之独怀兮,折若椒以自处。曾歔欷之嗟嗟兮,独隐伏而思虑。(《悲回风》) 贤圣逆曳兮,方正倒植。(《吊屈原赋》)
	子胥谏而靡躯兮,比干忠而剖心。	接舆髡首兮,桑扈臝行。忠不必用兮,贤不必以。伍子逢殃兮,比干菹醢。(《涉江》)
	子推自割而饣君兮,德日忘而怨深。	介子忠而立枯兮,文君寤而追求。封介山而为之禁兮,报大德之优游。思久故之亲身兮,因缟素而哭之。(《惜往日》)
	行明白而日黑兮,荆棘聚而成林。	变白以为黑兮,倒上以为下。(《怀沙》) 窃不自聊而愿忠兮,或黕点而污之。(《九辩》) 方世俗之幽昏兮,眩白黑之美恶。(《惜誓》)
	江离弃于穷巷兮,蒺藜蔓乎东厢。贤者蔽而不见兮,谗谀进而相朋。	谅聪不明而蔽壅兮,使谗谀而日得。自前世之嫉贤兮,谓蕙若其不可佩。(《惜往日》) 薋菉葹以盈室兮,判独离而不服。

续表

《七谏》		所承袭对象
《怨思》	枭鸮并进而俱鸣兮,凤皇飞而高翔。	(《离骚》) 民好恶其不同兮,惟此党人其独异。 户服艾以盈要兮,谓幽兰其不可佩。 览察草木其犹未得兮,岂珵美之能当？苏粪壤以充帏兮,谓申椒其不芳。(《离骚》) 露申辛夷,死林薄兮。腥臊并御,芳不得薄兮。(《涉江》) 鸾鸟凤皇,日以远兮。燕雀乌鹊,巢堂坛兮。(《涉江》) 鸾凤伏窜兮,鸱枭翱翔。(《吊屈原赋》)
	愿壹往而径逝兮,道壅绝而不通。	望孟夏之短夜兮,何晦明之若岁！惟郢路之辽远兮,魂一夕而九逝。曾不知路之曲直兮,南指月与列星。愿径逝而未得兮,魂识路之营营。(《抽思》) 愿自往而径游兮,路壅绝而不通。(《九辩》)
《自悲》	居愁勤其谁告兮,独永思而忧悲。	忧心不遂,斯言谁告兮。(《抽思》) 遭沉浊而污秽兮,独郁结其谁语！(《远游》) 心郁郁而无告兮,众孰可与深谋？(《哀时命》)
	内自省而不惭兮,操愈坚而不衰。	余幼好此奇服兮,年既老而不衰。(《涉江》) 内惟省以端操兮,求正气之所由。(《远游》)

续表

《七谏》		所承袭对象
《自悲》	隐三年而无决兮,岁忽忽其若颓。(王逸章句:言己放在山野,满三年矣。岁月迫促,去若颓下,年且老也。古者人臣三谏不从,待放三年,君命还则复,无则遂行也。)	岁曶曶其若颓兮,时亦冉冉而将至。(《悲回风》) 屈原既放,三年不得复见,竭知尽忠,而蔽鄣于谗,心烦虑乱,不知所从。(《卜居》)
	怜余身不足以卒意兮,冀一见而复归。	曼余自以流观兮,冀壹反之何时?(《哀郢》) 愿一见兮道余意,君之心兮与余异。车既驾兮朅而归,不得见兮心伤悲。(《九辩》) 心闵怜之惨凄兮,愿一见而有明。(《九辩》)
	哀人事之不幸兮,属天命而委之咸池。(王逸章句:咸池,天神也。)	天命反侧,何罚何佑?(《天问》)
	身被疾而不间兮,心沸热其若汤。	存仿佛而不见兮,心沸热其若汤。(《悲回风》) (按:"沸热"原作"踊跃",从一本。王逸章句:"言己设欲随从群小,存其形貌,察其情志,不可得知,故中心沸热若汤也。"王逸所见本亦作"沸热"。)

续表

《七谏》		所承袭对象
《自悲》	冰炭不可以相并兮,吾固知乎命之不长。	岁忽忽而遒尽兮,恐余寿之弗将(王逸章句:惧我性命之不长也)。(《九辩》)
	哀独苦死之无乐兮,惜予余年之未央。	哀吾生之无乐兮,幽独处乎山中。(《涉江》) 及年岁之未晏兮,时亦犹其未央。(《离骚》)
	悲不反余之所居兮,恨离予之故乡。	去终古之所居兮,今逍遥而来东。羌灵魂之欲归兮,何须臾而忘反。背夏浦而西思兮,哀故都之日远。……忽若去不信兮,至今九年而不复。(《哀郢》)
	鸟兽惊而失群兮,犹高飞而哀鸣。	鸟兽鸣以号群兮,草苴比而不芳。(《悲回风》)
	狐死必首丘兮,夫人孰能不反其真情。	鸟飞反故乡兮,狐死必首丘。(《哀郢》)
	故人疏而日忘兮,新人近而俞好。	有鸟自南兮,来集汉北。好姱佳丽兮,牉独处此异域。既惸独而不群兮,又无良媒在其侧。道卓远而日忘兮,愿自申而不得。(《抽思》)
	莫能行于杳冥兮,孰能施于无报?	善不由外来兮,名不可以虚作。孰无施而有报兮,孰不实而有获?(《抽思》)
	苦众人之皆然兮,乘回风而远游。	悲时俗之迫阨兮,愿轻举而远游。(《远游》)

续表

	《七谏》	所承袭对象
	凌恒山其若陋兮,聊愉娱以忘忧。	内欣欣而自美兮,聊愉娱以自乐。(《远游》)
	悲虚言之无实兮,苦众口之铄金。	故众口其铄金兮,初若是而逢殆。(《惜诵》)
	遇故乡而一顾兮,泣歔欷而沾衿。	陟升皇之赫戏兮,忽临睨夫旧乡。仆夫悲余马怀兮,蜷局顾而不行。(《离骚》) 涉青云以泛滥游兮,忽临睨夫旧乡。仆夫怀余心悲兮,边马顾而不行。(《远游》)
《自悲》	厌白玉以为面兮,怀琬琰以为心。邪气入而感内兮,施玉色而外淫。	吸飞泉之微液兮,怀琬琰之华英。玉色頩(美貌)以脕(泽)颜兮,精醇粹而始壮。(《远游》)
	何青云之流澜兮,微霜降之蒙蒙。	何芳草之早殀兮,微霜降而下戒。(《惜往日》) 微霜降而下沦兮,悼芳草之先零。(《远游》)
	徐风至而徘徊兮,疾风过之汤汤。 闻南藩乐而欲往兮,至会稽而且止。	
	见韩众而宿之兮,问天道之所在。("众"一作"终")	见王子而宿之兮,审壹气之和德。(《远游》) 奇傅说之托辰星兮,羡韩众之得一。(《远游》)

续表

《七谏》		所承袭对象
《自悲》	借浮云以送予兮,载雌霓而为旌。	上高岩之峭岸兮,处雌蜺之标颠。(《悲回风》)
		雌蜺便娟以增挠兮,鸾鸟轩翥而翔飞。(《远游》)
		擥彗星以为旍兮,举斗柄以为麾(洪补:麾,旗属)。(《远游》)
	驾青龙以驰骛兮,班衍衍之冥冥。	骑胶葛以杂乱兮,斑漫衍而方行。(《远游》)
		飞朱鸟使先驱兮,驾太一之象舆。苍龙蚴虬于左骖兮,白虎骋而为右騑。建日月以为盖兮,载玉女于后车。驰骛于杳冥之中兮,休息虖崑崙之墟。(《惜誓》)
	忽容容其安之兮,超慌忽其焉如。	当陵阳之焉至兮,淼南渡之焉如?(《哀郢》)
	苦众人之难信兮,愿离群而远举。	灵皇皇兮既降,猋远举兮云中。(《云中君》)
		悲时俗之迫阨兮,愿轻举而远游。(《远游》)
		泛容与而遐举兮,聊抑志而自弭。(《远游》)
		登苍天而高举兮,历众山而日远。(《惜誓》)
	登峦山而远望兮,好桂树之冬荣。	登大坟以远望兮,聊以舒吾忧心。(《哀郢》)
		登石峦以远望兮,路眇眇之默默。(《悲回风》)

续表

《七谏》		所承袭对象
《自悲》		嘉南州之炎德兮,丽桂树之冬荣。(《远游》)
	观天火之炎炀兮,听大壑之波声。	经营四荒兮,周流六漠。上至列缺兮,降望大壑。(《远游》)
	引八维以自道兮,含沆瀣以长生。	餐六气而饮沆瀣兮,漱正阳而含朝霞。(《远游》)
	居不乐以时思兮,食草木之秋实。	
	饮菌若之朝露兮,构桂木而为室。	朝饮木兰之坠露兮,夕餐秋菊之落英。(《离骚》) 闻佳人兮召予,将腾驾兮偕逝。筑室兮水中,葺之兮荷盖。荪壁兮紫坛,播芳椒兮成堂。桂栋兮兰橑,辛夷楣兮药房。(《湘夫人》)
	杂橘柚以为囿兮,列新夷(辛夷)与椒桢(女贞)。	余既滋兰之九畹兮,又树蕙之百亩。畦留夷(芍药)与揭车兮,杂杜衡与芳芷。(《离骚》) 露申辛夷,死林薄兮。(《涉江》) 桂栋兮兰橑,辛夷楣兮药房。(《湘夫人》) 昔三后之纯粹兮,固众芳之所在。杂申椒与菌桂兮,岂维纫夫蕙茝?(《离骚》) 民好恶其不同兮,惟此党人其独异。户服艾以盈要兮,谓幽兰其不可佩。……苏粪壤以充帏兮,谓申椒其

续表

《七谏》		所承袭对象
《自悲》		不芳。欲从灵氛之吉占兮,心犹豫而狐疑。巫咸将夕降兮,怀椒糈而要之。(《离骚》)
	鹍鹤孤而夜号兮,哀居者之诚贞。	雁廱廱而南游兮,鹍鸡啁哳而悲鸣。(《九辩》)
《哀命》	哀时命之不合兮,伤楚国之多忧。	曾歔欷余郁邑兮,哀朕时之不当。(《离骚》)
		忳郁邑余侘傺兮,吾独穷困乎此时也。(《离骚》)
		悼余生之不时兮,逢此世之俇攘。(《九辩》)
		哀时命之不及古人兮,夫何予生之不遘时。(《哀时命》)
	内怀情之洁白兮,遭乱世而离尤。	欲僤佪以干傺兮,恐重患而离尤。(《惜诵》)
		进不入以离尤兮,退将复修吾初服。(《离骚》)
		黄鹄后时而寄处兮,鸱枭群而制之。神龙失水而陆居兮,为蝼蚁之所裁。夫黄鹄神龙犹如此兮,况贤者之逢乱世哉!(《惜誓》)
	恶耿介之直行兮,世溷浊而不知。	彼尧舜之耿介兮,既遵道而得路。(《离骚》)
		独耿介而不随兮,愿慕先圣之遗教。(《九辩》)
		世溷浊而不分兮,好蔽美而嫉妒。(《离骚》)

续表

《七谏》		所承袭对象
《哀命》		世溷浊而嫉贤兮,好蔽美而称恶。(《离骚》) 世溷浊莫吾知,人心不可谓兮。(《怀沙》) 被明月兮佩宝璐。世溷浊而莫余知兮,吾方高驰而不顾。(《涉江》)
	何君臣之相失兮,上沉湘而分离。	民离散而相失兮,方仲春而东迁。……楫齐扬以容与兮,哀见君而不再得。(《哀郢》)
	测汨罗之湘水兮,知时固而不反。	惜余年老而日衰兮,岁忽忽而不反。(《惜誓》)
	伤离散之交乱兮,遂侧身而既远。	民离散而相失兮,方仲春而东迁。(《哀郢》)
	处玄舍之幽门兮,穴岩石而窟伏。	伏匿穴处,爰何云?(《天问》)
	从水蛟而为徒兮,与神龙乎休息。	袭九渊之神龙兮,沕深潜以自珍。弥融爚以隐处,夫岂从蚁与蛭螾?(《吊屈原赋》)
	何山石之崭岩兮,灵魂屈而偃蹇。	服偃蹇以低昂兮,骖连蜷以骄骜。(《远游》) 桂树丛生兮山之幽,偃蹇连蜷兮枝相缭。(《招隐士》)
	含素水而蒙深兮,日眇眇而既远。	穆眇眇之无垠兮,莽芒芒之无仪。(《悲回风》)
	哀形体之离解兮,神罔两而无舍。	有人在下,我欲辅之。魂魄离散,汝筮予之!(《招魂》)

续表

《七谏》		所承袭对象
《哀命》	惟椒兰之不反兮,魂迷惑而不知路。	余以兰为可恃兮,羌无实而容长。 委厥美以从俗兮,苟得列乎众芳。 椒专佞以慢慆兮,樧又欲充夫佩帏。 既干进而务入兮,又何芳之能祇。 固时俗之流从兮,又孰能无变化。 览椒兰其若兹兮,又况揭车与江离。 (《离骚》) 惟郢路之辽远兮,魂一夕而九逝。 曾不知路之曲直兮,南指月与列星。 愿径逝而未得兮,魂识路之营营。 (《抽思》)
	愿无过之设行兮,虽灭没之自乐。 痛楚国之流亡兮,哀灵修之过到。	
	固时俗之溷浊兮,志眷迷而不知路。	固时俗之工巧兮,偭规矩而改错。 (《离骚》) 固时俗之流从兮,又孰能无变化? (《离骚》) 世溷浊而不分兮,好蔽美而嫉妒。 (《离骚》) 世溷浊而嫉贤兮,好蔽美而称恶。 (《离骚》) 世溷浊莫吾知,人心不可谓兮。 (《怀沙》) 世溷浊而莫余知兮,吾方高驰而不顾。(《涉江》)

续表

《七谏》		所承袭对象
《哀命》		惟郢路之辽远兮,魂一夕而九逝。曾不知路之曲直兮,南指月与列星。(《抽思》)
	念私门之正匠兮,遥涉江而远去。	
	念女嬃之婵媛兮,涕泣流乎於悒。	女嬃之婵媛兮,申申其詈予……(《离骚》) 伤太息之愍怜兮,气於邑而不可止。(《悲回风》)
	我决死而不生兮,虽重追吾何及。	
	戏疾濑之素水兮,望高山之蹇产。	思蹇产之不释兮,曼遭夜之方长。(《抽思》) 心絓结而不解兮,思蹇产而不释。(《哀郢》) 心絓结而不解兮,思蹇产而不释。(《悲回风》)
	哀高丘之赤岸兮,遂没身而不反。	忽反顾以流涕兮,哀高丘之无女。(《离骚》) 临沅湘之玄渊兮,遂自忍而沉流。卒没身而绝名兮,惜壅君之不昭。(《惜往日》)
《谬谏》	怨灵修之浩荡兮,夫何执操之不固?	怨灵修之浩荡兮,终不察夫民心。(《离骚》) 余既不难夫离别兮,伤灵修之数化。(《离骚》)

续表

《七谏》		所承袭对象
《谬谏》	悲太山之为隍兮,孰江河之可涸。	曾不知夏之为丘兮,孰两东门之可芜?(《哀郢》)
	愿承间而效志兮,恐犯忌而干讳。卒抚情以寂寞兮,然怊怅而自悲。	愿承间而自察兮,心震悼而不敢。(《抽思》)郁结纡轸兮,离愍而长鞠。抚情效志兮,冤屈而自抑。(《怀沙》)
	玉与石其同匮兮,贯鱼眼与珠玑。	同糅玉石兮,一概而相量。(《怀沙》)览察草木其犹未得兮,岂珵美之能当?(《离骚》)方世俗之幽昏兮,眩白黑之美恶。放山渊之龟玉兮,相与贵夫砾石。(《惜誓》)
	驽骏杂而不分兮,服罢牛而骖骥。	君亦闻骥乎?夫骥之齿至矣,服盐车而上太行。蹄申膝折,尾湛胕(肤)溃,漉汁洒地,白汗交流,中阪迁延,负辕不能上。伯乐遭之,下车攀而哭之,解纻衣以幂之。骥于是俛而喷,仰而鸣,声达于天,若出金石声者,何也?彼见伯乐之知己也。(《战国策·楚策四》"汗明见春申君"章)斡弃周鼎兮宝康瓠(瓿),腾驾罢牛兮骖蹇驴,骥垂两耳兮服盐车。(《吊屈原赋》)世溷浊而不分兮,好蔽美而嫉妒。(《离骚》)世溷浊而嫉贤兮,好蔽美而称恶。(《离骚》)

续表

《七谏》		所承袭对象
《谬谏》	年滔滔而自远兮,寿冉冉而愈衰。	岁忽忽而遒尽兮,老冉冉而愈弛。(《九辩》) 惜余年老而日衰兮,岁忽忽而不反。……寿冉冉而日衰兮,固儃回(运转)而不息。(《惜誓》)
	心悇憛而烦冤兮,蹇超摇而无冀。	蹇蹇之烦冤兮,陷滞而不发。(《思美人》) 心摇悦而日幸兮,然怊怅而无冀。(《九辩》)
	固时俗之工巧兮,灭规矩而改错。 却骐骥而不乘兮,策驽骀而取路。 当世岂无骐骥兮,诚无王良之善驭。 见执辔者非其人兮,故驹跳而远去。	固时俗之工巧兮,偭规矩而改错。(《离骚》) 何时俗之工巧兮,背绳墨而改错!却骐骥而不乘兮,策驽骀而取路。当世岂无骐骥兮,诚莫之能善御。见执辔者非其人兮,故駶跳而远去。(《九辩》)(按:"駶跳"一作"驹跳",一作"騳駓"。) 何时俗之工巧兮,灭规矩而改凿。(《九辩》) 乘骐骥以驰骋兮,来吾道夫先路。(《离骚》) 勒骐骥而更驾兮,造父为我操之。(《思美人》) 乘骐骥而驰骋兮,无辔衔而自载。……背法度而心治兮,辟与此其无异。(《惜往日》)

续表

《七谏》	所承袭对象
《谬谏》 不量凿而正枘兮,恐矩矱之不同。	不量凿而正枘兮,固前修以菹醢。(《离骚》) 圜凿而方枘兮,吾固知其鉏铻而难入。(《九辩》) 勉升降以上下兮,求矩矱之所同。(《离骚》)
不论世而高举兮,恐操行之不调。	汤禹严而求合兮,挚咎繇而能调。(《离骚》) 何方圜之能周兮,夫孰异道而相安。(《离骚》)
弧弓弛而不张兮,孰云知其所至?	众不可户说兮,孰云察余之中情。(《离骚》) 世幽昧以眩曜兮,孰云察余之善恶。(《离骚》) 闻百里之为虏兮,伊尹烹于庖厨。吕望屠于朝歌兮,宁戚歌而饭牛。不逢汤武与桓缪兮,世孰云而知之。(《惜往日》) 巧倕不斲兮,孰察其拨正。玄文处幽兮,矇瞍谓之不章。离娄微睇兮,瞽以为无明。……夫惟党人鄙固兮,羌不知余之所臧。(《怀沙》)
无倾危之患难兮,焉知贤士之所死? 俗推佞而进富兮,节行张而不著。	世溷浊而不清:蝉翼为重,千钧为轻;黄钟毁弃,瓦釜雷鸣;谗人高张,贤士无名。(《卜居》) 谅聪不明而蔽壅兮,使谗谀而日得。(《惜往日》)

续表

《七谏》		所承袭对象
《谬谏》	贤良蔽而不群兮,朋曹比而党誉。	鸷鸟之不群兮,自前世而固然。(《离骚》) 行不群以巅越兮,又众兆之所咍。(《惜诵》) 既惸独而不群兮,又无良媒在其侧。(《抽思》) 世并举而好朋兮,夫何茕独而不予听?(《离骚》)
	邪说饰而多曲兮,正法弧而不公。	
	直士隐而避匿兮,谗谀登乎明堂。	俗流从而不止兮,众柱聚而矫直。 或偷合而苟进兮,或隐居而深藏。 苦称量之不审兮,同权概而就衡。 或推迻而苟容兮,或直言之谔谔。 伤诚是之不察兮,并纫茅丝以为索。(《惜誓》)
	弃彭咸之娱乐兮,灭巧倕之绳墨。	虽不周于今之人兮,愿依彭咸之遗则。(《离骚》) 既莫足与为美政兮,吾将从彭咸之所居。(《离骚》) 望三五以为像兮,指彭咸以为仪。(《抽思》) 独茕茕而南行兮,思彭咸之故也。(《思美人》) 夫何彭咸之造思兮,暨志介而不忘!(《悲回风》) 孰能思而不隐兮,照彭咸之所闻。(《悲回风》)

续表

《七谏》		所承袭对象
《谬谏》		凌大波而流风兮,托彭咸之所居。(《悲回风》) 巧倕不斲兮,孰察其拨正。(《怀沙》)
	菎蕗杂于𤎅蒸兮,机蓬矢以射革。	世谓伯夷贪兮,谓盗跖廉;莫邪为钝兮,铅刀为铦。(《吊屈原赋》) 筐箧杂于𤎅蒸兮,机蓬矢以射革。(《哀时命》)
	驾蹇驴而无策兮,又何路之能极?	斡弃周鼎兮宝康瓠,腾驾罢牛兮骖蹇驴,骥垂两耳兮服盐车。(《吊屈原赋》) 乘骐骥而驰骋兮,无辔衔而自载。乘氾泭以下流兮,无舟楫而自备。背法度而心治兮,辟与此其无异。(《惜往日》)
	以直针而为钓兮,又何鱼之能得?	
	伯牙之绝弦兮,无钟子期而听之。	伯牙鼓琴,钟子期听之,方鼓琴而志在太山,钟子期曰:"善哉乎鼓琴,巍巍乎若太山。"少选之间,而志在流水,钟子期又曰:"善哉乎鼓琴,汤汤乎若流水。"钟子期死,伯牙破琴绝弦,终身不复鼓琴,以为世无足复为鼓琴者。非独琴若此也,贤者亦然。(《吕氏春秋·本味》) 伯牙善鼓琴,钟子期善听。……伯牙所念,钟子期必得之……(《列子·汤问》)

续表

《七谏》		所承袭对象
《谬谏》	和抱璞而泣血兮,安得良工而剖之?	楚人和氏得玉璞楚山中,奉而献之厉王。厉王使玉人相之,玉人曰:"石也。"王以和为诳,而刖其左足。及厉王薨,武王即位,和又奉其璞而献之武王;武王使玉人相之,又曰:"石也。"王又以和为诳,而刖其右足。武王薨,文王即位,和乃抱其璞而哭于楚山之下;三日三夜,泪尽而继之以血。王闻之,使人问其故,曰:"天下之刖者多矣,子奚哭之悲也?"和曰:"吾非悲刖也,悲夫宝玉而题之以'石',贞士而名之以'诳',此吾所以悲也。"王乃使玉人理其璞而得宝焉,遂命曰"和氏之璧"。(《韩非子·和氏》)
	同音者相和兮,同类者相似。飞鸟号其群兮,鹿鸣求其友。故叩宫而宫应兮,弹角而角动。虎啸而谷风至兮,龙举而景云往。音声之相和兮,言物类之相感也。	故叩宫宫应,弹角而角动,此同音之相应〔者〕也。(《淮南子·齐俗》)夫物类之相应,玄妙深微,知不能论,辩不能解。……今夫调弦者,叩宫宫应,弹角角动,此同声相和者也。(《淮南子·览冥》)物类相动,本标相应,故阳燧见日则燃而为火,方诸见月则津而为水,虎啸而谷风至,龙举而景云属,麒麟斗而日月食,鲸鱼死而彗星出,蚕珥丝而商弦绝,贲星坠而勃海决。(《淮南子·天文》)

续表

《七谏》		所承袭对象
《谬谏》		智如泉源，行可以为表仪者，人师也。智可以砥砺，行可以为辅弼者，人友也。据法守职，而不敢为非者，人吏也。当前快意，一呼再喏者，人隶也。故上主以师为佐，中主以友为佐，下主以吏为佐，危亡之主以隶为佐。语曰："渊广者其鱼大，主明者其臣慧。"相观而志合，必由其中。故同明相见，同音相闻，同志相从，非贤者莫能用贤。(《韩诗外传》卷五第十八章)
		古者天子左五钟，右五钟。将出，则撞黄钟，而右五钟皆应之。马鸣中律，驾者有文，御者有数。立则磬折，拱则抱鼓，行步中规，折旋中矩。然后太师奏升车之乐，告出也。入则撞蕤宾，而左五钟皆应之，以治容貌。容貌得则颜色齐，颜色齐则肌肤安。蕤宾有声，鹄震马鸣，及倮介之虫，无不延颈以听。在内者皆玉色，在外者皆金声。然后少师奏升堂之乐，即席告入也。此言音乐相和，物类相感，同声相应之义也。《诗》云"钟鼓乐之"，此之谓也。(《韩诗外传》卷一第十六章)
		呦呦鹿鸣，食野之苹。(《诗经·小雅·鹿鸣》)
		伐木丁丁，鸟鸣嘤嘤。出自幽谷，迁

续表

《七谏》		所承袭对象
《谬谏》		于乔木。嘤其鸣矣,求其友声。(《诗经·小雅·伐木》) 鸟兽鸣以号群兮,草苴比而不芳。(《悲回风》)
	夫方圜之异形兮,势不可以相错。 列子隐身而穷处兮,世莫可以寄托。 众鸟皆有行列兮,凤独翔翔而无所薄。	何方圜之能周兮,夫孰异道而相安。(《离骚》) 圜凿而方枘兮,吾固知其鉏铻而难入。众鸟皆有所登栖兮,凤独遑遑而无所集。(《九辩》) 子列子居郑圃,四十年人无识者(张湛注:非形不与物接,言不与物交,不知其德之至,则同于不识者矣)。国君卿大夫眂之,犹众庶也。(《列子·天瑞》) 顺风波以从流兮,焉洋洋而为客。凌阳侯之泛滥兮,忽翱翔之焉薄?(《哀郢》)
	经浊世而不得志兮,愿侧身岩穴而自托。	彼圣人之神德兮,远浊世而自藏。(《惜誓》) 吸湛露之浮凉兮,漱凝霜之雰雰。依风穴以自息兮,忽倾寤以婵媛。(《悲回风》)
	欲阖口而无言兮,尝被君之厚德。	愿衔枚而无言兮,尝被君之渥洽。(《九辩》)
	独便悁而怀毒兮,愁郁郁之焉极。	心郁郁之忧思兮,独永叹乎增伤。(《抽思》)

续表

《七谏》		所承袭对象
《谬谏》		忽若去不信兮,至今九年而不复。惨郁郁而不通兮,蹇侘傺而含慼。(《哀郢》) 愁郁郁之无快兮,居戚戚而不可解。(《悲回风》) 独悲愁其伤人兮,冯郁郁其何极!(《九辩》) 发郢都而去闾兮,怊荒忽其焉极?(《哀郢》)
	念三年之积思兮,愿壹见而陈词。	屈原既放,三年不得复见……(《卜居》) 愿一见兮道余意,君之心兮与余异。(《九辩》) 心闵怜之惨凄兮,愿一见而有明。(《九辩》)
	不及君而骋说兮,世孰可为明之。 身寝疾而日愁兮,情沉抑而不扬。	纷逢尤以离谤兮,謇不可释。情沉抑而不达兮,又蔽而莫之白。心郁邑余侘傺兮,又莫察余之中情。固烦言不可结诒兮,愿陈志而无路。(《惜诵》)
	众人莫可与论道兮,悲精神之不通。	汤禹严而祗敬兮,周论道而莫差。(《离骚》) 众不可户说兮,孰云察余之中情。(《离骚》)
《乱辞》	乱曰:鸾皇孔凤日以远兮,畜凫鴐鹅。 鸡鹜满堂坛兮,鼌鼍游乎华池。	乱曰:鸾鸟凤皇,日以远兮。燕雀乌鹊,巢堂坛兮。(《涉江》) 凫雁皆唼夫梁藻兮,凤愈飘翔而高举。(《九辩》)

续表

《七谏》	所承袭对象
要褭(古之骏马)奔亡兮,腾驾橐驼。	斡弃周鼎兮宝康瓠,腾驾罢牛兮骖蹇驴,骥垂两耳兮服盐车。(《吊屈原赋》)
铅刀进御兮,遥弃太阿(利剑)。	世谓伯夷贪兮,谓盗跖廉;莫邪为钝兮,铅刀为铦。(《吊屈原赋》)
《乱辞》 拔搴玄芝兮,列树芋荷。橘柚萎枯兮,苦李旖旎。(王逸章句解"玄芝"为神草;芋荷,即芋芳,其叶似荷。)	采三秀兮于山间,石磊磊兮葛蔓蔓。(《山鬼》) 制芰荷以为衣兮,集芙蓉以为裳。不吾知其亦已兮,苟余情其信芳。(《离骚》) 后皇嘉树,橘徕服兮……(《橘颂》)
甒甌登于明堂兮,周鼎潜乎深渊。	斡弃周鼎兮宝康瓠,腾驾罢牛兮骖蹇驴,骥垂两耳兮服盐车。(《吊屈原赋》)
自古而固然兮,吾又何怨乎今之人!	鸷鸟之不群兮,自前世而固然。(《离骚》) 接舆髡首兮,桑扈臝行。忠不必用兮,贤不必以。伍子逢殃兮,比干菹醢。与前世而皆然兮,吾又何怨乎今之人!余将董道而不豫兮,固将重昏而终身。(《涉江》)

说明:1.本表左栏收录了《七谏》全文,并将其划分为大小不等的比对单元,右栏揭示其承袭对象。本表可视为对代言体辞作文本构成的典型个案分析。2.表中涉及《史记》《冲波传》等典籍的数条材料,关注的不是它们本身,而是它们载录的相关叙述。表中《吊屈原赋》之文本,依《史记》贾谊本传。3.比对中,尽量寻求文本间的最大相关性。例如《七谏·

第七章　论《远游》非屈原所作及其创作时期、历史渊源与实质　549

自悲》云:"隐三年而无决兮,岁忽忽其若颓。"乍看此语可上溯至《九辩》"岁忽忽而遒尽兮,恐余寿之弗将""岁忽忽而遒尽兮,老冉冉而愈弛",以及《惜誓》"惜余年老而日衰兮,岁忽忽而不反",但衡量文本关联程度之大小,可断定它是承袭《悲回风》"岁曶曶其若颓兮,时亦冉冉而将至"。值得注意的是,很多关联都更为内在。4.《九章》《九歌》各篇题名前均不标"九章"或者"九歌",以省篇幅。5.着重号为笔者所加,以凸显文本间的关联。

　　由表7-3之分析、比照可知,屈作对《七谏》的影响是至关重要的,毫无疑义。然而对本章来说,更值得关注的,是《七谏·自悲》部分叙写屈子事迹,大量袭用了《远游》篇的内容,其他部分虽有袭用,但明显不如这一部分集中和典型。

　　毋庸讳言,上表所列《自悲》和《远游》两个文本的关联有一些不够有力。可《自悲》叙主人公之"远游",实为《远游》主体内容——游仙活动的"缩微版"。其主人公"怀琬琰"而"施玉色","见韩众"而"问天道","含沆瀣以长生"等,都是敷衍《远游》的核心元素。比如所谓"见韩众而宿之兮,问天道之所在",乃糅合《远游》"见王子而宿之兮,审壹气之和德""奇傅说之托辰星兮,羡韩众之得一"二语。基于代言体的一般特质,这些情况意味着东方朔将《远游》主人公之追求、情思和作为看作屈子的追求、情思和作为,易言之,他将《远游》看作屈子遭受重挫后的一段情感历程。对东方朔建构屈子形象来说,《远游》的实质作用甚至超过了《九辩》等辞作,仅次于屈子《离骚》诸篇。

　　这透露了很多重要信息:东方朔在代言时直接将《远游》主人公的一系列行为建构到屈子身上,从楚辞范围内看只有两种可能,要么他认为《远游》是代屈子之言,如同《九辩》,要么他认为《远游》就出乎屈子之手。考虑到《远游》对《七谏》屈子形象之影响甚巨,后一种可能性显然更大。这又意味着当时,屈子作《远游》已成为社会上某种程度的共识。在这个问题上,如果当时存在一种与此不同的有社会影响力的认定,东方朔不太可能持独见之明、独听之聪。因此这又意味着《远游》之撰著不可能距东方朔太近。

褚少孙续补《滑稽列传》,谓东方朔"好古传书,爱经术,多所博观外家之语",又谓东方朔"修先王之术,慕圣人之义,讽诵《诗》《书》百家之言,不可胜数"。若《远游》之产生距东方朔不远,断无可能被世人及东方朔共视为屈作。东方朔这种接受《远游》的方式和立场,经过王逸《章句》之推衍,几乎影响了整个历史。

不过,东方朔对《远游》的认同是有限的。他不把求仙登仙当作问题的解决之道,而主要是从形式层面上接受了它的影响。故《七谏》于《自悲》之后,在《哀命》《谬谏》及乱辞部分,明显回归了屈子《离骚》《九章》诸辞作的立场。这里面混杂着作者对《惜誓》和《吊屈原赋》的接受。例言之,《哀命》谓"从水蛟而为徒兮,与神龙乎休息",化用了《吊屈》"袭九渊之神龙兮,沕深潜以自珍。弥融爚以隐处兮,夫岂从螘与蛭螾";《谬谏》谓"经浊世而不得志兮,愿侧身岩穴而自托",袭用了《惜誓》"彼圣人之神德兮,远浊世而自藏"。不过从根本取向上看,这些要素并未改变《七谏》比较纯粹的屈原的底子。我们可以看看该篇之乱辞。乱辞承袭的主要是屈子《涉江》《离骚》以及贾谊的《吊屈》,却蕴含着从贾谊立场(参见下文所论)向屈子立场的回复。其结语说:"甂瓯(劣质小盆小瓮)登于明堂兮,周鼎潜乎深渊。自古而固然兮,吾又何怨乎今之人!"前句袭用了《吊屈》对世俗的批判——"斡弃周鼎兮宝康瓠(破瓦壶)",后句则糅合了《离骚》"鸷鸟之不群兮,自前世而固然",以及《涉江》所谓"接舆髡首兮,桑扈臝行。忠不必用兮,贤不必以。伍子逢殃兮,比干菹醢。与前世而皆然兮,吾又何怨乎今之人! 余将董道而不豫兮,固将重昏而终身"。《七谏》最终并未接受《惜誓》和《吊屈》设计的因应现实的路径。

依《七谏》对《远游》的认知,可以确定《远游》之产生与《大人赋》绝无瓜葛,且必早于《大人赋》。据刘南平考证,司马相如(约前179—前127)最终完成并奏上《大人赋》是在汉武帝元狩四年

（前119），但可能在武帝元光年间（前134—前129）有一个草稿①。东方朔《七谏》成于公元前106年，或者公元前104至公元前97年之间。若《远游》诚如论家所说为《大人赋》之初稿，甚至抄袭了《大人赋》，时人及东方朔岂能不知？他们又怎会以《远游》为屈子之作呢？而且按照这种"初稿说"或"抄袭说"，《远游》针对的是汉武"好仙"，它甚至连代屈子言说的代言体都不是，东方朔何由将该篇主人公的经历和追求当成屈子的经历和追求呢？可见此类说法完全是想当然的。

《大人赋》与《远游》之关联是毋庸置疑的（具体请参阅下表），此前学界无论是研究《大人赋》，还是研究《远游》，关注的都是这种关联。但实际上，二者之相异性才凸显了各自的本质。

表7-4　《大人赋》与《远游》关联示要

《大人赋》（据《汉书·司马相如传》）	《远游》
悲世俗之迫隘兮，揭轻举而远游。乘绛幡之素蜺兮，载云气而上浮。	悲时俗之迫阨兮，愿轻举而远游。质菲薄而无因兮，焉托乘而上浮？
建格泽之修竿兮（案《史记·天官书》：格泽星者，如炎火之状。黄白，起地而上。下大上兑），总光耀之采旄（颜注引张揖曰：系光耀之气于长竿以为旄也；颜注：旄即今所谓藑头也）。垂旬始以为幓兮（颜注引李奇曰：旬始，气如雄鸡，见北斗旁），又引张揖曰：县旬始于旄下，以为十二旒也），曳彗星而为髾（颜注引张揖曰：栭彗星缀著旒以为燕尾也）。……	建雄虹之采旄兮，五色杂而炫耀。／集重阳入帝宫兮，造旬始而观清都。／擥彗星以为旍（旌）兮，举斗柄以为麾。

---

① 参见刘南平《司马相如生平及作品系年考》，收入《中国典籍与文化论丛》第3辑，中华书局1995年版，第186—187页。

续表

《大人赋》(据《汉书·司马相如传》)	《远游》
擎挐抢(彗星)以为旌兮,靡屈虹而为绸(颜注引张揖曰:绸,韬也。颜注:韬,谓裹冒旌旗之竿也)。	
驾应龙象舆之蠖略委丽兮,骖赤螭青虬之蚴蟉宛蜒(颜注:蠖略委丽、蚴蟉宛蜒,皆其行步进止之貌也)。低卬夭蟜裾以骄骜兮,诎折隆穷蠼以连卷。	玄螭虫象并出进兮,形蟉虬而逶蛇。/ 服偃蹇以低昂兮,骖连蜷以骄骜。
邪绝少阳而登太阴(北极)兮,与真人乎相求。	撰余辔而正策兮,吾将过乎句芒(王逸章句:就少阳神于东方也)。历太皓以右转兮,前飞廉以启路(王逸章句:东方甲乙,其帝太皓,其神句芒)。/ 历玄冥(北方之神)以邪径兮,乘间维以反顾。/ 时暧曃其曭莽兮,召玄武而奔属(王逸章句:呼太阴神使承卫也)。/ 轶迅风于清源兮,从颛顼乎增冰(洪补:北方壬癸,其帝颛顼,其神玄冥)。/ 闻赤松之清尘兮,愿承风乎遗则。贵真人之休德兮,美往世之登仙。与化去而不见兮,名声著而日延。奇傅说之托辰星兮,羡韩众之得一。

第七章 论《远游》非屈原所作及其创作时期、历史渊源与实质 553

续表

《大人赋》(据《汉书·司马相如传》)	《远游》
互折窈窕以右转兮,横厉飞泉以正东。悉征灵圉而选之兮,部署众神于摇光。使五帝先导兮,反大壹而从陵阳。左玄冥而右黔雷(黔嬴)兮,前长离而后矞皇。厮征伯侨而役羡门兮,诏岐伯(黄帝时名医)使尚方。祝融警而跸御兮,清气氛而后行。屯余车而万乘兮,绰云盖(颜注:绰,合也。合五采云以为盖也)而树华旗。使句芒其将行兮,吾欲往乎南嬉。	屯余车之万乘兮,纷溶与而并驰。驾八龙之婉婉兮,载云旗之逶蛇。……历太皓以右转兮,前飞廉以启路。……风伯为余先驱兮,氛埃辟而清凉。凤皇翼其承旐兮,遇蓐收乎西皇。……时暧曃其曭莽兮,召玄武而奔属。后文昌使掌行兮,选署众神以并毂。……左雨师使径侍兮,右雷公以为卫。……指炎神而直驰兮,吾将往乎南疑(一作南嬉)。/ 召黔(嬴)〔嬴〕而见之兮,为余先乎平路。/ 祝融戒而跸御兮,腾告鸾鸟迎宓妃。
纷湛湛其差错兮,杂逯胶辄以方驰。	骑胶葛以杂乱兮,斑漫衍而方行。
径入雷室之砰磷郁律(深峻貌)兮,洞出鬼谷之堀礨崴魁(颜注引张揖曰:鬼谷在昆仑北直北辰下,众鬼之所聚也。堀礨崴魁,不平也)。遍览八纮而观四海兮,揭度九江越五河。经营炎火而浮弱水兮,杭绝浮渚涉流沙。	经营四荒兮,周流六漠。
奄息葱极泛滥水嬉兮,使灵娲(女娲)鼓琴而舞冯夷。	使湘灵鼓瑟兮,令海若舞冯夷。

续表

《大人赋》(据《汉书·司马相如传》)	《远游》
时若曖曖将混浊兮,召屏翳(颜注引应劭曰:屏翳,天神使也)诛风伯(飞廉),刑雨师。	时暧曃其曭莽兮,召玄武而奔属。/风伯为余先驱兮,氛埃辟而清凉。/历太皓以右转兮,前飞廉以启路。/左雨师使径侍兮,右雷公以为卫。
排阊阖而入帝宫兮,载玉女而与之归。	命天阍其开关兮,排阊阖而望予。/集重阳入帝宫兮,造旬始而观清都。/祝融戒而跸御兮,腾告鸾鸟迎宓妃。
呼吸沆瀣兮餐朝霞,咀噍芝英兮叽琼华。	餐六气而饮沆瀣兮,漱正阳而含朝霞。/吸飞泉之微液兮,怀琬琰之华英(王逸章句:咀嚼玉英,以养神也)。
僸祲寻而高纵兮,纷鸿溶而上厉。贯列缺之倒景兮,涉丰隆之滂濞。骋游道而修降兮,骛遗雾而远逝。迫区中之隘陕兮,舒节出乎北垠。遗屯骑于玄阙兮,轶先驱于寒门。下峥嵘而无地兮,上嵺廓而无天。视眩泯而亡见兮,听敞恍而亡闻。乘虚亡而上遐兮,超无友而独存。	路曼曼其修远兮,徐弭节而高厉。/召丰隆使先导兮,问大微之所居。/悲时俗之迫阨兮,愿轻举而远游。/舒并节以驰骛兮,逴绝垠乎寒门(北极之门)。轶迅风于清源兮,从颛顼乎增冰。……上至列缺兮,降望大壑。下峥嵘而无地兮,上寥廓而无天。视倏忽而无见兮,听惝恍而无闻。超无为以至清兮,与泰初而为邻。

第七章　论《远游》非屈原所作及其创作时期、历史渊源与实质　555

《大人赋》云:"登阆风而遥集兮,亢鸟腾而壹止。低徊阴山翔以纡曲兮,吾乃今日睹西王母。暠然白首戴胜而穴处兮,亦幸有三足乌为之使。必长生若此而不死兮,虽济万世不足以喜。"这一片段为《远游》所无。因为《大人赋》复《远游》之语词语意甚多,二者有极高的关联性,这一增益部分表达的必是对《远游》的回应:它旗帜鲜明地质疑《远游》离世登仙、"留不死之旧乡"的基本取向,认为即便求仙之梦想成真,仍有巨大的残缺,不足以喜。这就凸显了《大人赋》与《远游》在根本上的异趣。相如之所以汲取《远游》之修仙游仙,来构建《大人赋》的形式,主要是基于他的现实针对性。《汉书·司马相如传》云:"上既美子虚之事,相如见上好仙,因曰:'上林之事未足美也,尚有靡者。臣尝为《大人赋》,未就,请具而奏之。'相如以为列仙之儒居山泽间,形容甚臞,此非帝王之仙意也,乃遂奏《大人赋》。"对修仙游仙诸事,相如并不真心关注,他关注并意欲谏止的是汉武好仙。《大人赋》之回应《远游》实即回应汉武,汉武好仙的观念和实践,不就是《远游》所表征传统的延续吗?

从写法上看,真正凸显相如赋家本色的,恰恰就是《大人赋》与《远游》的相异之处。比如《大人赋》云:"沛艾赳螑仡以佁儗兮,放散畔岸骧以孱颜。跮踱辄蠕容以骪丽兮,蜩蟉偃寋怵㕙以梁倚。纠蓼叫奡踏以艐路兮,蔑蒙踊跃腾而狂趡。莅飒卒猝焱至电过兮,焕然雾除,霍然云消。"这一片段亦为《远游》所无,而极写大人乘龙驾螭轻举远游之情状,诸如龙螭之申颈低昂,举首止步,纵放参差,忽进忽退,摇目吐舌,左右相逐,掉头屈曲,奔走荡倚,相引相呼,下着乎道路,飞扬而跳掷狂进而驰骛,飞相及,走相追,如疾风忽至,似电闪倏失,而云雾亦随之消散,可谓异常繁复和靡丽。此纯然汉大赋之体物,《远游》绝无此等笔法和想象。《大人赋》又云:"骚扰冲苁其(相)纷挐兮,滂濞泱轧丽以林离。攒罗列聚丛以茏茸兮,衍曼流烂痑以陆离。"此又极写车驾喧扰相入而错杂、众盛而丽靡及其聚集、纵散种种情状,亦特具汉大赋之神韵,而为

《远游》所无。《远游》云:"玄螭虫象并出进兮,形蟉虬而逶蛇。"《大人赋》则说:"驾应龙象舆之蠖略委丽兮,骖赤螭青虬之蚴蟉宛蜒。"《远游》云:"服偃蹇以低昂兮,骖连蜷以骄骜。"《大人赋》则说:"低卬夭蟜裾以骄骜兮,诎折隆穷躩以连卷。"后者确实承袭了前者,而加"蠖略委丽"来写龙驾象舆行步进止之貌,加"夭蟜裾"来写龙螭之屈伸直项,加"诎折隆穷躩"来写龙螭委屈举髻而跳掷,所增益的部分亦正显示了汉大赋铺采摛文的特质。

  总之,《大人赋》对《远游》固有因袭,且所涉篇幅甚大,可本质上还是有所超越的,无论是精神还是写法,均系如此。《大人赋》没有涉及《远游》与屈子的关系,它对《远游》的回应主要是在仙道层面上。《远游》之产生不惟在东方朔之前,且必早于相如作《大人赋》。

  传世《淮南子》殆成书于汉武帝建元二年(前139)①。其《齐俗》篇云:"今夫王乔、赤诵子,吹呕(呴)呼吸,吐故内新,遗形去智,抱素反真,以游玄眇,上通云天。今欲学其道,不得其养气处神,而放其一吐一吸,时诎时伸,其不能乘云升假亦明矣。"这段文字有鲜明的《庄》学背景。《庄子·外篇·刻意》谓:"吹呴呼吸,吐故纳新,熊经鸟申,为寿而已矣;此道引之士,养形之人,彭祖寿考者之所好也。"《天地》谓:"夫明白入素,无为复朴,体性抱神,以游世俗之间者,汝将固惊邪?"此外《庄子·内篇·大宗师》《外篇·秋水》等文均有"反其真"之说。凡此之类,皆为《齐俗》篇上述文字的源头活水。《齐俗》篇贬斥一般吐故纳新之行气,而强调"养气处神",与致力于"养神"、贬斥"养形"的《庄》学主流更显然一致(见下文所论)。然而,《淮南子》将行气导引、升遐登仙之术明确推源于赤松和王乔,则当有《远游》的影响。《淮南子·泰族》一段关于王乔赤松的文字,更明显是针对《远游》而言的。今将二者

---

① 参阅牟钟鉴《〈吕氏春秋〉与〈淮南子〉思想研究》,齐鲁书社1987年版,第160—161页。

之关联列为表 7-5：

表 7-5 《淮南子·泰族》与《远游》关联示要

《淮南子·泰族》	《远游》
王乔、赤松去尘埃之间，离群慝之纷，吸阴阳之和，食天地之精，呼而出故，吸而入新，蹀虚轻举，乘云游雾，可谓养性矣，而未可谓孝子也。	闻赤松之清尘兮，愿承风乎遗则。贵真人之休德兮，美往世之登仙。与化去而不见兮，名声著而日延。奇傅说之托辰星兮，羡韩众之得一。形穆穆以浸远兮，离人群而遁逸。因气变而遂曾举兮，忽神奔而鬼怪。时仿佛以遥见兮，精皎皎以往来。绝氛埃而淑尤兮，终不反其故都。免众患而不惧兮，世莫知其所如。／轩辕不可攀援兮，吾将从王乔而娱戏！餐六气而饮沆瀣兮，漱正阳而含朝霞。保神明之清澄兮，精气入而粗秽除。／载营魄而登霞兮，掩浮云而上征。／叛陆离其上下兮，游惊雾之流波。悲时俗之迫阨兮，愿轻举而远游。／泛容与而遐举兮，聊抑志而自弭。／

表 7-5 所录文献有一个关键词——"举"，意味着飞升或登仙，这种意义上的"举"不见于传世《庄子》，而见于《泰族》和《远游》，且是《远游》的主旨和眼目。这强化了《泰族》与《远游》的关系。最耐人寻味的是，《泰族》这段文字从儒家立场上否定了《远游》的整体取向。它的价值判断是："王乔、赤松……可谓养性矣，而未可谓孝子也。"《远游》行气登仙之说当时必已广泛行世了，所以《泰族》篇才作这样的回应。

每一种存在都会在历史中留下痕迹，反过来说，这些痕迹亦可以证明和界定相关的存在。如上所论,《七谏》《大人赋》《淮南子》与《远游》均有关联,它们从不同层面、不同程度上继承和回应了《远游》。这些关联互相确证和加强,因此富有实证性,足以澄清历史真相,涤除学术史上的谬见。而这种历史联系,尚可上溯得更远。

邹阳(约前206—前129)、枚乘(前?—前140)、严忌(约前188—前105)诸子,远在汉景三年(前154)吴楚七国叛乱前离吴至梁,而景帝七年(前150)前,邹阳受羊胜、公孙诡等人谗毁,与他同时游吴甚久、同时入梁的枚严二人遭到牵连。严忌殆于此时创作了《哀时命》①。

《哀时命》是与《远游》关系密迩、值得关注的又一篇文献(其间关联见下表)。作者之"哀",在于"身既不容于浊世兮,不知进退之宜当"。他在篇中叙及出世修仙,与赤松结友,与王乔为耦等等,然而很明显,他根本不认为这种追求能解决现世问题。故终篇曰:"邪气袭余之形体兮,疾憯怛而萌生。愿壹见阳春之白日兮,恐不终乎永年。"这跟《远游》"仍羽人于丹丘兮,留不死之旧乡"的追求,及其"超无为以至清兮,与泰初而为邻"的结局,在信仰层面上已经绝异了。此外,《远游》建构了"经营四荒""周流六漠"的仙游和信仰空间。"六漠"犹言"六幕";《汉书·礼乐志》记《郊祀歌》十九章之《天门》,有谓"专精厉意逝九阁,纷云六幕浮大海",颜注云:"六幕,犹言六合也。"《哀时命》甚至对这一宏大空间表示了不屑,称:"冠崔嵬而切云兮,剑淋离而从横。衣摄叶以储与兮,左袪挂于榑桑。右袵拂于不周兮,六合不足以肆行。"其下文则说:"上同凿枘于伏戏兮,下合矩矱于虞唐。愿尊节而式高兮,志犹卑夫禹汤。虽知困其不改操兮,终不以邪枉害方。"道德层面高标自持、守死善道,再次说明《哀时命》与《远游》有天壤之别。而

---

① 参阅郑文《〈楚辞·哀时命〉试论》,刊载于《西北师大学报》(社会科学版)1980年第4期。严忌本姓庄,后人因避汉明帝刘庄讳改曰严。

志卑禹汤的说法,更说明《哀时命》之睥睨《远游》四荒六漠的信仰空间,只是一种夸饰或形式,作者对该空间不存在"相信的活动"。总而言之,《哀时命》不仅承袭了《远游》,而且以不屑一顾的态度回应了《远游》的信仰体系。因此,《远游》之产生与流布,又必在严忌作《哀时命》以前。

表7-6 《哀时命》与《远游》关联示要

《哀时命》	《远游》
哀时命之不及古人兮,夫何予生之不遘时。往者不可扳援兮,俫者不可与期。/然隐悯而不达兮,独徙倚而彷徨。	往者余弗及兮,来者吾不闻。步徙倚而遥思兮,怊惝恍而乖怀。
夜炯炯而不寐兮,怀隐忧而历兹。	夜耿耿而不寐兮,魂茕茕而至曙。
势不能凌波以径度兮,又无羽翼而高翔。	阳杲杲其未光兮,凌天地以径度。
廓落寂而无友兮,谁可与玩此遗芳①?	谁可与玩斯遗芳兮①,晨向风而舒情。 (案屈子《思美人》:惜吾不及古人兮,吾谁与玩此芳草?)
冠崔嵬而切云兮,剑淋离而从横。衣摄叶以储与兮,左袪挂于榑桑,右衽拂于不周兮,六合不足以肆行。	经营四荒兮,周流六漠(洪补:谓六合也)。
下垂钓于溪谷兮,上要求于仙者。与赤松而结友兮,比王侨而为耦。	闻赤松之清尘兮,愿承风乎遗则。/轩辕不可攀援兮,吾将从王乔而娱戏!……见王子而宿之兮,审壹气之和德。
生天地之若过兮,忽烂漫而无成。	聊仿佯而逍遥兮,永历年而无成。

不过,在因应现实困迫方面,《哀时命》不仅否弃了《远游》模式,对屈原本人的模式也有所修正。一方面,《哀时命》之主人公表示宁死不屈、坚持道义。尝谓:"子胥死而成义兮,屈原沉于汨罗。虽体解其不变兮,岂忠信之可化?志怦怦(怦怦)而内直兮,履绳墨而不颇。"另一方面,它也强化了自珍自藏的生存智慧。说:"众比周以肩迫兮,贤者远而隐藏。"又说:"鸾凤翔于苍云兮,故矰缴而不能加。蛟龙潜于旋渊兮,身不挂于罔罗。知贪饵而近死兮,不如下游乎清波。宁幽隐以远祸兮,孰侵辱之可为?"又说:"时獸铁而不用兮,且隐伏而远身。"这种取径上承《惜誓》和《吊屈原赋》,与屈子本人有所不同。

在考查《远游》作成时期时,《惜誓》同样值得关注。该篇之作者,王逸疑而未定。他在《惜誓》章句序中说:"《惜誓》者,不知谁所作也。或曰贾谊,疑不能明也。"笔者以为贾谊作《惜誓》一说是可信的。该篇与确知为贾谊作品的《吊屈原赋》高度叠合,两者不仅有大量互相关联的要素(语词及其形式意图),而且这些要素的取向和表达方式也完全一致,见表7-7。

表7-7 《吊屈原赋》与《惜誓》关联示要

《吊屈原赋》(据《史记·贾谊列传》)	《惜誓》
呜呼哀哉,逢时不祥!鸾凤伏窜兮,鸱枭翱翔。阘茸尊显兮,谗谀得志。贤圣逆曳兮,方正倒植。世谓伯夷贪(《汉书》作随夷溷)兮,谓盗跖(《汉书》作跖蹻)廉;莫邪为钝兮,铅刀为铦。……斡弃周鼎兮宝康瓠,腾驾罢牛兮骖蹇驴,骥垂两耳兮服盐车。章甫荐屦兮,渐不可久;嗟苦先生兮,独离此咎!	方世俗之幽昏兮,眩白黑之美恶。放山渊之龟玉兮,相与贵夫砾石。梅伯数谏而至醢兮,来革顺志而用国。悲仁人之尽节兮,反为小人之所贼。比干忠谏而剖心兮,箕子被发而佯狂。水背流而源竭兮,木去根而不长。

续表

《吊屈原赋》(据《史记·贾谊列传》)	《惜誓》
凤漂漂其高遰兮,夫固自缩而远去。袭九渊之神龙兮,沕深潜以自珍。偭蟂獭(原作弥融爚,从一本)以隐处兮,夫岂从虾与蛭螾？所贵圣人之神德兮,远浊世而自藏。使骐骥可得系羁兮,岂云异夫犬羊！	已矣哉！独不见夫鸾凤之高翔兮,乃集大皇之野。循四极而回周兮,见盛德而后下。彼圣人之神德兮,远浊世而自藏。使麒麟可得羁而系兮,又何以异虖犬羊？
凤皇翔于千仞之上兮,览德辉而下之。见细德之险(微)〔征〕兮,摇增翮逝而去之。	独不见夫鸾凤之高翔兮,乃集大皇之野。循四极而回周兮,见盛德而后下。
彼寻常之污渎兮,岂能容吞舟之鱼！横江湖之鳣鲟兮,固将制于蚁蝼。	俗流从而不止兮,众枉聚而矫直。/黄鹄后时而寄处兮,鸱枭群而制之。神龙失水而陆居兮,为蝼蚁之所裁。夫黄鹄神龙犹如此兮,况贤者之逢乱世哉！

　　《惜誓》与《吊屈》的主要区别在于,前者基本上是代言体辞作,后者则非。就是说,以形式言,在代言体的《惜誓》中,主体与屈子的分隔不明晰,在非代言体的《吊屈》赋中,这种区隔是一目了然的。那么历史上何以存在《惜誓》《吊屈》两篇出自一人之手,主旨相同而体式各异的作品呢？这也许有一定的偶然性。贾谊,雒阳(今河南洛阳东)人,十八岁以能诵《诗》《书》属文称于郡中,汉文帝元年(前179)由原河南守吴公荐举,被召为博士,一岁中超迁至大中大夫,遂上疏议立汉制、更秦法。文帝二年(前178)复上疏言列侯就国以及重农诸事,文帝议以任公卿之位。绛侯周勃、灌婴、东阳侯张相如、御史大夫冯敬之属群起害之,说:"雒阳之人年

少初学,专欲擅权,纷乱诸事。"文帝后亦疏之。文帝三年(前177)贾谊出任长沙王太傅,及度湘水,作《吊屈原赋》,六年(前174)作《服(鵩)鸟赋》。七年(前173)转任梁怀王太傅。十一年(前168)怀王坠马死,谊自伤为傅无状,常哭泣,后岁余,郁郁而逝①。笔者认为,贾谊殆在遭受毁谤、被文帝疏远时,对"信而见疑,忠而被谤"的屈原产生了切己的同情,遂为代言体之《惜誓》以抒情愫。那时,他对屈原和自身遭际的基本认知已经成型了。贾谊未曾料到自己旋即被谪去长沙,意不自得,又直面屈子自沉之域,其哀痛更胜于前,有不能自已不得不鸣者,然而他对屈原以及他自身遭际的基本认知并未改易,遂以《惜誓》为底子作《吊屈原赋》,追伤屈原,"因以自谕"(《汉书·贾谊传》)。贾谊此时强烈和直接地面对着屈子,混淆双方而持代言立场已不大可能,也无必要,故不再使用代言体。这大概是贾谊《惜誓》《吊屈》二作异而同同而异的缘由。

　　传世楚辞中之《渔父》、贾谊《惜誓》和《吊屈》,乃作者依自己之取向为屈子指点路径之作(这同时也是对主体取向的自我确认),因此《惜誓》在取向上与屈作不完全一致。如果说屈作凸显了极强烈的殉道精神,那么《惜誓》则较多地突出了主体对自我个体生命的关怀,倾向于"远浊世而自藏"(这种区别性特征,至《吊屈》一赋表达得更加清晰和有力)。《惜誓》谓:"彼圣人之神德兮,远浊世而自藏。使麒麟可得羁而系兮,又何以异虖犬羊!"王夫之注云:"圣人远屈伸以利用,无道则隐。屈子远游之志不终,自投于渊,无救于楚,徒以轻生,谊所为致惜也。其哀屈子至矣,其为屈子谋周矣,然以为知屈子则未也。"就本章论题而言,特别值得注意的是,《惜誓》清晰地凸显了《远游》构成的背景,这是它和《吊屈》在体式差别外的又一歧异。

　　《惜誓》开篇叙主人公登天高举,此番游历乃檃栝《远游》主体

---

① 参阅《汉书·贾谊传》;并参阅王洲明等《贾谊集校注》所附《贾谊年谱》,人民文学出版社1996年版,第452—464页。

内容——游仙——而略有变化。如将《远游》叙写繁复的主人公与神明的往来游嬉概括为一句"乐穷极而不厌兮,愿从容虖神明";其间所及仙人赤松、王乔以及修仙之术行气等,均来自《远游》(其详请参表7-8)。可接下来行文陡转,谓:"念我长生而久仙兮,不如反余之故乡。"这完全否弃了《远游》"终不反其故都""留不死之旧乡""与泰初而为邻"的根本取向。《惜誓》作者直面严酷的现实,诸如众枉聚而矫直,世俗幽昏而眩惑于美恶,仁人尽节却为小人所贼等,可是他不指望靠修仙升仙来解决问题。也就是说,他无意于眷顾《远游》刻意宣扬和追求的彼岸,而着意于在现世的此岸安顿生命。故《惜誓》篇尾说:"已矣哉! 独不见夫鸾凤之高翔兮,乃集大皇之野。循四极而回周兮,见盛德而后下。彼圣人之神德兮,远浊世而自藏。使麒麟可得羁而系兮,又何以异虖犬羊?"远浊世,归有德,超脱凡俗之羁勒,自藏自珍,这才是《惜誓》的抉择。这种抉择不是完全的出世(就是说它排斥《远游》的取向),也不是完全的入世(就是说它矫正了屈子的模式)。王逸章句有谓,"贤者亦宜处山泽之中,周流览观,见高明之君乃当仕也",基本得原文之旨意,但所谓"处山泽之中"并非根本,根本乃在于获得那种不可羁勒的自在性和自主性。这些就是《惜誓》对《远游》的明确回应。则《远游》之产生和行世,又必在《惜誓》撰成以前。

表7-8　《惜誓》与《远游》关联示要

《惜誓》	《远游》
攀北极而一息兮,吸沆瀣以充虚。飞朱鸟使先驱兮,驾太一之象舆。苍龙蚴虬于左骖兮,白虎骋而为右骓。建日月以为盖兮,载玉女于后车。驰鹜	餐六气而饮沆瀣兮,漱正阳而含朝霞。／驾八龙之婉婉兮,载云旗之逶蛇。建雄虹之采旄兮,五色杂而炫耀。服偃蹇以低昂兮,骖连蜷以骄骜。骑胶葛以杂乱兮,斑漫衍而方行。撰余辔而正策兮,吾将过乎句芒。历太皓以右转兮,前飞廉以启路。阳杲杲其未光兮,

《惜誓》	《远游》
驰骛于杳冥之中兮,休息虖昆仑之墟。乐穷极而不厌兮,愿从容虖神明(王逸章句:言己周行观望,乐无穷极,志犹不厌,愿复与神明俱游戏也)。涉丹水而驼(驰)骋兮,右大夏之遗风。	凌天地以径度。风伯为余先驱兮,氛埃辟而清凉。凤皇翼其承旂兮,遇蓐收乎西皇。……时暧曃其曭莽兮,召玄武而奔属。后文昌使掌行兮,选署众神以并毂。路曼曼其修远兮,徐弭节而高厉。左雨师使径侍兮,右雷公以为卫。欲度世以忘归兮,意恣睢以担挢。内欣欣而自美兮,聊愉娱以自乐。/ 览方外之荒忽兮,沛罔象而自浮。祝融戒而跸御兮,腾告鸾鸟迎宓妃。张《咸池》奏《承云》兮,二女御《九韶》歌。使湘灵鼓瑟兮,令海若舞冯夷。玄螭虫象并出进兮,形蟉虬而逶蛇。雌蜺便娟以增挠兮,鸾鸟轩翥而翔飞。音乐博衍无终极兮,焉乃逝以俳佪。舒并节以驰骛兮,逴绝垠乎寒门。轶迅风于清源兮,从颛顼乎增冰。历玄冥以邪径兮,乘间维以反顾。召黔(嬴)〔嬴〕而见之兮,为余先乎平路。经营四荒兮,周流六漠。上至列缺兮,降望大壑。下峥嵘而无地兮,上寥廓而无天。
临中国之众人兮,托回飚乎尚羊。乃至少原之野兮(章句:少原之野,仙人所居),赤松王乔皆在旁。二子拥瑟而调均兮,余因称乎清商。澹然而自乐兮,吸众气而翱翔(章句:众气,谓朝霞、正阳、沦阴、沆瀣之气也)。	闻赤松之清尘兮,愿承风乎遗则。/ 轩辕不可攀援兮,吾将从王乔而娱戏……见王子而宿之兮,审壹气之和德。/ 餐六气而饮沆瀣兮,漱正阳而含朝霞。保神明之清澄兮,精气入而粗秽除(案章句引《陵阳子明经》:春食朝霞……秋食沦阴……冬饮沆瀣。……夏食正阳。……并天地玄黄之气,是为六气也)。

续表

《惜誓》	《远游》
念我长生而久仙兮，不如反余之故乡。	贵真人之休德兮，美往世之登仙。与化去而不见兮，名声著而日延。/ 绝氛埃而淑尤兮，终不反其故都。/ 闻至贵而遂徂兮，忽乎吾将行。仍羽人于丹丘兮，留不死之旧乡。/ 超无为以至清兮，与泰初而为邻。

至此事实已十分清楚。东方朔作《七谏》（殆在前106年，或前104—前97年间），开《远游》主流接受模式之端，但它并未赋予修仙登仙以强烈的"相信的活动"，而依次向前推，则有司马相如《大人赋》（殆成于前119年，或在前134—前129年间已有初稿）、《淮南子》（殆成于前139年）、严忌《哀时命》（殆作于前150年）、贾谊《惜誓》（殆作于前178年）等篇章，它们都包含对《远游》的回应，个别回应还强烈地关涉屈原。排除表达形式的要素而论其精神实质，如果说汉初屈原和《远游》已成为因应现实的两种模式，那么上述文献至少涉及四种态度：其一是承袭屈原模式，以《七谏》为代表。《七谏》虽有自藏之意，尝谓"怀计谋而不见用兮，岩穴处而隐藏"（《沉江》）、"从水蛟而为徒兮，与神龙乎休息"（《哀命》）、"经浊世而不得志兮，愿侧身岩穴而自托"（《谬谏》），但这些主要是在被弃不返境况中心理上被动的自我调适，有别于《惜誓》《吊屈》所张扬的超越俗世而自觉主动地"自珍"和"自藏"。其二是修正屈原模式，以《惜誓》《哀时命》为代表，《吊屈》虽非本书讨论的主要对象，却有同样的价值。其三是承袭《远游》模式，如《淮南子·齐俗》。其四是质疑或否弃《远游》模式，如《淮南子·泰族》以及《大人赋》。有一点毋庸置疑，作为屡屡被审视和回应的对象，《远游》在《惜誓》之前就已经产生和行世了。

韩众与《惜誓》是判断《远游》创作时期的重要标杆。《远游》

产生于秦始皇三十五年（前212）"韩众去不报"之后、公元前178年贾谊作《惜誓》之前。这一时段跨三十余年。事实上，其上限还可以下移数年，因为逃去不报的术士韩众不会立即就成为得道之仙①，而《远游》也不大可能在韩众"成仙"后就马上作成；其下限则似乎可以上推得更多一些，若《远游》的产生距贾谊作《惜誓》这一时间点太近，它受到如此高度的持续的关注，却丧失了作者信息，甚至在东方朔时期就已经被视为屈子之作，便都难以理解了。有鉴于此，《远游》之作年可进一步被限定在一个更加有限的时段。谓《远游》为屈作，谓《远游》作于西汉文景时期或者武帝时期以后，谓《远游》作于两汉之际乃至东汉时期等，都完全没有依据。

第四节　《远游》创作时期：基于思想文化史线索的论析

《远游》之仙道体系融汇了三大本源或传统：一是《庄子》学说，二是屈原作品，三是世俗的行气导引服食养生之术。

先看第一个方面。

作为《远游》仙道体系核心的"道"直接来自《庄子·内篇·大宗师》；其所及为道之方、仙、修仙之术、仙之异相异能等，亦均大量因袭《庄子》之意，部分要素则又承继了《老子》。这一点，由表7-9可一目了然，且部分内容在前文已有论析，这里不再重复。此外，在《庄》《老》道学体系中，"神人""至人""真人""圣人"乃

---

①　按照仙的信仰和观念，从原有公众视野中消失，而不能得到可由经验感知证明的解释时，往往被认定为登仙。韩众是一例，西汉末梅福是又一例。史书记载，汉成帝委任大将军王凤，凤专势擅朝，而京兆尹王章素忠直，讥刺凤，为凤所诛，戮及妻子。梅福上书，为王章鸣不平，劝天子"博览兼听，谋及疏贱，令深者不隐，远者不塞"。上不纳。梅福复上书，以为"宜建三统，封孔子之世以为殷后"。然而，"福孤远，又讥切王氏，故终不见纳"。至汉平帝元始（1—5）年间，"王莽颛政，福一朝弃妻子，去九江，至今传以为仙"。（参阅《汉书·杨胡朱梅云传》）

第七章 论《远游》非屈原所作及其创作时期、历史渊源与实质 567

"知之能登假于道者",《远游》仙道体系中的仙人如韩众是"得一"亦即"得道"者,这明显又是一个整体性的位移。《远游》仙观念与《庄》《老》道学这种体系化的勾连,说明它是《庄》《老》道学不断世俗化和神秘化的结果。

表7-9 《庄》《老》道家学说与《远游》之仙道

	《远游》	《庄子》《老子》
道	道可受兮,不可传;其小无内兮,其大无垠……	《庄子·内篇·大宗师》:"夫道,有情有信,无为无形;可传而不可受,可得而不可见;自本自根,未有天地,自古以固存;神鬼神帝,生天生地;在太极之先而不为高,在六极之下而不为深,先天地生而不为久,长于上古而不为老。" 《庄子·外篇·天道》:"夫道,于大不终,于小不遗,故万物备。广广乎其无不容也,渊乎其不可测也。"
为道之方	内惟省以端操兮,求正气之所由。漠虚静以恬愉兮,澹无为而自得。/无滑而魂兮,彼将自然;壹气孔神兮,于中夜存;虚以待之兮,无为之先;庶类以成兮,此德之门。	《庄子·外篇·天道》论"虚静恬淡寂漠无为";传世《老子》第十六章谓"致虚极,守静笃"。 《庄子·内篇·逍遥游》:"彷徨乎无为其侧";《外篇·刻意》:"夫恬惔寂漠虚无无为,此天地之平而道德之质也";传世《老子》第三十七章:"道常无为而无不为"。 《庄子·外篇·天道》:知天乐者"其魂不疲"。《刻意》:圣人"其魂不罢"。《内篇·德充符》:事之变、命之行"不足以滑和,不可入于灵府"。《外篇·天地》:"趣舍滑心,使性飞扬",为生之害。《缮性》:"滑欲于俗,思以求致其明;谓之蔽蒙之民。"《田子

续表

	《远游》	《庄子》《老子》
为道之方		方》：至人"喜怒哀乐不入于胸次"。《杂篇·庚桑楚》：天理自有穷通，"不足以滑成，不可内于灵台"。《内篇·大宗师》：子舆，"安时而处顺，哀乐不能入"；子来，"以天地为大炉，以造化为大冶，恶乎往而不可哉"。《庄子·内篇·人间世》论"心斋"。《庄子·内篇·大宗师》论"朝彻"。《庄子·外篇·刻意》：圣人"不得已而后起"；传世《老子》第七章："圣人后其身而身先"；第六十六章："欲先民，必以身后之"。
仙	贵真人（一作至人）之休德兮，美往世之登仙。与化去而不见兮，名声著而日延。奇傅说之托辰星兮，羡韩众之得一……/闻至贵而遂徂兮，忽乎吾将行。仍羽人于丹丘兮，留不死之旧乡。/【附卢生说始皇（三十五年）】臣等求芝奇药仙者常弗遇，类物有害之者。方中，人主时为微行以辟恶鬼，恶鬼辟，真人至。人主所居而人臣知之，则	《庄子·内篇·逍遥游》："若夫乘天地之正，而御六气之辩，以游无穷者，彼且恶乎待哉！故曰，至人无己，神人无功，圣人无名。……藐姑射之山，有神人居焉。肌肤若冰雪，（绰）〔淖〕约若处子。不食五谷，吸风饮露。乘云气，御飞龙，而游乎四海之外。其神凝，使物不疵疠而年谷熟。"《庄子·内篇·大宗师》："古之真人，不逆寡，不雄成，不谟士。若然者，过而弗悔，当而不自得也。若然者，登高不栗，入水不濡，入火不热，是知之能登假于道者也若此。"《庄子·内篇·齐物论》："至人神矣！大泽焚而不能热，河汉冱而不能寒，疾雷破山〔飘〕风振海而不能惊。若然者，乘云气，骑日月，而游乎四海之外。死生无变于己，而况利害之端乎！"

第七章　论《远游》非屈原所作及其创作时期、历史渊源与实质　569

续表

	《远游》	《庄子》《老子》
仙	害于神。真人者,入水不濡,入火不蓺,陵云气,与天地久长。今上治天下,未能恬倓。愿上所居宫毋令人知,然后不死之药殆可得也。(《史记·秦始皇本纪》)	《庄子·外篇·达生》:"子列子问关尹曰:'至人潜行不窒,蹈火不热,行乎万物之上而不栗。请问何以至于此?'关尹曰:'是纯气之守也,非知巧果敢之列……'" 《庄子·外篇·田子方》:"夫至人者,上窥青天,下潜黄泉,挥斥八极,神气不变。" 《庄子·外篇·天地》:"夫圣人,鹑居而鷇食,鸟行而无彰。……千岁厌世,去而上仙;乘彼白云,至于帝乡;三患莫至,身常无殃……" 《庄子·内篇·大宗师》:傅说得道,"乘东维,骑箕尾,而比于列星"。 《老子》第三十九章论"得一"。 《庄子·外篇·在宥》:"出入六合,游乎九州,独往独来,是谓独有。独有之人,是谓至贵。"
修仙之术	餐六气而饮沆瀣兮,漱正阳而含朝霞。保神明之清澄兮,精气入而粗秽除。/吸飞泉之微液兮,怀琬琰之华英。/超无为以至清兮,与泰初而为邻。	《庄子·内篇·逍遥游》:藐姑射山神人,"不食五谷,吸风饮露"。 《庄子·外篇·达生》:至人,"纯气之守"。 《庄子·内篇·大宗师》:"古之真人,其寝不梦,其觉无忧,其食不甘,其息深深。真人之息以踵,众人之息以喉。" 《庄子·外篇·刻意》:"吹呴呼吸,吐故纳新,熊经鸟申,为寿而已矣;此道引之士,养形之人,彭祖寿考者之所好也。" 《庄子·外篇·天地》:"泰初有无,……性修反德,德至同于初";《秋水》:"始于玄冥,反于大通"。

续表

	《远游》	《庄子》《老子》
仙之异相	玉色頩以脕颜兮,精醇粹而始壮。质销铄以汋约兮,神要眇以淫放。	《庄子·内篇·逍遥游》:神人,"肌肤若冰雪,(绰)〔淖〕约若处子"。 《庄子·内篇·大宗师》:女偊"闻道","年长矣,而色若孺子"。
仙之异能	仍羽人于丹丘兮,留不死之旧乡。／载营魄而登霞兮,掩浮云而上征。／经营四荒兮,周流六漠。上至列缺兮,降望大壑。／【附卢生说始皇】真人者,入水不濡,入火不爇,陵云气,与天地久长。	《庄子·外篇·天地》:"夫圣人,……千岁厌世,去而上仙;乘彼白云,至于帝乡;三患莫至,身常无殃"。 《庄子·内篇·逍遥游》:"若夫乘天地之正,而御六气之辩,以游无穷者,彼且恶乎待哉!……藐姑射之山,有神人居焉。……乘云气,御飞龙,而游乎四海之外。" 《庄子·内篇·齐物论》:"至人神矣!大泽焚而不能热,河汉冱而不能寒,疾雷破山〔飘〕风振海而不能惊。若然者,乘云气,骑日月,而游乎四海之外。" 《庄子·外篇·在宥》:"出入六合,游乎九州,独往独来,是谓独有。独有之人,是谓至贵。" 《庄子·外篇·达生》:"至人潜行不窒,蹈火不热,行乎万物之上而不栗。" 《庄子·外篇·田子方》:"夫至人者,上窥青天,下潜黄泉,挥斥八极,神气不变。"

说明:上文已引录的材料,本表大抵只撮要提挈之,以省篇幅。

本章第二节曾就《远游》和《庄子》两个文献作了平面的比较分析,本节将对《庄》学整体上世俗化、神秘化为仙道,作历时性的说明。

始皇三十五年(前212),卢生说始皇,曾祭出"真人"之招牌,称"真人者,入水不濡,入火不蒸,陵云气,与天地久长";并劝始皇,要想招致真人,治天下须"恬惔"等等(《史记·秦始皇本纪》)。这种仙真人观念基本上照搬自《庄子》。如其内篇《大宗师》云:"古之真人,……登高不栗,入水不濡,入火不热,是知之能登假于道者也若此。"其外篇《天地》云:"夫圣人,……千岁厌世,去而上仙;乘彼白云,至于帝乡;三患莫至,身常无殃。"卢生之说显示了《庄》学神秘化、世俗化为仙道的轨迹。所谓神秘化,是指将《庄》学主流观念中基于养神和"登假于道"而达成的超越性境界,界定为经由某种神秘性(即与凡俗有强烈区隔)的手段所接近或达到的存在状态;所谓世俗化,是指《庄》学体系中人的最高境界(真人、神人、至人、圣人等)被拉近了同世俗人生的距离,被认定为只要合乎某些设定,诸如具备个人之修为、芝药之助力等,就可以接近或达成。《远游》仙道体系承袭《庄》学之"真人"或"至人""至贵"等范畴,立场和取径符同于卢生。

《庄》学主流致力于"养神",对养神之道有相当多的讨论。例如《庄子·外篇·刻意》云:"悲乐者,德之邪;喜怒者,道之过;好恶者,德之失。故心不忧乐,德之至也;一而不变,静之至也;无所于忤,虚之至也;不与物交,惔之至也;无所于逆,粹之至也。故曰,形劳而不休则弊,精用而不已则劳,劳则竭。水之性,不杂则清,莫动则平;郁闭而不流,亦不能清;天德之象也。故曰,纯粹而不杂,静一而不变,惔而无为,动而以天行,此养神之道也。"《庄》学之养神重"虚静""恬惔""寂漠""无为"等等。而卢生说始皇,曰"臣等求芝奇药仙者常弗遇,类物有害之者";又谓之所以不能得不死之药,是由于"今上治天下,未能恬惔"("恬惔"与"恬憺"或"恬淡"意同)。卢生以"恬惔"为修仙之术,再次凸显了《庄》学神秘化、世俗化为仙道的轨迹。《远游》体系中的修道术大量吸纳《庄》学主流的养神之道,立场和取径又符同于卢生。

《庄》学主流一开始就包含调息行气说的端倪。《大宗师》谓:

"古之真人,其寝不梦,其觉无忧,其食不甘,其息深深。真人之息以踵,众人之息以喉。"此修养方法原本被定位在养神层面上。故其上文说"古之真人,不逆寡,不雄成,不谟士。若然者,过而弗悔,当而不自得也";其下文说"古之真人,不知说生,不知恶死。其出不䜣,其入不距;翛然而往,翛然而来而已矣。不忘其所始,不求其所终;受而喜之,忘而复之。是之谓不以心捐道,不以人助天,是之谓真人。若然者,其心志(郭注:所居而安为志),其容寂,其颡頯(郭注:頯,大朴之貌);凄然似秋,暖然似春,喜怒通四时,与物有宜而莫知其极"。这些都以养神为根本。

从《庄》学内部看,这类调息行气之术后来演变成了吐故纳新之导引。陈槃认为,《大宗师》说"古之真人,……其息深深,真人之吸以踵",与《刻意》所说"吹呴呼吸,吐故纳新",是一回事①。陈槃没有意识到,这两种做法在《庄》学体系中各代表了养神派和养形派,而养形派之行气导引可能就发源于养神派。《刻意》篇云:"吹呴呼吸,吐故纳新,熊经鸟申,为寿而已矣;此道引之士,养形之人,彭祖寿考者之所好也。若夫不刻意而高,无仁义而修,无功名而治,无江海而闲,不道引而寿,无不忘也,无不有也,澹然无极而众美从之。此天地之道,圣人之德也。"《达生》篇又感慨:"悲夫!世之人以为养形足以存生。"《庄》学主流成员张扬的是"澹然无极而众美从之"的"天地之道,圣人之德",他们排斥的则可能是《庄》学内部将养神学说发展为导引养形之术的新进的一支。不过在主观上,这两派的实际宗旨均在于存生。六国时候,"服食求神仙"之流尝盛极一时,齐威、齐宣、燕昭都有求不死之药的狂热,而辟谷导引以"养形""为寿"者大概也相当风靡。着力于养形的《庄》学新进遂与神仙家合流。因此后人往往直接把"食气"或"导气养性"者归为道家。《论衡·道虚》谓,"道家相夸曰:'真人食气。'以气而为食,故传曰:'食气者寿而不死。虽不谷饱,亦以气

---

① 陈槃《战国秦汉间方士考论》,《历史语言所集刊》第17本,第45页。

盈'";又谓"道家或以导气养性,度世而不死。以为血脉在形体之中,不动摇屈伸,则闭塞不通;不通积聚,则为病而死";复谓"道家或以服食药物,轻身益气,延年度世"。其实这些并非道家本真和主流,而只是其偏于养形的新进与神仙家合流的结果。

跟这一行程相伴的是,《庄》学主流中素朴的六气说,亦被从神秘化立场上接受下来。郭庆藩《庄子集释》认为,前人注《逍遥游》"御六气之辩"之"六气",以司马彪"阴阳风雨晦明"之说最古(此说实源于《左氏春秋》昭公元年所记医和之言),李颐据《陵阳子明经》之六气说来作解释,"颇近牵强"。郭氏之批评无疑是正确的,可在后世的接受中,《逍遥游》之"六气"说确当存在神秘化的一途。闻一多称仙道六气说乃古说"整齐化、神秘化"的结果①,有很大合理性。而神秘化的六气说充当了《远游》仙术的核心,是毫无疑义的。

综上所述,在历史发展中,道家与神仙家有衔接和重叠,原本则并非一回事。陈槃主张:"黄老思想,厥初实兼指班《志》之所谓道家,与夫神仙家而一之。秦汉间方士如……侯生、卢生、安期生之俦之所继承,是其正。其或止言清虚无为如曹参窦后之等者,不过有取于黄老道德中之一体,此如申韩刑名,'其极惨礉少恩',云亦本'原于道德之意'。岂谓'道德之意',止于此而已哉。班氏固误,然余观司马谈《论六家要指》及刘向之序《列子》,其于道家,亦并不及神仙之说。盖其不免于褊蔽,既已久矣(《汉志》,其原出于《七略》《别录》。班氏之失,在其不能辨前人之误)。"又说:"道家思想,盖自始即兼有神仙方道之意味……"②这种从原本上混同"道家"和"神仙家"的观点可能不合实际。仙观念与信仰的产生不晚于庄子,《庄》学在体系建构中虽汲取了它们一部分启发,而归趋却大异;更主要的一面,显然是神仙学说攫取、化用了《庄》学

---

① 闻一多《神仙考》,《闻一多全集》第三卷,第143页。
② 陈槃《战国秦汉间方士考论》,《历史语言所集刊》第17本,第24、22页。

各派的观念和架构,营造了一个兼有理论和实践的完整体系,《远游》正是这一方面的重要结果与经典制作。

接下来看看第二个层面:《远游》仙道体系接纳了屈宋辞作的影响。

屈宋辞作的神、魂之游原本只是一种表达的形式。这种表达形式的魅力是"有意味"①,风险则是易于遭受买椟还珠的窘境。在形式意图和实际所指存在疏离甚至趋于反背的情况下②,无意的误解或有意的曲解意味着什么,是可想而知的。《远游》吸纳了屈宋辞作中不曾有的一些新元素,这主要是仙,比如"真人""黄帝""王乔""赤松""傅说""韩众"等,但其主体内容仙游却光大了屈宋辞作的创设——神游和魂游;不过,《远游》基本上抛弃了其原有的实际所指,而赋予它们以充足的"相信的活动"。

具体说来,这可以从以下几个方面来观察:

其一是空间。《远游》的仙游空间可用文中数语概括,即"经营四荒兮,周游六漠。上至列缺兮,降望大壑"。黄文焕《楚辞听直》笺云:"四方六漠,此总结通篇之远游也。属之天界者,於微间为东北,过勾芒为正东,过西皇为正西,此上至列缺之四方六漠也;属之地界者,顺凯风为从南之北,阳谷为正东,南州为正南,临睨之后将往南疑,又为南,寒门、玄水,为正北,所云潏潏海若,则地界之大壑属焉,此降望大壑之四方六漠也。"这种空间及其建构方式发源于屈作。

屈子的想象空间,仅言其大者,则上天有帝宫阊阖(《离骚》)、"虎豹九关"(《招魂》)、"天津"(《离骚》),地下有"幽都""土伯"

---

① 英国视觉艺术评论家克莱夫·贝尔说:"在各个不同的作品中,线条、色彩以某种特殊方式组成某种形式或形式间的关系,激起我们的审美感情。这种线、色的关系和组合,这些审美地感人的形式,我称之为有意味的形式。'有意味的形式',就是一切视觉艺术的共同性质。"([英]克莱夫·贝尔《艺术》,中国文联出版公司1984年版,第4页)从某种意义上说,"有意味的形式"也是文学的本质。

② 形式意图与实际所指趋于反背的一个典型例子是《离骚》,其后半充满了形形色色的神灵异物,可诗人并不认为神灵异物具有实存性。

(《招魂》);天上四方极远之地总称为"四极"(《离骚》),其东方有青帝之宫"春宫"(《离骚》)、有"十日"(《招魂》)、有"扶桑"(《离骚》《九歌·东君》),"西极"则有"西皇"(《离骚》);至于地上之四方,其东方有"长人"(《招魂》),西方有"流沙"(《离骚》《招魂》)、"赤水"(《离骚》),南方有"蝮蛇""封狐""雄虺"(《招魂》),北方有"增冰峨峨,飞雪千里"(《招魂》)。这里已经具备了《远游》仙游空间的基本架构,其中有些具体元素也被《远游》接受和继承。很明显,《远游》作者基于自己的信仰,涤除了屈作空间想象中可怕的一面,例如执掌九重天门的可怕的虎豹、上天纵目的豺狼等,在其仙游空间中已不见踪影。《远游》作者又基于自己的知识视野,对原有空间作了充实和细化。比如关于天宫的想象增加了天庭"太微"以及帝之所居"清都"等。"大壑"被纳入仙游空间,明显有《庄》学之背景。《庄子·外篇·天地》有云,"夫大壑之为物也,注焉而不满,酌焉而不竭;吾将游焉"(《列子·汤问》称之为"归墟")。从总体上看,屈宋辞作对《远游》建构空间的影响是无与伦比的。但是这些在屈宋辞中为想象,在《远游》中则被信为真实。

其二是主人公上天下地、使唤众神异物,以及与神灵交通往来等种种行为。在这一方面,屈辞对《远游》体系的影响,由前列《〈远游〉与屈作关联总览》已较然可知。但是这些在屈宋辞中亦为想象,在《远游》中则被信为真实。

其三,屈辞中与"食气""服食"有关或相似的类比符号可能也被《远游》从仙术层面上接受,获得了全然不同的意义。《离骚》云:"朝饮木兰之坠露兮,夕餐秋菊之落英。"又云:"折琼枝以为羞兮,精琼爢以为粮。"《九章·悲回风》说:"吸湛露之浮凉兮,漱凝霜之雰雰。依风穴以自息兮,忽倾寤以婵媛。"《涉江》说:"登昆仑兮食玉英,与天地兮同寿,与日月兮齐光。"《远游》则称:"餐六气而饮沆瀣兮,漱正阳而含朝霞。"又称:"吸飞泉之微液兮,怀琬琰之华英。"屈辞与《远游》在这一方面的勾连也是很清晰的。不过要强调的是,屈辞中饮露、漱霜、餐菊、食玉等仅仅为艺术表达的形式,指涉的是修养并持守高尚之操行,与求仙长生了无关涉①,《远游》则赋予它们充分的"相信的活动"。

从延年长生角度来解释屈作相关事象者,后世不乏其人,颇有助于观照《远游》对屈作的接受。扬雄《反离骚》称:"精琼靡与秋菊兮,将以延夫天年。"王逸注《离骚》之饮露、餐菊,则云:"言己旦饮香木之坠露,吸正阳之津液,暮食芳菊之落华,吞正阴之精蕊,动以香净,自润泽也。"注《离骚》折琼枝为羞、精琼靡为粮,云:"言我将行,乃折取琼枝,以为脯腊,精凿玉屑,以为储粮,饮食香洁,冀以延年也。"魏文帝《与钟繇九日送菊书》更说:"惟芳菊……含乾坤之纯和,体芬芳之淑气……故屈平悲冉冉之将老,思餐秋菊之落英。辅体延年,莫斯之贵。谨奉一束,以助彭祖之术。"这是汉魏学者接受屈作时采取的带有普遍性的立场。几乎可以肯定地说,《远游》就是从这一立场上接受屈辞的②。

除此之外,屈辞中的"求女"也被《远游》纳入了仙信仰体系。《离骚》说主人公求宓妃,宓妃虽信美而无礼,主人公最终弃之而改求,到《远游》中变成了"祝融戒而跸御兮,腾告鸾鸟迎

---

① 参阅拙著《屈原及其诗歌研究》第二章"屈原诗歌的艺术符号"。
② 现代学者沿这一传统接受屈辞尤其是《离骚》的,闻一多最为典型。闻一多承廖平以楚辞为仙真人诗之议,完全从神仙方术立场上来解释《离骚》斥言容仪、香草、美玉的语句。比如《离骚》云"纷吾既有此内美兮,又重之以修能",闻一多释"修能"为"修态(態)",且论证说:"'修态'谓容仪之外美。……古传神仙必体貌闲丽,婉好如妇人。《庄子·逍遥游》篇曰'藐姑射之山,有神人居焉,肌肤若冰雪,绰约如处子',神人即仙人,《远游》曰'质销铄以汋(绰)约兮',又曰'玉色頩以脕颜兮',《七谏·自悲》曰'厌白玉以为面',并《世说新语·容止篇》曰王右军见杜弘治,叹曰'面如凝脂,眼如点漆,此神仙中人',皆其例证。此文曰'修态',下文曰'蛾眉',而通篇言'修'、言'好'、言'美'者尤不胜枚举,皆真人自白之词也。"又如《离骚》云"昔三后之纯粹兮,固众芳之所在",闻一多解曰:"'众芳'即下申椒、菌桂、蕙茝之类。此言芳草可以涤秽存清,辅体延年,炼形者宜佩服之;昔者三后,椒桂蕙茝,众芳并御,此其所以精神纯粹,视世长久也。"(闻一多《离骚解诂乙》,《闻一多全集》第五卷,第282、284页)闻一多延续和光大的,正是《远游》开辟的接受屈辞的路子。

宓妃";《远游》主人公游仙,又有"二女御《九韶》歌","二女"即尧之二女,与屈子《九歌》有密切关联。闻一多解《离骚》说:

> 自"朝发轫于苍梧兮"以下至乱词前,凡五段,皆游仙之词,而游仙之中心活动则为求女。注家于此咸求之过深,故遂滋异说。今案《淮南子·俶真》篇曰:"若乎真人,……驰于外方,休乎内宇,……烛十月而使风雨,臣雷公,役夸父,妾宓妃,妻织女……"曰"妾宓妃,妻织女",则古神仙家固不讳言纵欲。此类思想之表现于文学者,如六朝以来小说家言所记神仙宴昵之事,其例甚繁,兹不备举,惟取汉晋人诗赋中语十余事以当举隅。《惜誓》曰:"载玉女于后车。"王注:"载玉女于后车,以侍栖宿也。"《大人赋》曰:"排阊阖而入帝宫兮,载玉女而与之归。"桓谭《仙赋》曰:"玉女在旁。"黄香《九宫赋》曰:"使织女骖乘。"张衡《思玄赋》曰:"载太华之玉女兮,召洛浦之宓妃。"王逸《九思·守志》曰:"与织女兮合婚。"曹植《远游》诗曰:"仙人翔其隅,玉女戏其阿。"陆机《列仙赋》曰:"尔其嘉会之仇,息宴游栖,则昌容、弄玉、洛宓、江妃。"《东武吟行》曰:"饥从韩众食,寒就佚女栖。"张华《游仙诗》曰:"云娥荐琼石,神妃侍衣裳。"郭璞《游仙诗》曰:"阊阖西南来,潜波涣鳞起。灵妃顾我笑,粲然启玉齿。蹇修时不存,要之将谁使?"乐府古辞《八公操》曰:"驰乘风云,使玉女兮。"凡此并与《离骚》所言求女事密合,于以知《离骚》确为后世游仙诗不祧之祖。说者必谓求女为寓言,此以解后世作品则可,以解《离骚》由拘墟之见也。①

---

① 闻一多《离骚解诂乙》,《闻一多全集》第五卷,第314—315页;又可参阅郑临川述评《闻一多论古典文学·论〈楚辞〉》,第53—54页。

闻一多又说：

> 《离骚》中写到"求女"，颇为费解，何以上面写的是尧舜，下面忽然就转到求女事件上来？这里就显露出仙真人诗的本来面目，……说到世间乐趣，古人以为有三类，就是酒食、音乐、女色。而神仙既然不食人间烟火，只饮玉液凉浆和咀嚼霞片便足，就无需酒食，在他们长期消闲的生活中，听乐、求女就成了他们的最大兴趣。因此，听乐和求女两者关系极为密切，这是由于古代乐队多用女性的缘故。①

闻一多对《离骚》主人公求女的诠释，是彻头彻尾的错误。他所列举的汉魏晋时期的材料，乃是相关作者基于仙信仰、仙观念结撰的，确实可以说明"古神仙家固不讳言纵欲"，可《离骚》之求女完

---

① 郑临川述评《闻一多论古典文学·论〈楚辞〉》，第53—54页。闻一多对《离骚》"求女"的认识，明显影响了他对主人公叩阊阖的理解。他在"吾令帝阍开关兮，倚阊阖而望予"下，考释说："王注曰：'言己求贤不得，疾谗恶佞，将上诉天帝，使阍人开关，又倚天门望而距我，使我不得入也。'案王说非是。自此以下一大段皆求女事，此二句若解为上诉天帝，则与下文语气不属。下文曰：'时暧暧其将罢兮，结幽兰而延伫。世混浊而不分兮，好蔽美而嫉妒。'详审文义，确为求女不得而发。'结幽兰而延伫'，与《九歌·大司命》篇'结桂枝兮延伫，羌愈思兮愁人'、《九章·思美人》篇'思美人兮，擥涕而伫眙。媒绝路阻兮，言不可结而诒'，语意同。结幽兰，谓结言于幽兰，将以贻诸彼美，以致钦慕之忱也。'世混浊而不分兮，好蔽美而嫉妒'，与下文'世混浊而嫉贤兮，好蔽美而称恶'，语意又同。彼为求有虞二姚不得而发，则此亦为求女不得而发也。然则此之求女为求何女乎？司马相如《大人赋》曰：'排阊阖而入帝宫兮，载玉女而与之归。'以此推之，《离骚》之叩阊阖，盖为求玉女矣。帝宫之玉女既不可求，高丘之神女复不可见，故翻然改图，求诸下女：'及荣华之未落兮，相下女之可诒。'下女者，谓宓妃简狄及有虞二姚，此皆人神，对帝宫高丘二天神言之，故曰'下女'耳。"(闻一多《离骚解诂甲》，《闻一多全集》第五卷，第267—268页)这种理解比《远游》走得还远。《离骚》叙主人公叩阊阖而受阻于帝阍，《远游》则叙主人公叩阊阖而得入帝宫，虽有穷通之异，却并未向求玉女方面引申。其中包含了《远游》作者对《离骚》主人公叩阊阖的理解，即他"相信"其本意乃欲跟帝交通。

全是另一回事①。闻一多上述考证的意义,在于显示了后世神仙家接受屈辞的立场和方式。而《远游》显然是这一传统的重要开创者。

总之,光大屈宋辞作的核心形式而赋之以充分的"相信的活动",这是《远游》建构自身体系的又一重要根基。

接下来再看看第三个方面:《远游》仙道体系荟萃了俗世辟谷行气服食修仙之说。

成仙观念及行气服食之说渊源甚早。其早期兴盛之情况,见于《史记·封禅书》所记:"自齐威、宣之时,驺子之徒论著始终五德之运。及秦帝而齐人奏之,故始皇采用之。而宋毋忌、正伯侨、(充尚)〔元谷〕、羡门高、最后皆燕人,为方仙道,形解销化,依于鬼神之事,驺衍以阴阳主运显于诸侯,而燕齐海上之方士传其术不能通,然则怪迂阿谀苟合之徒自此兴,不可胜数也。"燕人宋毋忌、正伯侨、元谷、羡门高、最后(聚穀)等修方仙道,为齐威(前356—前321年在位)、齐宣(前320—前302年在位)、燕昭(前311—前279年在位)信从,受命入海求不死之药②。这可以说是仙道第一次兴盛,与道家巨擘庄子之世相值。至秦,"传播神仙学说、及主持求仙运动的方士",现在可考的,又有赵安期生、魏石生、韩侯生、燕卢生、齐徐市和韩终(又作韩众)③。安期生下接曹参、蒯通、项羽辈,《列仙传》说他卖药于东海边,始皇东游时,请见与语三日三夜;石生、侯生、卢生、徐市、韩终都曾为始皇求不死之药(其事见《史记·秦始皇本纪》)。这是仙道第二次兴盛。仙道第三次兴盛是在汉武时期,已是《远游》之后了,此处不必讨论。而仙道由第一次兴盛走向第二次兴盛,差不多伴随着庄门学说的整个发展过

---

① 对屈辞"求女"本意的考释,请参阅拙著《屈原及其诗歌研究》第二章"屈原诗歌的艺术符号"。
② 参阅顾颉刚《秦汉的方士与儒生》,第8—9页。
③ 参阅闻一多《神仙考》,《闻一多全集》第三卷,第136—137页、第148—151页。

程,《远游》则显然是仙道第二次兴盛的结晶。

据《史记》所记,仙道前两次兴盛似乎侧重于服食(其影响于《远游》之仙术亦当在服食方面),但行气导引之术在出土文献中却有惊人的发现。

1973年马王堆三号汉墓所出文献中,有《却谷食气》篇(篇题乃帛书整理小组所加),医学史家称之为"目前所能见到的最早专门论述气功导引的文献之一"①。其开篇讲辟谷,云:"去(却)谷者食石韦。朔日食质,日驾(加)一节,旬五而〔止,旬〕六始铣(匡),日〔损一〕节,至晦而复质,与月进退。""石韦"当为一种药材;"质",李零判断"可能是指作为代用食品的精华之物";"匡"是亏的意思。全句大意是说,"每月上半月递增,下半月递减,食量与月亮盈亏相应"。接下来讲行气之法,包括行气时间、行气频率、四时所避所食之气,并且解释了四时所避五气及所食六气。李零概括其核心内容,说:"春天应避'浊阳',而食'铣光''朝霞'之气(上午之气);夏天应避'汤风',而食'朝霞''沆瀣'之气(后半夜之气);秋天应避'□□''霜雾'(下'霜雾'二字是衍文),而食'输阳''铣光'(省作'铣')之气(白日之气);冬天应避'凌阴',而食'端阳''铣光''输阳''输阴'之气(白日之气)。四时所避为'浊阳''汤风''□□''霜雾''凌阴'五气,所食为'朝霞''铣光''端阳''输阳''输阴''沆瀣'六气。"②魏启鹏考该篇"六气"之义,认为,"输阴"义同"沧阴",为日没以后赤黄气,又称"飞泉";"输阳"即《陵阳子明经》和李颐所说的天玄之气;"铣光"即二者所说的地黄之气③。李零亦以为"输阴"相当于"沧阴",但断定

---

① 周一谋、萧佐桃主编《马王堆医书考注》前言,天津科学技术出版社1988年版,第4页。
② 参阅李零《中国方术正考》,第273—276页。
③ 参阅魏启鹏《帛书〈却谷食气〉研究》,刊载于《四川大学学报》(哲学社会科学版)1990年第2期。

"输阳"相当于地黄之气,"铫光"相当于天玄之气①。两学者释"输阳""铫光"正好相反。"输阴""输阳""铫光"究竟何指,或可进一步商讨,但无论如何,该出土文献所记六气说,与王逸注《远游》所据《陵阳子明经》完全一致,唯四时所食之气或异。饶宗颐称,《却谷食气》篇之六气说,为"古代六气学说之残膏剩馥";他又依据《九章·哀郢》"当陵阳之焉至兮,淼南渡之焉如"一语,判断"陵阳仙人之传说已见于屈原赋",而"马王堆残籍所保存六气说,当出《陵阳子明经》"②。这是一个绝大的误会。据《大明一统志》卷十六池州府部分以及《大清一统志》卷一百十九《池州府二》,汉人窦子明于陵阳山升仙,故称陵阳子明;《陵阳子明经》最早见引于王逸《楚辞章句》,当为汉人所著。长沙马王堆三号墓出土的记事木牍表明,该墓下葬于汉文帝初元十二年(前168)③,其时汉朝建立尚不足四十年;《却谷食气》篇称"正阳"为"端阳",系避始皇嬴政之讳。则此篇虽可能是汉初的写本,内容最晚亦传自秦代。所以马王堆残籍所载六气学说非出于《陵阳子明经》,相反应是《陵阳子明经》的渊源所在④。

马王堆三号汉墓又出土了《导引图》,与《却谷食气》、《阴阳十一脉灸经》乙本合为一卷帛书。有学者断定,《导引图》乃汉初帛

---

① 参阅李零《中国方术正考》,第277页。
② 饶宗颐《马王堆医书所见"陵阳子明经"佚说》,刊载于《文史》第20辑,中华书局1983年版。
③ 参阅王世民、周世荣《马王堆二、三号汉墓发掘的主要收获》,以及韩中民《长沙马王堆汉墓帛书概述》,收入湖南省博物馆编《马王堆汉墓研究》,湖南人民出版社1981年版,第59页,第71—72页。
④《陵阳子明经》最早见引于《楚辞章句》。颜师古注相如《大人赋》"呼吸沆瀣兮餐朝霞"句,引应劭所据《列仙传》陵阳子言,文殆无异,而脱误甚多。颜注《大人赋》"列缺""倒景",录曹魏张揖引《陵阳子明经》曰:"列缺气去地二千四百里,倒景气去地四千里,其景皆倒在下也。"《广雅》卷九《释天》所及"常羊",有"赤霄、濛涊、朝霞、正阳、沦阴、沆瀣、列缺、倒景"。晋辛颐注《庄子》"六气",内容基本相同,唯称日入之气为飞泉。凡此均在王逸之后。附李零制作传世文献(转下页)

画,其中某些内容却可能是从先秦时期流传下来的。《导引图》主体内容是用于医治某些疾病的功法和起健身作用的养生术,不少功法模仿动物的动作,显然就是《庄子·刻意》所谓"熊经鸟申"之类。其间也涉及行气,如图 35 为"沐猴讙引热中",图 34 为"卬謼",前者指模仿猕猴喧嚣之态来引治内热之病,后者指深呼吸后,双臂后举,挺胸昂头,呼气而出。此外,马王堆佚籍《十问》《合阴阳》《天下至道谈》《养生方》等,都有一些导引行气的内容①。其中《十问》"黄帝问于容成"章主要是讲行气。李零曾释其内容云:本篇开头一段是讨论食气与人生寿夭的关系;接下来讲食气之要领:(1)吐故纳新,(2)四时食气之禁,(3)一日中朝、昼、暮、夜半呼吸之要领,(4)讲究用腠理呼吸,(5)积精,但"精盈必写,精出必补"。他认为值得注意的,"一是它对'吐故纳新'有具体描述,可与《庄子·刻意》的'吹呴呼吸,吐故纳新'和《吕氏春秋·先己》的'用其新,弃其陈'相互印证;二是它所强调的'去四咎',内容也

(接上页)"六气"与帛书"六气"对照表于下,以资参考(见所著《中国方术正考》,第 277 页):

	《却谷食气》	《陵阳子明经》佚文	《广雅·释天》	《庄子·逍遥游》李颐注
北方夜半气	沆瀣	沆瀣	沆瀣	沆瀣
东方平旦气	朝霞	朝霞	朝霞	朝霞
日出气 (与天相配)	銧光	天气、玄气、列缺	列缺	玄气
南方日中气	端阳	正阳	正阳	正阳
西方日入气	输阴	沦阴	沦阴	飞泉
黄昏气 (与地相配)	输阳	地气、黄气、倒景	倒景	地气

① 参阅袁玮《导引图》题记考注,周一谋、萧佐桃主编《马王堆医书考注》,第 243—255 页。

见于《却谷食气》，与'食六气'之说有关；三是它讲'朝息之志'的一段，提到呼气要上合于天，吸气要如藏于渊，也与《行气铭》的要求相似；四是它主张以腠理呼吸，应属胎息之说"①。

天津艺术博物馆现藏一圆柱形十二面体的小型玉器，为战国器物，其上刻《行气铭》。李零在前人考释的基础上解其大义为："下吞吸气，使气积聚，气聚则延伸，延伸则下行，下行则稳定，稳定则牢固，牢固则萌发，萌发则生长，生长则返行，返行则通天。天的根在上（对下行而言），地的根在下（对上行而言），顺此程序则生，逆此程序则死。"②有学者说："《行气玉铭》是一件反映气功历史的珍贵文物，也是迄今为止最早且完整描述气功锻炼的实物，玉铭记载行气的方法和原理，其时代早于马王堆汉墓帛书导引图，是迄今所见时代最早的有关行气原理和方法方面的古文字资料。"③

上举行气说大抵流行于秦代以前，是《远游》仙道体系的又一根本支撑。篇中所言"餐六气""饮沆瀣""漱正阳""含朝霞""吸飞泉"等，当即源于此。

由上述三大传统来看，《远游》的实质十分清楚。它与屈作核心比照系统可以勾连以及不可以勾连的元素，堪称毫发毕现，其非出自屈子之手更绝无可疑；从思想文化史发展的进程中看，它应该是秦始皇时候仙道再次兴盛的产物。

余　论

《远游》跟屈作核心比照系统存在巨大的实质性差异，所有具备实证意义的历史标杆都说明它不可能产生于秦以前，它应该是

---

① 参阅李零《中国方术正考》，第279—280页。
② 李零《中国方术正考》，第271—272页。
③ 张道升《〈行气玉铭〉研究述评及新解》，刊载于《鸡西大学学报》2008年第1期。

产生于刘邦即位前后的十来年内，可上下调整的空间并不大。《远游》主要是《庄》《老》道学、燕齐神仙方术以及楚骚三种传统影响的结晶。其中影响《远游》的楚骚文化元素，大抵限于屈作形式层面。就是说，《远游》承继了屈作主人公升天入地、使唤神灵的想象空间和形式，承继了屈作主人公修持仪容、以香草美玉为服饰或饮食的基本符号，并赋之以充分的"相信的活动"，最终完成了对屈作特征性要素的创造性转换。有学者谓《远游》"与《离骚》情调思想完全统一"，让人百思不得其解。又有学者据《远游》断定："屈子匈中何不有？而何止郁郁称骚也？"（屠隆纬《离骚草木疏补序》）究其实际，屈子胸中所有固然甚多，却恰恰没有充斥《远游》的那种信仰和理念。一切试图在屈作和《远游》之间建立同一性的努力都注定是荒谬和徒劳的。毫无根据地填平屈作和《远游》之间的天堑，对屈作来说尤其是一种严重的背离，因为在这样做时，人们多半偏向于依据《远游》的立场和观念来解释屈作。《庄》《老》道家学说对《远游》发挥了重大影响，即为它提供了以道和得道者为核心的基础理论架构和修养方法。秦以前流行的辟谷行气服食之术，则为《远游》仙道体系提供了富有操作性的实践手段，当然修炼者不可能真正达到目的。

　　承认《远游》非屈子所作丝毫不影响它的价值，无论在文学史还是在思想文化史上，它都是相当独特而不可忽视的存在。当然，承认《远游》非屈子所作也丝毫不损伤屈子的价值。重要的是，承认《远游》非屈子所作，才符合真实的历史。

结　　语

　　毫无疑问,每一个课题都有自己要解决的问题。但课题不同,问题之密度亦各不相同。屈原及楚辞研究的特殊性之一是问题高度密集,讨论起来必须步步为营,慢慢推进。

　　说来奇诡,屈原堪称中国乃至全世界的文化伟人,其作品可谓稀世珍宝,你随便问问周边的国人,无论他们是否理解屈原,无论他们是否读得懂或是否喜欢屈原的诗,他们都会说屈原和他的作品了不起,很独特,是难以企及的高峰。然而近代以降,中外均有学者质疑其人之有无。这种质疑不值一哂,可屈原名为何字为何,生何时,做了几任官,先做什么官后做什么官,遭受几次放逐,被放逐的具体原因、时期及迁所为何,其时生存状态怎样,是否曾退隐或者是否曾有退隐之倾向,死何时、如何死、死何地等等,全是问题。

　　说到作品,"著作权"被多数学者确定无疑归给屈原的,有《离骚》《天问》等辞作,其他篇什,比如《九章》之《惜往日》和《悲回风》,南宋时就有人怀疑其非出于屈子之手,后人更进一步疑及《思美人》和《橘颂》;《招魂》一辞,古今大多数学者都认为属于宋玉;而认为《九歌》组诗非屈子所作者也越来越多。这些可以说是疑所不当疑者。与此同时,一些绝非屈子撰著的篇章,比如《远游》等,古今绝大多数学者都将它归到屈子名下。这些可以说是信所不当信者。

　　历史的真相必须澄清,我们不能整天都在假象里面转悠。可在艰难地确认了屈子的作品以后,这些作品是在什么样的现实触媒下创作的,又大成问题。甚至《离骚》何以名为"离骚",《天问》为何不叫"问天"、是否为呵问祠堂图画之作、篇中各问题针对的对象(人物事件等)为何、问题之指归何在等,无一不是问题。甚至柳宗元这样的大家都不知屈子为什么要"问"这些问题。举一个例子,屈子问鲧治水的遭遇云:

顺欲成功,帝何刑焉?
永遏在羽山,夫何三年不施?

柳宗元《天对》很认真地回答:"盗堙息壤,招帝震怒。赋刑在下,而投弃于羽。"意思是,鲧盗取息壤以堵塞洪水,以至于帝震怒,予以惩罚,将他投弃到羽山。柳宗元不是一位浅薄的学者,可他竟拿古人习见的说法来回答屈子奇诡的问题,难道屈子不知道这些说法、需要这样的回答吗?连犀利精确如柳宗元者,都不知道屈子为什么要问。

《离骚》《天问》《招魂》《哀郢》《九歌》……篇篇都像迷阵,准确把握它们的内涵与艺术并不轻松。屈子当初可曾料到这样的结果呢?屈子常常感慨世人"不吾知",反覆陈辞以自明,孰料后人读了这些辞作,反倒更加不知屈子。汪瑗《楚辞集解》注《橘颂》"年岁虽少,可师长兮。行比伯夷,置以为像兮"数语,尝发出不尽之感慨:"呜呼!昔人谓知己者希,诚哉。瑗独悲屈子既不见知于当时,故作《离骚》以明己志,而冀后世庶几有知己者一叹惜之,则亦足以慰其心矣;不意千载之下,而其不见知也,又复甚于当时。"

与此同时,关于屈子及楚辞的一些重要史料,也存在极复杂的问题。《史记·屈原列传》是至关重要的文献,可该传问题之多,使得不少学者都质疑它的基本价值,甚或进一步质疑屈子之存在。面对这样一个《屈原列传》,学者们绞尽了脑汁,于是错简说有了,窜乱说有了,不一而足。历史好像就是一个不断留下问题的过程。关于屈原和楚辞,学术史方面也有一堆问题。比如,很多大家如汪瑗、戴震等都自觉不自觉地持守"在楚言楚"的判断,依此为准则来诠释屈原及其作品,追随者堪称络绎不绝。"在楚言楚",对绝大多数楚人来说都对,可屈原真的也这样吗?屈原的天空本来很大。这些学者却自觉不自觉地挖了一口井,把屈原扔了进去,以为井口那一块天空就是他视野的全部。屈原作品中出现了"法度""法"之类字眼,于是学者们敏感地判断他是法家,对于那个时代,他们有很多这一方面的想象;于是乎,屈原接受怀王之命造为宪令,就是变法活动,甚至是变法运动,他接下来的遭遇就是一位变法革新的政治家的遭遇。屈原真的有变法思想吗?使用"法"或"法度"之类字眼就一定是法家吗?儒家不也张扬法先王或法后王吗?孟子说"遵先王之法而过者,未之有也"(《孟子·离娄上》),《荀子》一书几乎篇篇都讲"法",然而他们都不是法家或通常意义的变法者。所以还是留点心吧,对那些过往的历史,我们必须认真地看。

本书第一章论屈原的生平及时代。笔者之所以开篇即做这一方面的探讨,从某种意义上说,是因为大量需要解决的关于屈原屈作的问题,以它为结构框架来处理最为合适。随着这一框架的展开,笔者尽力澄清许多重要事件的真相。比如刚才说过,不少学者视屈子为法家,将屈子"造为宪令"视为变法之举。这其实是极严重的误读,遮蔽了屈子的真实特质,亦由此遮蔽了那个时代的一大块历史的真面相。以屈子证屈子,可知他推行法度意味着效法尧、舜、禹、汤、文、武等先王,其取向完全符同于"祖述尧舜,宪章文武"的儒家。

与常见的人物生平研究不同,本章还有一个核心关注,即揭明屈作的现实触媒。只有弄清各篇作于何时、因应何事,才可以解决很多悬而未决的难题,廓清一系列错误认知。比方说,揭明了《哀郢》乃屈子被顷襄放逐第九个年头的作品,就可以知道它与白起拔郢根本没有关系。该篇写的是,屈子在陵阳迁所感慨个人遭际,反思吴楚争斗,警示楚国面临秦国压迫,前途凶险,讽喻国君当谨慎行事，并且力求改变。同样，揭明了《天问》作于屈子被放陵阳时期，就可确知其结尾乃是聚焦于吴国对楚国的侵迫，并以令尹子文来凸显贤臣的重要性（这与《哀郢》可以互证）。揭明了屈子作《招魂》时亦在陵阳迁所，就会明白其乱辞何以谓"路贯庐江"而归依"江南"，全诗含义亦可据乱辞推衍而进一步明确。凡此之类，无须一一举列。

本书第二章剖释屈子人生追求模式，第三章剖释屈作历史视野，第四章剖释屈子天命观及其自我解构。这些要素堪称屈子的灵魂，屈子屈作几乎所有问题，都必须以把握这些要素为前提，才能有效解决。这就好比巍巍大山的山脚，山上所有的东西都与它关联，为它承载。

事实可能令人惊讶。屈子的人生追求模式实际上是儒家"修⇌齐⇌治⇌平"模式的缩微版，它可以简单地标示为"修身⇌致君⇌美政……"；具体到屈子现实生活中，它是一个动态的系统，诗人常怀抱与实践向上的追求，求之不得，则回归并持守修身这个基点。这一模式可以说是屈子全部传世作品的根柢。其中最早的《橘颂》当作于屈子任三闾大夫时，主要是表现他的修身之志。《离骚》所叙有很长的时间跨度，对应着屈子当时整个的人生历程。屈子自幼好修，初任三闾大夫，而积极培育后进，后得怀王信用，任左徒，既抱致君、美政之愿望，又做出了相应的一部分实践。后来遭谗毁，遭怀王疏远罢黜，又被放逐汉北，被召回后已完全被边缘化了。顷襄初年，屈子之境遇没有改观，而且不如以前。这一时期，他欲美政而不成，求致君亦不得，只好回归和持守修身。这些内容并未全部展示在《离骚》之中，但屈子"修身⇌致君⇌美政……"的人生模式，在诗中表现得相当完整。《离骚》之前，屈子在被怀王放逐汉北时，尝作《惜诵》《抽思》《思美人》《惜往日》，之后，屈子在被顷襄放逐陵阳、沅湘时，尝作《哀郢》《悲回风》《怀沙》《涉江》，诗人在这些作品中着力书写在致君、美政层面上遭遇挫折的愤懑，且明守死善道之志；陵阳时期所作《天问》和《招魂》，亦莫不如此。屈子在沅湘时期作《九歌》，其基本情愫是由致君之追求遭受挫折酿成的深重幻灭感。不过这个时期，屈子在持守修身之时，仍未放弃向上致君、美政的欲求，只是这种愿景越来越遥远而已。屈子的人生模式动态化地表现在他的作品和人生中，历历在目。

屈子历史视野是他建构人生追求模式的根基，也是他回应现实、结撰作品的源头活水。若没有一个关怀尧、舜、禹、汤、周文、周武、伯夷、彭咸等人的历史视野，屈子建构的人生模式将失去支持，而《离骚》《天问》诸作的核心情结也无由产生。因此只有回归屈子的历史视野，才能有效地解决一系列核心问题，包括学术史上的很多重大争议。比如《离骚》云："昔三后之纯粹兮，固众芳之所在。""三后"指谁前儒议论纷纷。楚辞研究大家汪瑗、王夫之、戴震都把"三后"解释为楚人的三位先王，戴震还明确以"在楚言楚"为诠释屈原作品的标准。他们的思维方式与具体解说迄今仍有极大的影响，可他们完全忽视了屈子历史视野的独特性。屈子在很大程度上超越了楚史，其价值观念、政教伦理理想、人生追求模式、历史视野等方面的根本问题，都必须从楚史以外寻求解决之道。屈子的历史视野跟儒家的历史视野高度叠合，这是又一个让人震撼的事实。

本来屈子坚信有一个温暖的终极性的皇天俯瞰着苍茫的人间世，佑助有德，惩治服非善用非义者。这种天命观起初是屈子人生追求的终极保证，屈子坚信它是现世所有道德问题的最终解决之道。屈子在反思三代兴亡、警示现实存在时，不断强调天命佑善惩恶的终极力量；被同列大夫诬告、遭怀王疏远乃至放逐等人身蹭蹬，也都没有使他放弃这种信仰。不过被顷襄放逐以后，屈子对天命信仰逐渐由肯定性的反思转变成否定性的反思，他最终否弃了这种天命观。这是屈子漫长流放生涯中发生的精神巨变。光明的天空变得一派昏暗，他只靠自己的意志和力量踽踽独行。意味深长的是，对于这种天命观念，屈子前期的姿态符同于孔子，后期的姿态则与郭店简文《穷达以时》以及《荀子》所代表的理智传统一致。

屈原的人生追求模式,他在作品中建构的历史视野,他对天命观的认同、持守以及后来的解构,这些要素构成了他人生与艺术的核心。它们绾合为一,并关联着其他方方面面。屈原人生模式直接凸显了他的政教伦理关怀,他所遭受的挫折和结局也与它密迩相关,而屈子人生模式的形成,与其历史视野有极为深刻的联系,后者某种程度上决定,至少是影响了他的人生定位、取向、历程乃至结果。视野中有秉德无私的伯夷,屈子才可能将他树立为修身的楷模。视野中有夏禹、商汤、周文、周武之举贤授能、论道莫差,屈子才可能将他们树立为致君美政的范式。视野中有羿乱流、浇纵欲、桀纣失天下等等,屈子才可能将他们树立为致君的反面教材。其他亦莫不如此。当然毋庸置疑,屈作呈现的历史视野经过了选择和建构,并非屈子历史视野的全部,但因此也更强烈地凸显了主体在人生追求各层面上的关怀。而如上文所说,起初屈原是信奉天命的,他认为那是历史沉浮与个人兴亡背后的同一性,然而大致在遭受第二次放逐以后,这种信仰逐渐被他自己解构。造成这一转捩的力量,主要是他独特的人生际遇和历史反思(前者关乎其人生追求模式,后者则关乎其历史视野)。

只有解决了这些问题,才能确知屈原在多大程度上拥有相对于楚史和楚文化的独特性,才能确知学者们遵奉的"在楚言楚"的诠释理念是否能被屈子本人支持;只有解决了这些问题,屈作情感内核,比如《九章》《离骚》《招魂》诸诗的悲剧性执着与坚守,《天问》的愤激和放旷,《九歌》的幻灭及无奈等等,也才能作出深刻的诠释。

本书第二、三、四章,再加第一章不少论析,力图从较深的层次上彰显那一个真实而鲜为人知的屈原。屈原何以是这样一位屈原呢?就是说,他的人生与作品何以具备这样的精神呢?本书第五章力图从儒学传播与接受的角度,给出一种富有实证性的解释。

儒典和儒学在屈子语境中强有力存在的事实,此前并未被清醒地意识到。但屈子就在儒典或儒学的包围中栖居和思考,其精神跟儒典和儒学息息相通。本书第二至第五章的论证,使你可以很有根据地想象两千多年前的屈原读过哪些经典。几乎可以肯定,他读过《尚书》《诗经》《左氏春秋》《国语》(当然,他读的《尚书》《左氏春秋》等等肯定不是现在的样态),他读过《论语》《孟子》这类承载孔孟思想学说的著作;1993年湖北省荆门市郭店村一号楚墓出土的《五行》《穷达以时》等儒典,他也一定读过。屈子实际上是儒典传播和接受最为经典的个案。彼时的楚国并非他一人拥有这种现实语境,郭店《五行》等文献的出土提供了有力的物证。总之一切都可以说明,地域局限性并未拘囿屈子,只是拘囿了一大批研究屈子的学者。

在考查了屈子人生追求模式、历史视野、天命观跟儒学的叠合,并集中论析了屈子对儒典与儒学的接受以后,屈子"儒家的精神"得到了全方位的确证。历史真的十分神奇。孟、屈、荀三子值战国中后期,大抵先后相继,其时中原儒学在学术界号称显学,实则不为世人所重。《史记·孟子荀卿列传》谓孟子"所如者不合"。刘向《战国策》录书说:"孟子孙卿儒术之士,弃捐于世,而游说权谋之徒,见贵于俗。是以苏秦、张仪、公孙衍、陈轸、代、厉之属,生从横短长之说,左右倾侧。苏秦为从,张仪为横,横则秦帝,从则楚王,所在国重,所去国轻。"(《全汉文》卷三十七)而介于孟、荀之间,在僻远的南方楚国,却有屈原汲汲以求,欲把儒家政教伦理落实到修身治国当中,以至于汪瑗都要把他纳入儒学的道统。这是惊人的事实,不过千百年来被遮蔽了而已。

谢无量在论析屈原思想学术之渊源时,曾提出:"屈原的思想渊源,无可考证。他似乎同北方思想没甚么接近,他的学术恐怕不外完全的'南方化',受楚国几个道家、墨家、法家巨子们的影响。看他政治上的经历及主张,也好像是个讲刑名法术的人。"又说:"屈原生于楚国,那楚国是道家的策源地,所以……超人间的思想,是容易发生的。《离骚经》中,他所说的驱驾云霓、飞腾鸾凤之游,与灵氛神巫之占,连篇累牍,已是一派超人间的话。大概要超人间必先厌世间,所以《天问》《卜居》《渔父》等篇,都说世间不好。世间既不好,就要涉想及于神秘,如《九歌》《招魂》《大招》,便全是'神秘化'的文学。只有《远游》一篇,专说超人间,包括修仙的道理。所以屈原二十五篇,超人间的思想占其大半,无非受南方学派中道家的影响罢了。"①研究历史的学者沉溺于对历史的想象,可能是十分可怕的,他几乎什么话都敢说。谢无量对南方楚国学术思想的认知,对屈原、屈作思想及艺术的理解,对其思想学术渊源的判断,以及他达成这些结论所依循的"在楚言楚"的诠释路径,都完全是错误的。他不止在一个层面上背离了事实②。

　　本书第六、第七章有点相似,前者证明《招魂》为屈子所作,后者证明《远游》非屈子所作。这两章并非只是解决这两篇作品的归属问题,而是基于单个作品,从正、反面来诠释屈子精神及艺术的特质,揭明下面的事实,将《招魂》从屈作范围内排除,或者将《远游》硬拉到屈作范围内,暗含着对这两篇辞作以及它们所关涉思想、文化、文学史的多重误解。笔者努力提出足够有效的证明以及富有全局性和系统性的解释,彰显《招魂》本意及其在屈子艺术

---

① 以上参见谢无量《楚词新论》第 57、67—68 页。
② 另外有几点尚需具体说明:其一,《大招》《卜居》《渔父》《远游》诸篇,非屈子所作,不是认知屈子最有效的依据(唯《大招》颇留存屈子之思想,参见本书第六章)。其二,说屈原讲刑名法术是荒谬的(参见本书第一章有关驳正)。其三,说楚国是"道家的策源地"也并不可靠。传世《老子》当源自周文化;道家巨擘庄子则是由儒家八派的颜氏之儒发展而来的,庄子文化上的"故乡"是鲁文化,而接受了齐文化的部分影响(参阅拙著《先秦诸子研究》,人民教育出版社 2008 年版,第 268—273 页)。所以严格说来,老、庄均非楚文化的典型代表。其实屈原也不是,对于楚史楚文化来说,屈原基本上是超越性的。其四,说《离骚》"一派超人间的话",说《招魂》《九歌》"全是'神秘化'的文学",完全不得屈子之本意,也歪曲了屈子的艺术(关于《离骚》《九歌》之本意,参阅拙著《屈原及其诗歌研究》第二章"屈作'男女关系'模式"等部分,关于《招魂》之本意,请参阅本书第六章,尤其是其第五节"既有研究之问题以及《招魂》本意")。

创造中的特性,彰显《远游》在思想、文化、文学史上的特性以及它所勾连的重要史实。

任何时候我们都不应该忽视方法。只知道做什么,却不知道怎么做,很难得出理想的结果;对方法保持清醒的意识和反思,可以给你足够的自调能力,好比你要去远方,必须随时校准方向。文本永远是我们的立足点,也许你觉得它是永恒"沉默的"那一个,但你的诠释有效还是无效,最终由它说了算。任何一个正常的文本,不管它多么难懂,它原初都必然是在被认知的状态下作成的,因此文本可知,屈原辞这样的奇作也毫不例外,只不过对文本的认知程度各不相同而已。正常的文本都包含有组织的内向(即限于该文本自身)与外向(即与其他文本关联)的信息,使这些信息得到足够的开发,可以使论说富有实证性。基于充足的实证建构对屈子及相关楚辞作品的认知,便是本书的追求。研究一个有两千多年历史累积的对象,建立穷尽性的学术史关怀几乎是不可能的,但却必须有足够的学术史关怀,以便基于此定位问题意识,寻求对传统格局的突破。

拙著《屈原及其诗歌研究》在结语部分的最后一句话是:"屈原在中国历史以及思想、文化、文学各专门史上的意义和地位,是时候重新书写了。"① 期望本书的完成,能进一步确定而清晰地呈现屈子在这些方面独特的丰富内涵与巨大价值。在开拓创造中重新书写屈原,值得我们付出足够的努力。

---

① 参阅拙著《屈原及其诗歌研究》,第345页。

附录　论《离骚》篇题之义

《离骚》何以题为"离骚"？或者说，其篇题究为何义？这是研读《离骚》或屈作必须首先回答的问题。此问题千百年来聚讼纷纭，迄今盖未能得其本真。回顾历史可知，汉代两位杰出史家的解释是后来常见答案的源头。

《史记·屈原列传》云："离骚者，犹离忧也。"司马迁没有特别解释"离"字，显然认定该字使用其常用义[①]。王逸《离骚章句序》谓"离，别也。骚，愁也"，与司马迁的观点符同。此后承其说者甚多，汪瑗《楚辞集解》《楚辞蒙引》等等，均是如此（《集解》之说见《离骚》解题部分，《蒙引》之说见《离骚》篇之"题名"条）。唯诸说至少又有离别郢都（或楚王）、离别楚国之异，而"骚"字又或被解释为"骚乱"。魏炯若认为："离别楚王之忧，既概括了《离骚》全文，又突出了屈原自己的写作动机。"[②]姜亮夫则说："过去大家讲《离骚》这题目的含义时，都是讲遭遇忧愁。我近一二年来想到，还是解为'离别'的'离'好，因为这样可以同屈原的全部作品及作品中的政治思想联系起来，就是从整体认识问题，暂时逃开政治骚

[①] 有不少学者以为司马氏之说与班氏之说不异。比如，朱季海云："……以'离骚'为遭忧，自淮南王、太史公以至班孟坚无异辞"（见所著《楚辞解故》第13页）。此说殆误。太史公"离忧"之说，既然没有特别解"离"字，照常理当是取其常见的"离别"之义。司马贞《史记索隐》既引应劭"离，遭也；骚，忧也"，又引王逸《离骚序》"离，别也；骚，愁也"，殆其个人倾向于前说，又知此说未必得太史公本意。笔者认为王逸之说与太史公之本意同。

[②] 魏炯若《楚辞发微》，与《杜庵说诗》合刊本，第10页。

乱的楚国,这就是'离骚'。"①事实上,此说并非如此之好。无论解为离别楚王或郢都之忧,还是解为离别楚国之忧,都面临着明显的困难。《离骚》明谓"余既不难夫离别兮",既然离别并非屈子所难,那么司马迁王逸等人将"离骚"解为离别之忧,就明显跟文本不合②。"离骚"为"逃开政治骚乱的楚国"一说尤难成立,因为去国之意只关涉该诗灵氛占卜、巫咸降神以下的文字,根本非贯通全篇(更何况主人公因割不断故国深情,并未真正离开楚国呢)。可见,不管用哪一种"离别"来解释《离骚》之篇题,均不能得到本文的支持。

　　班固《离骚赞序》提供了另一种解释:"离,犹遭也;骚,忧也。明己遭忧作辞也。"(严可均辑《全后汉文》卷二十五)此说同样广为后人继承。《史记·屈原列传》之应劭注、《汉书·冯奉世传》之颜师古注均承之,陆侃如判定此说"最妥"③。金开诚细考屈作命题方式及用语之例,也断言,"'离骚'释为'遭忧'虽是最古老的训解,却是最有可能符合题名原意的";他解释说,"'遭忧作辞'是《离骚》的创作旨意和内容概括,这……可以从屈原生平和《离骚》全文得到充分的证明。……《离骚》所述之忧,概括地说就是不能通过政治变革以实现'美政'之忧。……这种忧患又可以分析为二:……得不到君主信任之忧,……孤立无援之忧"④。事实上班固的解释也明显面临困难。屈原在诗中说:"岂余身之惮殃兮,恐皇舆之败绩。"又说:"阽余身而危死兮,览余初其犹未悔。"作者自

---

① 　姜亮夫《楚辞今绎讲录·论〈远游〉及其他》,《姜亮夫全集》第七册,第89页。
② 　陆侃如以为,"《离骚》本文只说'替',并未提及放逐。……其中还有旁人劝他离郢都而他不肯的话",进而断定《离骚》确实作于屈原遭上官大夫谗毁被削职后(参阅所著《屈原·屈原评传》,第20页)。其实《离骚》"余既不难夫离别"之"离别",即是指被放逐。胡文英谓"离骚,指疏放言",甚确。而灵氛劝主人公远逝求女,巫咸劝主人公升降上下以求矩矱之所同者,均非指离开郢都,而是指离开楚国,所谓"旁人劝他离郢都而他不肯",亦不确当。
③ 　参阅陆侃如《屈原·屈原评传》,第19页。
④ 　参阅金开诚《屈原辞研究》第122、124页。

身遭遇亦非《离骚》最关注的,以"遭忧"解"离骚"同样得不到文本的支持①。

除以上两说,最值得注意的是,游国恩提出,"离骚"就是楚国古有的乐曲"劳商",跟"九歌"和"九辩"相类;"劳商""离骚"本均为双声字,前者为后者之转音②。郭沫若高度认可此说,称:"关于'离骚'两字的解释,自来也异说纷纷,大率都是望文生训的臆说,只有近人游国恩讲得最好。"③楚国确有劳商之曲,《大招》谓"伏戏《驾辨》,楚《劳商》只",足可为证。惜乎作为乐曲,"劳商"比常见于楚辞的古乐"九歌""九辩""九韶"等更为茫昧,且与《离骚》文本不存在明显的关系,用它解释"离骚",根据似乎只有两者间的转音关系,显得相当薄弱。所以此说难以获得广泛的认同。

汉代以降,关于"离骚"的所有解释都只是在训诂音韵上下功夫,对于诗歌本文的用心殊不深切,也不可能把握屈原的本意。而最重要的恰恰是作者给出的规定,把握了这一点,一切都可迎刃而解。

这里先看看屈原其他传世作品的命题方式:《惜诵》《思美人》《惜往日》《悲回风》四篇,题目均取自开篇,"思美人"兼概括全文内容④;《天问》《九歌》十首(《礼魂》属于《国殇》)、《九章》其余五首以及《招魂》之篇题,乃为概括文本核心意思,提挈文本主人公或主人公所关涉的核心形象,而另外拟定的。显然,后一种形式是屈原为作品命名的主流方式("九歌""九章"为组诗共名,"九章"甚至为后人所加,可以不论)。《九歌》十首,洪补谓一本篇题均多

---

① 值得肯定的是,魏炯若、金开诚等学者在反思前人对"离骚"二字的解释时,特别强调文本依据。可惜他们对文本的理解有不周之处。

② 参阅游国恩《离骚纂义》,见《游国恩楚辞论文集》第一卷,中华书局2008年版,第6—7页。

③ 参阅郭沫若《历史人物·屈原研究》,见《郭沫若全集》历史编第四卷,第24页。

④ 汪瑗《楚辞集解》于《思美人》解题中云:"取篇首三字名篇,然作之之意实在于此,故既以之发端,而遂因取之以名篇耳。"

一"祠"字，比如《东皇太一》作《祠东皇太一》等。依此本，《九歌》各篇题目与文本的关系从形式上看就更为凸显了。《离骚》之篇题非取自诗篇开头，当是采用屈作主流的命名方式，就是说，"离骚"之义跟文本内涵应有密切的照应。

"骚"训"忧"，古今鲜有异议（汉唐旧说，如司马迁《屈原列传》、班固《离骚赞序》、王逸章句、《史记·屈原列传》索隐引应劭说，《汉书·贾谊传》颜师古注等，均同），但"离"字往往不得确诂。笔者认为，此"离"字既非指"离别"，又非指"遭受"，更非杂糅"乖离""隔离""别离"诸义。"离"者乖离不合也。最显见的证据是，"离骚"之"离"当与屈作中反复出现的"离心"之"离"同义。《惜诵》云："众骇遽以离心兮，又何以为此伴也？"《离骚》云："何离心之可同兮，吾将远逝以自疏。""离心"就是乖离不合之心，基本上相当于屈子另一种说法——"心不同"。《抽思》谓："何灵魂之信直兮，人之心不与吾心同！"《怀沙》谓："世溷浊莫吾知，人心不可谓兮。"《湘君》谓："心不同兮媒劳，恩不甚兮轻绝。""离心"之"离"不可能指离别，也不可能指遭受，只能指乖离。"离骚"亦必指乖离不合之忧愁。无论就屈子的经历来说，还是就其大多数作品尤其是《离骚》而言，作为核心关节的这种乖离不合根本在于"离心"，关键则在于与君上之"离心"，故"离心"二字堪称《离骚》一诗的点题。屈子于顷襄初年创作《离骚》，回顾自己的追求及所遭挫折，特别是被怀王疏远和放逐的来龙去脉，表白自己当时之所忧殊不在离别国君或郢都，不在自己遭受不幸，而在跟国君、众官及时世乖离不合，又陈说自己求合于顷襄而不果所愿，揭露上层失道无德之积弊，故以"离骚"二字为题以括囊之，恰如其分，绝非出自偶然。

此义能得到文本强有力的支持。屈作反复出现的"离心"是极重要的证据，已见上文所揭，此外还有一点更为重要，即《离骚》通篇之根本内容便是乖离不合之忧。

《离骚》主人公曰："余既不难夫离别兮，伤灵修众数化。"明谓离别非余之忧,"灵修"变化无常才是愁苦所在;所谓变化无常,是指灵修"初既与余成言兮,后悔遁而有他"。这是讲述"灵修"跟自己乖离不合。主人公曰:"荃不察余之中情兮,反信谗而齌怒。"又曰:"余虽好修姱以鞿羁兮,謇朝谇而夕替。既替余以蕙纕兮,又申之以揽茞。亦余心之所善兮,虽九死其犹未悔。怨灵修之浩荡兮,终不察夫民心。"这是讲述"荃"或"灵修"跟自己乖离不合。屈作中的"荃"跟"灵修"往往喻指国君。屈子跟国君乖离不合,关键自然是在心的乖离,故他用"何离心之可同兮,吾将远逝以自疏"一语绾合《离骚》前后两半,其意是说,因为心的乖离,对于跟楚国国君遇合已不再抱任何希望,吾将去国另求他君。

　　《离骚》叙主人公滋兰树蕙,杂植杜衡、白芷,冀时机成熟时收割使用,然"众芳"却变得一派芜秽污浊,这是说自己跟"众芳"乖离不合,此处"众芳"隐指诗人所培养的后进。《离骚》又云:"众皆竞进以贪婪兮,凭不猒乎求索。羌内恕己以量人兮,各兴心而嫉妒。忽驰骛以追逐兮,非余心之所急。老冉冉其将至兮,恐修名之不立。"这是说自己跟"众"乖离不合,众皆贪得无厌,己则不事追逐,而专务修养善德,以成就美名(《抽思》谓"善不由外来兮,名不可以虚作",屈子很清楚美名之根本在于善德之实)。《离骚》复云:"謇吾法夫前修兮,非世俗之所服。虽不周于今之人兮,愿依彭咸之遗则。"这仍然是说自己跟"世俗"或"今之人"乖离不合。《离骚》还说"众女"嫉妒,造谣诋毁等等,无所不用其极。这是借主人公跟"众女"之乖离不合,隐喻诗人与众官僚之暌违。《离骚》云:"固时俗之工巧兮,偭规矩而改错。背绳墨以追曲兮,竞周容以为度。忳郁邑余侘傺兮,吾独穷困乎此时也。宁溘死以流亡兮,余不忍为此态也。鸷鸟之不群兮,自前世而固然。何方圜之能周兮,夫孰异道而相安。屈心而抑志兮,忍尤而攘诟。伏清白以死直兮,固前圣之所厚。"一方面主人公如此,一方面时俗如彼,其龃龉一如"鸷鸟"之于凡鸟、"方"之于"圜",这还是说自己与"时俗"乖离不合①。其他如主人公云"进不入""不吾知""余独好修"等等，无不含有与君上世俗乖离不合之意。女媭责备主人公，在全诗中可谓无风起波，别开生面，而她责备主人公的原因是他跟世人乖离不合、置个人安危于不顾："鲧婞直以亡身兮，终然殀乎羽之野。汝何博謇而好修兮，纷独有此姱节。薋菉葹以盈室兮，判独离而不服。众不可户说兮，孰云察余之中情。世并举而好朋兮，夫何茕独而不予听？"处处都凸显着主人公与外界乖离不合之意。

《离骚》后半写了一系列奇幻富丽的片段：主人公登天欲见上皇，但受阻于帝阍。浮游欲求宓妃，虽有蹇修为理，而宓妃"纷总总其离合兮，忽纬繣其难迁"，骄傲无礼，主人公最终弃之而改求。接下来求简狄，媒人鸩鸟竟从中谗毁，雄鸠则轻佻巧利，故最终还是失败；钱澄之注云："鸩不欲成人之好，鸠不能成人之好。然无媒，则言不通；自适，于礼不可。……总以见机缘之难凑也。"②再下来求二姚，则理弱而媒拙，同样以失败告终。这些片段，字面上说的是主人公与帝和帝阍、与宓妃、与简狄、与二姚、与鸩鸟、与雄鸠等全都乖离不合，实则比诗人跟国君扞格不遇（媒理之不当，暗指诗人寄希望于他人来调和自己跟国君之关系，却不得其人，导致事与愿违）。由于在故都的追求归于徒劳，主人公决计去国远游，此举是否能有遇合，是他不能不思考的重大问题，于是又有灵氛占卜、巫咸降神两个片段，前者告之以"吉占"，后者告之以"吉故"，反复坚定他远去的信念，道是必有遇合。从文本构成功能上看，这两个片段既是用必能遇合中情好修之君，来坚定诗人离楚别求的信心，又紧承上文一连串的失败，有力地表明前文的核心情结是不

---

① 陆时雍《楚辞疏》："攘诟，谓攘却诟耻不置于怀也。《渔父》词云'安能以身之察察，受物之汶汶'，则原未尝少淄于世也。而谓屈心抑志、忍尤攘诟者，谓蒙难而未即死也。死则洁矣，可洗垢而扬其波矣。"录此备参。

② 所谓"自适，于礼不可"，是基于作为能指的男女关系而言的，但其所指君臣之间则并无此种礼制，主人公"欲自适而不可"，或别有缘由。

能跟国君和合,而后半的核心情结,则是欲离楚求合明君①。诗篇发展到最后,主人公已陟升皇天之光明中,行将远去矣,却割不断故国深情,于眷眷反顾中黯然止步。诗人跟国君、跟世人、跟时俗的乖离不合将一如既往,"美政"的追求终成空幻,绝望之下他唯有以死自誓,表示宁可追随跟自己相合的前修——彭咸。

由以上剖释可知,《离骚》通篇都是讲述诗人跟国君、权臣、党人及时俗的乖离不合,表白其宁死不屈的意志。知晓"离骚"为乖离不合之忧,便可知这一篇题和文本互相支持,且密合无间。

实际上,我们还可以从另一个层面上来确证《离骚》所忧及其篇题之意,即该诗特别强调"合"或者"同"的重要性。灵氛占卜曰:"两美其必合兮,孰信修而慕之?"巫咸降神曰:"勉升降以上下兮,求矩矱之所同。"可见跟国君"合""同"乃主人公追求的根本目标②。而且巫咸告主人公以"吉故",云:"汤禹严而求合兮,挚咎繇而能调。苟中情其好修兮,又何必用夫行媒。说操筑于傅岩兮,武丁用而不疑。吕望之鼓刀兮,遭周文而得举。宁戚之讴歌兮,齐桓闻以该辅。"偌多历史往事,主人公最看重的就是一个"合"字。跟"离"的关键在于跟国君之离一样,"合""同"的关键在于跟国君和合,屈原一生政治追求在此,其绝大多数作品则均是围绕这个根本点创作的,《离骚》一诗尤称典范。可是从怀王时期受谗被疏,到顷襄时期绝望而以"从彭咸之所居"自誓,他只品尝了求而不得所造成的绝望,乖离不合一直是他最大的忧愁。《离骚》一诗,求宓妃以上乃回顾主人公跟怀王、党人及时俗不合,求简狄、二姚两个片段寓

---

① 胡文英《屈骚指掌》曰:"灵氛已令其无狐疑,此复狐疑而决之于巫咸,皆多方托言以尽其意,非诚有是心也。"其说良是。而钱杲之《离骚集传》解为:"因巫咸言,知灵氛吉占,遂将从之。"此说不确,主人公对灵氛之占并无"知""不知"的问题。

② 王逸章句:"上谓君,下谓臣","……上求明君,下索贤臣",以"上下"分指君臣。此非屈原本意也。洪补:"升降上下,犹所谓经营四荒、周流六漠耳,不必指君臣。"朱熹集注:"言升降上下,而求贤君与我皆能合乎此法者,如汤之得伊尹、禹之得咎繇,始能调和而必合也。"洪、朱二说得之。

意与顷襄王、党人及时俗不合,灵氛占卜巫咸降神以下叙主人公欲去国求合明君而不能,篇题"离骚"正是提挈和概括全文的指意。

前人解此二字,议论纷纷而不得其实际,原因在于不重视文本而动辄牵附诗人的遭际。只有让文本敞开说话,这类问题才能得到合理的解决。李陈玉持兼收杂糅之说,尝云:"乃若'离'之为解,有隔离、别离、与时乖离三义。盖君臣之交,原自同心,而谗人间之,遂使疏远,相望而不相见,是谓隔离,此《离骚》中有'何离心可同'之语。一去而永不相见,孤臣无赐环之日,主上无宣室之望,是谓别离,此《离骚》中有'余既不难夫离别'之语。若夫君子小人,枘凿不相入,薰莸不共器,是谓乖离,此《离骚》中有'判独离而不服'之语。就《骚》解《骚》,方知作者当日命篇本意,而从来解者皆安添之名目也。"(《楚词笺注》之《离骚》解题)《离骚》使用"离"字的多种意义是十分正常的事情,但《离骚》之所以题为"离骚",并非跟各个义项有同等的关系,故李陈玉之说看似稳妥,实则缺乏决断。而且,将君臣之暌隔仅仅归结为"谗人间之",亦并未抓住诗人的核心意指。

对"离骚"二字的误读说到底是对《离骚》全诗甚至屈原一生的误读,意味着没有把握通贯《离骚》的核心和屈原一生的心结。古代倒是有不少得《离骚》核心意指或屈原深心者。其间值得一提的是,从宋玉开始一直到汉代,很多学者都撰写过追悼屈原的楚辞体作品。这些作品往往采用"代言体"这一独特的体式,既书写屈原的身世遭遇,又糅合作者自己的情感、评判和价值取向,可以说是写屈原而采取第一人称来叙述,也可以说是写自己而往往采取屈原的视角①。透过这类作品,常可见作者对屈原的认知。例

---

① 这一类作品并非全部内容都指言屈子,判定哪些部分指言屈子,哪些部分只是自我写照,有时并不容易,需要审慎对待。陆时雍注《九辨》开篇至"塞淹留而无成",云:"《九辨》之一,绝不预原事,若为自悼,或创有深痛,不敢撩及之与?"这种论断恐怕过于绝对了。

言之,宋玉《九辩》云:"愿一见兮道余意,君之心兮与余异。"东方朔《七谏·初放》云:"孰知其不合兮,若竹柏之异心。"王逸章句注:"竹心空,屈原自喻志通达也。柏心实,以喻君暗塞也。言己性达道德,而君闭塞,其志不合,若竹柏之异心也。"《七谏·沉江》云:"纣暴虐以失位兮,周得佐乎吕望。修往古以行恩兮,封比干之丘垄。贤俊慕而自附兮,日浸淫而合同。明法令而修理兮,兰芷幽而有芳。"明主与贤俊的"合同"正是屈子所向往歆羡的。可以说,《离骚》之"忧",关键就在于诗人跟国君"不合""异心",或者"贤俊"不能跟君上"合同",篇题正凸显此意。刘向《九叹·愍命》云:"哀余生之不当兮,独蒙毒而逢尤。虽謇謇以申志兮,君乖差而屏之。"王逸章句:"言己虽竭忠謇謇以重达其志,君心乃乖差而不与我同,故遂屏弃而不见用也。"屈原跟国君之"乖差"是《离骚》的核心,是问题的关键,也是篇题要旨所在。惜乎宋玉、东方朔、刘向等人没有明确立足于屈原这种深心,来探究《离骚》篇题之义。

屈原不忧自己遭受不幸,也不忧自己被国君放逐,何以忧上述种种乖离不合呢?只因为对屈原来说,这种乖离不合意味着国君不能走上修明法度、举贤授能的正道,而国家之前途堪忧。由《离骚》所叙可知,诗人本渴望"导夫先路",使国君如尧舜、三后等前王一样"遵道而得路",但由于国君跟自己乖离不合,又遭党人壅蔽,最终误入歧途。诗人曰:"惟夫党人之偷乐兮,路幽昧以险隘。岂余身之惮殃兮,恐皇舆之败绩。"因此,《离骚》所"忧"归根结底是国家的前途和命脉。解"离骚"为诗人离别之愁或一己遭遇之忧患,不仅未得诗人本意,亦且贬低了屈原和《离骚》的境界[①]。

---

① 朱季海曰:"盖自王氏《章句》,辄以离别为说,而大义始乖。……屈子之忧,故有大于离别者,王注区区,徒以别愁为言,岂灵均之志乎?"(见所著《楚辞解故》,第13页)殊不知他所持的"遭忧"说同样有这种弊端。

书名篇名人物索引

说明:《墨子》《孟子》《荀子》《韩非子》各篇,分别归到"墨子""孟子""荀子""韩非"等词目中。《九歌》《九章》《七谏》《九叹》以及《尚书》《诗经》《礼记》《大戴礼记》《战国策》《史记》《汉书》《淮南子》等词目之下,缩进列出具体篇章,并出具页码,其排列先后依原著之序。相关学术著作,尤其是楚辞学著论,以作者设立词目。

A

《哀时命》263,558—560,565

B

白起 76,85,132,587
百里奚 153,188,213—216,350
班固 2,6,7,31—33,41,65,147,
 152,196,280,405,595,597
褒姒 227,238,243—246,323,380
《报任安书》59,64,65,281,410
比干 75,222,224—226,275,281—
 284,321,325,349,353—356,
 472,560
伯嚭 93,276,278
伯夷 12,13,15,92,93,124,139,
 182,188,189,191,193,195,212,
 246—249,261,265,305,310,
 321,324,325,344,353—355,
 392,393,472,514,520,543,548,
 560,586,589,590
《卜居》2,6,35,38,73,102,134,
 413,414,435,439,452,458,459,
 461,489,527,530,541,592

C

蔡邕 123
陈第 424
陈梦家 210
陈槃 91,572,573
陈轸 17,30,31,53,58,125,591
陈子展 99,414,417,427,429,430,

439—441,447,448,457,461,
462,487—489
成疏 199,250,473,480,483,
《城之馘之》(《成之闻之》)44,363
赤松 458,464—466,472,473,491,
498,499,504,505,507,508,552,
556—559,563,564,574
《初学记》49,185,186
楚成 98,177,178,183
《楚辞》1,2,6,37—39,65,66,104,
105,108,135,136,160,245,
262—264,292,300,408—411,
441,457,458
楚悼 22,23,114
楚怀 10,15,17,53,56,57,70,94,
103,117,119,274,370,398,
446,447
楚威 121,128,167,179,194,360,
361,367
楚昭 86,87,97,111,112,174—
176,275
楚庄 81,112,146,174,179,188,
199,200,216,319,358,440
纯狐 236—239,381

D

妲己 218,222—224,227,238,244—
246,309,323,370
《大戴礼记》
  《五帝德》166,189,190,191,
  199,259
《帝系》186
《虞戴德》387
《诰志》171
《大明一统志》90,581
《大清一统志》90,91,581
《大人赋》35,91,458,460,503,509,
550—556,558,565,577,578,581
《大招》149,410,412,419,420,
430,431,436,437,454,501,503
戴震 89,183,196,198,233,587,589
悼固 114
《帝王世纪》186,199,203,207,210,
221,223,226,227,229,232,
234,236
《吊屈原赋》2,7,510,511,526,536,
539,543,548,550,560—562
东方朔 2,7,31,34,45,46,51,99,
116,117,263,265,422,509,510,
549—551,556,565,602
董仲舒 19,148,331,332,346
杜预 87,361
杜注 169,170,172—175,177—179,
234,236,238,239,243,254,272,
278,347,382,383

E

二姚 451,459,599

F

《反离骚》32,116,117,267,268,576
方东树 437,447,455

方廷珪 61,182,194

冯衍 181,182

冯友兰 26

夫差 170,200,275—278,283,322,385

宓妃(虙妃) 21,60,116,139,143,145,162,193,233,268,398,406,451,459,488,490,492,494,497,499,500,553,554,564,576—578,599,600

傅说 146,153,187,205,210,211,215,216,322,324,326,342,350,472,477,478,499,508,569,574

傅斯年 238,294,298

G

皋陶 144,188—190,192,201,202,206,289,324,350,366,373,375,386,391,472,520

咎繇 146,153,189,190,193,195,205,206,215,216,285,289,320,398,399,405,435,472,600

高辛 50,166,182,184—188,199,300,324,488

《古本竹书纪年》220,232,235,242,293,296

顾成天 107,114,418

顾颉刚 262,467,468,469

管仲 241,284,344,346—348

鲧 12,43,140,203,220,251—260,288,313,320,322,324,325,366,369,373,381,400,434,472,586,599

郭沫若 2,6,8,9,17,29,33,53,57,77,99,103,104,105,113,115,117,128,163,164,231,285,298,304,305,311,324,325,332,333,360,362,363,409,417,418,441,446—448,460,461,596

郭璞 229,242,258,296

《国语》112,170,179,203,213,220,235,244,245,256,257,275,344,359,360,366,385,410,591

H

韩非 21,27,37,125,126,141,143,192,227,255,257—259,273,293,410,510,525,544

《韩诗外传》273,545

韩昭侯 23

韩众 459,472,477,478,499,507,508,532,549,552,557,565—568,574,577,579

《汉书》

《诸侯王表》200

《古今人表》6,32,295,296,342,431,441

《礼乐志》105,106,115,118,558

《地理志》(《汉志》) 65,90,92,99,439

《艺文志》(《汉志》) 26,35,105,133,141,360,430,458,510,573

《淮南衡山济北王传》6,63

《贾谊传》65,562,597
《董仲舒传》148,346
《司马相如传》91,551,552—555
《司马迁传》59
《扬雄传》37,41,261
汉武帝 91,148,403,419,458,556
阖庐（阖闾）36,86,93,98,171,173,175,200,277—279,305,324,515
洪补 9,45,89,158,168,172,176,192,231,233,241,272,286,290,293,343,347,398,415,467,470,471,479,508,552,559,600
洪兴祖 8,9,28,29,31,33,35,52,54,60,73,117,226,247,256,264,300,410,427
胡濬源 457,458,466
胡念贻 8,416,423,444,453
胡适 3,4,6,57
胡文英 44,79,94,97,104,112,148,182,209,293,300,343,442,471,600
怀王 3,10,12,13,15—22,24,28—34,41—46,48—50,53—74,81,83,94,98,99,107,121,126,127,130—134,151,155,157,159,161,176,193,209,222,223,227,245,251,274,290,370,398,412,414,415,417,421,429,444—449,451,468,562,587,588,597,600

《淮南子》
 《俶真》219,252,577
 《地形》106,110,258
 《览冥》229,526,544
 《本经》219,235
 《齐俗》113,258,369,544,556,565
 《氾论》250,481
 《说山》93,428
 《泰族》556,557,565
黄帝 4,166,167,182,187,196,199,200,202,203,250,254,260,261,477,479,499,555,582
黄灵庚 183,394
黄文焕 9,21,45,92,94,208,224,228,246,253,278,413,414,418,427,428,431,432,435,440,488,489,574
黄歇 15,16,122,123

J

稷 110,145,182,186,188—190,193,202,208,239,240,256,259,299—304,323,366,380,386,387,520
贾谊 2,6,7,19,65,116,117,127,154,510,548,550,560—562,565,566,597
简狄 60,68,162,185,186,227,230,324,451,488,500,578,599,600
《江南通志》90
姜亮夫 47,621,160,290,399—401,

462,463,468,594,595
蒋骥 9,34,47,82,89,100,131,168,172,182,196,233,234,256,418,427—429,434,450,453,457,464,467
浇 6,65,147,151,233,235—240,280,319,324,355,367—369,374,379,382,387,388,401,405,406,472,590
桀 25,65,147,151,166,181,195,205—207,209,217,219—223,226—231,239,240,245,250,256,282,305,310,317,322—324,335,368,369,374,378,387,392,405,406,472,473,590
介子 92—94,185,248,270—274,321,322,384,512,519,528
《今本竹书纪年》206,232,235
金开诚 1,2,7,8,11,14,15,20,22,23,35,66—68,77,78,80,81,85,95—97,102,104,144,167,178,226,264,280,343,595,596
靳尚 28,29,31,33,34,46,54,222,246,449,456
晋文公(重耳) 93,142,185,197,272—274,346,381,384
景差(景瑳) 6,35,71,280,410,430,431,436
《九辩》9,24,38,41,71,105,108,153,231—233,251,318,364,368,374,381,387,406,411—413,421,422,487,503—507,510,513,516,518,520—522,525,527—531,535,540,541,546,547,549,596,602
《九歌》
《东皇太一》597
《云中君》107—110,497,533
《湘君》52,104,107,108,151,487,488,497,512,597
《湘夫人》104,107,108,488,497,534
《大司命》75,107,108,113,496,578
《少司命》107,108,497
《东君》107,497,575
《河伯》48,104,108,111,112,519
《山鬼》104,107,108,114,115,439,548
《国殇》74,103,104,106,112,134,397,414,419,420,458,596
《礼魂》104,596
《九叹》
《离世》12,41,116,267
《惜贤》41,149
《忧苦》37,41
《思古》41,196
《九章》
《惜诵》9,34—37,40—43,49—51,57,134,152,153,200,201,204,256,258,271,272,289,317,320,323,366,373,383,386,400,433,434,452,468,487,489,512,

513,516,520,527,532,535,542,547,588,596,597

《涉江》13,36,37,41,66,67,74,75,89,92,99—102,115,117,134,154,155,186,224,263,267,275,279,280,284,318,321,346,349,350,354,356,357,400,404,432,443,451,452,469,470,487,489,496,509,511,513,517,518,520,528,529,531,534,536,537,547,548,550,575,588

《哀郢》7,12,31,36,37,41,46—49,54,66,67,73,74,76—81,83—89,92,95,100—102,116,118,134,159,168,174,176,204,233,250,251,258,263,267,318,348,354,355,386,388,393,408,409,411,429,439,448,450,458,460,468,471,485,489,496,513,515,516,520,527,528,530,531,533,536,538,539,546,547,581,586—588

《抽思》24,34,36,37,39,41—44,46,48—51,57,134,139,140,145,192,196,197,202,265,270,317,320,387,393,398,400,434,451,466,485,487—489,511,531,537,538,539,542,546,588,597,598

《怀沙》7,35—38,41,46,48,64,74,101—103,116,134,139,140,144,153,155,195,204,216,217,246,263,264,271,280,318—320,346,393,428,429,432,451,458—460,469,472,487,489,495,519,522,526,528,536,537,539,541,543,588,597

《思美人》1,34—43,46—50,67,118,134,185,186,265,320,324,387,444,451,466,468,487—490,495,499,500,516,540,542,559,578,585,588,596

《惜往日》10,21,22,27,29,34—38,40—43,50,51,79,93,118,131,134,143,144,151—154,167,185,215,216,272—274,277,279,280,322,346,349,350,384,385,433,445,468,489,495,509,512—521,523,528,532,538,540,541,543,585,588,596

《橘颂》12—15,35,36,38,41,42,84,118,134,139,153,246,249,265,321,362,388,392,404,468,485,489,509,511,514,548,585,586,588

《悲回风》35—38,40—42,47,74,92—95,101,118,134,156,261,265,269,270,279,280,320,321,350,387,466,468,489,495,496,502,512,514,517,528,530,531,533,536,538,542,543,546,547,549,575,585,588,596

K

考烈王 15,16,85,87,123,129,438
孔子 25—27,111,116,117,125—
128,140—142,145,152,161,
166,175,180,187—189,193,
199—201,204,226,239,240,
248,249,259,262,271,275,280,
282,306,325,327,329—331,
336,339,340,345,346,351—
353,355,358—365,369,372,
386,387,402,410,432,433,484,
501,509,523,524,566,589

L

老子 119,248,268,272,363,394,
395,474,477,479,482,483,485,
566—570,592
《离骚》2,6—12,14,18—21,24,28,
29,31—33,37,41,45—52,57—
60,62—72,74,75,78,79,84,92,
105,115,117,118,126,127,
133—145,147,148,150—157,
162—165,181—186,192—196,
198—200,202,204,205,207,
211.,212,215—217,222,227,
231—233,235,237—240,243,
246,250,252,260—267,270,
279—281,292,317—320,322—
324,333,335—337,340,343,
346,348,349,353,366—369,

372—374,378—382,386—391,
393—402,404—406,408—411,
413,424,426,427,432—434,
442—444,447,450,451,455,
458,459,461,463,466,468—
472,485—495,498—503,505,
508—510,512—515,517—522,
526,527,529,531,532,534—
540,542,546—550,574—578,
584—586,588—592,594—602
《礼记》
《曲礼》171
《祭法》255,260
《中庸》25,141,187,386,404,485
李壁 35,36,279,280,284,349
李陈玉 99,153,194,196,220,258,
416,427,429,442,456,601
李悝 23,326
李学勤 87,109,113,114,243—245,
363,372
李园 123
廉颇 122
梁启超 117,136,212,414,418,453,
457,485,486
廖平 2,4,6,110,262,270,412,419,
426,457—459,486,487,503,576
《列女传》(《古列女传》) 221,286,287
《列子》208,510,543,546,569,573,
575
林庚 7,8,14,18,21,54,57,95,96,
168—170,172—174,176,178—

180,201,202,208,220,262—264,291,294,298—300,305,307,311,313—317,343,418,419
林兆珂 95,193,269,300,334,427
灵王 97,168—172,174,243,256,257,278,359,383,384,466
刘安(淮南王) 2,6,7,63,64,110,280,405,409,419,594
刘梦鹏 261,295,414,418,425,450
刘向 2,12,31,32,37,38,41,45,63—65,116,126,128,135,144,145,149,196,220,263,267,271,284,326,327,339,411,412,419,422,526,573,591,602
刘勰 63,135,406,450
刘永济 24,35,233,280,419,456,487,498,507
鲁仲连 123,126
陆侃如 7,13,16,17,18,43,44,48,49,89,90,93,94,100,101,152,417,437—439,449,459—461,473,508,595
陆时雍 10,31,72,74,94,104,135,136,140,154,162,208,226,277,293,295,311,416,427,451,454,500,502,599,601
陆贽 130
《论语》 25,28,40,125—127,140—142,145—147,180,187,188,193,201,202,215,226,239,248,262,271,275,282,289,306,325,329,330,331,337,346,352,360,361,372,386—388,393,399,402,404,423,432,433,473,484,485,501,509,591
吕不韦 123
《吕氏春秋》 110,196,199,206,208,220,225,250,259,260,291,292,369,440,444,510,543,556,582
吕望 146,148,153,181,198,205,211,212,215,216,231,307,322,346,350,472,513,522,541,600,602
吕远济 107

M

马其昶 226,417,418,446,448
马融 188,243,383
毛奇龄 168,228,241,254,302
孟尝君(田文) 119,122
孟子 14,25,26,28,52,110,117,119,120,125—128,138,141,143,146,147,149,152,156,161,185,187,188,191,192,194,197,210—212,214,220,226,228—230,249,255,256,282,286,289,294,303,304,309,325,329,331,334,336,346,349,361—365,391—393,404,432,444,587,591
妹嬉(妹喜、末喜) 219—223,226,227,238,244—246,323

墨子 26,27,36,39,96,146,152,
188,193,232,233,235,248,281,
326,331,360,363,369,432
《穆天子传》106,241,242

N

《廿二史考异》15
宁戚 148,153,185,205,212,213,
215,216,322,323,346,350,472,
513,522,523,541,600

P

逢侯丑 53
彭咸 9,10,24,47,49,72,116,117,
139,156,162,196,260—271,
280,310,320,324,325,356,387,
406,427,434,461,466,470,472,
491,496,498,542,543,589,
598,600
嚣 86,93,176,239,276—278,305
平王 36,86,87,93,97,169,170—
174,176,243—245,341,371,377

Q

《七谏》
《初放》34,46,354,509—512,602
《沉江》37,116,272,347,509,
513—519,565,602
《怨思》41,273,528,529
《自悲》46,99,529—535,549,550,
576

《哀命》32,51,535—538,550,565
齐桓 75,146,148,153,177,184,
185,197,199,200,204,205,208,
212,213,216,228,250,323,324,
343—348,354,355,393,405,513
齐宣 1,147,230,572,579
钱澄之 21,28,104,117,233,258,
260,487,599
钱大昕 612
钱杲之 20
钱穆 32,96,330
秦惠 30,54,55,119,122,125
秦穆 146,153,184,185,197,200,
204,213—216
秦武 54,55
秦孝 23
秦昭 55,56,58,85,113,126,130,132
顷襄 3,12,13,16,18,31,43,44,46,
48—50,57—63,66,68—70,72,
73,76—81,84,85,87,88,98—
100,102,116,131—134,151,
155,156,176,274,278,333,337,
340,353,415,416,418,420,425,
429,436,438,439,441,446,448,
451,468,469,587—589,597,
600,601
《穷达以时》(《穷达以时》) 146,
187,211,215,216,349—353,
356,363,394,404,590,591

S

《山海经》109,185,186,229,232,

233,254,256,257,259,296

商鞅 22,23,27,

上官大夫 3,21—23,28,29,31,33,
59—62,65,68,132,595

《尚书》

　《尧典》188—191,201,202,220,
253—255,286,287,289,373

　《皋陶谟》73,259,289,369

　《胤征》341

　《汤誓》228,229,378,392

　《汤诰》335,374

　《伊训》335,341,371,374,377

　《咸有一德》338,375

　《西伯戡黎》219,328,369,376

　《泰誓》219,223,225,334,370,378

　《牧誓》223

　《洪范》196,254,373

　《大诰》337—339

　《微子之命》341,371,378

　《康诰》337—339,341,371,376

　《梓材》336,374

　《召诰》228,335,374

　《君奭》338,339,342,343,348,376

　《蔡仲之命》335,375,447

　《文侯之命》341,371,377

少康 6,237—239,280,324,382

邵 114

申不害 23

申生 42,43,204,239,251,271,272,
311,323,383,513

申徒 321

《诗经》

　《文王》142,335,337,339,359,
378,379,468

　《大明》307,337,339,342,371,
379,380,444

　《皇矣》341

　《文王有声》341,371,379

　《荡》337,339,367,379,401

　《抑》339

　《敬之》339

《史记》

　《五帝本纪》167,187,188,199,
201,255,287,289

　《夏本纪》215,217,220,237,238,
294,369

　《殷本纪》209,211,218,223—225,
275,296

　《周本纪》193,241,300,301,303,
306—308,310,311

　《秦本纪》55,213

　《秦始皇本纪》97,197,459,469,
508,569,579

　《十二诸侯年表》172,176,177,
360,361

　《六国年表》58,85,174

　《封禅书》91,106,107,465,469,579

　《吴太伯世家》(《吴世家》) 86,
172,277,305

　《齐太公世家》211,344

　《宋微子世家》225

　《楚世家》2,3,7,15,17,30,31,

53—55, 57, 58, 78, 80, 85—87, 127, 132, 166, 169, 172, 176—178, 370, 525
《孔子世家》200, 360
《伯夷列传》15, 247, 310, 344, 354
《伍子胥列传》275, 515
《张仪列传》30, 121
《白起王翦列传》132
《孟子荀卿列传》110, 127, 591
《孟尝君列传》122
《平原君虞卿列传》86, 122
《廉颇蔺相如列传》122
《屈原贾生列传》(《屈原列传》《屈原传》) 2, 3, 15, 56
《吕不韦列传》123
《滑稽列传》111, 510, 550
《太史公自序》59, 64, 65, 305, 410
《史记集解》63, 188
《史记索隐》8, 106, 111, 214, 287, 362, 594, 597
《史记正义》193, 199, 214, 238, 277, 287, 310, 508
舜 24—28, 47, 51, 65, 83, 115, 128, 133, 141, 143—149, 151, 153, 170, 181, 182, 184—195, 199—204, 213, 215—217, 237, 238, 250, 251, 253—255, 258—260, 267, 283, 285—289, 293, 295, 318, 322—326, 343, 344, 349, 350, 355, 356, 364, 369, 373, 375, 380, 381, 386, 391—393, 405,

406, 433, 435, 451, 472, 474, 511, 513, 515, 516, 520, 535, 578, 587, 589, 602
司马迁 2, 22, 23, 31, 33, 37, 57, 60—66, 100, 116, 238, 281, 305, 344, 354, 355, 408, 409, 411, 447, 454, 508, 510, 594, 595, 597
司马相如 91, 269, 550, 551, 555, 565
宋玉 4, 6, 9, 24, 35, 41, 71, 108, 135, 153, 251, 280, 364, 368, 406, 408—417, 419—423, 425, 427—431, 433, 435—439, 441, 443, 445, 447—449, 451, 453, 455, 486, 503, 510, 601, 602
苏秦 119—121, 124, 125, 127, 128, 300, 591
孙星衍 73, 225, 255, 289, 338, 369
孙作云 9, 13, 38, 57, 58, 70, 97, 103, 133, 210, 256, 285, 293, 307, 308, 411, 412, 454

T

太康 147, 151, 231—235, 237, 239, 240, 262, 279, 280, 292, 318, 324, 355, 368, 369, 376, 472
《太平御览》90, 108, 228, 232, 240, 244, 440
汤 10, 24, 27, 28, 65, 140—147, 151, 153, 166, 181, 182, 184, 185, 192—195, 197, 198, 201, 204—210, 215—217, 219—221, 228—

231,239,240,250,255,256,260,
261,267,294,295,298,310,318,
319,322—326,335,338,342,
343,346,348,350,355,359,366,
373—379,381,386,387,389,
394,396,398,399,405,406,433,
434,444,472,495,513,520,523,
541,547,558,559,587,589,
590,600

汤炳正 62—65,143,185,418,444,
462

《汤吴之道》(《唐虞之道》) 187,
189—191,363

唐勒 6,71,431,436,460,462

藤野岩友 103,115,155,418,442

《天问》7,12,27,39,48,49,57,74,
75,87,95—99,105,116,118,
133,134,144,147,151,153,164,
167—171,173—180,184—186,
197,198,201—210,212,219,
220,222—232,235—241,243,
245—247,252—255,258—260,
266,267,275,277,279,284,285,
287,289—302,304—307,309,
311,313—324,332,333,340—
344,346—348,354,366—371,
373,376,378—381,383—385,
387,388,391—393,398,408,
409,411—413,458,463,468,
469,485,489,510,513—515,
530,536,585,586,588—590,
592,596

W

汪瑗 1,8,9,13,43,44,46,48,75—
78,81,84,86,88,94,99,101,
102,116,131,134,136,146,156,
158,159,161,162,182,183,
195—198,231,233,234,261—
263,266,269,271,336,399,457,
586,589,591,594,596

王夫之 45,46,77,80,81,85,88,89,
113,153,183,196,198,223,227,
233,273,290,293,300,303,304,
310,399,416,457,483,502,504,
562,589

王国维 165,232,235,296—299

王亥 295—298

王念孙 6,233—235

王阳明 28

王逸 2,6,8—12,15,28,29,31—33,
39,41,45,49,52,60,64—66,72,
73,83,84,95,96,99,105,108,
110,141,142,145,147,153,156,
157,167,168,171,172,174,175,
177,181,182,185,192,195,196,
198,200,206,211,212,220,222,
224,225,226,228,231,233,234,
240,241,244,245,249,261—
265,267,269,271,273,274,279,
284,290,291,297,300,302,304,
307,311,316,340,341,344,346,

347,368,370,394,399,405,406,410,412,413,415,416,419,421,423,424,426,430,436,442,443,445,457,466,467,470,476,479,484,492—494,496,497,500,514,517,520,521,530,531,548,550,552,554,560,563,564,576,577,581,594,595,597,600,602

韦昭 112

韦注 170,197,257,258,344,358,359

魏绛 234,236,238,381,382

魏了翁 35,280

魏文侯 23,111

文王 25,26,28,65,141,142,146,147,166,181,182,184,192,193,195,197,198,211,212,216,224,226,229,247,250,260,302—307,310,312,338,341,342,352,359,367,371,372,376—379,401,405,468,525,526,544

《文心雕龙》63,405,450,

《文选》8,35,61,108,182,194,233,252,414—416,423,427,442

闻一多 12,36—42,94,98,105—109,111,112,114,115,168,195,232,235,252,260,270,281,291,292,297,368,426,428,465,467,476,573,576—579

吴起 22—24,27,127,282

《五行》25,119,125,143,145,146,193,216,361,363—365,367,

372, 388—391, 393—404, 406, 407,591

伍胥（子胥）6,35,36,47,74,86,92—94,116,170,176,263,268—270, 275—284, 305, 321, 322,324,349,352,355,356,385,406,472,515,517,519,525,528,560

武丁 125,146,148,153,204,205,210,211,215,216,322,324,326,342, 343, 348, 350, 376, 477,499,600

X

《惜誓》509—511, 518—520, 526,528,533,535,536,539,540,542,546,549,550,560—566,577,

夏启 147,151,231—233,235,292,294,369,376

契 145,188,189,190,202,240,260,295,296,325,386

谢无量 2, 4, 5, 70, 159, 161, 167,183,194,251,591,592

《新序》2,31,64,65,226,526

《续汉书》90

荀子 25—27, 128, 138, 185, 194,200, 217, 223, 282—284, 326,349, 351—356, 361, 363, 364,404,587,590

Y

燕昭 119, 124—126, 129, 465,

572,579
严可均 11,65,242,280,327,595
颜新宇 62
扬雄 31,32,35,37,38,41,116,235,
    261,267—269,271,284,405,576
杨宽 30,94
尧 24—28,65,83,128,133,141,
    143—149,151,181,182,184—
    195,199—204,213,215—217,
    235,250,251,253—255,257,
    259,260,267,285—287,293,
    318,324—326,349,350,369,
    373,377,380,386,391,393,405,
    406,433,435,472,474,511,513,
    515,516,520,535,577,578,587,
    589,602
姚鼐 13,129
伊尹 141,144,146,153,181,193,
    195,205—210,215,216,220—
    222,226,228,230,245,246,249,
    263,282,294,322,324,335,338,
    342,343,346,348,350,374—
    377,386,472,522,541,600
羿 6,65,147,151,234—240,280,
    292,318,319,324,355,366—
    369,374,376,381,382,387,403,
    405,406,472,590
应劭 113,182,199,254,554,581,
    594,595,597
游国恩 15,17,18,35,77—80,82,
    83,86,89,181,183,195,296,

418,508,596
《渔父》2,6,9,10,18,35,38,64,
    116,117,134,280,413,414,430,
    459,461,489,528,562,592,599
禹 10,12,24—28,65,110,128,
    140—147,151,153,181,182,
    184,185,187—190,192—195,
    197,198,201—204,206,215—
    217,232,234,238—240,250,
    252,254—260,267,289—294,
    313,318,319,322,324,325,335,
    343,348,350,355,366—369,
    373—376,378,379,381,382,
    386,387,389,391,394,396,398,
    399,405,406,433,434,472,495,
    520,541,547,558,559,587,589,
    590,600
《语丛二》145,396—399
《远游》35,38,41,109,134,166,
    346,413,414,429,442,457—
    509,511,512,529,531—534,
    536,549,550—560,562—571,
    573—581,583—585,592,
    593,595

Z

曾国藩 35
曾参 124,125,282
詹安泰 18,417
《战国策》
    《秦策一》120,125

《秦策五》123
《齐策三》129
《楚策一》54,58,128,129,179,440,441
《楚策二》456
《楚策三》121
《楚策四》123,522,539
《赵策三》123,126
《燕策一》124,293
《中山策》80,85,132
张纮 11
张仪 3,17,18,30,31,33,46,53—55,58,59,68,119,121,122,125,127,129—132,222,370,456,591
张正明 18,58,87,109—112,165—167,178,180,186,188,241
章太炎 9,71
《招魂》7,12,74,87,88,92,95,99,101,118,134,140,164,233,252,391,402,408—420,422—431,436—456,458,463,468,486,487,489,490,496,500,501,503,510,514,536,574,575,585,586,588,590,592,596
《招隐士》7,37,110,264,536
昭雎 55,56,57,58
赵沛霖 18
郑袖 31,33,34,46,54,56,57,59,68,121,132,222,223,227,245,246,291,370
郑玄 112,198,229,337,339,431

周公 4,26,119,167,168,193,200,209,240,250,283,284,294,306—313,322,324,336—338,340—343,362,371,374,376,378,386,444
周拱辰 10,13,43,79,86,103,136,171,206,208,210,220,222,223,226,228,236,237,241,259,275,291,295,307,309,310,347,416,427,435,464
周穆 240,242,243,319
周文 28,141,146,148,153,166,184,192,197,198,205,211,212,215,216,302,319,322,335,343,348,350,355,434,513,522,589,590,600
《周易》142,199,271,360,410
周幽 227,240,243—245,323,380
周昭 240,241,243,319
纣 52,65,71,93,147,151,181,195,197,209,211,212,217—219,222—227,229,230,239,240,245—247,250,267,275,282—284,302,306—311,317,318,323,324,328,335,355,368—370,376,378,379,392,403,405,406,472,513,590,602
朱冀 8,9,20,150,155,156,158,163,182,194
朱熹 8,9,20,29,31—33,52,81,142,162,182,187,188,193,195,

196,210,222,226,233,234,248,
249,260,261,271,273,275,287,
288,290,293,300,311,329,330,
344,346,348,352,353,370,386,
387,399,410,415,416,421—
424,427,428,430,432,457,479,
485,600
颛顼 11,165—167,182—184,186,
187,199,200,203,254,260,262,
263,477,496,552,554,564,
泪 235—240,292,318,319,324,
355,368,374,381,382,387,472
子椒 19,31—34,68,118,262
子兰 3,19,31—34,56,57,59—63,
68—73,83,118,129,132,133,

156,246,262,449,456
子思 25,27,46,125,142,143,360,
363—365,402
子文 98,177—180,267,279,321,
324,383,388,588
子夏 146,188,193,201,215,289,386
邹忌 23
《畲德义》(《尊德義》) 146,256,363
《左氏春秋》49,86,111,112,142,
169—174,176—180,188,234,
236,238,239,241,243,254,272,
273,275,278,334,335,345—
347,359—361,366,367,374,
380—385,393,401,403,404,
573,591

主要参考文献

※※※

旧题[汉]孔安国传,[唐]孔颖达疏:《尚书正义》(繁体字版校注汇刊本),北京:北京大学出版社,2000年。

[清]孙星衍:《尚书今古文注疏》,北京:中华书局,2004年。

[汉]毛亨传,[汉]郑玄笺,[唐]孔颖达疏:《毛诗正义》(繁体字版校注汇刊本),北京:北京大学出版社,2000年。

[宋]朱熹集注:《诗集传》,北京:文学古籍刊行社,1955年。

[汉]韩婴撰,许维遹校释:《韩诗外传集释》,北京:中华书局,1980年。

[汉]郑玄注,[唐]孔颖达疏:《礼记正义》(繁体字版校注汇刊本),北京:北京大学出版社,2000年。

[周]左丘明传,[晋]杜预注,[唐]孔颖达正义:《春秋左传正义》(繁体字版校注汇刊本),北京:北京大学出版社,2000年。

[晋]范宁集解,[唐]杨士勋疏:《春秋穀梁传注疏》(繁体字版校注汇刊本),北京:北京大学出版社,2000年。

[宋]朱熹:《四书章句集注》,北京:中华书局,1983年。

※※※

旧题[周]左丘明:《国语》,上海:上海古籍出版社,1998年。

旧题[周]左丘明:《国语》,济南:齐鲁书社,2005年。

方诗铭、王修龄:《古本竹书纪年辑证》(修订本),上海:上海古籍出版社,2005年。

[清]朱右曾辑,王国维校补:《古本竹书纪年辑校 今本竹书纪年疏证》,辽宁教育出版社,1997年。

黄怀信、张懋镕、田旭东:《逸周书汇校集注》,上海:上海古籍出版社,

2007年。

［汉］刘向集录:《战国策》,上海:上海古籍出版社,1978年。

缪文远:《战国策新校注》(修订本),成都:巴蜀书社,1998年。

［汉］司马迁撰,［刘宋］裴骃集解,［唐］司马贞索隐,［唐］张守节正义:《史记》,北京:中华书局,1959年。

［汉］刘向编撰:《古列女传》(顾恺之图画,《丛书集成初编》本),北京:中华书局,1985年。

［汉］班固撰,［唐］颜师古注:《汉书》,北京:中华书局,1962年。

徐宗元辑:《帝王世纪辑存》,北京:中华书局,1964年。

［明］李贤等:《大明一统志》,西安:三秦出版社,1990年。

［清］黄之隽等:《江南通志》(影印乾隆二年重修本),台北:京华书局,1967年。

［清］钱大昕:《廿二史考异》,《嘉定钱大昕全集》第二册,南京:江苏古籍出版社,1997年。

［清］仁宗敕撰:《嘉庆重修大清一统志》,《四部丛刊续编》史部,上海:商务印书馆,1934年。

※ ※ ※

袁珂校注:《山海经校注》,上海:上海古籍出版社,1980年。

《穆天子传》,潮阳郑氏用孙氏平津馆本刊。

楼宇烈校释:《老子道德经注校释》,北京:中华书局,2008年。

［清］孙诒让:《墨子间诂》,北京:中华书局,2001年。

［清］郭庆藩:《庄子集释》,北京:中华书局,2004年。

杨伯峻集释:《列子集释》,北京:中华书局,1979年。

［清］王先谦:《荀子集解》,北京:中华书局,1988年。

［清］王先慎:《韩非子集解》,北京:中华书局,1998年。

［战国］吕不韦著,陈奇猷校释:《吕氏春秋新校释》,上海:上海古籍出版社,2002年。

［汉］刘安及其门客撰,何宁集释:《淮南子集释》,北京:中华书局,1998年。

［汉］董仲舒撰,苏舆义证:《春秋繁露义证》,北京:中华书局,1992年。

［晋］葛洪：《神仙传》（《丛书集成初编》本），北京：中华书局，1991年。
［宋］李昉等：《太平御览》，北京：中华书局，1960年。

※ ※ ※

国家文物局古文献研究室编：《马王堆汉墓帛书》，北京：文物出版社，1980年。
［日］池田知久：《马王堆汉墓帛书五行研究》，北京：线装书局、中国社会科学出版社，2005年。
庞朴：《帛书五行篇研究》，济南：齐鲁书社，1988年。
李零：《郭店楚简校读记》，北京：北京大学出版社，2002年。
魏启鹏：《简帛文献〈五行〉笺证》，北京：中华书局，2005年。
荆门市博物馆编：《郭店楚墓竹简》，北京：文物出版社，1998年。
陈伟等：《楚地出土战国简册［十四种］》，北京：经济科学出版社，2009年。

※ ※ ※

［梁］萧统编，［唐］李善、吕延济、刘良、张铣、吕向、李周翰注：《六臣注文选》，北京：中华书局，1987年。
［清］姚鼐纂集：《古文辞类纂》（据世界书局1935年版影印），北京：中国书店，1986年。
［清］严可均辑：《全汉文》，北京：商务印书馆，1999年。
［清］严可均辑：《全后汉文》，北京：商务印书馆，1999年。
［清］严可均辑：《全晋文》，北京：商务印书馆，1999年。
［清］方东树：《昭昧詹言》，北京：人民文学出版社，1961年。

※ ※ ※

［宋］洪兴祖：《楚辞补注》，北京：中华书局，1983年。
［宋］朱熹：《楚辞集注》，上海：上海古籍出版社，合肥：安徽教育出版社，2001年。
［宋］钱杲之：《离骚集传》，据国家图书馆所藏宋刻本影印，《续修四库全书》集部，第1301册，上海：上海古籍出版社，1995—2002年。
［明］汪瑗：《楚辞集解》，北京：北京古籍出版社，1994年。
［明］林兆珂：《楚辞述注》，杜松柏主编《楚辞汇编》第一册，台北：新文丰出版公司印行，1986年。

［明］黄文焕:《楚辞听直》,杜松柏主编《楚辞汇编》第二册,台北:新文丰出版公司印行,1986年。

［明］黄文焕:《楚辞合论》,明崇祯十六年(1643)原刻、顺治十四年(1657)补刻本,吴平、回达强主编《楚辞文献集成》第二十二册,扬州:广陵书局,2008年。

［明］陆时雍:《楚辞疏》,杜松柏主编《楚辞汇编》第三册,台北:新文丰出版公司印行,1986年。

［明］来钦之述注,［明］陈洪绶绘:《楚辞》五卷《九歌图》一卷,影印明崇祯刻本,《四库未收书辑刊》集部第五辑第16册,北京:北京出版社,2000年。

［清］李陈玉:《楚词笺注》,影印复旦大学图书馆藏清康熙十一年(1672)魏学渠刻本,《续修四库全书》集部楚辞类,第1302册,上海:上海古籍出版社,1995—2002年。

［清］周拱辰:《离骚草木史》,影印上海图书馆藏清初圣雨斋刻嘉庆八年(1803)印本,《续修四库全书》集部楚辞类,第1302册,上海:上海古籍出版社,1995—2002年。

［清］周拱辰:《离骚拾细》,《丛书集成三编》第35册,台北:新文丰出版公司,1999年。

［清］钱澄之:《楚辞屈诂》,收入《钱澄之全集》之三《庄屈合诂》,合肥:黄山出版社,1898年。

［清］王夫之:《楚辞通释》,上海:上海人民出版社,1975年。

［清］毛奇龄:《天问补注》,影印清康熙刻西河合集本,《续修四库全书》集部楚辞类,第1302册,上海:上海古籍出版社,1995—2002年。

［清］林云铭:《楚辞灯》四卷附《楚怀襄二王在位事迹考》一卷,影印辽宁大学图书馆藏清康熙三十六年(1698)挹奎楼刻本,《四库全书存目丛书》集部第2册,济南:齐鲁书社,1997年。

［清］朱冀:《离骚辩》,杜松柏主编《楚辞汇编》第九册,台北:新文丰出版公司印行,1986年。

［清］蒋骥:《山带阁注楚辞》,上海:上海古籍出版社,1984年。

［清］刘梦鹏:《屈子章句》,杜松柏主编《楚辞汇编》第四册,台北:新文丰出版公司印行,1986年。

[清]戴震:《屈原赋注》,张岱年主编《戴震全书》第三册,合肥:黄山书社,1994年。

[清]胡文英:《屈骚指掌》,北京:北京古籍出版社,1979年。

[清]胡濬源:《楚辞新注求确》,吴平、回达强主编《楚辞文献集成》第十七册,扬州:广陵书局,2008年。

王闿运:《楚辞释》,杜松柏主编《楚辞汇编》第七册,台北:新文丰出版公司,1986年。

廖平:《楚辞新解》,吴平、回达强主编《楚辞文献集成》第十八册,扬州:广陵书局,2008年。

廖平:《离骚释例》,吴平、回达强主编《楚辞文献集成》第十八册,扬州:广陵书局,2008年。

廖平:《楚词讲义》,吴平、回达强主编《楚辞文献集成》第十八册,扬州:广陵书局,2008年。

马其昶:《屈赋微》,杜松柏主编《楚辞汇编》第七册,台北:新文丰出版公司,1986年。

陈培寿:《楚辞大义述》,吴平、回达强主编《楚辞文献集成》第十八册,扬州:广陵书局,2008年。

※ ※ ※

[清]王念孙:《读书杂志》,南京:江苏古籍出版社,2000年。

[清]俞樾:《诸子平议》,北京:中华书局,1954年。

[清]俞樾:《诸子平议补录》(李天根辑),北京:中华书局,1956年。

王国维:《观堂集林》,收入《王国维遗书》,上海:上海书店出版社,1983年。

谢无量:《楚词新论》,上海:商务印书馆,1923年。

陆侃如:《屈原》,上海:亚东图书馆,1923年。

胡适:《胡适文存二集》,《胡适文集》第三册,北京:北京大学出版社,1998年。

傅斯年:《夷夏东西说》,刘梦溪主编《中国现代学术经典 傅斯年卷》,石家庄:河北教育出版社,1996年。

钱穆:《先秦诸子系年》,北京:商务印书馆,2001年。

游国恩:《游国恩楚辞论著集》,北京:中华书局,2008年。
闻一多著,孙党伯、袁謇正主编:《闻一多全集》第三卷(神话编·诗经编上),武汉:湖北人民出版社,1993年。
闻一多著,孙党伯、袁謇正主编:《闻一多全集》第四卷(诗经编下),武汉:湖北人民出版社,1993年。
闻一多著,孙党伯、袁謇正主编:《闻一多全集》第五卷(楚辞编·乐府诗编),武汉:湖北人民出版社,1993年。
郭沫若:《石鼓文研究　诅楚文考释》,《郭沫若全集》考古编第九卷,北京:科学出版社,1982年。
郭沫若:《屈原研究》,重庆:群益出版社,1943年。
郭沫若译:《屈原赋今译》,北京:人民文学出版社,1953年。
郭沫若:《郭沫若古典文学论文集》,上海:上海古籍出版社,1985年。
林庚:《诗人屈原及其作品研究》,见《林庚楚辞研究两种》,北京:清华大学出版社,2006年。
林庚:《〈天问〉论笺》,见《林庚楚辞研究两种》,北京:清华大学出版社,2006年。
刘永济:《屈赋通笺　笺屈余义》,北京:中华书局,2007年。
汤炳正:《屈赋新探》,济南:齐鲁书社,1984年。
汤炳正讲述:《楚辞讲座》,桂林:广西师范大学出版社,2006年。
陈子展撰述:《楚辞直解》,上海:复旦大学出版社,1996年。
孙作云:《楚辞研究》(上、下),见《孙作云文集》,开封:河南大学出版社,2003年。
李学勤:《东周与秦代文明》,上海:上海人民出版社,2007年。
金开诚:《屈原辞研究》,南京:江苏古籍出版社,1992年。
张正明:《楚史》,武汉:湖北教育出版社,1995年。
〔日〕藤野岩友:《巫系文学论:以〈楚辞〉为中心》,重庆:重庆出版社,2005年。
魏炯若:《楚辞发微》,与《杜庵说诗》合刊,北京:中国社会科学出版社、华龄出版社,2006年。

后　记

　　读本科时我便酷爱阅读《庄子》和《楚辞》，毕业论文就是探讨屈原的。此后一直浸淫于是，更逐步推及诸子、扩至经史领域。2005年上半年，我在北京大学开设"庄骚研究"选修课，决定系统整理自己多年来研读二著之所得。读《庄》之所得虽未得到充分爬梳，然大略可见于拙作《先秦诸子研究》一书（人民教育出版社2008年出版）。读屈之所得，因为事务繁多，接下来的数年间竟难以专心董理。2009年9月底，受邀前往日本，任职于东京大学文学部·大学院人文社会系研究科，有了比较集中和充裕的时间。当时所定计划之一，就是完成"屈原及其诗歌研究"的阶段性成果。以上这些意思，其实我在《屈原及其诗歌研究》的后记里基本上说过。这两部书都应该从这里说起。

　　最初提交给北大出版社的稿子有60余万字，且系word文档自动统计，显然长了一点。为便于出版，此后不少时间都花在了删改上。在东大讲学两年，时间过得飞快。至2011年10月1日回京时，这一课题也只能算是告一段落，具体撰述和修改的过程远比预期的艰辛。12月中旬，我向出版社提交了大约50万字的修改稿。社里觉得篇幅仍然太大，与整套书不甚匹配。最终我决定仅将其中一部分拿出来，书名依然叫作《屈原及其诗歌研究》（因为此前申请北京市社会科学理论著作出版基金时，用的是这一名字）。该书于2012年3月顺利出版。再次感谢平原老师将它纳入"文学史研究丛书"，感谢北京市社会科学理论著作出版基金的大力支持，感谢北大出版社徐丹丽女史的辛勤劳动。

大约自 2012 年年底以来，授课余暇，我便陆续修改原稿另一部分，重写和增补了大量内容，成为现在的《屈原及楚辞学论考》。此书可以说是《屈原及其诗歌研究》的姊妹篇，但它们原初是一体的。

东大两年的工作和生活令我满怀感激。这两年之前半，妻子彭春凌恰在东京大学东洋文化研究所任外国人研究员。我们一起读书，一起工作，一起生活和旅行。上野公园、千鸟之渊以及箱根等地的樱花，至今历历在目。我们曾流连于京都的哲学小道、岚山竹林，流连于北海道冰天雪地的阿寒湖、摩周湖等一系列胜地。日本大学教授丸山茂先生驱车带我们绕行伊豆半岛，山口守先生驱车载我们游览箱根……点点滴滴皆是极美好的回忆。每到一处，欣赏城市或山野风光，享受美食和温泉等等，自是题中应有之义。然而更多时间，我们从读书和写作中获得了快乐，当然也付出了辛劳。读书、写作时，妻子在她的研究室，我在我的研究室。我出研究室右转，没几步就到汉籍中心。学校给配了钥匙，值班者不在，我也可以随时入库查阅或借阅图书，十分方便。而东文研的图书馆有好几层楼，收藏更富，我爱人常在那里找书借书，喜不自胜。此外东大还有很多大小及功能各不相同的图书馆，用起来都很便利。到午餐或晚餐时间，我们用 QQ 发个信息，说是去哪儿哪儿吃饭啦，于是便相会去用餐。几乎每一个在东大本部的深夜，都是我先离开研究室，匆匆下楼，奔至东文研楼下，等我爱人一起回住处，然后，三四郎池与安田讲堂旁边的道路上就出现了我们快步行走的身影。我们必须赶在弥生门关闭前出学校，回到校门斜对面的寓所。期间有好几次，突然从湖边树丛中跳出的猫吓得我们尖叫。那一年，我和妻子在学术上都有很多收获。她将自己的发现写成了专著《儒学转型与文化新命：以康有为、章太炎为中心（1898—1927）》，2014 年 3 月由北京大学出版社出版，沉甸甸一大本，赢得了不少赞誉。妻回国后，我继续在东大任教，旅游的节目更少了。其间极难忘的，是曾在朋友日本成城大学教授陈力卫、信州大学教授阎小妹夫妇的山间别墅小住。好像整夜都有鸟儿清亮的鸣啭穿越幽静的丛林,飞到枕畔,不知那是否就是日本夜莺?与北大历史系教授牛大勇先生一起为陈、阎两教授劈柴的体验,也同样记忆犹新。这一年,我将更多的精力投入到教学和研究中。《屈原及楚辞学论考》一书出版,意味着自执教东大时执行的计划又推进了一步。而同在计划中的研究课题——简帛《诗论》《五行》与先秦学术思想史之重构,初稿也基本上完成了。

我跟妻子在东大期间,东洋文化研究所尾崎文昭教授、大木康教授,中国语中国文学系户仓英美教授、藤井省三教授、木村英树教授、大西克也教授,对我们悉心关照,博士研究生荒木达雄诸君,也给我们甚多帮助,在此表示由衷的感谢。2013年8月20日至22日,南京大学召开"经学与中国文献文化国际学术研讨会",本书讨论屈原与儒学传播和接受的部分在会上发表,引起关注。浙江大学古籍研究所许建平教授、香港岭南大学中文系许子滨教授、南京大学文学院徐兴无教授皆有鼓励或教示,在此深表谢忱。另外,感谢平原老师将此书纳入他主编的口碑甚佳的"文学史研究丛书"。感谢北京大学出版社,特别是本书责编徐迈女史,她细致和专业的工作给我极深刻的印象。感谢我的妻子彭春凌,她一如既往给予我有力鞭策。当我在北京家中修改这篇后记时,在哈佛燕京学社作访问学者的她正在马萨诸塞州剑桥市 Peabody Terrace 的寓所中,阅读 Wilfred Cantwell Smith 的名著 *The Meaning and End of Religion: a New Approach to the Religious Traditions of Mankind*。她用微信分享了阅读该书的快乐。谨祝她在哈佛的研究取得更多突破。

2013年6月20日初稿
2014年12月21日修订

作者小传

常森,北京大学文学博士,现任北京大学中文系教授、博士研究生导师。中国古代散文学会副会长、秘书长,中国屈原学会理事。2004年3月至2005年2月,于韩国外国语大学讲学,2009年10月至2011年9月,于东京大学讲学。近年主要研究诗经学、楚辞学、先秦诸子、简帛文献与战国学术思想史等。已在《文学遗产》《北京大学学报》《文献》《国学研究》等中文核心期刊或集刊上,发表论文近60篇;出版专著《先秦诸子研究》(人民教育出版社,2008年)、《屈原及其诗歌研究》(北京大学出版社,2012年)等多部。

学术史丛书

中国禅思想史	葛兆光 著
——从6世纪到9世纪	
士大夫政治演生史稿	阎步克 著
中国文学研究现代化进程	王 瑶 主编
中国现代学术之建立	陈平原 著
——以章太炎、胡适之为中心	
陈寅恪先生史学述略稿	王永兴 著
明清之际士大夫研究	赵 园 著
儒学南传史	何成轩 著
西潮激荡下的晚清地理学	郭双林 著
中国文学研究现代化进程二编	陈平原 主编
文学史的权力	戴 燕 著
《齐物论》及其影响	陈少明 著
文学史书写形态与文化政治	陈国球 著
晚清女性与近代中国	夏晓虹 著
北京：都市想象与文化记忆	陈平原 王德威 编
中国民间文学研究的现代轨辙	陈泳超 著
触摸历史与进入五四	陈平原 著
制度·言论·心态	赵 园 著
——《明清之际士大夫研究》续编	
近代中国的百科辞书	陈平原 米列娜 主编
清末民初的晚明想象	秦艳春 著
德语文学研究与现代中国	叶 隽 著
作为学科的文学史	陈平原 著
儒学转型与文化新命	彭春凌 著
——以康有为、章太炎为中心（1898—1927）	
政教存续与文教转型	陆 胤 著

——近代学术史上的张之洞学人圈
世运推移与文章兴替　　　　　　　　　　王　风　著
　　——中国近代文学论集
晚清文人妇女观　　　　　　　　　　　　夏晓虹　著
晚清女子国民常识的建构　　　　　　　　夏晓虹　著
* 文化制度和汉语史　　　　　　　　〔日〕平田昌司　著
* 现代中国述学文体　　　　　　　　　　　陈平原　著

文学史研究丛书

中国现代主义诗潮史论　　　　　　　　　孙玉石　著
小说史：理论与实践　　　　　　　　　　陈平原　著
上海摩登　　　　　　　　〔美〕李欧梵　著　毛　尖　译
　　——一种新都市文化在中国 1930—1945
北京：城与人　　　　　　　　　　　　　赵　园　著
中国小说叙事模式的转变　　　　　　　　陈平原　著
晚清至五四：中国文学现代性的发生　　　杨联芬　著
词与文类研究　　　　　　〔美〕孙康宜　著　李奭学　译
二十世纪中国文学三人谈·漫说文化
　　　　　　　　　钱理群　黄子平　陈平原　著
唐代乐舞新论　　　　　　　　　　　　　沈　冬　著
文学复古与文学革命　　　〔日〕木山英雄　著　赵京华　译
鲁迅·革命·历史　　　　〔日〕丸山昇　著　王俊文　译
　　——丸山昇现代中国文学论集
鲁迅、创造社与日本文学
　　　　　　　〔日〕伊藤虎丸　著　孙　猛　徐　江　李冬木　译
被压抑的现代性　　　　　〔美〕王德威　著　宋伟杰　译
　　——晚清小说新论
汉魏六朝文学新论　　　　　　　　　　　梅家玲　著
　　——拟代与赠答篇

重建美国文学史	单德兴 著
明代复古派唐诗论研究	陈国球 著
新文学现实主义的流变	温儒敏 著
丰富的痛苦	钱理群 著
——堂吉诃德与哈姆雷特的东移	
大小舞台之间	钱理群 著
——曹禺戏剧新论	
地之子	赵　园 著
《野草》研究	孙玉石 著
中国祭祀戏剧研究	〔日〕田仲一成 著　布　和 译
韩南中国小说论集	〔美〕韩　南 著
才女彻夜未眠	胡晓真 著
——近代中国女性叙事文学的兴起	
中国现代小说的起点	陈平原 著
——清末民初小说研究	
朱有燉的杂剧	〔美〕伊维德 著　张惠英 译
后殖民理论	赵稀方 著
耻辱与恢复	〔日〕丸尾常喜 著　张中良　孙丽华 编译
——《呐喊》与《野草》	
鲁迅与中国现代文学批评	陈方竞 著
鲁迅：中国"温和"的尼采	张钊贻 著
左翼文学的时代	王　风　〔日〕白井重范 编
——日本"中国三十年代文学研究会"论文选	
中国戏剧史	〔日〕田仲一成 著　布　和 译
上海抗战时期的话剧	邵迎建 著
屈原及其诗歌研究	常　森 著
鲁迅：无意识的存在主义	〔日〕山田敬三 著　秦　刚 译
情与忠：陈子龙、柳如是诗词姻缘	〔美〕孙康宜 著　李奭学 译
知识与抒情	张　健 著
——宋代诗学研究	
唐代传奇小说论	〔日〕小南一郎 著　童　岭 译

临水的纳蕤思：中国现代派诗歌的艺术母题	吴晓东 著
史事与传奇	黄湘金 著
——清末民初小说内外的女学生	
物质技术视阈中的文学景观	潘建国 著
——近代出版与小说研究	
屈原及楚辞学论考	常　森 著

其中画 * 者即将出版。